Aus Freude am Lesen

Der ausgediente Kriminalbeamte Hans Berndorf bekommt den Auftrag, Ermittlungen zu dem Mord an einer jungen Frau zu führen, deren Ehemann in Ulm vor Gericht steht. Doch als Berndorf eintrifft, ist sein Auftraggeber – der Verteidiger des Angeklagten – tot, auf dem Hauptbahnhof von einem Güterzug überrollt. Hat er Selbstmord begangen oder ist er vor den Zug gestoßen worden? Das ist nicht die einzige Frage, vor der Berndorf steht. Ein Beweisstück ist spurlos verschwunden: ein Schmuck, den die Ermordete getragen hatte. Die Ermittlungen führen Berndorf weit über seinen ursprünglichen Auftrag hinaus. In dem Dickicht von alltäglichen Verstrickungen, von Lügen und Niedertracht, das Berndorf freizulegen versucht, stößt er schließlich auf das Verbrechen, das vor Jahrzehnten am Anfang von allem stand.

ULRICH RITZEL, geboren 1940 in Pforzheim, gilt als einer der besten Kriminalautoren Deutschlands. Nach seinem Jurastudium arbeitete er jahrelang für verschiedene Zeitungen, 1981 erhielt er für seine Gerichtsreportagen den renommierten Wächter-Preis. Sein Roman »Beifang« wurde mit dem Deutschen Krimipreis ausgezeichnet, und auch seine Kommissar-Berndorf-Krimis »Schwemmholz« und »Der Hund des Propheten« wurden mit Preisen versehen. Ulrich Ritzel lebt heute abwechselnd in Laufen / Schweiz und im Schwarzwald.

ULRICH RITZEL BEI BTB: Der Schatten des Schwans. Roman (72800) · Schwemmholz. Roman (72801) · Die schwarzen Ränder der Glut. Roman (73010) · Der Hund des Propheten. Roman (73256) · Halders Ruh. Erzählungen (73332) · Uferwald. Roman (73667) · Forellenquintett. Roman (73837)

Ulrich Ritzel

Beifang

Roman

btb

Verlagsgruppe Random House FSC-DEU-0100
Das für dieses Buch verwendete
FSC®-zertifizierte Papier *Munken Pocket* liefert
Arctic Paper Munkedals AB, Schweden

1. Auflage
Genehmigte Taschenbuchausgabe März 2011
Copyright © der Originalausgabe 2009 by btb Verlag
in der Verlagsgruppe Random House GmbH, München
Umschlaggestaltung: semper smile, München
Umschlagmotiv: Nick Vaccaro / photonica / Getty Images;
Katharina Berger / buchcover.com
Druck und Einband: CPI – Clausen & Bosse, Leck
UB · Herstellung: SK
Printed in Germany
ISBN 978-3-442-74162-5

www.btb-verlag.de

Sommertage

Tobruk war gefallen und Kaufmann Hirrle hatte den Laden beflaggt, aber Weckgläser gab es keine. Marianne machte auf dem Absatz kehrt und ging wieder, sie hatte zwei große Kannen Stachel- und Johannisbeeren gepflückt, was wollte sie nun damit! Hirrle hatte ihr noch einen Blick zugeworfen, kommen Sie doch später noch mal, hieß das, wenn sonst keine Kunden mehr da sind, aber sie mochte diese Angebote nicht.

Im Laden war es kühl gewesen, doch draußen auf der staubhellen Dorfstraße stand die Hitze wie eine Wand, und Marianne brach der Schweiß aus auf der Stirne, noch bevor sie auf ihr Rad gestiegen war. Am Lenker baumelten die Kannen voller Beeren, wie nutzlos doch ihre ganze Mühe gewesen war! Sie fuhr los, vornüber gebeugt und beide Hände am Lenker, den Schlaglöchern ausweichend, noch immer ärgerlich und enttäuscht.

Plötzlich schrak sie hoch, Kindergekreisch brach über sie herein, eine Horde von Schulbuben schoss über die Straße, die Ranzen auf dem Rücken, ein strohblonder Junge wäre ihr fast ins Vorderrad gerannt, sie musste abbremsen und kam gerade noch rechtzeitig mit dem Fuß auf den Boden, sonst wäre sie gestürzt. Der Junge warf ihr einen erschrockenen Blick zu und rannte der Horde nach. Marianne atmete tief durch, dann stieg sie wieder auf und fuhr weiter.

Die Kinder waren jetzt, johlend und schreiend, an der Straßenecke weiter vorne stehen geblieben, gegenüber dem Postamt, einige von ihnen sammelten Steine auf. Erst in diesem Augenblick entdeckte Marianne auf der anderen Straßenseite die grauhaarige Frau, die aus dem Postamt gekommen sein musste und die jetzt mit hastigen Schritten der Horde zu entkommen suchte, die Hände abwehrend erhoben.

Wieder sah Marianne den blonden Jungen, der gerade eben einen Schritt auf die Straße hinausgetreten war und mit der Hand ausholte. Marianne schrie noch ein: »Nicht!« oder wollte es schreien, als der Junge mit einer abgezirkelten Bewegung auch schon einen Stein eigentlich nicht warf, sondern fliegen ließ, der Stein traf die alte Frau am Kopf, Staub oder Erdreich lösten sich beim Aufprall und stiegen um den Kopf der Alten auf wie eine lustige kleine Wolke. Einen kurzen Moment verharrte die Getroffene regungslos, dann barg sie das Gesicht in den Händen und krümmte sich, bis sie in sich zusammensank.

Marianne ließ das Fahrrad samt den Kannen auf den Boden fallen und lief zu der Getroffenen, die nun mit angezogenen Knien auf dem Gehsteig hockte. Blut lief ihr über die Hand, mit der sie das Auge schützte. »Ganz ruhig«, sagte Marianne, kniete sich neben sie und überlegte, womit sie die Blutung stillen könnte. »Ich helfe Ihnen, es ist sicher nur eine Platzwunde.«

Beim Niederknien war ihr der Rock hochgerutscht, und der Unterrock lugte hervor. Sie warf einen Blick auf die andere Straßenseite, die Horde hatte zu kreischen aufgehört, plötzlich liefen die ersten Kinder weg. Nur der Steinewerfer starrte noch herüber, dann rannte auch er davon.

Marianne schob den Rock höher und packte mit beiden Händen den Unterrock – zerschlissen war er ohnehin – und riss eine aufgegangene Naht vollends auseinander, bis sie einen Fetzen weißes Baumwollgewebe in der Hand hielt. »Gleich«, sagte sie beruhigend, zog behutsam die Hand der Frau von der Platzwunde und legte den zusammengefalteten Lappen auf.

»Was ist nur geschehen?«, rief in diesem Augenblick eine klagende Stimme. Schritte näherten sich, Marianne blickte auf, ein Mann in einem abgewetzten Anzug hastete heran, am Sakko trug er den Judenstern, auch die Frau, die noch immer auf dem Boden hockte, trug den Stern, warum hatte Marianne nicht darauf geachtet? Dabei hatten die Kinder doch die ganze Zeit »Judensau« geschrien, jetzt, wo sie daran dachte, hatte sie es wieder im Ohr.

»Ein Steinwurf«, sagte sie und stand so rasch auf, dass ihr für einen Moment schwindlig wurde. Der Mann versuchte, die Frau

vom Boden hochzuziehen; dabei warf er Marianne einen so hilflosen Blick zu, dass sie sich bückte und der anderen aufhalf.

»Danke«, sagte die alte Frau und stand, zunächst schwankend. Mit der einen Hand hielt sie den Stofflappen an ihre Schläfe. »Sie sind sehr freundlich...« Durch den Lappen drang ein kreisrunder Blutfleck.

Abwehrend schüttelte Marianne den Kopf. »Können Sie sie zu ihrer Wohnung bringen?«, fragte sie den Mann. Dann fiel ihr ein, dass die beiden in dem Altersheim oben an der Wippinger Steige untergebracht sein mussten, das war noch ein gutes Stück, vor allem ein gutes Stück bergauf, aber der Mann meinte, ja doch, das ginge wohl, und Marianne deutete ein Kopfnicken an, kehrte zu ihrem Rad zurück und kniete sich nieder, um wenigstens einen Teil der Beeren wieder aufzusammeln, die aus den Kannen gerollt waren. Sie hatte das Gefühl, das ganze Dorf würde ihr dabei zusehen und hätte vorher schon zugesehen...

Was erst wird Otto sagen, wenn er es erfährt?

Und wenn? Dieses Altersheim hatte doch sie nicht eingerichtet. Sie stieg auf und trat in die Pedale, so gut es eben geht, wenn einem die Knie zittern.

An diesem Abend kam Otto früh zurück, kurz vor sechs Uhr hörte sie den gleichmäßigen raschen Takt, mit dem die beiden Krücken und das eine Bein abwechselnd auf dem Gehsteig aufsetzten, eigentlich hörte man nur die Krücken. Marianne hatte einen Teil der Beeren mit Magermilch und Quark zusammengerührt, den löffelte er eilig, denn er wollte noch am Abend zu einer Rommelfeier der Ortsgruppe, »du weißt doch, Tobruk ist gefallen!«. Während er aß, erzählte sie von ihrem Ärger mit den Weckgläsern, einen ganzen freien Tag habe sie daran gehängt, was solle sie jetzt mit dem Rest der Beeren bloß tun!

»Es ist doch dumm, dass man die nirgendwo bekommt«, sagte sie, »das ist doch nur vernünftig, wenn man Vorräte anlegt, alle sollten das tun können.«

»Vernünftig wäre«, antwortete Otto und schluckte einen Mundvoll Beerenquark hinunter, »dass jeder an seinem Platz das tut, was

ihm möglich ist. Nicht vernünftig ist es, wenn sich ständig irgendwo ein kleines Meckerlein meldet und von nichts anderem reden will als davon, dass es gerade das nicht gibt oder jenes nicht.«

Von der Rommelfeier kam er spät zurück, als Marianne schon im Bett lag, und obwohl sie jedes Mal aufwachte, wenn er mit seinen Krücken ins Schlafzimmer holperte, stellte sie sich diesmal schlafend.

Die Nacht brachte nur wenig Abkühlung, und als Marianne am nächsten Morgen zu den Zementwerken radelte, warf die Sonne schon wieder blauschwarze Schatten auf die Dorfstraße. Sie hatte nicht gut geschlafen, irgendwann in der Nacht war ihr eingefallen, dass sie womöglich eine Vorladung bekommen würde, nur wegen dieser alten Frau. Aber sie hatte den Stern nicht gesehen, wirklich nicht, hatte ihn gar nicht sehen können, die Alte lag doch halb auf dem Boden...

Als sie an der Post vorbeifuhr, trat sie rascher in die Pedale, bis das Fabriktor der Zementwerke in Sicht kam. An drei Tagen in der Woche arbeitete sie dort im Personalbüro, lange wollte sie sich das nicht mehr antun. Der Buchhalter hatte als junger Mann im flandrischen Gaskrieg einen Lungenflügel verloren und ertrug die vom Kalkstaub durchsetzte Luft der Zementwerke nicht oder kaum mehr, aber immer fand er jemanden, der ihm dafür büßen musste. An diesem Morgen war es der Lehrling Hannelore, sie hatte vergessen, die neuen Verpflegungssätze für die Polen an die Werkskantine durchzugeben, und stand jetzt mit rotem Kopf da und musste sich die fast ohne Atem geflüsterten Fragen anhören, ob und wann und wie sie diese Verschleuderung von Volksvermögen wiedergutmachen wolle.

Nach einer Weile wurde es Marianne zu viel. »Diese Verpflegungssätze«, sagte sie kühl, »die hab ich zurückgehalten. Da wird nämlich zwischen kriegswichtiger und sonstiger Produktion unterschieden.«

»Und?« Der Buchhalter starrte sie an, und sein Gesicht hatte eine rosa Tönung angenommen.

»Wer hat worauf Anspruch?«, fragte Marianne zurück. »Das muss doch zuerst geklärt werden...«

»Das müssen Sie doch wissen«, flüsterte der Buchhalter, »schon längst müssen Sie das wissen, für Polen gelten grundsätzlich und ausnahmslos die niedrigeren Sätze! Grundsätzlich! Immer!«

»Dann wissen wir es jetzt ja«, gab Marianne zurück, aber weil Otto stellvertretender Ortsgruppenleiter war, wandte sich der Buchhalter nur ab und sagte gar nichts mehr.

Danach war Ruhe, aber wegen der Einweisung zusätzlicher Arbeitskräfte aus dem Generalgouvernement fielen am Nachmittag Überstunden an, so dass Marianne erst am Abend nach Hause kam. Beim Radfahren merkte sie, dass der Tag anstrengender gewesen war als gewöhnlich, und an der Steige zur Siedlung über der Kleinen Lauter wäre sie fast abgestiegen, das war ihr noch nie passiert.

»Wie fährst du eigentlich?«, tönte eine fröhliche Stimme neben ihr, »auf den Felgen oder dem Zahnfleisch?« Die Stimme gehörte Lisbeth, die mit dem 17.45-Uhr-Zug von Ulm gekommen war und sie jetzt auf dem Rad eingeholt hatte. Lisbeth arbeitete als Krankenschwester im Städtischen Krankenhaus Ulm, war aber nach ihrer Heirat aus dem Schwesternheim ausgezogen und hatte in dem Haus neben Marianne und Otto eine Wohnung im Obergeschoss bezogen.

Marianne richtete sich vom Lenker auf und gab sich Mühe, mit Lisbeth mitzuhalten. Es seien neue Leute zugewiesen worden, klagte sie, »aber eine zusätzliche Baracke kriegst du nirgendwo her...«

»Sollen die anderen ein wenig zusammenrücken«, meinte Lisbeth. »Das geht alles. Und sonst?« Sie warf ihr von der Seite her einen prüfenden Blick zu, und Marianne antwortete ausweichend, sonst sei alles gut, gewiss doch, »und bei dir?«.

»Ach!«, meinte Lisbeth. »Ich hab noch eine Flasche Wein, ein Geschenk von einer Patientin, wenn du Lust hast und dein Gemahl dich lässt, komm doch nachher rüber und trink ein Glas mit mir.«

Otto war noch nicht zu Hause und würde so schnell auch nicht kommen, sonst hätte ihn Lisbeth im Zug oder am Bahnhof gesehen. Sie hatten im Finanzamt in letzter Zeit oft solche Besprechungen, manchmal auch Sondereinsätze oder Sonderprüfungen, von denen Otto erst mit dem letzten Zug kam oder von einem Kollegen mit dem Dienstwagen gebracht wurde.

Marianne stellte sich erst einmal vor den Waschtisch und wusch sich den Kalkstaub vom Leib, noch immer hatte ihre Regel nicht eingesetzt, wie viele Tage waren es nun schon über die Zeit? Zehn? Sie zog das grünblaue Sommerkleid an und ging hinüber zu Lisbeth, die schon auf sie wartete: Auf dem kleinen Tisch am Fenster standen die geöffnete Flasche Rotwein und zwei Gläser und dazu – als sei dies die Hauptperson am Tisch – die gerahmte Fotografie eines schwarzlockigen Mannes in dunkler Uniform, mit dem Abzeichen der Luftwaffe auf dem Kragenspiegel. Klaus-Peter sei jetzt vor der Krim eingesetzt, berichtete Lisbeth, als sie einschenkte, »sie sind da unten ziemlich bescheiden untergebracht, jede Menge Mücken, Flöhe und Läuse, und die russischen Weiber sind ziemliche Trampel...« Sie lachte. »Das klingt doch beruhigend, findest du nicht?« Sie hob das Glas und trank Marianne zu.

Dann wollte sie wissen, wie es Otto gehe, und Marianne sagte, dass er noch immer auf seine Prothese warte. Solche Spezialanfertigungen bräuchten nun einmal ihre Zeit, meinte Lisbeth tröstend, und Marianne antwortete, dass sie das ihrem Mann auch immer sage. Aber weil sie nicht gerne über Ottos Unfall sprach, erkundigte sie sich rasch nach Lisbeths Tag in der Klinik...

»Ach«, sagte Lisbeth, »was glaubst du, wer alles zu uns kommt mit irgendwelchen Wehwehs, und wenn du genau hinhörst, geht es nur um ein Attest, damit man nicht zur Erntehilfe muss. Oder...« – sie schlug sich vor die Stirn – »...das war ja heute überhaupt der Gipfel! Du weißt doch, was wir hier im Ort für ein Heim haben, und stell dir vor – von den Leuten dort war jemand bei uns und hat sich als Krankenschwester aufgespielt! Eine Alte hatte sie dabei, die muss gegen einen Türpfosten gelaufen sein, jedenfalls hatte sie sich am Auge eine Platzwunde eingefangen. Es hat gerade noch gefehlt, dass diese angebliche Krankenschwester ›Kollegin‹ zu mir gesagt hat! Verstehst du, von diesen Leuten ist früher niemals jemand zu uns oder zu meinem Chef gekommen, oh nein! Die sind *nur zu ihren eigenen Ärzten gerannt, aber jetzt, jetzt tut das Auge weh, und auf einmal sind wir gut genug und sollen einen Spezialisten holen, einen Augenfacharzt...«*

Sie nahm die Flasche und wollte Marianne nachschenken, aber die hielt ihre Hand über das Glas.

»Ach!«, rief Lisbeth, »was ist denn da im Busch?« Marianne sagte es ihr, und Lisbeth gratulierte und wollte nähere Details wissen und nahm einen kräftigen Schluck auf das Wohl dessen, was im Busch war. Dann erklärte sie Marianne, dass es seit dem Frühjahr neue Bestimmungen zum Schutz werdender Mütter gebe und dass sie sich unbedingt beim Gesundheitsamt danach erkundigen müsse.

So sicher sei sie sich doch noch gar nicht, meinte Marianne, doch Lisbeth legte ihr geschwind die Hand auf den Arm und meinte, ganz gewiss werde es ein Junge, so blühend wie Marianne aussehe...

»Die Frau«, lenkte Marianne ab, »diese Alte, die bei euch war, was ist mit ihr passiert?«

»Wen meinst du jetzt?«, fragte Lisbeth zurück. »Ach, diese Platzwunde! Wir haben sie weggeschickt. Die Dame möge sich an einen Heilkundigen ihrer eigenen Rasse wenden, hat mein Chef ausrichten lassen. Die Dame!, hat er gesagt...«

Am Freitagmorgen hatte Hannelore in der Kaffeepause gefragt, ob Marianne am Wochenende nicht wieder einmal vorbeischauen wolle, die Mutter tät sich arg freuen. Und weil Otto zu einer Dienstbesprechung nach Stuttgart musste, nahm Marianne am Samstag das Rad und fuhr durch das Kleine Lautertal und von dort über die Alte Landstraße hoch zu dem Bauernhof, den Hannelores Mutter betrieb. Es war ein schöner, nicht mehr ganz so heißer Tag, es gab Stachelbeerkuchen und sogar richtigen Bohnenkaffee, Marianne fragte die Bäuerin lieber nicht, wie sie dazu gekommen war. Zwar hätte es Hannelore gerne gesehen, wenn der Besuch über Nacht geblieben wäre, aber Marianne wusste nicht, ob Otto nicht doch schon am Abend zurückkommen würde, und so radelte sie am Nachmittag zurück, mit einem Korb am Lenker, in dem un-

ter zwei Salatköpfen vorsichtig vier Eier, ein geräucherter Schinken und eine Flasche Birnenschnaps verpackt waren.

Unterhalb der Einmündung der Alten Landstraße verläuft der Radweg zwischen grauem Felsgestein und der von Bäumen überschatteten Kleinen Lauter, wobei sich der Fluss zuweilen in einer Schleife vom Weg entfernt, dann aber wieder zu ihm zurückkehrt. Marianne mochte das Tal, und als sie an diesem Nachmittag hier entlangfuhr, ohne Mühe, hoch aufgerichtet, nur eine Hand am Lenker, fühlte sie sich glücklich.

An der Gestalt, die am Wegrand saß und dem über die Steine plätschernden Fluss zuzusehen schien, war sie fast schon vorbei, als ihr bewusst wurde, dass es eine Frau war, die dort saß, und dass diese Frau einen Verband um den Kopf trug. Sie hielt an und stellte das Rad an der von Moos überzogenen Felswand ab.

»Wie geht es Ihnen?«, fragte sie, und während sie es fragte, wunderte sie sich, warum sie nicht gegrüßt hatte. Sie hatte den Gruß einfach vermieden, zur Not geht das ja.

Die Frau hob den Kopf und sah sie aus dem einen Auge an, das nicht unter dem Verband verborgen war. »Danke«, kam die Antwort. »Sie sind die Frau, die mir geholfen hat, nicht wahr? Ich bin froh, dass ich mich noch einmal bei Ihnen bedanken kann...«

»Ist das Auge verletzt?« Noch während Marianne fragte, ärgerte sie sich über sich selbst. Was ging sie das an?

»Ein Augenarzt, ein Freund meines verstorbenen Mannes, kam heute aus Stuttgart und hat es sich angesehen«, kam die Antwort. »Es wird schon werden, hat er gesagt...«

»Ja, das wird es sicher«, meinte Marianne. Weil sie nicht wusste, was sie sonst hätte sagen sollen, ging sie zu ihrem Rad und nahm dabei ihr Kopftuch ab. Sie holte die Salatköpfe aus dem Korb, packte die vier Eier in das Kopftuch und band es zu einem Beutel.

»Hier«, sagte sie und brachte der Frau den Beutel, »nehmen Sie das, Sie können es sicher gebrauchen...«

Die Frau zögerte. »Ich weiß nicht, ob ich das annehmen darf.«

»Nun nehmen Sie schon«, drängte Marianne.

»Und das Kopftuch?«

»Das geben Sie mir irgendwann zurück, das nächste Mal, wenn

wir uns sehen.« Marianne zwang sich zu einem Lächeln, wandte sich um und lief zu ihrem Rad. Sie hörte, wie die Frau noch etwas sagte, aber sie hatte schon das Rad angeschoben und war losgefahren.

Otto kam mit dem letzten Zug, er war erschöpft, wirkte aber sehr zufrieden. Es war eine sehr wichtige Besprechung, sagte er, »es geht voran, das merkt man in allem«. Marianne freute sich oder wollte sich mit ihm freuen, das ist doch etwas, dachte sie, dass er bei wichtigen Entscheidungen hinzugezogen wird... Sie brachte den Birnenschnaps und ein Glas und schenkte ihm ein; auf dem Hof der Hannelore hätten sie alte Brennereirechte, sagte sie, und da hätte sie eine Flasche davon bestellt, für drei Reichsmark! Otto trank den Schnaps und war beides zufrieden, den Schnaps und die Auskunft dazu.

»Weißt du«, sagte er dann, »das darfst du alles nicht wissen und vor allem nicht weitererzählen, aber stell dir vor, es ging heute in Stuttgart auch um hier, um diesen Ort, um den Schandfleck oben an der Steige...«

Er reichte ihr das Glas, und sie schenkte nach. »Pass doch auf«, sagte er ärgerlich, »du verschüttest es ja!... Was ich sagen wollte und was du bitte niemandem weitererzählst – es hat sich da droben bald ausgejüdelt, glaub mir das.«

Marianne sah ihn an. »Das sind doch alles alte, klapprige Leute – wo sollen die denn hin?«

»Die bekommen eine nützliche Arbeit, im Osten, weißt du...«

»Arbeit?« Marianne schüttelte den Kopf. »Die können nichts mehr arbeiten.«

»Ich sag dir mal was«, antwortete Otto. »Und merk es dir gut.« Auf seiner Stirn hatte sich eine steile Falte gebildet. »Diese Leute im Heim gehen dich nichts an, die gehen hier im Ort überhaupt niemanden etwas an, und Sorgen brauchst du dir um die gleich zweimal nicht zu machen, die machen sich auch keine Sorgen um dich, das darfst du mir glauben!«

»Trotzdem versteh ich es nicht«, widersprach Marianne.

»Was gibt es da nicht zu verstehen?«, schnitt ihr Otto das Wort

ab. »Wenn du wüsstest, was diese Leute zur Seite geschafft haben, in die Schweiz und sonst wohin, und was sie noch immer bei sich haben und was sie alles verstecken und wo! Du würdest Augen machen...«

»Wo verstecken sie was?«

Otto schüttelte unwillig den Kopf. »Ich hab doch gesagt, in der Schweiz und so. Außerdem muss dich das alles nicht kümmern, das ist alles bestens geregelt und angeordnet...«

Marianne wollte ihre Frage wiederholen, aber plötzlich wusste sie, dass sie das besser doch nicht tat.

Am nächsten Abend gingen Marianne und Otto ins Kino, gespielt wurde »Der große König«, und Otto war sehr angetan, vor allem von der Wochenschau, die die Vorstöße der deutschen Panzer in Afrika und an der russischen Front zeigte. Marianne aber ertrug die stickige Luft nur schlecht, sie bekam Kopfweh, vielleicht war auch der Ton zu laut eingestellt. Doch wollte sie Otto den Abend nicht verderben und hielt durch.

Ins Lautertal konnte sie erst am Tag darauf, als die Dämmerung schon einsetzte und Wolken von Westen her über den Himmel zogen. Der Tag war wieder sehr heiß gewesen, die Schwalben flogen tief, und in der Luft lag eine Spannung, als müsse es noch ein Gewitter geben. Marianne fühlte sich seltsam, ein wenig ängstlich sogar, und als die Engstelle am Felsen in Sicht kam, hoffte sie, dass die alte Frau nicht dort sein würde. Aber ihr Kopftuch wollte sie ja doch zurückhaben, es war aus Seide, und Otto hatte es ihr aus dem Osten mitgebracht.

Die Frau saß wieder am Ufer und sah ins Wasser. Marianne stellte das Rad ab und ging auf sie zu. Die Frau sah auf, und als sie Marianne erkannte, hob sie die Hand und hielt ihr das ordentlich zusammengefaltete Kopftuch entgegen. Das Gesicht der Alten – ein schmales, von weißen Haaren eingehülltes Oval, mit scharf eingekerbten Falten von den Nasenflügeln bis zum Mund – schien sich verändert zu haben, das graue Auge betrachtete Marianne anders als zuletzt: ruhig, abwägend.

So kam es Marianne jedenfalls vor.

»Sie haben mein Kopftuch nicht vergessen«, sagte sie, nahm das Tuch, legte es an und knüpfte einen Knoten. »Das ist nett von Ihnen, es ist... es ist aus Paris.«

»Ja«, sagte die Frau, »das glaube ich gerne. Es ist sehr hübsch. Und es steht Ihnen.«

Marianne lächelte kurz und ein wenig verlegen.

»Ich wollte mich noch für die Eier bedanken«, fuhr die Frau fort. Ihre Stimme war leise, aber Marianne konnte sie gut verstehen. »Leider kann ich mich nun gar nicht revanchieren, das ist mir arg, aber ich hätte auch nur einen kleinen Gedichtband für Sie gehabt, aber das sind solche Gedichte, die Sie vielleicht gar nicht lesen dürfen.«

Marianne dachte an Otto und sagte rasch, dass sie für die paar Eier niemals ein Buch angenommen hätte.

»Ich werde in Ihrer Schuld bleiben müssen«, meinte die Frau. »Das ist so... Wir werden morgen weggebracht, und ich glaube nicht, dass wir uns noch einmal sehen werden.«

Marianne erschrak, warum eigentlich? Sie wollte etwas sagen, aber ihr fiel nichts ein.

»Da ist noch etwas.« Die Frau griff in ihre Jackentasche und holte etwas heraus, das Marianne im Zwielicht unter den Bäumen zuerst nicht erkannte. Eine Art Gespinst? Als die Frau es mit beiden Händen hochhielt, sah Marianne, dass es eine Kette war, eine Kette mit einem Anhänger, einem breiten Ring. Aus Gold? Also doch, dachte Marianne. Die Hände der Frau zitterten, und so schaukelte der Ring an der Kette hin und her.

»Er ist über zweihundertfünfzig Jahre alt«, sagte die Frau. »Ich dürfte den Schmuck gar nicht mehr bei mir haben. Dabei war es ein Geschenk von meiner Mutter für mich.« Wieder sah sie Marianne mit einem Blick an, der nicht bittend, sondern abwägend war. »Die hebräischen Zeichen innen im Ring bedeuten Masel Tov, das heißt ›Viel Glück‹... Und viel Glück soll der Ring Ihnen bringen, wenn Sie sich entschließen könnten, ihn für mich aufzubewahren...«

»Ich glaube nicht...«, setzte Marianne an, aber die Frau sah ihr in die Augen und versuchte ein Lächeln.

»Natürlich müssen Sie Kette und Ring gut verstecken«, fuhr sie *fort, »vor allem den Ring. Oder nein: Sie verstecken ihn gar nicht besonders, und wenn jemand danach fragt, sagen Sie... einen Augenblick! Haben Sie einen Großvater oder Urgroßvater gehabt, der Landwirt war? Entschuldigen Sie, wenn ich so frage...«*

»Nichts zu entschuldigen«, meinte Marianne, »mein Großvater mütterlicherseits war Bauer, ich hab ihn sehr gemocht. Aber was hat das...?«

»Er lebt nicht mehr?«

»Nein«, sagte Marianne. »Er ist schon zehn Jahre tot.«

»Dann sagen Sie...«, fuhr die Frau fort, und ihre Stimme klang plötzlich, als wäre sie ein Schulmädchen, das mit einer Freundin einen Streich aushecht, »dann sagen Sie einfach, der Ring sei ganz früher einmal von einem Viehhändler als Pfand zurückgelassen worden, und ihr Großvater habe ihn Ihnen vererbt... Da ist keinerlei Gefahr für Sie, überhaupt nicht, und wenn sich die Zeiten geändert haben und der Krieg vorbei ist, schicken Sie den Schmuck nach London, an meine Tochter...« Sie holte einen Zettel und zwei Zehn-Reichsmark-Scheine aus ihrer Tasche. »Hier finden Sie den Namen und die Adresse, sie ist leicht zu merken, den Zettel sollten Sie dann wohl besser vernichten. Und das Geld – bitte nehmen Sie es für das Porto, Sie sollten es ja dann doch als Einschreiben schicken...«

Eine halbe Stunde später war Marianne wieder zu Hause. Otto saß vor dem Volksempfänger, Marianne ging in die Küche und verstaute die Kette samt dem Ring und die zwanzig Reichsmark dazu in der Dose mit den unbenutzten Gardinenringen. Einen Augenblick überlegte sie, ob sie den Zettel mit der Adresse dieser Alexandra Kahn in South Kensington in eines der Bücher legen sollte, die Otto mit Sicherheit niemals aufschlagen würde. Aber was heißt das schon: mit Sicherheit nicht? Im Wohnzimmer wurde das Radio lauter gestellt, eine Sondermeldung kam, südlich von Kursk hatten deutsche Kampftruppen die russischen Linien durchbrochen und stießen auf Woronesch vor, in einer plötzlichen Anwandlung zerriss Marianne den Zettel und zündete die Papierfetzen in der Spüle an, immer nach nebenan horchend. Aber der Sprecher im Radio sagte, auch Sewastopol stehe vor dem Fall, und so würde

Otto vor dem Radio sitzen bleiben und nicht in die Küche kommen und nicht fragen: Was verbrennst du da? Und er kam auch nicht, sondern wartete auf weitere Meldungen, und Marianne spülte die Asche in den Abfluss und wusch sich die Hände und warf, als sie sie abtrocknete, einen Blick auf den Abreißkalender neben der Küchenuhr. Es war Montag, der 28. Juni 1942.

Mittwoch, 13. Februar 2008

Gewiss habe ich Fragen«, sagte Rechtsanwalt Eisholm, erhob sich langsam und löste dabei aus dem Aktenordner, der aufgeschlagen vor ihm lag, eine Klarsichthülle. Er blickte auf, hinüber zu dem Mann auf dem Zeugenstuhl, und über ihn hinweg zu den Zuhörern in den ansteigenden Bankreihen, die Kopf an Kopf im trüben Lampenlicht des späten Winternachmittags ausharrten. »Aber gewiss doch!«

Er trat zu dem erhöhten, mit einer Blende versehenen Tisch, hinter dem die drei Berufsrichter und die beiden Geschworenen saßen, und zeigte eher beiläufig, wie einen längst bekannten Gegenstand, die Fotografie vor, die in die Hülle eingelegt war. Es war ein Schnappschuss und zeigte eine junge Frau, die einen Blick in den Spiegel ihrer Puderdose warf. Sie hatte auffällig kurzes blondes Haar und trug ein schwarzes, tief ausgeschnittenes Kleid, dazu um den Hals eine Goldkette mit einem Ring als Anhänger. Offenbar war die Aufnahme in der Pause einer Tanzveranstaltung entstanden, und die junge Frau schien nicht bemerkt zu haben, dass sie fotografiert wurde.

Der Vorsitzende Richter nickte, Eisholm ging weiter zum Tisch links der Richterbank. Aber weder Staatsanwalt Desarts noch Kugelmann, der Anwalt des Nebenklägers, ließen einen Einwand erkennen. Schließlich wandte sich Eisholm dem Zeugen zu.

»Diese Fotografie hier, die den Akten beigefügt ist – Herr Zeuge, können Sie uns sagen, wen diese Aufnahme zeigt?«

Markus Kuttler, Kriminalkommissar im Dezernat I der Ulmer Polizeidirektion, stand auf, warf erst einen Blick auf Eisholm und dann auf die Fotografie, die dieser ihm hinhielt. Der Strafverteidiger hatte seinen mächtigen grauen Lockenkopf mit der

Vogelnase und den hellen Augen schräg gelegt, als sei er Gott weiß welchem Engerling auf der Spur.

»Das ist eine Aufnahme von Fiona Morny.«

»Von der Toten also. Und wo haben Sie diese Fotografie gefunden?«

»Auf dem Schreibtisch von Hauptmann Morny«, antwortete Kuttler und reichte die Fotografie zurück. »Sie lag da unter Schriftstücken und anderer Post.«

»Sie sagen: unter anderer Post... Das klingt, als sei die Fotografie mit der Post gekommen?«

»Das Foto ist im Kongresszentrum entstanden«, erklärte Kuttler. »An Silvester 2006... Bei einem Ball im Kongresszentrum, zu dem das Zweite Korps geladen hatte. Der Fotograf, der es gemacht hat, ist mit Herrn Morny befreundet oder bekannt und hat ihm einen Abzug geschickt.«

Kuttler warf einen fragenden oder vielmehr: Einverständnis heischenden Blick zu dem Mann auf der Anklagebank. Ekkehard Morny nickte kaum merklich, ein wenig so, als sei ihm alles Fragen gleichgültig.

»Schön.« Auch Eisholm nickte. »Aber warum haben Sie gerade dieser Fotografie Aufmerksamkeit geschenkt? So sehr, dass sie die Ehre bekam, den Akten hinzugefügt zu werden?«

»Wegen der Goldkette. Offenbar ist sie ein Erbstück, und Frau Morny hat die Kette auch nach Silvester gelegentlich getragen, wie ihr Mann uns gesagt hat. Aber er konnte uns nicht erklären, wo sie abgeblieben ist.«

»Ah ja«, meinte Eisholm, wandte sich halb ab und dann, unerwartet, mit einer plötzlichen Kehre, wieder zu Kuttler zurück. »Verstehe ich Sie richtig – diese Kette oder vielmehr: der Raub dieser Kette ist Ihnen als mögliches Tatmotiv erschienen?«

»Wir haben das nicht ausgeschlossen.«

»Ach? Und wann haben Sie begonnen, dieses Motiv nicht mehr gelten zu lassen?« Eisholms Stimme senkte sich. »Oder ist Ihnen von vorgesetzter Stelle nahegelegt worden, dem nicht länger nachzugehen?«

»Bitte, Herr Verteidiger«, kam es von der Richterbank. Der Vorsitzende Richter Michael Veesendonk hatte eine angenehme, freundliche Stimme, die ohne Mühe durch den ganzen Saal trug. »Stellen Sie konkrete Fragen. Wenn Sie glauben, dass irgendjemand Einfluss auf die Ermittlungen genommen hätte, dann nennen Sie Ross und Reiter. Alles andere führt in die Irre.«

Eisholm, die linke Hand leicht erhoben, als müsse er der Stimme des Richters nachlauschen, nickte.

»Wenn ich dazu etwas sagen darf...«, meldete sich Kuttler zu Wort. »Wir haben mit großem Nachdruck versucht, den Verbleib der Kette zu klären. Es ist mit allen in Betracht kommenden Aufkäufern gesprochen worden. Mit wirklich allen. Mit Goldschmieden, Antiquitätenhändlern, mit den uns bekannten Hehlern.« Kuttler hob die Hände, die Handteller nach oben gekehrt. »Alles Fehlanzeige.«

»Alles Fehlanzeige«, echote Eisholm. »Kann man nichts machen. Aber ich darf doch festhalten« – Eisholm blickte nach links, wo die Protokollführerin des Gerichtes saß –, »dass hier eine Frage, die in engem Zusammenhang mit dem Verbrechen steht, unbeantwortet geblieben ist. Ganz einfach unbeantwortet.« Er wandte sich wieder an Kuttler. »Gibt es vielleicht noch andere Fragen, die Sie nicht beantworten können?«

»Herr Verteidiger!« Wieder hatte sich Veesendonk eingeschaltet. »Es gibt viele Fragen, die der Mensch nicht beantworten kann, und also auch der Herr Kuttler hier im Zeugenstand nicht. Wir Menschen wissen nicht einmal, warum das Universum besteht. Im Übrigen gibt sich dieser Zeuge alle Mühe, Ihre Fragen umfassend zu beantworten. Respektieren Sie das bitte.«

Eisholm verbeugte sich wortlos, aber eine Spur zu tief. Für einen Augenblick herrschte Schweigen.

»Es ist richtig, dass einige Fragen offen geblieben sind«, sagte Kuttler in die Stille hinein. »Wir wissen nicht, wo Frau Morny den Nachmittag und den Abend vor ihrem Tod verbracht hat. Wir wissen nur, dass sie am frühen Nachmittag eine Gruppe indischer Geistlicher durch die Klosteranlage Wiblingen geführt hat, dass sie ferner gegen sechzehn Uhr in Neu-Ulm ihren

Wagen aufgetankt hat und dass sie kurz vor Mitternacht nach Hause zurückgekehrt ist. Der Bordcomputer weist aus, dass mit dem Fahrzeug nach dem Tanken ungefähr einhundertvierundachtzig Kilometer zurückgelegt worden sind.«

»Sie treten sehr bescheiden auf, finden Sie nicht?« Eisholm war dicht an Kuttler herangetreten.

»Ich verstehe Sie nicht.«

»Oder täusche ich mich? Sollten Sie ganz im Gegenteil nicht noch sehr viel mehr Bescheidenheit an den Tag legen, was das Ausmaß Ihres Unwissens betrifft?«

»Herr Verteidiger!«, ertönte es vom Richtertisch. Der Vorsitzende Richter Michael Veesendonk hatte sich vorgebeugt, und seine Augen waren plötzlich sehr schmal geworden. »Im Umgang mit Zeugen duldet dieses Gericht weder Sarkasmus noch Hohn.«

Wieder verbeugte sich Eisholm. »Ich bitte um Entschuldigung.« Er wandte sich an den Vorsitzenden Richter. »Dieses Gericht wird mir aber wenigstens den Vorhalt zugestehen, dass dieser Zeuge nicht nur nicht weiß, wo Frau Morny ihre letzten Stunden verbracht hat, sondern dass er – und das ist noch sehr viel gravierender – vor allem nicht weiß, mit wem sie das getan hat...«

»Aber das ist doch schamlos!«, unterbrach ihn Rechtsanwalt Kugelmann, dessen Gesicht sich gerötet hatte. »Was wir hier aufzuklären haben, das ist das Geschehen im Haus des Ehepaars Morny... Was bitte ist passiert, nachdem Fiona Morny nach Hause gekommen ist? Und was im Obduktionsbericht steht, das ist doch allen Prozessbeteiligten zur Genüge bekannt, das muss man doch nicht breittreten...«

Eisholm hatte sich von Kuttler abgewandt und trat einen Schritt auf Kugelmann zu, den Kopf mit der vorspringenden Nase angriffslustig vorgereckt. »Doch, Herr Kollege, über diesen Obduktionsbericht werden wir noch sehr ausführlich zu sprechen haben, sehr, sehr ausführlich...«

Über den Nachmittag breitete sich Zwielicht aus und drückte auf die Augenlider. Mit gleichmäßiger Geschwindigkeit glitten struppige graugrüne Fichtenwälder an dem ICE vorbei, bemoostes Felsgestein, dann wieder Dörfer und Kleinstädte, die so schnell vorbeihuschten, als schämten sie sich ihrer Eternit-Fassaden und ihrer Dachantennen.

Der Mann, der jetzt die Leselampe über seinem Sitz einschaltete, hatte kurz geschnittenes graues Haar und einen Ausdruck in seinem Gesicht, als sei ihm neben vielen anderen Dingen auch völlig gleichgültig, ob er für die schwarzen Jeans, die er in Kombination mit einem Tweedsakko trug, nicht eigentlich zu alt sei. In Nürnberg hatte er sich eine Ausgabe des *Tagblatts* besorgt, nun nahm er die Seite, die er aufgeschlagen hatte, wieder auf und las ein zweites oder drittes Mal, was ihm schon beim ersten Lesen nicht gefallen hatte.

Mit dem rauchenden Revolver erwischt

Erster Tag im Prozess um Mord mit Handkantenschlag – Angeklagter streitet alles ab

ULM (frz) Bereits am ersten Verhandlungstag im Prozess um den Mord an der Kunsthistorikerin Fiona M. (27) haben sich gestern heftige Kontroversen zwischen der Verteidigung und der Staatsanwaltschaft angekündigt. Jürgen Eisholm, der Anwalt des angeklagten Ehemannes und Bundeswehr-Hauptmanns Ekkehard M. (32), wirft den Ermittlungsbehörden eklatante Versäumnisse vor.

»Ich war es nicht.« Mit kaum hörbarer Stimme hat Ekkehard M. gestern vor der Schwurgerichtskammer des Ulmer Landgerichts seine Unschuld beteuert. Zuvor hatte der 1.90 Meter große Mann scheinbar gefasst, aber aschfahl im Gesicht die Anklageschrift angehört, die der Erste Staatsanwalt Rüdiger Desarts vortrug. Danach hat der 32jährige Bundeswehroffizier, der zuletzt im Kosovo eingesetzt war, seine Frau aus Eifersucht ermordet: »Bei einem Heimaturlaub musste er entdecken, dass seine Frau ihr eigenes Leben führen wollte. Das ertrug er nicht.« Die Todesursache – vermutlich ein Handkantenschlag gegen den Kehlkopf – ist nach Desarts' Ansicht ein unübersehbarer Fingerzeig auf den Angeklagten, der als Ausbilder von Nahkampf-Einheiten über ein tödliches Spezialwissen verfüge: »Das Tatgeschehen ist so offenkundig, als hätten wir ihn mit dem rauchenden Revolver erwischt.«

Der Mann im Zugabteil schüttelte den Kopf und legte die Zeitung wieder zur Seite, ohne den Artikel zu Ende gelesen zu haben. Er erinnerte sich an das letzte Mal, als er das *Tagblatt* aufgeschlagen hatte. Damals war ebenfalls von einem rauchenden Revolver die Rede gewesen. Es war unmittelbar vor dem Einmarsch der Amerikaner in den Irak, und der Leitartikler hatte Luftbilder von irgendwelchen Röhren zum unwiderlegbaren Beweis für den Bau irakischer Atombomben erklärt.

Er blickte um sich und holte, als ihm niemand zusah, eine Klarsichtmappe aus seiner Aktentasche, schlug sie auf und blätterte, bis er eine der darin eingehefteten Fotografien fand.

Ein gälischer Name? Hießen Druidinnen so? Egal. Fiona also: ovales Gesicht, schmaler Mund mit fein gezeichneten Lippen, die Nase schmal, gerade, die Linie der Augenbrauen – ach!, dachte der Mann: Wie soll einer Anmut beschreiben? Das bloße Wort ist hübsch, aber auch das bloße hübsche Wort behauptet nur. Und Anmut, könnte man ihr Signalement für den Polizeibericht herrichten, wäre nicht mehr Anmut. Sie entzieht sich, sie gehört niemandem, schon gar nicht dem, den sie berührt.

Die Haare? Ein wenig sehr kurz. Ein Signal an das eigene Geschlecht? So kurz nun auch wieder nicht. Der Gesichtsausdruck? Nun ja, wie eine Frau eben in den Spiegel sieht: prüfend und aufmerksam, nicht so verklemmt, wie Männer das tun. Nur prüfend? Eher wachsam: also auf der Hut? Vor wem? Dem Alter? Den Falten? Dem Morgen danach?

Der Mann zog eine Grimasse. Plötzlich war er sich nicht sicher, was diese Fotografie wirklich zeigte. Wen betrachtete die junge Frau? Sich selbst, das Make-up überprüfend, oder beobachtete sie jemanden im Spiegel, verhohlen? Unversehens entschwand auch die Illusion von Anmut, die ihn so angesprochen hatte. Eine hübsche, eine aparte junge Frau, ja doch. Aber um den Mund war ein Zug, der – wenn man genau hinsah, sehr genau – ein Unbehagen andeutete, vielleicht auch Enttäuschungen oder sogar Bitterkeit...

Wie alt war sie? 27 Jahre? Die Bitterkeit ist ein wenig früh gekommen, dachte der Mann und wollte weiterblättern, aber dann warf er doch noch einen Blick auf die Goldkette und ihren Anhänger, einen breiten Ring, um den sich ein Relief zu ziehen schien. Eine Antiquität? Aber wer hatte solche Ringe gefertigt, und zu welchem Zweck? Irgendwo hatte er gelesen, die Kelten hätten ihren Toten deren Schmuck mit ins Grab gegeben, weil dieser Teil ihrer Identität gewesen sei... Er blätterte um, zu der handschriftlichen Notiz auf der Rückseite der Fotografie: »Kongresszentrum, Silvesterball II. Korps«, dazu die Jahreszahl.

Der Mann, die Mappe in der Hand, lehnte sich zurück und versuchte nachzudenken. Ein Tanz ins neue Jahr also. Aber von diesem neuen Jahr hatte die junge Frau nicht mehr viel gehabt, gerade fünf Monate. Vier Monate und elf Tage, um genau zu sein. Denn in der Nacht auf Freitag, den elften Mai, irgendwann kurz vor oder nach Mitternacht, hatte man sie totgeschlagen.

Wo? Ein Zeuge hatte am Donnerstagabend Licht im Haus der Mornys gesehen. Vermutlich also dort.

Und dann? Dann war die Leiche in ein Kleingartengelände gebracht und dort in einer verlassenen, von verwildertem Busch- und Strauchwerk überwucherten Parzelle abgelegt worden, fürsorglich beschattet von Holunder und Haselnuss, Brombeerranken unter den zerkratzten Beinen, das schwarze Cocktailkleidchen hochgeschoben. Dort hätte sie eine Weile liegen bleiben können, den Maienhimmel im blicklosen Auge und Marienkäfer im blonden Haar.

Doch der verwilderte Garten gehörte zu den Jagdgründen einer Gang aufgeweckter Zwölfjähriger, und die riefen am Samstag, dem zwölften Mai, die Polizei.

Wie hatte man die Leiche dorthin gebracht? Mit dem französischen Kleinwagen, der auf Fiona Morny zugelassen war und an dessen Reifen sich Erd- und Lehmanhaftungen in exakt der mineralogischen Zusammensetzung fanden, wie sie in eben jenem Kleingartengelände vorkommt und vermutlich nur dort. Experten hatten das herausgefunden, ein geologischer Fingerabdruck also, Eisholm würde niemanden finden, der das widerlegte.

Was kennzeichnete den Fundort sonst? Der Mann kannte die Stadt gut genug, um sich selbst ein Bild zu machen. Die Gärten lagen gut vier Kilometer vom Haus der Mornys entfernt an einem Hang, auf der anderen Seite des Tals der Blau, unterhalb der Ulmer Wilhelmsburg und damit unterhalb des Militärgeländes, das Kommando und Stab des Zweiten Korps beherbergte. Und über den Weg oberhalb des verwilderten Gartens schnaufte und trabte morgens das zum Frühsport angetretene Militärpersonal, darunter vermutlich auch Hauptmann Ekkehard Morny, Nahkampf-Experte und gewesener Ehemann.

Noch immer hatte der Mann die Mappe mit den Fotografien und den Kopien der Gutachten und Vernehmungsprotokolle in der Hand. Er schlug die Mappe auf und blätterte sie durch, bis er die Fotografie vom Fundort der Leiche fand. Bei Gott, dachte er, das ist zu blöd. Wenn man es sich aussuchen kann, legt man eine Leiche so ab, dass selbst Polizisten an jeden, nur nicht an einen selbst denken. Also?

Eine Stimme mit sächsischem Anklang drang an sein Ohr. »Ihre Fahrgarte, bitte.«

Neben ihm stand eine junge dickliche Frau in einem blauen Kostüm und tat so, als habe sie das Foto der vom Gebüsch beschatteten, von Sträuchern umstandenen jungen Toten nicht gesehen. Der Mann seufzte, legte die Mappe zur Seite und holte sein Ticket aus der Innentasche seines Sakkos.

Eisholm hatte sich wieder auf seinen Platz gesetzt und blätterte in seinem Aktenordner. »Der Herr Vertreter der Nebenklage hat vorhin dankenswerterweise die Obduktionsergebnisse erwähnt, die den Ermittlungen ja offenbar eine entscheidende Wende gegeben haben«, sagte er schließlich in einem fast gleichgültigen Ton. »Eine entscheidende Wende, ja doch.« Er hatte eine Lesebrille aufgesetzt und blickte über deren Ränder hinweg zu Rechtsanwalt Kugelmann und dem kleinen, weißhaarigen Herrn, der neben Kugelmann saß: dem Nebenkläger, dem Vater der toten Fiona Morny. Eisholms Blick war weniger warnend als vielmehr prüfend, wie er seine nächsten Fragen zu dosieren habe. Schließlich wandte er sich wieder an Kuttler. »Den Mann, dem Sie die Sperma-Spuren an und in der Leiche zuordnen – haben Sie den inzwischen ermittelt?«

»Nein.«

»Nein?«

Kuttler warf einen Hilfe suchenden Blick zum Vorsitzenden Richter. »Zum Ergebnis der Obduktion bitte ich doch, den Gerichtsmediziner Dr. Kovacz zu befragen. Ich kann nur wiedergeben, was mir selbst dazu gesagt wurde: dass diese Anhaftungen nicht vom Ehemann stammen.«

»Deuten die Spuren auf eine Vergewaltigung hin?«

»Muss das denn sein!«, rief Kugelmann. »Das steht doch alles im Gutachten ...«

»Es tut mir leid, Herr Vertreter der Nebenklage«, schaltete sich der Vorsitzende Richter ein, »aber wir können über diesen Punkt nicht hinweggehen.«

»Ich möchte noch einmal bitten, dazu Herrn Dr. Kovacz zu befragen«, sagte Kuttler. »Ich kann nur das sagen, was wir von ihm gehört haben. Und das habe ich so verstanden, dass Hinweise auf eine Vergewaltigung nicht gefunden worden seien.«

»Na schön«, meinte Eisholm. »Wir haben hier also eine tote Frau, von der wir wissen, dass sie vor ihrem Tod Geschlechtsverkehr hatte, aber nicht mit ihrem Ehemann. Und jetzt sehen Sie mich bitte nicht so an, als wollten Sie sagen: Na und?«

Kuttler wollte protestieren, aber Eisholm hob gebieterisch die Hand. »Sie sind noch ein junger Mann, Herr Zeuge. Vielleicht glauben Sie, ein Geschlechtsakt sei etwas von der Art, als trinke man ein Glas Wasser oder gehe vor die Tür und rauche eine Zigarette. Das aber wäre ein Irrtum.« Er unterbrach seine Wanderung, die ihn seit geraumer Zeit vor der Richterbank auf und ab führte, und blieb wieder vor Kuttler stehen. »Der Geschlechtsakt, Herr Zeuge, ist das einzige wirklich existenzielle Tun im menschlichen Leben, und eben deshalb ist es dem Töten so entsetzlich verwandt, wie es sonst keine zwei Dinge sind, die eigentlich ein Entgegengesetztes bewirken...«

»Herr Verteidiger!« Grollend hatte sich Veesendonks Stimme erhoben, und für einen Augenblick mochte man meinen, seine Haare hätten sich gesträubt, so dass man die Form des lang gestreckten schmalen Schädels sah. Aber das lag nur daran, dass das Licht der Deckenlampen durch das ein wenig schütter gewordene Haar des Vorsitzenden Richters fiel. »Wäre es Ihnen möglich, konkrete Fragen zu stellen? Für allgemeine Erörterungen ist der heutige Verhandlungstag bereits sehr fortgeschritten.«

»Wie Sie meinen.« Eisholm machte kehrt und setzte sich auf seinen Platz. »Ich habe dem Zeugen und damit auch dem Gericht nur vor Augen führen wollen, dass wir den Tod dieser bedauernswerten jungen Frau nicht aufklären können, wenn wir nicht wissen, mit wem sie in den Stunden zuvor wo zusammen war und welcher Art ihre Beziehung zu diesem Großen Unbekannten gewesen ist...« Er machte eine Pause und warf einen Blick auf die Zuhörer, der Blick blieb an dem mächtigen dicken Mann hängen, der nun schon seit Verhandlungsbeginn in der ersten Reihe saß – in der ersten Reihe sitzen musste, weil er seinen Bauch, den er gerne mit beiden Händen umfasst hielt, in den hinteren Reihen nicht hätte unterbringen können. Eisholm nickte.

»Aber das Hohe Gericht hat mich dazu angehalten«, fuhr er fort, »konkrete Fragen zu stellen. Also, Herr Zeuge: Haben Sie im Hause Morny irgendwelche Spuren entdeckt, deren DNA-Struktur mit dem gefundenen Sperma übereinstimmt?«

»Nein.«

»Der Geschlechtsakt hat also nicht dort stattgefunden?«

»Das schließen wir aus.«

»Ich verstehe Sie richtig, diese junge Frau...« – Eisholm hatte sich zurückgelehnt, die Arme vor der Brust verschränkt – »diese junge Frau fährt also einhundertachtzig Kilometer, um einen Mann zu treffen und mit ihm zu schlafen? Aber dann sagen Sie mir jetzt doch bitte, wie sie ihn gefunden und wie sie sich mit ihm verabredet hat.«

»Das wissen wir nicht«, antwortete Kuttler kleinlaut. »Es gibt zwar ein privates Adressenverzeichnis von Frau Morny, aber die darin enthaltenen Telefonnummern haben fast ausschließlich zu ihrem beruflichen Umfeld gehört – es waren Anschlüsse von Museen, Fremdenverkehrsämtern, Antiquitätenhändlern. Verzeichnet waren auch einige Anschlüsse von Studienkollegen.«

»Fast ausschließlich, sagen Sie. Und der Rest?«

»Frisiersalon. Autowerkstatt. Die Durchwahl zum Dienstanschluss ihres Mannes. Seine private Handy-Nummer. Der Installateur. Die Nummer ihrer Gynäkologin... Wir haben mit all diesen Personen gesprochen. Das Ergebnis war negativ.«

»Negativ?«

»Der Mann, mit dem sich Frau Morny getroffen hat, befand sich nicht darunter. Und niemand konnte uns sagen, um wen es sich gehandelt hat. Wiederholt hat man uns zu verstehen gegeben, Fiona Morny sei sehr verschlossen gewesen.«

»Habe ich Sie richtig verstanden?« Eisholm beugte sich vor, die Augen auf Kuttler gerichtet. »Sie haben herausgefunden, dass das Sperma nicht von der Gynäkologin herrührt? Sehr beruhigend. Besaß Frau Morny ein Mobiltelefon?«

»Ja. Auch hier haben wir die Anrufe zurückverfolgt.« Eine leichte Röte hatte sich über Kuttlers Gesicht gezogen. »Es war der gleiche Personenkreis, mit dem Frau Morny auch über das Festnetz telefoniert hat.«

»Haben Sie das gehört, Hohes Gericht?«, fragte Eisholm, an Veesendonk gewandt. »Warum sitzen wir hier eigentlich? Und warum, Herr Vorsitzender, ist dieses Fragment einer Anklage überhaupt zu einer Hauptverhandlung zugelassen worden?« Plötzlich lächelte er. »Oder sollte das Gericht der bestimmten Ansicht sein, bei dieser jungen Frau sei es nicht weiter darauf angekommen, wann sie mit wem zusammen war? Dann ist es ...«

Er kam nicht weiter, denn Kugelmann war hochgefahren, mit hochrotem Kopf und wehenden Talarärmeln. »Hohes Gericht! Diese Unterstellungen sind infam ...«

»Sie sind auch überflüssig«, ergänzte Staatsanwalt Desarts. »Hier interessiert doch einzig, was geschehen ist, nachdem die Ehefrau Morny nach Hause gekommen ist ...«

»Geschätzter Kollege«, sagte Eisholm und fixierte Kugelmann, »warum unterstützen Sie eigentlich nicht meine Forderung, den wirklichen Ablauf aufzuklären? Das wäre doch der beste Weg, allen Unterstellungen das Wasser abzugraben, auch und gerade den infamen.«

»Sie!«, brachte Kugelmann heraus und wies zornig mit dem Zeigefinger auf Eisholm. »Sie ...«

»Einen Augenblick.« Veesendonk war zum ersten Mal laut geworden. »Ich unterbreche jetzt die Sitzung. Der Wortwechsel gerade eben hat gezeigt, dass die Nerven der Verfahrensbeteiligten nicht mehr die besten sind. Das beeinträchtigt auch die Aufnahmefähigkeit.« Er beugte sich vor und fasste Kuttler ins Auge. »Können Sie morgen Vormittag noch einmal kommen?« Kuttler nickte.

»Na schön«, sagte Veesendonk. »Die Verhandlung wird morgen, neun Uhr, mit der weiteren Vernehmung des Zeugen Kuttler fortgesetzt.«

Nachtschwarze Wälder. Dahinter, nur zu ahnen, die Donauauen. Fern im Norden eine Hügelkette, von Lichtern gesäumt. Im Großraumabteil die Passagiere, vom Licht der Leselampen gegen die Dunkelheit abgeschirmt, lesend? Nein: Die meisten waren über ihre Laptops gebeugt, arbeitend oder elektronische Patiencen legend. Das Fahrgeräusch: einschläfernd, ein gleichmäßiges Brausen.

Der grauhaarige Mann hatte den Klarsichtordner wieder in seiner Reisetasche verstaut und starrte in die Dunkelheit hinaus. Vor einem Dreivierteljahr war auch Hauptmann Ekkehard Morny durch die Nacht gefahren, zurück nach Hause, wo er seinen überraschend bewilligten Heimaturlaub nicht angekündigt hatte – warum eigentlich nicht?

Er wird seine Gründe gehabt haben, dachte der Mann.

Und dann? Es war nicht der gleiche Zug gewesen, sondern einer der letzten Züge an diesem Tag. Irgendwann nach 23 Uhr war der Hauptmann angekommen und ausgestiegen und hatte nicht zuhause angerufen und hatte kein Taxi genommen und auch den Bus nicht, sondern war in die grauenvolle, von Neonröhren beleuchtete Bahnhofsrestauration gegangen und hatte ein Pils bestellt und einen Kurzen und dann noch ein Pils und noch einen Kurzen, bis man ihn hinauswarf. Warum tut sich jemand das an?

Weil er seine Gründe hatte, du Narr.

Und weiter? Dann hat ihn ein Taxifahrer nach Hause gefahren, kurz nach Mitternacht, in das schmucke Wohngebiet für die rechtschaffenen, die besser situierten Leute, und Hauptmann Morny schlug stolpernd den Weg durch den Garten ein, zu seinem Haus, zu seinem dunklen, unbeleuchteten Haus, wie der Taxifahrer sich erinnert. Und dann?

Was fragst du? Wenn du es wüsstest, hättest du Eisholms Auftrag nicht anzunehmen brauchen.

Vielleicht haben Herr Hauptmann wirklich einen Black-out gehabt und wissen von nichts und wachen am nächsten Morgen auf, noch in der Bundeswehr-Unterwäsche, allein im Ehebett, mit trockenem Mund und dem erbärmlichen Geschmack von zu viel Bier und zu viel Schnaps, und machen fünfzig Liegestütze und duschen sich und rasieren sich und finden ein Stützbier im Kühlschrank, und gehen hinunter in den Keller und holen das nächste Bier und wundern sich, wieso da der kleine französische Wagen steht, wenn doch das Haus und das Ehebett sonst so leer und verlassen sind, aber solange noch Bier da ist...

Das ist die eine Version. Die Version von Ekkehard Morny, der sich zielstrebig, gleichmäßig und unerschütterlich eine

Nacht, einen Tag und noch eine Nacht hindurch betrunken haben will, bis es klingelte und die Polizei dastand und ihn nach seiner Frau fragte und eine Antwort haben wollte, wo sie doch riechen konnte, dass es keine geben würde, jedenfalls keine vernünftige...

Oder, und das ist die Version des Staatsanwalts Desarts: Ekkehard Morny erreicht stolpernd das Wohnzimmer, und da sitzt die Zauberfee mit den kurzen blonden Haaren und dem feinen Gesichtchen, frisch gevögelt, und erblickt ihren Mann und sagt, das ist aber eine nette Überraschung, wie lieb, dass du mir gleich auch einen Rausch mitgebracht hast! Ein Wort gibt das andere, bis der Herr Hauptmann – Sechs Fuß hoch aufgeschossen/Ein Kriegsgott anzuschauen – genug hat und die kleine blonde Zauberfee nicht einfach bloß grün und blau schlägt, sondern sie totmacht, einfach so, mit einem Hieb.

Hat nicht Kant gesagt, das Übel am Kriege sey, dass er mehr böse Menschen hervorbringe, als er wegnehme?

Vorausgesetzt, es ist wirklich Krieg, was Hauptmann Morny im Kosovo besorgt oder betrieben hat.

Und weiter vorausgesetzt, es war auch so abgelaufen, wie Staatsanwalt Desarts das behauptet. Aber selbst dann, dachte der Grauhaarige, hat Desarts nicht alle Tassen im Schrank, dass er wegen Mordes anklagt: Totschlag reicht auch. Nur ist das Eisholms Problem.

Deines ist ein anderes. Zum Beispiel das: Ist Ekkehard Morny tatsächlich so wenig betrunken gewesen, dass er die totgeschlagene Fiona in ihren Wagen packt und sie damit umsichtig aus dem Haus bringt, um dann wiederum so betrunken zu sein, dass er sie fast bis zur Wilhelmsburg fährt und an einer Stelle ablädt, bei der jeder...

Stopp.

Und was ist mit dem Schmuck? Warum lässt er ihr die Kette nicht? Warum muss sie abgemacht oder weggerissen und fortgeworfen werden?

Er schüttelte den Kopf und angelte seine Taschenuhr aus der Hosentasche und klappte sie auf. Aber schon wieder war sie bei sechs vor drei Uhr stehen geblieben. Er versuchte sie aufzuziehen, aber sie war gar nicht abgelaufen. Missmutig schüttelte er sie, die Uhr lief gehorsam ein paar Sekunden und blieb wieder stehen.

Mittwoch, 13. Februar, Abend

Es war dunkel im Zimmer, nur die Straßenlaterne draußen gab gerade so viel Licht ab, um die beiden Rechtecke des Fensters gegen die nachtschwarze Wand abzuheben. Das Keuchen hatte aufgehört und war in ein tiefes erschöpftes Atmen übergegangen. Wenn es denn ein Keuchen gewesen war. Es gibt kein richtiges Wort dafür, dachte Kuttler, jedenfalls nicht für dieses Geräusch, Stöhnen kann man es nicht nennen: Wir sind doch nicht in einem Porno! Manches Mal war es ein Schreien gewesen, aber Puck hatte es sich abgewöhnt, seit Janina einmal davon aufgewacht war. Also können sie es, wenn sie es wollen, unter Kontrolle halten... Sie? Es?

Ach, was weißt du von den Frauen!

Puck kauerte noch immer über ihm, ihr Gesicht ganz nah bei dem seinen, und er spürte ihre Brustspitzen auf seiner Haut.

»Dieser blöde Anwalt, was hat der zu dir gesagt?«, flüsterte sie. »Dass Bumsen so etwas wie der Tod ist?«

»Bumsen hat er es nicht genannt.«

»Diese wichtigtuerischen alten Männer!«, stellte Puck fest und hob ihre Hüfte an, so dass sein Glied nass und satt aus ihr herausglitt.

»Na ja«, meinte Kuttler, »die Franzosen haben einen Ausdruck dafür: la petite mort...«

»La petite mort«, echote Puck, und sie sprach es so gedehnt aus, dass ihre Stimme ein wenig ins Gurren kam, »glaubst du nicht, dass ich vielleicht auch weiß, was das ist, lange schon?«

»Was stört dich dann?«

»Dass so ein alter Knacker mit dir darüber redet und dir ein solches Zeug vorhält und dabei in Wirklichkeit von dem einen keine Ahnung hat und von dem anderen auch nicht.«

»Egal«, sagte Kuttler. »Für heute hab ich Ruhe vor ihm.«

Puck hatte sich seitlich neben ihn gelegt, so dass ihre Hand sein Glied erreichte und es behutsam einschloss. Plötzlich schien ihre Hand zu erstarren: Das Telefon hatte angeschlagen. Es lag auf dem Nachttischchen und begann auf der Glasplatte zu vibrieren und sich zu drehen.

Warum hab ich das Scheißding nicht ausgeschaltet, dachte er, dann fiel ihm ein, dass er es ziemlich eilig gehabt hatte und Puck auch und dass er es das nächste Mal am besten im Wagen ließ...

»Geh halt in Gottes Namen dran!«, sagte Puck und zog ihre Hand weg. Er nahm das Handy und meldete sich. Eine Weile hörte Kuttler nur zu und sagte nichts, bis zu einem ergebenen: »Ja, ich komm so schnell wie möglich.« Dann legte er das Handy zurück und blieb einen Augenblick so liegen wie zuvor, den Oberkörper auf dem einen Ellbogen aufgestützt.

Beide schwiegen.

Schließlich atmete Puck tief durch. »Du musst also noch mal weg«, sagte sie. »Reicht es noch für eine Tasse Kaffee?«

»Nein«, meinte Kuttler, richtete sich auf und schwang die Beine vom Bett. »Es ist... ach Scheiße!«

»Was hast du sagen wollen?«

Kuttler schaltete die Nachttischlampe ein und stand auf. »Ich wollte sagen, dass es komisch ist. Aber das ist es nie.«

In das gleichmäßige Brausen des Fahrgeräuschs mischte sich der Bordlautsprecher: »Verehrte Fahrgäste«, gab der Zugführer durch, »in wenigen Minuten erreichen wir Ulm Hauptbahnhof.«

Der Mann stand auf, zog seinen schwarzen Mantel an und setzte seinen zerbeulten Hut auf. Auch der Hut war schwarz. Früher als der Mann erwartet hatte, wurde der ICE abgebremst. Bogenlampen schoben sich am Abteilfenster vorbei, Schuppen, Werkstattgebäude, wurden langsamer, blieben stehen. Der Mann bückte sich und sah hinaus. Das ist der Bahnhof von Neu-Ulm, dachte er, so schön ist der nicht, dass ihr hier halten müsst!

»Verehrte Fahrgäste«, über den Lautsprecher meldete sich schon wieder der Zugführer, »wegen einer Störung im Betriebsablauf ist die Einfahrt in den Hauptbahnhof Ulm vorübergehend blockiert. Wir hoffen, die Fahrt in wenigen Minuten fortsetzen zu können.«

Störung im Betriebsablauf? Der Mann runzelte die Stirn. Es geht dich nichts an, sagte er sich dann. Auf der Ausstiegsplattform vor ihm stritt sich ein Mensch, der einen Schlapphut zu einem Lodenmantel trug und einen cholerisch gesträubten Schnauzbart im Gesicht hatte, mit dem Zugschaffner, weil sich die Tür nicht öffnen ließ: Warum er – »Herrgottsakrament noch mal!« – nicht aussteigen könne, wenn dies der Neu-Ulmer Bahnhof sei und sie damit so gut oder so schlecht in Ulm angekommen seien wie am Hauptbahnhof? Der Schaffner erklärte ihm geduldig, dass in Neu-Ulm kein fahrplanmäßiger Halt vorgesehen sei, außerdem habe der Fahrgast ja ein Ticket bis nach Ulm gelöst und demnach Anspruch, auch dorthin gebracht zu werden, worauf der Mensch im Lodenmantel wissen wollte, wieso – wenn es hier keinen fahrplanmäßigen Halt gebe – dieser depperte Zug dann stehen geblieben sei und ob der Schaffner vielleicht glaube, die Bahn habe nicht ohnehin mehr als genug Verspätungen und selbst bei ihren eselsgeduldigsten Kunden längst allen Kredit verspielt und verwirtschaftet? Er wartete dann aber keine Antwort ab, sondern leitete über zu einigen ausführlicheren Mutmaßungen, welche die Intelligenz des Schaffners betrafen sowie die unternehmerische Kompetenz der Verantwortlichen der Bahn AG insgesamt und deren Rechtschaffenheit...

»Könnten Sie nicht Ihren Zugführer anrufen«, schaltete sich der Mann in dem schwarzen Mantel ein, an den Schaffner gewandt, »und bitten...«

Eine neuerliche Lautsprecherdurchsage unterbrach ihn: Die Weiterfahrt verzögere sich leider, aber die Fahrgäste mit Fahrziel Ulm könnten hier in Neu-Ulm aussteigen und ihr Fahrziel mit dem öffentlichen Personennahverkehr erreichen, die Fahrkarten seien für dessen Benutzung gültig.

Die Tür öffnete sich. »Na also!«, sagte der Mensch im Lodenmantel, stieg aus, eine schwere Aktentasche schwingend, der Mann im schwarzen Mantel folgte bedächtig, den Träger seiner Reisetasche über der Schulter.

Der Tag war von den Morgenstunden bis lange in den Nachmittag hinein spätwinterlich kalt, aber klar gewesen. Jetzt hing Nebel zwischen den Bahnsteigen und ihren Lampen, und die zugefrorenen Pfützen knirschten unter den Tritten. Der Mann ging rasch am Bahnhofsgebäude vorbei, aber das letzte freie Taxi war schon von dem Lodenmantelträger in Beschlag genommen worden. So musste er auf einen Bus warten. Er war nicht allein, auch andere Passagiere, die mit ihm ausgestiegen waren, vertraten sich fröstelnd die Füße an der Haltestelle.

Das hast du nun von deiner Eile, dachte er, der Zug wäre wenigstens geheizt gewesen. Und überhaupt – was hast du es so eilig? In diese Stadt da drüben zieht es dich nicht zurück. Und der Auftrag, den du übernommen hast – schweigen wir lieber davon! Nun ja, wer sich seine Aufträge aussuchen will, hat bald keine...

Von der Kneipe an der anderen Seite des Bahnhofsvorplatzes näherte sich ein Halbwüchsiger und schnippte seine halb gerauchte Zigarette nach einer lahmenden Taube. Dann verschwand er wieder, gleich darauf kam der Bus. Der Mann stieg als Letzter ein und setzte sich nach hinten, auf einen der erhöhten Plätze.

Der abendliche Berufsverkehr hatte sich längst aufgelöst, und auf den Gehsteigen waren nur noch einzelne Passanten unterwegs. Der Bus erreichte die Brücke, die über die Donau führt; der Mann reckte den Hals, aber den Fluss sah er nur als ein breites schwarzes Band, halb verdeckt von den Nebelschwaden, die ihm entstiegen. Rechts schien der gläserne Hotelturm des Hotels »Vier Jahreszeiten« über dem Nebel zu schweben, der Stadt enthoben: Eisholm würde dort abgestiegen sein.

Der Bus kam zu einem Platz, der eigentlich nichts weiter war als eine Haltestelle von Straßenbahn und der sich hier kreuzenden Buslinien. Der Mann blieb bis zur nächsten Station sitzen, dann stieg er aus. Er wartete, bis der Bus weitergefahren war, und blieb noch immer stehen. Vor ihm lag das Justizgebäude, ein Imponierpalast aus wilhelminischen Zeiten, und doch fühlte der Mann eine seltsame Vertrautheit. Er hätte jeden Einzelnen der Verhandlungssäle beschreiben können, und jeder hatte in seiner Erinnerung seine ihm eigentümliche Atmosphäre, sogar seinen eigenen Geruch (der notorische Mief von Saal 113, sobald dort auch nur länger als eine Stunde nicht gelüftet wurde!), und jeder Saal war voll der Geschichten vom Scheitern, vom Misslingen und vom alltäglichen Unglück. Und manchmal auch davon, wie das Böse in ein Leben einbricht und es zerstört. Das Böse? Merkwürdig, dachte der Mann. Die Menschen wissen im Grunde noch immer nichts darüber, und doch ist es Teil ihrer Natur.

Er lüftete seinen Hut und fuhr sich über die Stirn. Dann überquerte er die Straße, ging rechts am Justizgebäude vorbei und weiter die Gasse hinauf, die zu seinem Hotel führte. In Tonios Café brannte noch Licht, aus den Augenwinkeln sah er die Silhouette eines Mannes, der so dick war, dass er den Barhocker ein gutes Stück vom Tresen hatte wegrücken müssen. Für einen Augenblick überkam ihn die Empfindung, dieser Mann sei schon immer dort gesessen und würde dort bleiben bis ans Ende aller Tage.

Er aber wollte erst einmal sein Zimmer sehen und sein weniges Gepäck unterbringen, vielleicht auch duschen. Das Hotel lag links von der Gasse, es war ein altes Haus und konsequent altmodisch zugleich, man hätte es als Gegenbeispiel zum »Vier Jahreszeiten« nehmen können. Die junge Frau, die auf sein Klingeln hin an der Rezeption erschien, kannte er freilich nicht. Sie war eine Osteuropäerin, und aus irgendeinem Grund schien sie Misstrauen gegen ihn zu hegen oder gegen Hotelgäste im Allgemeinen.

»Für mich sollte ein Zimmer reserviert sein«, sagte der Mann und legte Hut und Handschuhe ab. »Berndorf ist mein Name, Hans Berndorf.«

Im Nebel«, wiederholte der Lokführer, der auf der anderen Seite des Schreibtisches saß, nach vorne gebeugt, die Hände im Schoß gefaltet, »im Nebel fährst du wie durch einen Tunnel, und die Tunnelwand ist ganz nah. Und trotzdem...« Noch immer hatte er diese flache Stimme, die so klang, als schwinge in ihr nichts mehr mit, keine Erregung, keine Emotion.

»Und trotzdem?«, wiederholte Kuttler fragend.

»Trotzdem hab ich die ganze Zeit gewusst, dass es passiert. Der Bahnsteig war leer, ein elendig langer leerer Bahnsteig und nichts und niemand sonst, nur dieser Tunnel im Nebel, und insgeheim hab ich gewusst, dass am Ende dieser Mann steht, glauben Sie mir das? Und da kam er auch schon aus dem Dunkel, es hat mich nicht einmal gewundert, auch nicht, dass er irgendwie krumm aussah, den Oberkörper nach hinten gebogen, aber wie ich ihn richtig gesehen hab, da ist er auch schon über die Bahnsteigkante geflogen, mit dem Gesicht nach vorne und so, dass es ihm den Hut vom Kopf riss, und gleich darauf war er im toten Winkel und die Lok über ihm.«

Kuttler sah zu Hauptkommissar Dorpat, als suche er sein Einverständnis. Aber Dorpat – seit einem knappen halben Jahr Leiter des Dezernates I der Ulmer Polizeidirektion – reagierte nicht. Noch immer lehnte er an der Fensterbank, als habe er sich den Hintern verkühlt und müsse ihn nun am Heizkörper aufwärmen.

»Sie werden ja den Fahrtenschreiber auswerten und sehen, wann ich die Vollbremsung eingeleitet habe«, fuhr der Mann fort. »Ich glaube nicht, dass ich Zeit verloren hab, ganz bestimmt nicht. Aber das dauert, bis die Bremsen greifen, das müssen Sie mir glauben: das dauert und dauert! Und der Mann ist vor die Lok gefallen, und ich hab ihn nicht mehr gesehen, und irgendjemand hat geschrien, ich glaube, das war ich...«

»Moment«, sagte Dorpat, »Sie sagen, der Mann stand irgendwie krumm, und dann ist er über die Bahnsteigkante geflogen. Kein Mensch fliegt von selbst. Auch nicht über eine Kante. Er springt. Er wirft sich. Vielleicht wird er auch gestoßen. Wie war's denn nun?«

Der Lokführer sah zögernd zu Dorpat auf. »Der ist nicht bloß so gefallen, da bin ich mir ganz sicher, und freiwillig hat er es auch nicht getan, das sieht anders aus. Aber ob da noch jemand war, das weiß ich wirklich nicht. Ich müsste den ja gesehen haben.« Er tippte gegen seinen Kopf. »Da drin ist nur ein einziges Bild. Das Bild von dem Mann und wie er über die Kante fliegt.«

»Sie werden es uns zeigen«, sagte Dorpat. »Kollege Kuttler, kommen Sie doch mal und stellen Sie sich vor ihn hin!«

Kuttler zögerte einen Augenblick, schließlich erhob er sich und ging um seinen Schreibtisch herum und blieb zwischen Dorpat und dem Lokführer stehen, mit herunterhängenden Armen und teilnahmslosem Gesicht, wie ein Befehlsempfänger eben.

»Sie sagten vorhin, der Oberkörper von dem Mann habe merkwürdig ausgesehen, wie nach hinten gebogen?«, fragte Dorpat.

Der Lokführer nickte. Kuttler lehnte sich in den Hüften zurück.

»Irgendwie anders«, sagte der Lokführer.

»War es vielleicht so?«, fragte Dorpat, trat hinter Kuttler, bückte sich – er war deutlich größer als Kuttler –, packte dessen rechtes Handgelenk und drehte ihm den Arm auf den Rücken.

Der Griff war so heftig, dass Kuttler fast in den Knien eingeknickt wäre. Seine rechte Schulter wurde nach hinten gedrückt, er krümmte sich, mit lächerlich vorgeschobenem Bauch und einen Augenblick lang – obwohl er sich zu beherrschen versuchte – mit verzerrtem Gesicht.

»Na?«, fragte Dorpat. »Stand der Mann vielleicht so wie mein Kollege jetzt?«

»Ja, das kann schon sein, dass der so stand«, antwortete der Lokführer, »ganz bestimmt kann das sein, aber vielleicht lassen Sie Ihren Kollegen jetzt besser wieder los, Sie müssen mir keine solchen Vorführungen machen.«

»Erinnern Sie sich jetzt, ob da nicht doch ein zweiter Mann

stand?« Dorpat hatte wieder losgelassen, und Kuttler ging zur Seite.

Der Lokführer betrachtete Dorpat, und unversehens schien sich etwas in seiner Haltung geändert zu haben. »Sie fragen Dinge, die kann ich so gar nicht beantworten.« Seine Stimme klang plötzlich zornig. »Und was Sie da gerade mit Ihrem Kollegen vorgeführt haben, da will ich gar nichts dazu sagen...«

»Schon gut«, meinte Dorpat. »Aber es ist Ihnen doch hoffentlich klar, wie wichtig Ihre Aussage ist? Wenn das alles so stimmt, wie Sie das erzählen, dann haben Sie einen Mord gesehen und haben einen Mörder vor Augen gehabt, so, wie ich Sie jetzt vor Augen habe...«

Der Lokführer schüttelte den Kopf. »Was ich vor Augen haben muss, das sind erst einmal die Gleise. Die Gleise und die Signale. Und die Instrumententafel. Das andere – das sehen Sie so aus den Augenwinkeln und wissen erst gar nicht, ob Sie darauf achten müssen... Als ich den Mann dann gesehen hab, da war's, als ob er aus dem Nebel auftaucht und mir auch schon vor die Lok fällt. Und deswegen hab ich nur ihn gesehen... Verstehen Sie: Ob da ein zweiter Mann dabei gewesen ist oder nicht, weiß ich nicht. Aber auf keinen Fall war es einer, der so viel größer war, wie Sie es im Vergleich zu Ihrem Kollegen sind...« Er hatte zu sprechen aufgehört und wandte den Kopf zum Schreibtisch, wie magisch angezogen von dem Sirren und Rascheln, das dort eingesetzt hatte. Mit drei Schritten war Kuttler neben dem Tisch, streifte einen Plastikhandschuh über und holte vorsichtig ein silbern glänzendes Handy aus der Folie, in die es eingepackt war. Er warf einen warnenden Blick auf die beiden anderen Männer und nahm das Gespräch an.

»Ja, bitte?«

»Moment...«, sagte eine Männerstimme. Sie klang überrascht. »Mit wem bin ich denn, bitte, verbunden?«

»Wollen Sie mir nicht zuerst Ihren Namen sagen?«, fragte Kuttler zurück. »Und wen Sie sprechen wollen?«

Keine Antwort. »Ihren Namen bitte«, wiederholte Kuttler, aber die Verbindung war abgebrochen. Er rief die Anrufliste des Handys auf. Dort war zwar die Uhrzeit des Anrufs registriert, aber nicht die Nummer.

»Was war das für ein Anruf?«, wollte Dorpat wissen.

Kuttler betrachtete das Handy, als sollte dieses Auskunft geben. »Der Anrufer hat sich nicht gemeldet«, antwortete er schließlich.

Schuhe!«, sagte der Mann vom Streckenkontrolldienst, »wenn die wirklich einen Wert haben sollen – also richtig handgemachte Schuhe aus einem richtig guten Leder, so dass sie fest sind und den Fuß halten und die Nähte nicht gleich nach den ersten fünfhundert Kilometern aufgehen: dann kannst du das gar nicht bezahlen, du nicht und ich nicht... Der Schuh, von dem du da redest: Was für Nähte hat der gehabt?«

»Hör auf«, sagte Kilian Schröttle, verzog das Gesicht und nahm einen tiefen Schluck aus seinem Bierglas, als müsse er einen widerlichen Geschmack hinunterspülen. »Hör bloß auf damit. Ich ertrag das nicht.«

»Wer hat denn mit dem Scheißthema angefangen?«, warf der Wirt ein. Er hatte sich an den verlassenen Stammtisch gesetzt und war dabei, die Speisekarte für den nächsten Tag zu schreiben.

»Du bist mir ein Freund!«, antwortete Schröttle. »Wozu geht einer in die Kneipe, wenn er nicht einmal mehr...«

Er brach ab, denn die Türe öffnete sich, und ein Mann in einem dunklen Mantel und mit einem dunklen Hut trat ein. Unwillkürlich blickte auch der Wirt auf, denn Gäste mit Hut kamen ins »Stellwerk« nur selten oder nie. Der Mann setzte sich an den Tresen und legte Hut und Handschuhe ab.

»Hier haben Sie sich aber lang nicht mehr sehen lassen.« Der Wirt war aufgestanden und hinter den Tresen gegangen.

»Mag schon sein«, antwortete Berndorf.

»Einen kleinen Schwarzen?«

Berndorf nickte. Der Wirt machte sich an der Espressomaschine zu schaffen.

»Könnt ich so spät nicht mehr trinken«, meinte Schröttle. »Mir graust es eh schon, wenn ich ans Schlafen denk.«

»Lass den Herrn in Ruhe«, sagte der Wirt und drückte den Einsatz mit dem frischen Kaffeepulver in die Maschine.

»Das ist schon recht«, widersprach Berndorf und wandte sich an Schröttle. »Und was ist mit dem Schlafen?«

»Nichts wird sein«, antwortete Schröttle, trank sein Bier aus und stellte das leere Glas hin. »Machst du mir da mal die Luft raus?«

Sein Blick kehrte vom Wirt zu dem späten Gast zurück, was der Mann vom Streckenkontrolldienst dazu nutzte, sich wieder ins Gespräch zu bringen. Er zeigte nach links, dorthin, wo das Bahngelände war. »Da ist heute einer vorn Zug gefallen, und wissen Sie, wer ihn hat aufsammeln müssen?«

»Das wird sich der Herr wohl schon gedacht haben«, meinte der Wirt und stellte das Tässchen mit dem Espresso vor Berndorf und dazu ein Glas Wasser.

Der Streckenkontrolleur gab nicht auf und zeigte mit dem Bierglas auf Schröttle. »Unser Kollege hier hat ihn aufgesammelt. Der ist das nicht gewöhnt, wissen Sie?«

»Spiel dich nicht auf!« Schröttle schüttelte den Kopf. »Was das heißt: so einen aufsammeln, das wisst ihr hier alle nicht.«

»Kann schon sein«, meinte Berndorf friedfertig. Der Wirt warf ihm einen verwunderten Blick zu und machte sich daran, ein neues Bier zu zapfen.

»Es war ein Güterzug, müssen Sie wissen«, fuhr Schröttle fort. »Und bis so einer zum Halten kommt, das dauert. Und dann nimmt der verfluchte Zug alles mit, was sich im Fahrwerk verhängt und was die Räder so abtrennen und aufwirbeln.«

Der Wirt stellte das Bier vor Schröttle und ging wieder zum Stammtisch zurück.

»So?«, machte Berndorf und trank einen Schluck von seinem Espresso.

»Ich hab ja schon viel gesehen«, fuhr Schröttle fort. »Einmal, da hat sich einer bei Amstetten vor den Zug geworfen, es war der Regionalzug um siebzehn Uhr fünfzehn nach Geislingen, wissen Sie? Und es hat ihm den Kopf abgetrennt. Das war schrecklich und auch wieder nicht. Der Kopf hat einen angeschaut, als wollte er sagen, jetzt hab ich es hinter mir.«

»Hatte er ja auch«, meinte der Streckenkontrolleur.

»Und der heute?« Berndorf nahm einen Schluck Wasser. »Wie hat Sie der angeschaut?«

»Da war der Kopf nicht ab.« Schröttle schüttelte sich. »Die Beine waren weg und ein Arm, direkt oberhalb vom Ellbogen... Und wir hatten auch ziemlich schnell alles beieinander, nur der eine Unterschenkel, der war einfach weg und verschwunden, bis ausgerechnet ich ihn hab finden müssen.« Er nahm einen kräftigen Schluck. »Den hatte die Lok mitgeschleppt, aber es war eigentlich gar nicht viel damit passiert, er war sauber unterm Knie abgequetscht, und der Socken war noch ganz, es war einer von diesen Socken, die bis hierher gehen...« – Er hob sein Knie und zeigte mit der Hand die Stelle unmittelbar darunter an. – »Also ein Kniestrumpf, könnte man sagen, und der Schuh, also den Schuh hätten Sie einfach ausziehen können und mitnehmen, ein ganz ein elegantes Stück war das...« Er griff noch einmal nach seinem Bier und überlegte es sich dann anders. »Was ich sagen will: das ist ein richtig feiner Pinkel gewesen.«

»Du meinst den«, sagte der Streckenkontrolleur, »dem der Schuh gehört hat? Aber die Nähte an dem Schuh, hast du dir die auch richtig angesehen?«

»Erika?«, rief der Wirt. »Das Hauptgericht mit Salat?«

»Nein«, ertönte eine energische Stimme aus der Küche. »Zur Schweinshaxe gibt es Sauerkraut, da braucht es keinen Salat...«

Schröttle hatte aufgemerkt. Plötzlich wurde er bleich, wandte sich vom Tresen ab und rutschte von seinem Hocker. Aber bis zur Toilette schaffte er es nicht mehr. Er erbrach sich in den Gastraum, genau vor den Stammtisch.

Vom 17. Stock des Hotelturms aus sah man nicht eben mehr als von weiter unten auch: Draußen war Nacht, und hätte Kuttler mit einer Taschenlampe hinausgeleuchtet, so hätte das Licht sich in den Nebelschwaden gebrochen, die an den Fenstern des kleinen Salons vorbeizogen.

Der Mann, der ihn hier heraufgeführt hatte, hieß Rodriguez und war Chief Irgendwas Manager, soweit Kuttler verstanden hatte. Er trug einen dunklen Anzug und spitze schwarze, glänzend polierte Schuhe. Außerdem hatte er einen Ausdruck im Gesicht, der Beflissenheit, Kompetenz und Besorgnis in einem zum Ausdruck bringen sollte.

»Der Gast hat die Suite vorgestern bezogen«, sagte Rodriguez. »Da fällt mir ein – vermutlich wollen Sie mit der Mitarbeiterin sprechen, bei der er eingecheckt hat?«

Kuttler nickte. Rodriguez holte sein Handy heraus und rief die Zentrale an. Immerhin, dachte Kuttler. Er konnte Leute mit solch spitzen Schuhen nicht leiden, aber dass dieser da gar nicht erst versucht hatte, seine Fingerabdrücke an das Haustelefon hinzutappen, war für den Anfang nicht schlecht.

Während der Chief Irgendwas Manager telefonierte, ging Kuttler noch einmal durch die Suite. Er hätte nicht zu sagen gewusst, in welchem Stil der Salon und das Schlafzimmer eingerichtet waren. Vielleicht müsste man dafür erst eigens einen Namen erfinden, wie wäre es mit New Tokio Empire? Auf dem Schreibtisch im Salon stand ein Laptop, der nicht eingeschaltet war, auf einem Beistelltisch lag ein Aktenkoffer. Das alles würde man sich morgen näher ansehen, wenn die Spurensicherung hier gewesen war... Moment. Er versuchte sich zu erinnern, wie es im Gerichtssaal ausgesehen hatte: Morny saß links von ihm, und neben Morny saß Eisholm, wenn er nicht gerade vor dem Richtertisch hin und her tigerte, und dieser Aktenkoffer – stand er nicht neben Eisholms Platz? Er war sich so sicher, wie man sich aller Dinge sicher sein kann, die man vor seinem inneren Auge sieht – nämlich gar nicht, denn das innere Auge sieht das Tatsächliche so gut wie das Eingebildete. Aber warum soll Eisholm keinen Aktenkoffer bei sich gehabt haben? Niemals wäre er ohne die Akten in die Verhandlung gegangen. Wieso also lag dieses verdammte Ding jetzt hier und nicht irgendwo hinterm Hauptbahnhof, zwischen Schotter und Bahnsteigkante?

Morgen, dachte er dann. Wenn die Spurensicherung da war. Was fiel ihm sonst noch auf?

Kaum persönliche Dinge. Ein schmales Buch auf dem Nachttisch. Gedichte von Rilke? Aus dem Dunkel längst vergessener Deutschstunden tauchte eine Zeile auf: *Wir kannten nicht sein unerhörtes Haupt*... Kuttler schüttelte sich, denn plötzlich sah er wieder Eisholm vor sich, mit lauernd schräg gestelltem Kopf, als wolle er gerade zum nächsten Schnabelhieb ausholen.

Er warf noch einen Blick in das Bad. Nassrasierer, elektrische Zahnbürste, ein Reisenecessaire, eine Schachtel mit Tabletten, Kuttler sah genauer hin: ein Antidepressivum... Er unterdrückte das Lächeln, das ihn anfliegen wollte. Wenn er das an diesem Nachmittag gewusst hätte, als der größte der Großen Deutschen Strafverteidiger ihn in die Mangel genommen hatte!

Der Manager hatte seine Anweisung durchgegeben und teilte mit, die Mitarbeiterin warte unten in der Rezeption. »Ich nehme an, Sie müssen die Suite versiegeln?« Kuttler nickte.

Sie verließen die Suite, und Kuttler klebte das Siegelband mit dem amtlichen Wappen über das Schloss der Zimmertür und weiter bis zum Rahmen. Dann fuhren sie zur Rezeption hinunter. Es war kurz vor Mitternacht, von sehr fern hörte man einen Jazzpianisten klimpern, vielleicht war auch nur eine CD aufgelegt, eine Gruppe angeheiterter Japaner lief gerade ein, Geschäftsleute offenbar, von zwei rotgesichtigen deutschen Bärenführern begleitet. In einem Ledersessel saß ein einzelner Mann und las in einer Zeitung, als gebe es dazu keine andere Tageszeit.

Eine stattliche, dunkelblau kostümierte Blondine kam an den Tresen, schenkte Kuttler ein Lächeln, das von keinerlei Müdigkeit getrübt schien, und erklärte, Rechtsanwalt Jürgen Eisholm sei am Montag Nachmittag eingetroffen, vorgestern also, gegen siebzehn Uhr. Er sei allein gewesen und habe ihres Wissens auch keinen Besuch empfangen. »Das Essen hat er sich vom Zimmerservice bringen lassen.« Sie zeigte einen Computerausdruck vor: »Hier. Gemüsesuppe, Beefsteak Tatar, eine Flasche Chambertin. Und am Montag...«

Kuttler dankte und ließ sich den Ausdruck geben. Chambertin! Antidepressiva! Warum eigentlich kein Viagra?

»Heute Abend haben Sie ihn nicht gesehen?«

»Nein, aber...« Wieder lächelte sie, diesmal mit etwas Ratlosigkeit untermischt. »Ich weiß nicht, ob das wichtig für Sie ist. Ein Taxifahrer hat einen Aktenkoffer gebracht, der in die Suite von Herrn Eisholm gebracht werden sollte. Das war gegen neunzehn Uhr, glaube ich. Unser Mitarbeiter, der das Köfferchen nach oben gebracht hat, ist aber schon gegangen.« Kuttler nickte und zeigte auf das Telefon.

»Die Taxizentrale?«, fragte die Blondine, wählte und reichte Kuttler den Hörer. Er gab seine Bitte durch: Der Fahrer, der einen Aktenkoffer ins »Vier Jahreszeiten« gebracht habe, solle sich bei ihm, Kuttler, im Neuen Bau melden. Dann reichte er den Hörer zurück, sagte artig danke und wurde mit einem wiederum ungetrübten Lächeln entlassen. Der Manager freilich wollte ihn zum Ausgang begleiten, aber das wehrte er ab.

Der Mann im Ledersessel hatte die Zeitung weggelegt. Er stand auf, und als Kuttler auf ihn zukam, tauschten die beiden Männer keinen Händedruck, sondern schlugen mit der erhobenen rechten Hand die des anderen ab.

»Ist ja mal wieder spät geworden«, sagte Berndorf.

»Sie wissen ja, warum«, antwortete Kuttler. »Aber warum wissen Sie es?«

»Was soll schon sein, wenn das Dezernat Römisch Eins abhebt! Aber diesen Anruf von mir – haben Sie weitergegeben, dass ich das war?«

»Nein.«

»Danke.« Dann, nach einer Pause: »Sie werden es aber müssen.«

»Ah ja«, machte Kuttler. »Sie bleiben also länger... Da wird aber Freude aufkommen im Neuen Bau.« Dann warf er einen prüfenden Blick auf Berndorf. »Sie werden nicht gerade hier abgestiegen sein, und Sie sind auch nicht mit dem Wagen von Berlin hierhergefahren...«

Ob er ihn mitnehmen könne? Berndorf nahm Mantel und Hut

von einem zweiten Sessel auf und bat, in der Stadtmitte abgesetzt zu werden.

Die Drehtür entließ sie nach draußen. Der Nebel war inzwischen so dicht, dass der Dienstwagen der Kriminalpolizei, den Kuttler im Parkverbot abgestellt hatte, nur mehr schemenhaft zu erkennen war. Sie stiegen ein, Kuttler startete.

»Es ist wegen dem Fall Morny, nicht wahr?«, fragte Kuttler. »Eisholm hat Sie zugezogen.«

Berndorf machte ein Geräusch, das als Zustimmung durchgehen konnte.

»Und jetzt?«

»Auftrag ist Auftrag«, antwortete Berndorf.

»Was ist mit Eisholms Tod?«

»Davon lasse ich die Finger.« Berndorf machte eine Pause. »Vorausgesetzt, Sie weisen mir nach, dass Eisholms Tod nichts mit meinem Auftrag zu tun hat.«

»Das hätte ich mir denken können«, sagte Kuttler. Vor ihnen tauchte ein Fort der Stadtbefestigung aus dem 19. Jahrhundert auf, und im Nebel erschienen seine Ausmaße gewaltig, ja bedrohlich, als sei es der eigentliche Sinn dieser Architektur gewesen, ihre einschüchternde Wirkung erst richtig in weißem Dunst oder Pulverdampf zu entfalten. »Der Lokführer weiß nicht, ob Eisholm vor den Zug gefallen ist oder gestoßen wurde. Aber die Einvernahme ist ...« – Kuttler zögerte, sprach dann aber weiter – »also, sie ist ein bisschen blöd gelaufen, und morgen wird er wahrscheinlich überhaupt nicht mehr wissen, was er wirklich weiß und was die Polizei ihm einreden will.«

Berndorf schwieg.

»Außerdem ist Eisholm offenbar ein Antidepressivum verschrieben worden«, fuhr Kuttler fort. »Die Tabletten hab ich oben gesehen.«

»Ah ja?« Erstmals ließ Berndorf eine Reaktion erkennen. »Soviel ich weiß, waren Sie heute als Zeuge dran. War's schlimm?«

»Vergnügungssteuer muss ich deshalb nicht zahlen.«

Kuttler ordnete sich links ein und hielt vor einer Ampel, deren Rotlicht fleckig durch den Nebel schimmerte.

»Eisholm hat sich an dem Mann festgebissen, der mit der Morny geschlafen hat und den wir immer noch nicht kennen. Und diese Kette, die wir nicht mehr gefunden haben, die hatte es ihm auch angetan.«

»Mir auch«, antwortete Berndorf. »Übrigens kommt mir die ganze Anklage ziemlich lausig vor. Desarts muss noch etwas in der Hinterhand haben.«

»Na ja«, sagte Kuttler und nahm den Fuß vom Gaspedal, weil ihm die Nebelleuchte eines Wagens vor ihm zu nah kam. »Sie wissen, warum Hauptmann Morny nach Hause gekommen ist?«

Berndorf runzelte die Stirn. »Es war kein Urlaub?«

»Wie man's nimmt. Ist es Urlaub, wenn jemand beurlaubt wird?«, fragte Kuttler zurück. »Egal. Es hat etwas gedauert, bis wir von der Bundeswehr präzise Auskunft bekommen haben. Morny ist suspendiert worden, weil er sich geprügelt hat.«

»Lagerkoller?«

»Weiß ich nicht«, sagte Kuttler. »Aber er hat eine Prostituierte und deren Zuhälter krankenhausreif geschlagen. Irgendwie passt das, finden Sie nicht?«

Berndorf schwieg. Sie kamen an die Kreuzung vor dem Justizgebäude, und wieder war die Ampel vor ihnen auf Rot geschaltet.

»Sie können mich hier rauslassen«, sagte Berndorf und löste den Sicherheitsgurt. »Danke fürs Mitnehmen.«

Dann stieg er aus und schloss den Wagenschlag.

Die Ampel schaltete auf Grün, und Kuttler bog nach rechts ab. Der Alte hat schlechte Laune, dachte er. Aber das war nicht sein Problem. In ein paar Minuten würde er zuhause sein. Zuhause und bei Puck.

Donnerstag, 14. Februar

Wie schon zu Beginn der Verhandlungstage zuvor drängten sich die Besucher in der Vorhalle zum großen Sitzungssaal des Landgerichts. Sie standen in Gruppen beieinander, auf Einlass wartend, aber der Geräuschpegel war niedriger als sonst, Gespräche wurden halblaut geführt, in fast verschwörerischem Ton.

»Ein weiser König sondert die Gottlosen aus und lässt das Rad über sie gehen«, bemerkte Wendel Walleter halblaut zum Gerichtsreporter Frenzel. Walleter, ein pensionierter Fernfahrer, galt als Experte – es gab kaum ein Landgericht in diesem Teil Deutschlands, wo man den Mann mit dem mächtigen Bauch nicht kannte. Noch im Beruf hatte er jede Ruhe- und Wartezeit genutzt, um sich in den nächst erreichbaren Gerichtssaal zu setzen, denn alle Tragödien und Komödien der Welt fanden für ihn dort statt, nirgendwo sonst, und seit er im Ruhestand war, versäumte er keinen der großen Prozesse mehr.

»Ja doch«, antwortete Frenzel und warf ihm über seine Halbbrille hinweg einen misstrauischen Blick zu, »das mit dem Rad trifft den Sachverhalt recht gut, aber wen meinen Sie jetzt mit dem weisen König? Unseren guten alten Richter Veesendonk hoffentlich nicht.«

»Ich meine gar nichts«, antwortete Walleter. »Salomo hat das gesagt.«

»Ich habe nichts anderes erwartet«, meinte Frenzel. »Hoffen wir, dass seine Weisheit auch diesen Casus erleuchten wird, der macht sonst keinen lachen...« Er unterbrach sich, denn ein Mann in schwarzem Mantel, den zerbeulten Hut in der Hand, hatte sich ihnen zugesellt und tauschte erst mit Walleter, dann mit Frenzel einen Händedruck.

»Hab ich's mir doch gedacht«, sagte Walleter. »Gestern Abend noch hab ich zu Tonio gesagt, da draußen geht einer, der geht, wie sonst nur...«

»Und ich hab einen Ranzen gesehen«, antwortete Berndorf. »Da hab ich gedacht, das ist ein Ranzen, wie ihn sonst nur... fast wär ich auf ein Glas dazugekommen. Aber ich wollte erst ins Hotel.«

»Also«, sagte Frenzel, »da reist der gewesene Kriminalhauptkommissar Berndorf aus Berlin an, steigt in Ulm ab, just als dieser Prozess anläuft, just als es den Herrn Anwalt vor den Zug wirft – was soll sich unsereins nur für einen Reim darauf machen?«

»Früher schrieben Sie doch Prosa?«, fragte der Neuankömmling zurück. Ein Justizbeamter erschien und schloss die Türen zum Zuhörerraum auf, der Besucherstrom zog auch die drei Männer mit sich. Walleter fand seinen Platz vorne, ebenso Frenzel am Pressetisch. Berndorf setzte sich nach weiter hinten.

Staatsanwalt Desarts betrat den Saal, gleich darauf Kugelmann und der weißhaarige Herr, von dem man wusste, dass er der Vater der Toten war. Uniformierte brachten den Hauptmann Ekkehard Morny in den Saal und zu seinem Platz; man hatte ihm Handschellen angelegt, die die Beamten ihm erst im Saal wieder abnahmen. Morny setzte sich, die Handgelenke massierend, ein großer, breitschultriger Mann, der sich sehr vorsichtig bewegte – als müsse er darauf achten, dass nicht schon wieder etwas kaputtgeht.

Stille senkte sich über den Saal, und es schien, als ziehe der leere Platz neben Morny – also dort, wo Eisholm während der beiden ersten Verhandlungstage gesessen hatte – alle Aufmerksamkeit auf sich.

Noch einmal öffnete sich die Tür, eine noch junge Frau mit wehenden langen schwarzen Haaren und einem wehenden schwarzen Talar trat ein, sah sich kurz um und setzte sich – eine schwere Aktentasche auf den Tisch wuchtend – auf den verlassenen Platz neben dem Angeklagten, den sie mit Handschlag begrüßte. Der Saal blieb ruhig, aber die Stimmung war auf ungreifbare Weise eine andere geworden.

Das Gericht mit dem Vorsitzenden Richter Veesendonk betrat den Saal, es folgte das Ritual des allgemeinen Aufstehens. Veesendonk nahm Platz und wünschte einen guten Morgen, das heißt, er wollte es, aber es gelang ihm erst im zweiten Anlauf, seine Stimme hatte versagt, und er musste sich erst räuspern. Sein schmales und schmallippiges Gesicht wirkte scharfkantig und angespannt, als er einen Blick in den Saal warf.

Was gefiel ihm nicht? Die Falte auf seiner Stirn hatte sich vertieft. Doch dann wandte er sich der Protokollführerin zu und diktierte ihr den Vermerk, der Angeklagte sei an diesem Morgen erschienen mit der Anwältin... – Veesendonk warf einen Blick auf die Notizen, die er sich gemacht hatte – mit der Anwältin Dr. Elaine Drautz, Kanzlei Eisholm und Partner, München. »Der bisherige Verteidiger des Angeklagten, Rechtsanwalt Jürgen Eisholm, ist gestern Abend verstorben.« Diesmal musste er sich nicht mehr räuspern, und seine Stimme klang ruhig und sachlich. Fragend blickte er zu der Anwältin, worauf sie aufstand und zu ihm ging, um eine Vollmacht vorzulegen.

»Wie vertraut sind Sie mit dem Verfahren?«, fragte Veesendonk.

»Ich bin von Herrn Eisholm an der Vorbereitung des Verfahrens beteiligt worden«, antwortete die Anwältin. »In die neueste Entwicklung muss ich mich aber erst einarbeiten.«

»Reichen drei Wochen?«

Die Anwältin blickte zu Morny. Der zuckte mit den Achseln. Sie nickte, Veesendonk besprach sich kurz mit den Beisitzern und den beiden Schöffen, einen Kalender in der Hand.

»Die Verhandlung wird unterbrochen«, erklärte er dann, »und fortgesetzt am Dienstag, dem vierten März.« Er blickte zu Staatsanwalt Desarts, dann zu der Anwältin. »Wir werden noch einmal von vorne beginnen müssen, also auch die Verlesung der Anklageschrift wiederholen und ebenso die bisher gehörten Zeugen erneut laden...«

Im Besprechungs- und Wartezimmer der Anwälte, das sonst nach vergilbten Akten und verstaubten Talaren roch, hing für diesmal der Duft eines Parfums – eines zudem, das vermutlich nicht im Drogeriemarkt gekauft worden war. Freundlicher machte das die Atmosphäre nicht.

»Zeit habe ich überhaupt keine«, erklärte Dr. Elaine Drautz und setzte sich auf den nächstbesten Tisch, schlug das eine Bein über das andere und kreuzte die Arme vor der Brust. »Es kommt gleich ein Fernsehteam... also?«

»Ich habe einen Auftrag Eisholms«, sagte Berndorf. »Den Auftrag, den Partner der Morny zu finden. Sollten wir uns in irgendeiner Weise abstimmen?«

»Ach Gott!« Ärgerlich strich sich die Anwältin eine Haarsträhne aus dem Gesicht. »Alles, was recht ist, aber Jürgen ist manchmal ein sentimentaler alter Esel gewesen. Wir haben in München sehr professionelle, sehr toughe Ermittler, keine Umstandskrämer, und ich hatte ihm von Anfang an einen davon vorgeschlagen. Aber er wollte Sie.« Ihre Zähne lächelten ihn an. Es waren sehr weiße und sehr wohlgeordnete Zähne. »Tun Sie also, was Sie für richtig halten. Und wenn Sie den Großen Unbekannten Beischläfer wirklich und wundersamerweise ausfindig gemacht haben, können Sie sich ja wieder bei mir melden.«

Berndorf nickte, drehte sich um und ging.

»Ach, noch etwas!«

Berndorf blieb stehen. Aus ihrer Handtasche hatte die Doktorin Drautz einen kleinen Handspiegel herausgezogen und war dabei, ihr Make-up nachzuprüfen. »Ich habe in der Haftanstalt für heute Nachmittag ein weiteres Gespräch mit Morny angemeldet. Wenn Sie Fragen an ihn haben, können Sie mich gerne begleiten, Termin ist um halb drei... Was haben Sie?«

Sie ließ den Spiegel sinken und betrachtete Berndorf, der zwei Schritte zur Seite getreten war.

»Machen Sie doch weiter«, sagte er. »Ich will nur sehen, wie das aussieht... Und wenn Sie fertig sind, schauen Sie bitte noch mal in den Spiegel, so als ob Sie darin jemanden beobachten wollten, meinetwegen den Aktenschrank hinter Ihnen.«

»Und sonst geht es Ihnen gut?« Gelangweilt setzte sie die Überprüfung fort, kramte einen Lippenstift hervor und zog die kirschroten Lippen nach. »Zufrieden?«

»Danke«, sagte Berndorf. »Wenn Sie jetzt nach dem Aktenschrank schauen wollten?«

»Bitte sehr«, antwortete Dr. Drautz, hob den Spiegel wieder hoch und versuchte damit den Schrank zu erfassen. »Das ist das Angenehme an alten Männern: Sie sind so einfach zufriedenzustellen.« Sie drehte den Spiegel ein wenig. »Da haben wir ihn ja. Rollladen, späte fünfziger Jahre, sehr authentisch. Verschluss vermutlich defekt... Sollen wir mal nachschauen, welche verschollenen Geheimnisse vergesslicher Anwälte dort schlummern?« Sie ließ den Spiegel sinken. »Haben Sie sich genug ergötzt?«

»Danke, ja«, antwortete Berndorf. »Danke auch für die Einladung zum Gespräch mit Morny. Ich komme gerne.«

»Na schön. Und was werden Sie bis dahin tun?«

Berndorf zuckte mit den Schultern und wandte sich zur Tür. »Den Hauptbahnhof angucken. Einen Fotografen besuchen. Zeitung lesen. Vielleicht haben sie in der Stadtbibliothek die ›Stuttgarter‹ archiviert.«

Dr. Drautz hob den Kopf und betrachtete ihn aus schmalen Augen. »Jetzt verstehe ich aber wirklich nur Bahnhof.«

Berndorf hatte schon die Klinke in der Hand. Nun drehte er sich noch einmal um. »Ich dachte«, sagte er, »Sie hätten die Akten gelesen?«

Der Herr mit den weißen, nach vorne gekämmten Haaren saß allein, ein wenig abseits, ein Glas Tee vor sich, und schaute immer wieder zur Bahnhofsuhr. Der Regionalzug nach Memmingen fuhr um elf Uhr fünfzehn ab, bis dahin war es noch gut eine halbe Stunde. Der Herr hieß Siegfried Ehret und war pensionierter Schullehrer.

Bei seinem Rundgang durch den Hauptbahnhof hätte ihn Berndorf fast übersehen. Nicht, dass er gezielt nach ihm gesucht hätte. Zum Hauptbahnhof war er aus einer fast kindlichen Empfindung heraus gegangen: Mal sehen, ob du jemanden siehst, den du im Gerichtssaal gesehen hast... Dabei lag es nahe, dass ein pensionierter Lehrer für die Fahrt von Memmingen nach Ulm nicht den Wagen nimmt, sondern die Bahn, jedenfalls dann, wenn der Lehrer es vielleicht am Herzen hat – was kein Wunder wäre – und nach Ulm fahren muss, um dort anzuhören, wie einer die eigene Tochter totgeschlagen hat.

Es gibt leichtere Gespräche, dachte Berndorf, aber mehr Zeit darfst du nicht verlieren. Er ging zu dem Tisch des Weißhaarigen, verbeugte sich und fragte, ob er sich zu ihm setzen dürfe. Ehret nickte, und Berndorf nahm Platz. Er griff nach der Speisekarte, ließ sie dann aber wieder sinken.

»Ich möchte Sie nicht stören, wenn Sie lieber allein warten wollen«, fuhr er fort. »Ich war vorhin in der Verhandlung, von der auch Sie kommen... deswegen könnte ich Sie gut verstehen.«

»Sie stören mich nicht«, antwortete Ehret. »Ich ... wir sind oft genug allein, meine Frau und ich, seit... seit das passiert ist.« Er sah Berndorf an. »Es ist ganz selten, dass uns jemand darauf anspricht, so wie Sie.«

»Sie sprechen von sich und Ihrer Frau – aber Ihre Frau begleitet Sie nicht? Nicht hierher?«

»Nein«, antwortete Ehret. »Sie erträgt es nicht.«

Die Bedienung kam, und Berndorf bestellte einen Tee.

»Waren Sie heute zum ersten Mal in der Verhandlung?«, fragte Ehret, als die Bedienung wieder gegangen war. »Ich glaube nicht, dass ich Sie vorher schon einmal gesehen habe.«

»Es hat sich heute so ergeben.«

Wieder sah ihn Ehret an. »Sie weichen mir aus, nicht wahr? Die Beamten, mit denen ich wegen des Todes meiner Tochter gesprochen habe, die waren alle jünger als Sie und ich. Trotzdem glaube ich, dass Sie ebenfalls Polizist sind. Irgendwie wirken Sie so... Wollen Sie vielleicht wissen, ob ich es war, der diesen Anwalt vor den Zug gestoßen hat?«

»Und?«, fragte Berndorf zurück. »Waren Sie's?«

Ehret verzog den Mund. »Was hätte mir das bringen sollen?«

»Sie haben recht«, meinte Berndorf. »Übrigens war ich in einem früheren Leben tatsächlich mal Polizist. Schwamm drüber.« Er zog seine Brieftasche heraus, entnahm ihr eine Visitenkarte und reichte sie Ehret. Der nahm sie, etwas zögernd, und las halblaut vor: »Hans Berndorf, Berlin, Ermittlungen... Und da sind Sie eigens nach Ulm gefahren? Um was zu ermitteln?«

»Was sich ermitteln lässt«, antwortete Berndorf. »Meistens sind es nur die kleinen Dinge. Wenn Sie...« Er unterbrach sich, denn er hatte sagen wollen: »Wenn Sie Glück haben...« Aber mit Glück durfte er diesem Mann nicht kommen.

»Ja?«, fragte Ehret.

»Stellen Sie sich einen Teppich vor, dicht und glatt gewebt. Nur irgendwo steht ein kleines Ende heraus, ein Fitzelchen Wahrheit, das niemand sieht. Aber wenn gegen alle Wahrscheinlichkeit doch einer kommt und daran zupft, dann kann es geschehen, dass sich das ganze Lügengewebe aufriffelt...«

Er brach ab, denn die Bedienung stellte das Tablett mit dem heißen Wasser und dem Teebeutel vor ihm ab. Berndorf dankte und hängte den Beutel ins Wasser.

Ehret sah ihm zu.

»Dieses Fitzelchen – haben Sie es inzwischen gefunden?«

»Weiß nicht«, antwortete Berndorf. »Woher hatte Ihre Tochter diese Goldkette mit dem Ring? Das war ja kein gewöhnlicher Schmuck.«

Ehret runzelte die Stirn. »Warum fragen Sie danach? Und, vor allem, warum sollte ich Ihnen antworten?«

»Ist denn eine Erinnerung damit verbunden, die Ihnen nicht guttut?«

Ehret schüttelte den Kopf. »Nein. Es ist nur eine der Lügen von diesem Mann. Gestern hat er behauptet – oder vielmehr, der Polizist, der ihn vernommen hatte, der hat erklärt, die Kette sei angeblich ein Erbstück. Das ist Unsinn. Wir hatten niemand in der Familie, der ihr so etwas hätte vererben können...«

»Und von Seiten der Familie Morny?«

»Ach!«, wehrte Ehret ab. »Die Schwiegereltern unserer Tochter waren einfache Leute... Fiona hat die Kette von einer Reise nach Ägypten mitgebracht. Sie war Kunsthistorikerin, hat in einem sehr anspruchsvollen Reisebüro gearbeitet, für das sie viele Fahrten zu kunstgeschichtlich bedeutenden Orten geplant und diese Fahrten dann auch geführt hat, Italien, Griechenland... und nun!« Er trank einen Schluck Tee. »Und diese Kette, dass wissen wir von ihr selbst, hat sie ganz günstig bei einem Händler in einem Basar von Kairo erstanden. Zu einem Spottpreis...« Wieder warf er einen Blick auf die Bahnhofsuhr. »Aber jetzt muss ich wirklich auf meinen Zug.« Er zog sein Portemonnaie und winkte damit der Bedienung.

»Wissen Sie noch, wann das war – diese Reise nach Kairo?«

»Das muss vor zwei Jahren gewesen sein«, sagte Ehret und folgte der Bedienung, die ihn nicht sah oder nicht sehen wollte, mit den Augen. »Das war, bevor das Reisebüro in Konkurs ging...«

»Wenn Sie es eilig haben, übernehme ich gerne Ihre Rechnung«, sagte Berndorf.

»Das kann ich nicht annehmen«, widersprach Ehret und sah wieder auf die Uhr. Diesmal hatte die Bedienung ein Einsehen und kam, auch Berndorf bezahlte. Beide Männer standen auf, und Berndorf half Ehret in den Mantel.

»Ihre Tochter hat danach nicht mehr gearbeitet?«, fragte er. »Nach dem Konkurs, meine ich.«

»Wo denken Sie hin!«, kam die Antwort. »Sie hat viele Aufträge übernommen, vor allem vom städtischen Verkehrsamt, sie hat Kongresse betreut und ist auch für große Unternehmen tätig gewesen... Fiona war sehr tüchtig, müssen Sie wissen, man hat sich geradezu um sie gerissen!« Er setzte seinen Hut auf, nickte Berndorf zu und ging.

Dr. Elaine Drautz, den schwarzseidenen Talar über dem Arm, stand, sorgfältig ausgeleuchtet, vor der jetzt geschlossenen Tür zum großen Sitzungssaal. Neben ihr, etwas über Schulterhöhe, befand sich der Aushang mit der Tagesordnung. Die Miene, mit der sie in die Kamera blickte, war ernst und entschlossen. »Noch ist es viel zu früh, zutreffend über das Lebenswerk von Jürgen Eisholm zu sprechen«, sagte sie in das Mikrofon, das ihr der Mann vom Fernsehen hinstreckte. »Seine Mandanten freilich – die Menschen also, die er verteidigt hat – wissen, was sie ihm zu verdanken haben. Der Beitrag aber, den Eisholm zur Kultur des Strafprozesses und damit zur Rechtssicherheit des einzelnen Bürgers...«

Kuttler, der einige Meter entfernt stand und zuhörte, zog die Augenbrauen ein wenig hoch und warf einen Blick zu Dorpat. Aber der Hauptkommissar schien ganz gebannt vom Anblick der Anwältin mit ihrer schwarzen Mähne und den blitzend weißen Zähnen und dem knapp sitzenden dunklen Kostüm.

Ein Hauch Schadenfreude flog Kuttler an. Bei der wirst du nicht landen, dachte er. Niemals.

»...im Übrigen ist es jetzt unsere Aufgabe, die Arbeit von Jürgen Eisholm weiterzuführen. In seinem Geiste. So gut wir das können.« Die Anwältin nickte, der Reporter war es zufrieden, und der Scheinwerfer wurde ausgeschaltet.

Dorpat ging auf Dr. Drautz zu und stellte sich vor. »Wir haben gestern Abend miteinander telefoniert...«, fügte er hinzu. Dann fiel es ihm ein, auch Kuttler vorzustellen. »Mein Mitarbeiter.« Und schließlich bat er um ein kurzes Gespräch. »Nur ein oder zwei Fragen.«

»Bitte«, antwortete die Anwältin und warf einen Blick auf das Fernsehteam. »Vielleicht gehen wir aber doch besser ins Anwaltszimmer.« Sie ging ihnen voraus, mit energischen Schritten, so dass das Klackern ihrer High Heels im Korridor des Gerichtsgebäudes widerhallte. Das Anwaltszimmer war leer. Kuttler trat als Letzter ein und schloss die Tür. Die Anwältin stellte ihre Aktentasche auf einem Tisch ab, blieb aber stehen, und so setzten sich auch die beiden Beamten nicht.

»Also?«

»Wir wollten wissen«, begann Dorpat, »ob Sie uns etwas über die privaten Lebensumstände von Herrn Eisholm sagen können, insbesondere, ob er vielleicht Feinde hatte?«

Kuttler, der sich etwas abseits gehalten hatte, gab sich Mühe, nicht das Gesicht zu verziehen. Oh, welch ein Meister des Fragens!

Dr. Elaine Drautz sah Dorpat groß, fast staunend an. »Ob er Feinde hatte?«, fragte sie. »Welche Feinde wird Anwalt Eisholm wohl gehabt haben? Er war Strafverteidiger, Spezialist dafür, lausig recherchierte Anklageschriften in ihre nichtssagenden Einzelteile zu zerlegen... Wer, bitte sehr, werden da wohl seine Feinde gewesen sein?« Sie blickte von Dorpat zu Kuttler und sogleich wieder zurück: der eine schien ihr noch weniger Mühe wert zu sein als der andere.

»Verstehen Sie mich recht«, hob Dorpat an, »wir wollen...«

»Ganz ausgezeichnet verstehe ich Sie«, unterbrach ihn die Anwältin. »Sie haben in dem einen Fall lausig gearbeitet, wie Ihnen Eisholm nachgewiesen hat, und wollen deshalb in dem anderen nun lieber gar nichts tun, sondern erwarten in Ihrer pensionsberechtigten Zuversicht, dass ich Ihnen die Arbeit abnehme! Den Teufel werde ich tun!«

»Bitte...«, sagte Dorpat, aber wieder fuhr die Anwältin dazwischen.

»Am liebsten wäre Ihnen vermutlich der Vater eines gemeuchelten Kindes, dessen Mörder von Eisholm freigepaukt worden ist und der nun – der Vater, versteht sich – grässliche Rache am zynisch grinsenden Anwalt übt... Nicht wahr, das würde Ihnen gefallen? Aber den Einfall können Sie allenfalls dem Fernsehen anbieten, für einen Tatort aus der Provinz, mit der Wirklichkeit hat das nichts zu tun...« Sie beugte sich nach vorne und fasste Dorpat ins funkelnde Auge. »Die Wirklichkeit findet hier statt, sie ist gestern noch in diesem Gerichtssaal verhandelt worden, als nämlich Eisholm die selbstverständlichste Bitte vorgetragen hat, die man in einem Mordfall vorbringen kann: nämlich die, auch bitte sämtliche Umstände...«

Kuttler hatte seinen Blick mittlerweile behutsam zum Fenster gewandt. Draußen, in jener Welt, die sich außerhalb des Justizgebäudes erstreckte, war die Sonne dabei, die letzten Nebelbänke aufzulösen. War sie vorfrühlingshaft, diese Sonne, oder doch eher spätwinterlich? Wenn er am Nachmittag frei nehmen könnte, dann würde er mit Puck und Janina ins Kleine Lautertal fahren und Schiffchen aus Kiefernrinde schnitzen und sie im Fluss schwimmen lassen...

»Zwei Akte hat dieses Drama!« Noch immer redete die Anwältin. »Im ersten Akt, der gestern Nachmittag stattfand, besteht Eisholm darauf, den Mann zu finden, mit dem die Morny zusammen gewesen ist. Richtig oder falsch?« Sie wartete die Antwort gar nicht erst ab. »Nun der zweite Akt, gestern Abend: Eisholm wird vor den Zug gestoßen. Richtig oder falsch? Also?«

Triumphierend sah sie um sich, so dass Kuttler für dieses Mal auch einen Blick abbekam.

»Moment«, sagte Dorpat, »ob er gestoßen wurde...«

»Ganz sicher wurde er das«, widersprach die Anwältin, »und wenn Sie sich nur ein bisschen Mühe geben würden, könnten Sie den Schuldigen rasch ermitteln. Dazu müssten Sie keineswegs alle Reisenden aufstöbern, die gestern den Ulmer Hauptbahnhof frequentiert haben, und nicht einmal alle Zuhörer der gestrigen Gerichtsverhandlung, durchaus nicht! Sie müssten nur den einen einzigen Mann finden, mit dem die Morny geschlafen hat, und wenn Sie ihn haben, dann fragen Sie ihn, wo er gestern Abend gewesen ist.«

»Wir haben bereits in der Vergangenheit...«, sagte Dorpat und wurde erneut unterbrochen.

»Sie haben diesen Mann bereits in der Vergangenheit nicht gefunden, ganz recht, das hat sich mir aus den Akten bereits erschlossen!«

Die Anwältin ging zu ihrer Aktentasche, öffnete sie, holte einen Straßenatlas heraus und blätterte suchend darin.

»Wie viele Kilometer waren es, die die Morny am Tag vor ihrem Tod noch gefahren ist?«, fragte sie, den Kopf zu Kuttler gewandt. »Sie haben das doch ermittelt.«

»Einhundertvierundachtzig«, kam die Antwort.

»Einhundertvierundachtzig, na also!« Offenbar hatte sie gefunden, was sie gesucht hatte: eine Übersichtskarte für Süddeutschland. Sie legte den aufgeschlagenen Atlas auf den Tisch und zog mit einem tiefrot lackierten Fingernagel einen imaginären, großzügig bemessenen Kreis um Ulm.

»Lindau? Bodensee? Gerade ein paar Kilometer zu weit. Augsburg? Vielleicht. Ellwangen?«

Sie lachte. Das Lachen klang etwas ordinär, wie Kuttler fand.

»Wer fährt schon nach Ellwangen, um in ein fremdes Bett zu steigen! Und was Augsburg angeht – wer dort ein Verhältnis hat, der hat es in München... Was bleibt?«

Der tiefrote Fingernagel pickte auf Stuttgart. »Hier. Fiona Morny hat ihren Liebhaber in Stuttgart getroffen, und weil die Stuttgarter rechtschaffene und pflichtbewusste Leute sind, vor allem, was den Umgang ihrer Nachbarn betrifft, so muss doch mit einiger Sorgfalt und ein bisschen Geduld herauszufinden sein, wo die Morny wen beglückt hat...«

»Wir haben sehr wohl in Stuttgart...«, sagte Dorpat und holte Atem.

»Ach?«, fragte die Anwältin, »Sie haben tatsächlich und wahrhaftig in Stuttgart recherchiert? Wen haben Sie denn befragt? Die Empfangschefs der Hotels?« Sie lachte. »Die werden fürs Weggucken besser bezahlt als fürs Hinsehen!«

»Unsere Stuttgarter Kollegen haben uns versichert«, sagte Dorpat endlich mit klarer Stimme, »dass Frau Morny dort nirgendwo abgestiegen ist.«

Die Anwältin schüttelte den Kopf. »Als ob irgendjemand noch wegen eines Liebesabenteuers den Meldezettel ausfüllen müsste! Lächerlich... im Übrigen: Wie immer diese Fragerei durchgeführt worden ist – gebracht hat sie nichts. Warum geben Sie eigentlich keinen Fahndungsaufruf heraus, samt Foto der Morny?«

»Das müssten wir...«, setzte Dorpat an, aber die Anwältin unterbrach ihn: »Natürlich müssten Sie das mit der Staatsanwaltschaft erörtern, aber dann tun Sie es doch. Tun Sie um Gottes willen irgendetwas!«

Sie nickte den beiden Beamten zu – es war ein sehr kühles, abschließendes Nicken – und griff nach ihrer Aktentasche. Die

Tasche hatte einen Schulterriemen und hing schwer an ihr herunter. Dorpat eilte zur Tür, um sie ihr aufzuhalten.

»Seit wann«, fragte Kuttler in ihrem Rücken, »nahm Herr Eisholm Antidepressiva?«

Er wappnete sich auf einen neuerlichen Ausbruch, aber die Anwältin blieb einfach stehen.

»Wie war das?«, fragte sie und drehte sich um. Plötzlich klang ihre Stimme müde. »Ach ja. Die Tabletten! Gewiss hatte er Depressionen. Immer wieder mal. Überarbeitung. Ein langer, sehr unerquicklicher Scheidungsprozess.« Sie zuckte mit den Schultern. »Aber gut möglich, dass es schon immer in ihm war, wer weiß das schon. Meistens hatte er es im Griff. Er wusste, wann er seine Tabletten nehmen musste ... Und als wir gestern noch miteinander telefoniert haben, da sprühte er vor guter Laune. Er war sicher, den Prozess zu gewinnen, das Jagdfieber hatte ihn gepackt, er selbst hat das so genannt, und so etwas wirkte bei ihm stärker als alles andere, stärker auch als die Tabletten... Er hat sich nicht selbst umgebracht, da dürfen Sie Gift drauf nehmen.«

Sie schob den Schulterriemen ihrer Tasche hoch, nickte noch einmal und ging. Die beiden Beamten blieben im Anwaltszimmer zurück, als hätten sie es sich zum Büro genommen.

»Was für ein Weib!«, sagte Dorpat andächtig. Dann fiel sein Blick auf Kuttler, und die grünblauen, ein wenig hervorstehenden Augen verloren alle Andacht. »Es tut mir leid, Kollege, aber über Ihre Intervention bin ich nicht ganz glücklich.« Er hob die Hand, als wolle er Kuttler einen besonders sinnfälligen Sachverhalt vor Augen führen. »Diese Sache mit den Tabletten, die Sie da entdeckt haben, ist ja nicht ganz unwichtig. Ich hätte gerne gehabt, dass wir das zunächst für uns behalten, zumindest so lange, bis wir wissen, ob das Zeug von einem Arzt verschrieben worden ist und warum.« Dorpats Hand war groß und kräftig, mit kurzen dicken Fingern. »Und ferner hätte ich doch gerne abgewartet, ob dieses Miststück von einer Anwältin von sich aus mit Eisholms Depressionen herausrückt...« Er brach ab, denn sirrend hatte sich Kuttlers Handy gemeldet.

»Tschuldigung«, sagte Kuttler, zog das Gerät heraus und meldete sich. Am Apparat war Polizeihauptmeister Leissle von der Wache im Neuen Bau, dem Sitz der Polizeidirektion: »Da will ein Taxifahrer zu dir. Soll er warten?«

»Gib ihn mir«, sagte Kuttler.

Der Mann, der sich dann meldete, hatte seinen Standplatz am Hauptbahnhof und fuhr in der Spätschicht. Vor einer halben Stunde hatte ihn die Zentrale verständigt, dass die Polizei einen Fahrer suche, der einen Koffer befördert habe.

»Ich bin gestern, ziemlich genau um achtzehn Uhr dreißig, zum Landgericht bestellt worden, für einen Herrn Eisholm. Der kam dann auch, hat mir einen Zwanziger in die Hand gedrückt und gesagt, ich soll seinen Koffer ins ›Vier Jahreszeiten‹ bringen...«

Kuttler wollte wissen, ob er den Mann beschreiben könne.

»Nicht mehr der Jüngste«, sagte der Fahrer, »graues Haar, aber eine richtige Mähne, Halbbrille, vorspringende Nase...«

»Danke«, sagte Kuttler und fügte hinzu, dass er gleich in den Neuen Bau kommen und die Aussage zu Protokoll nehmen werde. Dann schaltete er das Handy aus und erstattete Dorpat Bericht.

»Und?«, fragte der, »was schließen Sie daraus?«

»Vorerst lieber nichts«, antwortete Kuttler. Er wandte sich zur Tür, denn dort hatte es geklopft. Nun öffnete sie sich, und der Vorsitzende Richter Michael Veesendonk trat ein. Ohne Talar und herabgestiegen von der Richterbank sah er fast unscheinbar aus, ein schmaler, allenfalls mittelgroßer, höflicher Mann mit knappen beherrschten Bewegungen.

»Ich bitte, die Störung zu entschuldigen«, sagte er und blickte von Dorpat zu Kuttler, »aber Dr. Drautz sagte mir, dass ich Sie hier finde. Ich habe eine Aussage zu machen.«

»Sie?«, fragte Dorpat. »Worum geht es denn?«

»Ich bin vermutlich einer der Letzten, die mit Rechtsanwalt Eisholm gesprochen haben«, sagte Veesendonk. »Er hat mich gestern nach der Verhandlung noch in meinem Büro aufgesucht.«

Kuttler nickte. Da schau her, dachte er, da hat einer kungeln wollen! Der ganze Auftritt, den Eisholm vor ihm – Kuttler – inszeniert hatte, war kühl für einen einzigen Zweck bestimmt: einen Deal vorzubereiten.

»Er wollte Terminfragen klären.« Veesendonk zögerte und blickte zu Kuttler. »Offenbar hat er in eigener Verantwortung Ermittlungen in Auftrag gegeben und hätte deshalb gerne etwas mehr zeitlichen Spielraum gehabt...«

»Wie hätte das gehen sollen?«, wollte Dorpat wissen.

»Da gibt es schon Möglichkeiten.« Veesendonk machte eine Handbewegung, als beschreibe er eine sehr ungefähre Größe. »In diesem Fall sind bisher vierzehn Zeugen geladen, dazu drei Gutachter... Ein Vorsitzender Richter hat durchaus eine gewisse Entscheidungsbefugnis, wie viele davon an einem Verhandlungstag angehört werden.«

»Und? Haben Sie sich mit ihm einigen können?«

»Ich muss gestehen, dass ich sehr zurückhaltend reagiert habe«, antwortete Veesendonk. »Ich habe ihm erklärt, dass er dann eben entsprechende Beweisanträge stellen müsse. Einem erfahrenen Juristen sagt man so etwas eigentlich nicht – denn das weiß er wirklich selbst.«

»Ich verstehe«, sagte Dorpat. »Aber wie hat Eisholm es aufgenommen?«

Veesendonk stieß ein Geräusch aus, das entfernt an ein Lachen erinnerte.

»Er sagte: ›Dann eben nicht.‹ Das war's dann auch schon.«

Kuttler räusperte sich. »Wie hat er auf Sie gewirkt? Vielleicht anders als in der Verhandlung? War er erschöpft?«

Veesendonk sah ihn aufmerksam an. »Sie sprechen da einen interessanten Punkt an. Ich kenne Eisholm seit langem und weiß, dass seine Gemütslage sehr rasch wechseln konnte. Allerdings hat sich das nie während einer Verhandlung gezeigt. Sobald er in den Talar geschlüpft ist, stand vor einem der Anwalt Eisholm, wie ihn die Klatschpresse kennt: bissig, aggressiv, zynisch, manchmal auch brillant, gewiss doch. Aber sobald er den Talar abgelegt hat, war auch diese Maske verschwunden – als sei sie ein fester Bestandteil seiner Anwaltstracht.«

»Und wer kam dann zum Vorschein?«

Veesendonk zuckte die Achseln. »Ein schwieriger, ein unberechenbarer Mensch... Aber Sie haben gefragt, ob er erschöpft wirkte.« Er überlegte. »Ich hatte nicht den Eindruck. Allerdings ist meine Wahrnehmung vielleicht dadurch beeinträchtigt, dass ich von seinem Besuch irritiert war.«

»War sein Vorbringen ungewöhnlich?«, wollte Dorpat wissen.

»Jein. Aber ich hatte eigentlich etwas anderes erwartet«, antwortete der Richter. »Der Stand des Verfahrens hätte es...« - er hob tastend die Hand, als suche er nach einer sehr vorsichtigen, diplomatischen Formulierung - »hätte es nahe gelegt, dass sich Eisholm danach erkundigt, ob das Gericht statt einer Verurteilung wegen Mordes auch eine solche wegen Totschlags vorstellen könne oder vielleicht sogar nur wegen Totschlags im Affekt. Als Gegenleistung für ein Geständnis, versteht sich.«

Dorpat nickte. »Aber das hat er nicht angeboten?«

»Nein«, antwortete Veesendonk. »Hat er nicht. Unser Gespräch hat auch nur ein paar Minuten gedauert, dann ging er wieder.«

»Wissen Sie die ungefähre Uhrzeit?«

Veesendonk hob abwägend die Hand. »Er kam kurz nach Viertel sieben. Als er ging, wird es gegen halb sieben gewesen sein.«

»Sagte er etwas davon, dass ein Taxi auf ihn warte?«, wollte Kuttler wissen.

Veesendonk runzelte die Stirn. »Nein... Ich hatte eher den Eindruck, er wollte noch in die Stadt, irgendwo einen Drink nehmen.«

»Hatte er denn seinen Aktenkoffer bei sich?«

»Sie fragen Sachen!«, antwortete Veesendonk. »Hatte er? Ich bin mir nicht sicher... doch! Er hatte ihn während des Gesprächs neben seinem Stuhl abgestellt und nahm ihn dann wieder auf. Der Koffer schien ziemlich schwer zu sein.«

»Sie haben ihn nicht begleitet?«

Veesendonk lächelte. »Die Frage liegt auf der Hand.« Das Lächeln verschwand. »Nein, ich habe Anwalt Eisholm nicht begleitet, sondern bin noch in meinem Büro geblieben und habe meine Notizen vom gestrigen Verhandlungstag durchgesehen. Außerdem wollte ich Staatsanwalt Desarts von der Anfrage Eisholms in Kenntnis setzen, habe ihn aber erst kurz nach zwanzig Uhr bei sich zuhause erreicht.« Er blickte zu Dorpat, und dann wieder zurück zu Kuttler. »Nun kenne ich den genauen Todeszeitpunkt nicht...«

»Der Güterzug, von dem Eisholm erfasst wurde, hat den Hauptbahnhof um neunzehn Uhr achtzehn passiert«, antwortete Kuttler. »Sie haben Herrn Desarts von Ihrem Büro aus angerufen?«

»Ja, doch.«

Dorpat bewegte unmerklich den Kopf, aber wenn es ein Zeichen sein sollte, so wurde es von Kuttler ignoriert. »Und warum haben Sie ihn von Eisholms Anfrage unterrichtet?«

Veesendonk sah ihn scharf an. »Darüber bin ich Ihnen gegenüber zwar kaum zu einer Auskunft verpflichtet – aber bitte! Ich habe Desarts verständigt, damit er versteht, warum ich das Tempo in den kommenden Verhandlungstagen etwas drosseln werde. Wenn ein Anwalt einen solchen Wunsch äußert, dann kann man dem ja ein Stück weit entgegenkommen.«

Donnerstag, 14. Februar, Nachmittag

Fiona, aber sicher doch!«, sagte der Fotograf, den Berndorf in der Bildredaktion des *Tagblatts* aufgesucht hatte, stand auf und ging zu einem zweiten Computer, der auf seinem Arbeitstisch stand. Er schaltete ihn ein und wartete, bis sich das Programm aufgebaut hatte. Der Fotograf war ein großer, schlanker Mann mit beginnender Stirnglatze und einem freundlichen, ansteckenden Lächeln, das für ihn vermutlich noch sehr viel nützlicher war als sein Presseausweis. »Ich habe damals, bei diesem Silvesterball, noch ein paar andere Aufnahmen von ihr gemacht, weil...« Er sprach nicht zu Ende, sondern sah Berndorf an und lächelte schon wieder und zeigte auf die Fotografie Fionas, die dieser mitgebracht hatte.

Klar, dachte Berndorf. Fiona war nicht nur einen Schnappschuss wert. »Sie kannten die Mornys?«

»Eigentlich nur ihn«, antwortete der Fotograf, rief einen Ordner auf und klickte eine einzelne Datei an. »Ich bin mal einen Halbmarathon mit ihm gelaufen.« Auf dem Bildschirm erschienen einige Bildstreifen, angeordnet wie Kontaktabzüge der vordigitalen Zeit. »Hier.« Er lud Berndorf ein, sich vor den Monitor zu setzen. »Als diese traurige Geschichte passiert ist, habe ich einen eigenen Ordner mit den Aufnahmen von damals angelegt.« Er sah Berndorf prüfend an. »Sie kommen mit dem Gerät klar? Sie brauchen das einzelne Bild nur anzuklicken, dann haben Sie es in der Vergrößerung.«

Der Fotograf kehrte zu seinem eigentlichen Platz zurück und wandte sich wieder der Arbeit zu, bei der ihn der Besucher unterbrochen hatte: Er war dabei gewesen, eine Aufnahme zu bearbeiten, die ein Bahngleis und darüber den Bahnsteig zeigte – den Tatort im Fall Eisholm also.

Berndorf ließ sich auf dem Drehstuhl vor dem zweiten Monitor nieder. Die Bilder, die er nacheinander aufrief, waren fast ausschließlich Ballszenen, zumeist nur dieses eine Paar beim Tanz, er blond und athletisch und selbst seiner Bundeswehruniform Eleganz abgewinnend, sie blond und zart, beide wirkten selbstbewusst, geradezu strahlend.

»Ein hübsches Paar, nicht wahr?«, bemerkte nebenan der Fotograf.

»Und nach dem Ball?«, wollte Berndorf wissen.

»Wer weiß das schon!«, meinte der Fotograf und hellte das Foto vom Bahngleis um ein Unmerkliches auf, so dass die Kreidemarkierungen besser sichtbar wurden, mit denen die Polizei den Fundort der Leiche bezeichnet hatte. »So gut kannte ich ihn wirklich nicht. Wenn wir mal miteinander gesprochen haben, dann immer nur übers Laufen. Über Schuhe und wo es eine gute Route gibt.«

Berndorf hatte das Foto entdeckt, von dem er den Abzug besaß. »Sie haben ihm nur diese eine Aufnahme geschickt?«, fragte er. »Warum?« Er hatte es angeklickt, und auf seinem Bildschirm erschien groß Fiona, die Puderdose mit dem aufgeklappten Spiegel in der Hand.

»Fotos von glücklichen Paaren gibt es doch genug. Hundert Mal soviel wie Scheidungsanwälte. Und mehr als ein Bild verschenk ich nicht.« Der Fotograf lachte. »Da meinen die Leute nur, ich hätte sonst nichts anderes zu tun.«

»Aber warum gerade das hier?«

»Weil es das beste war. Da ist Fiona... wie soll ich sagen? Da ist sie ohne Maske.«

»Wirklich?«, fragte Berndorf. »Hat sie nicht doch von Anfang an gewusst, dass sie fotografiert wird?«

Er hatte das nächste Bild aufgerufen, diesmal sah Fiona direkt in die Kamera und streckte die Zunge heraus.

Der Fotograf, der gerade das Foto vom Bahnsteig zur weiteren Verarbeitung freigegeben hatte, zuckte mit den Achseln. »Mir kam es so vor, als sei sie ganz in den Spiegel vertieft gewesen.« Er lachte. »Frauen dürfen das.«

Berndorf sagte nichts. Er hatte ein weiteres Bild angeklickt, eine Szene an einem weiß gedeckten Tisch mit einem Sektkühler und den Gläsern dazu, dahinter zwei Frauen, Fiona und eine Dunkelhaarige, die die Köpfe zusammensteckten, und die Dunkelhaarige hielt den Ring, den Fiona an ihrer Kette trug, in der Hand und betrachtete ihn.

»Könnten Sie mir hier einen Ausschnitt herausholen und vergrößern?«

Der Fotograf stand auf und kam zu Berndorf.

»Diesen Ring hier, den die dunkelhaarige Frau in der Hand hält...«

Berndorf stand auf, und der Fotograf setzte sich auf seinen Stuhl. Auf dem Bildschirm trat die Hand der Dunkelhaarigen hervor und wurde größer und immer größer, und ebenso der goldene Ring darin mit dem umlaufenden Relief.

»Da sind Figuren drauf«, sagte der Fotograf, »zwei Gestalten, und dahinter ist ein Baum...« Er korrigierte die Helligkeit und ging noch etwas näher heran: »Was treiben die da?«

Die beiden Gestalten waren Mann und Frau, und der Mann hielt die Hand ausgestreckt, um zu nehmen, was die Frau ihm reichte, und die Körper und die Gliedmaßen waren so gearbeitet, als seien sie nackt. Aber trotzdem hielt keines der beiden die Hand schützend vor das Geschlecht.

»Das sind Adam und Eva. Beim Sündenfall«, sagte Berndorf. »Machen Sie mir einen Abzug davon?«

Staatsanwalt Desarts hatte sich schweigend angehört, was die beiden Kommissare Dorpat und Kuttler ihm vortrugen. Statt einer Antwort hob er einladend den Deckel der Bonbonniere, die seit vielen Jahren ganz selbstverständlich mitten auf Desarts' Besuchertisch stand.

»Da will ich nicht nein sagen«, meinte Dorpat, suchte sich ein Karamellbonbon aus und warf einen strafenden Blick zu Kuttler, der dankend abgelehnt hatte.

»Da haben Sie eine gute Wahl getroffen«, lobte Desarts. »Es ist ein ganz vorzügliches Karamell, müssen Sie wissen. Die Confiserie, aus der ich es habe, macht es selbst, und Sie können ganz unbesorgt sein: Niemals bleibt es an den Zähnen kleben... Ich selber muss leider auf meinen Zucker achten.« Dann sah er aufmerksam von Dorpat zu Kuttler und wieder zurück. »Ich nehme an, Sie sind sich darüber im Klaren, dass ein neuerlicher Fahndungsaufruf in Sachen Morny das Absurdeste ist, was seit langem einem deutschen Staatsanwalt angetragen wurde. Genauso gut könnten wir den Hauptmann Morny auf freien Fuß setzen, von jetzt auf gleich, nur weil der Anwältin Drautz das so in den Sinn gekommen ist... apropos: Warum sollen wir diesen Fahndungsaufruf gerade in Stuttgart lancieren? Warum nicht in Schnaizlkreuth?«

Dorpat, der zu spät daran gedacht hatte, dass man mit einem Karamellbonbon im Mund nur schlecht ein Fachgespräch führen kann, wies auffordernd auf seinen Kollegen.

»Frau Dr. Drautz hat das aus dem Tachostand geschlossen«, antwortete Kuttler verlegen. »Auf diesen Gedanken waren wir allerdings auch schon gekommen...«

»Die Akten habe ich ebenfalls parat«, unterbrach ihn Desarts. »Und der Geistesblitz, der damals bei Ihnen eingeschlagen hat, lieber Herr Kuttler, der war von Anfang an ziemlich kurzschlüssig. Wenn die Morny vor ihrem Tod einhundertachtzig oder einhundertvierundachtzig Kilometer gefahren ist, kann sie in Stuttgart ebenso gut wie in all den anderen Orten gewesen sein, die irgendwie und ungefähr neunzig Kilometer von Ulm entfernt sind. Zudem haben Sie von Ihren Stuttgarter Kollegen die definitive und eindeutige Antwort bekommen, dass die Morny dort nirgendwo abgestiegen ist. Also?«

»Nach Ansicht der Anwältin Drautz beweist das nur, dass die Morny nirgendwo einen Meldezettel ausgefüllt hat«, wandte Kuttler ein und sah an einem ärgerlichen Kopfschütteln seines Vorgesetzten Dorpat vorbei.

»Eben!«, konterte Desarts. »Also gibt es noch nicht einmal einen Papierfetzen von Hinweis, dass die Morny in Stuttgart war. Daraus die Schlussfolgerung zu ziehen, sie müsse gerade deshalb dort gewesen sein, das ist so hirnrissig, dass es nur von dem nächsten Einfall dieser Dame übertroffen wird...« Er beugte sich vor, blickte zu Dorpat und wies noch einmal auf die Bonbonniere. »Darf ich Ihnen noch eines anbieten? Es sind auch ganz vorzügliche Schokobonbons dabei, mit Orangenaroma!«

Dorpat, der gerade dabei war, die Reste des Karamellbonbons hinunterzuwürgen, lehnte wortlos ab. Sein Gesicht war leicht gerötet.

»Aber zum nächsten Einfall der Dame Drautz!«, fuhr Desarts fort. »Ich bitte Sie jetzt, sich einmal diesen Gedankengang zu vergegenwärtigen: Aus dem umwerfenden Grunde, weil der Anwalt Eisholm von einem Großen Unbekannten gemutmaßt hat, soll dieser – statt in dem ihm gemäßen Dunkel zu bleiben – eilends nach Ulm gefahren sein, sich ungeachtet der Gefahr sofortiger Entlarvung in den Gerichtssaal gesetzt, sodann ausgerechnet jenen Anwalt Eisholm, der ihm doch angeblich auf der Spur war, zum Hauptbahnhof gelockt und ihn dort vor den Zug gestoßen haben... Diese Vorstellung ist so absurd, dass Anwalt Eisholm, käme ihm das zu Ohren, sich in dem Grab umdrehen würde, in dem er sich noch gar nicht befindet.«

»Sie geben uns also recht« – Dorpat schaffte es, wieder das Wort zu ergreifen – »dass weitere Ermittlungen im Fall Morny...«

»Die sind ausgeschlossen, Herr Hauptkommissar«, sagte Desarts nachdrücklich. »Und das meine ich nicht bloß, sondern sie sind es. Fiona Morny ist am späten Abend des zehnten Mai nach Hause zurückgekommen, und dort ist sie getötet worden: Und genau das ist das Geschehen, das wir aufzuklären hatten und aufgeklärt haben. Nichts anderes...« Für einen Augenblick schwieg er und warf einen nachdenklichen Blick erst auf Dorpat, dann – und dies fast sorgenvoll – auf Kuttler. »Ich möchte hier noch etwas klarstellen. Was ich Ihnen gesagt habe, das ist nicht die Laune oder die Weisheit des kleinen Staatsanwalts Desarts mit seiner komischen Bonbonniere. Es ist dies die Linie der Staatsanwaltschaft dieses Landes. Punkt.«

»Das alles steht außer Frage«, antwortete Dorpat. »Auf der anderen Seite müssen wir nach dem Tod von Eisholm jeder denkbaren Möglichkeit nachgehen...«

»Exakt«, unterbrach ihn Desarts. »Jeder denkbaren Möglichkeit! Also nicht mit einem Fahndungsaufruf in Stuttgart, der nichts bringen kann, sondern mit einem Fahndungsaufruf hier in Ulm. Wer hat gestern Abend Eisholm im Hauptbahnhof oder auf dem Weg dorthin gesehen und in welcher Gesellschaft? Das ist es, was wir wissen müssen.« Er runzelte die Stirn. »Sie wissen, dass er gestern Abend noch den Vorsitzenden Richter Veesendonk aufgesucht hat? Er wollte offenbar Zeit gewinnen...«

»Veesendonk hat uns das mitgeteilt«, bestätigte Dorpat. »Aber in welcher Weise finden Sie das bedeutsam?«

Desarts warf ihm einen kurzen Blick zu. »Bedeutsam kann daran sein, dass ein solcher Schritt ein bisschen ungewöhnlich ist. Mir kam Eisholm schon den ganzen Tag ein wenig überdreht vor.«

Die automatische, gläserne Schiebetür des *Tagblatt*-Gebäudes schloss sich hinter Berndorf. Der Fotograf hatte ihm einige Abzüge gemacht und überdies versprochen, ihm eine CD mit allen Aufnahmen vom Silvesterball des Zweiten Korps ins Hotel zu schicken. Was der Wahrheitsfindung dient, kann auch für anderes nützlich sein, zum Beispiel für den Verkaufswert von Pressefotos.

Berndorf, den Umschlag mit den Abzügen in der Hand, blickte auf die Uhr von St. Georg, es war schon fast halb drei, und so musste er sich beeilen, auch wenn das *Tagblatt* im Grunde nur einen Häuserblock vom Justizgebäude entfernt lag, an dessen Rückseite wiederum – im Frauengraben – sich der Zellentrakt für die Untersuchungsgefangenen befand.

Als er ankam, wartete die Anwältin Drautz bereits, mit scheinbar ausdruckslosem Gesicht. Aber ihre Augen waren sehr schmal.

»Reizend, dass Sie noch hergefunden haben«, sagte sie zur Begrüßung. »Sie ahnen ja nicht, wie mir diese Männer, die immer schon da sind, mit ihrer penetranten Höflichkeit auf den Nerv gehen...«

Berndorf entschied sich, nichts zu antworten, und legte dem Justizbeamten in der Pförtnerloge seinen Ausweis vor.

»Nett, Sie mal wiederzusehen«, sagte der und hob grüßend die Hand, ein zweiter Beamter geleitete Berndorf und die Anwältin in ein Besuchszimmer mit einem vergitterten Fenster. Kurz darauf wurde auch Ekkehard Morny gebracht, Dr. Drautz stellte Berndorf vor: »Ein Privatdetektiv, den noch Herr Eisholm beauftragt hat...«

Die beiden Männer begrüßten sich mit Handschlag, der Händedruck von Morny war fest, aber sein Blick wirkte ratlos, fast abweisend. So blickt einer, dachte Berndorf, dem der Gerichtsvollzieher ins Haus steht und dem man deshalb einen Wünschelrutengänger andient!

»Wir haben sehr wenig Zeit«, sagte Dr. Drautz, nachdem sich alle drei gesetzt hatten. »Drei Wochen, das ist eigentlich gar nichts. Aber wenn ich die Aussetzung des Verfahrens beantragt hätte, dann hätte das die Untersuchungshaft um Monate verlängert...«

Morny nickte. Berndorf hatte Mühe, in diesem großen Mann den eleganten, athletischen, strahlenden Tänzer wiederzuerkennen, den er auf den Fotografien gesehen hatte. Er warf einen Blick auf die Anwältin. Irgendein Widerschein einer erotischen Ausstrahlung oder wenigstens der Restmenge einer solchen? Fehlanzeige, soviel er sah. Aber das mochte nicht nur an dem Hauptmann liegen.

»Eigentlich ist es ganz einfach«, fuhr die Anwältin fort. »Entweder Sie haben Ihre Frau totgeschlagen, oder Sie haben es nicht. Und wenn Sie es getan haben, dann ist das zwar nicht schön, kommt aber in den besten Familien vor. Das heißt, wir erklären dem Gericht, dass Sie von Ihrem schweren Auslandseinsatz nach Hause gekommen sind, um von Ihrer Frau mit der Mitteilung begrüßt zu werden, sie habe einen Liebhaber. Sodann habe Ihre Frau Ihnen die sexuellen Vorzüge, den Einfallsreichtum, die Potenz dieses neuen Liebhabers geschildert und

Ihnen ferner erklärt, nach einem im Übrigen ganz vorzüglichen Geschlechtsverkehr sei der Liebhaber in schallendes Gelächter ausgebrochen, weil er auf dem Nachtkästchen ein Bild von Ihnen in Uniform entdeckt habe... Das Ganze bringt Ihnen etwa sechs Jahre. Unter Einbeziehung der U-Haft sind Sie nach drei Jahren draußen, heuern bei einer der Firmen an, die für die USA deren schmutzige Kriege führen, kaufen sich eine schnuckelige kleine Inderin und können alles andere vergessen. Na?«

Morny starrte sie abweisend an. »Wenn ich das richtig verstehe, erzählen Sie mir gerade den gleichen Unsinn, den schon mein erster Anwalt an mich hingesülzt hat. Deswegen hab ich ihn ja rausgeschmissen und mich an Eisholm gewandt.« Plötzlich bekam sein Gesicht etwas Farbe. »Ich habe Fiona nicht umgebracht. Und ich brauche keinen Anwalt, der mir das nicht glaubt!«

Die Anwältin hob die Augenbrauen. »Ihre Ehe war nicht zerrüttet?«

»Na ja, wie das eben so ist«, sagte Morny. »Waren Sie denn schon mal verheiratet? Mit der Zeit ist halt alles schwieriger geworden ... ich hab einigen Stress in meinem Job, das dürfen Sie mir glauben, und bei Fiona lief es auch nicht so glatt... so etwas schlägt ganz schnell aufs Familienleben durch, mal hat sie gezickt, mal hab ich ein paar Bier zu viel gehabt, und dann war erst mal dicke Luft, manche kommen drüber weg und andere wieder nicht so gut...«

»Das ist ganz wunderbar, wie Sie das erzählen«, lobte die Anwältin. Aber es war ein Lob in einem Ton, der eine Glasscheibe hätte schneiden können. »Genauso will es dieser Staatsanwalt hören. Aber egal. Warum sind Sie nach Ihrer Ankunft nicht sofort nach Hause gefahren, sondern haben sich erst betrunken?«

Morny blickte Hilfe suchend zu Berndorf. »Ich hab mir da unten ein Disziplinarverfahren eingefangen. Und wenn ich mit dem hier fertig bin« – er machte eine Handbewegung, als stünde das Besprechungszimmer stellvertretend für seinen ganzen Ärger mit der Justiz – »dann hab ich diesen anderen Scheiß noch immer am Hals.«

»Was für einen Scheiß?«, hakte die Anwältin nach.

Morny zuckte mit den Schultern.

»Warum sagen Sie uns eigentlich nicht, dass Sie sich in einem Bordell geprügelt haben?«, fragte Berndorf. »Dass Ihnen deshalb eine Gehaltskürzung droht? Mindestens. Und dass Sie sich deshalb nicht nach Hause trauten?« Er wartete kurz, dann setzte er nach. »Seit dem Konkurs des Reisebüros, seit Ihre Frau also ihre feste Anstellung verloren hat, war es finanziell doch sowieso schon eng genug. Sie haben es doch gerade selbst gesagt.«

Morny hob die Hände, ein Zeichen des Protests oder der Auflehnung? Dann ließ er sie wieder fallen. »Ich hatte sechsunddreißig Stunden Dienst hinter mir und wollte mich ganz gemütlich betrinken... aber dann kam diese Hure. Ich hab sie weggescheucht, aber sie hat keine Ruhe gegeben und gefragt, ob sie ihren kleinen Bruder schicken soll, und da hab ich ihr eine gescheuert.« Wieder richtete er diesen Hilfe suchenden Blick auf Berndorf. »Natürlich ging dann der Zauber erst richtig los, bis schließlich die Feldjäger aufkreuzten... ich glaub, ich hab so einer schmierigen Type den Arm gebrochen.«

»Na fein«, sagte die Anwältin, »wir haben es also amtlich, dass Sie gewalttätig sind. Sollen wir noch immer dem Gericht erklären, dass Sie Ihre Frau nicht umgebracht haben?«

»Ich war's nicht.«

»Dann hören Sie mal gut zu«, holte Dr. Drautz aus. »Wenn Sie's nicht waren, dann müssen wir den Täter woanders suchen. Folglich müssen wir alles von Ihnen wissen, buchstäblich alles, was auf andere Kontakte, Begegnungen, Beziehungen hindeutet, die Ihre Frau eingegangen ist...« Sie unterbrach sich und betrachtete Morny misstrauisch. »Oder um es einfacher zu sagen: Wann hat Ihre Frau begonnen, abends einen Termin zu haben? Ab wann sind Ihre sexuellen Kontakte seltener geworden? Haben Leute angerufen, die Ihnen unbekannt waren?«

»Weiß nicht«, antwortete Morny. »Aber das mit dem Sex, da haben Sie recht. Das war früher schon häufiger gewesen als zuletzt...«

»Na also«, sagte die Anwältin. »Haben Sie einen Briefblock und Schreibzeug in der Zelle?« Er nickte. »Dann setzen Sie sich hin und denken nach und schreiben alles auf, was Ihnen zu Ihrer Frau einfällt. Okay?«

Sie sah zu Berndorf. Aus dem Umschlag, den er neben sich auf den Tisch gelegt hatte, zog er ein Foto. Die Aufnahme zeigte Fiona Morny im Gespräch mit einer dunkelhaarigen Frau. »Können Sie uns sagen, wer das ist?«

Morny warf einen Blick auf das Foto. »Wann ist das...?«, wollte er fragen, aber dann schien es ihm einzufallen. »Das war auf dem Silvesterball des Zweiten Korps, und diese Frau da ist die Gitte, den Nachnamen weiß ich nicht, Fiona hat sie im Fitness-Studio kennen gelernt...«

»Welches Studio ist das?«

»Wie es jetzt heißt, weiß ich nicht«, kam die Antwort. »Aber früher hat es dem SSV gehört und liegt draußen in der Au, ziemlich nahe am Donaustadion...«

Draußen hatte Regen eingesetzt. Die Anwältin spannte einen Taschenschirm auf, aber eine Windbö fuhr hinein und ließ ihn hochklappen.

»Was für ein Mist!«

»Geben Sie ihn mir«, sagte Berndorf und hielt den Schirm gegen den Wind, so dass er in seine richtige Stellung zurückklappte.

»Wohin jetzt?«

»Sind Sie mit einem Wagen gekommen?«, fragte Berndorf, mit der einen Hand den Schirm über die Anwältin haltend, mit der anderen seinen Hut sichernd.

Irgendwo hundert oder zweihundert Meter weiter müsse eine Tiefgarage sein, antwortete sie, da habe sie ihn geparkt.

»Da kommen zwei in Frage«, sagte Berndorf und wandte sich nach links. »Aber es wird die erste gewesen sein, wenn man von München kommt.« Auf dem Weg zum Parkhaus Salzstadel kamen sie an Tonios Café vorbei, wo vorne am Tresen – Berndorf bemerkte es im Vorbeigehen – Wendel Walleter saß, darauf wartend, dass sich zum nächsten Akt seines Welttheaters der Vorhang hob.

Die Anwältin hatte ihren Wagen in einem der finsteren und verwinkelten Untergeschosse des Parkhauses abgestellt, dem dritten, wie sie sich erinnerte. »Zahlen kann ich mir gut merken.« Zu Berndorfs Überraschung fand sie ihr Fahrzeug ziemlich mühelos: Sie drückte auf die Fernbedienung des Türschlosses, woraufhin in einer der dunklen Ecken die Parkleuchten eines Roadsters rot aufflammten. Berndorf musterte den Wagen: Speichenräder, Klappverdeck, das Chassis karmesinrot lackiert.

»Gefällt Ihnen mein Auto nicht?«

Berndorf hob beschwichtigend die Hand und hievte sein linkes Bein, dessen Kniegelenk für solche Einstiege zu steif war, vorsichtig in den Wagen, ehe er sich auf den hart gepolsterten Beifahrersitz hinabließ. Als er die Beine ausstreckte, hatte er das Gefühl, gleich die Kühlerhaube herauszustemmen.

»Natürlich pflegen meine Beifahrer sonst jünger zu sein«, bemerkte die Anwältin und startete den Wagen. »Ohne Ihnen zu nahe treten zu wollen: sehr, sehr viel jünger. Was ist eigentlich mit Ihrem Bein?« Sie stieß zurück, legte den Vorwärtsgang ein und schoss auf die Ausfahrtsrampe zu. Als sie die Tiefgarage verließen, dirigierte Berndorf sie nach rechts, ohne auf ihre Frage einzugehen.

»Es ist mir völlig schleierhaft, warum ich mit Ihnen in dieser Stadt herumfahre«, bemerkte sie, als sie vor der nächsten Ampel warten mussten. »Das ist eine ziemlich langweilige Stadt, und auch Ihr Unterhaltungswert ist ... na ja, Sie werden sich selbst keine Illusionen darüber machen!« Die Ampel sprang auf Grün, und der Roadster fuhr ruckartig an. Lange wird die Kupplung nicht halten, dachte Berndorf.

»Waren Sie eigentlich mit Eisholm befreundet?«

»Wir hatten ein paar Mal miteinander zu tun«, kam die Antwort. »Befreundet kann man das sicher nicht nennen.«

»Es hätte mich auch gewundert«, erklärte die Anwältin und

schaltete krachend einen Gang zurück. »Damit will ich ausnahmsweise nicht Sie beleidigen.«

»Sie sind sehr freundlich zu mir«, sagte Berndorf. »Nach der nächsten Kreuzung bitte rechts!«

»Sie wollen nicht wissen, warum ich mich gewundert hätte?« Sie bog ab, in eine von kahlen Bäumen bestandene Straße.

»Ein Händchen für Freundschaften hatte der Verstorbene offenbar nicht«, antwortete Berndorf. »So weit war ich auch schon... halten Sie hier!« Die Anwältin stoppte den Wagen vor einem kubusförmigen Glasbau.

»Und Sie...«, fragte sie, den Kopf ihm zugewandt, »warum wundern Sie sich eigentlich nicht über meinen ebenfalls ganz offenkundigen Mangel an – wie soll ich das nennen? – über meinen Mangel an emotionaler Betroffenheit?«

Der Roadster war ein kleines enges Fahrzeug, und so waren ihre Gesichter einander plötzlich sehr nah. So nah, dass auch das Make-up nicht mehr verbergen konnte, wie wenig Elaine Drautz zuletzt geschlafen hatte.

»Sie sprechen von Trauer?«, fragte Berndorf zurück und öffnete die Tür. »Es gibt keine Vorschriften dafür.«

Die Anwältin zuckte mit den Achseln, stieg aus und sah ungeduldig zu, wie Berndorf sich aus dem Roadster schälte. Dann ließ sie die automatische Türverriegelung zuschnappen, und gemeinsam gingen sie auf den Glaskubus zu, dessen Scheiben jetzt den Blick auf Menschen freigaben oder genauer: den Blick auf deren Köpfe und Oberkörper. Der Rest dieser Körper schien in Maschinen eingespannt, die mittels Räder, Hebel oder auch Zugseilen bedient werden mussten.

»Galeerensklaven!«, murmelte Berndorf.

»Sie sind so altmodisch, dass Sie vermutlich auch noch stolz darauf sind«, bemerkte die Anwältin.

»Wenn die Kupplung von Ihrem Auto vollends hinüber ist und Sie noch einmal einen Roadster kaufen, nehmen Sie keinen mit einer Fernbedienung«, bemerkte Berndorf. »Das ist nicht authentisch.«

Noch immer regnete es, sie gingen zu dem Glaskubus und

durch eine sich automatisch öffnende Tür zur Anmeldung. Ein drahtiger junger Mann in einem Sportdress näherte sich, die Augen erwartungsvoll auf die Anwältin gerichtet.

»Ich suche die Gitte«, sagte sie und warf einen bewundernden Blick auf die muskulösen Oberarme des jungen Mannes.

»Gitte?«, fragte der zurück, ein wenig misstrauisch. »Und weiter?«

Berndorf trat hinzu und zeigte die Fotografie, auf der Fiona Morny und die dunkelhaarige Frau zu sehen waren. Er hielt den Abzug so, dass ein gefalteter Geldschein – ein Fünfziger – den Kopf Fionas verdeckte. Der Mann sah Berndorf an, nahm dann, was dieser ihm hinhielt, und ging damit zwei oder drei Schritte zum Fenster, als brauche er mehr Licht. Beiläufig verschwand der Fünfziger in der Tasche seiner Sporthose.

»Ach«, sagte er plötzlich, »die Gitte! Nettes Bild von ihr.«

Karamellbonbons! Was für ein blöder Trick«, murmelte Ivo Dorpat, packte den Besucherstuhl vor Kuttlers Schreibtisch, drehte ihn um und setzte sich rittlings darauf, »und ich Narr falle darauf herein. Seit wann hat er diese Masche drauf?«

»Sie meinen Desarts und seine Bonbonniere?«, fragte Kuttler zurück. »Die hat er, soviel ich weiß, schon immer. Tut mir leid, ich hätte Sie warnen sollen.«

»Nie wieder«, meinte Dorpat. »Übrigens will der Kriminalrat Rapport! Offenbar hat er Schiss vorm Fernsehen.« Er kniff das linke Auge zusammen. »Ich könnte Stein und Bein schwören, dass das kein Selbstmord war, wie Desarts es wohl gerne hätte. Nur – wie soll ich das belegen? Und diese Anwältin ist ja weiß Gott alles andere als hilfreich.«

»Das wird auch so bleiben«, sagte Kuttler kühl. Dorpat wurde ihm ein wenig zu schnell ein wenig zu kumpelhaft. »Dr. Drautz wird weiterhin behaupten, Eisholm sei umgebracht worden, weil er den unbekannten Beischläfer der Fiona Morny habe finden wollen. Damit kann sie erstens den Prozess gegen den Hauptmann blockieren, solange sie lustig ist, und zweitens die Zusammenarbeit mit uns ablehnen, weil wir ja dieser Spur nicht nachgehen... Und wenn sie nicht will, wird es ziemlich schwierig, an Informationen über Eisholms Mandanten zu kommen.«

»Kollege – wie schwer sind Sie eigentlich von Begriff?«, fragte Dorpat, und sein Gesicht begann sich ins Rötliche zu verfärben. »Die Staatsanwaltschaft ist Herrin des Verfahrens, richtig? Und die Ansage, die Desarts gemacht hat, war unmissverständlich und klar: Die Ermittlungen, die in Stuttgart geführt worden sind, haben das Ergebnis erbracht, dass die Morny dort nicht abgestiegen ist. Punkt.«

Punkt? Kuttler unterdrückte ein Lächeln. Das hatte er schon einmal gehört. Wie schnell Dorpat alles Kumpelhafte abhanden gekommen war!

»Sie brauchen nicht zu grinsen, Kollege«, fuhr Dorpat fort. »Eigentlich hätte ich von Ihnen ein paar konkrete Ergebnisse erwartet oder wenigstens eine einzige brauchbare Information.«

»Eine Information, ja doch... aber sie wird Ihnen nicht gefallen«, antwortete Kuttler. »Vor seinem Tod hat Eisholm noch einen privaten Ermittler engagiert. Sie sollten Englin davon in Kenntnis setzen.«

Dorpat schüttelte den Kopf. »Was hat er sich davon versprochen? Und woher wissen Sie das überhaupt?«

»Ich habe den Ermittler im ›Vier Jahreszeiten‹ getroffen«, antwortete Kuttler. »Ich glaube, er soll den unbekannten Liebhaber ausfindig machen...«

Dorpat runzelte die Stirn. »Warum sagen Sie mir das erst jetzt? Im ›Vier Jahreszeiten‹ waren Sie doch schon gestern Abend... Und wer ist dieser Mensch überhaupt, und wo kommt er her?«

»Er kommt aus Berlin«, antwortete Kuttler, »es ist Berndorf, bis vor ein paar Jahren Ihr Vorgänger hier im Dezernat Eins. Tut mir leid, wenn Sie das gerne früher hätten wissen wollen... Irgendwie schienen Ihnen andere Fragen wichtiger.«

»Werden Sie schon wieder unverschämt?« Dorpat musterte Kuttler aus misstrauischen, halb geschlossenen Augen. »Berndorf also. Sagen Sie mal, Kollege – wann ist der hier eingetroffen?«

»Gestern, soviel ich verstanden habe.«

»Meinen Sie nicht, dass wir das etwas genauer wissen müssten? War er es, mit dem sich Eisholm gestern Abend getroffen hat?«

»Ich denke, Eisholm wollte eigentlich zurück ins Hotel«, antwortete Kuttler ausweichend. »Deswegen hat er das Taxi bestellt. Dann aber hat er jemanden getroffen und deswegen nur den Koffer ins Hotel bringen lassen... Nur müsste das jemand sein, mit dem er zunächst nicht gerechnet hat. Das wiederum trifft auf Berndorf nicht zu.«

»Scharfsinnig sind Sie auch noch!«, sagte Dorpat. »Mir wäre es allerdings lieber, wenn Sie sich an die Fakten halten würden. Und was folgt aus denen? Doch wohl, dass es einen Unbekannten gibt und dass Eisholm mit diesem Unbekannten zum Hauptbahnhof gegangen ist. Er hat ihn begleitet oder ist von ihm eingeladen worden, und also...« – er hob den Zeigefinger – »also müssen wir herausfinden, zu welchen Zügen Eisholm den Unbekannten begleitet haben kann. Auf die Gefahr hin, dass es sich dabei vielleicht doch um unseren Exkollegen handelt.«

Kuttler zog seinen Notizblock zu sich her. »Der Güterzug fuhr um neunzehn Uhr zwölf auf Gleis sechs durch. Auf Gleis vier, am gleichen Bahnsteig gegenüber, hätte um neunzehn Uhr zweiundzwanzig der Regionalexpress nach Friedrichshafen abfahren sollen und ebenfalls um neunzehn Uhr zweiundzwanzig der Nahverkehrszug nach Ellwangen, und zwar von Gleis fünf a, das am Nordende des Bahnsteigs anschließt. Auf Gleis sechs schließlich fährt fahrplanmäßig um neunzehn Uhr sechsundzwanzig der Nahverkehrszug nach Sigmaringen ab... Alle anderen Züge, die für diesen Bahnsteig in Frage kommen, fuhren noch später. Wir sollten heute Abend dort die Fahrgäste befragen. Um diese Zeit sind noch viele Pendler unterwegs...«

Er schwieg, denn ihm war eingefallen, dass vermutlich er es sein würde, der den Abend auf dem Bahnsteig zu verbringen hatte. Außerdem schlug das Telefon an, Kuttler griff zum Hörer und meldete sich.

»Wieselböck«, stellte sich eine angenehm bajuwarische Männerstimme vor, »Polizeiinspektion Starnberg... Ich rufe an wegen der Leichensache Eisholm.«

»Da sind Sie richtig verbunden, Kollege«, antwortete Kuttler.

Auf der anderen Seite des Schreibtischs nahm Dorpat ohne weitere Umstände den zweiten Hörer, als stehe ihm dies ganz selbstverständlich zu.

»Ich weiß ja nicht, wie weit Sie mit Ihren Ermittlungen sind«, sagte Wieselböck, »aber wenn sich der Herr Eisholm jetzt vielleicht doch vor den Zug geworfen hat: Also mich tät's nicht wundern. Ich war heut Nachmittag wie gewünscht die Frau Gabriele Querheim, geschiedene Eisholm, besuchen, und es hat zwei Stunden gedauert, und ich schreib Ihnen auch einen Bericht, wie es sich gehört, aber...«

Er stieß einen Seufzer aus.

»Die Dame war anstrengend?«, fragte Kuttler Anteil nehmend.

»Anstrengend ist gut«, meinte Wieselböck. »Die Dame wohnt in einem recht netten, gar nicht kleinen Haus, Sie könnten es auch eine Villa nennen, aber vor allem ist die gute Frau Querheim der Ansicht, dass der Herr Eisholm sich nur selbst umgebracht haben kann, damit er nämlich sie – die Frau Querheim, geschiedene Eisholm – um die ihr zustehenden Unterhaltszahlungen bringt, wie er denn überhaupt sein gesamtes Leben damit verbracht habe, sie zu hintergehen und zu betrügen, etcetera...«

Kuttler blickte zu Dorpat, der eine Grimasse gezogen hatte. Es war nicht zu erkennen, ob die Grimasse dem Anrufer Wieselböck galt oder dem Thema der unterhaltsberechtigten Ex-Frauen.

»Ich hab sie dann nach Leuten gefragt«, fuhr Wieselböck fort, »die einen Groll auf Eisholm haben könnten, aber das seien so viele, sagt sie, dass sie auf Anhieb nicht alle zusammenbrächte. Außerdem habe das alles keine Bedeutung, weil es Eisholm nur um ihre Unterhaltsansprüche gegangen sei, und ganz gewiss habe er all seine Vermögenswerte längst irgendwelchen Nutten überschrieben, so dass sie selbst jetzt unweigerlich Hungers sterben müsse... Also, ich schreib Ihnen jetzt einen schönen Bericht, Kollege, und dann können Sie das alles nachlesen, habe die Ehre!«

Er legte auf. Dorpat ließ den Zweithörer sinken. »Meine Rede: so viele Feinde, dass man sie gar nicht zählen kann«, sagte er und warf Kuttler einen funkelnden Blick zu. »Es führt kein Weg daran vorbei, Kollege: Sie müssen sich die Fälle ansehen, die Eisholm übernommen hat. Ein paar wird er ja auch vergeigt haben, vielleicht hatte da einer eine Rechnung offen...«

Dieses Funkeln?, dachte Kuttler. An was erinnerte ihn das noch? Genau! Es war der Widerschein von Schadenfreude gewesen.

Vor einigen Jahren war im Westen der Stadt, hoch über dem Tal der Blau, ein neues Wohngebiet entstanden, Einfamilienhäuser und Wohnblocks, alle in einem hellen warmen Weiß, alle unter Verwendung von sehr viel Glas und Stahl gebaut. In einem der Wohnblocks hatte Brigitte Sosta ein Appartement gemietet oder gekauft, mit einem großzügigen Wohnzimmer, von dessen Terrasse aus man weit übers Tal und zum Bergrücken des Hochsträß sehen konnte.

Kein Ring an der Hand, kein Herrenmantel in der Garderobe. Brigitte Sosta war offenkundig eine allein lebende Frau, schlank, aber mit ausgeprägten Hüften, das dunkle Haar jetzt straff nach hinten gebunden. Sie trug Jeans und einen weiten grauen Pullover, keineswegs nachlässig. Ihr Gesicht – ohne erkennbares Make-up – wirkte aufmerksam, die Augen waren auf der Hut. Ihre Ausstrahlung? Merkwürdig unpersönlich. Es gibt kein besseres Wort, dachte Berndorf: Unpersönlich war auch die ganze Wohnung, obwohl sie gerade nicht nach einem Katalog eingerichtet war, sondern mit vermutlich sorgfältig ausgesuchten Einzelstücken von Designermöbeln ausgestattet. An der einen Wand hing ein großformatiger Flachbildschirm, vor der anderen war eine afrikanische Holzplastik aufgestellt, eine Priesterin oder Göttin zeigend, Zwiesprache haltend mit wem?

»Ich verstehe immer noch nicht«, sagte Brigitte Sosta, »warum sind Sie zu mir gekommen? Und woher haben Sie meine Adresse?«

Berndorf holte das Foto heraus, das Brigitte Sosta zeigte, wie sie den Ring an Fiona Mornys Kette betrachtete, und legte es auf den Tisch. Es war ein Tisch aus grob bearbeiteten Holzbohlen, ein Tisch, um ganze Nächte daran bei Brot, Wein und Streitgesprächen zu verbringen.

Nur hatte so etwas nie stattgefunden, nicht in dieser Wohnung.

»Sie waren mit Fiona Morny befreundet?« Elaine Drautz hatte in ihre Stimme fast einen Klang von Anteilnahme gelegt, von Wärme jedenfalls. Berndorf freilich glaubte gesehen zu haben, wie sie die Wohnung und deren Inhaberin gemustert hatte, eine rasche gnadenlose Bestandsaufnahme war das gewesen.

Brigitte Sosta gab keine Antwort. »Ich würde wirklich gerne wissen, wer Ihnen meine Adresse gegeben hat?«, wiederholte sie und blickte von der Anwältin zu Berndorf und wieder zurück. Offenbar konnte sie noch nicht abschätzen, vor wem sie mehr auf der Hut sein musste.

»Ekkehard Morny hat uns auf Sie hingewiesen.«

»Wie kommt er dazu?«

»Ekkehard Morny ist in einer Lage, in der Sie ihm das kaum verübeln können«, antwortete die Anwältin, jetzt in einem Ton ganz ohne Wärme. »Das wissen Sie doch. Sie lesen doch Zeitung. Hören Radio.«

Brigitte Sosta schüttelte den Kopf. »Diese Frau da« – sie deutete auf das Foto – »kenne ich nur flüchtig ...«

»Bitte?« Die Anwältin starrte sie aus schmalen Augen an, den Kopf vorgeschoben. »Sie haben sie nur flüchtig gekannt? Ausgezeichnet.« Sie richtete sich auf. »Als ich mich vorstellte, habe ich offenbar undeutlich gesprochen. Also noch einmal: Ich bin die Anwältin von Ekkehard Morny, und weil das so ist, werde ich Sie als Zeugin vor Gericht vorladen und werde Sie dort befragen, und wenn Sie Fiona Morny dann noch immer nur flüchtig gekannt haben, werde ich Sie vereidigen lassen und anschließend dem Staatsanwalt dieses Foto übergeben, und dann, meine Liebe, werden Sie etwas zu erklären haben!«

Brigitte Sosta schüttelte den Kopf. »In dem Ton kommen Sie bei mir schon gleich gar nicht weiter. Ich weiß nichts über den Tod von Fiona... natürlich habe ich davon gelesen. Natürlich hat sie mir wahnsinnig leid getan. Aber ich weiß absolut nichts darüber, warum das passiert ist und warum ihr Mann das gemacht hat. Ihn habe ich eigentlich überhaupt nicht gekannt, und die Fiona auch nur aus dem Fitness-Center... Purer Zufall, dass ich sie auf diesem blöden Silvesterball getroffen habe. Ich war auch nur ganz kurz an ihrem Tisch...« Sie erhob sich. »Das ist alles. Gehen Sie jetzt bitte. Ich bin müde und möchte ein Bad nehmen.«

Elaine Drautz sah Berndorf an. Er nickte nur, griff nach dem Foto und stand ebenfalls auf. »Sie sind nicht zufällig Goldschmiedin von Beruf? Oder kennen sich mit Antiquitäten aus?«

Sie sah ihn überrascht an. »Wie kommen Sie darauf?«

»Weil Sie sich auf diesem Bild hier den Ring zeigen lassen. Warten Sie...« Er holte den zweiten Abzug aus dem Umschlag und zeigte ihr die Vergrößerung, die ihm der Fotograf angefertigt hatte. »Ich nehme an, dieses Relief zeigt Adam und Eva... Wissen Sie, ich suche jemand, der mir ein bisschen mehr dazu sagen kann. Was das für eine Art Ring ist, wie alt er sein kann, für wen er bestimmt gewesen sein mag...« Er sah sie an, aber in ihrem Gesicht spiegelte sich nur die Anwesenheit zweier Besucher, die unwillkommen waren.

Brigitte Sosta schüttelte den Kopf. »Sie sagte nur, dass der Ring ein Erbstück sei und die Vertreibung aus dem Paradies zeige. Übrigens waren da auch Tiere drauf abgebildet, ganz liebevoll und plastisch herausgearbeitet. Aber ich glaube, sie hatte es gar nicht gern, dass ich mir den Ring näher anschaute. Ich hab dann auch schnell die Finger davon gelassen und nur gesagt, dass er sehr schön sei und sicher auch sehr alt und vielleicht wertvoll. Was man halt so sagt...«

Donnerstag, 14. Februar, später Nachmittag

Ende zwanzig?«

»Anfang dreißig«, antwortete die Anwältin, nahm das Gas zurück und schaltete. »Ich nehme an...« Sie sprach nicht weiter. Eine Kreuzung kam in Sicht. »Wohin jetzt?«

Berndorf sagte ihr, dass sie sich links einordnen solle. »Und was nehmen Sie an?«

»Ach nichts. Die Verfallszeiten werden immer kürzer. Aber das ist ein Problem, von dem Männer offenbar glauben, dass es sie nicht betrifft.«

Berndorf zog die Augenbrauen hoch. »Kann es sein, dass Sie schon länger in keiner Buchhandlung mehr gewesen sind? Das Liebesunglück alter Männer füllt dort ganze Regale.«

»Um davon zu erfahren, muss ich nicht in eine Buchhandlung.« Sie lachte, kurz und unfroh. »Und Sie? Wie ist das, wenn jemand wie Sie vom Liebesunglück heimgesucht wird? Was tun Sie dann, nachts, einsam, einen Verdächtigen belauernd, sein Fenster beobachtend, und gleichzeitig stellen Sie sich ein ganz anderes Fenster vor und was dahinter geschehen mag...« Der Roadster war auf die Westtangente eingebogen, die von der Universität ins Donautal führt und weiter zu den Fernstraßen an den Bodensee und ins Allgäu. Der Regen hatte aufgehört, aber noch immer war es nass auf den Straßen, und die Scheibenwischer schmierten über das Fensterglas. »Oder ist ein solcher Fall in Ihrer inneren Dienstanweisung nicht vorgesehen?«

Berndorf schwieg.

Die Anwältin drückte aufs Gas, der Roadster beschleunigte und schoss durch aufspritzende Wasserfontänen an einem Lastzug vorbei. Ein Wagen kam entgegen und blendete auf. Dr. Drautz hob die Hand, den Mittelfinger hochgestreckt.

Eine Ausfahrt kam in Sicht, der Roadster verließ die Umgehungsstraße und bog nach rechts ab. Die Straße führte durch ein kurzes Stück Brachland, unterbrochen von grauem Gestein, und erreichte die Ausläufer eines Wohngebiets, das bereits zu Ulms westlicher Nachbargemeinde Blaustein gehörte. Rechts der Straße erhoben sich in Hanglage Ein- und Zweifamilienhäuser, links der Straße lagen Siedlungshäuschen, die man in der ersten Nachkriegszeit oder noch früher dort hingestellt hatte. Doch diese Häuserzeile brach wieder ab, zwischen Gesträuch und kahlen Bäumen zeichnete sich ein allein stehendes spitzgiebliges Haus ab, die Fassade über dem weiß verputzten Erdgeschoss mit Holz verkleidet, weiß gestrichen auch die Sprossenfenster. Vor dem Haus stand der Wagen einer Malerwerkstatt, und über dem Balkongeländer hing ein Plakat: »Zu vermieten«, dazu eine Telefonnummer.

Berndorf verglich die Hausnummer mit derjenigen, die er sich in seinem Notizbuch notiert hatte: *In der Halde 7*... »Hier«, sagte er. »Fiona und Ekkehard Morny haben hier gewohnt.«

Die Anwältin stoppte den Roadster hinter dem Werkstattwagen, sie stiegen aus, aber die Anwältin blieb zunächst stehen und sah sich um, so als ob sie sich unbehaglich fühle. Schließlich folgte sie Berndorf, der ganz selbstverständlich auf das Haus zuging. Die Haustür war geöffnet, der Eingangsbereich mit Planen ausgelegt. Eine Treppe führte nach oben, die Tür zu einem nach Süden ausgerichteten Wohnzimmer war ausgehängt. Auch dort waren Planen ausgelegt, und ein Maler war dabei, den Rauputz des Wohnzimmers neu zu weißeln. Die Fenster waren mit Folien gegen Spritzer geschützt.

Der Maler hielt inne und sah ihnen entgegen.

»Können wir uns umsehen?«, fragte Berndorf. »Uns ist das Schild draußen aufgefallen...«

Der Maler hob die Hand zu einer Geste, deren Sinn nicht klar zu erkennen war. »Müsse dort frage.«

Berndorf und die Anwältin drehten sich um, ein junger, groß gewachsener Mann stand vor ihnen, er musste fast unhörbar die Treppe heruntergekommen sein.

»Was kann ich für Sie tun?«, fragte er höflich. Sein Blick hatte die Anwältin gestreift, danach hielt er ihn auf Berndorf gerichtet. Eher ein Junge als ein Mann, dachte der, achtzehn oder neunzehn Jahre alt, sportlich, muskulöse Schulterpartie, das dunkle Haar mit einem Gel aufgesträhnt.

Berndorf wiederholte seine Bitte.

»Ich kann Ihnen das Haus gerne zeigen«, sagte der junge Mann. »Aber über die Einzelheiten müssen Sie mit meinen Eltern sprechen.« Er machte eine Geste, als wolle er sie einladen, ihm zu folgen. »Ich bin Lukas«, sagte er noch.

»Und ich bin Elaine«, antwortete die Anwältin und berührte mit den Fingerspitzen seinen Oberarm. »Sie treiben Sport, Lukas?«

»Ein wenig... nur so zum Spaß«, gab Lukas mit scheuem Blick Auskunft, wandte sich zur nächsten Tür und öffnete sie eilig. Sie führte in ein Zimmer, das offenbar bereits renoviert war. Auch hier weißer Rauputz, auf dem Boden Steinfliesen.

»Da muss man im Winter warme Pantoffeln tragen«, vermutete die Anwältin. »Ich hasse Pantoffeln.«

»Ich war als Kind oft hier«, sagte Lukas, »aber ich hab hier nie gefroren, auch im Winter nicht. Es ist gut isoliert.« Eine leichte Röte überzog sein Gesicht, als gehöre es sich nicht, von sich selbst zu sprechen. »Ich zeige Ihnen auch gerne den Heizkeller, aber zu den Details müssen Sie meinen Vater fragen.«

»Ihr Vater ist Architekt?«, fragte die Anwältin.

Lukas schüttelte den Kopf. »Er ist bei der Standortverwaltung. Das heißt, er war dort. Jetzt ist er im Ruhestand.«

Die Anwältin nickte und warf einen raschen Blick zu Berndorf. Sie kamen in die Küche, an die ein Speisezimmer anschloss. Die Küche war leer und auch der Spültisch abgebaut.

»Mein Vater meint, heute würden sich die Leute sowieso die Küche selber einrichten wollen.«

»Das ist wahr«, meinte die Drautz, »auf einen gebrauchten Kühlschrank oder einen gebrauchten Herd legt heutzutage niemand mehr Wert.« Mit einem strahlenden Lächeln wandte sie sich an Berndorf: »Nicht wahr, Papa?«

Der Rundgang führte weiter. Im Erdgeschoss ein hell gekacheltes Bad, außerdem ein kleineres Zimmer: »Das Arbeitszimmer meines Großvaters«, erläuterte Lukas. Die Räume im Obergeschoss waren – bis auf das zweite Bad – mit Parkett ausgelegt, ebenso das ausgebaute Dachgeschoss, wo Lukas sie in ein mit Holz getäfeltes Zimmer führte, das nach Süden ging und unterm vorspringenden Dach über einen eigenen Balkon verfügte. Auf der Fensterbank war ein Fotoapparat mit einem Teleobjektiv abgelegt. Lukas nahm den Apparat, drehte das Teleobjektiv heraus und verstaute es in einer Fototasche, die unten an der Wand lehnte. Wie zur Erklärung zeigte er in den Garten, der von mehreren, schon älteren Obstbäumen gesäumt war und der bis zum Ufer der Blau hinabzuführen schien.

»Dahinten haben wir Rotkehlchen, die kenne ich, seit ich Kind war. Aber jetzt drängen sich schon wieder die Elstern herein und machen alles kaputt. Einige Zeit hatten wir auch eine Ringelnatter, ich glaube, sie kam von der Blau... ich wüsste zu gerne, ob sie noch da ist. Aber jetzt ist es noch zu früh für sie.«

»Elstern! Schlangen! Reizend«, bemerkte Elaine Drautz. »Und die fotografieren Sie?«

»Ich versuche es«, antwortete er zurückhaltend. »Es gibt viele Motive, hier an der Blau und im Kleinen Lautertal.«

»Sie sind hier aufgewachsen? Aber warum wohnt Ihre Familie nicht mehr hier? Es ist ein sehr schönes Haus... und gar mit einer Ringelnatter!«

»Aufgewachsen bin ich nicht hier«, antwortete Lukas. »Es war das Haus meiner Großmutter. Aber ich war oft hier, und dann« – wieder erschien die Röte auf seinem Gesicht – »war das hier oben mein Zimmer.«

»Sie mochten Ihre Großmutter?«

»Ja. Doch. Mein Großvater ist ein paar Jahre vor meiner Geburt gestorben.« Offenbar glaubte Lukas, schon zu viel von sich preisgegeben zu haben.

»Ich jedenfalls hab so ein tolles Zimmer nie gehabt«, fuhr Elaine fort. »Ihre Großmutter hatte sonst keine Enkelkinder?«

»Nein.« Lukas sah sie an, als müsse er einen irgendwie falschen Eindruck korrigieren. »Leider nicht. Dann hätt ich nicht alles abbekommen.«

Elaine hob die Augenbrauen. »War Ihre Großmutter sehr streng?«

»Ach ja«, meinte Lukas. »Manchmal schon. Aber sie hat mir viel beigebracht... ich weiß noch gut, wie sie mir zum ersten Mal die Ringelnatter gezeigt und erklärt hat, was das für ein Tier ist und dass man keine Angst davor haben muss und dass man es nicht totmachen darf...«

»Lebt Ihre Großmutter noch?«

»Sie ist vor vier Jahren gestorben«, antwortete Lukas. »Da hat mein Vater dann das Haus renovieren lassen und vermietet es seither. Wissen Sie, es gibt viele Offiziersfamilien, die bleiben immer nur ein paar Jahre an einem Standort und suchen deshalb ein Haus zur Miete.«

Netter Junge«, sagte die Anwältin und stieß mit dem Roadster zurück auf die Erschließungsstraße. »Und was für ein süßes Alter. Keine Pickel mehr, trainierter Körper, alles fit und frisch und auf dem Sprung. Ach!« Sie schaltete, und der Roadster zog ruckartig an.

»Sie lassen die Kupplung zu schnell kommen«, bemerkte Berndorf. »Das ist für dieses Auto so angenehm wie in anderem Zusammenhang eine Ejaculatio praecox.«

»Was sagen Sie da?«, fuhr ihn die Anwältin an. »Typisch Mann. Geschlechtsverkehr ist wie Autofahren, nicht wahr? Das Gaspedal so bedienen, wie Sie eine Frau bedienen, und die Frau so wie ein Gaspedal! Und bilden sich womöglich ein, dass sie dann auch noch röhrt wie dieses Auto...«

»Ich sorge mich nur um Ihre Kupplung.«

»Machen Sie mein Auto nicht schlecht. Wohin fahren wir überhaupt?«

»Im Augenblick Richtung Innenstadt. Weiter vorne kommt eine Bushaltestelle, dort können Sie mich absetzen. Danach fahren Sie einfach weiter, bis Sie zur Autobahn gewiesen werden«, antwortete Berndorf. »Falls Sie heute zurück nach München wollen...«

»Das werde ich wohl zu wollen haben, weil ich mir sonst Ihr Pyjama-Oberteil leihen müsste. Sie werden bemerkt haben, dass ich darauf nicht scharf bin... Was haben Sie überhaupt als Nächstes vor?«

»Falls dort noch offen ist, will ich in die Stadtbibliothek.«

»In die Stadtbibliothek! Was für ein gnadenloser Schnüffler! Keine Gefahr scheuend, selbst den städtischen Bibliothekarinnen unerschrocken ins bebrillte Antlitz sehend...«

»Wenn Sie da vorne halten würden«, antwortete Berndorf.

Die Anwältin steuerte in eine Haltebucht und stoppte.

»Wie geht es weiter?«

»Wir haben drei Wochen Zeit«, antwortete Berndorf. »Das ist gar nichts, und es ist unendlich lange. Alles in einem.«

Er nickte ihr zu und stemmte sich aus dem Wagen. Als er die Wagentür zuwarf, fuhr der Roadster auch schon an, schoss auf die Straße hinaus und war verschwunden.

Es hatte wieder zu regnen begonnen, und Berndorf stellte sich in das Wartehäuschen. Der Fahrplan war nicht zu lesen, denn irgendjemand hatte ihn angezündet und verkokeln lassen. Graffiti teilten mit, dass Sonja eine fette Hure sei und dass die Welt anhalten solle, damit man aussteigen könne.

Er holte seine Taschenuhr hervor und klappte sie auf, und während er das tat, wusste er bereits, dass sie schon wieder stehen geblieben war, oder genauer: dass sie noch immer nicht ging. So musste er sein Handy einschalten, aber für einen Anruf in die Staaten war es nicht die rechte Zeit – zu spät zum Frühstück, zu früh zum Lunch, dazwischen mochte Barbara nicht gestört werden. Was hätte er auch mitzuteilen gehabt? Dass er das Foto eines Goldrings gesehen hatte, mit einem Fries, der den Sündenfall zeigte? Oder würde die Mitteilung mehr Beifall finden, dass er der Anwältin Elaine Drautz kein Pyjama-Oberteil angeboten hatte?

Ein Bus kam, Berndorf bezahlte beim Fahrer und setzte sich nach hinten. Der Fahrgastraum war überheizt, so dass er seinen Mantel aufknöpfte. Er lehnte sich zurück und fand es angenehm, dass der Bus nicht die kürzeste Strecke fuhr, sondern im Zickzack das Wohngebiet abgraste. Eilig hatte er es nicht, in diesem Fall – wenn es denn nur einer war und nicht zwei – hatten genug eilige Leute mitgewirkt oder vielleicht auch mitgepfuscht, denn in der Eile sind Fehler, und selbst der vor den Zug gefallene oder gestoßene Anwalt Eisholm hatte einen ausgesprochen eiligen Tod gehabt.

Wieder hielt der Bus, Lärm brandete auf, Berndorf schrak aus seinem Halbschlaf hoch und sah, dass er am Hauptbahnhof angekommen war. Er stieg rasch aus und überquerte die Straße in Richtung Stadtmitte. Das Dösen hatte ihn eher noch müder gemacht, er brauchte frische Luft und musste ein paar Schritte gehen, um wieder wach zu werden. So durchquerte er die Fußgängerzone, bis er das Fischerviertel erreichte, und ging von dort über die alte Steinbrücke an der Blau weiter Richtung Schwörhaus. Die Stadt mutete ihn abweisend an, er war ihr fremd und gleichgültig geworden.

Schließlich tauchte vor ihm eine mehrstöckige Glaspyramide auf, die neue Stadtbibliothek, Berndorf beschloss, sie für ein gelungenes Bauwerk zu halten. Er trat ein, fand im Untergeschoss eine Garderobe für seinen Mantel und erhielt in einem der oberen Stockwerke von einer jungen, keineswegs bebrillten Bibliothekarin nach einigem Warten einen Faszikel mit den Ausgaben der *Stuttgarter Zeitung* vom Mai vergangenen Jahres ausgehändigt.

Berndorf zog sich an einen Lesetisch zurück. Es war still, obwohl er nicht allein war. Auch an den anderen Tischen arbeiteten oder lasen Leute, schweigend und in sich versunken, er erkannte einen der notorischen Leserbriefschreiber der Stadt und vermied den Augenkontakt. Er schlug den Faszikel auf, und während er das tat, spürte er, wie ihm die Zweifel durch die Hirnwindungen krochen. Er suchte nach einer Spur oder einem Hinweis auf jemanden, der seine Gründe hatte, im Verborgenen bleiben zu wollen: Und ausgerechnet der sollte in der Zeitung stehen?

Er verscheuchte die Zweifel. Das Leben ist konkret. Wonach suchte er, und welchen Ausgangspunkt hatte er dabei? Der Tachostand ihres Wagens ließ es denkbar erscheinen, dass Fiona an jenem zehnten Mai nach Stuttgart gefahren war – auch wenn das nur eine von unzähligen anderen Möglichkeiten war. Doch selbst diese so grenzenlos ungewisse Vermutung öffnete doch nur eine Tür zu einem Korridor weiterer Ungewissheiten.

Zum Beispiel:

Fiona war nach Stuttgart gefahren, weil sie sich – erste Variante – dort mit einem Mann verabredet hatte, der ihr Liebhaber war.

Aber sie konnte – zweite Variante – ursprünglich auch nur deshalb nach Stuttgart gefahren sein, weil es dort einen Termin oder einen Anlass gegeben hatte, der für sie beruflich von Interesse war und bei dem sich dann eher zufällig ein ganz anderer, sehr privater Kontakt ergeben hatte.

Was also ist für eine Kunsthistorikerin mit abgeschlossenem Studium, die als Fremdenführerin jobbt, beruflich interessant?

Berndorf blätterte die Seiten durch, bis er zur Ausgabe vom zehnten Mai kam. In jenen Tagen war man in Stuttgart vor allem stolz, und zwar auf den eigenen Fußballclub, der in diesem Frühjahr überraschend Meister wurde und der im Herbst darauf in den europäischen Stadien prächtig als Prügelknabe diente... Und sonst? Da gab es einen Ministerpräsidenten, der so redete, wie die Anwältin Dr. Elaine Drautz Auto fuhr, und der bei einem seiner vorzeitigen Ergüsse fast einen politisch letalen Unfall erlitten hatte: Was gestern Recht war, könne heute nicht Unrecht sein, hatte er in einem Grußwort vor dem Richtertag erklärt und damit einen Sturm der Empörung ausgelöst, denn mit »gestern« war das Dritte Reich gemeint gewesen und das Treiben von Hitlers Todesrichtern.

Der Umbau des Stuttgarter Hauptbahnhofs oder genauer: dessen Verlegung unter die Erde und die Untertunnelung der Innenstadt, würde vermutlich noch ein paar Milliarden mehr kosten als vermutet, der Neubau der Messe fraß sich weiter in die Fildern hinein, und der Aufsichtsrat der Neckarwerke, des größten regionalen Stromkonzerns, beriet über Vorwürfe, es seien Pannen beim Betrieb der Atomkraftwerke des Konzerns vertuscht worden. Vielleicht ging es auch nur um die Zukunft des Vorstandsvorsitzenden, der den Aufsichtsräten in letzter Zeit etwas zu hurtig und etwas zu umtriebig geworden war, die Aufsichtsräte waren zumeist Landräte und daher aus Gewohnheit unwillig, andere Götter neben sich zu dulden.

Jener Donnerstag im Mai – der letzte Tag in Fionas Leben – musste schön, strahlend, nahezu sommerlich gewesen sein, in den Mineralbädern drängten sich die Sonnenhungrigen, am Abend gastierte eine Pianistin, die fast schon Weltruhm besaß, in der Liederhalle. Aber Fiona war in kein Konzert gegangen und gewiss auch nicht ins Theater, heutzutage gibt es doch wohl keine solchen Logen mehr, in denen sie und der Große Unbekannte es hätten miteinander treiben können... Altmännerphantasien, würde die Anwältin höhnen.

Der Fremdenverkehrsverband des Landes hatte nicht getagt, und es hatte auch keine irgendwie geartete Zusammenkunft von Kunsthistorikern gegeben. Ohnehin konnte sich Berndorf nicht recht vorstellen, zu welchem Thema Kunsthistoriker sich als solche versammeln. Warum hatte er Fionas Vater eigentlich nicht nach ihrem Spezialgebiet gefragt? Ebenso wenig entdeckte er auch nur einen einzigen Hinweis auf irgendeine Veranstaltung, zu deren Thema Kunstwissenschaftler hätten hinzugezogen werden können, und sei es nur, um die Ergebnisse irgendwelcher Ausgrabungen oder Entdeckungen dem interessierten Publikum zu präsentieren. Kein Museum, keine Galerie hatte an diesem Freitag zur Vorstellung einer Neuerwerbung oder zur Vernissage einer Sonderausstellung geladen.

Was blieb? Ein Lichtbildervortrag über frühe russische Ikonen und ein »Kunstgespräch für Frauen«, zu welchem die Neue Staatsgalerie für den Freitagabend eingeladen hatte.

Er schüttelte den Kopf. Was hatte er sich denn vorgestellt? Eine Vernissage zum Beispiel: Man plaudert, das Glas Sekt oder

Orangensaft in der Hand, schiebt sich von Bild zu Bild, einander ausweichend, plötzlich streifen sich zwei Augenpaare, eine hochgezogene Augenbraue signalisiert, dass da ein Pinselstrich oder dort ein Grünblaurot in der Tat ein wenig zu konventionell ausgefallen sei... Und dann? Kurzer Austausch: Bleiben Sie noch länger hier? Zögernde Auskunft: Das kommt darauf an... und schon hat es gefunkt!

Nur: Wenn es sich so abgespielt hätte, dann wäre Fiona kaum vor Mitternacht bereits wieder in Ulm gewesen, so zügig sie – oder wer immer – auch zur Sache gegangen sein mochte. Vor allem hätte sie keinen Grund gehabt, so früh zurückzufahren, denn ihren Ehemann hatte sie nicht zurückerwartet. Also?

Also war es der Liebhaber gewesen, der sie wieder ins Auto gesetzt hatte. Warum aber tut einer das, wenn doch eine ganze freie Nacht und womöglich ein ganzes freies Wochenende vor einem liegen? Ganz einfach: Jemand hatte angerufen, und schon war es aus mit dem freien Wochenende. Üblicherweise kommen solche Anrufe von den Ehefrauen, und eine solche musste im Spiel sein, sonst hätte sich der wankelmütige Held des abgebrochenen Abends ja wohl irgendwann bei der Polizei gemeldet. Über Fionas Ermordung war in den Medien ausführlich berichtet worden...

Berndorf hatte noch ein paar Seiten weitergeblättert, ohne recht hinzusehen, jetzt lag vor ihm die Ausgabe vom fünfzehnten Mai mit einem Hintergrundbericht über die Umstände, unter denen der Ministerpräsident genötigt worden war, sich für seinen vorerst jüngsten Ausrutscher zu entschuldigen. Das wollte Berndorf doch noch nachlesen, weil es etwas mit der Verfassung des Landes zu tun hatte, das schließlich auch das seine war:

...Sein von Anfang an untauglicher Versuch, vor dem Richtertag das Wirken der Justiz im Dritten Reich reinzuwaschen, hat dem Ministerpräsidenten zu allem sonstigen Verdruss auch noch Ärger mit der Bundeskanzlerin eingebracht. Diese, in der DDR aufgewachsen, weiß nur zu gut, welch furchtbare Juristen sich zuzeiten in eine Richterrobe hüllen durften. Am Donnerstagabend jedenfalls hatte sich die Lage für den Ministerpräsidenten so zugespitzt, dass er sich in einer improvisierten telefonischen Schaltkonferenz der Rückendeckung durch den Landesvorstand der Staatspartei versichern musste...

Berndorf hob den Kopf und blickte – nichts und niemand sehend – in den von einzelnen Leselampen erhellten Saal. Dann schüttelte er den Kopf, blätterte zurück und begann, sich Notizen zu machen. Eine Viertelstunde später verließ er die Stadtbibliothek wieder.

Ein atlantisches Tief trieb immer neue Wolken von Westen her, dazu war es kalt, und die Passagiere, die auf dem überdachten Bahnsteig warteten, fröstelten in ihren Mänteln und Anoraks. Keiner von ihnen wollte angesprochen werden, und nur widerwillig betrachteten sie das Foto, das ihnen vorgehalten wurde und auf dem man in dem magersüchtigen Neonlicht des Bahnsteigs ohnehin kaum etwas erkennen konnte.

»Sie haben diesen Mann nicht gesehen, auch nicht in Begleitung?«, wiederholte Kuttler seine Frage. Zum wievielten Mal fragte er das schon?

»Was hat er denn ausgefressen?«, kam die Rückfrage, diesmal von einem Halbwüchsigen mit Kapuzenanorak. »Irgendwas mit Kindern?«

»Nein, dieser Mann hat nichts ausgefressen«, sagte Kuttler geduldig. »Trotzdem müssen wir wissen, ob er gestern hier im Bahnhof oder auf diesem Bahnsteig gesehen wurde.«

»Haben wir nicht.« Der Halbwüchsige schüttelte den Kopf und blickte, Einverständnis heischend, zu seiner Begleiterin, einer vermutlich Sechzehnjährigen, die unter einer Baskenmütze heraus Kuttler mit großen Augen betrachtete und die, wie auch anders, ebenfalls nichts gesehen hatte.

Kuttler fluchte wortlos. Wozu haben diese Geschöpfe ihre großen Augen! Nie sehen sie etwas damit... Aber bei diesem Wetter war sowieso klar, dass die meisten Fahrgäste erst kurz vor der Abfahrt auf den Bahnsteig kommen würden. Er hatte sich mit dem kleinen Hummayer abgesprochen, dass dieser im Zug nach Friedrichshafen mitfahren und dort noch einmal die Runde drehen würde, er in dem nach Sigmaringen, und Salvermoser wollte den nach Ellwangen übernehmen.

Kuttler ging weiter. Im Schatten eines Pfeilers stand ein Mann, er ging auf ihn zu, zeigte seinen Ausweis und sagte sein Sprüchlein auf:

»Guten Abend, ich komme von der Kriminalpolizei und bitte Sie...«

»Schon gut«, antwortete Berndorf und lüftete seinen Hut, »ich habe Eisholm gestern Abend nicht mehr getroffen, falls es das ist, was Sie wissen wollen. Guten Abend auch!«

»Nöh«, antwortete Kuttler. »Ich hab das nicht wissen wollen, aber Dorpat, wenn es Sie beruhigt. Darf ich fragen, wohin...?«

»Nirgendwohin. Ich wollte mit Ihnen reden.«

»Versprechen Sie sich nicht zu viel davon«, meinte Kuttler. »Wir wissen nichts. Und alle Leute wollen uns einreden, dieser Eisholm sei ein wenig durch den Wind gewesen und habe es wohl selbst getan.«

»Was für Leute?«

»Eisholms Ex und Desarts, der vor allem. Nur die Anwältin behauptet, er habe ganz im Gegenteil seine euphorische Phase gehabt. Oder die manische. Ich weiß nicht mehr genau, wie sie sich ausgedrückt hat.«

»Und wieso meint Desarts, Eisholm sei durch den Wind gewesen?«

»Wegen Veesendonk«, antwortete Kuttler. »Eisholm hat nach der Verhandlung noch den Vorsitzenden aufgesucht, offenbar, um Zeit zu gewinnen...« Er neigte den Kopf ein wenig, um einen Blick seines Gegenübers aufzufangen. »Ich nehme an, er hat damit gerechnet, dass Sie noch etwas herausfinden werden... Desarts aber findet den Besuch merkwürdig, und Veesendonk selbst hat uns gesagt, er sei ein wenig irritiert gewesen... Was haben Sie?«

Berndorf hatte sich dem beleuchteten Aushang mit den Abfahrtsplänen zugewandt.

»Veesendonk hat von sich aus von diesem Besuch erzählt?«, fragte er und schien dabei irgendwelche Abfahrtszeiten zu studieren.

»Ja doch«, antwortete Kuttler und trat neben ihn. »Er hat Dorpat und mich noch im Landgericht abgefangen, um uns davon zu unterrichten. Die Unterredung, die er mit Eisholm gehabt habe, sei aber nur kurz gewesen.«

»Das Haus, in dem die Mornys gelebt haben, wird gerade renoviert«, begann Berndorf unvermittelt ein neues Thema. »Es steht also im Augenblick leer. Könnten Sie Dorpat dazu bringen, dort und im Garten noch einmal nach der Kette suchen zu lassen?«

Kuttler stutzte. »Aber warum?«

»Wenn irgendwo doch ein Versteck sein sollte, entdecken Sie es jetzt am ehesten – im Haus, solange es mit keinen neuen Möbeln vollgestellt ist, und im Garten, solange die Vegetationsperiode nicht eingesetzt hat.«

»Sie meinen, nach dieser verdammten Kette hätten wir nicht schon gründlich genug gesucht?«, fragte Kuttler ärgerlich. »Ganz davon abgesehen – was versprechen Sie sich eigentlich davon? Wenn wir die Kette dort finden, ist Morny erst recht dran.«

»Das muss Sie doch nicht stören.«

»Sicher nicht. Aber das Problem ist nicht Dorpat, sondern Desarts. Er will keine weiteren Ermittlungen im Fall Morny. Keine, die irgendwie mit Stuttgart zu tun haben.« Kuttler hob die Hand und ließ sie wieder fallen.

»Die Kette hat nichts mit Stuttgart zu tun«, widersprach Berndorf. »Und was heißt das überhaupt, dass Desarts nicht will? Führt er neuerdings seine Amtsgeschäfte nach Lust und Laune?«

Kuttler blickte um sich. Sie waren allein, und der kleine Hummayer trieb sich am anderen Ende des Bahnsteigs herum, vermutlich bei Gleis fünf a. »Nicht nach Lust und Laune«, antwortete er. »Ausdrücklich nicht.« Er hob den Kopf, als habe er einen unwiderruflichen Beschluss zu verkünden. »Desarts hat gesagt, das sei die Linie der Staatsanwaltschaft in diesem unserem Lande.«

Berndorf sah ihn zweifelnd an. Aber in diesem Augenblick setzte dröhnend der Bahnhofslautsprecher ein und teilte mit, dass auf Gleis sechs der Nahverkehrszug nach Blaubeuren, Ehingen und Sigmaringen bereitgestellt werde, Abfahrt 19.26 Uhr.

Berndorf bekam einen freien PC zwischen einem Afrikaner, der seine E-Mails abrief, und einem jungen Türken, der auf seinem Bildschirm mit lässig eingegebenen Kommandos irgendwelchen Unholden die Köpfe abschlug und ihre Körper explodieren ließ. Und jedes Mal, wenn einem der Bildschirmungeheuer der Kopf wegflog, zuckte das von einem schmalen Kinnbart eingerahmte Gesicht. Über den Köpfen flackerte eine Neonröhre, und der Kaffee war so erbärmlich, dass Berndorf ihn zurückgehen ließ und um eine Cola bat.

Die Bedienung war eine übermüdete junge Frau, mager und reizlos. Er hatte den Kaffee recht barsch zurückgehen lassen, das ärgerte ihn, man musste sich nicht so aufführen, schon gar nicht, wenn man vermutlich nur deswegen schlechte Laune hatte, weil man mit dem Internet nicht wirklich vertraut war und sich das eigene Vorhaben deshalb viel zu einfach vorgestellt hatte. Er hatte angenommen, er brauche nur zwei oder drei Suchbegriffe einzugeben, damit die Suchmaschine ihm dann als Erstes die Schnittmenge präsentierte – dass er beispielsweise zu den Begriffen »Landesvorstand«, »Staatspartei« und »VfB« sofort auf dem Bildschirm ablesen könnte, welche Landesvorstandsmitglieder der Staatspartei in der einen oder anderen Weise mit dem VfB Stuttgart verbunden waren und an jenem Donnerstag vielleicht einen Grund gehabt haben mochten, in Stuttgart zu feiern und die Feierstunde dann in ganz privater, ganz intimer Weise fortzusetzen...

Was er auf diese Weise erfuhr, waren aber hauptsächlich die

Glückwünsche des Landesvorstands zur Deutschen Meisterschaft und eine Pressemitteilung des Inhalts, die Stuttgarter Mannschaft habe mit ihrer bravourösen Leistung ein weiteres Mal gezeigt, dass »unser Bundesland Spitze ist!«. Weitere Beiträge beschäftigten sich mit dem Umstand, dass die Neckarwerke VIP-Tickets für die Spiele des Bundesligisten an Mitglieder der Landesregierung verschenkt hatten; der Landesvorstand der Staatspartei vertrat hierzu die Ansicht, es handle sich selbstverständlich um keine Bestechung der betreffenden Minister, denn zu deren Dienstobliegenheiten gehöre es, die Landesregierung auch in den VIP-Lounges zu repräsentieren ...

Berndorf schüttelte den Kopf: Fußball! Was sollte Fiona mit einem VfB-Fan am Hut haben? Überhaupt wird donnerstags in der Bundesliga gar nicht gespielt. So blieb ihm nichts anderes übrig, als das Portal der Staatspartei aufzurufen und sich zu den Mitgliedern des Landesvorstands durchzuklicken. Es waren sechzehn, von denen er allerdings fünf aussortierte, denn es handelte sich um Frauen. Bei zwei über siebzigjährigen Herren zögerte er kurz, entschied dann aber, sicherheitshalber keinen Ausschließungsgrund anzunehmen.

Blieben elf Namen. Also brauchte er ein zweites Raster. Versuchsweise gab er den Suchbegriff »Neckarwerke« ein, und ein paar Eingaben später hatte Berndorf auf dem Bildschirm die Liste jener Aufsichtsräte, die am zehnten Mai vergangenen Jahres über den nicht zuletzt der VIP-Tickets wegen in Turbulenzen geratenen Vorstandsvorsitzenden zu befinden hatten ...

Und sonst?«, fragte Puck und kuschelte sich an Kuttlers Seite.

»Und sonst bin ich mal wieder der Hanswurst«, antwortete er. »Der, den man herumschickt und sinnlos fragen lässt.« Genau so war es. Selbst der Alte hatte ihn nur ausgehorcht und reden lassen. »Ein Dummkopf eben.«

»Macht nichts«, meinte Puck. »Dumm fickt gut.«

Kuttler beugte sich über sie und küsste sie auf den Mund, dessen Lippen warm waren und weich und voll, und trotzdem fiel der Kuss ein wenig flüchtig aus. Er war woanders mit den Gedanken! Mit Tamar wäre der Alte nicht so umgesprungen. Aber Tamar war wer weiß wo! Nein, nicht wer weiß wo: Sie war in Freiburg und studierte Irgendwas und Philosophie und jobbte als Kaufhausdetektivin. Eine Aufseherin des Konsumkapitalismus, ha!

»Was drückt dich denn?«

»Dieser Alte. Berndorf«, antwortete er. »Er lässt mich reden und tut so, als ob er mir zuhört, und plötzlich dreht er sich um und studiert den Zugfahrplan, als sei ihm der Seifensieder aufgegangen.«

»Und was war das, was du ihm gesagt hast?«

»Weiß ich nicht mehr.« Kuttler zuckte die Achseln. »Dass der Staatsanwalt Desarts keine weiteren Ermittlungen will ... nein, das war es nicht. Moment.« Ruckartig setzte er sich auf. »Wo haben wir ein Telefonbuch?«

»Unten im Flur«, sagte Puck, zog die Decke zu sich her und rollte sich darin ein. Sie schlafe jetzt erst einmal eine Runde, teilte sie noch mit, und im Kühlschrank gebe es noch Bier.

Kuttler stand auf, und während er in seine Pyjamahosen schlüpfte, fiel ihm ein, dass das Telefonbuch vermutlich ganz und gar unnütz war. Richter stehen üblicherweise nicht im Telefonbuch – damit sie nicht belästigt, nicht beschimpft und nicht bedroht werden können.

Also würde er's im Internet versuchen. Er warf einen Blick ins Kinderzimmer, Janina schlief tief und fest, hatte aber die halbe Decke weggestrampelt. Er deckte sie wieder zu, ging hinunter in die Küche und holte sich die Flasche Bier aus dem Kühlschrank. Sie war beschlagen, verführerisch bildeten sich Tropfen und liefen an der Flasche hinunter, aber nein! Den ersten Schluck würde es erst geben, wenn er eine Idee hatte.

Der PC stand auf dem Arbeitstisch im Wohnzimmer, es war eigentlich gar kein Tisch, sondern eine Holzplatte auf zwei Böcken, aber für seine und Pucks Schreibarbeiten reichte es aus. Er stellte die Bierflasche ab – auf den Katalog eines Buchversandes, damit es auf der Holzplatte keine Flecken gab – und schaltete den Computer ein. Während sich die Benutzeroberfläche aufbaute, rief er sich noch einmal die Szene auf dem Bahnsteig in Erinnerung. Berndorf hatte sich plötzlich zu dem Fahrplanaushang gewandt, und zwar noch bevor er – die schiere Ablenkung! – von dem Haus der Mornys zu reden begonnen hatte.

Und was will man wissen, wenn man auf den Fahrplan schaut? Wann ein Zug wohin fährt. Richtig. Wozu also brauchte er jetzt noch eine Idee? Zwar mag es sein, dass Richter nicht im Telefonbuch stehen. Aber sogar sie haben ein Privatleben und spielen Tennis in der Zweiten Seniorenmannschaft oder gehören dem Kirchengemeinderat an oder dem Kuratorium der Volkshochschule ...

Die Maske der Suchmaschine erschien, Kuttler gab den Namen ein: »Michael Veesendonk«, öffnete jetzt endlich seine Flasche Bier und nahm einen tiefen erquickenden Schluck.

Auf dem Bildschirm erschien eine Liste mit Nennungen. Er rief die erste auf:

... Mit einem kühnen Turmopfer setzte Michael Veesendonk am dritten Brett seinen Gegenspieler überraschend matt und holte so den entscheidenden Punkt beim 4,5:3,5-Sieg von Capablanca Blaubeuren gegen den Schachklub Ehingen ...

Blaubeuren, dachte Kuttler, und nahm einen zweiten Schluck.
Ja doch. Abfahrt 19.26 Uhr, Gleis 6.

Wieder säbelte der Türke ein Ungeheuer, vielleicht war's auch ein Ungläubiger, und der Afrikaner knüpfte weiß Gott welche neuen E-Mail-Verbindungen, und so hatten beide zu tun. Nur Berndorf saß zurückgelehnt und betrachtete, was er sich notiert hatte.

Von den sechzehn Vorstandsmitgliedern der Staatspartei gehörten drei zugleich dem Aufsichtsrat der Neckarwerke an, und manches, was er gehört oder gelesen hatte, brauchte ihn so nicht mehr zu wundern. Das heißt, gewundert hatte es ihn auch vorher nicht, er hatte es nicht anders erwartet, aber das hat mit dieser Geschichte nichts zu tun, ermahnte er sich.

Zusammengetreten war der Aufsichtsrat der Neckarwerke am Donnerstag, dem zehnten Mai. Wenn die Zeitung es richtig wiedergegeben hatte, war im Lauf des Nachmittags ein Communiqué herausgegeben worden, wonach eine Entscheidung über den Vertrag des Vorstandsvorsitzenden zum jetzigen Zeitpunkt nicht getroffen werden sollte. Das war nun nicht gerade ein direktes Vertrauensvotum gewesen, aber auch das beschäftigte Berndorf nicht weiter. Ihn beschäftigte, wer von den drei Herren denn wohl für die Nacht zum Freitag ein Hotelzimmer gebucht haben könnte. Was heißt hier Zimmer! Eine Suite wird es gewesen sein, in der ihn spät am Abend der Ministerpräsident aus welcher Beschäftigung auch immer herausgeklingelt hatte.

Der Erste war Landrat des Kreises Esslingen. Wenn der Esslinger Landrat sich in der Landeshauptstadt in einem Hotel einmietet, weil er angeblich am Abend die fünfundzwanzig Kilometer nicht mehr nach Hause zurückfahren kann, dann wird er ein Problem mit seiner Ehefrau bekommen. Hat er aber keine Ehefrau und siedelt überhaupt nicht auf diesem Ufer, kam er ohnehin nicht in Betracht.

Ähnliches galt für Nummer zwei: Der Wirtschaftsdezernent der Stadt Stuttgart konnte als solcher ganz einfach keinen Grund haben, sich in einem Hotel einzumieten – es sei denn, die Ehefrau hatte ihn hinausgeworfen –, und wenn er denn auswärts eine Liebschaft hatte, so wird er diese nicht nach Stuttgart haben kommen lassen.

Wer blieb? Wer gut zweihundert Kilometer zu fahren gehabt hätte. Berndorf gab den Namen ein, und auf dem Bildschirm baute sich das Portrait eines für die örtlichen Verhältnisse gut aussehenden Mannes auf: gewelltes Haar, kräftige Kiefer, vorspringende Nase, Grübchen im Kinn, Hornbrille.

Die Daten: Franz Albrecht Kröttle. 46 Jahre. Abitur in St. Blasien. Jurastudium in Würzburg und Freiburg, stellvertretender Landesvorsitzender des Rings Junger Staatsbürger, nach Zweitem Staatsexamen Grundsatzabteilung im Staatsministerium, später Ministerialdirektor im Wirtschaftsministerium, Wahl in den Landesvorstand, mit 41 Wahl zum Landrat des Landkreises Hochrhein-Hotzenwald, verheiratet mit Agnes Pia (39), bisher vier Kinder, Ritter des Ordens zum Heiligen Grab...

»Scheiße«, sagte der Türke, und auf seinem Bildschirm plusterte sich das Bild einer Explosionswolke. Offenbar war einer der virtuellen Ungläubigen schneller gewesen. Berndorf schaltete seinen Computer aus, erhob sich, lächelte seinen beiden Nebenleuten zu – die davon keine Notiz nahmen – und verließ das Internet-Café. Draußen war es nasskalt und windig, er zog den Hut fester und schlug den Mantelkragen hoch, nach ein paar Schritten war er in der Gasse, die zu seinem Hotel führte, wohin sonst?

Was wartete auf ihn? Ein Ferngespräch. Eine Dusche. Die Beine ausstrecken. Kein Fernsehen. Also alles, was an Glück an einem solchen Abend möglich ist.

Er stieß die Tür zum Hotel auf und blieb an der Rezeption stehen, bis die misstrauische Osteuropäerin erschien und diesmal sogar ein Lächeln für ihn übrig hatte.

»Guten Abend, Herr Berndorf«, sagte sie, »Ihre Frau ist schon auf Ihrem Zimmer.«

Freitag, 15. Februar

So isst man kein halbweiches Ei«, erklärte Elaine mit einem kurzen missbilligenden Blick auf Berndorfs Teller. »Man pult es nicht auf, sondern man köpft es.« Sie griff sich das Messer und schlug dem Ei, das sie vor sich stehen hatte, mit einer präzisen, aus dem Handgelenk heraus geführten Bewegung das obere Ende ab. »So!«

»Das kann ich nicht«, sagte Berndorf. »Es erinnert mich an den Türken gestern im Internet-Café.«

»Versteh ich nicht. Wieso isst einer im Internet-Café Eier?«

»Keine Eier. Er hat Ungeheuer geköpft. Oder Ungläubige.« Berndorf deutete einen Handkantenschlag an. »Und er war erst zufrieden, wenn die Köpfe so richtig mit Effet wegflogen.«

»Ich fürchte«, sagte Elaine und begann, das Ei auszulöffeln, »die wirklich elegante Welt wird dir auf ewig verschlossen bleiben. Weißt du, was das bedeutet?«

»Sag es mir.«

»Niemals werde ich mit dir nach Salzburg fahren können.« Sie warf einen schmerzensvollen Blick zur Balkendecke des Frühstückszimmers. »Oder auf den Hügel.«

»Ich kann Wagner nicht leiden«, meinte Berndorf kauend.

»Natürlich nicht! Aber mit vollem Mund sprechen! Und wie wollen wir bei diesem eklatanten Mangel an Lebensart so hochgestellten Persönlichkeiten wie dem Herrn Landrat Kröttle vor Augen treten?«

»Dafür wird es schon noch reichen«, meinte Berndorf, holte aus der Brustinnentasche seines Sakkos einen Zettel und faltete ihn auf. »Franz Albrecht Kröttle spricht am kommenden Sonntag im ›Rössle‹ in Waldglasterhausen auf einem politischen Frühschoppen des Ortsvereins der Staatspartei. Beginn: zehn

Uhr, Gäste sind herzlich eingeladen. Steht im *Hotzenwald-Boten* und also auch im Netz.«

»Müssten wir zuvor nicht noch ein bisschen mehr wissen?«

»Müssten?«, fragte Berndorf zurück. »Die Wege, die wir gehen müssten, sind alle zugestellt.«

»Also nimmt der tapfere Held seinen Weg querfeldein«, sagte Elaine. »Nett. Und was macht das kleine dumme Weibchen derweil?«

»Kümmert sich um ihr Autochen. Wann kriegst du es wieder?«

Elaine zuckte mit den Schultern. »Montagabend. Oder auch nicht. Offenbar müssen da erst irgendwelche Teile eingeflogen werden.« Sie griff nach der Teetasse, trank aber nicht. »Merkwürdig. Soviel ich weiß, habe ich mich in meinem ganzen Leben noch niemals um ein Auto kümmern müssen. Immer war das der Job der Typen, nicht der meine. So fängt es an...« Vorsichtig nahm sie einen Schluck.

»So fängt was an?«

»Das Alter.«

Berndorf beschloss, nichts zu sagen.

»Du schweigst«, bemerkte Elaine. »Dieses heuchlerische Schweigen der Männer! Aber egal... Was haben wir heute vor?«

»Willst du der trauernden Witwe eigentlich keinen Beileidsbesuch abstatten? Sie würde sich...«, fragte Berndorf hinterhältig. »Ist was?«

Elaine hatte sich vorgebeugt, das Messer in der erhobenen Hand, und starrte ihn aus flammenden Augen an.

»Dieses Messer da«, sagte Berndorf, »ist für Menschenköpfe weniger geeignet... Soll ich nach der Bedienung rufen und um ein Tranchiermesser bitten?«

»Seit ein paar Stunden ist das dein erster vernünftiger Vorschlag«, bemerkte sie und ließ das Messer sinken. »Aber warum sollen wir diese Frau besuchen? Sie ist nur grauenvoll.« Sie sah sich um, aber es war schon fast neun Uhr, und sie waren die letzten Gäste im Frühstücksraum. »Du wirst nichts von ihr über

Eisholm erfahren. Nichts außer Lügen, Verdächtigungen und endlosen Vorwürfen.«

»Das mag schon sein«, sagte er und begann, sich ein Butterbrot zu schmieren. »Trotzdem muss jemand mit ihr reden, also vermutlich ich.« Er sah sie an, das Butterbrot in der Hand. »Sofern es zwischen diesen beiden Fällen Morny und Eisholm irgendeinen Zusammenhang gibt...«

»Natürlich gibt es den«, unterbrach ihn Elaine. »Er ist umgebracht worden, weil seine Verteidigungsstrategie aus irgendeinem Grund irgendjemandem zu aggressiv gewesen ist. Punkt.«

Berndorf, noch immer das Brot in der Hand, schüttelte den Kopf. »So empfindlich ist man hier nun auch wieder nicht. Und die Wahrheit ist vertrackt, immer und überall. Wenn es ein Bindeglied gibt – dann ist das nichts, was erst vorgestern oder vor drei Wochen geknüpft worden wäre.« Entschlossen biss er ein kräftiges Stück vom Butterbrot ab.

Richter Michael Veesendonk ging zum Fenster und öffnete es, um den Geruch nach Bodenpflege und Akten durch einen Stoß frischer kalter Winterluft zu vertreiben. Dann erst hängte er seinen Mantel in den Garderobenschrank, öffnete seine Aktentasche und holte die Schriftstücke heraus, die er gestern Abend zuhause durchgearbeitet hatte. Für einen kurzen Moment stellte er sich ans Fenster, um noch einmal durchzuatmen, auch wenn von draußen vor allem die Abluft einer der städtischen Hauptverkehrsstraßen hereinströmte.

Es klopfte, er runzelte die Stirn, rief aber, nicht allzu freundlich: »Ja, bitte!?« Für die Dienstpost war es noch zu früh, und eigentlich sollten seine Kollegen wissen, dass er sich zu dieser Zeit ungern stören ließ. Die Türe öffnete sich, und Kuttler betrat – etwas zögernd, fast verlegen – das Dienstzimmer.

»Der Herr Kuttler!« Veesendonk schloss das Fenster. »Was verschafft mir die Ehre – so früh am Tag?«

»Sie wohnen doch in Blaubeuren?«

»Bitte?« Veesendonk drehte sich zu ihm um. »Gewiss doch wohne ich in Blaubeuren, Bachstelzenweg... Aber wollen Sie sich nicht setzen?« Er wies auf den Stuhl für die Besucher und setzte sich selbst hinter seinen Schreibtisch. Auch Kuttler nahm Platz.

»Sicherlich haben Sie einen Grund für Ihre Frage.«

Veesendonk sah ihn aufmerksam an, die Ellbogen auf dem Schreibtisch aufgestützt und die Hände an den Fingerspitzen zusammengelegt.

»Wir wissen noch immer nicht«, sagte Kuttler, »warum Rechtsanwalt Eisholm nach dem Gespräch mit Ihnen zum Hauptbahnhof gegangen ist. Wir wissen nur, dass er gegen neunzehn Uhr zwölf auf Gleis sechs von einem Güterzug überrollt worden ist.« Er warf einen Blick in das Notizbuch, das er aufgeschlagen in der Hand hielt. »Am gleichen Bahnsteig, auf dem gleichen Gleis, fährt um neunzehn Uhr sechsundzwanzig der Regionalzug nach Sigmaringen ab...« Kuttler hielt inne und sah zu Veesendonk, so, als solle dieser den Satz weiterführen.

»Ich verstehe«, sagte Veesendonk nach einer kurzen Pause. »Der Zug nach Sigmaringen hält fahrplanmäßig in Blaubeuren, also stellt sich Ihnen die Frage, ob ich vorgestern vielleicht mit dem Zug nach Hause gefahren bin und mich deshalb von Eisholm zum Hauptbahnhof und zu Gleis sechs habe begleiten lassen. Richtig?«

Kuttler nickte.

»Ich verstehe, dass Sie das fragen müssen«, fuhr Veesendonk fort. »Und ich bin fast ärgerlich, dass ich das nicht sofort von mir aus angesprochen habe. Aber ich hatte mir einfach nicht vergegenwärtigt, welcher Bahnsteig es war, von dem aus Eisholm in den Tod gestürzt ist... Wie auch immer: Der Landgerichtspräsident ist so freundlich gewesen, mir einen unserer wenigen Behördenparkplätze hinterm Haus anzuweisen. Deswegen kann ich mir den Luxus leisten, nicht auf den unzuverlässigen und wenig komfortablen Service der Deutschen Bahn angewiesen zu sein. Ich komme grundsätzlich mit meinem eigenen Wagen hierher...« – er nannte das Kennzeichen – »so dass ich mich schon deshalb von Eisholm weder zum Hauptbahnhof habe begleiten lassen noch ihn dort vor den Zug habe stoßen können.« Er hob ganz leicht die Augenbrauen, so, als ob er ein wenig belustigt sei.

Kuttler nickte. »In der Zeit zwischen achtzehn Uhr dreißig und nach zwanzig Uhr – als Sie Staatsanwalt Desarts angerufen haben –, haben Sie da noch andere Telefonate geführt oder sonst mit jemandem gesprochen?«

Veesendonk hob entschuldigend beide Hände. »Ich habe hier an meinem Schreibtisch gesessen und meine Notizen durchgesehen – sagte ich Ihnen das nicht schon? Und irgendwann habe ich versucht, Desarts anzurufen.« Er griff zum Telefonhörer und gab eine Kurzwahl ein.

»Ja, hier Veesendonk«, sagte er, als sich der Teilnehmer meldete, »können Sie bitte feststellen, welche Telefonate gestern nach achtzehn Uhr von meinem Apparat aus geführt worden sind? ... Und auch die Anrufe, bei denen sich der Teilnehmer nicht gemeldet hat? ... Gut, dann schicke ich Ihnen jetzt den Kriminalbeamten Kuttler vorbei, dem machen Sie bitte einen Ausdruck der Anrufliste!«

Zwanzig Minuten später verließ Kuttler das Justizgebäude durch den rückwärtigen, zum Frauengraben führenden Eingang. Auf abgesperrten Parkplätzen standen typische Beamtenfahrzeuge: untere Mittelklasse, die meisten schon ein paar Jahre alt, aber alle in Maßen gepflegt. Einer der Fahrer musste vor kurzem ein Malheur gehabt haben, ein Kotflügel und die Motorhaube hatten ausgewechselt werden müssen, gegen den stumpf gewordenen Lack der übrigen Karosserie stach das fabrikneue Beige der Ersatzteile geradezu ins Auge.

Kuttler warf einen Blick auf das Nummernschild – das Fahrzeug gehörte dem Vorsitzenden Richter Veesendonk.

Ach bitte – könnten Sie mich mit Ihrer Rechnungsabteilung verbinden...« Elaine stand vor dem Tisch am Fenster, wartend, sehr aufrecht, die Haare hochgesteckt, das Handy in der linken

Hand, den Blick nicht nach draußen gerichtet und auch nicht auf den Wandspiegel, in dem sie einen Ausschnitt ihres Hotelzimmers hätte sehen können, das Bett zum Beispiel, und den Mann, der darauf lag, Zeitung lesend.

Die Verbindung kam zustande.

»Ja, guten Tag, mein Name ist Drautz«, meldete sie sich, »Elaine Drautz, ich bin Steuerberaterin und benötige für einen meiner Klienten, der im vergangenen Frühjahr Gast Ihres Hauses war, eine Kopie der Rechnung...«

Sie spürte eine Bewegung und warf nun doch einen Blick in den Spiegel. Der Mann auf dem Hotelbett hatte behutsam, damit es nicht zu sehr raschelte, die Zeitung zur Seite gelegt, und sah zu ihr hin.

»Nein, nein, an der Rechnung haben wir ganz gewiss nichts zu beanstanden«, fuhr sie fort. »Es geht nur darum, dass wir keinen Beleg haben. Aber ich sehe schon, ich muss Ihnen das erklären...«

Der Mann war aufgestanden und kam leise, auf unbeschuhten Füßen, auf sie zu und blieb hinter ihr stehen.

»Mein Mandant ist Landrat Franz Albrecht Kröttle, Landkreis Hochrhein-Hotzenwald, und aufgehalten hat er sich am zehnten Mai in Stuttgart als Teilnehmer einer Sitzung des Aufsichtsrats der Neckarwerke, die deshalb auch die Hotelrechnung für ihn übernommen haben...«

Der Mann, der jetzt dicht hinter ihr stand, berührte mit seinen Lippen ganz leicht ihren Nacken. Ihre Augenpaare begegneten sich im Spiegel für einen kurzen Moment, als wären sie zwei Fremde und ganz unverhofft aufeinandergestoßen. Dann wandte sie den Blick ab.

»Es handelt sich nun darum, dass wir dem Finanzamt gegenüber den geldwerten Vorteil dokumentieren müssen, der sich aus der Aufsichtsratstätigkeit von Herrn Landrat Kröttle ergibt, das gilt also nicht unbedingt für die Übernachtung, wohl aber für Speisen und Getränke. Als Politiker muss Herr Landrat Kröttle darauf achten, dass da überhaupt keine Frage offen bleibt, heutzutage darf sich ein Mann in seiner Position ja nicht einmal mehr zu einem Fußballspiel einladen lassen, ohne dass er mit dem Staatsanwalt rechnen muss... Kröttle war der Name, Franz Albrecht...«

Ihr Blick war zum Spiegel zurückgekehrt. Der Mann hatte sich an der Frau zu schaffen gemacht, die am Tisch stand und telefonierte, er zog behutsam den Reißverschluss ihres Rockes herab und hakte den Bund auf.

»Nein? Der Name ist nicht bei Ihnen gespeichert, und es gibt für den zehnten Mai auch keine Reservierung seitens der Neckarwerke...?«

Der Rock glitt zu Boden.

»Ach richtig, dann wäre ja auch ein Name hinterlegt worden... Ja, dann bedanke ich mich sehr für Ihre Mühe, Herr Landrat Kröttle war ganz sicher, dass er bei Ihnen...«

Elaine beendete das Gespräch. »Das war jetzt schon die zweite Niete, wie oft soll ich...« Sie beugte sich über den Tisch zu dem Zettel mit den Telefonnummern, die sie sich an der Rezeption aufgeschrieben hatte. Aus den Augenwinkeln beobachtete sie, wie der Mann seine Hand auf den Nacken der Frau legte und ihren Oberkörper vollends auf den Tisch drückte.

Eine Stimme protestierte. »So kann ich nicht telefonieren.« Die Stimme klang gepresst.

»Doch, du kannst.« Ein zweiter Reißverschluss öffnete sich. Diesmal klang es ratschend, eilig.

Elaine wählte die nächste Nummer und wiederholte ihren Vers von der Steuererklärung des Herrn Land- und Aufsichtsrats und dass man dem Finanzamt gar nicht umfassend genug Auskunft geben könne. Sie hatte den Kopf ein wenig zur Seite gedreht, so dass sie im Spiegel verfolgen konnte, wie der Mann dieser Frau, die gebückt vor ihm stand, den Slip herunterzog. Dann bewegte die Frau die Hüften, es sah etwas unruhig aus, aber Elaine wusste sofort, dass die Frau aus dem Rock und dem Slip herausgestiegen war und dass der Slip sich dabei verhakt hatte. Aber sie musste ihn mit dem Fuß weggeschlenkert haben und stand jetzt breitbeinig da, die Füße auseinandergestellt.

»Kröttle war der Name«, sagte die Frau, die telefonierte, »Konrad Richard Österreich Theodor Theodor Ludwig Emil... Ach ja, natürlich war er nicht nur einmal bei Ihnen abgestiegen, der Aufsichtsrat musste letztes Jahr ja mehrmals zusammentreten, das ist ja ein dickes Ding – ich meine, dass ich Ihnen das nicht gleich gesagt habe... Und Sie machen mir einen Ausdruck, mit allen Aufenthalten?« Sie gab die Münchner Adresse der Kanzlei Eisholm und Partner an. »Das ist doch schön, dass manches auch sehr schnell gehen kann...«

Elaine sah zu, wie die Frau das Handy ausschaltete und es fallen ließ und sich mit beiden Händen an der Tischkante festhielt.

Die Körpergröße eines deutschen Bürgers ist zwar nicht in seinem Ausweis, wohl aber in seinem Reisepass eingetragen. Das war der Grund, warum der Kriminalbeamte Edwin Hummayer grundsätzlich seinen Pass mit sich führte. Dort stand, dass er ein Meter vierundachtzig groß war. Dies traf auch zu. Dennoch wurde er von jedermann nur der kleine Hummayer genannt, und hätte jemand von ihm gesprochen und das »klein« weggelassen, so wäre unweigerlich die Rückfrage gekommen: Hummayer – wer soll das denn sein?

Seit wann oder warum das so war, wusste Edwin Hummayer nicht. Er hatte keinen größeren Bruder, überhaupt keinen Bruder, und sein Vater war niemals irgendjemandem aufgefallen, so dass man den Sohn von ihm hätte unterscheiden müssen. Es war eben so, und im Lauf der Jahre hatte sich der kleine Hummayer so weit damit abgefunden, dass er nicht einmal Schuhe mit höheren Absätzen mehr trug. Nur der Tick mit dem Reisepass war geblieben und auch die Gewohnheit, nach Möglichkeit aufrecht stehen zu bleiben.

Auch an diesem Morgen stand er an die Wand des Büros gelehnt und sah zu, wie sein Kollege Schmoltze am Computer hantierte und nach den Anweisungen eines Zeugen ein Phantombild zu fertigen versuchte. Der Zeuge war ein groß gewachsener, nach vorn gebeugter Mann mit schütterem Haar und einer dicken Hornbrille, Angestellter in der Kalkulationsabteilung eines Kaufhauses; Hummayer hatte ihn am Abend zuvor im Zug nach Ellwangen ausfindig gemacht.

»Doch, den hab ich gesehen«, hatte der Zeuge gesagt, als ihm Hummayer das Foto vorhielt, »aus den Zeitungen kennt man den, das ist dieser Rechtsanwalt aus München, der übernimmt bloß Mordprozesse, darunter tut er's nicht.« Er habe ihn auch gleich erkannt. »Ich hab mich nur gefragt, wozu will so jemand nach Ellwangen, und überhaupt – wieso fährt der mit dem Zug?«

Wieso nach Ellwangen?

»Das war in der nördlichen Unterführung, wo ich den gesehen hab... und die wird eigentlich nur von denen genommen, die zum Ellwanger Zug wollen.«

Gut. Aber war Eisholm allein gewesen?

»Nein, da war noch einer dabei, aber auf den ... also auf den hab ich nicht weiter geachtet.«

Inzwischen hatte er sich darauf festgelegt, dass der zweite Mann jedenfalls nicht viel größer als Eisholm gewesen sei, aber auch nicht viel kleiner, dass seine Gesichtsform oval gewesen sei...

»Aber das Kinn, das war stärker, kantiger.«

Schmoltze veränderte einige Einstellungen, und dem Durchschnittsgesicht auf dem Bildschirm wuchs der kräftige Kiefer eines steinzeitlichen Jägers zu.

»So viel auch wieder nicht.«

Lautlos öffnete sich die Tür zu Schmoltzes Büro, Kuttler glitt herein und stellte sich neben Hummayer. Auf dem Bildschirm baute sich inzwischen ein Männergesicht mit vorspringender Nase, tief eingegrabenen Falten und kantigem Kinn auf. Unter den stark ausgeprägten Augenbrauenbögen blickte das Gesicht finster und bedrohlich.

»Ich weiß nicht«, sagte der Zeuge und schob sich mit seinen dicken Brillengläsern noch näher an den Bildschirm heran. »Er müsste noch etwas älter sein, über die Fünfzig auf jeden Fall...«

»Sagen Sie mal«, fragte Kuttler, »wie viel Dioptrien hat eigentlich Ihre Brille?«

»Zwölf und zehneinhalb«, antwortete der Zeuge und drehte sich um, unsicher nach dem neu Hinzugekommenen äugend, »warum fragen Sie?«

Und wieder Wälder, Hügel und Bayerns barocke Kirchtürme, diesmal in der anderen Richtung, diesmal am Tage, einem gar nicht weißblauen, sondern einem grauen, unentschlossenen Tag, der nicht wusste, ob er es vielleicht doch noch regnen lassen sollte. Der Mann, der im Fahrtgeräusch vor sich hindöste, den Kopf halb in den am Abteilfenster aufgehängten Mantel geschmiegt, fühlte sich müde und merkwürdig leicht zugleich, beides deshalb, weil er in der letzten Nacht sehr wenig geschlafen hatte. Er dachte nichts, und dieses Nicht-Denken war ihm angenehm, es war absichtslos und die beste Vorbereitung auf das eine Wort oder das eine Bild, auf das alles ankam. Falls es ihm je begegnen würde.

Sein Handy begann zu vibrieren, er zog es heraus und meldete sich.

»Wo bist du, was tust du, wie geht es dir?«, wollte Barbaras morgenfrische Stimme wissen, er sah sie vor sich: vielleicht noch im Bademantel, die erste Tasse Tee in der freien Hand.

»Im Zug. Ich döse.«

»Was sind das für Antworten! Was für ein Zug, wohin fährt der, was tust du dort, wieso musst du am helllichten Tag dösen, was hast du in der Nacht getrieben?«

»München, dann S-Bahn nach Starnberg, dann zur furchtbaren Witwe.«

»Die können nicht immer lustig sein. Ist es die von Eisholm? ... Ich hab aber vor allem wissen wollen, was du in der Nacht getrieben hast. Es muss sehr spannend gewesen sein.«

»Nächste Frage, bitte.«

»Du hast nicht angerufen!«

»Ich weiß.« Warum gab es hier keine Funklöcher?

»Das ist ja wenigstens etwas. Übrigens hab ich gestern Abend einen ganz reizenden Menschen...« Der Ton brach ab. Offenbar war der Zug nun doch ins Funkloch gerauscht, oder der Akku war leer. Berndorf betrachtete das Handy, zögerte kurz und schüttelte den Kopf. Er musste nicht wissen, was gestern Abend drüben auf dem Campus einer Oststaaten-Universität ganz reizend gewesen war, durchaus nicht, es ist überhaupt eine Krankheit, alles wissen zu müssen.

Wirklich? Und was, bitte, willst du denn eigentlich in Starnberg? Er lehnte sich wieder zurück, noch immer fühlte er sich müde, aber dieser angenehme Zustand einer absichtslosen Gedankenleere wollte nicht zurückkehren.

Vom Hotelfoyer aus blickte man auf die noch kahlen Bäume eines alten Parks, es war noch früh am Nachmittag, und die von poliertem Marmor schimmernde Halle lag in einem zurückhaltenden Halbdunkel, in das Art-deco-Lampen einzelne überraschende Lichtpunkte setzten. Das Stuttgarter Maybach International gehörte zu der neuen Generation von Hotels, wie sie vorzugsweise in alten denkmalgeschützten Bürgerpalais und Stadtresidenzen eingerichtet werden und deren ausgeprägt großbürgerliches Flair kleinkarierte Fragen zur Hotelrechnung schon im Ansatz unterdrückt.

In solchen Häusern sollte der Service perfekt sein, hier war er es freilich nicht, denn an der Rezeption arbeitete im Augenblick nur eine der notorisch schmalhüftigen Kostümträgerinnen, und die war mit einem stiernackigen Menschen beschäftigt, der partout vom Hotel aus einen Flug nach St. Petersburg stornieren wollte.

Elaine wartete, bereits leicht gereizt, und betrachtete die Tür, die hinter der Rezeption zu irgendwelchen Geschäftsräumen führte. Kam es ihr nur so vor, oder drang durch die Tür wirklich der Tonfall einer zornigen Litanei? Das Reh hinter dem Tresen hatte sich endlich dazu entschlossen, sie wenigstens mit einem entschuldigenden Blick wahrzunehmen, und betätigte eine Signaltaste. Die Tür öffnete sich, ein zweites schwarz kostümiertes Reh erschien, der Kopf schwer gerötet, Elaine registrierte es und war für ihren eigenen Einfall dankbar, sich ihr Zimmer auf den Namen Helene Dieffenbach – den ihrer Großmutter – reservieren zu lassen.

Ein krummbeiniger Page begleitete sie mit dem Gepäck in den dritten Stock, wo ihr Appartement lag, und beantwortete beflissen ihre Fragen, ja, er sei seit zwei Jahren im Hotel beschäftigt, nein, im vergangenen Mai sei er nicht im Hause gewesen, einer Knie-Operation wegen, ja, er werde sich bei seinen Kollegen umhören...

»Ihre Schwester war eine junge blonde Dame, sagten Sie?«

Allein in ihrem Zimmer, von dem aus sie einen weiten Blick über den Stuttgarter Talkessel hinauf zu den Anhöhen und dem Fernsehturm hatte, ließ sie sich erst einmal in einen Sessel fallen, stellte dann aber sofort fest, dass das keine gute Idee war. Augenblicks fiel Müdigkeit über sie her, außerdem so sinnlose Fragen, was sie hier eigentlich tue und mit welcher Begründung sie gerade diese Hotelrechnung in der Kanzlei würde einreichen können. Sie schüttelte sich und blätterte, weil gerade keine andere Lektüre zur Hand war, den Hotelprospekt durch, das hotelübliche Angebot von Restaurant und Café und Bar, ein Fitnessraum, auch eine Sauna gab es.

Entschlossen klingelte sie nach dem Room Service, ein junges Mädchen erschien und beantwortete brav die Fragen, ja, die Sauna sei geöffnet und beheizt, nein, sie selbst sei erst seit vergangenem Oktober im Hause, aber gerne bringe sie einen Bademantel und Badeschuhe, Handtücher lägen bereit...

Wenig später erschien sie wieder und dankte mit einem artig angedeuteten Knicks, als Elaine ihr einen Zwanziger in die Hand drückte. »Meine Kollegin Johanna übernimmt in zwei Stunden«, sagte sie und streifte mit einem Blick den vom Portemonnaie beschwerten Hundert-Euro-Schein, den Elaine wie beiläufig auf den mahagoni-dunklen Schreibtisch gelegt hatte, »sie ist schon sehr viel länger da als ich... ich werde ihr sagen, dass sie sich bei Ihnen melden soll.«

Als sie gegangen war, zog sich Elaine aus und schlüpfte in den Bademantel.

Die Sauna lag im Dachgeschoss. Sie holte einen Aufzug, in dem bereits zwei Männer fuhren, die ebenfalls Bademäntel überm Arm trugen. Sie machten ihr zwar bereitwillig Platz, aber doch so, dass sie plötzlich zwischen ihnen stand. Fast sofort wusste sie, dass es Russen waren, sie waren ein wenig zu teuer angezogen, und der eine sah ihr so selbstverständlich in den Ausschnitt, wie dies kein Amerikaner je fertigbringen würde, ganz davon abgesehen, dass Amerikaner sowieso andere Gesichter hatten. Sie zog den Bademantel enger und zeigte dem Mann kurz die Zähne, was er kaum als Lächeln deuten durfte.

Die Sauna nahm eine ganze Dachlandschaft in Anspruch, ein vielfältiges Angebot, vielleicht würde sie sich massieren lassen, schließlich gab es sehr gesprächige Masseure. Einer Bademeisterin musste sie ihre Zimmernummer nennen, dann erhielt sie ihre Handtücher und stellte sich erst einmal unter eine warme Dusche, schließlich hatte sie eine Menge abzuspülen, Gefühle, Kümmernisse, Berührungen, vielleicht auch Zweifel ...

Was tat sie hier? Dieser Landrat Kröttle hatte an jenem Tag mühselig und stundenlang seine Tantiemen abgesessen. Nach dem Schwitzen wäre der nur noch ins Bett gefallen und hätte seinen Aufsichtsratsschlaf geschlafen, und die Fiona hätte schon können, wie sie zu dem kommt, was man dann doch bei ihr gefunden hatte.

Also? Also war Kröttle eher nicht in der Sauna gewesen, jedenfalls nicht vor der Zweisamkeit mit Fiona, höchstens danach. Aber dann wäre er womöglich beim Schwitzen von seinem Ministerpräsidenten herausgeklingelt worden, das wäre doch arg blöd gewesen, ganz davon abgesehen, wie blöd es allein schon wäre, wenn einer das Handy dabei mitnimmt.

Genug! Sie verließ die Dusche, trocknete sich ab und fand eine Sauna, die ihr heiß genug erschien, denn sie liebte die trockene Hitze, gegen die man läuft wie gegen eine Wand. Die Kammer war fast leer, nur zwei Männer saßen darin, ein weißlicher Pykniker und ein zweiter, größerer Mann, athletisch und mit behaarter Brust, der nickte ihr zu und brachte ihr – als sie ihr Tuch ausgebreitet hatte und sich hinlegen wollte – eilends einen hölzernen Unterlegkeil für den Kopf. Sie nahm den Keil, dabei ließ es sich nicht vermeiden, dass sie ihn – natürlich war es der Russe mit dem unverschämten Blick – erstens anlächelte, diesmal richtig, und dass zweitens ihr Blick auf sein Geschlecht fiel.

Grob fahrlässig, wenn du mich fragst«, sagte Polizeihauptmeister Leissle, der von niemandem in der Direktion oder in der Stadt anders als »Orrie« genannt wurde, und schlug einen Aktenordner auf. »Die Einfahrt in den Kreisverkehr am Blaubeurer Tor hat hier drei Spuren, und unser Typ ist auf der linken eingefahren, hat dann aber den Wagen nach rechts gezogen, weil er auf den Zubringer zur Allgäu-Autobahn wollte, der ja unmittelbar von der rechten Spur abbiegt... der Fahrer auf der mittleren Spur hat noch abbremsen können, aber dann ist unser Typ mit dem Wagen auf der rechten Spur voll zusammengerauscht... hier kannst du's sehen.«

Kuttler beugte sich über die Unfallskizze, die ihm Orrie zeigte.

»Gab es Verletzte?«

»Eine Beifahrerin im zweiten Wagen hat wohl ein Schleudertrauma, ist ja auch nicht lustig. Überhaupt war es eine ziemlich üble Geschichte.«

»Ja?«

»Der Typ wollte nicht schuld gewesen sein und wurde pampig. Er sei bereits im Kreisverkehr gewesen und habe also Vorfahrt gehabt, außerdem sei sein Vater Vorsitzender Richter am Landgericht, und wenn wir ihn nicht in Ruhe ließen, könnten wir noch was erleben.«

Kuttler warf einen Blick auf die Akte und notierte sich die Personalien: Veesendonk, Donatus Severin, 22 Jahre, Fachschüler, wohnhaft in Blaubeuren, Bachstelzenweg 6. Der Unfall hatte sich am Samstag, 9. Februar, gegen 14 Uhr ereignet.

»War er betrunken?«

»Wir haben zwar eine Blutprobe entnehmen lassen, weil das

Verhalten doch sehr auffällig war. Aber das Ergebnis war negativ, kein Alkohol, keine Drogen.« Orrie schüttelte den Kopf. »Als wir ihn wegen der Blutprobe ins Krankenhaus bringen wollten, hat es noch einmal einen Aufstand gegeben. Wir mussten erst seinen Vater anrufen, und der hat ihn dann zur Raison gebracht... ich versteh das nicht.«

»Was verstehst du nicht?«

»Der Richter Veesendonk ist ein höflicher, freundlicher Mann, so kennt man ihn doch. Aber dieses Bürschchen – das ist einfach ein Auto fahrender Haufen Scheiße.«

Kuttler blickte ihn streng an. »Wenn einer Donatus Severin heißen muss – was soll da auch anderes aus ihm werden? Außerdem reden wir nicht so über die Leute.«

Gabriele Querheim trug einen schwarzen Hausanzug, und ihr magerer Körper sah darin merkwürdig unbekleidet aus. Ihr Haar war in kurze, rot gefärbte Löckchen gelegt, und sie empfing Berndorf – der sich am Vormittag telefonisch angekündigt hatte – mit der abweisenden Miene einer Schauspielerin, die sich noch nicht schlüssig darüber war, wie sie ihre Rolle anlegen sollte. Ihr Haus, ein aus Feldsteinen gemauerter Flachdach-Bungalow, öffnete sich zum Süden und zum See hin mit einem Panoramafenster und einer Steinterrasse davor.

Berndorf bekam einen niedrigen schwarzen Ledersessel angeboten, der auf zwei Stahlrohren zu schweben schien, und versank alsbald darin.

»Die Höflichkeit würde es vorschreiben, dass ich Ihnen etwas anbiete«, sagte Gabriele Querheim, die auf einem schmalen, hohen Stühlchen aus Schmiedeeisen Platz genommen hatte, die Hände auf den Knien verschränkt. »Aber ich kenne Sie nicht, und da Sie mit meinem geschiedenen Mann zu tun gehabt haben, misstraue ich Ihnen.« Sie hielt sich sehr gerade und konnte so auf ihn herabsehen. »Wenn ich trotzdem Ihrem Besuch zugestimmt habe, so wollen Sie doch bitte keine Freundlichkeiten von mir erwarten.«

Berndorf fühlte sich unbehaglich. Das hatte nichts mit der Begrüßung zu tun. Das Gesicht der Frau ihm gegenüber hatte etwas Starres, als hätte sie sich zumindest einem Face-Lifting zu viel unterzogen, aber was hatte ihn das zu stören? Schließlich wusste er es: Es waren ihre Augen, sie waren dunkel, mit einem von Schmerz oder Vorwurf oder Angst erfüllten Ausdruck darin.

»Es geht nicht um Ihren früheren Mann«, sagte er. »Ich ermittle wegen des Todes einer Frau.« Hätte er das noch bürokratischer ausdrücken können? Immerhin war ihm rechtzeitig eingefallen, nicht vom Tod einer jungen Frau zu sprechen.

»Und warum kommen Sie dann zu mir?«

»Weil ich nicht ausschließen kann, dass der Tod Ihres früheren Mannes etwas mit den Umständen zu tun hat, unter denen diese Frau ums Leben gekommen ist.«

»War es eine junge Frau?« Plötzlich rötete sich ihr Gesicht. »Hat er sie in den Selbstmord getrieben?«

»Eine junge Frau, ja. Aber sie ist erschlagen worden, angeblich von ihrem eigenen Mann. Eisholm hat diesen Mann verteidigt.«

»Das sieht ihm ähnlich.« Plötzlich sah sie enttäuscht aus.

»Warum haben Sie gemeint, dass er sie in den Selbstmord getrieben hat?« Blödsinnige Frage, dachte er bei sich. Warum wird eine geschiedene Frau das wohl meinen?

Sie lachte auf. Das Lachen klang brüchig. »Ich sehe schon, Sie haben ihn nicht gekannt. Nicht wirklich. Und Männern gegenüber war er sowieso noch einmal anders.« Unvermittelt stand sie auf. »Trinken Sie einen Kaffee mit mir? Ich brauche jetzt nämlich einen.«

Entschuldigung, Chef«, sagte Kuttler und schob sich in Dorpats Büro, »da ist ein...«

Es gebe ein Problem, hatte er sagen wollen, aber in diesem Augenblick läutete das Telefon des Hauptkommissars, der wandte den Blick vom Bildschirm seines PC, hob abwehrend die Hand, nahm den Hörer und meldete sich...

»Ja, Grüß Gott, Kollege«, dröhnte Dorpat in den Hörer, »das ist aber nett, dass Sie gleich zurückrufen... ja, ganz recht, es geht um die Sache Eisholm, Sie werden in München ja bestens mit ihm bekannt gewesen sein... Nein, sehr viel weiter sind wir noch nicht, aber wir haben immerhin schon ein Phantombild, und da hab ich mir überlegt, dass es unter Eisholms Kundschaft ja auch Leute geben kann, die nicht so ganz zufrieden... richtig, das liegt in der Natur der Branche, dass das Fälle sein sollten, die schon länger zurückliegen...«

Kuttler löste sich von der Wand, öffnete leise die Tür und verließ Dorpats Büro. Zwei Türen weiter saßen der kleine Hummayer und dessen Kollegin Wilma Rohm vor ihren Bildschirmen, das heißt, sie hatten sich ins Netz eingeloggt und sahen sich – Kuttler musste genau hinschauen, weil er es erst nicht für möglich hielt – Nachdrucke und Wiedergaben von Zeitungsberichten an.

»Was treibt ihr da?«

»Arbeiten«, sagte der kleine Hummayer.

»Wir recherchieren«, ergänzte Wilma Rohm.

»Ihr lest Zeitung«, stellte Kuttler klar.

»Tun wir nicht«, antwortete der kleine Hummayer.

»Nicht Zeitung«, präzisierte Wilma Rohm. »Gerichtsberichte. Solche, die Fälle von Eisholm betreffen...«

Kuttler zuckte die Achseln und verließ wortlos das Zimmer. Auf dem Flur überlegte er einen Augenblick, dann holte er seinen Mantel, ging zur Fahrbereitschaft und ließ sich einen Wagen geben.

Ein paar Minuten später fuhr er durch die Ulmer Weststadt, bog dann rechts ab und steuerte das Gewerbegebiet an, das sich nördlich von Ulm-Söflingen ausbreitet. Dort nämlich befand sich die Vertragswerkstatt, die Richter Veesendonks Wagen geliefert hatte.

Er war sich klar darüber, dass er dort auch hätte anrufen können. Aber er fühlte sich im Moment im Dezernat I schlicht überflüssig. War nicht dort die allgemeine Tollerei ausgebrochen? Angefangen bei Ivo dem Großen bis zum kleinen Hummayer hingen sie alle im Netz und hatten es wichtig und bildeten sich ein, die Spinne zu sein... Er wusste es besser. Falls es irgendeinen Menschen gab, der wirklich so aussah, wie es der halbblinde Ellwanger Zugpassagier dem Kollegen Schmoltze in den Computer diktiert hatte, und falls dieser Frankenstein tatsächlich dem Anwalt Eisholm aufgelauert hätte: Dann wäre er erstens in der Verhandlung gewesen und zweitens ihm – Kuttler – aufgefallen, weil ein Mensch von solch monströser Finsternis wie das Geschöpf auf jenem famosen Phantombild jedem hätte auffallen müssen...

Kuttler stellte seinen Wagen auf einem Kundenparkplatz ab, betrat das Werkstattbüro und ging an den Ausstellungswagen vorbei – dieser Geruch nach fabrikneuen Reifen und Lackpolitur! – zum Kundenschalter. Eine dicke Frau sah sich seinen Ausweis an und suchte dann die Rechnung Veesendonk heraus...

»Der Wagen war am Mittwoch fertig und ist – Moment – am Nachmittag abgeholt und mit Scheckkarte bezahlt worden... Müssen Sie es genauer wissen?«

Musste er? »Können Sie sich erinnern, wer den Wagen abgeholt hat?«

Die dicke Frau überlegte. »Ich glaube, es war Frau Veesendonk, doch – ganz sicher war sie es, wir haben uns noch unterhalten, es war ein bisschen merkwürdig. Sie hat sich gewundert, warum sich die Leute wegen eines Blechschadens so aufregen, und das hat dann wieder mich gewundert, weil die Rechnung ja über dreitausend Euro ausgemacht hat, ich meine, bei dreitausend Euro müsst ich mich ganz schön aufregen, aber vielleicht ist das bei Beamten – Entschuldigung! Sie sind ja auch einer – doch anders...«

Tröstend meinte Kuttler, wie er sich über dreitausend Euro aufregen würde, das stelle er sich besser erst gar nicht vor, dankte und ging.

Wo waren wir stehen geblieben?«, fragte Gabriele Querheim und schenkte Kaffee ein. Der Teewagen, den sie neben Berndorfs Sessel gerollt hatte, war mit einem Service in italo-futuristischem Dekor bestückt sowie mit Gebäck, das irgendwie nach Diät aussah. »Ach ja! Mein Mann hatte völlig unterschiedliche Strategien, was Frauen und Männer betraf... Zucker? Milch?«

Berndorf dankte und sagte, er nehme den Kaffee schwarz.

Die Querheim, eine Dose mit Saccharin-Tabletten in der Hand, sah argwöhnisch auf. »Also haben Sie doch Ähnlichkeit mit ihm! Eisholm hat das auch für chic gehalten.«

Berndorf erklärte, dass sich gewisse Gemeinsamkeiten leider nicht vermeiden ließen. »Ich fürchte, Sie würden auch mir nachweisen können, dass ich mich gegenüber Frauen anders verhalte als gegenüber Männern.«

Sie schüttelte den Kopf. »Sie verstehen mich nicht. Ich habe nicht von Verhaltensweisen gesprochen, sondern von Strategien.« Sie zählte drei Süßstofftabletten ab. »Das ist ein gravierender Unterschied. Eisholm verhielt sich nicht zu Menschen, er nahm sie als Menschen überhaupt nicht wahr, er betrachtete sie als Marionetten, bei denen nur herauszufinden war, an welchen Drähten er zu ziehen hatte.« Sie blickte hoch, für einen kurzen Moment nur, und plötzlich war ein Funkeln in den Augen. »Damit sie die Beine breit machen, zum Beispiel.«

Berndorf erwiderte den Blick. »Haben Marionetten denn ein Geschlecht? Ich meine – wo lag der Unterschied der Strategien, was Männer und Frauen betrifft?«

Sie rührte ihren Kaffee um. »Es gab keinen Unterschied, was das Ziel anging. Das Ziel war, dass die Marionetten sich ihm unterwerfen. Dass sie alles das tun, was er will. Um das zu erreichen, versuchte er Frauen dazu zu bringen, sich vor ihm zu entblößen.« Ihr Mund zuckte. »Folgerichtig war er an der seelischen Entblößung noch weit stärker interessiert als an der körperlichen.«

»Und bei den Männern?«

Sie trank einen Schluck Kaffee und sah ihn dabei prüfend an.

»Die Männer sollten ihn bewundern. Seinen Scharfsinn. Seine intellektuelle Überlegenheit... Haben Sie ihn denn bewundert?«

»Das wäre zu viel gesagt«, antwortete Berndorf. »Wir sind ein paar Mal aneinandergeraten, das war weniger ein Anlass zum Bewundern, und ich habe einige seiner Plädoyers gehört, da mochte ich zuhören, das ist wahr. Jedenfalls war es besser als das, was Sie sonst heute in Gerichtssälen so zu hören bekommen... Übrigens bin ich mir gar nicht so sicher, ob ich ihn – wäre ich je in eine entsprechende Verlegenheit gekommen – als Strafverteidiger gewählt hätte. Er kam mir immer vor wie ein... sagen wir einmal: wie ein Schachspieler, der vor allem daran interessiert ist, welchen brillanten Einfall er als Nächstes haben wird, und nicht so sehr daran, was seinem Gegner vielleicht durch den Kopf geht.«

Gabriele Querheim setzte ihre Kaffeetasse so heftig ab, dass es klirrte. »Warum sprechen Sie von einem Schachspiel?«

»Das war nur ein Vergleich...«

Unsinn, dachte er. Es war ein Schuss ins Blaue. Nein, so blau auch wieder nicht: neunzehn Uhr sechsundzwanzig, Gleis sechs!

Sic sah ihn an. »Manchmal hat er versucht, sich von den Männern bewundern zu lassen, weil er ihre Frauen dazu gebracht hatte, sich vor ihm zu entblößen. Oder umgekehrt. Dass er die Frauen bekam, weil ihn die Männer bewunderten... Und früher, wissen Sie, da hat er auch Schach gespielt, und wie gut oder wie schlecht, davon verstehe ich nichts... Aber es muss so gewesen sein, wie Sie es gerade beschrieben haben.«

»Und dass es so gewesen ist, woher wissen Sie das?«

»Das ist eine Geschichte, die ist so lange her...« Sie wiegte den Kopf. »Erzähle ich Sie, erzähle ich sie nicht...?«

Elaine nickte Gennadij zu, schloss die Tür ihres Appartements hinter sich und ging – noch im Bademantel – ins Bad und spülte am Waschbecken ihren Mund aus. Sie bewegte ihre Lippen vor und zurück, als ob sie sie lockern müsse, und betrachtete sich dabei im Spiegel. Das sieht sehr albern aus, was ich da tue, dachte sie dann und hielt den Mund ruhig. An den Lippen war nichts zu sehen. Aber um die Augen sah sie müde aus, sehr müde sogar.

Ein wenig Schlaf? Das Mädchen vom Room Service hatte versprochen, ihr eine Kollegin – eine Johanna? – zu schicken, aber das hatte noch Zeit. Sie würde draußen das Schild »Nicht stören« aufhängen. Sie wandte sich zur Tür, im gleichen Augenblick klopfte es. Wenn es diese Johanna war: auch recht, dann würde sie es gleich hinter sich bringen.

Vor der Tür stand ein mittelgroßer Mann mit bekümmerter Miene. Sie registrierte: Stirnglatze, die wenigen verbliebenen Haare betont kurz geschnitten, unauffälliger dunkler Anzug.

»Frau Dieffenbach?«, fragte er und hielt ihr einen Ausweis hin. »Ich bin der Sicherheitsbeauftragte dieses Hauses. Darf ich hereinkommen? Wir haben etwas zu besprechen.«

»Kaum«, antwortete Elaine kühl und wollte die Tür wieder schließen. Aber der Mensch hatte bereits seinen Fuß zwischen Tür und Angel.

»Nicht doch«, sagte er. »Es wäre wirklich besser, wenn wir uns nicht auf dem Flur unterhalten müssten.« Unversehens hatte er sich ins Zimmer gedrängt und drückte die Tür hinter sich zu. »Ich habe mich ausgewiesen«, fuhr er fort, »jetzt würde ich gerne Ihren Ausweis oder Reisepass sehen.« Er wartete kurz und fügte dann ein betontes »Frau Dieffenbach« hinzu.

»Dazu habe ich überhaupt keine Veranlassung«, erklärte sie. »Ich werde jetzt das in Anspruch nehmen, wofür ich mich in diesem Hotel eingeschrieben habe: Ich werde mich hinlegen und meine Ruhe haben.«

»Wenn Sie mir Ihren Ausweis nicht zeigen wollen: bitte«, antwortete der Mann. »Aber dann werde ich Sie leider auffordern müssen, dieses Haus wieder zu verlassen. Das ist mit keinen weiteren Konsequenzen für Sie verbunden, wir werden auch der Polizei keine Mitteilung machen, denn wir sind diskret. Nur: Sie werden uns verlassen. Jetzt.«

Elaine betrachtete ihn aus schmalen Augen. »Und wenn

ich mich weigere? Wenn zum Beispiel ich auf den Gedanken komme, die Polizei zu rufen?«

Der Sicherheitsbeauftragte schüttelte den Kopf. »Das werden Sie nicht tun.« Er zeigte ein knappes, nikotinbraunes Lächeln. »Ich erkläre es Ihnen. Heute Morgen hat eine Frau Elaine Drautz, angeblich Steuerberaterin von Beruf, in unserer Rechnungsabteilung angerufen und mit einem Lügenmärchen eine unserer jungen Mitarbeiterinnen dazu gebracht, ihr Daten über einen unserer Gäste herauszugeben. Die leider sehr junge und daher ziemlich unerfahrene Mitarbeiterin ließ sich sogar dazu verleiten, Kopien der Rechnungen für diesen Gast zu ziehen, um sie an die Adresse der angeblichen Steuerberaterin zu schicken.« Er schüttelte den Kopf. »Die Vorgesetzte der jungen Frau ist im letzten Moment noch aufmerksam geworden und hat das Schlimmste verhindern können. Wie wir festgestellt haben, ist die genannte Person Elaine Drautz selbstverständlich keine Steuerberaterin, sie ist Anwältin, gegebenenfalls wird man abwarten müssen, was die Anwaltskammer dazu sagt...« Er griff in seine Jackentasche und holte einen zusammengefalteten Computerausdruck hervor. »Sie werden jetzt so freundlich sein und mich bitte nicht fragen, was das mit Ihnen zu tun hat, denn wir haben uns erlaubt, aus dem Internet eine Fotografie der Anwältin Dr. Drautz herunterzuladen, wenn Sie sich überzeugen wollen...« Er faltete den Ausdruck auseinander und hielt ihn ihr hin.

Elaine erklärte, er möge sich den Wisch sonstwohin stecken. »Womit Sie Ihre Zeit im Internet verbringen, interessiert mich nicht. Ich werde...«

Ein Klopfen unterbrach sie. »Ja, bitte!«, rief sie, und fügte, zum Sicherheitsbeauftragten gewandt, hinzu, in diesem Hotel sei es wirklich nicht einfach, seine Ruhe zu haben. Die Tür öffnete sich, und ein Hotelpage mit einem großen Bukett roter Rosen schob sich ins Zimmer.

»Immer etwas Neues«, sagte Elaine. »Nett.«

Mit erhobenen Händen lief der Sicherheitsbeauftragte auf den Pagen zu, um ihn samt Bukett hinauszudrängen.

»Sie sollten Ihre Eifersuchtsanwandlungen ein wenig besser im Zaume halten, mein Lieber«, bemerkte Elaine und nahm die Karte, die dem Bukett angeheftet war. »Vor allem vor dem Personal. Diese Blumen sind übrigens für Helene Dieffenbach bestimmt, also für mich, nicht für – ich weiß nicht mehr, welchen Namen Sie mir gerade genannt haben...« Mit sanftem Lächeln zeigte sie ihm den Umschlag der Karte und wandte sich dann an den Pagen. »Die Blumen bringen Sie bitte ins Bad, und besorgen Sie mir eine passende Vase.«

Der Page blickte ratlos von ihr zum Sicherheitsbeauftragten und wieder zurück.

»Nein«, sagte der Sicherheitsbeauftragte, »das geht so nicht...«

»Eine Vase, bitte«, unterbrach Elaine, ging zum Telefon und wählte die Zimmernummer, die auf der Karte angegeben war.

»Gennadij«, sagte sie, als abgenommen wurde, »die Blumen sind wunderschön, aber könntest du rasch mal kommen?«

Freunde«, sagte Gabriele Querheim, »Freunde hat er nie gehabt, jedenfalls niemanden, dem er vertraut hätte, rückhaltlos und ganz ohne Hintergedanken, oder der ihm hätte vertrauen können.« Sie warf einen abschätzenden Blick auf Berndorf. »Hätten Sie es denn getan?« Sie schüttelte den Kopf. »Nein, hätten Sie nicht. Aber das hat jetzt ausnahmsweise nichts mit Eisholm zu tun, sondern mit Ihnen. Sie trauen niemandem, fürchte ich. Darin sind Sie ihm ähnlich...«

Sie trank einen Schluck Kaffee. »Aber ich wollte Ihnen diese Geschichte erzählen ... Auf den ersten Blick handelt sie von Freunden, zwei jungen Juristen, beide hatten gerade das zweite Staatsexamen hinter sich, Eisholm so lala, der andere mit einer ziemlich brillanten Note. Leute, die in irgendeiner Weise begabt oder vielleicht sogar herausragend waren, zogen Eisholm geradezu magisch an, ich glaube, sie waren eine besondere Herausforderung für ihn, um seinen eigenen Minderwertigkeitskomplex kompensieren zu können. Ich langweile Sie?«

Berndorf hatte sich die Hand vor den Mund gelegt, um ein Gähnen zu unterdrücken. Langweilte sie ihn? Ja.

»Keineswegs«, log er. »Was hat die beiden Männer verbunden? Diskutierten sie miteinander, trieben sie gemeinsam Sport?«

»Für Sport war Eisholm nicht sehr zu haben. Damals nicht. Als es Mode wurde, hat er mit Golf angefangen. Damit er wichtige Leute traf und mit ihnen fotografiert wurde... Damals war er noch nicht ganz so albern. Und Diskussionen? Ja doch, die beiden hatten ihre nächtelangen Streitgespräche, meist ging es um irgendwelche juristischen Spitzfindigkeiten.« Sie beugte sich zu ihm. »Wenn ein Lahmer, der im Rollstuhl von einem Blinden geschoben wird, eine Bank überfällt – wer ist dann Chef und wer der Gehilfe? Über solches Zeug konnten sie endlos diskutieren.«

»Sie sagten vorhin, Eisholm habe früher Schach gespielt. Der andere auch?«

Gabriele Querheim nickte, aber nun schien sie ein wenig gelangweilt. »Das hat er, und in diesen Ferien, von denen ich Ihnen erzählen will, stand immer irgendwo ein Schachbrett herum, und niemand durfte etwas daran verändern oder eine der aufgestellten Figuren auch nur berühren. Sie legte ihre Hand auf seinen Arm. »Die Schachkoryphäen von damals – wie hießen die? Fischer? Aljechin?«

Damals? Das wird vor gut dreißig Jahren gewesen sein, überlegte Berndorf. »Bobby Fischer, das kann sein. Der andere war früher.«

»Also solche Partien haben sie nachgespielt und analysiert, wahrscheinlich aus dem einfachen Grund, weil Eisholm nicht selber spielen wollte. Michael war ihm zu stark.«

»Michael?«

»So hieß der andere, und Vren war seine Verlobte, ich glaube, damals gab es so etwas noch...«

Michael, dachte Berndorf. Ein Jurist. Und spielt Schach. Besser als mancher andere... Gabriele Querheim aber war ins Plaudern gekommen, und so zwang er sich, ihr zuzuhören.

»...wir waren zu viert in einem klapprigen VW-Bus unterwegs, in dem Eisholm und ich auch schliefen. Das andere Pärchen hatte ein Zwei-Mann-Zelt dabei und zog sich dorthin zurück, wenn sie ihren Spaß haben wollten. Eisholm sah das nicht gern, er hielt es für spießig und spottete über das Zeltchen für das Lüstchen... Ich bin ganz sicher, er hat diesen ganzen Frankreich-Urlaub nur arrangiert, weil er sich ausgerechnet hat, er käme so an die Vren heran, die hatte eine ganz nette Figur, vielleicht ein bisschen drall, und in den hellen Augen lag etwas Spöttisches, das hat ihn ganz wild gemacht.« Sie verzog ein wenig die Lippen, vielleicht sollte es ein Lächeln sein. »Sie war Buchhändlerin, hatte nicht mal Abitur... Er hat vermutlich gemeint, die müsste nur so hinschmelzen, wenn er ihr ein bisschen Nietzsche um die Nase fächelt.«

»Und? Ist sie geschmolzen?«

Sie zuckte die Achseln und sah ins Leere oder zum Panoramafenster und dem grauen Februarhimmel dahinter.

»Anfangs hat sie ihn nur ausgelacht, aber dann, nach einer Weile, hat sie ein richtiges Spiel daraus gemacht, wer wen besser provozieren kann. Einmal haben wir uns, nicht weit von Arles, eine romanische Kapelle angeschaut, mit einem noch gut erhaltenen Steinfries, auf dem biblische Szenen dargestellt waren, Adam und Eva zum Beispiel, scheinbar ganz naiv, aber an der Perspektive sah man, dass diese alten Bildhauer unglaublich raffiniert gearbeitet haben. Doch Eisholm und diese Vren haben nur darüber gestritten, ob Adam und Eva komplett mit ihren Geschlechtsteilen dargestellt waren, so genau hat man das nämlich gar nicht sehen können... Allerdings hat mich dieses ganze anzügliche Getue schon damals nicht wirklich interessiert. Ich war ja nur eine Nebenfigur, die ganze Zeit schon war ich das, und dieser Michael zählte auch nicht, so komisch es klingt. Er hat Eisholm in die Tasche gesteckt, nicht nur beim Schachspiel, sondern auch als Jurist. Trotzdem zählte er nicht... Verstehen Sie mich bitte richtig: Dieser andere Mann hat mich nicht interessiert, schon gar nicht erotisch. Aber manchmal habe ich doch einen Blick zu ihm geworfen, nur um zu sehen, was in ihm vorgeht.«

»Und was haben Sie gesehen?«

»Nichts«, antwortete Gabriele Querheim, und ihr Blick kehrte zu Berndorf zurück. »Absolut nichts. Er saß da und ließ es geschehen. Ich weiß, Frauen sollten nicht so denken, aber ich – ich habe Männer immer darum beneidet, dass sie einfach aufstehen und dem anderen die Faust ins Gesicht rammen können.« Sie ballte die kleine magere Hand zu einem Fäustchen und schlug damit in die Luft. »Für Michael wäre noch nicht einmal ein Risiko dabei gewesen, er war Eisholm auch körperlich überlegen. Aber da kam nichts.«

»Es gibt so etwas wie eine habituelle Feigheit von Männern«, sagte Berndorf. »Vielleicht hatte es Eisholm aber auch gerade darauf angelegt, dass dieser andere ausrastet. Es wäre ein Triumph für ihn gewesen.«

Gabriele Querheim hob den Kopf, als müsse sie nachdenken. »Kann sein. Aber seine Zurückhaltung hat Michael nichts genützt.«

»Warum nicht?«

»Eisholm und diese Vren haben es geschafft. Erst ganz zum Schluss, aber dann sind sie doch miteinander ins Bett.«

Sie behaupten«, sagte Gennadij Wassiljewitsch Ruzkow bedächtig und lehnte sich, die Arme über der Brust verschränkt, gegen die Tür des Appartements, »Sie behaupten, Security Manager dieses ... dieses Hotels zu sein. Gut. Ist Ihnen bekannt, dass hier im Hause eine Delegation des Energiekonsortiums der Russischen Föderation...?« Ruzkow wandte den Blick vom Sicherheitsbeauftragten ab und begann, die Fingernägel seiner rechten Hand zu betrachten. Noch immer war er nur mit seinem Bademantel bekleidet.

»Selbstverständlich«, sagte der Sicherheitsbeauftragte, »ich wollte Ihnen auch in keiner Weise...«

»Sie wollten was in keiner Weise?«, unterbrach ihn Ruzkow und begann, die linke Hand zu inspizieren. »In keiner Weise meine Braut belästigen? Genau das haben Sie getan.«

»Hier liegt ein Missverständnis vor...«

»Ein Missverständnis? Sie belästigen meine Braut nur deshalb, weil Sie nicht wissen, dass ich zur russischen Delegation gehöre, ja?«

»Hören Sie doch«, bat der Sicherheitsbeauftragte, »heute Morgen ist ein Zugriff auf Daten unserer Gäste versucht worden, und durch ein unglückliches Zusammentreffen hat sich uns der Verdacht aufgedrängt ... musste sich uns der Verdacht aufdrängen, bei der Anruferin könnte es sich um diese Dame hier gehandelt haben.« Mit einer vorsichtigen, fast verlegenen Geste wies er auf Elaine, die sich in einem Sessel niedergelassen hatte und den beiden Männern, die Beine übereinandergeschlagen, zuhörte.

»Jelena, Schatz«, sagte Ruzkow gelangweilt, »mein Deutsch ist wirklich nicht mehr gut. Ich verstehe nicht, was dieser Mensch redet. Was für eine Anruferin? Was für Daten, die Tageslicht scheuen?«

»Heute Morgen...«, hob der Sicherheitsbeauftragte an.

»Stopp«, befahl Ruzkow, »ich rede mit meiner Braut!«

»Du musst entschuldigen, Schatz«, sagte Elaine, »offenbar ist er ein wenig durcheinander.« Sie stand auf und ging zum Schreibtisch, auf dem ihre Handtasche lag. »Dabei wäre alles kein Problem, wenn man ganz einfach die Wahrheit sagen würde, die Wahrheit und nichts anderes.«

»Bitte...«, sagte der Sicherheitsbeauftragte.

»Stopp!« Wieder unterbrach ihn Ruzkow.

Elaine öffnete ihre Handtasche, zog ein Foto heraus und zeigte es erst Ruzkow, dann dem Sicherheitsbeauftragten. »Diese Frau hat sich am zehnten Mai vergangenen Jahres hier in diesem Hotel aufgehalten. Sie werden mir jetzt alles sagen, was Sie über sie wissen, und Sie werden mir alle Ihre Mitarbeiterinnen und Mitarbeiter nennen, die etwas über Fiona sagen können, so hieß sie nämlich. Und wenn Sie nicht kooperieren, werde ich Sie als Zeuge vor die Schwurgerichtskammer des Ulmer Landesgerichts vorladen lassen, und ich werde alle Ihre Mitarbeiter von der Kriminalpolizei vernehmen lassen.« Sie setzte ein strahlendes Lächeln auf. »Es liegt allein bei Ihnen.«

»Das ist Foto von sehr schönem Mädchen, das vergisst man nicht«, bemerkte Ruzkow. »Aber warum setzen wir uns nicht?«

Er griff einen gepolsterten Stuhl, stellte ihn vor den Schreibtisch und bot ihn dem Sicherheitsbeauftragten an. Dann holte er sich einen zweiten Stuhl und setzte sich, als auch Elaine wieder Platz genommen hatte. Wie beiläufig zog er dabei seine Brieftasche aus seinem Bademantel, in der Brieftasche steckten zwei Fünfhundert-Euro-Scheine – sie waren so weit herausgezogen, dass man sie nicht übersehen konnte.

»Sie bringen mich in eine äußerst schwierige Lage«, bemerkte der Sicherheitsbeauftragte.

»Nicht wirklich«, sagte Ruzkow.

Wir waren in den Pyrenäen gewesen«, fuhr Gabriele Querheim fort, »und wollten auf der Rückfahrt noch für zwei oder drei Tage am Gard bleiben. Wir hatten damals alle vier fast kein Geld mehr und mieden deswegen die offiziellen Campingplätze. Schließlich fand die Vren eine Kiesbank am Ufer des Gard, ich weiß noch heute, wie sie von allen für diesen tollen Platz bewundert werden wollte. Dabei war die Kiesbank voller Plastikabfälle und Müll, und einmal trieb ein totes Tier vorbei, aber die anderen hat das alles nicht gestört, die Vren brachte es fertig, nackt im Fluss zu schwimmen, was sogar den beiden Männern wohl eher peinlich war, weil sie meinten, sie müssten das womöglich auch tun... Mir ging es nicht gut, ich war von Schnaken und anderen Insekten zerstochen, und das Essen bekam mir nicht. Das Kochen war übrigens Vrens Aufgabe, Eisholm bestand drauf, sie machte das auch gern, aber ich brachte von dem Zeug kaum etwas hinunter... Zuletzt hatte sie auf einem Markt in Uzès einen Fisch gekauft, und der muss verdorben gewesen sein, oder das verdorbene Teil landete auf meinem Teller, und plötzlich lag ich da, sterbenskrank und ... ach, die Details dazu will ich Ihnen ersparen.«

Berndorf schwieg und wartete. Kann das sein, dass von einem Fisch ein Teil gut ist und ein anderes verdorben? Er wusste es nicht. Aber wenn es so war, dann hatte es natürlich Gabriele treffen müssen, es gibt Menschen, die das Unglück anziehen, weil sie es nicht anders haben wollen.

Wirklich? Ach, was weißt du!

»Zum Glück wusste ich, welche Medikamente mir helfen konnten. Wir mussten also zu einer Apotheke, und zwar nicht einfach zu einer Wald- und Wiesenapotheke in einem provenzalischen Nest, sondern zu einer, die ein ausreichendes Sortiment hatte, denn das wichtigste Mittel war ein bisschen speziell. Also mussten wir nach Montpellier oder nach Nimes, nur hielt ich die Fahrt in dem alten VW-Bus mit seinen fast kaputten Stoßdämpfern nicht aus... Vren erbot sich zu fahren, aber Eisholm sagte sofort, mit Vrens Französisch würde kein Apotheker in diesem Land zurechtkommen, und am Ende käme sie dann ausgerechnet mit einem Abführmittel zurück... Ein kleiner Scherz auf meine Kosten, verstehen Sie? Und so sind sie zu zweit gefahren.«

»Und warum fuhr Eisholm nicht allein?«

Sie sah ihn groß an. »Ich dachte, Sie sind mit ihm bekannt? Eisholm, der große scharfsinnige Starverteidiger, der Löwe aller Münchner Salons – Eisholm kann nicht Auto fahren, hat es nie gekonnt. Mit dem Auto sei unsere Zivilisation schnurstracks in ihre eigene Sackgasse geraten, hat er immer erklärt. Die Wahrheit war, dass er einfach unter der schlimmsten Prüfungsangst litt, die man sich vorstellen kann. Nachdem er irgendwie und halb unter dem Einfluss von Beruhigungsmitteln die beiden Staatsexamina geschafft hatte – da hat er geschworen, sich niemals wieder irgendeine Prüfung anzutun. Also hat er auch nie den Führerschein gemacht und nie einen besessen...«

»Sie haben dann Ihre Medikamente bekommen?«

Sie lachte, und es klang ein wenig verächtlich. »Ich lag in diesem verdammten kleinen Zelt, und es lief alles aus mir heraus, was herauslaufen konnte, und Michael hat mit dieser leidenden Hilflosigkeit von überforderten Männern versucht, mir Kamillentee einzuflößen, aber das Elend nahm kein Ende. Die beiden kamen nicht zurück, nicht am Vormittag und nicht am

Nachmittag und auch am Abend nicht. Irgendwann schlief ich ein und wachte erst wieder auf, als die beiden spät in der Nacht plötzlich da waren. Sie hatten Medikamente dabei, das ist wahr. Aber es waren nicht die richtigen. Ich musste eben sehen, wie ich von selbst wieder auf die Beine kam.«

»Eine Fahrt vom Gard nach Nimes oder Montpellier und zurück... Warum dauert die bis in die Nacht?«

»Warum wohl!« Mit den Fingerspitzen berührte sie kurz seinen Arm, als wolle sie ihm einen symbolischen Klaps versetzen. »Es tue ihm ja unendlich leid, aber der VW sei leider unterwegs kaputtgegangen, erzählte Eisholm, und die Reparatur habe Stunden gedauert.«

»Und diese Vren – was sagte sie?«

»Nichts.« Gabriele Querheim zuckte mit den Achseln. »Jedenfalls nicht mir. Nein: niemandem hat sie etwas gesagt, aber...« – plötzlich lächelte sie wieder und beugte sich, fast vertraulich, zu Berndorf – »am nächsten Morgen war sie weg. Einfach auf und davon, samt ihren Sachen. Michael bestand darauf, sie zu suchen, fast unter Tränen tat er das, aber wir haben sie nicht mehr gefunden.«

»Haben Sie später noch von ihr gehört?«

»Drei oder vier Wochen danach, als ich längst wieder in Heidelberg war, begegnete ich ihr zufällig in der Buchhandlung, in der sie damals arbeitete. Sie war sehr abweisend, das muss ich schon sagen. Trotzdem habe ich versucht, ihr gegenüber Interesse zu zeigen, auch im Hinblick darauf, was in der Provence gewesen war. Aber sie sagte nur, sie sei per Anhalter zurückgefahren, und es sei auch nicht weiter schwierig gewesen. Basta!«

»Und ihre Beziehung zu Michael?«

»Meinen Sie jetzt meine Beziehung zu Michael oder die von Vren? Ich weiß über das eine nichts zu sagen und auch nichts über das andere. Ich habe Michael nie mehr gesehen, und als ich Eisholm einmal nach den beiden fragte, sagte er nur, Michael und Vren seien nicht mehr zusammen.« Sie kniff die Augen zu, als versuchte sie ein Bild aus der Vergangenheit schärfer zu sehen. »Ich glaube, dass er es mit einem kleinen Lächeln gesagt hat. So, als empfinde er eine stille, intensive Genugtuung.« Sie schwieg, dann lächelte sie den Besucher unvermittelt an. »Aber wie lang das alles her ist! Sicher werden Sie denken, dass das alles schon gar nicht mehr wahr sein kann... darf ich Ihnen noch eine Tasse Kaffee einschenken?«

Berndorf dankte, er müsse jetzt leider gehen. Seine Hand tastete nach der Taschenuhr, dann fiel ihm ein, dass sie kaputt war. »Ich will heute Abend wieder in Ulm sein. In einem kleinen Ort bei Ulm, um genau zu sein.«

Das Handy hatte zu vibrieren begonnen, so fuhr er halb auf den Gehsteig, hielt und meldete sich. Es war – fast hatte er es befürchtet – Dorpat, der wissen wollte, was zum Teufel Kuttler eigentlich treibe.

»Ich überprüfe das Alibi von Richter Veesendonk, Chef.«
»Was tun Sie?!«

Kuttler erklärte es ihm. Zu seiner Überraschung ließ ihn Dorpat ausreden.

»Hat das nicht Zeit?«, fragte er schließlich, als Kuttler fertig war. »Natürlich müssen wir seine Angaben überprüfen, der Form halber müssen wir das, aber wir sind uns doch einig, Kollege, dass Veesendonk ernsthaft nicht in Betracht kommt.«

»Ja«, antwortete Kuttler ergeben, »aber ich würde jetzt doch gerne diese Ermittlung abschließen...«

Dorpat ließ ein herablassendes »Na gut« vernehmen, Kuttler schaltete das Handy ab und fuhr weiter. Dabei hatte er durchaus nicht die Absicht, jetzt irgendwelche Ermittlungen abzuschließen oder gar den Richter Veesendonk aufzusuchen. Was der ihm erzählen würde, wäre vielleicht oder auch sehr wahrscheinlich die Wahrheit: die Frau hatte ihn mit dem Wagen abgeholt, oder sie hatte den Wagen von der Werkstatt zum Justizgebäude gefahren und dort auf dem Parkplatz abgestellt und ihm den Schlüssel bringen lassen (freilich ein bisschen umständlich, das alles)... Das mochte also die Wahrheit sein oder auch nicht: Er,

Kuttler, konnte es im Augenblick nicht überprüfen. Und selbst wenn er Veesendonk nachweisen könnte, dass er an jenem Mittwoch mit dem Zug nach Hause gefahren war – was wäre dann? Nichts wäre dann. Ach ja, würde der Richter sagen, das war mir in der Aufregung und nach diesem turbulenten Verhandlungstag ganz entfallen, und Desarts würde die Augenbrauen hochziehen und Dorpat die Stirn runzeln, vielleicht befiele den Kriminalrat Englin noch ein hektisches Zucken des linken Augenlids, aber das wäre es dann auch schon gewesen.

Er war weitergefahren, ein Stück nach Westen, und stellte jetzt den Wagen am Fahrbahnrand ab, blieb aber sitzen. Er war etwa fünfzig Meter unterhalb des spitzgiebligen alten Hauses, in welchem das Ehepaar Morny gelebt hatte. Er dachte an das winzige Reihenhaus, in dem Puck und Janina und er wohnten, und plötzlich kam ihm das Morny-Haus fast unanständig groß und großzügig vor, die beiden hatten ja nicht einmal Kinder. Nun, wenn sie Kinder gehabt hätten, dann hätten sie sich dieses Haus gewiss nicht leisten können...

In der Einfahrt stand ein Transporter, der Wagen eines Malerbetriebs, also wurde das Haus renoviert, wie es der Alte gesagt hatte. Trotzdem kam ihm der Vorschlag, dort noch einmal nach der Kette zu suchen, plötzlich drollig vor: Wie in einem Stummfilm sah er sich selbst durch gespenstisch leere Räume tapern, mit weißem Gesicht und großen Augen, an Wände und Paneele klopfend, auf der Suche nach dem Geheimfach, in dem dann alle Schätze Sindbads verborgen lagen, samt jener bescheuerten Kette...

Er schüttelte den Kopf. Über die Straße vor ihm hüpften und flatterten zwei schwarzweiße Vögel, in Liebes- oder andere Händel verstrickt; als ein Radfahrer sich näherte, flogen sie mit schwirrendem Flügelschlag auf.

Guck nicht so blöd, dachte Kuttler, das sind Elstern. Seit sie nicht mehr abgeschossen werden dürfen, werden sie immer mehr... Noch einmal schüttelte er den Kopf. Elstern gehen überhaupt nicht. Elstern gehen noch weniger als irgendwelche Geheimfächer. Elstern, die sich eine Goldkette fürs Räubernest klauen, darf es bei »Tim und Struppi« geben, nirgendwo sonst.

Der Radfahrer war in die Einfahrt eingebogen und hatte sein Rad neben dem Werkstattwagen abgestellt.

Kuttler holte aus dem Handschuhfach eine Stablampe, stieg aus und ging entschlossen auf das Haus zu. Die Tür war offen, in einem der Zimmer sprachen zwei Männer, die Stimmen hallten – eine davon sprach nur gebrochen deutsch – in dem leeren Raum wider. Kuttler rief »Hallo!« und wies sich aus, als ein junger Mann – der Radfahrer, der gerade an ihm vorbeigefahren war – auf ihn zukam, es war der Sohn des Hausbesitzers, eine Tasche mit Tragriemen über der Schulter...

»Ihr Vater hat Sie beauftragt, hier nach dem Rechten zu sehen?«, fragte Kuttler und überlegte, ob er so tun solle, als müsse er die Arbeitserlaubnis von dem Mann im Malerkittel im Zimmer nebenan überprüfen.

Lukas Freundschuh lachte. Es klang etwas gequält, fand Kuttler.

»Nein, ich bin nur vorbeigekommen, weil ich sehen wollte, ob ich im Garten etwas fotografieren kann.« Er griff nach der Tasche, als wolle er beweisen, dass er einen Fotoapparat bei sich hatte.

»Und was fotografieren Sie?«

Lukas Freundschuh löste die Hand wieder von der Tasche. »Den Garten. Vielleicht Vögel. Vielleicht das Moos an den Bäumen, das macht manchmal ganz merkwürdige Muster... Aber kann ich etwas für Sie tun?«

»Ich habe im Fall Morny ermittelt«, erklärte Kuttler. »Und ich würde mir gerne die Räume und das Grundstück noch einmal anschauen, verstehen Sie? Ich habe natürlich keinen Durchsuchungsbefehl, nichts dergleichen, es gäbe auch keinen Grund dafür. Ich will mir nur noch einmal vergegenwärtigen, wie die Räume zueinander liegen.«

Schweigen hatte sich über die Runde gesenkt. Der Sicherheitsbeauftragte sah von Elaine zu Ruzkow und dann wieder über den Schreibtisch hinweg zum Fenster, geflissentlich hinweg auch über die Brieftasche, als könnte er nur aus dem Anblick des Stuttgarter Talkessels die erlösende Erleuchtung ziehen.

»Ja«, sagte er schließlich und nahm noch einmal das Foto von Fiona Morny und betrachtete es. »Ein schönes Mädchen, so sagten Sie doch? Mit Charme, mit Liebreiz.« Er legte das Foto wieder weg und deutete eine Verbeugung vor Elaine an. »Auch die Dame wird mir nicht widersprechen. Nur lernt man in meiner Branche, mit solchen Wertungen zurückhaltend zu sein. Wir wissen zu gut, wie kurz die Verfallszeit von Charme und Liebreiz sein kann. Manchmal hält sie nicht einmal bis zur nächsten Morgentoilette...«

»Über die Verfallszeit dieser Schönheit hier müssen Sie mir nichts erzählen«, fiel ihm Elaine ins Wort. »Sie war am zehnten Mai hier in diesem Haus, ich sagte es Ihnen schon, und am nächsten Morgen war sie tot. Und jetzt will ich von Ihnen nur wissen, mit wem sie sich hier getroffen hat und wann sie das Hotel in welchem Zustand verlassen hat.«

Der Sicherheitsbeauftragte schüttelte den Kopf. »Sie fragen mich Dinge, die Sie doch bereits wissen.« Ein Lächeln schlich sich über sein Gesicht. »Beziehungsweise – die Frau, die heute Morgen bei uns angerufen hat, die hat es bereits gewusst.« Das Lächeln verschwand. »Aber etwas scheinen Sie offenbar doch nicht zu wissen.«

»Ja?«, fragte Ruzkow aufmunternd und machte eine Handbewegung, die den Schreibtisch und alles, was darauf lag, einzubeziehen schien.

»Dass die Details des Aufenthalts dieser Dame der Polizei bereits bekannt sind.« Er fasste Ruzkow ins Auge, als komme es jetzt nur auf ihn an. »Der Kriminalpolizei, um genau zu sein. Vor Monaten bereits hat sie überprüft, in welcher Suite sich diese Frau aufgehalten hat« – mit einer fast verächtlichen Bewegung wies er auf das Foto –, »dass sie dort gegen siebzehn Uhr eingetroffen ist und dass kurz nach zweiundzwanzig Uhr ein Taxi für sie bestellt wurde, welches sie körperlich unversehrt bestiegen hat.« Mit einem Ausdruck von Selbstzufriedenheit lehnte er sich zurück. »In einem persönlichen Gespräch hat ein leitender Beamter des Innenministeriums sämtliche Details mit mir abgeklärt und mich angewiesen, für den Fall irgendwelcher Nachfragen – von wem auch immer – den Fragesteller an ihn zu verweisen.« Er griff in seine Jacke, holte eine Brieftasche hervor und entnahm ihr eine Visitenkarte, die er Elaine hinhielt. »Bitte, überzeugen Sie sich.«

Zögernd nahm Elaine die Karte. Sie trug im Prägedruck das Landeswappen, daneben waren Titel und Name aufgeführt: Kriminaldirektor Erwin Steinbronner, Innenministerium Baden-Württemberg, Stuttgart, Dorotheenstraße 6.

»Jelena, Schatz, lass mal sehen«, sagte Ruzkow. Sie gab die Karte weiter. Ruzkow hob den Kopf und entzifferte mit zusammengekniffenen Augen den Namen.

Offenbar ist Gennadij ein bisschen weitsichtig, dachte Elaine. Oder er hat mit der Schrift größere Probleme als mit der Sprache.

»Kriminaldirektor – was ist das?«, fragte Ruzkow. »Der Chef von Polizeirevier?«

»Nein«, antwortete der Sicherheitsbeauftragte, »nicht vom Polizeirevier. Es ist der Mann vom Ministerium. Von ganz, ganz oben.« Er stand auf und warf einen bedauernden Blick auf Ruzkows Brieftasche. »Wenn Sie es wünschen, rufe ich ihn an, und Sie können selbst mit ihm sprechen.«

Vor Jahren hatte Kuttler gegenüber einem hässlichen, unproportioniert zwischen die Nachbarn gezwängten Gebäude gewohnt, auf dessen unansehnlicher Giebelfassade lange Zeit noch die verblasste Aufschrift: »K. H. Blechschneider & Nachf., ff. Korbwaren und Holzspielzeug« gestanden hatte, in einer Schrift, wie sie zuletzt in den zwanziger oder dreißiger Jahren des vorigen Jahrhunderts in Gebrauch gewesen sein mochte. Das Haus war in der Bombennacht vom Dezember 1944 getroffen worden, von Blechschneider & Nachfolger wusste niemand mehr etwas, aber die Giebelwand mit der Inschrift war stehen geblieben, hatte die Währungsreform überlebt und die Deutsche

Mark, um irgendwann unter einem Isolierputz verschwunden zu sein.

Oft hatte sich Kuttler vorgestellt, wie er eines Tages die Geschichte jenes K. H. Blechschneider recherchieren oder besser: einfach finden und ausgraben würde, zu keinem anderen Zweck als seinem Privatvergnügen, vielleicht würden sich in dem Haus noch ein paar Kartons mit Briefen und Rechnungen und Fotos finden lassen, Fotos von Senior Blechschneider und seiner vom Nachfolger geheirateten Tochter, vielleicht war sie eine Schönheit gewesen, vielleicht hatte sie auch ein Hüftleiden mitgebracht in die Ehe oder ein uneheliches Kind... Aber es gab niemand, der ihm diese Geschichte ausspinnen half, und so begann sie in seinem Gedächtnis zu verblassen wie jene Inschrift auf der Hauswand.

Jetzt, in diesen leeren, eben renovierten Räumen, stellte er ernüchtert fest, dass von dem realen Geschehen, das im Haus der Mornys stattgefunden hatte, nichts mehr zu spüren, nichts mehr zu ahnen war, und auch von dem Ehepaar Morny nichts mehr, der von der Zeit angewehte Flugsand war weggesaugt, unter Verputz gelegt... Wie nur legt man die Erinnerung und die Geheimnisse frei, die ein solches Haus doch haben muss?

Er hatte, von Lukas Freundschuh geleitet und begleitet, die beiden Stockwerke und auch das ausgebaute Dach besichtigt, hatte mit der Stablampe zwischen Dachsparren geleuchtet und im Keller sogar in den Raum, in dem sich der Heizöltank befand.

»Suchen Sie etwas Bestimmtes?«, hatte Lukas Freundschuh irgendwann gefragt, und er hatte nur abwehrend den Kopf geschüttelt.

»Nein, ich wollte mich nur vergewissern«, hatte Kuttler schließlich gemurmelt und die Eisentür der Luke zum Tankraum wieder geschlossen, und während er das tat, schoss ihm der Gedanke durch den Kopf, dass der Alte unmöglich geglaubt haben konnte, dass in diesem Haus noch irgendetwas zu finden gewesen sei, geschweige denn die Goldkette der Fiona Morny.

Was also hatte der Alte bezweckt?

Er hatte einen Stein werfen wollen. Einfach so, um zu gucken, was passiert. Und er – was sollte er nun tun?

»Ich würde noch gerne einen Blick in den Garten werfen«, sagte er, und Lukas Freundschuh nickte höflich und ging ihm zu einer Souterraintür voran, von der aus eine Treppe hinauf in den Garten führte. Draußen war es mild, fast frühlingshaft, so erschien es Kuttler nach dem gestrigen nasskalten Tag, der Garten gefiel ihm, weil es alte Bäume darin gab, deren kahle Zweige ein schwarzes verkrümmtes Gitter vor den graublauen Himmel legten. In einer Astgabel sah er ein Vogelnest.

»Es hat Elstern hier in der Gegend«, sagte Kuttler. »Ich hab vorhin welche gesehen.«

»Sicher doch«, antwortete Lukas Freundschuh. »Sie sind auch oft hier im Garten. Sie suchen die Nester der Kleinvögel und machen die Gelege kaputt, aber man darf nichts dagegen tun.«

»Nisten die hier auch?«

Freundschuh zuckte mit den Schultern. »Kann schon sein.«

Plötzlich sah er Kuttler ins Gesicht, und in seinen Augen lag ein Anflug von Spott. »Ich kann von dem Maler die Leiter ausleihen – dann können Sie ja nachgucken, ob das da drüben ein Elsternnest war und ob die Goldkette der toten Frau darin liegt.«

»Das ist eine gute Anregung«, antwortete Kuttler und beschloss, sich nicht auf den Arm nehmen zu lassen, der ihm da angeboten wurde.

»Woher wissen Sie denn von diesem Schmuck?«

»Das steht doch in der Zeitung«, antwortete der junge Mann. »Dass die Kette weg ist, meine ich, und dass die Polizei sie nicht gefunden hat.«

Freitag, 15. Februar, Abend

Balkendecke, eine dunkel gebeizte Täfelung, eine Vitrine mit Pokalen und Urkunden: Es war Freitagabend, und im Nebenzimmer des »Goldenen Bechers« hatte sich an den Tischen ein gutes Dutzend Männer unterschiedlichen Alters versammelt, darunter auch zwei oder drei Jungen, Schachbretter und -uhren vor sich. Sie spielten aber nicht. Ihr Blick war auf ein großes Demonstrationsbrett gerichtet, das auf einer Staffelei aufgestellt war und auf dem die Figuren mittels Magneten in ihrer Stellung festgehalten wurden.

»Wahrscheinlich könnt ihr es gar nicht mehr hören«, sagte Michael Veesendonk, der neben der Tafel stand, einen Zeigestab in der Hand, »aber niemals entscheiden im Schach die großen spektakulären Aktionen, das dramatische Damenopfer gar, das dann allüberall in den Schachspalten der Zeitungen abgedruckt und bewundert und beklatscht wird. In Wirklichkeit kommt ein Damenopfer eigentlich nur vor, wenn die Partie bereits entschieden ist, und entschieden wird eine Partie durch die kleinen stillen unscheinbaren Züge, die jedoch alle zwei gemeinsame Merkmale haben...« Er unterbrach sich, klopfte mit dem Zeigestab auf den Tisch und fragte: »Welche zwei gemeinsamen Merkmale? Christian?«

Ein magerer Junge, zwölf oder dreizehn Jahre alt, richtete sich auf. »Erstens wehren sie eine gegnerische Aktion ab oder beugen ihr vor«, sagte er mit heller, noch weit vom Stimmbruch entfernter Stimme, »zweitens eröffnen sie dem eigenen Spiel neue Möglichkeiten.«

»Richtig«, lobte Veesendonk. »Man könnte es auch einfacher sagen: Der spielentscheidende Zug nimmt dem Gegner die Initiative und sichert sie für einen selbst...«

Er brach ab, denn ein Mann hatte leise das Nebenzimmer betreten und eine Verbeugung angedeutet, als wolle er die Störung entschuldigen und zugleich die Anwesenden begrüßen.

»Ich darf einen weiteren Zuhörer willkommen heißen«, sagte Veesendonk, »einen späten, aber für den ein oder anderen von euch nicht ganz unbekannten Gast...« Die Männer drehten sich um, der Besucher – der gerade dabei war, am Garderobenständer einen Platz für seinen Mantel und seinen Hut zu suchen – wiederholte seine Verbeugung.

»Seien Sie also willkommen und nehmen Sie Platz, ich bin gerade dabei, eine Partie aus dem Moskauer Tal-Memorial zu erläutern, Kramnik gegen Alexejew, dem schrecklichen Treiben wird Kramnik als Weißer am Zug ein sofortiges Ende bereiten – nur: Wie wird er das tun? Zwei Züge noch, und der schwarze König stolpert in das unabwendbare Matt, sofern Weiß vorher den eigenen Läufer abziehen kann...« Mit dem Zeigestab wies Veesendonk auf die Stellung, in der zwei Türme auf den Königsbauern zielten, nur dass ihnen durch eine eigene Figur der Weg versperrt war. »Doch wenn Weiß den Läufer abzieht, hat Schwarz gerade noch einen Zug frei, einen letzten Atemzug gewissermaßen, aber mit diesem einen Zug kann Schwarz selbst angreifen, Sd3 und Schach!« Der Zeigestab klopfte gegen das Demonstrationsbrett, Rösselsprünge und Folgezüge beschreibend. »Und plötzlich wird es ganz dramatisch nicht für Schwarz, sondern für Weiß, also was tut Kramnik?« Auffordernd sah er sich um, eine Hand hob sich, »Christian, ja?«, fragte Veesendonk, und die helle Stimme sagte:

»Läufer c4!«

»Und warum, der Läufer muss doch sofort geschlagen werden?«

»Eben«, antwortete Christian, »aber dann schlägt Turm auf h7, der König muss nach g8, es folgt Springer h6 Schach, König f8, Turm h8 mit Schach und Matt.«

»Sehr schön«, lobte Veesendonk, der am Demonstrationsbrett die Züge nach dem Diktat des Jungen ausgeführt hatte, »haben es alle gesehen und begriffen? Dann soll es für heute gut sein.«

Als wäre eine Schulklasse in die Pause entlassen worden, hob sich schlagartig der Geräuschpegel, die Bedienung erschien, jetzt wurde sogar Bier bestellt, und in dem Nebenzimmer brach – wie in vielen anderen Schachclubs zu fortgeschrittener Zeit – die Stunde des Blitzschachs an. Nur die ganz jungen Clubmitglieder standen auf, darunter auch Christian, und sagten artig »Guten Abend!« und verließen den »Becher«.

Veesendonk, ein Glas Mineralwasser in der Hand, ging zu dem Tisch, an dem der Besucher Platz genommen hatte, und stellte das Glas ab. Die beiden Männer tauschten einen Handschlag.

»Mir war schon den ganzen Abend klar«, sagte Veesendonk und setzte sich dem Besucher gegenüber, »dass ich Sie heute hier treffen würde.«

»Wirklich?«, fragte Berndorf.

»Sie waren doch gestern in der Verhandlung«, antwortete der Richter. »Spielen wir eine Partie?«

Nett, dass man Sie auch mal wieder zu Gesicht bekommt«, sagte Dorpat und blieb stehen, die Türklinke zu seinem Dienstzimmer in der Hand. »Sie beginnen ein seltener Gast zu werden, lieber Kollege, wissen Sie das?«

Auch Kuttler war stehen geblieben. »Wie Sie meinen«, antwortete er reserviert.

»Ah!«, sagte Dorpat und ließ die Klinke wieder los. »Man ist reserviert. Unangenehm berührt! Sie müssen entschuldigen, Kollege, wir haben hier gearbeitet, verstehen Sie? Ge-ar-bei-tet. Da vergisst man zuweilen den feinen Ton.«

»Wünschen Sie einen Bericht über meine Arbeit an diesem Nachmittag?«

»Oh! Einen Bericht. Aber ja doch. Schreiben Sie nur. Ist sicher nützlich. Übt die Finger und das Denken.« Er trat einen Schritt auf Kuttler zu. »Dies ist das Dezernat I, Kuttler. Das Dezernat für Kapitalverbrechen, Kuttler. Wir suchen einen Mörder. Vielleicht haben wir ihn sogar schon gefunden, Kuttler. Aber schreiben Sie ruhig Berichte. Nichts dagegen. Das Alibi des Herrn Vorsitzenden Richters Veesendonk ist bestätigt, oder Sie haben es zerpflückt oder wie?«

»Ich weiß nicht, ob Richter Veesendonk ein Alibi hat«, antwortete Kuttler.

»Tolle Nachricht«, meinte Dorpat. »Aber es hat keine Bedeutung, verstehen Sie?«

Am Ende des Flurs erschien ein grauhaariger, etwas rotgesichtiger Mann: Kuppenheim, der Pressesprecher der Direktion. »Ivo, kommst du mal? Der Chef will wissen, ob wir morgen eine Pressekonferenz geben können.«

Dorpat hob die Hand und ließ sie wieder fallen und ging an Kuttler vorbei den Gang entlang. Kuttler öffnete die übernächste Bürotür und sah sich dem von einem langen Pferdeschwanz geschmückten Rücken der Kriminalbeamtin Wilma Rohm gegenüber.

»Ihr seid weitergekommen?«

Wilma Rohm drehte sich um. »Vielleicht.« Sie nahm einen Ausdruck von ihrem Schreibtisch auf und hielt ihn Kuttler hin. »Lies das mal.« Dann drehte sie sich wieder um, dem Bildschirm zu. Kuttler nahm den Besucherstuhl, setzte sich und las.

Dem Rivalen Heroin untergeschoben

Opfer zu Unrecht verurteilt – Rauschgiftfahnder muss jetzt selbst hinter Gitter

KONSTANZ. Ein Rauschgiftfahnder der baden-württembergischen Polizei ist wegen falscher Verdächtigung und Freiheitsberaubung zu fünf Jahren Freiheitsstrafe verurteilt worden, weil er dem Inhaber eines Konstanzer Eiscafés acht Kilogramm Heroin untergeschoben hatte. Der Fahnder hatte es auf die Freundin des Cafetiers abgesehen, der tatsächlich mehr als zwei Jahre unschuldig in Haft verbrachte.

Der 43jährige Kriminalkommissar hatte sich das Heroin aus einem Depot besorgt, in welchem von der Polizei beschlagnahmtes Rauschgift bis zu seiner

Vernichtung gelagert wird. Er packte das Heroin in eine Sporttasche und stellte sie hinter den Sitzen des offenen Sportwagens ab, der seinem zehn Jahre jüngeren Rivalen gehörte. Anschließend gab er seinen Schweizer Kollegen einen Tipp, die den Italiener noch am gleichen Abend beim Grenzübertritt festnahmen, als er zu seiner Wohnung im schweizerischen Kreuzlingen fahren wollte. In einem ersten Verfahren wurde der Cafetier, der stets seine Unschuld beteuert hatte, zu sechs Jahren Freiheitsstrafe verurteilt. Erst in einem Wiederaufnahmeverfahren gelang seinem Anwalt, dem Münchner Strafverteidiger Jürgen Eisholm, der Nachweis, dass das im Sportwagen gefundene Heroin aus Beständen der Konstanzer Rauschgiftfahndung stammte.

Trotz des Freispruchs in zweiter Instanz für seinen Mandanten und trotz der jetzt erfolgten Verurteilung des Kriminalbeamten erhebt Eisholm weiterhin schwere Vorwürfe gegen die Justiz.

Dass die Strafe für den schuldigen Beamten niedriger ausgefallen sei als die zu Unrecht verhängte gegen seinen Mandanten, zeige einmal mehr, »dass beamtete Rechtsbrecher grundsätzlich mit einem Rabatt rechnen dürfen«.

»Wie hat er das gemacht?«, fragte Kuttler, als er zu Ende gelesen hatte.

»Wie was?«, fragte Wilma Rohm zurück und drehte sich zu ihm um.

»Wie hat er herausgefunden, dass es Heroin aus Polizeibeständen war?«

»Ach das!«, antwortete sie. »Ganz einfach. Er hat entdeckt, dass ein paar Wochen davor genau acht Kilogramm sichergestellt worden waren, und dann musste er nur noch die Gutachten über die chemische Zusammensetzung und den Reinheitsgrad vergleichen.«

»Da hat es ihm unser Kollege aber leicht gemacht«, meinte Kuttler.

»Sag ich doch«, kam die Antwort.

»Und ihr glaubt jetzt, das ist der…?« Er warf einen Blick auf das Datum des Berichts. »Das ist noch keine zwei Jahre her. Wieso ist der Kollege schon wieder draußen?«

»Erstens ist er kein Kollege mehr«, antwortete Wilma Rohm, »zweitens weißt du doch, wie das geht, wenn einer die richtigen Leute kennt. Ich mach mir da schon lange keine Illusionen mehr.«

Kuttler sah sie an. Wie alt war Wilma? Neunundzwanzig? Dreißig? Und wie lange im Polizeidienst? Egal.

Die Tür öffnete sich, und der kleine Hummayer kam herein. »Bingo«, sagte er und grüßte Kuttler mit Handzeichen, »Günter Sawatzke ist abgängig. Wir suchen ihn jetzt mit internationalem Haftbefehl.«

Sawatzke, Günter. Von mir aus, dachte Kuttler. Einer muss das Karnickel sein. Reg dich nicht auf.

Kriminaldirektor Steinbronner traf nach dem Hors-d'œuvre ein und entschuldigte sich – nachdem er Dr. Elaine Drautz mit einem angedeuteten Handkuss und Gennadij Ruzkow mit kräftigem Händedruck begrüßt hatte – für seine Verspätung: Er habe noch Innenminister Schlauff angerufen.

»Es wird Sie interessieren zu hören«, sagte er zu Elaine und sah sie über seine Halbbrille hinweg bedeutungsvoll an, »dass der Minister mir *carte blanche* gegeben hat. Das bedeutet, wir können über alles reden.«

Elaine betrachtete ihn aufmerksam, aber ein wenig reserviert. Steinbronner war ein mittelgroßer, kräftiger Mann mit einem weißen Strahlenkranz von Haaren um den geröteten Schädel und einem Kopf, der fast ansatzlos aus dem gedrungenen Rumpf herauswuchs. Der Name Schlauff sagte ihr überhaupt nichts, sie war Münchnerin, und von der baden-württembergischen Landesregierung war ihr nur jener Ministerpräsident ein Begriff, der noch schneller reden konnte, als er gar nichts dachte.

Elaine hatte ein sehr einfaches Essen bestellt, wie sie fand, als ersten Gang gab es Filets der Schwarzwaldforelle an Bärlauch-

Mousse, und Steinbronner schloss sich gerne an. Hingegen verschmähte er den Chablis, sondern wollte Mineralwasser.

»So angenehm mir Ihre Gesellschaft ist«, erklärte er höflich, »so kann es doch sein, dass ich heute Abend noch einmal zurück an den Schreibtisch muss.«

In deutschen Behörden sei der Begriff Feierabend offenbar unbekannt, bemerkte Ruzkow. »Früher hatte ich mir das auch immer so vorgestellt.« Nur in der DDR sei das ein klein wenig anders gewesen.

Steinbronner erkundigte sich nach Ruzkows Tätigkeit in der DDR, und Ruzkow erklärte, er sei Major gewesen, bei einer Sondereinheit – »ein bisschen war ich ein Kollege von Ihnen«.

»Das ist gut zu wissen«, sagte Steinbronner. »Unter Leuten vom Fach werden viele Dinge einfacher. In einem Punkt allerdings irren Sie, leider – der Arbeitseifer in deutschen Behörden hält sich äußerst in Grenzen, man kann sogar sagen, nichts sei den Deutschen heiliger als der Feierabend.«

»Da sind Sie also ein weißer Rabe?«, fragte Elaine.

»Nicht unbedingt«, antwortete Steinbronner.

»Darf ich Sie so verstehen«, hakte Elaine nach, »dass aus unserem Gespräch umgehend dienstliche Konsequenzen gezogen werden?«

Die Forellen kamen, und Steinbronner wartete, bis serviert war.

»Wir müssen unsere Unterhaltung nicht vorab belasten«, sagte er, als sie wieder allein waren, und steckte sich die Serviette ins Hemd. »Es gibt keinen Grund dazu.« Er wandte sich an Ruzkow. »Ich weiß übrigens aus erster Hand, dass unsere Landesregierung den Gesprächen mit dem Energiekonsortium der Föderation außerordentliche Bedeutung beimisst, ganz außerordentliche Bedeutung...«

Veesendonk saß am Tisch, beide Hände neben dem Schachbrett, in entspannter Haltung, auch wenn er den Kopf ein wenig schief hielt, als gelte sein Interesse doch ein wenig mehr den weißen Bauern – seinen Bauern! –, die auf dem Damenflügel vorgerückt waren. Wer ihn so sah, musste annehmen, die Partie sei bereits entschieden, sei gleich mit den ersten Zügen entschieden worden, und der Richter verfolge nur noch den Ablauf eines längst in Gang gesetzten Uhrwerks.

Berndorf zog ein wenig die Augenbrauen hoch, er erkannte, dass die schwarze Stellung – seine Stellung! – deutlich schwächer war, aber er hätte nicht zu sagen gewusst, wie es dazu gekommen war. Früher, als er selbst noch in einem Club spielte, war er zuweilen auch auf Veesendonk getroffen; außer zwei oder drei glücklichen Remis hatte er stets verloren. Schon damals war der Richter eine Spielklasse – mindestens – stärker gewesen als er, mit der Zeit findet man sich mit solchen Einsichten ab.

Der Richter beugte sich vor und zog. Der weiße Läufer schlug in die Stellung der schwarzen Bauern ein, wurde selbst geschlagen, ein zweiter schwarzer Bauer wurde weggenommen, und Berndorf sah sich zwei verbundenen weißen Freibauern gegenüber.

»Hübsches Opfer«, sagte er.

»Ja«, meinte Veesendonk gedehnt, »aber Schwarz hat einen Offizier mehr, damit lässt sich noch viel bewirken... Haben Sie in Berlin einen neuen Club gefunden?«

»Nein«, antwortete Berndorf und machte einen Zug, der den Vormarsch der beiden Freibauern noch ein wenig aufhalten mochte oder auch nicht. »Es hat sich nichts ergeben.« In Wahrheit hatte er gar nicht erst gesucht. Schon die letzten Jahre in Ulm war ihm die Lust vergangen, lange Samstagnachmittage am Schachbrett zu verbringen, begleitet vom kaum hörbaren Ticken der Schachuhren, immer in der meist vergeblichen Hoffnung, dem stumpfen, hockenden Brüten durch eine befreiende, alles auflösende Kombination endlich zu entkommen.

»Wenn einer ein zweites Berufsleben beginnt, hat er ja auch kaum die Zeit dafür«, sagte Veesendonk, wies auf das Schachbrett und machte gleichzeitig den nächsten Zug, der einen Turmtausch erzwang. »Sie arbeiten jetzt für ein Detektivbüro oder haben selbst eines eröffnet?«

Berndorf erwiderte nichts, sondern sah sich noch einmal seine Stellung an, die Hand erhoben, als wolle er gleich den gegnerischen Zug beantworten. Doch dann überlegte er es sich anders, legte zum Zeichen der Aufgabe seinen König um, holte aus seiner Brieftasche eine Visitenkarte heraus und reichte sie dem Richter.

»Das kommt aber sehr früh«, meinte Veesendonk, fast ein wenig enttäuscht. »Freilich – die Bauern hätten sich wirklich nicht mehr aufhalten lassen.« Er nahm die Karte und las sie schweigend.

»Ermittlungen«, sagte er dann. »Sehr lakonisch. Aber es passt zu Ihnen. Ich entnehme daraus, dass Sie Ihr eigener Herr sind?«

Berndorf machte eine Handbewegung, die als Zustimmung gedeutet werden mochte.

»Und dass Sie sich jetzt in Ulm aufhalten, bedeutet, dass Sie von Eisholm geholt worden sind.« Er lehnte sich zurück und betrachtete Berndorf so aufmerksam, als beginne erst jetzt die eigentliche Partie.

»Zudem war der Auftrag so definiert«, fuhr der Richter fort, »dass er durch Eisholms Ableben nicht beendet ist.« Er lächelte schmal. »Außerdem sind Sie der Ansicht oder schließen nicht aus, dass der Tod von Eisholm doch mit dem Fall Morny zusammenhängt.«

Die Bedienung kam, und Berndorf bestellte noch einen Tee.

»Schließlich wissen Sie bereits, dass ich einer der Letzten war, die mit Eisholm gesprochen haben. Wüssten Sie es nicht, wären Sie nicht hier.«

Berndorf sah auf. »Diesmal irren Sie«, sagte er.

»Das wissen Sie nicht?«, fragte der Richter. »Es war aber so. Er kam nach der Verhandlung noch zu mir in mein Büro... das interessiert Sie nicht?«

Berndorf schüttelte den Kopf.

»Aber dann verstehe ich nicht, was Sie hierher geführt hat«, meinte Veesendonk. »Oder wollten Sie nur mal wieder eine gepflegte Partie Schach spielen? Das ehrt mich natürlich...« Er brach ab, denn im Gesicht seines Gegenübers hatte sich etwas verändert. So, als wäre eine Maske abgelegt worden.

»Erzählen Sie mir von Vren«, sagte Berndorf.

Kuttler stellte seinen Wagen an der Straße ab, die steil hinauf zur Wilhelmsburg führte, stieg aus und blieb einen Augenblick stehen. Die Luft war milder als an den Abenden zuvor, eine ferne Ahnung von Frühling lag darin, aber die kahlen Kronen der Bäume in den Gärten und auf dem alten Bollwerk über ihm glaubten nicht daran.

Was tat er, was suchte er hier? Kuttler gestand sich ein, dass er es selbst nicht wusste. Die Kollegen im Dezernat – allen voran Dorpat – hielten ihn für überflüssig. Merkwürdig daran war, dass ihn das gar nicht weiter störte. Oder jedenfalls nicht sehr. Es war eben so, er war der, von dem man nichts erwarten darf und der nichts bringt. Also war er ein freier Mensch und konnte sich ansehen, was er wollte.

Vor ihm lag der Wall, der sich von der Wilhelmsburg den Hang hinunter zog und der einst das Vorfeld der Burg gegen Westen abschirmen sollte. Kuttler ging durch den niedrigen gemauerten Durchlass, der so dunkel war, dass er das Ende des Ganges nur als kaum wahrnehmbaren Lichtschein sah und achtgeben musste, dass er nicht an die feuchten Mauerwände streifte. Vorbei an einer Kasematte, deren Eisentür nur mit einem Vorhängeschloss gesichert war, und an einer Torhüterstube kam er zu der Holzbrücke, die den Wallgraben überspannte und zu einem Wäldchen führte, das in ein Gartengelände überging. Hunde, die ein Gehege mit Damwild bewachten, schlugen an, als er näher kam und an ihrem Zaun vorbeiging.

Die Gärten, so schien es ihm, waren schon lange angelegt, und sie waren größer, als es Schrebergärten sonst sind. Einige davon waren verwildert, von Haselnuss und anderem schnellwüchsigem Gesträuch überwuchert. Eines der Gartenhäuschen war gemauert und tat so, als sei es ein richtiges Haus; vielleicht hatte sich hier nach dem Krieg jemand einquartiert, der in der

Stadt ausgebombt worden war. Selbst in dem diffusen Licht, das sich von Westen her noch über den Himmel zog, konnte man sehen, dass die Fensterscheiben zerbrochen waren und das Mauerwerk bröckelte.

Nach einer Wegkehrung und einer zweiten sah Kuttler unter sich die Lichter eines allein stehenden Gasthofes, es war ein Ausflugslokal mit griechischer Küche. Ein zweiter, asphaltierter Weg führte daran vorbei zu den höher gelegenen Gärten. In einem dieser Gärten war Fionas Leiche gefunden worden, und der Wagen, in dem man sie dorthin gebracht hatte, war wohl an diesem Lokal vorbeigefahren.

Warum hatte er nicht ebenfalls diesen Weg genommen, wie bei seiner ersten Fahrt zum Fundort der Leiche? Eben deshalb: Er suchte einen anderen Blickwinkel, er wollte sehen, wie jemand sah, der nicht Polizist war.

Lautlos, leichtfüßig kam aus der Dunkelheit ein schwarzer Schatten auf ihn zu, die Schnauze schnüffelnd erhoben. »Fuß!«, rief ein Mann, der dem Hund nachfolgte, und dieser drehte mehr gelangweilt als gehorsam ab. Der Mann trug einen alten Trenchcoat und eine Schiebermütze und wünschte »Guten Abend!«, als er an Kuttler vorbeikam, und dieser erwiderte den Gruß und blieb nun erst recht stehen, nur für den Fall, dass sein Herumstehen dem Mann im Trenchcoat irgendwie verdächtig erschienen sein mochte.

Stell dir vor, nahm Kuttler seinen noch gar nicht begonnenen Gedankengang wieder auf, jemand anderes wäre an jenem Abend im Mai hier gestanden und hätte nichts zu tun gehabt und hätte plötzlich ein Auto auf dem Weg gesehen ... Nichts wäre jenem Unbekannten aufgefallen, ein spätes Liebespaar, wird er gedacht haben, und wäre weitergegangen, hundert, zweihundert Meter weiter, hätte sich vielleicht eine Zigarette angezündet oder sein Wasser abgeschlagen. Und weiter? Der Wagen von vorhin wäre ihm plötzlich entgegengekommen, vielleicht ein wenig schnell, und der Unbekannte hätte sich an ein Gartentor gedrückt und das kleine schnelle Auto an sich vorbeigelassen, in dem nur der Fahrer saß, und hätte sich ... ja, was hätte er sich gedacht?

Kuttler ging weiter, das Ausflugslokal verschwand aus seinem Blickfeld, der Weg wurde enger, weiter vorne ahnte er einen Wendehammer, links erkannte er den rostigen Maschendrahtzaun und das Tor, das jetzt mit einem neuen Vorlegeschloss gesichert war. Er schaltete seine Taschenlampe ein, der Lichtstrahl blieb in laublosem Gebüsch hängen. Seit die Spurensicherung hier gewesen war, hatte sich nichts mehr getan, nur der Haselstrauch und das Brombeergeranke hatten an Wachstum zugelegt. Die Stelle, an der Fiona gefunden worden war, konnte er von seinem Standort aus nicht einsehen. Zwischen Zaun und Tor war eine Lücke, er würde sich daran vorbeidrücken können, aber wozu sollte er sich Zutritt verschaffen? Hier war längst alles abgesucht. Warum also war er überhaupt hierhergekommen?

Die Nacht zum elften Mai war klar, es war kurz vor Vollmond, also war es auch hell gewesen.

Wie hell? So hell, dass ein neugieriger Nachtschwärmer hätte sehen können, wo sich auf dem Weg welche Reifenspuren eingedrückt hatten, und vor allem: wo sie aufgehört hatten? Mit der Taschenlampe suchte er den Weg ab, der hier nicht mehr asphaltiert, sondern nur gekiest war, mit viel Lehm dazwischen. Er sah, dass jemand mit einem Fahrrad vorbeigekommen war, er glaubte sogar zu erkennen, dass es ein Mountainbike gewesen sein musste: Das alles war zu sehen, und also waren in jener Mondnacht auch die Reifenspuren von Fionas Wagen zu erkennen und damit auch die Stelle, wo der Wagen gehalten hatte und später wieder weitergefahren worden war.

Genug, sagte er sich, schaltete die Taschenlampe aus und schlug den Weg zurück ein. Es war dunkel geworden, er war müde, und die Einsicht, dass er und die Polizei überhaupt viel gründlicher nach jener verfluchten Kette hätten suchen müssen, munterte ihn nicht auf. Das Ausflugslokal kam in Sicht und verschwand wieder, vor sich sah er die Bäume auf dem Wall und dahinter die Lichtglocke der Stadt. Merkwürdig spitzgiebelig stand unter den Bäumen das gemauerte Gartenhäuschen, in dessen gesprungenen Fensterscheiben sich rötliches Licht spiegelte...

Rötliches Licht?, dachte Kuttler und sah sich um. Hinter ihm war nachtfinstere Dunkelheit.

Der zweite Gang – Tournedos mit Spargel – kam, als Ruzkow und Steinbronner gerade dabei waren, über den zweitschlimmsten Fehler der Amerikaner bei ihrer Invasion in den Irak zu diskutieren (der schlimmste war gewesen, darin waren sich beide einig, dort überhaupt einzumarschieren).

»Natürlich war es kein Fehler, Saddam aufzuhängen, ich bitte Sie!«, sagte Ruzkow und beschrieb mit der Hand ein Herunterfallen und plötzliches Abstoppen. »Aber Saddams Schweinehunde hätten sie in ihr Zelt holen müssen ...«

Elaine Drautz unterdrückte ein Gähnen.

»Jelena, Schatz, wir langweilen dich«, entschuldigte sich Ruzkow, doch Elaine widersprach.

»Das tut ihr keineswegs – als Anwältin interessieren mich Schweinehunde schon von Berufs wegen. Nur ist es meistens nicht eine Frage des Charakters, sondern der Perspektive, wer ein Schweinehund ist und wer nicht. Was halten Sie, lieber Herr Steinbronner, beispielsweise von einem Polizeibeamten, der – aus politischer Rücksichtnahme, aus eigenem Gutdünken, was weiß ich – einem Gericht wichtiges Beweismaterial vorenthält?«

Steinbronner beugte sich über seine Tournedos. »Was wichtiges Beweismaterial ist und was nicht, das kann, gnädige Frau, ebenfalls eine Frage der Perspektive sein ...«

»Einer Perspektive, deren Wahl allerdings in die Zuständigkeit des Gerichts fällt oder fallen sollte!«, unterbrach ihn Elaine.

»Es wäre nicht höflich, Ihnen zu widersprechen«, meinte Steinbronner, »auch wenn ich Sie auf andere Rechtssysteme verweisen könnte, in denen die Ermittlungsbehörden selbst entscheiden können, was ihnen als Beweismaterial ausreichend erscheint.« Er schnitt sich ein Stück Fleisch ab und fing an zu kauen.

»Ein sehr starkes Argument«, lobte Elaine und nahm mit der

Gabel eine Spargelspitze auf. »Nur haben die Verteidiger in diesen Rechtssystemen eine ganz andere Stellung als unsereins. Sie könnten jenen Polizisten – um bei unserem Beispiel zu bleiben – aus eigenem Recht als Zeugen vorladen, und dieser hätte dann ganz einfach in drei Wochen vor der Ulmer Schwurgerichtskammer anzutreten und zu erzählen, was er warum für sich behalten hat. Alles andere wäre Missachtung des Gerichts, und wir könnten ihn zack!« – entschlossen stieß sie die Gabel in das Tournedo – »einsperren lassen, bis er schwarz wird.«

»Jelena, Schatz, ich weiß nicht«, wandte Ruzkow ein, »in diesen Ländern, von denen du sprichst, werden – glaube ich – nicht viele Polizisten eingesperrt, eigentlich überhaupt keine. Polizisten sind nicht dafür gemacht, eingesperrt zu werden.«

»Natürlich übertreibe ich«, räumte Elaine ein und schnitt sich ein sehr kleines Stück Fleisch ab, »es ist auch nicht so, dass die Strafverteidiger hierzulande ganz wehrlos wären. Was halten Sie, verehrter Herr Steinbronner, zum Beispiel von einem Beweisantrag, den Herrn Landrat X und den Herrn Polizeibeamten Y vorzuladen und sie zu befragen, ob Fiona Morny dieses Hotel hier lebend verlassen hat oder ob vielmehr nicht doch der Herr Polizeibeamte dem Herrn Landrat behilflich war, die Leiche nach Ulm zu bringen und sie dort irgendwo abzulegen?«

»Ein solcher...« – Steinbronner kaute noch und musste jetzt ein zu großes Stück Fleisch hinunterwürgen. »...ein solcher Beweisantrag müsste als nicht sachdienlich verworfen werden, nicht wahr? Als schiere Unterstellung...« Er nahm einen Schluck Mineralwasser, um dem Bissen Fleisch nachzuspülen. »Im Übrigen ist alles dokumentiert, bis hin zu einer Video-Aufzeichnung aus der Überwachungskamera eines Degerlocher Parkhauses, auf der Aufzeichnung ist zu sehen, wie die Morny an jenem Tag um zweiundzwanzig Uhr neunundzwanzig allein und durchaus lebendig in ihr kleines französisches Auto mit Ulmer Kennzeichen steigt...

Aber ich sollte hier nicht aus vertraulichen Akten vortragen...« – entschuldigend wies er auf Ruzkow – »...wir wollen

Gennadij doch nicht sämtliche Illusionen über das Pflichtbewusstsein deutscher Beamter rauben.«

Ruzkow lachte. »Soll ich mich so lange an die Bar setzen?«

Steinbronner schüttelte den Kopf. »Ich bitte Sie! Das Gespräch, das wir hier führen, sollte ohnehin theoretischer Natur sein, eine Fachsimpelei, genau das: Zu unserer Unterhaltung haben wir uns ein Problem ausgedacht und bereden nun, wie es sich wohl lösen ließe.«

»Eine Fachsimpelei!«, sagte Elaine. »Reizend. Etwas aus dem Repetitorium fürs erste Staatsexamen vielleicht? Warum erzählen wir uns nicht gleich Märchen?«

»Ja«, rief Ruzkow, »ich liebe Märchen. Vielleicht das von Rotkäppchen und dem Wolf?«

»Na gut«, sagte Steinbronner, »nehmen wir ... nehmen wir etwas aus ›Tausendundeine Nacht‹...« Er trank einen Schluck, tupfte sich den Mund mit der Serviette ab und begann.

»Es war einmal ein Kalif, den man auf dem Basar und hinter vorgehaltener Hand nur das Kleine Plappermaul nannte, weil er zwar hurtig reden konnte, aber längst nicht so großartig, wie es einer seiner Vorgänger getan hatte. Seine Untertanen liebten den Kalifen, das heißt, die einen liebten ihn sehr und die anderen noch viel mehr, und sein Wesir hatte ein genaues Auge darauf, vor allem auch, um herauszufinden, wer davon die mehreren waren. Eines Tages, oder besser: eines Nachts nun ging einer der Scheichs, der dem Kalifen besonders treu ergeben war, zu den schönen Mädchen, wurde aber dabei gestört, denn der Kalif ließ ihn mitten in der Nacht zu sich rufen. Doch dies ist eine andere Geschichte.

Am anderen Morgen jedoch war das schöne Mädchen tot, und der Wesir – der die Aufsicht über die Nachtwächter und Gerichtsbüttel führte – schickte einen seiner Büttel und ließ sich alles aufschreiben, was mit dem Mädchen geschehen war und wer es besucht hatte. Der Büttel« – Steinbronner deutete eine leichte Verbeugung an – »fand alsbald heraus, dass nicht der Scheich, sondern ein Mann aus der Palastgarde das Mädchen getötet hatte. Aus Eifersucht hatte er es getan. Und der Büttel ging zum Wesir und berichtete ihm, was er herausgefunden hatte, und fragte ihn, was er davon dem Kadi weitersagen solle.

Der Wesir versank in Nachdenken. Berichte ihm, sagte er schließlich, dass der Mann aus der Palastgarde vom Alkohol getrunken hat und deshalb zehn Peitschenhiebe bekommen soll.

›Und mehr nicht?‹, wollte der Büttel wissen. Aber der Wesir sagte kein Wort mehr.« Steinbronner trank noch einen Schluck und verschränkte die Arme vor der Brust.

»Märchenstunde schon vorbei?«, fragte Elaine. »Ich zögere etwas mit dem Applaus. Die Pointe ist mir nicht so ganz klar.«

»Kann es sein, Erwin«, fragte Ruzkow, »dass der Wesir vielleicht selbst Kalif werden will?« Er beugte sich zu Elaine. »Wer Kalif werden will, für den ist es besser zu wissen, welcher Scheich zu den schönen Mädchen geht, als den Scheich deshalb abzusetzen.«

Steinbronner nickte anerkennend.

»Aber dann«, fuhr Ruzkow fort, »muss der Wesir etwas anbieten, damit der Kadi keine dummen Fragen stellt.«

Wieder nickte Steinbronner, richtete dann aber seinen Blick auf Elaine. »Könnten Sie sich vorstellen, dass der Mordvorwurf fallen gelassen und die Anklage nur mehr wegen Körperverletzung mit Todesfolge erhoben wird? Gleichzeitig könnte der Haftbefehl außer Vollzug gesetzt werden.«

»Aber vom Scheich darf keine Rede sein, nicht wahr?«, fragte Elaine.

Steinbronner nickte.

Elaine sah ihn an, und in ihren Augen lag ein merkwürdiges Funkeln. »Das Problem ist nur – der Mann aus der Palastgarde sagt, er war es nicht.«

Veesendonk schwieg. Noch immer saß er zurückgelehnt, und noch immer lagen die Hände auf dem Tisch, als müssten sie jederzeit bereit sein, ein Schriftstück aufzuschlagen oder eine kurze Anmerkung zu notieren. Unverändert auch seine Augen: wachsam, ruhig, auf Berndorf gerichtet.

»Wie käme ich dazu!«, sagte er schließlich, weniger fragend, vielmehr fast zornig.

»Wollten Sie nicht wissen«, fragte Berndorf zurück, »warum ich heute Abend hierhergekommen bin? Darum: dass Sie mir von Vren erzählen.«

Plötzlich ging eine Veränderung in Veesendonk vor. Er beugte sich über den Tisch, stützte den Kopf in beide Hände und rieb sich mit den Fingerspitzen die Augen. »Sie entschuldigen – aber ich hatte einen langen Tag«, sagte er dann, »und das vertrage ich nicht mehr so gut wie früher... Aber Sie hatten nach Vren gefragt... Als junger Mann war ich mit einem Mädchen zusammen, die hieß so, das ist schon wahr. Ich frage Sie nicht, woher Sie das wissen und warum Sie mich nach ihr fragen. Wozu auch? Ich habe kein Problem damit, Ihnen Antwort zu geben. Dieses Mädchen war vermutlich einmal meine große Liebe, wie man sich derlei im jugendlichen Alter einzubilden pflegt, vielleicht war es auch mehr als eben nur Einbildung, wer weiß das schon nach gut dreißig Jahren, so lange ist das nämlich her...«

Er schwieg und nahm wieder seine frühere Haltung an, zurückgelehnt, die Hände auf dem Tisch. Berndorf wartete.

»Wir beide wissen, dass Glück für den Menschen kein Dauerzustand sein kann«, fuhr Veesendonk nach einer Weile fort. »Was länger dauert als einen Augenblick, das ist schon kein Glück mehr – lass es eine halbe Stunde währen, und schon wieder gähnt uns der Alltag an. Aber diese raren Augenblicke, in denen das kleine mickrige Menschlein sich ganz aufgehoben und angenommen fühlt und nur noch schwebt, in einem bodenlosen Zauber befangen: Was wäre das Leben ohne diese Glücksmomente! Es ist wahr, auch ich habe – in einer kurzen, in einer sehr kurzen Phase meines Lebens – solche Momente erlebt, und ich verdanke sie diesem Mädchen Vren.« Er hob beide Hände kurz an und ließ sie wieder fallen. »Das war's. Mehr ist dazu nicht zu sagen.«

Berndorf schüttelte den Kopf. »Sie waren doch nicht erst siebzehn, als Ihnen das passiert ist?«

»Nein«, fragte Veesendonk zurück, »wie kommen Sie darauf?«

»Weil Sie es so beschreiben.« Sein Tee hatte genug gezogen, er holte den Teebeutel heraus, versuchte einen Schluck und stellte das Glas zurück, weil der Tee noch zu heiß war. »Auch ich war in Arkadien geboren... heißt es nicht so? Aber wenn es so war, warum haben Sie dieses Mädchen nicht festgehalten?«

»Das geht Sie ja – weiß Gott! – nichts an«, antwortete Veesendonk, »aber ich habe sie nicht festgehalten, weil sie sich nicht festhalten ließ. Sie ist einfach gegangen.«

»Nein«, widersprach Berndorf, unerwartet schroff. »Eine Frau geht nicht einfach. Sie hat einen Grund. Auch wenn unsereins ihn nicht versteht.«

Veesendonk blickte auf. »Von wessen verlorenem Arkadien sprechen Sie jetzt?«

»Von meinem, von Ihrem, egal«, antwortete Berndorf. »Es war nur eine Randbemerkung. War diese...« Er wollte noch einmal nach Vren und den Gründen für ihr Weggehen fragen, aber dann war ihm noch rechtzeitig eingefallen, dass man auf solche Fragen allenfalls dann eine Antwort bekommt, wenn man nicht darauf besteht. Schweigen kehrte ein, und vorsichtig trank er nun doch einen Schluck Tee. Veesendonk sah ihm zu, und es schien Berndorf, als sei dieses Zusehen mit einem ironischen Funkeln versetzt.

»Sie haben sich verändert«, stellte der Richter fest.

»Ja?«

»Früher haben Sie nicht so schnell aufgegeben wie heute Abend.«

»Tue ich das?«

»Sie haben es vorhin getan und tun es jetzt wieder.« Das Funkeln verdichtete sich zu einem Lächeln. »Vorhin wollten Sie mich doch noch dazu bewegen, einem Toten übel nachzureden, nicht wahr?«

»Das ist mir jetzt neu«, antwortete Berndorf, und es klang, als ob er wirklich überrascht sei.

»Nun tun Sie nicht so heuchlerisch!« Der Richter winkte der Bedienung, einer jungen stämmigen Frau. »Fahren Sie heute noch Auto?«, fragte er sein Gegenüber, und der verneinte.

»Dann die Flasche und zwei Gläser!«

»Die Flasche?«, fragte Berndorf.

»Sie werden schon sehen«, meinte der Richter. »Aber beklagen Sie sich nicht. Zu der Partie, die wir jetzt spielen, haben Sie mich herausgefordert, also ist es nur guter Brauch, dass ich die Waffe bestimme!«

Die junge Frau brachte eine zu zwei Dritteln volle Flasche mit wasserheller Flüssigkeit und zwei Schnapsgläser.

»Was das betrifft, bin ich ebenfalls ein wenig aus der Übung«, bemerkte Berndorf.

»Man lädt sich nicht in die Höhle des Löwen ein, wenn man Vegetarier ist«, antwortete der Richter, schenkte die beiden Gläser voll und hob das seine. »Über das Thema, das Sie – mein Lieber! – angeschlagen haben, kann ich bei Mineralwasser nicht reden. Sie haben es so gewollt, Herr Hauptkommissar außer Diensten, also zum Wohl!«

Auch Berndorf hob sein Glas, sie tranken sich zu, der Schnaps brannte in der Kehle und hatte ein kräftiges Aroma, das nach Zwetschgen duftete, vermischt mit Brombeeren, vielleicht auch mit Birnen. Der Schnaps sei im Haus gebrannt, erklärte Veesendonk. »Die Wirtsleute haben ein Brennrecht von alters her.«

»Wie ist es nun mit der üblen Nachrede, zu der Sie mich verleiten wollten?«, fuhr der Richter fort, als er die beiden Gläser wieder gefüllt hatte. »Sie haben mich im Visier, und zwar wegen des Todes von Eisholm. Und nach Vren haben Sie mich deshalb gefragt, weil Vren mich am Ende einer Urlaubsreise verließ, die wir gemeinsam mit Eisholm und seiner damaligen Frau Gabriele unternommen haben. Das wissen Sie, von wem auch immer, und folglich werden Sie vermuten, Vren habe mich Eisholms wegen verlassen, oder dieser sei zumindest schuld daran, dass sie es getan hat...«

Er unterbrach sich, denn von den Tischen, an denen noch gespielt wurde, drang ein Raunen her. Offenbar hatte der Favorit des improvisierten Blitzschachturniers, ein magerer Mensch mit Strickweste und Selbstbinder, unerwartet wegen Zeitüberschreitung verloren.

»Was Ihnen aber ewig rätselhaft sein wird – Prost, mein Lieber! –, ist vermutlich der Umstand, dass ich Vren überhaupt einen gemeinsamen Urlaub mit Eisholm und dessen Gabriele zugemutet habe, welche weder das reizvollste noch das angenehmste Geschöpft auf Gottes Erdboden gewesen ist... Wo war ich stehen geblieben?« Er füllte die beiden Gläser wieder auf. »Richtig. Wie immer ist es die Frage: Warum? Um Ihnen eine Antwort zu geben, muss ich etwas ausholen.«

Er legte die Arme übereinander auf den Tisch, so dass er jetzt etwas nach vorne gebeugt saß. »Ich war damals ganz sicher, dass Vren und ich zusammengehören. Selbstverständlich würden wir heiraten, selbstverständlich würden wir Kinder haben, und unsere Ehe würde ein gemeinsames Projekt verantwortlicher, sinnvoller, freier und doch auch pflichtbewusster Lebensgestaltung sein.« Er betrachtete das Stamperl mit dem Obstschnaps, zuckte mit den Schultern, hob das Glas und kippte es. Dann wollte er sich nachgießen, ließ es aber bleiben, als er sah, dass Berndorf diesmal nicht mitgetrunken hatte.

»Zu diesem gemeinsamen Projekt gehörte es, dass wir auch Freunde haben würden, dass wir mit diesen Freunden klug und verständnisvoll umgehen und dass wir ihren kleinen Macken und Eigenheiten mit souveräner Gelassenheit begegnen würden... Ich war ganz sicher, dass Vren es genauso sah.«

Nun schenkte er sich doch nach und hob das Glas. »Diesmal müssen Sie aber mitziehen, wenn Sie noch etwas von mir erzählt bekommen wollen.«

Berndorf tat ihm, etwas widerwillig, den Gefallen.

»Nun werden Sie bereits bemerkt haben, dass der allergrößte Esel in dieser Geschichte Ihnen hier gegenübersitzt«, fuhr der Richter fort, und ließ vorerst das Glas leer vor sich stehen. »Aber das hat nichts mit dem zu tun, was Sie jetzt vielleicht denken mögen – nichts mit den Eisholms und nichts mit den Verführungskünsten des nachmaligen Starverteidigers. Vren fand ihn nicht witzig, sondern bloß geschwätzig, sie hielt ihn – vermutlich nicht ganz zu Unrecht – für einen Blender, ich erinnere mich noch, wie sie irgendwo zwischen Tarascon und Montpellier über das Privatleben von Sartre und der Beauvoir stritten und wie Vren das, was Eisholm darüber und über den Feminismus zu wissen glaubte, als stammtischbürgerliches Vorurteil zerpflückte. Und was tat ich? Ich saß nur daneben, das werden Sie merkwürdig finden oder auch nicht, aber bei den Streitereien zwischen Vren und Eisholm ging es immer nur um Themen, die für mich keine Bedeutung hatten...«

Er warf einen Blick auf Berndorf, der – die Ellbogen aufgestützt und die Hände vor dem Kinn verschränkt – nur dasaß und zuhörte und wartete und auch nicht nachfragte, was denn dann Bedeutung für Veesendonk gehabt habe.

»Heute glaube ich, dass Vren schon vor unserem Urlaub Zweifel gekommen sein müssen«, fuhr der Richter schließlich fort. »Nicht, dass sich das irgendwie für mich angedeutet hätte. Sie war... nun ja, sie war sehr leidenschaftlich, und das blieb – wie mir schien – bis zum Schluss so. Aber rückblickend glaube ich, dass sie diesen gemeinsamen Urlaub in gewissem Sinn ebenfalls als einen Testlauf betrachtete. Aber nicht im Hinblick darauf, wie wir uns im bürgerlichen Leben zurechtfinden würden. Sondern als Test, ob sie sich diese Bürgerlichkeit – also: die meine, um genau zu sein – überhaupt lebenslang würde zumuten können, und diesen Test habe ich nicht bestanden.« Wieder füllte er die Gläser nach.

»Das war's dann«, sagte drei Tische weiter ein Mann mit krausen grauen Haaren und mächtigen Schultern. »Schach und Matt!« Mit großer ausholender Geste stellte er die Schachuhr ab und sah sich um, ob auch jedermann seinen Triumph bemerkt hatte.

Veesendonk nickte Berndorf zu. »Als Vren einen ganzen Tag lang herumfahren musste, um für die notorisch magenverstimmte Gabriele irgendein Medikament zu besorgen, muss sie zur Ansicht gekommen sein, nun habe sie lang genug die wohlerzogene Verlobte gespielt.« Wieder hob er die Hände und ließ sie fallen. »Und da hat sie sich abgesetzt. Aus und vorbei.« Er stand auf. »Sie werden bemerkt haben, dass Eisholm mit dieser Entscheidung nichts zu tun gehabt hat. Aber jetzt entschuldigen

Sie mich. Als guter Hirte dieser Schäfchen muss ich dem Sieger des Abends gratulieren.«

In diesem Augenblick erschien die Kellnerin, und der Turniersieger hob befehlend die Hand: »Lokalrunde!«

Der Strahl der Taschenlampe tastete sich über die Scherben, die tückisch auf den Steinplatten der morschen Treppe verteilt waren. Vermutlich – nein: ganz sicher würde eine der Steinplatten kippen, wollte jemand trotz der Scherben seinen Fuß darauf setzen. Kuttler beschloss, diesen Eingang zu meiden, und ging zum nächsten Gartentor, das freilich verschlossen war. Aber es war nicht hoch und auch nicht – wie die anderen Tore – mit Stacheldraht gesichert. So stieg er darüber und ging an kahlen Hecken vorbei zum Zaun, der diesen Garten von dem des spitzgieblign Häuschens trennte. Maschendraht auch hier, aber Kuttler folgte dem Trampelpfad, der zwischen Hecken und Zaun bis zur Grundstücksecke führte. Dort sah er, dass der Maschendraht nur lose am Eckpfosten aufgehängt war, so dass er ihn mit einer Bewegung herunternehmen und hindurchgehen konnte.

Er war jetzt unterhalb des Spitzweg-Häuschens, wie er es für sich zu nennen begonnen hatte. Das Häuschen schien dunkel, nur einmal flackerte wieder rötlicher Lichtschein aus den Ritzen der Tür und des Fensterladens, die zum Untergeschoss gehörten. Kuttler ging zur Tür, deren Schloss herausgebrochen war, und zog sie auf. Ein Schwall warmer, von Fusel geschwängerter Luft kam ihm entgegen, ein Ofen bullerte, doch der Ofen war ein Herd, der Lichtstrahl der Taschenlampe erfasste eine Gestalt, die vor dem Herd saß und sich rasch und bedrohlich umdrehte und aufrichten wollte und nach etwas griff, was der Schürhaken sein mochte, und dann doch innehielt, weil der Lichtstrahl sie blendete...

»Was willst du hier?«, sagte eine Stimme, die aus dem Dunkeln kam, »das ist privat, hau ab. Verpiss dich.«

Der Lichtstrahl erfasste einen zweiten Mann, der sich von einer Art Strandliege aufrichtete und schützend die Hand vor die Augen hielt.

»Polizei«, sagte Kuttler, holte seine Polizeimarke heraus und richtete für einen kurzen Moment den Lichtstrahl gegen sich selbst und auf die Marke. »Ich wünsche Ihnen einen guten Abend und würde gerne Ihre Ausweise sehen.«

»Ein Kieberer!«, sagte der Mann auf der Liege. »Muss das sein? Da schänden sie Kinder und bringen junge Frauen um, aber unsereins darf nicht einmal in Ruhe ein Fläschchen trinken.«

Kuttler schaltete die Taschenlampe aus. Aus den Fugen des Herds und der Eisenringe, die als Herdplatten dienten, drang genug Feuerschein, um die Umrisse der Dinge und der Gestalten in dem Souterrainraum erkennbar zu machen. Der Raum hatte wohl früher einmal als Küche gedient, neben dem Herd stand eine steinerne Spüle, an der Rückwand befand sich ein Holzregal mit Gerümpel und leeren Weinflaschen.

Beide Männer besaßen gültige Ausweise, und Kuttler – an den Türpfosten gelehnt – gab die Namen mit seinem Handy an die Zentrale im Neuen Bau durch: Jaschke, Klemens, 39 Jahre alt, und Stenzel, Wolfdieter, 42.

»Überprüfen Sie uns nur«, sagte Jaschke. Er war der Mann, der es sich auf der Liege bequem gemacht hatte. »Von uns hat keiner was zu wollen... Und das Hüttchen hier, das ist ja praktisch eine Ruine, da kann doch niemand was dagegen haben, dass wir hier...«

»Schon gut«, sagte Kuttler und wartete, bis er Auskunft bekam. Tatsächlich lag weder gegen Jaschke noch gegen Stenzel ein Haftbefehl vor, Kuttler registrierte es mit Erleichterung. Er hätte überhaupt keine Lust gehabt, irgendjemandem erklären zu müssen – und schon gar nicht Dorpat –, warum er dieses baufällige Gartenhaus überhaupt überprüft hatte.

»Also«, sagte er dann. »Das wäre so weit in Ordnung. Und ich will auch gar nicht wissen, wem das nette Häuschen hier gehört und seit wann Sie hier eingeladen sind. Immer vorausgesetzt...« Er schwieg und kreuzte die Arme über der Brust.

»Vorausgesetzt was?«, fragte Jaschke.

»Der will uns linken«, bemerkte Stenzel, der sich wieder vor den Herd gehockt hatte. »Der will doch was von uns.«

»Sicher will ich das«, antwortete Kuttler. »Ich will wissen, seit wann dieses Häuschen wieder bewohnt ist und wer alles hier absteigt. Das ist doch nicht viel verlangt, Herr Stenzel?«

»Also dieses Hüttchen«, sagte Jaschke, »und überhaupt, die Ecke hier, die kennt nicht jeder.«

»Vorsicht!«, warnte Stenzel.

»Vorsicht ist keine Einbahnstraße«, sagte Kuttler und holte sein Handy wieder heraus. »Wenn Sie wollen, können wir uns auch im Neuen Bau unterhalten.« Stenzel schwieg, und Kuttler wandte sich an Jaschke. »Nicht jeder kennt es, sagen Sie. Das ist gut zu wissen. Seit wann kennen Sie es denn?«

Jaschke schüttelte den Kopf. »Sie stellen Fragen! Glauben Sie, unsereins führt ein Fahrtenbuch?«

»Seit wann?«, insistierte Kuttler.

Jaschke blickte Hilfe suchend zum Herd, dorthin, wo Stenzel hockte, die Hände um die angezogenen Knie gelegt.

»Also haben Sie's ihm gezeigt«, fasste Kuttler zusammen, ebenfalls an Stenzel gewandt, dessen Konturen von Zeit zu Zeit vom Feuerschein aus dem Herd angeleuchtet wurden. »Wann? Und wann haben Sie es selbst entdeckt?«

»Weiß ich nicht mehr.«

»Wo waren Sie im vergangenen Mai, so um den zehnten Mai herum? Hier?«

»Woher soll ich das noch wissen?«

»Es war Frühling, der zehnte Mai war ein Donnerstag, die Nacht zum Freitag war hell, der fast volle Mond schien, vielleicht haben Sie sich spät noch die Füße vertreten?«

»Hören Sie auf«, sagte Stenzel. »Im letzten Mai hätt ich mir gern die Füße vertreten, das dürfen Sie mir glauben, aber ich war im Knast.«

»Wo? Und weshalb?«

»Körperverletzung«, antwortete Stenzel. »Hab einem eine gescheuert, der zu viele Fragen gestellt hat. Und der Knast war in Hannover, verflucht sei der Name und verflucht die Stadt.«

»Und als Sie wieder draußen waren, kannten Sie das Häuschen hier oben schon?«

Stenzel schwieg.

»Ich warte«, sagte Kuttler. »Und die Nacht ist noch lang.«

»Ja, doch«, antwortete Stenzel mürrisch. »Im Winter davor hat mich ein Kollege hierher mitgenommen.«

»Hat der Kollege auch einen Namen?«

»Was wollen Sie ihm denn anhängen?«

»Nichts«, meinte Kuttler. »Ich will ihn was fragen. Ob er was gesehen hat.«

»Diese Fragen kennen wir. Und wenn er was gesehen hat, dann hängt er auch schon drin.« Stenzel schwieg und senkte den Kopf. »Was springt für uns heraus?«, fragte er nach einer kurzen Pause.

»Dass ich gleich wieder weg bin und von nichts weiß«, antwortete Kuttler. »Vor allem nichts von diesem Häuschen und seinen Feriengästen.«

»Chef, ist das nicht ein bisschen wenig?«, schaltete sich Jaschke ein.

Kuttler schüttelte den Kopf, holte noch einmal sein Handy heraus und zeigte es herum. »Sie haben es doch gemütlich hier«, sagte er. »Im Neuen Bau – also so besonders angenehm ist es dort nicht, das dürfen Sie mir glauben. Nun?«

Jaschke schniefte beleidigt.

»Also, wenn Sie nicht wollen...!« Kuttler gab die Kurzwahl der Einsatzzentrale im Neuen Bau ein, drückte aber noch nicht auf die Ruftaste. »Trotzdem muss ich Ihre Aussagen zu Protokoll nehmen... Dabei glaube ich gar nicht, dass Sie den Kollegen in so angenehmer Erinnerung haben. Der ist doch plötzlich ein bisschen komisch geworden, nicht wahr, Herr Jaschke? Ein bisschen sehr darauf bedacht, dass ihm keiner zu nahe kommt?«

»Nun lassen Sie mal Ihr Telefon stecken«, meinte Jaschke. »Ich glaube, Sie suchen den Pudelmann.«

»Judas!«, sagte Stenzel.

Als Kind hatte Elaine Schattenspiele gemocht, vor allem, wenn sie die Haupt- und Alleindarstellerin war, man brauchte ein Leintuch und eine Lampe, die einen klar umrissenen Schatten warf, und ein paar Accessoires, einen hohen spitzen Hut, wenn sie eine böse Fee sein wollte (und sie war sehr gerne eine böse Fee), eine Krone oder einen Ball, um die Königstochter zu sein. Frösche im Schattenspiel darzustellen war hingegen etwas schwieriger, vor allem, wenn es der kleine Bruder war, der zum Schluss an die Wand geworfen werden sollte.

Der Schatten, den diesmal die Nachttischlampe neben ihr an die Wand des Hotelzimmers warf, war vergröbert und ein wenig verschwommen. Was sie sah, erinnerte sie an den mächtigen, gewölbten Rücken eines Ungeheuers oder eines Tieres, das in gleichmäßiger Bewegung zu graben und zu wühlen schien, sie musste an ein Wildschwein denken, das den Waldboden durchpflügte, um allerhand Schnecken und Trüffel zu finden... Nur dass dem Tier auf dem Rücken eine Art kleiner Flügel wuchsen, natürlich waren es keine Flügel, sondern kleine zierliche Menschenfüße, die neben dem Rücken hochragten, links und rechts neben dem Rücken, der zwischen ihnen arbeitete und sich hob und sich wieder senkte und hineinwuchtete in das, was unter ihm begraben war: Das Tier also, dem auf dem Rücken Füße wachsen, dachte sie, aber den anderen Kindern zeigen wir das lieber nicht!

Ein Telefon klingelte. Elaine wand ihre Handgelenke aus den Händen, die sie mit hartem Griff gepackt hatten, und hielt Gennadij die Ohren zu.

»Nimm das Gespräch an«, sagte Gennadij, »es stört mich nicht.«

»Und wenn ich schreien muss?«

»Dann schrei.«

Das Klingeln hörte nicht auf. Sie tastete nach dem Hörer und meldete sich mit einem knappen »Ja?« und sah nach der Wand. Gleichmäßig hob und senkte sich der Rücken, aber die Füße waren verschwunden.

»Treffen wir uns morgen?«, fragte eine Stimme. Wir? Treffen? Wen? Ach, Dingsbums. Dingsbums, der die Eier pult.

»Eher nicht.« Aus dem Rücken des Tieres wuchsen wieder die Füße, die zierlichen kleinen Menschenfüße: Also war das Ungeheuer dabei, eine Menschin aufzureißen, und brach sie auseinander und warf sich ihre Beine über die Schultern.

Eine Frau schrie.

»Entschuldige!«, sagte Dingsbums und legte auf.

Samstag, 16. Februar

Wo sind Wunden ohne jeden Grund? Wo sind trübe Augen?«, deklamierte Wendel Walleter, mitleidlos das Glas Wasser betrachtend, in das Berndorf soeben zwei Aspirin-Tabletten geworfen hatte, und fuhr fort: »Wo man lange beim Wein sitzt und kommt, auszusaufen, was eingeschenkt ist.«
»Kein Wein«, korrigierte Berndorf. »Obstschnaps.«
Hinter der Theke blickte Tonio vom Gläserspülen auf und schlug ein Weizenbier vor, für einen Samstagmorgen nach einem schweren Freitagabend mit schweren Schnäpsen gebe es nichts Besseres.
»Sie hätten sollen vorher eine Dose Ölsardinen essen«, meinte der Gerichtsreporter Frenzel. »Aber das Öl mittrinken.«
»Wieso liegen hier eigentlich keine anderen Zeitungen aus, die Sie lesen könnten?«, fragte Berndorf, darauf wartend, dass sich die Tabletten auflösten. »Zeitungen, denen Sie die eine oder andere Finesse entnehmen könnten, eine gewisse Anschaulichkeit und Genauigkeit des Ausdrucks zum Beispiel? Da könnten Sie dann einfach lesen – lesen, lernen und stille sein.«
»Offenkundig haben Sie meinen Nachruf nicht gelesen«, erwiderte Frenzel. »Die Würdigung eines großen Strafverteidigers, mit dem eine brillante forensische Tradition...«
Berndorf wollte den Kopf schütteln, ließ es aber wieder bleiben, weil es wehtat. »Wer hat hier eigentlich zu viel getrunken?« Er horchte auf, irgendwo jammerte ein Mobiltelefon. »Warum können die Leute ihre Taschenquatschen nicht ausschalten, bevor sie in die Kneipe gehen?«
Es war aber sein eigenes Handy, er zog es heraus und blickte sich um. Für diesen Morgen und diese Kundschaft war es zu viel der Mühe, nach draußen zu gehen.

»Ja?«

»Können wir uns heute treffen?« Die Stimme: gedämpft, zurückgenommen.

»Hm.« Das klang, wie er selbst fand, nicht sehr geistesgegenwärtig. »Wo?«

»In Stuttgart. Ich hol dich am Hauptbahnhof ab.«

»Nein«, sagte Berndorf. »Ich besorg mir einen Wagen.« Und, um nur ja kein falsches Bild entstehen zu lassen. »Hab ich sowieso vor.«

Es war kurz nach neun, sie verabredeten, dass er gegen halb zwölf am Hotel sein würde. Dann war das Gespräch beendet, und Berndorf bat Tonio um ein Telefonbuch.

»Wenn Sie einen Wagen brauchen«, sagte Wendel Walleter, »ich fahr Sie gern.«

Berndorf blickte ihn fragend an.

»Samstags«, erklärte Walleter, »sind doch keine Verhandlungen.«

Wilma Rohm hatte den Stuhl, der ihr angeboten worden war, um ein Unmerkliches zurück und zur Seite gerückt, so dass sie nicht auf gleicher Höhe mit Ivo Dorpat saß. Das hatte nicht so sehr damit zu tun, dass sie nur die Assistentin war und Dorpat der Hauptkommissar und Dezernatsleiter. Sie suchte Abstand. Fast die ganze Fahrt von Ulm bis Meersburg hatte Dorpat versucht, ihr seine breite weißliche Hand mit den spatelförmigen Nägeln aufs Knie zu legen, und noch auf der Überfahrt mit der Fähre hatte er sich so dicht neben sie an die Reling gestellt, dass sie sich eilends – »der Wind ist mir doch zu kalt« – in den Fahrgastraum hatte zurückziehen müssen.

»Ich weiß es ja sehr zu schätzen, dass Sie sich herbemüht haben, lieber Kollege«, sagte der Konstanzer Kripochef, hinter seinem Schreibtisch zurückgelehnt und die Hände an den Fingerspitzen zusammengelegt, »sehr zu schätzen weiß ich das, aber wir haben selbst ein großes Interesse daran, unseren alten Kollegen Sawatzke zu finden... Sie ziehen die Augenbrauen hoch?

Ja, ich kann nicht anders, ich sehe in Sawatzke vor allem den Kollegen, auch wenn er sich verirrt haben mag.«

»Sie müssen aber doch zugeben«, sagte Dorpat und hob beschwörend seine Hand, »dass Ihr alter Kollege durchaus ein Motiv gehabt haben kann, sich an Eisholm zu rächen, leider...«

»Das wäre dann aber ein sehr irrationales Motiv«, wandte der Kripochef ein. »Jedenfalls würde ich es ungern zum Anlass nehmen, um jetzt schon mit Mann und Maus nach ihm fahnden zu lassen.« Wilma Rohm war es, als streife sie ein Blick.

»Reichlich irrational ist schon die ganze Vorgeschichte«, sagte Dorpat. »Insbesondere, wie sich der Kollege verhalten hat...«

»Das wissen wir alles nicht so genau«, unterbrach ihn sein Gegenüber, »das hat das Gericht so entschieden, und Gerichte – das wissen Sie doch, lieber Kollege – entscheiden mal so und mal so. Also, wenn Sie mich fragen – wir halten die Wohnung von Sawatzke unter Beobachtung, halten auch sonst die Augen offen, und Sie machen sich mit Ihrer jungen Kollegin einen netten Tag am Bodensee, das ist doch was anderes als das graue Ulm.«

Dorpat schwieg, als habe es ihm die Sprache verschlagen.

»Ich hätte da eine Frage«, hörte sich Wilma Rohm zu ihrer eigenen Überraschung fragen, und ihre Stimme klang ihr selbst noch schulmädchenhafter als sonst. »Da hat es doch diese Kellnerin in dem Eiscafé gegeben, für die Günter Sawatzke sich interessiert hat und die der Auslöser für alles war. Weiß man, wo diese Frau sich jetzt aufhält? Und könnte man sie fragen, ob Sawatzke nach seiner Haftentlassung versucht hat, mit ihr Kontakt aufzunehmen?«

Dorpat hatte sich zur Seite gewandt und sah sie mit einem Blick an, den sie nicht recht deuten konnte.

»Also...«, sagte der Kripochef und hatte sich aufgerichtet, »wenn Sie mich so fragen! Sicherlich können wir das überprüfen, wenn Ihnen das so wichtig erscheint, so unbedingt wichtig...« Er griff nach seinem Telefon.

Natürlich kennen wir den Pudelmann«, sagte Orrie und schälte sich aus seiner Lederjacke. Er und sein Kollege Heilbronner kamen gerade von einer Unfallaufnahme, auf dem Autobahnzubringer hatte ein Wagen nach dem Überholen einen anderen gestreift und sich danach gedreht, genau da, wo aus zwei Fahrspuren eine wurde. »Blechschaden, aber ein Stau bis hinter die Alb!«

»Der Pudelmann heißt mit richtigem Namen Rauth, mit th«, warf Heilbronner ein, »Vorname könnte Manfred sein, er ist schon mal wegen Hausfriedensbruch aufgefallen, hat in irgendwelchen Gartenhäuschen übernachtet. Aber das ist schon eine Weile her, überhaupt hab ich ihn schon länger nicht mehr gesehen.«

»Was willst du eigentlich von ihm?«, fragte Orrie, »der Pudelmann redet dich vielleicht schwach an, aber sonst ist er harmlos und seine Hunde auch, das heißt, er hat immer nur einen, meist einen Pudelmischling, der Pfötchen geben kann und auf den Hinterbeinen laufen...«

»Und vor nichts hat er so Angst wie davor, dass er in den Knast muss«, ergänzte Heilbronner, »weil sein Hund dann ins Tierheim kommt. Nach dem Knast kriegt er das Vieh nämlich nicht mehr zurück. Oder erst nach langem Ärger. Die dürfen keine Hunde an Obdachlose abgeben, verstehst du?«

Kuttler dankte, wünschte eine ruhige Schicht und ging an der Wache vorbei hinauf in das erste Stockwerk, wo sich die Räume des Dezernats I und also auch sein Dienstzimmer befanden. Es war still in den Korridoren, nur der Fernschreibraum und die Einsatzzentrale waren besetzt. Dorpat und sein neuer Liebling, Rohms Wilma, hatten sich nach Konstanz begeben – gute Reise!, dachte Kuttler, die Kollegen dort werden sich freuen.

Er zog seinen Parka aus, hängte ihn an den Garderobenständer, setzte sich an den Schreibtisch, startete seinen PC und wusste noch immer nicht, wie er auf die einfache Weise – also ohne das große Fahndungs-Trara – den Tippelbruder Manfred Rauth, genannt Pudelmann, ausfindig machen könnte. Er wusste, dass Tippelbrüder dringend Anlaufstellen und Unterkünfte brauchen, erst recht, seit ihre wichtigste Einnahmequelle – das Schnorren – praktisch weggefallen war. In den Innenstädten wurden längst alle dafür geeigneten Plätze von den organisierten Bettlern aus Osteuropa besetzt gehalten.

Im Fall des Pudelmanns kam hinzu, dass dieser einen Hund mit sich führte. Niemand beherbergt gerne einen Straßenköter, und schon gar nicht dessen Flöhe. Vermutlich hatte sich der Pudelmann ebendeshalb auf Gartenhäuschen spezialisiert. Aber auch das war für ihn riskant geworden: Wenn er geschnappt wurde, musste er als Rückfalltäter mit einer Haftstrafe rechnen.

Er erinnerte sich, dass es im Landeskriminalamt einen Kollegen gab, der sich mit der Szene der Tippelbrüder und Stadtstreicher auskannte, und so rief er in Stuttgart an. Aber es war Samstagvormittag, der Kollege befand sich im Wochenende, nach einigem Hin und Her bekam Kuttler die Privatnummer, aber dort meldete sich niemand.

»Scheiße«, sagte Kuttler, stand auf und zog seinen Parka wieder an. Was tat er hier? Er hatte gar keinen Dienst. Aber Johannes Rübsam war ihm eingefallen, Pfarrer der Pauluskirche, zu dessen Sprengel – sagte man so? – wohl auch der Michelsberg mit der Wilhelmsburg gehörte.

Der Dieselmotor des vierzig Jahre alten Benz lief ruhig und gleichmäßig, und mit der gleichen Gelassenheit glitt der schwarz glänzende Wagen durch das Gedrängel und das Surren der auf der Autobahn A 8 sich überholenden und sich jagenden Fahrzeuge. Die Limousine – einst der Privatwagen von Walleters Seniorchef – hatte verschrottet werden sollen, da hatte ihn Wendel Walleter genommen und hergerichtet, »den ganzen Tag kannst du ja nicht im Gericht hocken«.

Dr. Elaine Drautz saß im Fond, den Kopf gegen die Nackenstütze gelehnt, und hielt die Augen geschlossen. Die Nacht war wohl ein wenig kurz gewesen, sie war müde, eigentlich könnte sie jetzt ein paar Atemzüge schlafen, aber dann hüpfte ihr wieder ein Gedanke durch den Kopf, nein: kein Gedanke, angerissene Bilder waren es, Gedankenfetzen, von denen sie im nächsten Augenblick schon nicht mehr wusste, worauf diese Fetzen hatten hinauswollen. Im Autoradio kamen Nachrichten, der UN-Generalsekretär machte die landwirtschaftlichen Exportsubventionen der USA und der Europäischen Union für die Hungerkatastrophe in Afrika verantwortlich, in Deutschland wollte die Staatspartei neue Kernkraftwerke, aber der baden-württembergische Ministerpräsident schloss eine Koalition mit den Grünen nicht aus, wie passte das alles zusammen und was für eine Nachrichtenauswahl war das! Was hatte der Polizist gestern Abend über den Ministerpräsidenten erzählt? Es kam nicht darauf an. Sie öffnete die Augen, noch immer saß vor ihr der große unförmige Mann in seinem Spezialsitz und hielt auf seine einschläfernde Weise den Wagen im Strom der anderen Fahrzeuge, und neben ihm der Grauhaarige, mit dem sie ...

»Pforzheim«, sagte sie. »So kann eine Stadt doch nicht im Ernst heißen. Warum noch mal fahren wir dorthin?«

»Dort gibt es ein Schmuckmuseum«, antwortete Berndorf. »Das schauen wir uns an.«

»Fein«, antwortete Elaine. Es war Samstagvormittag, warum sollte sie sich kein Museum ansehen? Vermutlich gab es sonst nichts zu tun. Und sie hatte keine Pläne, das Wochenende in München zu verbringen.

Warum nicht? Es begann damit, dass sie keine Lust hatte, nach ihrer Post zu sehen, keine Lust, ihren Anrufbeantworter abzuhören, keine Lust, ihre Kontostände zu überprüfen (das schon gar nicht). Außerdem war das Autochen erst am Montag fertig.

Und Gennadij?

Gennadij war gestern Nacht.

»Und danach?«

»Danach fahren wir in den Schwarzwald. Hatten wir das nicht so ausgemacht?«

»Vielleicht. Ich weiß es nicht mehr«, Elaine zögerte. »Möglicherweise haben wir ein Problem. Dieser Mensch vom Innenministerium weiß Bescheid.«

»Welcher Mensch?«

»Der, mit dem Gennadij und ich zu Abend gegessen haben. Irgendwas mit Stein...?«

»Steinbronner?«

»Richtig. Kennst du ihn?«

»Ja«, sagte Berndorf, »wir kennen uns. Seit bald vierzig Jahren.«

»Ein Freund von dir?«

»Das würde auch er kaum so sehen. Und worüber weiß er Bescheid?«

»Dass wir den Scheich im Visier haben.« Sie versuchte, das Märchen vom Kalif Kleines Plappermaul nachzuerzählen.

»Er hat ihn den Scheich genannt, der gern zu den schönen Mädchen geht?«, fragte Berndorf.

»Hab ich doch gesagt.«

Wendel Walleter hatte die Autobahn verlassen, sie kamen durch ein Industriegebiet, dann durch eine Vorstadt, die das blieb und einfach nicht Stadt werden wollte, Walleter bog nach links ab, überquerte einen Fluss und noch einen, vielleicht war es auch derselbe, und stoppte den Wagen auf einem Parkplatz, der vor lang gestreckten, um eine Treppe herum angeordneten Flachdachbauten lag. »Da drüben ist es«, sagte er und wies zu der Treppe und den Pavillons.

Unmittelbar vor der Schweizer Grenze bog der Beamte, den ihnen der Kripochef zugeteilt hatte, von der Straße nach links ab und stellte den Wagen neben Fahrzeugen der Bundespolizei und des Zolls ab.

»Ich bring Sie zu dem Lokal«, sagte er und wandte sich zu Dorpat, »aber erwarten Sie sich nicht zu viel. Sawatzke war mein Kollege, der ist nicht blöd, glauben Sie mir, auch wenn er sich von der Mafia hat reinlegen lassen.«

»Von der Mafia?«, echote Dorpat.

»Sie haben gehört, was ich gesagt habe«, beharrte der Mann. »Wer hat denn diesen Winkeladvokaten aus München geholt, wenn nicht die Mafia?« Er stieg aus und schlug den Kragen seiner Lederjacke hoch, denn der Wind war frisch.

Warum, fragte sich Wilma Rohm, muss ein Drogenfahnder, der sich den Kragen seiner Lederjacke hochschlägt, genau so aussehen, wie sich jedermann einen Drogenfahnder vorstellt, der aus dem Wagen steigt und den Kragen hochschlägt?

»Ich sag Ihnen, wie Sie gehen müssen, aber ich bleibe etwas hinter Ihnen«, fuhr der Mann fort. »In der Ecke hier bin ich zu bekannt.« Er warf einen Blick auf Wilma Rohm und lächelte dabei, ein wenig anzüglich, wie sie fand. »Vielleicht tun Sie so, als wären Sie beide ein Paar.«

Dorpat nahm Wilmas Arm, diesmal musste sie es sich gefallen lassen. Sie gingen eine Gasse entlang, gelangten zu einer zweiten und kamen dabei an einem indischen Restaurant, einer griechischen Weinstube und einer deutschen Bierkneipe vorbei, die sich »Zur Badischen Republik« nannte. An der nächsten Straßenecke, sagte der Mann hinter ihnen halblaut, sie sollten langsamer machen. »Das Café ist gleich hier.«

Dorpat blieb stehen und also auch – notgedrungen – Wilma Rohm. Vor sich sah sie eine enge Einbahnstraße, an deren rechter Seite mehrere Autos dicht hintereinander geparkt waren. Links, auf ihrer Seite, war unmittelbar vor ihr ein kleines italienisches Café, das übliche Dekor mit Neonleuchten und Tischchen und Stühlchen aus Stahlrohr.

In einem der rechts geparkten Wagen, einem Mini-Cooper, saß ein Mann, kaum zu sehen, ein wenig sehr unauffällig, warum war er ihr überhaupt aufgefallen?

»Na«, meinte Dorpat, halb nach hinten gewandt, »wir gehen da jetzt mal rein und knöpfen uns die Bedienung vor...«

Plötzlich wusste Wilma Rohm, warum ihr der Mann im Mini-Cooper aufgefallen war. Oder genauer: Sie glaubte es zu wissen. Sie hatte sich beobachtet gefühlt. Dabei war es nichts weiter gewesen als ein leises, undefinierbares Unbehagen, und plötzlich hatte sie gesehen, dass der Mini-Cooper nicht ganz sauber eingeparkt war und sein linker Außenspiegel deswegen etwas weiter in die Straße hineinragte und vielleicht auch in einem anderen Winkel eingestellt war als die Außenspiegel der anderen Autos.

Und mit einem Male war sie sich völlig sicher, dass der Fahrer sie im Rückspiegel beobachtete. Sie und Dorpat, die ganz sicher so aussahen wie zwei Leute, die nur so taten, als seien sie ein Paar.

In diesem Augenblick wurde der Mini-Cooper gestartet, der Motor sprang an und blies eine Wolke blaues Abgas in die Umwelt.

Der Saal war abgedunkelt, erleuchtet waren nur die Vitrinen, und die Besucher bewegten sich in andachtsvoller Stille, als hielten sie sich in einem sakralen Raum auf.

Wendel Walleter verharrte vor einer Vitrine, in der ein einzelnes Collier mit einem Smaragd, mit Perlen und Diamanten ausgestellt war, spinnwebzart gearbeitet und dazu bestimmt, um einen sehr schlanken Hals getragen zu werden. Es war die Arbeit eines Goldschmieds, der im 18. Jahrhundert gelebt hatte; dass die Menschen damals so zart, so wenig grobschlächtig waren und solch ein... – er suchte nach dem passenden Wort, schließlich fand er es in einer dunklen Ecke seines Gedächtnisses –... solch ein Geschmeide fertigen und tragen konnten, das machte ihn noch mehr staunen als aller Glanz des Goldes, von dem seines Wissens keiner der Propheten je viel gehalten hatte. Bei Hesekiel zum Beispiel war das Gold Anlass für eine Strafpredigt gewesen, und plötzlich hatte er auch den Wortlaut wieder:

... und du nahmst deine prächtigen Geschmeide von meinem Golde und von meinem Silber, welche ich dir gegeben hatte, und machtest dir Mannsbilder und triebst Hurerei mit ihnen...

Er sah sich um. Berndorf und die Anwältin standen im Innenraum des Saales, über Tischvitrinen gebeugt. Walleter näherte sich vorsichtig, die Anwältin – die Augenbrauen hochgezogen, mit einem merkwürdigen Ausdruck im Gesicht – machte ihm Platz, und er beugte sich ebenfalls über die Vitrine. Mehrere breite Goldringe lagen darin, einige davon mit einem Aufsatz, der wie ein Häuschen gestaltet war, so dass Walleter sie zuerst für Siegelringe hielt.

Berndorf freilich stand vor einem Ring, in den wie in ein umlaufendes Relief Gestalten eingearbeitet waren, Walleter erkannte zwei Menschen, die sich irgendwie gegenüberstanden, dazu – wenn er etwas zur Seite ging – einen Löwen mit hochragendem Schweif. Und im Innern des Rings waren Buchstaben eingraviert, die er nicht entziffern konnte. Er blickte auf die Erklärungstafel und las:

Jüdischer Hochzeitsring, 17.–18. Jahrhundert, Ungarn od. Siebenbürgen

Fragend sah er zu Berndorf auf. Aber auch der schaute seltsam. Abwesend und abweisend zugleich. Walleter beschloss zu schweigen.

Wilma Rohm löste ihren Arm aus der Umklammerung Dorpats und rannte die Straße hinauf. Weiter oben stieß ein Lieferwagen aus einer Hofeinfahrt zurück und musste rangieren, weil der Fahrer die Kurve rückwärts nicht gleich beim ersten Versuch geschafft hatte.

Der Mini-Cooper, der in einem Zug aus der Parklücke herausgekommen war, wurde abgestoppt. Er war nur noch wenige Meter vor ihr, »Halt, Polizei!« schrie sie mit erhobener Hand, aber der Fahrer legte den Rückwärtsgang ein, und der Wagen schoss rückwärts auf sie zu, so dass sie zur Seite hechten musste und sich, als sie ihren Sturz auffangen wollte, die linke Hand auf dem Gehsteig aufschürfte.

Sie kam wieder auf die Beine und holte mit der fast gleichen Bewegung, mit der sie sich umdrehte, ihre Pistole aus dem

Schulterhalfter. Wieder war der Mini-Cooper stehen geblieben, diesmal, weil von der oberen Kreuzung her ein Mercedes die Einbahnstraße herunterkam.

Dorpat stand neben der Fahrertür, riss sie auf und griff in den Wagen, als wolle er den Fahrer am Kragen herauszerren oder zur Not auch an den Haaren.

Der Drogenfahnder fuchtelte währenddessen mit den Händen und schrie etwas. Wilma Rohm achtete nicht darauf, sie hatte ihre Waffe entsichert und kam näher, die Pistole in beiden Händen.

Der Fahrer war ausgestiegen, er war kaum kleiner, kaum weniger breitschultrig als Dorpat, der ihn noch am Kragen seiner Jacke gepackt hielt. Plötzlich ließ Dorpat los und hob beide Hände. Warum? Weil der Fahrer des Mini ihm irgendetwas gegen den Bauch drückte.

»Günter, mach kein Scheiß!«, schrie der Drogenfahnder.

Wilma Rohm kam zwei, drei schnelle, lautlose Schritte heran, die Pistole auf den Mann gerichtet, der vor Dorpat stand.

»Lassen Sie die Waffe fallen!«, befahl sie und erschrak fast über sich selbst. Ihre Stimme klang eisern und kein bisschen piepsig.

Der Mann, der wohl Günter Sawatzke war, drehte – als sei er für einen Augenblick irritiert – den Kopf zur Seite, um zu sehen, wer hinter ihm war. Im selben Augenblick schlug Dorpat die gegen ihn gerichtete Pistole zur Seite, holte noch einmal aus und traf Sawatzke mit einem rechten Aufwärtshaken, so dass dessen Kopf nach oben und hinten gerissen wurde und der ganze Mann rückwärts auf den Mini-Cooper fiel.

»Was machen Sie denn!«, schrie der Drogenfahnder. »Sie schlagen ihn ja tot!«

»Sorry«, sagte Dorpat und bückte sich nach der Pistole, die er dem Mann aus der Hand geschlagen hatte. »Aber ich mag es nicht, wenn mir einer so ein Ding gegen den Bauch hält.«

Pfarrer Johannes Rübsam räumte den Besucherstuhl von den Büchern frei, die darauf abgelegt waren, und bot ihn seinem Gast an. Einen Augenblick überlegte er, wo er den Bücherstapel abstellen könnte, fand dann aber doch noch eine Ecke auf seinem Schreibtisch. Er bewegte sich mit einer heiteren Selbstverständlichkeit, die nichts auf der Welt zu fürchten schien, schon gar nicht einen überfüllten Schreibtisch.

»Ich habe früher schon Kollegen von Ihnen kennen gelernt«, sagte er dann und setzte sich befriedigt hinter seinen Schreibtisch. »Den Herrn Berndorf zum Beispiel ...«

»Ich weiß«, sagte Kuttler. Alle Leute, mit denen er zu tun bekam, hatten Geschichten von wichtigen und interessanten Polizisten auf Lager. Er, Kuttler, war nicht wichtig und nicht interessant. Berndorf war wichtig und interessant. Tamar war es. Er nicht.

»Nun – Sie sind sicher nicht gekommen, um über Kollegen zu plaudern«, fuhr Rübsam fort und betrachtete ihn aufmerksam. Offenbar war ihm Kuttlers abweisende Reaktion nicht entgangen.

»Ich suche den Pudelmann«, sagte Kuttler, der sich entschieden hatte, keine weiteren Umstände zu machen. »Manfred Rauth mit vollem Namen, er war oder ist noch immer obdachlos, und er hat sich meines Wissens öfter hier im Bereich Michelsberg aufgehalten.« Er hielt inne. Das war vielleicht doch etwas zu umstandslos. »Pudelmann wird er seines Hundes wegen genannt, der offenbar ein Pudelmischling ist. Vielleicht hat er bei Ihnen schon einmal wegen einer Unterstützung oder Unterkunft vorgesprochen.«

»Die Menschen, die unser Haus aufsuchen, kommen zu uns, nicht zur Polizeidirektion.«

Rübsam hielt weiter den Blick auf Kuttler gerichtet, aber der Ausdruck seiner Augen hatte ihre scheinbar unerschütterliche Freundlichkeit verloren. »Man hat Sie falsch unterrichtet, wenn Sie mich für einen verlängerten Arm der Ermittlungsbehörden halten sollten.«

»Entschuldigen Sie.« Kuttler überlegte kurz. Diese Antwort

hatte er sich redlich verdient. Zweiter Versuch. »Hören Sie: Möglicherweise – sehr möglicherweise! – ist Herr Rauth Zeuge in einem Mordfall. Im Fall der toten Frau, die vor einem Jahr in einem der Gärten unter der Wilhelmsburg gefunden wurde. Wir wollen ihn nicht zur Fahndung ausschreiben. Ich will ihn nur finden und mit ihm reden.«

»Und wenn Sie ihn finden und mit ihm gesprochen haben und er ein Zeuge war, dann werden Sie ihn fragen, warum er sich nicht schon längst und von selbst gemeldet hat«, erwiderte Rübsam. »Und schon ist der Herr Rauth im Knast und sein Hund im Tierheim.«

»Ich verstehe das Problem, das er hat«, sagte Kuttler. »Aber wir finden ihn in jedem Fall. Es fragt sich nur, wie groß der Aufwand dafür sein muss. Aber je größer der Aufwand, desto größer die Wahrscheinlichkeit, dass er in Haft kommt.« Er beugte sich vor. »Ich will wirklich nichts von Ihnen erfahren, was Ihnen anvertraut worden ist. Im Grunde will ich nur einen Rat. Wohin wendet sich Ihrer Erfahrung nach ein Obdachloser, der einen Hund mit sich führt und deswegen – vermute ich mal – Schwierigkeiten hat, in einem Übernachtungsheim angenommen zu werden? Gibt es Anlaufstellen für so jemanden und wo?«

»So hätten Sie auch gleich fragen können.« Rübsam begann, zwischen den Stapeln auf seinem Schreibtisch etwas zu suchen. »Inzwischen gibt es Heime, die Wanderer mit Hunden aufnehmen«, fuhr er fort. »Und im Stuttgarter Norden gibt es so etwas wie ein Modellprojekt, das in Partnerschaft mit dem dortigen Tierschutzverein geführt wird ... Es ist wohl vor allem als eine Anlaufstelle für die Tiere gedacht, wo sie geimpft und entwurmt werden können und wo ein Tierarzt einen Blick auf sie wirft ...« Unter einem umgedreht abgelegten, aufgeschlagenen Band mit Predigten zog er ein Adressbuch hervor, schlug es dann aber doch nicht auf.

»Falls ich Kontakt zu ihm bekomme«, fragte er, und der Blick, mit dem er Kuttler dabei betrachtete, hatte sich noch einmal verändert, »kann ich ihm sagen, dass Sie ihn suchen und dass er Sie anrufen soll?«

»Warum nicht?«, meinte Kuttler nach einem kurzen Zögern und nannte Rübsam seine Durchwahl.

Rübsam notierte sie in seinem Adressbuch. Dann blätterte er einige Seiten weiter, bis er den Eintrag gefunden hatte, den er suchte. »Ich gebe Ihnen jetzt die Nummer dieser Stuttgarter Unterkunft. Aber fragen Sie dort nicht nach dem Pudelmann. Die Leute dort können es nicht leiden, wenn man ihre Klienten mit Spitznamen belegt.«

Kuttler bedankte sich. »Es tut mir leid, wenn Ihnen meine Fragerei etwas nassforsch vorgekommen sein sollte.«

Rübsam hob entschuldigend die Hände und begleitete ihn zur Tür. Dann kehrte er zurück und setzte sich wieder an seinen Schreibtisch, vor sich die angefangene Predigt. Das Adressbuch lag noch daneben, aufgeschlagen bei der Seite mit dem Stuttgarter Anschluss.

Aufmerksam betrachtete die Direktorin des Museums die beiden Abzüge, die ihr Berndorf gezeigt hatte: die Fotografie Fionas mit dem Ring, den sie an der Kette um ihren Hals trug, und dann die Vergrößerung, die den Ring in der Hand von Fionas Freundin oder Bekannten Brigitta Sosta zeigte.

»Welches ist die tote Frau – die den Ring in der Hand hält?«, fragte sie.

»Nein«, antwortete Berndorf. »Die Blonde, die den Ring an der Kette trägt.«

»Er hat ihr also kein Glück gebracht«, meinte die Direktorin. »Wissen Sie, wo sie den Ring her hatte?«

»Das ist eines der Dinge, die wir herausfinden wollen«, antwortete Berndorf. »Was sie selbst dazu gesagt hat, ist widersprüchlich. Einmal wollte sie ihn geerbt haben, dann hatte sie ihn angeblich in Kairo gekauft.«

»Sie ist... sie war Jüdin?«

»Ich glaube nicht.«

Die Direktorin sah ihn skeptisch an. »Viel wissen Sie nicht.«

»Das ist wahr.« Berndorf gab den Blick zurück.

»Warum sagten Sie, der Ring habe ihr kein Glück gebracht?«, fragte die Anwältin. »Hätte er das tun sollen?«

»Ja«, kam die knappe Antwort. »Waren auf der Innenseite denn keine Buchstaben eingraviert? Hebräische Buchstaben?«

Berndorf schüttelte den Kopf. »Wir haben nur diese Aufnahmen.«

Die Direktorin wiegte den Kopf, als wollte sie Ungewissheit oder gar Zweifel signalisieren. »Im Innern all dieser Hochzeitsringe ist ein Glückwunsch eingraviert: Masel tov, meist nur mit den Anfangsbuchstaben, dem Mem und dem Tet«, erklärte sie. »Masel tov bedeutet so viel wie: Guter Stern, oder einfach: Viel Glück.«

»Tja«, meinte Berndorf. »Dann war der Ring wohl wirklich nicht für sie bestimmt.«

Elaine sah ihn strafend an. Offenbar war ihr seine Bemerkung zu irrational. »Seit wann gibt oder gab es diesen Hochzeitsbrauch?«, fragte sie.

Die Direktorin überlegte, ging dann zu einem Bücherregal und holte zwei in Leder gebundene Bände eines Kompendiums über Ringe heraus. Nach kurzem Suchen hatte sie im zweiten Band ein eigenes Kapitel mit der Abbildung und Beschreibung jüdischer Hochzeitsringe gefunden, auch derjenigen, die das Museum selbst besaß...

»Die Ringe in unserer Sammlung stammen aus der Zeit zwischen dem sechzehnten und dem achtzehnten Jahrhundert«, sagte sie, während sie die Seiten durchsah. »Der älteste bekannte Hochzeitsring aus Europa wird hier auf die Zeit vor 1347 datiert, er findet sich im Pariser Musée de Cluny. Vermutlich aber war die Übergabe eines Rings bereits im siebten und achten Jahrhundert in den jüdischen Gemeinden in Mesopotamien Bestandteil des Hochzeitszeremoniells...«

»Als Ersatz für das Brautgeld?«, fragte Elaine.

»Offenbar«, antwortete die Direktorin. »In einem 1602 in Basel erschienenen Buch über jüdische Gebräuche heißt es in der Legende zu einer Illustration... aber lesen Sie selbst!« Sie drehte das Buch so, dass sich Elaine darüberbeugen konnte.

Hie nimmt d' Rabbi ein Ring von Breutigam
der muss vo lauter Gold seyn
ohne edelgestein rufft etliche Zeugen darzu
zeigt innen
ob er gut Gelts wart sene
und steckt ihn der Braut an den andern finger
vn verliset offentlich und laut den Heyrathsbrieff...

»Warum keine Edelsteine?«, fragte Elaine.

Die Direktorin blätterte weiter. »Das ist noch im Mittelalter von den Rabbinern verboten worden. Vielleicht sind viele der Ringe eben deshalb so sorgfältig gearbeitet... hier!« Sie hatte gefunden, was sie gesucht hatte: die Abbildung eines Ringes, der ebenfalls keinen Aufsatz in Form eines Häuschens – oder genauer: eines Tempels – besaß, dafür aber einen sorgfältig gearbeiteten umlaufenden Fries mit der Darstellung des Sündenfalls. »Ich denke, das ist einer der Ringe, wie ihn die junge Frau auf dem Foto trägt und wie Sie einen davon in unserer Sammlung gesehen haben. Der hier abgebildete Ring wird auf das siebzehnte bis achtzehnte Jahrhundert datiert und ist ebenfalls in Ungarn oder Siebenbürgen hergestellt worden...«

»Wie lange waren diese Ringe in Gebrauch?«

»Sie waren Teil des Zeremoniells«, antwortete die Direktorin. »Getragen wurden sie wohl eher nicht, nicht im Alltag, gewiss nicht zur Hausarbeit. Ein Bild aus der Zeit um siebzehnhundert zeigt eine Jüdin, die den Ring an einer Kette trägt, so wie die junge Frau auf dem Foto. Aber spätestens ab der Mitte des neunzehnten Jahrhunderts waren die Ringe wohl nur noch eine Antiquität. Da hat man nämlich damit begonnen, sie zu sammeln...«

»Und wie häufig oder wie selten sind sie?«

»In Europa wird es vielleicht ein paar hundert davon geben«, antwortete die Direktorin. Sie deutete auf das Foto von Fiona. »Ich frage mich, ob diese junge Frau gewusst hat oder hätte wissen müssen, was sie da trägt. Und warum sie es dann trotzdem getan hat.«

Stell dir vor, es hat geklappt«, sagte der kleine Hummayer, der ihm auf dem Flur entgegenkam. »Sie haben ihn...«

»Wen?«, fragte Kuttler missvergnügt. In Hummayers Stimme klang zu viel Triumph. Polizisten sollten nicht triumphieren. Sie hatten nicht den richtigen Beruf dafür.

»Wilma und Dorpat haben diesen Konstanzer erwischt, diesen Ex-Kollegen, der mit Eisholm eine Rechnung offen hatte.«

»Und ihn deshalb vor den Zug gestoßen hat, meinst du das?«

Hummayer hob beide Hände und ließ sie wieder fallen. »Wissen tu ich das natürlich nicht. Aber es sieht doch sehr danach aus.«

»Ja so! Wenn es danach aussieht«, meinte Kuttler, »dann ist ja der Rechtsfindung schon sehr gedient.«

Hummayer schüttelte den Kopf. »Ich weiß nicht, was du hast.«

Aber Kuttler war schon in sein Büro gegangen. Noch im Parka setzte er sich hinter seinen Schreibtisch und überlegte. Das Gespräch mit dem Pfarrer war dumm gelaufen, und dumm gelaufen war auch das Zusammentreffen mit dem kleinen Hummayer.

Wenn er jetzt die Stuttgarter Unterkunft anrief und der Pudelmann Rauth wäre tatsächlich dort, was wäre dann?

He, Pudelmann, wird der Heimleiter sagen, kaum dass er den Telefonhörer wieder aufgelegt hat, da fragt die Ulmer Bullerei nach dir, was hast du ausgefressen?

Und der Pudelmann würde sein Hundchen nehmen, und weg wäre er.

Wenn er, Kuttler, aber nicht das Heim, sondern die Polizei anrufen würde? Dann schickten die Kollegen einen Streifenwagen los, und im besten Fall brächten sie einen verbiesterten Menschen mit, von dem niemand auch nur ein einziges vernünftiges Wort hören würde.

Wie immer er es anstellte, es würde nur dumm ausgehen.

Das Telefon klingelte, er nahm widerwillig den Hörer ab und meldete sich. Wer hatte ihn jetzt und hier anzurufen? Er war gar nicht im Dienst.

»Rauth hier.« Eine Männerstimme, ein bisschen brüchig, aber klar. »Ich höre, Sie wollen mich sprechen?«

Auf den Höhen lag noch immer Schnee, von den Räumdiensten an den Fahrbahnrand geschoben und manchmal wieder als Matsch zurückgerutscht. Der Verkehrsfunk hatte einen Stau bei Heimsheim gemeldet, das war nicht anders zu erwarten gewesen, immer gab es bei Heimsheim einen Stau, und Walleter hatte beschlossen, über den Schwarzwald zu fahren und erst später – oder vielleicht auch gar nicht – auf die Singener Autobahn. Die Straße schlängelte sich, bergauf, talab, und immer sah man irgendwo einen Bachlauf glitzern. Walleter mochte solche Strecken. Seine Fahrgäste schwiegen, Berndorf hatte die Kopien auf den Knien, die ihm die Direktorin des Schmuckmuseums hatte fertigen lassen. Aber im Auto können die wenigsten lesen. Eine Ruine aus rotbraunem Sandstein tauchte auf und war schon wieder verschwunden.

»Gold bringt kein Glück«, bemerkte Walleter unvermittelt.

»Die Ehe meist auch nicht«, murmelte die Anwältin hinten im Fond.

»Vor allem, wenn es einem nicht gehört«, fuhr Walleter fort. »Das Gold, meine ich.«

Da ist was dran, dachte Berndorf. Etwas kann einem gehören, und es gehört doch nicht zu einem.

»Warum nur trägt eine Frau einen Ring«, fragte die Anwältin, »auf dem dargestellt ist, wie eine andere Frau sich von einer Schlange dazu bringen lässt, den armen dummen Adam hereinzulegen? Von einer Schlange!«

»Und ich will Feindschaft setzen zwischen dir und der Frau und zwischen deinen Nachkommen und ihren Nachkommen; der soll dir den Kopf zertreten, und du wirst ihn in die Ferse stechen«, rezitierte Walleter. »So sprach der Herr zur Schlange.«

»Das heißt aber doch, dass beide – die Frau und die Schlange – nichts Besseres verdient haben«, erwiderte die Anwältin. »Und das soll vielleicht nicht frauenfeindlich sein?«

»Mich wundert etwas anderes«, hörte sich Berndorf sagen. »Laut Genesis trat die Feindschaft zwischen Mensch und Schlange erst nach dem Sündenfall ein. Sie war eine Folge davon. Worin also bestand dieser?«

»Der Sündenfall?«, fragte Walleter. »Da wurden ihnen beiden die Augen aufgetan, und sie wurden gewahr, dass sie nackt waren.«

»Das wird der Schlange aber ziemlich gleichgültig gewesen sein«, bemerkte Elaine.

»Eben«, meinte Berndorf. »Die Feindschaft muss von einer Veränderung der Lebensumstände herrühren, die auch die Schlange betroffen hat. Dazu haben wir zwar nur eine einzige, aber wesentliche Information.«

»Haben wir?«, fragte die Anwältin skeptisch.

»Am Anfang war die Jäger- und Sammlergesellschaft. Adam brachte nach Hause, was draußen so abfiel.« Berndorf wandte sich an Walleter. »Ist doch richtig?«

»Von allen Bäumen im Garten«, antwortete Walleter. »Bis auf den Baum der Erkenntnis...«

»Schon gut«, unterbrach Berndorf. »Und was kam danach? Nach dem Paradies, meine ich...« Er blickte fragend zu Walleter, der gerade einen Gang herunterschaltete.

»Nach dem Paradies?«, fragte Walleter zurück, als er den Wagen durch eine Haarnadelkurve gezogen hatte. Dann hob er die Stimme. »Verflucht sei der Acker um deinetwillen, mit Kummer sollst du dich darauf nähren dein Leben lang. Dornen und Disteln soll er dir tragen...« – er schaltete wieder einen Gang hoch – »und sollst das Kraut auf dem Felde essen... So sprach der Herr zu Adam, wenn ich's recht weiß.«

»Als Strafe für einen Apfel oder ein paar Kirschen von Nachbars Baum ist das aber eine ziemliche Überreaktion«, warf die Anwältin ein.

»Nicht wegen einem Apfel«, erwiderte Walleter und hob wieder die Stimme: »Dieweil du hast gehorcht der Stimme deines Weibes...« Er brach ab und setzte mit leiser Stimme hinzu: »Deswegen war es.«

»Die schiere Frauenfeindlichkeit!«, fasste die Anwältin kühl zusammen. »Aber das sage ich doch schon die ganze Zeit.«

»Ich verstehe das etwas anders«, meinte Berndorf. »Was Walleter vorgetragen hat, beschreibt den Wechsel von der Wildbeuter- zur Ackerbaugesellschaft. Offenbar ist es Eva eines Tages aufgefallen, dass rund um den Lagerplatz allerhand Pflänzchen hochgekommen waren, aus den Samen der Früchte entstanden, die der brave dumme Adam so unermüdlich angeschleppt hatte. Also war es Eva, die den Ackerbau erfunden hat...«

»Gewiss doch«, unterbrach ihn die Anwältin, »seit jeher sind es die Frauen, die umgraben und den Buckel krumm machen müssen... Aber was ist mit der Schlange?«

»Die Schlange des Sündenfalls hat die Nähe des Menschen gesucht«, antwortete Berndorf, »und das war offenbar so ungewöhnlich, dass Adam – den ich für den modernisierungsgeschädigten Erzähler dieser Geschichte halte – das als ein besonders bezeichnendes Ereignis in den Blickpunkt rückt. Warum hat die Schlange, dieses kluge Tier, das getan?«

»Verrate es uns«, sagte Elaine und hielt sich die Hand vor den Mund, denn sie musste gähnen.

»Für ihren Ackerbau braucht Eva Vorräte. Sonst hat sie im Frühjahr keinen Samen. Wo Vorräte sind, sind Mäuse. Und wo Mäuse sind, stellt sich alsbald die Schlange ein... Das ist schon alles.«

»Die ganze Aufregung war eines Mäuschens wegen?«, fragte Elaine. »Das wäre ein bisschen banal, findest du nicht? Ich würde dazu gerne Evas Geschichte lesen. Aber die hat natürlich mal wieder niemand aufgeschrieben.«

Berndorf sah auf. Vor ihnen kam das Ortsschild »Hirsau« in Sicht.

»Gehen wir uns die Füße vertreten?«

Gina hatte langes, lockiges schwarzes Haar, schwarz umschminkte Augen und lange künstliche Fingernägel, die wie Schildpatt funkelten. Außerdem führte sie das Wort.

»Auf keinen Fall kommen wir mit Ihnen«, erklärte sie, »mit niemand von deutsche Polizei gehen wir, wir haben nichts mit Ihnen zu rede und zu tun und zu schaffe! Außerdem – wer soll das Café führen, solange wir weg sind? Sie vielleicht?« Abschätzig sah sie Wilma Rohm an. »Da läuft die Kundschaft ja gleich wieder weg.«

Wilma Rohm warf einen Blick in das Café. Es saßen zwei halbwüchsige Mädchen darin und tuschelten. Sonst niemand.

»Reden mit niemand von Polizei, kein Wort«, bestätigte ihr Mann, der ebenso schwarzlockiges Haar hatte wie Gina und nur unwesentlich größer aussah als sie, obwohl er Schuhe mit Plateausohlen trug.

»Wir können uns ja hier miteinander unterhalten«, schlug Wilma Rohm vor. »Wir müssten nur wissen, seit wann Sawatzke Sie wieder belästigt. Nach meiner Meinung ist das übrigens Stalking, was der macht, und das ist strafbar, Sie könnten Strafanzeige erstatten...«

Noch immer standen sie zu dritt an der Theke, denn das italienische Paar dachte nicht daran, Wilma Rohm einen Platz anzubieten.

»Deutsche Polizei wolle uns nur reinlegen«, antwortete Gina ungerührt, »die ganzen Jahre schon, warum ist der Kerl denn schon wieder draußen? Das habt doch ihr von der Polizei gedreht, niemand sonst...«

»Nein«, sagte Wilma, aber Gina duldete keine Widerrede.

»Doch, und ich beweis es Ihnen, denn der Kerl schleicht schon die ganzen Tage hier herum, einmal ist ein Gast gekommen und hat gesagt, da draußé der Typ in dem Wagen, was will der von euch? Da haben wir bei dem Advokat angerufen in München, und der hat gesagt, keine Sorge, er macht das schon, und dass er bei der Polizei anruft, und was ist passiert?«

»Das weiß ich nicht«, antwortete Wilma Rohm, »das müssen Sie mir schon erzählen.«

»Ganz genau wissen Sie das! Sie sind doch eine von denen«, fauchte Gina, und ihr mit Schildpatt bewehrter Zeigefinger schnellte auf sie zu. »Eine Stunde später kam so ein Polizeiwagen die Straße herunter, mit Blaulicht, aber ganz ganz langsam, als ob ihm gleich der Motor ausgehen tut, und der Kerl – wissen Sie, was der Kerl getan hat? Er ist einfach weggefahren.«

»Und dann Polizei sage, was ihr wolle? Da war ja gar keiner«, ergänzte ihr Mann.

Wilma Rohm überlegte, ob sie dies alles aufschreiben solle. Ivo Dorpat würde es nicht lesen wollen. Niemand wollte so etwas lesen. Im besten Fall würde man sagen, es habe sich hier um ein Missverständnis gehandelt. Um ein Missverständnis von Leuten, die der Polizei leider mit Vorbehalten gegenüberstehen.

»Der Herr Sawatzke ist also die ganzen Tage hier gewesen und hat das Café beobachtet?«, fragte sie, und es fiel ihr selbst auf, wie besorgt ihre Stimme klang.

»Sicher, jede Tag«, sagte Ginas Mann.

»Wirklich?« Wenn das so war, dachte Wilma Rohm, dann war der Traum von ihrem Fahndungserfolg zerplatzt wie eine Seifenblase. »Auch am letzten Mittwoch? Dem dreizehnten Februar?«

»Wieso Mittwoch? Da haben wir Ruhetag«, kam Ginas Antwort. »Und am Ruhetag sind wir drüben, in der Schweiz. Da traut er sich nicht hin.«

»In unsere Haus viele andere Italiener«, erklärte ihr Mann. »Hab dene gesagt, dass aufpasse.«

Kuttler stellte den Wagen in einer Tiefgarage ab, die er deshalb kannte, weil zwei Straßenblocks oberhalb davon die Justizgebäude lagen, in denen Landgericht und Oberlandesgericht untergebracht waren. Er ging aber in die entgegengesetzte Richtung, durch eine Unterführung kam er zu den Anlagen, die vom Landtag, dem Neuen Schloss und dem Opernhaus des Staatsschauspiels gesäumt waren; an dem seltsam siebeneckigen See, der dort angelegt war, sollte er warten.

Schon auf der Albhochfläche hatte es zu regnen begonnen, mit schweren Tropfen, die auf der Windschutzscheibe zerplatzten, als seien sie eigentlich Schneeflocken. Ein paar Kilometer weiter hatte tatsächlich Schneefall eingesetzt, hier unten aber, im Stuttgarter Talkessel, war es nur noch nasser, kalter Regen, der vom Himmel fiel.

Notgedrungen zog er die Mütze über den Kopf, die ihm Puck gekauft hatte; es war eine nachgeahmte Militärmütze ähnlich der, wie sie die Soldaten der Südstaaten getragen hatten. Jedenfalls in irgendwelchen Filmen, die Puck gesehen hatte.

Niemand – außer ihm – ging durch die Anlagen, offenbar wollte auch niemand zur Vorverkaufskasse des Staatsschauspiels. Die Regentropfen platschten in den See, und man hätte zusehen können, wie die Tropfen auf die Wasseroberfläche auftrafen und kurz wieder hochgeschleudert wurden.

Aber niemand wollte es sehen.

Wozu war er hierhergekommen? Kuttler zuckte mit den Schultern. Er fröstelte. Er sah sich um, noch immer war niemand zu sehen, und so ging er bis zum Staatsschauspiel und die Treppe hinauf, um sich am Hauptportal unterzustellen. Ein Plakat über ihm kündigte die »Traviata« an, er überlegte, was er von Puck wohl zu hören bekäme, wenn er sie in die Oper einladen würde, vielleicht gefiele es ihr sogar...

Ein kleiner schwarzer Hund erschien am Anlagensee, verharrte kurz, als wüsste er nicht, ob er die rechte oder die linke Seite wählen sollte, und lief dann links weiter, also an der dem Opernhaus zugewandten Seite vorbei. Zielstrebig tat er das, als habe er die Aufgabe, den See zu inspizieren, und auch vom Regen ließ sich das Tier nicht weiter stören, nur einmal blieb es stehen und schüttelte sich, dass eine Wolke von Sprühregen aus dem krausen schwarzen Fell austäubte. Schon lief der Hund weiter, verließ den Anlagensee und kam schnurstracks auf das Opernhaus zu, sprang die Treppe herauf bis zu Kuttler, setzte sich auf die Hinterläufe und tatschte zweimal kurz und bettelnd mit der rechten Vorderpfote in die Luft.

Kuttler hasste solche dressierten Tiere, nein, er hasste nicht die Tiere, sondern die Dressur. Doch hier war der Fall klar, Kuttler griff nach seiner Brieftasche, aber wie zahlt man einem Hund Bestechungsgeld und wie viel? Er entschied sich für einen Zwanziger und überlegte, ob er den Schein dem Hund irgendwie ins Halsband stecken könnte. Noch ehe er sich's versah, sprang der Hund aus dem Stand hoch, schnappte mit der Schnauze den zusammengefalteten Schein und rannte davon.

Kuttler war wieder allein, der Wind frischte auf und trieb den Regen in seinen Unterstand hinein.

»Ein Wetter ist das! Dass man keinen Kieberer hinausjagen möchte«, sagte eine Stimme neben ihm. Kuttler sah auf. Ein mittelgroßer, schmächtiger Mann war neben ihn an das Portal getreten: Manfred Rauth, der Pudelmann. Er trug einen Dufflecoat und hatte die Kapuze übergezogen. Auch das Gesicht war mager, aber der Dreitagebart sah aus, als würde er regelmäßig getrimmt.

»Man kann es sich nicht aussuchen«, antwortete Kuttler und warf einen Blick auf das Schuhwerk des Pudelmannes: Schnürstiefel, die Sohlen nicht abgelaufen, das Leder nicht rissig. Neben dem Mann saß der kleine schwarze Hund, den Kopf erhoben, wachsam, selbstbewusst.

»Schauen Sie nicht, als ob Sie mir die Zehen lutschen wollten«, sagte Rauth, »auch hab ich kein gülden Ringlein daran.«

»Die sind im Tragen nicht sehr praktisch, was?«, meinte Kuttler. »Übrigens würde mich ein Kaffee mehr interessieren.«

»Mehr als was?«

»Mehr als das, wo Sie Ihre goldenen Ringlein tragen. Wenn Sie wissen, wo wir hier einen ordentlichen Kaffee bekommen, lad ich Sie ein.«

»Kaffee!«, antwortete Rauth verächtlich. »Aber wie Sie meinen. Aber wir müssen ein paar Schritte gehen. In die feinen Lokale hier gehen meine Bitsch und ich nicht hinein...«

Er zog den Verschluss seines Dufflecoats hoch, ging die Treppe hinab und schlug den Weg zum Landtag ein.

Kuttler folgte. »Warum nennen Sie den Hund *bitch*?«

»Weil sie eine Hündin ist.«

»Haben Sie keinen freundlicheren Namen? Es ist ein nettes Tier.«

»Warum soll Bitsch kein freundlicher Name sein? Und überhaupt: Warum sollen Namen freundlich sein? Ist das Leben vielleicht freundlich?« Rauth blieb stehen. Links von ihnen lag der Landtag, und seine in der Farbe von Bronze getönte Glasfassade spiegelte den Zug der Wolken. »Das da heißt Landtag«, sagte er, »tagt da vielleicht das Land? Sagen Sie es mir, Sie sind ein Beamter. Beamte müssen so etwas wissen.«

Kuttler hatte keine Lust, zu antworten. »Wo, sagten Sie noch mal, gibt es einen Kaffee?«

Wendel Walleter stand, die Hände in die Hüften gestützt, den Kopf zurückgelehnt, vor der Turmruine des Benediktinerklosters Hirsau und sah zu dem Steinfries hinauf. Er schien zu lauschen, als sprächen die Gestalten auf dem Fries durch die Jahrhunderte zu ihm.

»Wenn das Engel sind«, meinte die Anwältin, »sind sie ein wenig kurzbeinig, und in die Breite geraten sind sie auch. Wie bei einem Fernseher, bei dem das Format falsch eingestellt ist.«

Berndorf schwieg. Er vermutete, dass der Boden um die Ruine aufgeschüttet war und die Betrachter den Fries früher von viel weiter unten gesehen hatten. Aber er hatte keine Lust, auch noch Theorien über die Perspektiven romanischer Bildhauerei zu erfinden.

»Das ist der gute Hirte«, erklärte Walleter und deutete zu einer der Gestalten. Dann bekam seine Stimme einen anderen Klang. »Ich bin der gute Hirte und kenne die Meinen, und die Meinen kennen mich.«

Die Anwältin zog ein Gesicht, nicht gerade säuerlich, aber auch nicht sehr weit entfernt davon, und betrachtete Walleter mit einem Blick, als wollte sie sagen, dass der gute Hirte ein wenig mehr auf das Übergewicht seiner Schäflein achten sollte.

Berndorf wandte sich ab. Der frische Wind, der von den

Schwarzwaldhöhen herabzog, tat seinem Kopf gut. Es roch, als würde der späte Winter noch Schnee bringen.

Die Anwältin hängte sich bei Berndorf ein und meinte, weiter unten in dem Dorf oder Städtchen gebe es gewiss ein Café.

»Auf einmal bist du ein wenig schweigsam«, sagte sie, als sie durch den Kreuzgang Richtung Ortsmitte gingen.

»Stört es dich?«

»Ich frage nur. Hat dieser steinerne Hirte vielleicht auch zu dir gesprochen, wie zu ihm?« Mit dem Kopf wies sie auf Wendel Walleter, der ihnen in einigem Abstand folgte.

»Kann sein. Irgendetwas über das Erkennen. Oder die Erkenntnis.«

»Wie man jemanden erkennt, meinte er das?«

»Das wohl gerade nicht. Aber ich habe ihn nicht verstanden.«

»Und warum nicht?«

»Ich glaube, er sprach aramäisch.«

»Und er kann es nicht übersetzen?« Wieder wies sie auf Walleter.

»Wir können es ja versuchen«, meinte Berndorf und blieb stehen. »Wendel – hätten Sie vielleicht bei Salomo oder sonst wo etwas parat über das, was der Mensch versteht oder weiß oder begreifen kann?«

Walleter war stehen geblieben. »Was der Mensch wissen kann?«, fragte er zurück. »Da gibt es, glaube ich, nicht so arg viel. Moment...« Er nahm den etwas zu klein geratenen Hut ab, der den hinteren Teil seines Schädels bedeckte, und hob die Stimme etwas: »Da sah ich, dass die Weisheit die Torheit übertrifft wie das Licht die Finsternis, dass der Weise seine Augen im Kopf hat, aber die Toren in der Finsternis gehen: Und ich merkte doch, dass es dem einen geht wie dem anderen.« Er nickte kurz und setzte den Hut wieder auf. »Prediger Salomo, wenn ich's recht weiß.«

»Sehr ermutigend«, sagte die Anwältin. »Trotzdem besten Dank. Ich beginne mich wirklich zu fragen...« Sie unterbrach sich, denn in ihrer Manteltasche hatte ein Mobiltelefon zu vibrieren begonnen. Sie machte sich von Berndorf los, holte das Gerät heraus und meldete sich.

»Dorpat ist hier«, sagte eine Stimme, die irgendwie übersteuert klang, »Ivo Dorpat, Kriminalpolizei Ulm. Ich wollte Ihnen nur mitteilen, dass wir im Falle Ihres Kollegen Eisholm einen dringend Tatverdächtigen festgenommen haben...«

»Bitte?«

»Es geht um einen gewissen Sawatzke, Günter. Ein früherer Kollege von uns. Leider. Herr Eisholm hatte ihn der Freiheitsberaubung und der Falschaussage überführt... Wir hätten nun gerne gewusst, ob es zu dem Fall noch weitere Unterlagen oder Aufzeichnungen seitens Herrn Eisholms gibt, ob er möglicherweise von Sawatzke bedroht worden ist...«

Die Anwältin beendete das Gespräch. »Tut mir leid«, sagte sie und blickte von Berndorf zu Walleter. »Könnt ihr mich zu einem Bahnhof bringen? Ich muss zurück nach Ulm.«

Das italienische Restaurant war leer, ein Ober stand hinter der Glastür, die von Kübeln mit Orangen- und Zitronenbäumchen eingerahmt wurde, und starrte in den Regen hinaus. Als die beiden Männer mit dem schwarzen Hund vorbeikamen, verfinsterte sich sein Gesicht. Dann sah er, dass der Hund eine Hündin war, denn sie hockte sich nieder und setzte ein Rinnsal auf dem Gehsteig ab.

Zornig riss er die Türe auf, aber Kuttler drehte sich um und legte den Zeigefinger warnend, fast ein wenig drohend auf den Mund. Dann wies er zum Himmel, von dem es noch immer regnete.

Der Hund hatte aufgehört zu pissen. Der Ober schloss die Tür wieder, und Kuttler und die Hündin schlossen zu Rauth auf.

»Was glauben Sie«, sagte Rauth, »wie der sich aufgeführt hätte, wenn wir dort einen Espresso hätten trinken wollen? Und erst seine Gäste!«

»Im Augenblick hat er gar keine.«

»Aber sonst!«, beharrte Rauth. »Da frisst, was drüben tagt. Das

Land also. Ein Edelkoben für unsere Volksvertreter. Was glauben Sie, wie das zetert, wenn unsereins zur Tür hereinkommt...«

»Sie sind im Irrtum«, stellte Kuttler fest.

»Ach ja?«

»Sie wären sozusagen selbst ein gefundenes Fressen. Kaum, dass der Ober den Mund aufmacht, um Sie zur Tür hinauszuweisen, wären Sie schon an einen Tisch gezerrt worden und würden mit Scampi und Tagliatelle und Bardolino abgefüllt, dass Ihnen Hören und Sehen vergeht.«

Rauth schüttelte den Kopf. »Sie ticken nicht richtig, Meister.«

»Durchaus«, antwortete Kuttler. »Und wissen Sie, warum Ihnen das widerfahren würde? Damit am nächsten Tag in der Zeitung steht, Abgeordneter XYZ bewahrt Obdachlosen vor Rauswurf aus Edelpizzeria. Und dazu ein Bild von Ihnen, wie Sie sich die Pasta reinstopfen, und ein Bild vom Abgeordneten, wie er sagt...« – Kuttler legte ein brummendes, sozusagen staatsmännisches Timbre in seine Stimme –, »der Mann brauchte eine warme Mahlzeit, da habe ich dafür gesorgt, dass er sie bekommt...«

Rauth sah ihn ungläubig an.

»Das funktioniert?«

»Aber nur einmal«, antwortete Kuttler. »Einige dieser Leute sind schlauer, als Sie meinen. Die sind ziemlich ausgekocht.«

Rauth schwieg. »So?«, sagte er schließlich. Es war nicht ganz klar, ob das als Frage gedacht war.

Sie hatten eine Straße überquert und eine zweite und waren in einem Quartier mit Altbauten aus der Vorkriegszeit und den frühen fünfziger Jahren angekommen. Rauth führte ihn in eine Eckkneipe, die sich »Tuttlinger Hof« nannte und als Raucherclub ausgewiesen war: graubraune Plastikvorhänge, Schirmlampen, die auf die Tische mit den Resopalplatten herabhingen, und an den Tischen ein knappes Dutzend Männer, deren Gespräche mit einem Schlag abbrachen, als Kuttler den Raum betrat.

»Kein Problem, nirgends«, sagte Rauth mit erhobener Stimme, steuerte einen Tisch in der Ecke an und setzte sich auf die Eckbank. Offenbar war Rauth hier bekannt, eine dicke Frau mit straff nach hinten gebundenem Haar undefinierbarer Farbe erschien mit einer grauen Wolldecke, legte sie auf die Eckbank neben Rauth und hatte sie noch nicht einmal geradegezogen, da war die Hündin Bitsch auch schon mit einem Satz daraufgesprungen. Rauth bestellte sich einen Kaffee mit Schuss, Kuttler einen ohne.

Im Gastraum war der Geräuschpegel wieder am Ansteigen, und weil es fast überheizt war, zog Rauth seinen Dufflecoat aus.

Er und Kuttler saßen sich gegenüber und musterten sich erst einmal. Rauth hatte kurz geschnittenes Haar, das überraschte Kuttler am meisten. Die Wirtin brachte den Kaffee, und Kuttler konnte riechen, dass es kein ganz kleiner Kognak war, den der Pudelmann in seine Tasse dazubekommen hatte.

»Ja, also«, brach Rauth das Schweigen, »Sie haben mich partout sprechen wollen. Warum eigentlich?«

»Was ist mit den goldenen Ringen?«

»Was soll damit sein?«

»Sie haben damit angefangen«, erinnerte ihn Kuttler.

»Ach das! Auch unsereins liest Zeitung. Ich hab vor ein paar Tagen in einem Heim übernachtet, dem hat eine fromme Seele ein *Tagblatt*-Abonnement gestiftet. Damit auch die armen Landstreicher sich bilden können.« Er trank einen Schluck. »Ist doch was Feines.« Es war nicht ganz klar, was er meinte. »Und da stand das von dem Ulmer Mordprozess. Dem mit den vielen Merkwürdigkeiten. Dass plötzlich der Anwalt vom Zug überfahren wird. Und dass ein Ring fehlt oder verschwunden ist. All so was.«

»Und woher wussten Sie, dass ich Sie danach fragen würde?«

»Woher! Woher! Wenn die Bullerei nicht weiterweiß, krallt sie sich einen Landstreicher. Ein Ring fehlt oder eine ganze Kette mit einem Ring dran, klaro: Einer von uns hat das Zeug gefleddert. Ist doch so.«

»Und wie ist es wirklich?«

»Das weiß ich doch nicht.« Der Pudelmann beugte sich vor

und sah Kuttler in die Augen. »Was ich weiß, absolut sicher weiß: Keiner von uns hätte sich den Schmuck genommen. Es sei denn, er hätt sich um den letzten Rest von seinem Verstand gesoffen. Jeder andere wüsste: Er kann das Ding nicht zu Geld machen. Ums Verrecken nicht. Wenn er es versucht, ist er sofort dran, und sofort hängt man ihm den Mord und allen anderen Dreck an, den die anständigen, die feinen Leute nur zu gerne loswerden.«

»So einen Schmuck kann man erst mal verbuddeln«, bemerkte Kuttler. »Und dann zuwarten. Ob er sich nicht irgendwie doch zu Geld machen lässt. Über einen Mittelsmann vielleicht...«

Er hörte auf zu sprechen. Über Rauths Gesicht hatte sich ein Lächeln gezogen.

Also gab es doch einen Weg, dachte Kuttler, Kasse zu machen, und zwar ohne mit einem Mittelsmann zu teilen.

Spät am Abend hatte es noch einmal zu schneien begonnen, jetzt wirbelten noch einzelne Schneeflocken durch die Luft, die eine oder andere davon landete in Berndorfs Gesicht und zerschmolz an seiner Wange. Er ging einen Weg, der am Morgen noch geräumt worden war und der an einem Waldrand entlangführte, unter ihm lag der Rasthof, dessen Parkplatz mit Lastzügen vollgestellt war und wo er ein Schnitzel gegessen hatte, so groß wie ein Abtrittdeckel.

Walleter hatte Kollegen von früher getroffen, Fernfahrer sind selten laut und trinken nie viel, aber sie haben ihre Sprache und Anekdoten, und wer nicht von der gleichen Zunft ist, der versteht nicht viel davon. So war Berndorf ein paar Schritte gegangen, den Kopf zu lüften und das Schnitzel besser zu verdauen. Er hatte sich auf Dinge eingelassen, von denen er nicht wusste, wozu sie führen würden, aber wann weiß man das schon? Er würde Walleter morgen nach einem passenden Vers fragen, vor allem der weise König Salomo schien von der menschlichen Weitsicht nicht viel zu halten... Seine Manteltasche begann zu vibrieren, es dauerte eine Weile, bis er reagierte, und eine weitere Weile, bis er sein Mobiltelefon aus der Tasche geholt hatte – immer verfing es sich im Futter –, Barbara war am Apparat, interessiert, wach, aber kühl. Kühl? Ja, unverkennbar.

»Wo bist du?«

»Im Schnee. Am Waldrand über einer Fernfahrerkneipe.«

»Nett. Und was tust du da?«

»Da werde ich übernachten. Und morgen werden wir einen politischen Frühschoppen besuchen.«

»Ihr?« Und, nach einer kurzen Pause: »Du musst mir nichts erzählen, wenn du nicht magst.«

»Entschuldigung«, sagte Berndorf, »ich weiß nur nicht, wo ich anfangen soll...« Dann fing er doch an, und wieder dauerte es eine Weile, auch wenn er das Kapitel Elaine überschlug.

»Hm«, machte Barbara, als er fertig war. »Jüdischer Hochzeitsring. Der Herr Landrat in allen Gassen. Liebestolle Kommissare. Wer soll da einen Reim drauf finden?«

»Ich hab mir dieses Drehbuch nicht ausgedacht. Das war irgendwer anders. Ich weiß nicht, was diesen Leuten durch den Kopf geht.«

»Wo findet dieser Frühschoppen statt? In einem Dorf im Schwarzwald? Denkst du eigentlich noch daran, dass wir dort ein Ferienhaus für den Juli und August mieten wollten?«

»Aber gewiss tu ich das«, log er.

»Wirklich? Ich fürchte, du bist mir gerade sehr fern...«

»Von hier zu dir wäre es allerdings nicht der nächste Weg.«

»Man hört es.«

Sie wünschte ihm trotzdem gute Nacht und er ihr einen netten Abend. Berndorf ging in die Kneipe zurück und trank einen Obstschnaps und noch einen zweiten, aber das lausige Gefühl in seinem Kopf wollte nicht weichen.

Sonntag, 17. Februar

Bis weit nach Mitternacht hatte es geschneit, und so bedeckte am Morgen eine geschlossene Schneedecke Hügel und Wiesen. Auch die Bäume waren weiß eingestäubt.

Die Straße nach Waldglasterhausen war geräumt, ebenso der Parkplatz des Landgasthofs »Rössle«. Vierzig Wagen oder ein paar mehr standen dort, zumeist Diesel, zumeist älteren Baujahrs.

Wendel Walleter fand für seinen Benz einen Platz neben einem angerosteten Volkswagen, an dessen Heckscheibe eine Plakette der Feuerwehr klebte. Walleter und Berndorf stiegen aus. Es war kalt, aber die Luft war frisch und tat den Lungen gut. Berndorf hatte schlecht geschlafen, angeblich lag das nicht am Rasthof für Fernfahrer, in dem sie übernachtet hatten, und auch nicht an den ein wenig durchgelegenen Matratzen, sondern am Reizklima der Schwarzwaldhöhen. Der Wirt hatte das behauptet.

»Schöner Gasthof«, lobte Walleter. Berndorf sagte nichts. Das »Rössle« musste vor einigen Jahren neu gebaut oder von Grund auf renoviert worden sein; noch immer besaß es das im Schwarzwald übliche Walmdach. Darunter hatte der Architekt viel Holz und Glas und polierten Stein bemüht, auch hatte er Holzbalken unter die Decke ziehen lassen: Alles wie gemalt für einen Prospekt des Fremdenverkehrsverbandes Südlicher Schwarzwald, dachte Berndorf und bewunderte die Kunst des Architekten und der Schreiner, denen es gelungen war, die geschnitzten Balken und Raumteiler wie ein Dekor aus Plastik aussehen zu lassen.

Über einen Flur, an dessen Wänden gerahmte Schwarzweiß-Fotografien vom früheren, ehedem mit Schindeln verkleideten »Rössle« hingen, gelangten die beiden Männer in einen großen Saal mit einem Podium, auf dem bereits eine Bläsergruppe Platz genommen hatte, in dunkelgrüne Janker mit rotgelben Abzeichen gewandet, dazu trugen die Musiker Lederhosen und weiße Kniestrümpfe. Über dem Podium hing ein blaues Transparent, auf dem in weißen Buchstaben stand: »Wohlstand, Freiheit, Sicherheit – 50 Jahre Staatspartei OV Waldglasterhausen«. Der Saal war vielleicht zu zwei Dritteln gefüllt, eine resolute Dame mittleren Alters entdeckte die beiden Männer und kam auf sie zu, um sich als Vorsitzende des Ortsvereins vorzustellen.

»Sie sind zum ersten Mal bei uns, nicht wahr?«

Berndorf nickte. Er habe die Einladung gelesen und gesehen, dass Gäste willkommen seien, sagte er dann, und die Ortsvorsitzende meinte, dass er den Besuch ganz sicher nicht bereuen werde. Dann führte sie ihn zu einem Tisch, an dem bereits einige Männer saßen, die meisten rotgesichtig und eher viereckig und bis auf einen Jüngeren alle in dem Alter der beiden Neuankömmlinge. Blicke, die ein wenig argwöhnisch sein mochten, hielten sich an Berndorf auf. Walleter hingegen setzte sich so umstandslos, wie er auf jeder Zuhörerbank in jedem Gerichtssaal der Welt Platz genommen hätte, nickte seinem Nachbarn zu und war angekommen.

Es war zehn Uhr vorbei, die letzten Gäste hatten ihre Bestellung aufgegeben – mit Kaffee und Mineralwasser fielen Berndorf und Walleter ein wenig aus dem Rahmen, an ihrem Tisch wäre Weizenbier oder ein Schoppen Roter passender gewesen –, und auf dem Podium hob die Blasmusik an und schmetterte einen Marsch. Wendel Walleter nickte beifällig, so musste das sein, und so musste das hingefetzt werden, wenn es ein richtiger Frühschoppen werden sollte. Berndorf betrachtete die Musiker, genauer: er betrachtete die eine junge Saxophonistin, die sich unter die Mannsbilder gemischt hatte, sie hatte langes kastanienrotes Haar und einen hübsch frechen Zug im hellen Gesicht.

Nach dem Marsch begrüßte die Ortsvereinsvorsitzende die Gäste, »allen voran den hochverehrten Landrat Dr. Franz Albrecht Kröttle« – an einem vorderen Tisch stand ein schlanker, hoch gewachsener Mann auf und blickte aus bebrillten Eulenaugen ins Publikum und verbeugte sich –, sodann den Herrn Bürgermeister und weitere Notabeln, vor allem Gemeinde- und Kreisräte, das Aufstehen, Verbeugen und sich wieder Niedersetzen rotgesichtiger Würdenträger zog sich hin. Berndorf dachte schon, die Vorstellung der Ehrengäste werde niemals mehr ein Ende finden, da leitete die Vorsitzende zur Gründung des Ortsvereins vor fünfzig Jahren über, verlas das Gründungsprotokoll und den Bericht, den die Heimatzeitung seinerzeit über die Gründungsversammlung gebracht hatte. Berndorf warf einen Blick zu Walleter, der aber hörte mit der gleichen Andacht zu, die er jeder Zeugenaussage und jedem Plädoyer vor Gericht entgegenbrachte. Schließlich hatte die Vorsitzende nichts mehr zum Vorlesen und bat ein betagtes Männlein auf das Podium. Das dauerte, denn das Männlein, das vor einem halben Jahrhundert als erster Schriftführer des Ortsvereins amtiert hatte, war mittlerweile ein wenig zittrig geworden, so dass das Anheften der Goldenen Staatsparteinadel seine Zeit brauchte.

Das Männchen wollte dafür aber auch eine Rede halten dürfen. Es selbst sei jetzt nämlich alt, sagte es, und alle anderen Gründungsmitglieder schon auf dem Friedhof, deshalb dürften jetzt auch die Jungen ran, aber zu seiner Zeit hätte es keine Ortsvereinsvorsitzende gegeben, nirgendwo im Gäu, doch das sei schon recht, nur die Wahlergebnisse, »die sin nümme des!«.

Die Blasmusik setzte ein und spielte »Happy birthday«, dann war die Musik aus, die Blaskapelle räumte das Podium, und der Hauptredner des Frühschoppens trat ans Rednerpult. In seinem tadellos sitzenden dunklen Anzug mit der Krawatte im Staatspartei-blau machte Landrat Franz Albrecht Kröttle eine gute Figur, das musste Berndorf einräumen. Kröttle sprach locker, knüpfte freihändig an die Bemerkung des Männleins über die Wahlergebnisse an: Gewiss, sagte er, die seien schon mal besser gewesen, »aber das holen wir schon noch zurück, wir müssen nur erst die in Berlin dazu bringen, dass sie dort endlich wieder eine Politik machen wie wir hier im Land!«

Während der Landrat damit zur aktuellen Berliner Politik überleitete – »wir sind ja alle Autofahrer, und wenn da schon eine Ampel herumstehen muss, dann ist mir lieber, sie steht auf Grün als auf Rot« –, kamen hinter der Bühne einzelne Mitglieder der Blaskapelle hervor und verteilten sich an den Tischen im Saal. Für einen Moment schweiften die Blicke der Zuhörer vom Landrat ab und folgten der Saxophonistin, die mit schwingenden und sehr ausladenden Hüften zielstrebig den Tisch ansteuerte, an dem Berndorf und Walleter Platz genommen hatten, und sich dort neben den einzigen jüngeren Mann setzte, einen großen kräftigen Kerl mit Geheimratsecken und einem Abzeichen der Freiwilligen Feuerwehr am Revers. Sie nickte den Tischnachbarn zu, wobei ihre Augen kurz und anerkennend auf Wendel Walleters stattlichem Ranzen verweilten.

Der Landrat war noch immer bei Rot und Grün, Berndorf bestellte sich noch ein Mineralwasser, die Saxophonistin kuschelte sich an ihren Geheimratseckenträger und wollte wissen, ob ihm die Musik gefallen habe, von selbst kam der Kerl nicht darauf, ihr eine Artigkeit zu sagen.

»Natürlich geht vieles nicht, was die Müslis wollen«, sagte der Landrat, »stellt euch vor, nun wollen sie die Exportsubventionen für landwirtschaftliche Erzeugnisse streichen, ich bitte euch! Das trifft doch nur die Ärmsten der Armen, die Hungernden in Afrika, die stehen dann auf dem Markt und können sich unser Getreide nicht mehr leisten und unsere Milch auch nicht, dabei wäre die so gesund bei den vielen Krankheiten, die die Leute dort haben...«

Zustimmendes Gemurmel erfüllte den Saal. Berndorf blickte um sich, aber niemand hatte das Gesicht verzogen oder den Kopf geschüttelt, die Saxophonistin hatte sich von ihrem Feuerwehrmann gelöst und trank einen Schluck aus seinem Weizenbierglas, wie zufällig begegneten sich dabei ihre und Berndorfs Blicke. Rasch sah sie weg und wischte sich den Bierschaum vom Mund.

Am Rednerpult war Landrat Kröttle bei der Energiepolitik angekommen und wetterte gegen den Selbstbetrug, wie er es nannte, der erneuerbaren Energien. »Nehmt nur die Windräder, liebe Freunde, die sind doch eine Verschandelung unserer schönen Landschaft, dabei haben diese Schandräder überhaupt keinen Nutzen, Strom muss dann erzeugt werden, wenn er gebraucht wird, nicht dann, wenn gerade mal der Wind weht...«

Die Saxophonistin gab ihrem Feuerwehrmann einen Kuss auf die Wange, stand auf, blickte noch einmal – wie zufällig oder einfach neugierig – zu Berndorf und ging zur Bühne zurück. Auch die anderen Musiker fanden sich dort wieder ein, denn der Landrat kam zum Ende. »In einem halben Jahrhundert ändert sich viel, und nicht das Geringste davon ist, dass auch unsere Frauen das Sagen haben können – sei es in Berlin oder in Waldglasterhausen...«

Gerührt dankte die Ortsvereinsvorsitzende, die Musiker hatten wieder ihre Plätze auf dem Podium bezogen und legten mit einem Medley von Schlagern der sechziger Jahre los. Berndorf nickte Walleter zu, und so standen sie auf und gingen zu dem Tisch, an dem der Landrat saß und einen kräftigen Erfrischungsschluck nahm, indes ihn die Honoratioren um ihn herum zu seiner Rede beglückwünschten. Walleter blieb vor dem Tisch stehen und wartete, bis der Blick des Landrats auf ihn fiel.

Dann hob er die Hand und zeigte den Flyer vor, mit dem der Ortsverein zum Frühschoppen eingeladen hatte. »Es ist nichts weiter. Ich hätt nur gern ein Autogramm von Ihnen...«

»Ein Autogramm?«, echote Kröttle. »So wichtig ist ein kleiner Landrat nun wirklich nicht...«

»Vielleicht doch«, widersprach Walleter, »wissen Sie – vielleicht sind Sie bald Minister in Stuttgart oder gar in Berlin.«

»Also wirklich«, meinte Kröttle, griff aber in die Innentasche seines Sakkos, holte einen Füller heraus und schraubte ihn auf.

»Wo dieser Herr Recht hat, hat er Recht«, warf der Mann ein, der dem Landrat gegenübersaß. Er hatte hurtige Augen und war als Bürgermeister der Gemeinde Waldglasterhausen vorgestellt worden. Auch er hielt dem Landrat die Einladung hin, weitere Honoratioren folgten, und im Nu war Kröttle von einer Traube von Leuten umgeben, die es als unhöflich empfunden hätten, kein Autogramm von ihm zu wollen.

»Das ist mir noch nie passiert«, sagte er, signierte aber gehorsam Flyer um Flyer. »Jetzt muss ich nur aufpassen, dass mir keiner eine faule Baugenehmigung unterschiebt... Was ist denn das hier?«

Auf dem Tisch vor ihm lag ein Foto, das Bild einer jungen Frau mit kurzen blonden Haaren. Kröttle sah hoch, zu dem Mann, der neben ihm stand und ihm das Foto hingelegt hatte und der ihn jetzt mit einem kalten und ruhigen Blick betrachtete.

»Wollen Sie dieses Foto nicht signieren?«, fragte Berndorf. »Sie haben diese Frau doch gekannt. Wissen Sie das nicht mehr?«

Kröttle stand auf, so hastig, dass er ins Schwanken geriet, und trat einen Schritt zurück. »Diesmal sind Sie zu weit gegangen«, sagte er und wies mit dem Zeigefinger auf Berndorf. »Sie sind... ein Lump sind Sie, ein Erpresser! Seine Stimme überschlug sich, für einen Augenblick schien alles erstarrt, wie aus der Zeit gefallen, dann setzte wieder Bewegung ein, Menschen wichen zuerst zurück und kamen vorsichtig wieder näher, eine Traube bildete sich um die beiden Männer, kräftige Fäuste packten Berndorfs Arme, vom Podium her drängte sich die Saxophonistin durch die Traube der Honoratioren und baute sich vor Berndorf auf.

»Ich bin Polizeibeamtin«, erklärte sie, »und nehme Sie vorläufig fest.«

»Bitte sehr«, sagte Berndorf.

Am anderen Ende des Saals ging Wendel Walleter zum Ausgang, langsam und bedächtig tat er das, noch immer den Flyer mit dem Autogramm in der Hand. Er verließ den Gasthof, stieg in seinen Benz und startete ihn. Die Straße zur Kreisstadt führte zunächst über frisch verschneite Höhen, dann in ein Tal hinab, auf dessen Wiesen schon kein Schnee mehr lag, und vorbei an einem Flüsschen voll lehmigem und schäumendem Wasser. Zwanzig Minuten später hielt er auf einem Parkplatz gegenüber einem in braunrotem Sandstein erbauten, schlossartigen Gebäude, dem Sitz der Polizeidirektion Hotzenwald. Er stellte den Motor ab und wartete.

Clemens Kammhuber betrachtete missmutig die PHM Bollinger, die zu langes und zu rotes Haar hatte und jetzt in ihrem Musikerinnenkostüm vor seinem Schreibtisch saß, als erwarte sie eine Beförderung. Er hatte sich auf einen freien Sonntag gefreut, war aber vor dem zweiten Saunagang von der Einsatzzentrale alarmiert worden, wegen einer Geschichte, von der er beim bloßen ersten Ansehen wusste, dass er damit nur Ärger haben würde.

»Noch einmal«, sagte er, »der Herr Landrat hat um Hilfe gerufen, ja?«

»Er hat um Hilfe gerufen und nach der Polizei, und dass er erpresst wird und dass da der Erpresser steht«, wiederholte Vanessa Bollinger, und eine leise Röte ergoss sich über ihr Gesicht. »Wie ich schon gesagt habe...«

»Und dann sind Sie vom Podium herunter und zu dem Tisch gelaufen, wo der Herr Landrat stand?«

»Wie er so geschrien hat...« Sie brach ab. Sie hatte begriffen, dass ihr Chef nichts von einem schreienden Landrat hören wollte. »Als ich die Rufe gehört habe, hab ich mein Saxophon weggelegt und bin von der Bühne gesprungen und zu ihm hingelaufen. Da hat es aber schon ein Gedränge von Leuten gegeben, zwei Männer von der Freiwilligen Feuerwehr haben diesen Herrn Berndorf an den Armen festgehalten, und ich hab gedacht, jetzt gehen die anderen gleich auch noch auf ihn los...«

»Und da haben Sie ihm also die Festnahme erklärt, damit die Situation nicht weiter eskaliert?«

»Ja, doch«, antwortete Vanessa Bollinger zögernd, »und auch, weil der Herr Landrat ihn einen Erpresser genannt hat... Erpressung ist doch ein Verbrechen?«

»Na schön«, meinte Kammhuber seufzend. »Das Dumme ist nur, unser Landrat will jetzt gar nichts mehr dazu sagen. Nicht, bevor er sich mit einem Anwalt beraten hat... dieser Berndorf« – plötzlich klang seine Stimme fast hoffnungsvoll – »hat er sich der Festnahme widersetzt?«

»Nein, hat er nicht«, antwortete die Polizistin. »Er hat...«

Sie schwieg, denn Kammhubers Telefon hatte angeschlagen.

Er betrachtete es zweifelnd, fast sorgenvoll. Schließlich nahm er ab.

»Drautz«, meldete sich eine weibliche Stimme, »Dr. Elaine Drautz, Anwältin in München. Sie sind Leiter der Polizeidirektion Hotzenwald, ist das richtig?«

Das sei richtig, murmelte Kammhuber. »Was kann ich...?«

Die Stimme schnitt ihm das Wort ab. »Ich übernehme die anwaltliche Vertretung von Herrn Hans Berndof, der von Ihnen widerrechtlich festgenommen worden ist...«

»Moment«, wandte Kammhuber ein, aber die Anwältin ließ sich nicht bremsen.

»Wollen Sie vielleicht behaupten, Sie hätten Berndof nicht festgenommen?« Die Stimme gewann noch an Schärfe. »Ich weiß definitiv, dass er vor ziemlich genau einer Stunde in Ihre Direktion gebracht worden ist und seither dort festgehalten wird. Damit Sie die Dimension Ihrer Handlungsweise erkennen, sollten Sie wissen, dass Berndof in meinem anwaltlichen Auftrag ermittelt, und zwar in einem Mordfall, dessen Aufklärung von der baden-württembergischen Polizei bisher systematisch verschleppt worden ist...«

»Wie Sie meinen«, antwortete Kammhuber und wollte ein »aber« hinzufügen, doch die Anwältin ließ ihn nicht zu Wort kommen.

»Ich spreche von systematischer Verschleppung...!«

Kammhuber nahm den Hörer von seinem Ohr und ließ den Redestrom ins Leere laufen. Dabei sah er seine Untergebene mit einem halb verlegenen und halb Einverständnis heischenden Blick an, als seien sie beide Verbündete. Als der Redestrom abebbte, nahm er den Hörer wieder auf, holte tief Atem und sprach laut und in einem Zuge, so dass ihn jetzt niemand würde unterbrechen können:

»Gnädige Frau, die mir bekannten Umstände des Vorfalls zwingen mich, zuerst Rücksprache mit der Staatsanwaltschaft zu nehmen, bevor ich Herrn Berndof wieder auf freien Fuß setzen kann. Guten Tag auch...!« Dann legte er das Gespräch zurück auf die Zentrale und gab Anweisung, der Anruferin die

Nummer des Staatsanwaltes zu nennen, der an diesem Sonntag Bereitschaftsdienst hatte.

»Uff«, sagte er schließlich, lehnte sich zurück und wischte sich den Schweiß ab, der ihm noch vom ersten Saunagang oder wegen des Gesprächs mit der Anwältin – vielleicht auch wegen beidem – von der Stirn lief.

»Hätt ich den jetzt nicht festnehmen sollen?«, fragte Vanessa Bollinger, und ihre Stimme klang deutlich weniger selbstbewusst.

»Machen Sie sich nichts daraus«, antwortete Kammhuber. Er wollte noch hinzufügen, dass es da noch ganz andere Leute gebe, die sich anders hätten verhalten können, als sie es getan hatten, da klingelte schon wieder sein Telefon. Er meldete sich, diesmal war es aber nicht die Diamanten schneidende Stimme der Münchner Anwältin, die an sein Ohr drang.

»Steinbronner hier«, dröhnte eine stockschwäbisch grundierte Männerstimme, »ihr habt diesen Berndorf festgenommen? Warum?«

Kammhuber biss sich auf die Lippen. Er hatte mit Unheil gerechnet. Aber dass es so schnell über ihn hereinbrechen würde! Mit einer Handbewegung winkte er die Polizistin Bollinger hinaus und erstattete dann Bericht, so gut es eben ging.

Als er zu Ende gekommen war, herrschte Schweigen. Er wartete und wollte schon fragen, ob Steinbronner noch am Apparat sei, als sich die Stimme doch wieder hören ließ.

»Erpressung«, sagte die Stimme, und sie klang auf einmal anders, gedämpfter, gleichzeitig hatte sie die Honoratiorenjovialität verloren, an der man sonst die Leute aus Stuttgart erkennt, »hat dieser Scheich von einem Landrat wirklich von Erpressung gesprochen?«

»So hat es mir die Kollegin Bollinger gesagt«, antwortete Kammhuber. »Er soll es sogar laut gerufen haben... auch deswegen hat sie gemeint, sie müsse den Herrn Berndorf festnehmen.«

»Leise rufen geht schlecht«, bemerkte Steinbronner, »dieser Riesenscheich sagt also, er wird erpresst... und vor wie viel Leuten hat er das herausposaunt?«

»Da bin ich jetzt überfragt«, meinte Kammhuber, »es war eine Jubiläumsveranstaltung, achtzig oder hundert Zuhörer werden es bestimmt gewesen sein, aber das sind alles sehr zuverlässige, seriöse Leute...«

»Achtzig oder hundert Leute«, echote Steinbronner, »ist Ihnen eigentlich klar, Kollege, was das bedeutet?«

Kammhuber fühlte sich unbehaglich. »Das kann ich im Augenblick nicht so richtig abschätzen...«

»Macht nichts. Wenn es das bedeutet, was ich meine, dann können Sie es übermorgen sowieso in der Zeitung lesen«, kam die Antwort. »Ist Berndorf noch bei euch?«

»Sicher doch...«

»Setzt ihn auf freien Fuß. Jetzt. Sofort. Und keine Erklärungen.«

Kammhuber zögerte. »Und was sagen wir, wenn die Presse nachfragt? Sie haben gerade so etwas angedeutet.«

»Kammhuber!«, kam es grollend durchs Telefon. »Muss ich Ihnen alles vorsagen? Also bitte, schreiben Sie mit, aber nicht für den Polizeibericht, sondern nur auf Anfrage mitzuteilen...«

»Moment«, sagte Kammhuber und suchte nach einem Notizblock, aber eines seiner Führungsprinzipien war es, einen leeren Schreibtisch zu haben. Hastig zog er an der Schreibtischschublade, aber weil Sonntag war und er eigentlich keinen Dienst hatte, war die Schublade abgeschlossen. Verzweifelt sah er sich um, und weil nirgends ein Schreibgerät zu sehen war, log er schließlich ein: »Jetzt, ich höre!« ins Telefon. Und Steinbronner diktierte:

»Nach einem Vortrag des Herrn Landrats Kröttle in X-Bumshausen kam es zu einer Rangelei unter den Zuhörern, die ein Autogramm von ihm haben wollten. Bevor die Auseinandersetzung eskalierte, hat eine zufällig anwesende Beamtin einem der Autogrammjäger Polizeischutz gegeben und ihn aus dem Saal geleitet. Punkt.«

»...aus dem Saal geleitet. Punkt«, echote Kammhuber und hob ärgerlich die Hand, mit der er so getan hatte, als schriebe er auf der schweinsledernen Schreibunterlage mit. »Aber meinen Sie, dass sich die Presse damit zufrieden gibt? Diese Anwältin hat etwas von einem Mordfall gesagt...«

»Kollege!«, sagte Steinbronner, »was ich Ihnen diktiert habe, ist exakt das, woran Sie und die Kollegin Bollinger sich bitte festhalten wollen, es komme da, was wolle. Autogramme, Rangelei, Polizeischutz für einen der Autogrammjäger. Punkt. Sie wissen nichts, die Kollegin Sowieso weiß nichts, nichts von einem Mordfall, nichts von Erpressung. Sie beide wissen nur, was ich Ihnen diktiert habe, trichtern Sie das bitte auch der Kollegin ein, bis sie es im Schlaf rückwärts hersagen kann. Alle anderen Frager wollen Sie an das Innenministerium verweisen, haben Sie das verstanden?«

»Habe ich«, sagte Kammhuber gehorsam.

»Noch etwas...« Steinbronners Stimme hatte sich noch einmal verändert. Jetzt klang sie fast vertraulich, fast kollegial. »Falls der Herr Landrat Kröttle sich an Sie wendet, in der Sache von heute Vormittag oder in einer anderen, dann sind Sie entgegenkommend und kooperativ. Selbstverständlich sind Sie das. Aber machen Sie keine Zugeständnisse, nicht die geringsten, die Sie reuen könnten, falls der Herr Landrat übermorgen nicht mehr der Herr Landrat ist. Haben Sie verstanden?«

Kammhuber wollte nein sagen und sagte ja.

»Dann ist ja gut.« Steinbronner legte auf.

Der Polizeidirektor wischte sich Schweiß von der Stirn, dann rief er noch einmal die Zentrale an und gab Anweisung, den vorläufig festgenommenen Berndorf, Hans unverzüglich auf freien Fuß zu setzen. Einige Augenblicke dachte er nach, schließlich stand er auf und ging an das Fenster und starrte hinaus zu den roten Giebeldächern der Kreisstadt und zu den grauen Wolken, und sah weder das eine noch das andere. Er hatte sich zum Narren gemacht, so viel war sicher, aber er wusste nicht, wie und warum ihm das widerfahren war.

Unten überquerte ein Mann die Straße, er trug einen schwarzen Mantel und einen schwarzen Hut und ging sehr aufrecht, anmaßend aufrecht, fand Kammhuber. Dann stieg der Mann auf der Beifahrerseite in einen alten, schwarz glänzenden Benz, der

Wagen bog auf die Fahrbahn ein und glitt davon wie ein dicker, zufriedener, selbstgefälliger Fisch.

Es war kurz vor 17 Uhr, und Carola Ehret war dabei, den Teetisch zu decken. Sie hatte vier Gedecke aufgelegt und zündete jetzt die Kerzen an, denn es dunkelte bereits. Schließlich war es noch früh im Jahr, und die Koniferen hatten das Reiheneckhaus der Ehrets mehr und mehr zugewachsen. Carola Ehret störte das nicht, sie brauchte nicht viel Helligkeit um sich.

»Woher – hast du gesagt – kennst du diese Besucher?«, fragte sie und füllte die Zuckerdose mit dem weißen Kandis auf. »Aus dem Gericht?«

»Ich kenne nur den einen, und den auch nur flüchtig«, antwortete ihr Mann. »Er hat mich nach der letzten Verhandlung im Hauptbahnhof angesprochen...«

Für einen Augenblick schwieg Ehret und überlegte. Berndorf hatte ihn am frühen Nachmittag angerufen und um ein Gespräch gebeten; eigentlich gab es überhaupt keinen Grund, warum er ihn zum Tee eingeladen hatte, jedenfalls keinen, den er Carola hätte erklären können. Schon gar nicht wollte er ihr sagen, dass der Besucher ein »Ermittler« sei – es war ja auch zu unsinnig. Was war bei Carola und ihm zu ermitteln?

»Ich hab damals nur kurz mit ihm gesprochen, und er schien kein unangenehmer Mensch zu sein.«

Carola sagte nichts, sondern sah ihn nur an und rückte die Silberbrosche zurecht, die den kleinen Stehkragen ihrer anthrazitblauen Bluse zusammenhielt. Er kannte diese Geste: sie bedeutete, dass er schließlich wissen müsse, was er tue. Es war eine Stufe unter der erklärten Missbilligung.

»Und der andere Gast?«

»Ein Begleiter oder sein Fahrer. Ich hätte es albern gefunden, so jemanden draußen warten zu lassen.«

Carola Ehret ging wieder in die Küche, um Gebäck zu holen. Früher hatte sie oft Kuchen gebacken, sie hatte es gerne getan. Aber jetzt gab es keinen Grund mehr dazu. Doch einen Notvorrat vom Konditor hatte sie immer im Haus, es wäre für sie unvorstellbar gewesen, einem Besucher nichts anbieten zu können.

Auch wenn die Ehrets – in Wirklichkeit – schon lange keine Besucher mehr hatten.

»Da kommt schon jemand«, rief sie aus der Küche, und Siegfried Ehret ging zur Haustür, um zu öffnen. In der Einfahrt stand eine schwarze Limousine, der Mann, der ihn im Ulmer Hauptbahnhof angesprochen hatte, stieg auf der Beifahrerseite aus und grüßte – höflich zwar, aber plötzlich empfand Ehret so etwas wie eine Bedrohung, als sei dieser grauhaarige, ein wenig steif wirkende Mann mit der schwarzen Mappe unter dem Arm ein Unheilsbote, aber welches Unheil sollte ihm noch kommen! Vom Fahrersitz wuchtete sich ein zweiter Mann und schob sich umständlich aus dem Wagen, als sei die Tür eigentlich zu niedrig und zu eng für ihn, Ehret unterdrückte ein Stirnrunzeln. Er hatte diesen Mann schon an den ersten Verhandlungstagen im Gerichtssaal gesehen, ein Götze des Zuhörens, sich vom Unglück anderer nährend und jedenfalls jemand, den er kaum zum Tee eingeladen hätte. Nun war es zu spät.

Er begrüßte die beiden Ankömmlinge, zuerst Berndorf, dann den Menschen, der Walleter hieß, führte sie ins Wohnzimmer und stellte sie Carola vor, die sich zu seiner Erleichterung weder Erstaunen noch Befremden anmerken ließ.

»Ich bitte sehr«, sagte Berndorf, »meine geradezu überfallartige Bitte um ein Gespräch zu entschuldigen...«

»Es gibt nichts zu entschuldigen«, hörte Ehret seine Frau antworten, »wir haben gern Gäste zum Tee...«

Sie bat die beiden Besucher an den gedeckten Tisch in der Essnische und wies ihnen ihre Plätze an. Bevor er sich setzte, blieb Berndorf vor einer großen gerahmten Fotografie stehen, die an der Wand hing. Vor einem dunklen, verwitterten Gemäuer mit eingelassenen Grabsteinen stand eine junge Frau mit langem blondem Haar, sie trug Jeans und einen Parka und hatte selbst einen Fotoapparat umhängen, offenbar hatte der Fotograf sie in dem Augenblick aufgenommen, als sie sich von einem der Epitaphe abgewandt hatte und zu ihm aufsah...

»Das ist Fiona«, sagte Siegfried Ehret, »als sie für ihre Magisterarbeit recherchiert hat ... ein Studienkollege von ihr hat die Aufnahme gemacht.«

Berndorf stand noch immer vor der Fotografie. Der Blick, mit dem die junge Frau in die Kamera sah, erschien ihm distanziert oder besser: Distanz suchend, fremd, fragend. Er erkundigte sich nach dem Thema der Magisterarbeit.

»Sie arbeitete über mittelalterliche Grabmäler, genauer: über die Entwicklung der Epitaphe in den Kirchen und Klöstern Südwestdeutschlands, mit dem Schwerpunkt vierzehntes Jahrhundert. In dieser Zeit hat man begonnen, auch die klagenden Hinterbliebenen darzustellen ...«

»Sie hat eine sehr gute Beurteilung bekommen«, ergänzte seine Frau. »Die Arbeit hätte sogar veröffentlicht werden sollen, aber der Verleger, der zuerst ganz Feuer und Flamme war, wollte dann einen Zuschuss zu den Druckkosten, angeblich, weil die Wiedergabe der Fotografien so teuer würde. Wir hätten ja gerne etwas dazugegeben, doch das wollte Fiona nicht ... Aber nehmen Sie doch Platz.«

Man setzte sich, das heißt, Walleter wollte es, hielt dann aber plötzlich das Empire-Stühlchen in der Hand, das ihm zugewiesen war, und betrachtete es misstrauisch.

»Entschuldigen Sie bitte – hätten Sie mir vielleicht einen anderen Stuhl oder einfach einen Hocker? Manch einer ist eben doch ein schweres Joch ...«

»Aber natürlich wird der Sie aushalten«, versicherte Ehret, doch seine Frau hatte ein Einsehen und holte einen Hocker aus der Küche, der stabil genug aussah.

»Warten Sie, ich bringe Ihnen noch ein Kissen«, sagte sie.

Schließlich saßen alle, Berndorf lobte den Tee, und Ehret sah, wie seine Frau geradezu fasziniert Berndorfs Begleiter beobachtete, der die Meißner Tasse, die in seiner Hand fast völlig verschwand, trotzdem mit niedlich abgespreiztem kleinem Finger hielt. Schweigen machte sich breit, unversehens überkam Ehret Unmut, der sich nicht zuletzt gegen ihn selbst richtete: Warum hatte er diese Männer zum Tee eingeladen?

»Diese Aufnahme von Ihrer Tochter«, brach Berndorf das Schweigen, »wo ist sie gemacht worden?«

»Irgendwo im Schwarzwald«, antwortete Siegfried Ehret, »in der Nähe von Alpirsbach.«

»Im Schwarzwald!«, wiederholte Berndorf und sah erst Walleter, dann Ehret an. »Wir waren heute Mittag auf der Rückfahrt vom Schwarzwald, als ich Sie angerufen habe.«

Ehret reagierte nicht, und Berndorf wechselte das Thema. »Haben Sie noch Kontakt zu dem Studienfreund Ihrer Tochter?«

»Nein.« Ehret schüttelte den Kopf, und es war ihm anzumerken, dass er ärgerlich wurde. Auf seinem Teller lag ein winziges Stück mürben Gebäcks, aber er rührte es nicht an.

»Soviel ich weiß, arbeitet Sascha jetzt für ein renommiertes Auktionshaus«, schaltete sich seine Frau Carola ein, offenkundig bemüht, die plötzliche Verstimmung ihres Mannes zu überspielen. »Wir hatten ja einmal gedacht, Fiona und Sascha würden – nun ja, länger zusammen sein, aber es hat sich nicht ergeben.«

»Der junge Mann war für so etwas nicht bestimmt«, ergänzte ihr Mann. »Aber das kann unsere Besucher kaum interessieren...« Er blickte von seinem Teller auf und sah Berndorf ins Gesicht. »Sie haben ja gewiss einen Grund, einen Anlass für Ihren Besuch. Wenn ich ehrlich bin, ist mir der noch nicht so ganz klar geworden.«

»Ich sagte Ihnen doch, dass wir bei meinem Anruf auf der Rückfahrt vom Schwarzwald waren«, antwortete Berndorf und gab den Blick zurück. »Wir haben dort versucht, mit dem Landrat Doktor Kröttle zu sprechen.«

Ehret runzelte die Stirn.

»Und?«, fragte Carola freundlich, »ist es Ihnen gelungen?«

»Nicht so besonders gut«, kam die Antwort. »Aber kann es sein, dass dieser Name Ihnen überhaupt nichts sagt?«

»Allerdings nicht«, meinte Ehret. »Und jetzt würde ich doch gerne den Anlass Ihres Besuchs erfahren.«

Berndorf bat um Entschuldigung und griff nach der Mappe, mit der er gekommen war und die er neben dem Stuhl abgestellt hatte. »Bei unserem ersten Gespräch hatten wir kurz über die Kette und den Ring gesprochen, den Ihre Tochter getragen hat... Ich habe hier eine Fotografie, auf dem dieser Schmuck etwas besser zu sehen ist.«

Er holte einen der Abzüge heraus, die er sich hatte anfertigen lassen, und reichte ihn Carola Ehret. Sie zögerte, nahm den Abzug dann aber doch. Es war das Bild, auf dem Brigitte Sosta den Ring in der Hand hielt und betrachtete.

»Wer ist diese Frau?«, fragte Carola, und in ihre Stimme hatte sich Argwohn gemischt.

»Eine Brigitte Sosta«, antwortete Berndorf. »Sie sagte, sie habe Ihre Tochter in einem Fitnessclub kennen gelernt. Es sei aber nur eine flüchtige Bekanntschaft gewesen.«

»Ich wusste gar nicht, dass Fiona in einen Fitnessclub ging.« Sie schüttelte den Kopf. »Das war doch gar nicht ihr Stil, und nötig hatte sie es auch nicht.« Sie gab die Fotografie an ihren Mann weiter. Der sah sie nur kurz an und reichte sie an Berndorf zurück. »Tut mir leid, das Bild sagt mir nichts.«

Berndorf holte einen zweiten Abzug heraus. »Sie sehen hier eine Vergrößerung, und Sie erkennen, dass auf dem Ring eine biblische Szene dargestellt ist, der Sündenfall...«

Carola Ehret nahm den Abzug, warf aber nur einen kurzen Blick darauf und reichte ihn sofort an ihren Mann weiter. »Gewiss doch«, sagte sie, »Fiona hat uns den Ring gezeigt. Sie hat ihn aus Ägypten, wissen Sie?«

Ihr Mann warf einen Blick zu Walleter, dessen Gesichtsausdruck sich verändert zu haben schien. »Was mein Schwiegersohn vor Gericht gesagt hat: dass sie ihn von einer verstorbenen Tante aus den USA hätte – das war eine Lüge. Ganz einfach eine Lüge.«

»Wir haben beide keine Verwandten drüben«, pflichtete ihm seine Frau bei.

»Vielleicht ein Missverständnis«, meinte Berndorf. »Aber hat Ihre Tochter etwas darüber gesagt, wie alt der Ring sein könnte, vielleicht auch etwas über die Art, wie er gearbeitet ist und was die biblische Szene zu bedeuten hat?«

Die Eheleute sahen sich an. »Nein«, antwortete schließlich die Ehefrau, »so sehr viel haben wir gar nicht darüber gesprochen. Wissen Sie, wir hatten damals andere Sorgen. Das Reisebüro Intlekofer, für das Fiona gearbeitet hat, war damals gerade in Konkurs gegangen, was heißt in Konkurs! Der Inhaber wohnt heute noch in seiner protzigen Villa, die hat er nämlich rechtzeitig auf seine Frau überschrieben, aber Fiona blieb er vier Monate Gehalt schuldig. Dabei war es sowieso nur ein Hungerlohn gewesen...

Nun haben wir ja ein bisschen aushelfen können, aber das war für Fiona nur ein kleiner Trost. Schließlich war das ihre erste Stelle gewesen, und sie fühlte sich so enttäuscht und auch gedemütigt, dass man sie um ihr Gehalt geprellt hatte. Von der letzten Reise, die Intlekofer noch abwickeln konnte, brachte sie diese Kette und den Ring mit, den sie für ein paar Dollar in einem Bazar in Kairo erworben hatte. Sie hatte ja schon damals über ein Vierteljahr kein Gehalt mehr überwiesen bekommen und meinte, das müsse jetzt alles anders werden, denn der Ring sei ein Glücksbringer...«

Sie hörte auf zu sprechen, und Berndorf sah, dass sie die Lippen zusammenpresste.

»Ein Glücksbringer!«, wiederholte sie plötzlich und stand abrupt auf. »Entschuldigen Sie mich...« Sie lief aus dem Zimmer.

Auch ihr Mann war aufgestanden und wollte ihr folgen, aber sie wies ihn mit einer abwehrenden Bewegung zurück und zog die Tür hinter sich zu. Ehret kehrte an den Tisch zurück, mit einem Ausdruck von ratlosem Zorn und hilfloser Entrüstung im Gesicht, und setzte sich dann doch wieder. »Ich hätte mir denken müssen, dass Ihr Besuch meiner Frau nicht guttut. Vielleicht sollten Sie...«

»Wir gehen gleich«, sagte Berndorf. »Ich würde nur gerne wissen, warum Ihre Tochter den Ring für einen Glücksbringer gehalten hat.«

»Das weiß ich wirklich nicht«, antwortete Ehret, »vielleicht, weil sie damals einen solchen nötig gehabt hat...«

»Warum?«

»Wie reden Sie mit mir?« Ehrets Gesicht rötete sich.

»Oder soll ich es Ihnen sagen?« Berndorf beugte sich nach vorne und fixierte Ehrets Augen. »In den Ring waren innen zwei Buchstaben eingraviert, nicht wahr?«

Ehret schüttelte den Kopf. »Bitte gehen Sie jetzt. Sie haben in diesem Haus genug Menschen in ihrer Seele verletzt.«

»Zwei hebräische Buchstaben«, setzte Berndorf nach, »das Mem und das Tet, die Abkürzung für Masel tov...«

»Ja, sicher«, antwortete Ehret müde. »Wenn ich Sie anders nicht loswerden kann... ja, da waren Buchstaben eingraviert, und unsere Tochter hat uns gesagt, was sie bedeuten und dass der Ring eben ein Glücksbringer ist. Sind Sie jetzt zufrieden?«

Berndorf sah ihn noch immer an. Aber er sagte nichts und schüttelte nur den Kopf, als wolle er einen unangenehmen Gedanken oder einen unangebrachten Einfall verscheuchen.

»Ein Kluger«, sagte Walleter unvermittelt in die Stille, »sieht das Unglück kommen und verbirgt sich, aber die Unverständigen laufen weiter und leiden Schaden.«

»Sie entschuldigen«, bemerkte Ehret, »aber Ihr Verhalten wird ein wenig merkwürdig, finden Sie nicht?«

»Gewiss«, meinte Berndorf höflich, »aber er hat Recht, mich an etwas zu erinnern. Es kann sein, dass morgen oder in den nächsten Tagen noch andere Anrufe und noch ganz andere Besucher kommen. Es werden Journalisten sein, und Sie müssen ihnen keine Auskunft geben...«

»Wovon reden Sie? Was hätten diese Leute uns zu fragen?«

»Sie werden Sie nach der Beziehung Ihrer Tochter zu diesem Landrat fragen, dessen Name Ihnen nichts sagt«, antwortete Berndorf. »Wenn es Ihnen möglich ist – fahren Sie mit Ihrer Frau am besten ein paar Tage weg.«

Die Lampe, die von der Decke herabhing, leuchtete den Tisch aus, dahinter lag das Zimmer im Dunkeln. Berndorf war wieder im Gefängnis, aber er würfelte einen Einser-Pasch und kam frei, jedenfalls bis zum Elektrizitätswerk. Dafür musste er einhundertsechzigtausend Euro Gebühren an Puck zahlen, weil ihr auch noch die Telefongesellschaft gehörte.

»Die Stromrechnung wird auch immer teurer«, sagte er. »Alles wie im richtigen Leben.«

Vor einer guten Stunde hatte ihn Walleter vor dem Reihenhaus abgesetzt, in dem Puck, Janina und Kuttler wohnten; weil Janina nach dem Abendessen noch eine Partie Monopoly versprochen worden war, wurde Berndorf umstands- und gnadenlos in das Spiel mit einbezogen.

»Sie müssen Ihr Geld besser zusammenhalten«, meinte Janina, »sonst können Sie mein Hotel in der Parkallee nicht bezahlen.«

»Scheiße!«, sagte Puck. Sie hatte eine Elf gewürfelt und um ein Feld die Münchner Strasse verpasst, die sie dringend gebraucht hätte, um endlich zu einer Wohnung zu kommen. »Mit diesen paar lächerlichen Euro Stromgeld komm ich nie auf einen grünen Zweig.«

Tadelnd bemerkte Janina, dass eine Dame solche Worte – »wie das gerade eben« – nicht gebrauche, und Berndorf warf ein, dass er heute den Aufsichtsrat eines E-Werks getroffen habe, »sozusagen einen Kollegen von Puck, also der war ziemlich gut bei Kasse, dem hat das E-Werk auch die ganz feinen Hotels gezahlt...«.

Kuttler kam über Los, kassierte zwei Millionen Startgeld und kaufte sich rasch noch eine Wohnung in der Schillerstraße. Dann sah er auf.

»Einen richtigen Aufsichtsrat von einem richtigen E-Werk?«

»Genau. Und alles in unserem richtigen Bundesland«, antwortete Berndorf und wandte sich an Janina. »Wie heißt denn dein Hotel in der Parkallee?«

»Parkallee heißt das.«

»Hotels heißen nicht bloß so wie ihre Straße«, widersprach Berndorf, »vor allem nicht solche Hotels wie deines. Die heißen Sheraton oder Vier Jahreszeiten. Der Aufsichtsrat zum Beispiel ist in einem Hotel Maybach International abgestiegen...«

»Und was hat er dort getan?«, wollte Janina wissen.

»Ach!«, sagte Berndorf und blickte etwas verlegen zu Puck,

»das weiß ich nicht so genau, jedenfalls nicht alles, was er tun wollte, so wichtige Leute werden gerne gestört.«

Janina würfelte, zog eine Ereigniskarte und musste ins Gefängnis. »Da bleib ich drin, bis einer von euch in Janinas Hotel zu Allen Jahreszeiten Miete zahlen muss...« Sie stupste Berndorf. »Sie sind dran.«

Diesmal erwischte Berndorf ein Gemeinschaftsfeld und zahlte eine halbe Million Euro Erbschaftssteuer, Puck musste zweihundertzwanzigtausend Euro Miete an Kuttler abführen, bei Kuttler wurde die Hundesteuer fällig...

»Also, ich war gestern doch in Stuttgart«, sagte Kuttler, »und hab den Pudelmann getroffen...«

»Wen?«, unterbrach ihn Janina.

»Den Pudelmann«, wiederholte Kuttler. »Der heißt so, weil er immer einen Pudel bei sich hat. Eine Pudelhündin. Mit der zieht er übers Land, ist mal da, mal dort, und Hundesteuer zahlt er ganz bestimmt keine...«

»Kuttler!«, sagte Puck beschwörend und blickte zur Decke. Aber es kam zu spät.

»Das heißt«, sagte Janina anklagend, »dieser arme Hund lebt auf der Straße und hat überhaupt und nirgends kein Zuhause? Warum hast du dem Mann nicht gesagt, dass er den Hund mir geben soll, da müsste er nicht auf der Straße leben...«

Puck nickte ergeben. Dass es so kommen würde, war an zwei Fingern abzuzählen gewesen.

»Das hätte der Hund nicht gewollt«, versicherte Kuttler schwächlich, »der will bei seinem Herrchen bleiben. Von keinem anderen Herrn würde der was wissen wollen. Und das ist auch kein armer Hund, der sieht gepflegt aus und gesund und gut ernährt, der wedelt und freut sich, wenn sein Herr den Rucksack aufsetzt und es weitergeht...«

»Dem Herrchen geht es also auch gut?«, fragte Berndorf.

»Diese Leute sind schwer einzuschätzen«, antwortete Kuttler, »aber neuerdings scheint es gute Sachen bei der Caritas zu geben, das solide Outdoor-Equipment, ordentliche, gut besohlte Schnürstiefel, nichts zu sagen...«

»Geht das wohl weiter?«, fragte Janina, die keinen Pasch gewürfelt hatte und also im Gefängnis bleiben durfte. Berndorf würfelte und kam auf einem Bahnhof an, der ihm selbst gehörte, Puck musste Luxussteuer zahlen...

»Ringe bringen kein Glück«, kommentierte Janina, und Berndorf meinte, da habe sie ein wahres Wort gesprochen. Inzwischen ging es auf 21 Uhr zu, und dann sollte abgerechnet werden. Aber eine Runde weiter schaffte es Kuttler, auf die Parkallee zu kommen, und da er die Miete nicht bezahlen konnte, war er pleite, und so hatte Janina gewonnen und freute sich trotzdem nicht.

»Warum nicht?«

»Ich muss immer noch an den Hund denken.«

Puck brachte Janina ins Bett, und Kuttler holte zwei weitere Flaschen Bier. »Dieser Aufsichtsrat«, fragte er, als er die Flaschen geöffnet hatte, »wie sind Sie auf den gekommen?«

Berndorf erzählte es ihm.

»Landrat. Aufsichtsrat. Staatspartei«, fasste Kuttler zusammen. »Und er hat als einer der Letzten Fiona lebend gesehen.«

»Nicht nur gesehen.«

»Und jetzt sagt er, er wird erpresst?«

Berndorf, der gerade einen Schluck trank, nickte bestätigend.

»Kann das sein«, fragte Kuttler weiter, »dass mein Pudelmann seinen Dufflecoat und seine schönen Stiefel nicht von der Caritas hat?«

Berndorf zuckte mit den Schultern, und Kuttler berichtete, wie er den Pudelmann gesucht und der sich bei ihm gemeldet hatte. »Den Ring, so hat er behauptet, könne keiner aus seiner Szene genommen haben, weil er für solche Leute unverkäuflich sei. Mir kam sein Gerede merkwürdig vor, als wollte er von der eigentlichen Gefahrenstelle ablenken. Wenn ich das mit dem Landrat früher gewusst hätte...«

»Tut mir leid«, antwortete Berndorf. »Aber dass dieser Landrat tatsächlich der Große Unbekannte Liebhaber war und deshalb auch erpresst wird – das weiß ich erst seit heute Morgen.«

Puck erschien und trank einen Schluck aus Kuttlers Glas. »Fiona hatte es mit einem Landrat?«, fragte sie.

»Er weiß nicht, wie er es abstreiten soll«, antwortete Berndorf. »Aber mehr wissen wir auch nicht.«

»Ach«, sagte Puck, »es gibt viel, was Männer nicht wissen! Vielleicht kann ich helfen?«

Kuttler blickte fragend zu Berndorf.

»Vielleicht«, meinte der. »Wir glauben, dass der Pudelmann bei Fionas Leiche war, kurz nachdem sie im Garten abgelegt worden ist. Irgendetwas hat er dort gefunden und mitgenommen und macht damit Kasse – vermutlich ist es aber nicht der Schmuck...«

»Fionas zweites Handy«, sagte Puck.

Kuttler und Berndorf sahen sich an.

»Das hab ich mir schon die ganze Zeit gedacht«, fuhr Puck fort. »Wenn eine einen Liebhaber hat und sichergehen will, dass der Typ nicht zur falschen Zeit anruft, und auf ihrem normalen Handy auch keine Nummern speichert, die niemanden nichts angehen – dann legt sich so jemand ein zweites Handy zu, am besten eines, das nicht übers Konto, sondern mit Vorauskasse läuft, und noch besser eines, das gar nicht auf ihren Namen gekauft worden ist.« Sie lächelte breit, dass man ihre kräftigen gesunden Zähne sah. »So jedenfalls würde ich es machen.«

Berndorf sah sie an und hob den Daumen. Das war's, sollte das heißen.

Kuttler schien Zweifel anmelden zu wollen. »Der Pudelmann findet also das Handy, auf dem die per SMS versandten Liebesschwüre des Herrn Landrats gespeichert sind oder was dem Herrn sonst so alles peinlich sein wird«, sagte er. »Aber wie, bitte, sieht dann der Zahlungsmodus aus? Holt sich der Pudelmann das Geld in der Kreissparkasse ab? Oder hat der Herr Landrat auf das Konto zu überweisen, das man als Obdachloser so bei der Deutschen Bank oder der Chase Manhattan unterhält?«

»Also ich«, sagte Puck, »ich würde diesen Hund einsetzen... Der Landrat muss den Umschlag mit dem Geld auf einer Bank im Stadtpark hinterlegen. Im Stadtpark von irgendwo. Ich passe auf, dass sich nirgends der Kuttler oder seine Kollegen herumdrücken, schicke den Hund los, der läuft zur Bank und schnappt sich den Umschlag. Na?«

Berndorf wiegte den Kopf. »Wenn es so wäre, hätte der Pudelmann seinen Hundetrick nicht ausgerechnet einem Polizisten vorgeführt.«

»Ich glaube«, meinte Kuttler, »der Pudelmann ist auf seine Tricks ziemlich stolz. Mehr Einbildung als Vorsicht, nehme ich mal an.«

Wieder griff Puck zu Kuttlers Glas. »Haben Sie sonst noch was, von dem Sie gerne mehr wüssten?« Sie trank, während sie Berndorf über den Rand hinweg ansah. »Irgendetwas von Liebe, Lug und Trug? Wenn eine kellnert, kriegt sie viel mit.«

»Wenn Sie so fragen...«, meinte Berndorf, griff nach seiner Mappe und suchte ein Foto heraus. »Diese Frau hier... sagen Sie mir, was sie tut.«

Puck nahm das Foto, es war das Bild, das Fiona beim Blick in den Spiegel der aufgeklappten Puderdose zeigte. Sie wollte etwas sagen, dann runzelte sie die Stirn. »So, wie die den Spiegel hält, schaut sie nicht nach dem Make-up.« Sie hob die Hand, als hielte sie damit einen Spiegel, und führte vor, wie sie damit den Strich des Lippenstiftes und des Eyeliners überprüfen würde: den Spiegel direkt auf die vermuteten Problemzonen gerichtet. »Diese da tut etwas anderes. Sie beobachtet jemanden.«

»Welcher Art ist ihr Interesse?«, fragte Berndorf. »Will sie flirten? Jemanden anbaggern?«

Sie wiegte den Kopf. »Ich weiß ja, wer das ist – oder sollte ich sagen: wer das war? Und weil ich weiß, was mit ihr passiert ist, stelle ich mir vielleicht Dinge vor, die nur in meiner Einbildung existieren... Trotzdem – sie flirtet nicht. Nicht in diesem Augenblick. Der Mund wäre sonst anders.« Als ob sie Anschauungsunterricht geben wollte, schenkte sie dem imaginären Spiegel einen beunruhigenden Augenaufschlag, und ein Lächeln spielte um ihre Lippen. »Sie beobachtet nur. Aber es ist wie mit einem Tier: Da kann ich auch nie erkennen, ob es Angst vor mir hat oder mich als mögliche Beute ansieht.« Sie wandte sich an Kuttler. »Ist dir denn nichts an dem Foto aufgefallen? Du kennst es doch sicher auch ...«

Kuttler zog ein Gesicht. Diplomatisch warf Berndorf ein, dass ein solcher Schnappschuss ganz gewiss mehrere Deutungen zulasse. »Trotzdem ...«

»Trotzdem was?«, fragte Kuttler.

»Der Fotograf des Tagblatts hat auf jenem Ball eine ganze Reihe von Aufnahmen gemacht. Wir sollten sie uns noch einmal ansehen ... vielleicht entdecken wir etwas, ein Gesicht, eine Gestalt ...«

Berndorf sah auf. Kuttler lächelte. Offenbar hatte Berndorf vergessen, dass er nicht mehr – schon lange nicht mehr – Leiter des Dezernats I der Kriminalpolizei war.

»Ein Gesicht allein wäre aber zu wenig«, wandte Kuttler ein. »Wir bräuchten einen Namen dazu. Und wenn wir schon einmal dabei sind ...« – ein missmutiger Schatten zog über sein Gesicht, als sei er auf eine Ärgerlichkeit oder ein Versäumnis gestoßen – »... dann könnten wir natürlich auch versuchen herauszufinden, wer alles eine Ausbildung in waffenlosen Nahkampf- oder Verteidigungstechniken absolviert hat, bei der Bundeswehr oder in einer Sportschule. Wer also überhaupt in der Lage ist, einen solchen Handkantenschlag zu setzen ...«

Berndorf hob die Augenbrauen. Es hörte sich an, als sei es die einfachste Sache der Welt: ein Raster für die Männer, die Fiona auf dem Ball beobachtet haben mochte, und darüber das zweite Raster jener Männer, die physisch und technisch in der Lage waren, mit einem Schlag zu töten ... Vermutlich aber passte auf beide Raster nur ein Name: der des Hauptmann Morny, und sie würden so klug sein wie zuvor.

»Da hast du dir jetzt gleich zwei Heuhaufen ausgesucht, um eine Nadel zu finden«, wandte Puck ein. »Aber sag einmal: diesen Silvesterball – den hat doch die Bundeswehr veranstaltet und dazu eingeladen?«

Kuttler nickte.

»Das wird dann also richtig stinkfein aufgezogen gewesen sein«, meinte Puck, »vermutlich mit Tischkarten, Herr und Frau

Oberbürgermeister neben Herrn und Frau General, und wenn das so war, muss es auch eine Gästeliste gegeben haben.«

Kuttler schüttelte den Kopf. »Klar. Kein Problem. Landrat, Oberbürgermeister, General, mir doch egal! Ich werd sie alle befragen, was sie mit der Fiona gehabt haben, bis Englin mich vollends hinausschmeißt...«

»Dummkopf«, sagte Puck liebevoll und wandte sich, wie zur Ablenkung, an Berndorf. »Was denken Sie eigentlich über diese Kette mit dem Ring? Markus hat mir erzählt, dass Eisholm ihm deswegen zugesetzt hat.« Sie legte ihre Hand auf Kuttlers Arm, als wollte sie sich für die Indiskretion entschuldigen.

»Falls du Gesprächsstoff suchst«, sagte Kuttler, »es gibt ein paar Themen, die mir angenehmer sind.«

Berndorf blickte auf, wieder begegneten sich Pucks Augen und die seinen, für einen Augenblick schwieg er.

»Ein oder zwei Dinge wissen wir von diesem Ring«, hörte sich Berndorf sagen, »man hat ihn irgendwann zwischen sechzehnhundert und achtzehnhundert in Siebenbürgen oder Ungarn als Hochzeitsgeschenk für eine jüdische Braut hergestellt oder geschmiedet oder wie immer man da sagt... Aber nun wüsste ich doch gerne, wie Fiona an diesen Ring geraten ist.«

»Ekkehard Morny behauptet...«, setzte Kuttler an, aber Berndorf schüttelte den Kopf. »Fionas Eltern erklären, es hätte eine solche Verwandte in den USA gar nicht gegeben. Angeblich hat Fiona den Ring in Kairo gekauft, für ein paar Dollar, aber diese Geschichte kann nicht stimmen.«

»Und warum nicht?«, fragte Puck.

»Kein Händler in Kairo oder von sonst einem Bazar würde einen solchen Ring für ein paar Dollar hergeben.«

»Und wenn es gar kein echter Goldring war, sondern eine Nachbildung aus Messing oder Doublé?«

»Jüdische Hochzeitsringe«, sagte Berndorf, »sind weder so häufig noch so bekannt, dass es für irgendjemanden einen Grund geben könnte, ein Imitat anzufertigen, hebräische Buchstaben einzugravieren und das Ganze dann ausgerechnet in Kairo feilzubieten...« Er brach ab und runzelte die Stirn. Das klang vermutlich etwas gereizt, was er da eben vorgetragen hatte.

Puck zuckte die Achseln. »Sind Sie ganz sicher? Vielleicht können jüdische Touristen inzwischen auch Kairo besuchen, und weil man Touristen jeden Kitsch vorsetzt – warum sollten da nicht auch solche Imitate gemacht worden sein?«

Berndorf schwieg, für einen Augenblick verunsichert. Vielleicht maß er dem Schmuck zu viel Bedeutung bei oder die falsche...

»Ich glaube allerdings auch nicht, dass es ein Imitat war«, warf Kuttler ein. »Fiona Morny hätte so etwas nicht getragen. Ich glaube, sie war ein bisschen... ja, ein wenig etepetete. Nur hab ich wirklich bei allen Goldschmieden und Antiquitätenhändlern nachgefragt, aber niemand hat je zuvor einen solchen Ring gesehen.«

»Hier in Ulm hast du nachgefragt?« Puck hatte plötzlich schmale Augen bekommen. »Auch beim Vierneisel?«

Kuttler schüttelte den Kopf. »Wer soll das nun sein?«

»Da sieht man wieder, dass ich mit einem von auswärts zusammen bin! Der alte Vierneisel hatte ein Uhrengeschäft, aber es war ein besserer Trödelladen, in einem kleinen Häuschen in der Neustadt, ich glaube« – sie wandte sich an Berndorf – »Sie müssten es noch kennen. Wenn eine etwas richtig Altes haben wollte, eine Brosche aus Urgroßmutters Zeiten vielleicht oder eine silberne Taschenuhr, dann ist sie zum Vierneisel gegangen, und genauso ist es gewesen, wenn eine so etwas hat verkaufen wollen. Aber vor ein paar Jahren ist er in Konkurs gegangen... Was haben Sie?« Erstaunt sah sie Berndorf an, in dessen Gesicht eine Veränderung vorgegangen war.

Unversehens lächelte er.

»Entschuldigen Sie, Kuttler.« Er stand auf, beugte sich über Puck und küsste sie auf die Wange.

Montag, 18. Februar

Das Büro des Rechtspflegers lag in einem der oberen Stockwerke des Justizhochhauses, aber auf der Nordseite, und so sehr die Kakteen auf der Fensterbank ihre Stachelarme auch gegen den grauen Ulmer Himmel reckten – die Sonne sahen sie nie.

»Also Intlekofer und Vierneisel«, wiederholte der Rechtspfleger, vor seinem Aktenschrank stehend, und zog einen Ordner heraus. Er setzte sich wieder an seinen Schreibtisch und schlug den Ordner auf. »Ich bin fast sicher, dass das Reisebüro Intlekofer damals von Beyschlag abgewickelt wurde«, sagte er dann, »Anton Beyschlag, mit Ypsilon...«

Berndorf saß auf der anderen Seite des Schreibtischs und bemühte sich, ein interessiertes Gesicht zu zeigen, das keinerlei Anspannung erkennen ließ. Er war mit einer nichtsnutzigen kleinen Vermutung hierhergekommen, die auf nichts als den schieren Zufall gestützt war, dass er gestern von zwei verschiedenen Leuten in einem entfernt verwandten Zusammenhang den gleichen Begriff gehört hatte.

»Da ist er ja«, sagte der Rechtspfleger befriedigt, »...zum Konkursverwalter wird der Rechtsanwalt Anton Beyschlag, Frauenstraße, ernannt...« Er blickte auf. »Und das andere war Vierneisel, ein Uhrengeschäft, sagten Sie?«

»Er hat auch mit Antiquitäten gehandelt«, antwortete Berndorf, »und mit Schmuck.«

»Ich glaube, ich erinnere mich«, meinte der Rechtspfleger, »er hatte seinen Laden in der Neustadt, gar nicht weit von hier...« Er blätterte weiter. »Da ist es ja, es liegt allerdings nicht nur drei, sondern fast sechs Jahre zurück. Und wieder ist der Konkursverwalter Beyschlag...« Plötzlich runzelte er die Stirn und sah Berndorf an. »Die Bestellung eines Konkursverwalters wird ja grundsätzlich öffentlich bekannt gemacht, deswegen kann und darf ich Ihnen überhaupt Auskunft geben... aber ich frage mich jetzt doch, welcher Zusammenhang hier besteht und ob dieser Zusammenhang auf Unregelmäßigkeiten hindeutet, auf Dinge, die nicht in Ordnung sind?«

»Welche Dinge sind schon in Ordnung!«, antwortete Berndorf. »Mir geht es um ein Schmuckstück, einen Ring, und seine Herkunft. Vielleicht kann mir dieser Rechtsanwalt Beyschlag helfen, ein Stück des Weges zu rekonstruieren.«

Der Rechtspfleger, ein kräftiger Mann mit schütterem weißblondem Haar auf einem rötlichen quadratischen Kopf, schaute ihn zweifelnd an. »Das gefällt mir nicht, was Sie da sagen. Schmuckstücke, die in eine Konkursmasse eingebracht werden, müssten dort verbucht worden sein. Verbucht und verwertet. Da dürften eigentlich gar keine Fragen offen bleiben.«

Der Mann hat recht, dachte Berndorf. Laut sagte er, es gebe keinen Hinweis auf irgendetwas, das gegen die Konkursordnung verstoßen würde. Aber wenn es wider Erwarten doch so sei, würde er sich wieder melden.

Kurz darauf setzte der Fahrstuhl Berndorf im Erdgeschoss ab, er verließ das Gebäude und überquerte die Straße zur Altstadt. Es regnete, aber er ging leichtfüßig, geradezu beschwingt. Dabei war er gar nicht sicher, ob er überhaupt weitergekommen war, und wenn es doch so sein sollte, dann war es nur ein winziger Schritt gewesen, und viele lagen noch vor ihm. In Tonios Café sah er niemanden, mit dem er hätte reden wollen, so ging er weiter zu einem Stehcafé, das als Treffpunkt der beamteten Juristen galt. Er warf einen Blick auf die Uhr, es war zehn Uhr vorbei, Zeit also für eine Tasse Kaffee, wenn man dafür die Zeit hatte. Er trat ein, bestellte einen doppelten Espresso, bezahlte und sah sich um, die Tasse in der Hand. An den meisten Tischchen standen Leute, die er nicht kannte und an deren Gesprächen er keinen Anteil nehmen wollte. Ein einzelner Mann lehnte an einem Tisch weiter hinten, er schien ihn – Berndorf – beobachtet zu haben, jetzt hob er die Hand und wies einladend auf den Platz ihm gegenüber.

»Den Freitag gut überstanden?«, fragte Veesendonk, als Berndorf seinen Espresso auf dem Tischchen abgestellt hatte.

»Es ging.«

»Wollten Sie nicht noch eine Revanche?«

»Gewiss«, antwortete Berndorf. Offenkundig hatte der Vorsitzende Richter Veesendonk an diesem Montagvormittag keine Verhandlung zu führen, er schien entspannt und heiter.

»Und wann?«

»Es wird sich schon ergeben.«

»Sie sind, mein Lieber, ein wenig einsilbig an diesem Morgen«, bemerkte Veesendonk. »Haben Sie schon gehört, dass Ihr Nachfolger einen fulminanten Erfolg verbucht hat? Der Fall Eisholm soll geklärt sein.«

»Ich habe davon gehört.«

»Sie haben davon gehört! Sehr elegant, wie Sie das sagen, sehr kühl, sehr distanziert«, lobte Veesendonk ironisch. »Darf ich daraus schließen, dass Sie Ihre Recherchen unbeirrt fortsetzen werden? Ich warte nämlich darauf...«

»Sie warten worauf?«

»Dass Sie meine Jugendliebe Vren ausfindig machen und sich ihre Version von unserer Reise durch die Provence erzählen lassen«, antwortete Veesendonk. »Ich dachte, das hätten Sie sich fürs Wochenende vorgenommen. Sollte ich mich geirrt haben? Enttäuschen Sie mich nicht...«

»Vren interessiert mich zwar sehr«, sagte Berndorf, »aber am Wochenende musste ich einen Landrat besuchen, im Südschwarzwald, wissen Sie...«

Veesendonk hob die Augenbrauen und sah Berndorf wachsam an. »Ich kann Ihnen gerade nicht ganz folgen.«

»Ich nehme an, Sie werden noch davon hören.« Berndorf trank den letzten Rest Espresso. »Wissen Sie, was ein jüdischer Hochzeitsring ist?«

Veesendonk sagte diesmal nichts mehr, sondern sah Berndorf nur an, aufmerksam und abwartend.

»Der verschwundene Ring, den Fiona Morny getragen hat, war ein solcher Hochzeitsring.«

Ein Mobiltelefon klingelte. Der Richter zog es aus seiner Manteltasche und meldete sich. Dann sagte er nur: »Einen Augenblick!«, hob entschuldigend die Hand und verließ das Stehcafé, um das Gespräch draußen zu führen.

Durch die Schaufensterscheibe sah Berndorf, dass Veesendonk fast nichts sagte, sondern nur zuhörte, mit plötzlich ernstem, fast zornigem Gesicht. Unvermittelt sah er auf und blickte zu Berndorf, und wieder veränderte sich sein Gesichtsausdruck: Er hatte das wache, aufmerksame, leidenschaftslose Gesicht des Richters aufgesetzt.

Kurz darauf kam er in das Café zurück. »Diese Anwältin hat mich gerade angerufen.« Er griff nach seiner Tasse Kaffee, aber sie war leer. »Nun weiß sogar ich, was Sie mit Ihrer Bemerkung über diesen Landrat gemeint haben... Ist diese Dr. Drautz eigentlich Ihre Auftraggeberin?«

»Eisholm war es.«

»Also arbeiten Sie auf eigene Rechnung.« Veesendonk hob die Schultern und ließ sie wieder fallen. »Sie haben wirklich nicht viel Zeit gebraucht, um das Verfahren Morny ins Schleudern zu bringen. Und womöglich in die Schlagzeilen. Kompliment. Leider dient das alles nicht der Wahrheitsfindung und gewiss auch nicht den Eltern dieser unglücklichen jungen Frau.«

Berndorf sagte nichts.

»Aber diese andere Sache, von der Sie zuvor gesprochen haben...«, fuhr Veesendonk fort. »Wieso ein Hochzeitsring? Wieso jüdisch?«

Statt einer Antwort griff Berndorf zu der Mappe, die er auf dem Tischchen abgelegt hatte, und suchte die Kopien heraus, die ihm die Direktorin des Schmuckmuseums gezogen hatte.

»Hier!« Er deutete auf einen der Ringe, die auf den Kopien abgebildet waren. »Das Motiv des Sündenfalls finden Sie auch auf Fionas Ring.« Er legte die Vergrößerung daneben, die er von dem *Tagblatt*-Fotografen bekommen hatte.

Schweigend, mit zugekniffenen Lippen, sah der Richter die Kopien durch. Auf seiner Stirn hatte sich eine steile Falte gebildet. »Wissen Sie etwas über die Herkunft dieses Rings?«

»Nein.«

»Können Sie etwas darüber herausfinden?«

Statt einer Antwort sah ihn Berndorf nur an.

Wenig später ging der Richter. Auch Berndorf verließ das Café, die Mappe unter dem Arm. Draußen sah er sich um. Ein paar Schritte weiter lag ein Uhrengeschäft, er kannte den Inhaber, seine kaputte Taschenuhr fiel ihm ein, manches fügt sich eben.

Ein Mann, barhäuptig, rotgesichtig, die Lesebrille auf der Nase, der Gerichtsreporter Frenzel also, kam die Gasse hoch und blieb, als er Berndorfs ansichtig wurde, ein paar Schritte vor ihm stehen und äugte über seine Lesebrille.

»Wohin des Wegs?«

»Zum Uhrmacher«, antwortete Berndorf. »Für meine Taschenuhr ist die Welt um sechs Minuten vor drei stehen geblieben.«

»Eigentlich eine gute Zeit«, meinte Frenzel. »Da sollte die schlimmste Nachmittagsmüdigkeit schon überstanden sein. Sonst haben Sie nichts in Arbeit?«

»Und Sie?«, fragte Berndorf zurück.

»Der Neue Bau ruft zur Pressekonferenz. Ihr Nachfolger hat offenbar einen kapitalen Fisch gefangen.«

»Tüchtig«, antwortete Berndorf.

Frenzel legte den Kopf ein wenig schief. »Höre ich recht? Klingt das ein wenig pikiert?«

»Pikiert? Nein. Aber wollen Sie nicht zur allgemeinen Feststimmung beitragen? Fragen Sie doch, welche neuen Ermittlungen die Kriminalpolizei im Fall Morny in Angriff zu nehmen gedenkt.«

»Bitte?«, fragte Frenzel.

Dr. Elaine Drautz sah sich um, ehe sie am Besprechungstisch in Veesendonks Büro Platz nahm, und für einen Augenblick blieb ihr Bild an der Fotografie eines dunkelhaarigen Mannes mit tief eingekerbten Gesichtszügen hängen, der vor einem Schachbrett stand und die Stellung der schwarzen und weißen Figuren mit einer Aufmerksamkeit musterte, wie sie ein Blumenzüchter einer nicht uninteressanten neuen Rosenkreuzung entgegenbringen mochte. Von seinem Gegenspieler, der vor dem Brett saß, sah man nur den schmalen Rücken und das dunkle und etwas gekrauste Haar am Hinterkopf.

»Paul Keres«, erklärte Veesendonk. »Einer der ganz Großen. Der Größte vielleicht, jedenfalls im zwanzigsten Jahrhundert, auch wenn er nie Weltmeister war.«

»Und der Hinterkopf?«

Veesendonk zeigte ein schmales Lächeln. »Es war eine Simultanpartie. Keres gegen vierundzwanzig Spieler, es war eine große Ehre für mich.«

»Vierundzwanzig gegen einen?« Elaine Drautz hob die Augenbrauen. »Und? Haben Sie gewonnen?«

»Er hat mir am Ende ein Unentschieden angeboten, und ich hab's gerne angenommen.«

Die Anwältin setzte sich. Sie hatte an diesem Vormittag die Haare hochgesteckt, so dass ihre Nackenlinie betont wurde.

»Ich denke«, eröffnete sie das Gefecht, »die jüngste Entwicklung im Fall Morny macht eine Abklärung notwendig. Da ich mit meinen Beweisanträgen keine offenen Türen einrennen will, wüsste ich gerne, welche zusätzlichen Ermittlungen das Gericht anordnen wird.«

Veesendonk schüttelte den Kopf. »Sie haben mir ja am Telefon gesagt, dass Sie oder Berndorf oder vielmehr Sie beide gemeinsam diesen bisher unbekannten Liebhaber gefunden haben. Wenn das so ist – ich muss das erst überprüfen lassen –, werden wir ihn als Zeugen laden. Durchaus möglich, dass er uns zur Vorgeschichte...«

»Wie bitte?!« Elaine Drautz hatte sich auf ihrem Platz steil aufgerichtet. »Sagten Sie soeben Vorgeschichte? Dieser Mann ist nicht bloß in die Vorgeschichte, sondern ganz tief und unmittelbar in den Fall selbst verstrickt. Nach eigenem Eingeständnis wird er erpresst, warum bitte? Allein diese ganz einfache Frage macht doch die ganze Anklage hinfällig. Wenn Sie überhaupt weiter verhandeln wollen, dann wollen Sie doch bitte zuallererst den Haftbefehl gegen meinen Mandanten außer Vollzug setzen...«

»Er ist weiter tatverdächtig.« Diesmal hatte Veesendonk sie unterbrochen.

Die Anwältin schüttelte den Kopf. »Allenfalls ist er ein Tatverdächtiger unter mehreren denkbaren anderen. Das ist meilenweit von einem Haftgrund entfernt.«

»Von welchen denkbaren anderen sprechen Sie?«

»Erstens dieser Landrat«, begann Elaine Drautz und legte den Zeigefinger der linken Hand an den Daumen der rechten. »Hat es einen Streit *post coitum* gegeben? Soll unter Liebesleuten vorkommen. Einen tödlich verlaufenen Streit vielleicht?« Der Zeigefinger der linken wanderte zu dem der rechten Hand. »Zweitens: Wie lange wird der Herr Landrat schon erpresst? War Fiona Morny die Erpresserin? Ist sie deshalb getötet worden?« Der Zeigefinger bewegte sich zum Mittelfinger. »Drittens: War die Beziehung zwischen dem Landrat und Fiona Morny geschäftlicher oder amouröser Natur? Wenn sie geschäftlicher Natur gewesen sein sollte – war Fiona Morny demnach eine Prostituierte? Und wenn sie eine Prostituierte war, musste sie für einen Zuhälter arbeiten? Wenn ja, wer war das? Haben sich die beiden vielleicht um die Honoraranteile gestritten? War es vielleicht ein tödlicher Streit? Viertens: Falls sie noch keinen Zuhälter hatte – gab es da jemand, der die Rolle gerne hätte übernehmen wollen?« Der Zeigefinger war beim kleinen Finger der rechten Hand angelangt. »Fünftens: Der Schmuck, den sie besessen hat und der jetzt verschwunden ist, stellt – wie wir herausgefunden haben – eine kunsthistorische Besonderheit von möglicherweise hohem Wert dar. Ist sie umgebracht worden, weil man sie berauben wollte?«

Sie streckte Veesendonk die Hand mit den ausgestreckten fünf Fingern entgegen. »Fünf mögliche, denkbare, plausible Tatabläufe. Keinen können Sie zu diesem Zeitpunkt ausschließen. Und da gehen Sie nicht selbst und höchstpersönlich in die Untersuchungshaft und schließen dem Hauptmann Morny die Zellentür auf? Sie machen mich staunen.«

Veesendonk hob leicht die Augenbrauen an. »Sie haben etwas vergessen.«

»Ja?« Die Anwältin runzelte die Stirn.

»Dieser Schmuck, von dem Sie gesprochen haben... Wenn ich Berndorf richtig verstanden habe, handelt es sich bei dem Anhänger der Kette um einen jüdischen Hochzeitsring. Wie ist dieser Ring zu Fiona Morny gekommen, und hat ihr Tod etwas damit zu tun, dass sie getragen hat, was sie besser nicht hätte tragen sollen?«

»Das klingt jetzt sogar mir etwas zu verschwörerisch«, meinte die Anwältin. »Aber Sie können sich gerne weitere Theorien für Staatsanwaltschaft und Polizei ausdenken, wenn Sie nur meinen Mandanten auf freien Fuß setzen.«

»Beantragen Sie eine Haftprüfung«, schlug Veesendonk vor. »Allerdings würde ich empfehlen, noch ein paar Tage zu warten. So lange, bis wir etwas mehr über diesen Landrat wissen.«

Seit es ein regionales Fernsehprogramm gab und regelmäßig ein Aufnahmeteam zu den Pressekonferenzen der Polizeidirektion erschien, hatte sich der Service dort deutlich verbessert. An diesem Morgen wurden sogar wahlweise Kaffee und Tee angeboten, freilich aus Thermoskannen...

»Tee aus der Thermoskanne! Und nächstens servieren Sie den Trollinger mit Eiswürfeln«, bemerkte Frenzel zu dem Mann, der neben ihn getreten war und sich nach seinen Wünschen erkundigte.

»Ich bitte sehr um Entschuldigung«, antwortete der Mann, »aber dass Sie auch Experte für Tee sind, war uns nicht bekannt. Trollinger haben wir leider nicht im Angebot, Eiswürfel auch nicht. Kaffee also?«

Frenzel blickte hoch, der als Steward eingeteilte Beamte war Kuttler, Kriminalkommissar aus dem Dezernat I...

»Hat man Sie befördert?«

»Nicht, dass ich wüsste«, antwortete Kuttler mit ungerührtem, fast heiterem Gesichtsausdruck.

»Na ja, weil Sie jetzt schon die Kannen herumtragen dürfen.«

»Es ist ein vorrangiges Prinzip der Polizeiführung, die Beamten nach Maßgabe ihrer Fähigkeiten einzusetzen«, antwortete Kuttler würdig und schenkte Kaffee ein.

Frenzel vermerkte bei sich, dass er bei Gelegenheit einen Beitrag über das Betriebsklima im Neuen Bau ins Auge fassen sollte, aber dann setzte sich der Mensch von der Landesausgabe des Lügenblattes neben ihn, und sie tauschten einen Händedruck. Überhaupt war die Runde der Journalisten deutlich größer als sonst, so groß, dass das Team des Regionalfernsehens dies eigens mit einem Kameraschwenk über die beiden Tischreihen links und rechts des Podiums dokumentierte. Offenbar war auch eine ganze Gruppe Münchner Journalisten angereist, an der lässigen Gewandtheit zu erkennen, mit der sie wie beiläufig zu verstehen gaben, dass sie doch noch ein bisschen bedeutender und wichtiger waren als andere.

Er trank einen Schluck Kaffee, schwarz und ungesüßt, dann klopfte Kriminalrat Englin ans Mikrophon, zwinkerte zwei Mal mit dem linken Auge und begrüßte die Vertreter der Medien. Rechts neben ihm saß Ivo Dorpat, links die Kriminalbeamtin Wilma Rohm, zusammen nahmen sie die Stirnseite der im Rechteck angeordneten Besprechungstische ein. Frenzel wunderte sich ein wenig über die herausgehobene Platzierung der jungen Wilma Rohm, fast noch mehr als über den Kaffee austragenden Kuttler – hatte hier ein Exempel zum Thema Frauenförderung statuiert werden müssen?

Freilich, fotogener als Kuttler war Rohms Wilma allemal.

Der Kriminalrat war beim Anlass der Pressekonferenz angelangt, dem Tod Eisholms. »Dieses schreckliche Verbrechen an einem Anwalt, also an einem Organ der Rechtspflege, hat unsere Ermittlungsarbeit in ganz besonderem Maß in Anspruch genommen und unsere Beamten in ganz besonderem Maß motiviert...«

Was hätten die wohl getan, überlegte Frenzel, wäre Eisholm selig kein Anwalt gewesen? Noch immer faszinierte ihn der Anblick der Wilma Rohm, deren Gesicht ein wenig – aber nur ein klein wenig – gerötet war, die aber sonst sehr gefasst neben Englin saß, als übe sie bereits für künftige Auftritte.

Der Kriminalrat übergab Ivo Dorpat das Wort. »Wie Herr Kriminalrat Englin in seiner Bemerkung über das schreckliche Verbrechen, dem Anwalt Eisholm zum Opfer gefallen ist, bereits deutlich gemacht hat«, hob der Hauptkommissar an, »können wir eine Selbsttötung zweifelsfrei ausschließen – so, wie wir dies übrigens von Anfang an auch vermutet haben...«

Frenzel machte ein paar nachlässige Notizen. Aus der Aussage des Lokführers und aus der Art der Verstümmelungen, die Eisholms Leiche aufwies, hatte ein Experte des Landeskriminalamtes mögliche Bewegungsabläufe rekonstruiert... »Diese Rekonstruktionen haben unseres Erachtens ergeben, dass Eisholm sich nicht selbst vor die Lokomotive geworfen hat, sondern dass er mit großer Wahrscheinlichkeit gestoßen wurde...« Dorpat nickte Kuttler zu, und der nahm einen Packen Computerausdrucke und verteilte sie an die Presseleute. Die Ausdrucke zeigten ein schematisiertes Männchen auf einem Bahnsteig vor einer Lokomotive: zuerst mit herausgestreckter Brust und erhobenen Händen zwei oder drei Schritte vor der Bahnsteigkante, dann – die Hände ausgebreitet, den Kopf zurückgeworfen – mit einem Fuß bereits ins Leere tretend und schließlich vor die Lok stürzend.

»Wir mussten also von einem Fremdverschulden ausgehen«, fuhr Dorpat fort, »und damit stellte sich uns die Frage, wer Gelegenheit und zugleich ein nachvollziehbares Motiv hatte. Und hier haben wir nach sehr detaillierten Recherchen eine auffällige Entdeckung machen können...«

Er gab das Wort an Wilma Rohm weiter, und diese berichtete – ohne ein einziges Mal ins Stocken zu geraten – von dem Fall des Konstanzer Rauschgiftfahnders Günter S., der von Eisholm hinter Gitter gebracht worden war, wenn auch nur für kurze Zeit.

»Wir haben«, jetzt hatte Englin wieder das Wort ergriffen, »dann entschieden, dass wir Günter S. zu den Vorgängen und zu seinem eventuellen Alibi befragen wollen, aber leider war er trotz der Auflagen, die mit seiner bedingten Entlassung verbunden waren, an seinem Wohnsitz nicht anzutreffen. Unsere Kollegen Wilma Rohm und Ivo Dorpat« – er zeigte auf die beiden neben ihm Sitzenden – »sind dann nach Konstanz gefahren und konnten ihn auch tatsächlich ausfindig machen. Gefunden haben sie Günter S. vor einem Café, wo er offenbar der jungen Frau auflauerte, die Anlass des ganzen bedauerlichen Falles gewesen ist...« Englin machte eine Kunstpause, als wollte er sichergehen, dass die Journalisten auch mit dem Notieren nachkommen.

Das ist die blödeste Geschichte, die ich seit langem gehört habe, dachte Frenzel. Wenn dieser durchgeknallte Rauschgiftbulle hinter der jungen Frau her ist, was will er dann in Ulm, einen alten unschmackhaften Anwalt umbringen? Und was hätte der Anwalt Eisholm auf einem der hinteren Ulmer Bahnsteige zu suchen gehabt, damit er dort vor den Zug gestoßen werden kann?

»Nur...« – Englin hatte die Pause für ausreichend befunden und zwinkerte kurz mit dem linken Auge – »Günter S. war leider nicht bereit, mit uns zu reden. Er zog eine Schusswaffe, ist aber von meinem Kollegen Ivo Dorpat – wie soll ich sagen? –, er ist von ihm außer Gefecht gesetzt worden.«

»Wie?«, wollte der Kollege vom Lügenblatt wissen.

Dorpat reckte nur grimmig das Kinn.

»Unser Kollege Ivo Dorpat war einmal deutscher Polizeimeister im Boxen, Halbschwergewicht, nicht wahr?« Dorpat nickte. »Und in Konstanz – das war doch ein rechter Aufwärtshaken?«

Wieder nickte Dorpat.

»Und hat sich der Festgenommene schon geäußert?«, fragte einer der Münchner Journalisten.

Kaum, dachte Frenzel. Nicht nach einem rechten Aufwärtshaken des deutschen Polizeimeisters im Halbschwergewicht.

»Der Mann ist nach Angaben der Ärzte noch nicht vernehmungsfähig«, sagte Englin und musste plötzlich heftig mit dem linken Auge zwinkern.

Nicht vernehmungsfähig! Das wird er wohl auch noch eine Weile bleiben, dachte Frenzel und räusperte sich, denn nun wollte auch er einmal eine Frage stellen.

»Sagen Sie« – bevor sich Frenzel zu Ende geräuspert hatte, hatte schon ein Kollege mit gepflegter Diktion und lang gewelltem blondem Haar das Wort ergriffen – »der Herr Eisholm hat in dem Prozess Morny doch immer wieder darauf hingewiesen, dass der Mann, mit dem Fiona Morny zuletzt zusammen war, nie gefunden worden ist. Da Sie jetzt gerade auf der Erfolgswelle schwimmen – darf man fragen, ob sich in dieser anderen Angelegenheit nicht auch etwas tut?«

»Das ist...«, sagte Englin und wusste schon nicht mehr weiter, »also der Fall Morny, der ist ja jetzt vor Gericht...« Er blickte um sich, aber plötzlich hatten sowohl Ivo Dorpat als auch Wilma Rohm sehr unbeteiligte, fast abwesende Gesichter aufgesetzt.

»Also, wenn da noch zusätzliche Ermittlungen zu führen wären«, fiel es Englin ein, »dann müsste die Staatsanwaltschaft uns dazu anweisen.«

»Können Sie denn ausschließen«, hakte ein zweiter Münchner Journalist nach, »dass dieser Große Unbekannte inzwischen gefunden worden ist?«

Englin blickte Hilfe suchend zu Dorpat. »Ausschließen«, sagte der, »können wir natürlich nichts. Nur haben wir selbst keine neuen Erkenntnisse. Definitiv nicht.«

»Verstehe ich Sie recht«, der Münchner machte einen weiteren Versuch, »Erkenntnisse gibt es schon. Nur Sie haben sie nicht?«

»Sie verstehen mich nicht richtig«, antwortete Dorpat. »Wir sind gar nicht befugt, hier irgendwelche Auskünfte zu geben...«

Als Sigmund Vierneisel schon fast ganz unten angelangt war, hatte er einer kinderlosen Witwe eine kaputte Biedermeier-Standuhr – ein Erbstück – reparieren können. Das war nicht weiter schwierig gewesen, aber die Witwe fand ihn anstellig auch für anderes, was stehen geblieben war, und nahm ihn bei sich zuhause auf. Seither wohnte Vierneisel – ein großer, gebeugter Mann mit weißen Haaren und weißen buschigen Augenbrauen – in der kleinen Stadt Erbach, unweit von Ulm und im Schatten eines Schlosses gelegen, und hatte im Dachgeschoss des Hauses sogar eine eigene bescheidene Werkstatt einrichten können.

Auch an diesem Montagnachmittag saß er dort, die Lupe im Auge, und begutachtete die goldene Taschenuhr, die ihm ein Kunde gebracht hatte. Der Kunde war vom Uhrmacher in der Ulmer Platzgasse geschickt worden, für die kleinen tüfteligen Arbeiten hatten die keine Zeit mehr. Dabei hatte die Uhr nur einen Schlag abbekommen, der Auftrag war nicht weiter schwierig, nur der Kunde war ihm verdächtig, ein grauer ruhiger Mensch mit dem Geruch von Leuten, die Ärger machen können. Jemand vom Finanzamt?

»Schönes, solides Stück«, lobte er. »Ohne Firlefanz und Schnickschnack. Vor einem halben Jahrhundert mussten die Leute nicht so tun, als wollten sie damit den Mount Everest besteigen. Darf man fragen...?«

»Ich hab sie von einem meiner Großväter geerbt«, sagte der Mann.

»Ihr Herr Großvater hatte Geschmack«, meinte Vierneisel und nahm die Lupe aus dem Auge. »Ich kann sie Ihnen bis Ende der Woche richten. Aber mit vierzig Euro müssen Sie schon rechnen.«

Der Graue nickte. »Das geht in Ordnung.«

»Und wie war jetzt der Name?«

»Berndorf«, sagte der Mann.

Kein Steuerprüfer. »Ich weiß, wer Sie sind«, sagte Vierneisel. »Sie sind von der Mordkommission...«

Berndorf schüttelte den Kopf. »Die Zeiten sind vorbei.«

»Pensioniert? Wird Ihnen da die Zeit nicht lang?«

»Manchmal«, antwortete Berndorf, »ich such mir dann ein wenig Arbeit... hier zum Beispiel.« Er legte die schwarze Mappe, mit der er gekommen war, auf den Tisch und zog ein paar Fotografien heraus. »Ich wüsste gerne, ob Sie diesen Schmuck schon einmal gesehen haben.«

»Ah ja«, machte Vierneisel und sah nicht die Fotos, sondern Berndorf an. »Ich wunderte mich schon ...«

»Worüber?«

»Die Uhr ist echt, und der Schaden, den sie hat, ist es auch. Aber Sie – Sie sind mir als Kunde gewissermaßen verkleidet vorgekommen. Wollen Sie die Uhr wirklich repariert haben?«

»Aber ja doch«, meinte Berndorf. »Trotzdem könnten Sie einen Blick auf die Fotos werfen.«

Zögernd nahm Vierneisel den ersten der Abzüge und betrachtete ihn. »Sie wissen schon, was Sie mir da zeigen?«

»Ich denke doch.«

»Sie denken!«, wiederholte Vierneisel, fast zornig. »Wenn der Ring das ist, was ich meine, dann müssten im Innern Buchstaben eingraviert sein. Hebräische Buchstaben. Es ist ein jüdischer Hochzeitsring. Können Sie mir sagen, wie der Ring zu dieser Frau gekommen ist?«

»Ach«, sagte Berndorf, »weil ich genau das wissen will, bin ich doch hier.«

»Und warum wollen Sie es wissen?«

»Weil der Ring Beweismaterial in einem Mordfall ist.«

Vierneisel lachte. Eigentlich war es kein Lachen. Er stieß die Luft durch den Rachen, das war es schon. »Ein wahres Wort. Sehr wahrscheinlich ist dieser Ring Beweisstück in einem Mordfall, fast könnte ich's beschwören.« Er stand auf und ging zu einem kleinen Wandschrank, schloss ihn auf und holte eine Flasche mit einer wasserhellen Flüssigkeit heraus. »Meine Chefin und der Doktor haben es mir verboten, aber manchmal braucht die Seele ein Stärkungsmittel.« Er stellte zwei Wassergläser auf den Tisch und goss beide halbvoll. »Auf die Toten!«

Berndorf zögerte einen Augenblick, dann nahm er das Glas und kippte einen Schluck, der ihm höllisch in der Kehle brannte und kurz den Atem nahm.

»So!«, sagte Vierneisel und stellte das Glas ab. »Sie sollen Ihre Antwort haben ... Vor etwa sieben Jahren hat mich eine Frau angerufen, deren Mann kurz zuvor verstorben war, und mich gefragt, ob ich einige Erbstücke schätzen und gegebenenfalls kaufen oder in Kommission nehmen könne. Der Mann war eine Respektsperson gewesen, ein Herr Gaspard, stellvertretender Direktor des Finanzamtes und hohes Tier im Schwäbischen Albverein. Die Frau, man kann sagen: eine Dame, war auch schon an die achtzig und hatte einen Platz im Altersheim und wollte nun ihr Haus aufräumen, übrigens ein schönes Haus an der Blau, und zeigte mir altmodisches Silberbesteck, ein oder zwei Uhren und – ganz zuletzt hat sie es ausgepackt – eine Goldkette mit einem Ring daran.« Er machte eine Pause und wies auf die Fotografie. »Eine Kette, genau wie diese, mit einem goldenen Ring daran, einem goldenen Ring, der auch genauso ausgesehen hat wie dieser hier...« Er trank einen zweiten Schluck.

»Ich wusste damals noch nicht, was das für ein Ring war, habe aber die hebräischen Buchstaben gesehen. Ich hab die Frau gefragt, was sie über die Herkunft weiß, aber sie hat nur gemeint, ihr Mann hätte das wohl im Osten einem Händler abgekauft, und wie sie das sagte, hab ich gefragt, ob das während des Krieges gewesen sei, und da wird sie plötzlich ganz seltsam und fährt mir über den Mund: Unsinn!, sagt sie, was reden Sie da! Der Schmuck war ein Pfand, ein Pfand von einem Viehhändler für den Großvater, aus der Inflationszeit nach dem Ersten Weltkrieg, und der Händler hat das Pfand nicht eingelöst, und so hat es der Großvater mir vererbt...«

Er griff zur Flasche und füllte das Glas auf. »Ich hab damals sofort gewusst, dass das eine Lügengeschichte war. Kein Bauer hier bei uns im Gäu hätt sich ein Stück Vieh für einen Goldschmuck abhandeln lassen, von dem er nicht weiß, ob er vielleicht aus Messing ist, und kein Viehjud gibt einen echten Schmuck als Pfand, damit jeder im Gäu weiß, der hat jetzt auch schon kein Geld mehr... Die Geschichte war gelogen, und ich hab gedacht, am besten geb ich ihr die Kette gleich wieder mit und sage, dass ich mit solchen Dingen nichts zu tun haben will... Natürlich hätte ich auch sagen können, dass der Ring meiner Ansicht nach der Jüdischen Gemeinde gehört, ganz sicher hätte man das sagen können, aber dann wäre diese Frau nur hinausgelaufen und hätte den Schmuck wieder mitgenommen und hätte ihn sonstwo verramscht oder einschmelzen lassen... Das hab ich doch auch nicht zulassen können, verstehen Sie? Das sieht doch selbst ein Laie, dass der Ring ein Kunstwerk ist, eine Miniatur, etwas ganz Besonderes...«

»Wie viel haben Sie ihr gegeben?«

»Was?«, fragte Vierneisel zurück. »Ach so. Ja, wie ich sagte, man konnte doch nicht zulassen, dass so etwas ruiniert wird...«

»Wie viel?«

»Dreitausend«, antwortete Vierneisel. »Das waren aber noch Mark, und das Geld hab ich eigentlich schon damals nicht mehr gehabt. Der Laden lief nicht mehr gut, das war auch kein Wunder ... mit richtig teurem Schmuck, mit richtig teuren Uhren können Sie vielleicht noch Geld verdienen, vielleicht auch richtig Geld, aber da müssen Sie selbst erst einmal Geld mitbringen oder geheiratet haben, und Sie dürfen auch nicht in einer Klitsche in der Ulmer Neustadt hocken mit ein paar Golduhren von Großvaters Seite im Angebot...«

»Sie werden ihr fünfhundert Mark gegeben haben«, sagte Berndorf, »und das waren noch fünfhundert zu viel, nicht für den Ring, aber für diese Frau. Aber was haben Sie dann mit dem Ring angefangen?«

»Nichts«, sagte Vierneisel. »Ich hab ihn in meinen Tresor gelegt und dachte, ach, ich weiß nicht mehr was.«

»Sie werden sich überlegt haben«, sagte Berndorf, »ob Sie einen Vermittler finden, der den Ring einem Museum oder eben der Jüdischen Gemeinde anbietet, und zwar so, dass ein kleiner Aufpreis für Sie herausspringt.«

Vierneisel schüttelte den Kopf. »Wozu einen Vermittler?«

»Weil Sie den Ring nicht gutgläubig erworben haben.«

»Ich bin kein Hehler«, antwortete Vierneisel zornig. »Ich dachte, irgendeine Lösung wird sich schon finden. Und dann hab ich ganz andere Sorgen gehabt, ich war ja praktisch schon die ganze Zeit bankrott und bin deswegen auch verknackt worden. Wenn so ein armer Teufel wie ich mit dem Zahlen nicht mehr nachkommt, da schlägt die Justiz gnadenlos zu, das dürfen Sie mir glauben...«

»Schon gut«, sagte Berndorf. »Versteh ich Sie recht, Sie haben den Ring samt Kette in Ihrem Tresor liegen lassen, bis er in die Konkursmasse gewandert ist?«

»Genauso war es«, sagte Vierneisel, fast erleichtert, dass sich das Gespräch einem anderen Aspekt zugewandt hatte.

»Aber er muss doch ins Inventar aufgenommen worden sein? Welche Angaben wurden da gemacht, und welcher Schätzpreis wurde angenommen?«

»Sie kennen diesen Konkursverwalter nicht. Beyschlag heißt der Kerl, bei Gott, der Schlag soll ihn treffen! Der hat in meinem kleinen Laden herumgetan, als wäre er nicht gescheit, und mich heruntergemacht, elend wie ich war. Und bei diesem Schmuck...« – er zuckte mit den Achseln – »da hab ich gesagt, dass er meiner Ansicht nach unverkäuflich sei und am besten denen zurückgegeben werden soll, denen er gehört, also den Juden, mein ich, und er hat mich nur angesehen und gar nichts gesagt, und in der Inventurliste stand dann auch nichts mehr davon...«

»Sie haben die Liste nicht gegengezeichnet?«

»Doch... aber was hätte ich reklamieren sollen? Ich hab doch selbst gesagt, dass das Zeug unverkäuflich ist... Aber was ich nicht verstehe, wie kommen diese Kette und der Ring zu dieser Frau, und wer ist sie überhaupt?«

»Diese Frau«, antwortete Berndorf, »ist umgebracht worden, und deswegen können wir sie nicht mehr fragen. Also müssen wir wohl den Herrn Konkursverwalter Beyschlag um Auskunft bitten, finden Sie nicht?«

Und müssen Sie darauf hinweisen, dass zum gegenwärtigen Zeitpunkt Aussagen über die nach Abgeltung der bevorrechtigten Forderungen verbleibende Quote nicht gemacht werden können und so weiter blabla mit freundlichen Grüßen... Was hab ich einen Klempner freundlich zu grüßen! Wenn ich das hier schon lese« – ärgerlich klopfte Anton Beyschlag auf einen handschriftlichen Brief – »als gäbe es nichts Wichtigeres wie die

Rechnung für ein verstopftes Scheißhaus...« Er setzte seine Lesebrille ab und betrachtete missvergnügt seine Sekretärin. Sie war beim Friseur gewesen und hatte jetzt blondes Haar, aber das half leider gar nichts. »Was ist das für ein Vogel, der draußen hockt?« Er griff nach der Visitenkarte und musste die Lesebrille wieder aufsetzen. »Ermittlungen? Bin ich ein Auskunftsbüro? Was denkt sich der Kerl?«

»Es ist ein älterer Herr, eigentlich ganz freundlich«, antwortete seine Sekretärin, den Stenoblock in der Hand.

»Was hat ein alter Esel noch zu ermitteln? Was ist das überhaupt für ein Beruf? Warum haben Sie ihn nicht weggeschickt?«

»Das habe ich versucht«, erklärte seine Sekretärin und sah ihn trotzig an. »Aber er sagte, er hätte Zeit. Und Sie würden ganz bestimmt mit ihm sprechen wollen.« Ihr Mund zuckte, als müsse sie ein boshaftes kleines Lächeln unterdrücken. »Und dazu hat er so geschaut, dass ich gedacht hab, es ist besser, ich lass ihn da sitzen.«

»Hab ich Sie zum Denken eingestellt?«, fragte Beyschlag.

Die Sekretärin blieb unbeeindruckt. »Kann ich den Mann jetzt reinschicken?«

Beyschlag antwortete nichts, sondern sah sie nur an und fuhr sich mit dem Daumennagel durch seinen borstigen dunkelblonden Schnauzbart. Die Sekretärin ging zur Tür und öffnete sie und sagte zu einem vom Schreibtisch aus Unsichtbaren:

»Herr Beyschlag ist jetzt bereit, kurz mit Ihnen zu sprechen...«

Ein grauhaariger Mann, der sich auffällig aufrecht hielt und eine Mappe unter dem Arm trug, trat in das Büro und sah den Insolvenzverwalter aufmerksam an, als wolle er dessen Blick festhalten. Unvermittelt runzelte er die Stirn. »Berndorf ist mein Name«, sagte er dann, »aber wir sind uns schon einmal begegnet.«

Beyschlag schüttelte den Kopf. »Tut mir leid, aber ich kann mich nicht erinnern, wie denn auch! Was glauben Sie, mit wie viel Leuten unsereins tagaus, tagein zu tun hat, Arbeit am Fließband ist das, niemand hat Zeit, dabei ist Zeit das überhaupt Wichtigste, Zeit ist wichtiger selbst als Kapital, Sie können noch so viel Vermögen haben, wenn Ihnen keine Zeit bleibt, es sich entwickeln zu lassen, dann schmilzt die Substanz dahin, sag mir, wo die Blumen sind... Was haben Sie gerade gesagt?«

»Wir sind uns vor ein paar Tagen im ICE begegnet«, antwortete Berndorf, »als er in Neu-Ulm hielt und der Schaffner uns nicht aussteigen lassen wollte.«

»Ach richtig! Dieser Schaffner... da wundert es ja keinen mehr, dass die Bahn auf keinen grünen Zweig kommt. Und Sie waren dabei? Ja, wie man sich wiedertrifft... aber was kann ich für Sie tun? Ich bin sehr in Eile, müssen Sie wissen.«

Berndorf, der noch immer stand, holte aus seiner Mappe eine DIN-A-4-große Fotografie und legte sie vor Beyschlag auf dessen Schreibtisch. Es war eine Vergrößerung, die nur das Gesicht von Fiona Morny zeigte.

»Kennen Sie diese Frau?«

»Was weiß ich!«, antwortete Beyschlag ungeduldig. »Glauben Sie vielleicht, ich hab Zeit für junges Gemüse? Was ist das überhaupt für ein Unsinn – Sie kommen hier herein und zeigen mir Fotos, als ob ich nichts anderes zu tun hätte.«

»Diese junge Frau ist umgebracht worden«, sagte Berndorf. »Ihr Ehemann steht deshalb vor Gericht. Dieses Bild ist in den Zeitungen veröffentlicht worden.«

»Und?« Beyschlag setzte seine Brille auf und warf einen zweiten Blick auf den Abzug. »Kann sein, dass ich so ein Foto auch im Tagblatt gesehen habe... Aber, verehrter Meister, was hat das mit mir zu tun?«

»Kannten Sie Fiona Morny?«

»Woher sollte ich die kennen? Und wieso? Was sind das für Fragen?«

»Sie waren Insolvenzverwalter des Reisebüros Intlekofer?«

»Ach Gott, diese Klitsche! Ja, hab ich abgewickelt«, antwortete Beyschlag. »War nicht vergnügungssteuerpflichtig.«

»Fiona Morny hat dort gearbeitet.«

Beyschlag lachte schallend auf. »Ach, Meister, wo kommen

Sie denn her? Was glauben Sie denn, wie viel Leuten ich zu ihrem Ausfallgeld verhelfen muss... Wenn ich da jeden Einzelnen hier vortanzen ließe, käme ich zu überhaupt nichts mehr... Und was ist jetzt das?«

Berndorf hatte einen weiteren Abzug aus seiner Mappe geholt: eine Aufnahme von Fiona Morny, diesmal mit der Goldkette und dem Ring daran. »Erkennen Sie sie jetzt?«

Beyschlag nahm die Brille ab und sah Berndorf an. »Ich glaube«, sagte er langsam, fast bedächtig, »dieses Gespräch möchte ich nicht weiterführen.«

»Keine Sorge, ich gehe gleich«, antwortete Berndorf, legte einen dritten Abzug auf den Schreibtisch, der die vergrößerte Aufnahme des Ringes zeigte. »Nur sollten Sie mir noch erklären, wie dieser Schmuck zu Fiona Morny gekommen ist.«

»Raus!« Beyschlag griff nach dem Telefonhörer. »Lucy, bringen Sie diesen Herrn hier nach draußen...«

Berndorf wartete, bis sich die Tür öffnete und die Sekretärin erschien. Dann sammelte er die Abzüge wieder ein.

»Wie Sie meinen«, sagte er. »Ich hätte Ihnen zwar gerne noch die eidesstattliche Versicherung des Uhrmachers Sigmund Vierneisel über den Verbleib eben dieses Ringes zu lesen gegeben. Aber Sie werden ja noch Gelegenheit haben, sich gegenüber der Staatsanwaltschaft dazu zu äußern.«

Die Sekretärin berührte ihn vorsichtig am Arm.

»Lassen Sie, Lucy... einen Augenblick noch«, sagte Beyschlag mit plötzlich veränderter Stimme. »Da scheint ... da scheint ein Missverständnis vorzuliegen ... ich brauch Sie jetzt gerade nicht.« Die Sekretärin wandte sich zögernd von Berndorf ab und ging hinaus.

»Bitte nehmen Sie doch Platz«, sagte Beyschlag, als Lucy – mit einem letzten fragenden Blick – die Türe hinter sich geschlossen hatte.

Berndorf setzte sich und wartete.

»Sie sagten, ich könne die eidesstattliche Versicherung einsehen?«

Berndorf reichte ihm eine Kopie. Beyschlag setzte seine Brille wieder auf und las.

»...Heute, Montag, 18. Februar, erschien bei mir Herr Hans Berndorf, Berlin, und legte mir die Fotografie einer mir unbekannten Frau vor, die eine Goldkette mit einem Anhänger trug. – Die Fotografie ist als Anhang dieser Erklärung beigefügt. – An Hand einer dieser Erklärung ebenfalls beigefügten Vergrößerung erkannte ich den Anhänger, einen etwa zwei Zentimeter breiten Goldring, der in reliefartiger Darstellung eine biblische Szene zeigt, bei der es sich um den sogenannten Sündenfall handelt. Dieser Ring samt Goldkette war mir um das Jahr 2000 von einer Frau Gaspard zum Verkauf angeboten worden. Ihren Angaben zufolge stammten Ring und Goldkette aus dem Nachlass ihres Mannes Otto Gaspard, des früheren stellvertretenden Leiters des Finanzamtes Ulm. Da ich den Ring für eine künstlerisch bedeutsame Antiquität hielt, bot ich ihr für den gesamten Schmuck fünfhundert Deutsche Mark. Einen größeren Betrag hätte ich wegen meiner damals bereits finanziell angespannten Lage nicht aufbringen können. Sie nahm das Angebot an, und ich verwahrte Kette und Ring in meinem Tresor. Im Jahr 2004 musste ich für mein Uhren- und Schmuckgeschäft Insolvenz beantragen, und als Insolvenzverwalter wurde Herr Anton Beyschlag eingesetzt. Bei der Inventur erklärte ich ihm, dass ich die noch immer in meinem Tresor befindliche Goldkette samt Ring für unverkäuflich halte. Dennoch nahm Herr Beyschlag den Schmuck an sich...«

»Was will er denn!«, rief Beyschlag und hörte auf zu lesen. »Seinen Laden in die Insolvenz wirtschaften, Rechnungen nicht bezahlen, die Miete auch nicht, aber das feine goldene Ringlein, das will er für sich behalten! Außerdem geht aus diesem Wisch nicht hervor« – er reichte die Kopie an Berndorf zurück – »dass dieser Ring, an den sich der Herr Vierneisel da zu erinnern glaubt, auch wirklich der Ring ist, den diese junge Frau getragen hat. Eine Fotografie und eine Vergrößerung daraus sind lachhafte Beweismittel – jedes Kind weiß, wie leicht eine Fotografie manipuliert werden kann.«

»Das muss Sie jetzt nicht kümmern«, antwortete Berndorf freundlich. »Für Sie muss es genügen, dass der Verbleib des

Ringes dokumentiert ist. Dass der Ring zum Beispiel verkauft wurde und dass der Erlös in die Konkursmasse Vierneisel eingegangen ist. Oder dass er jemandem übergeben wurde, der einen Anspruch darauf begründen konnte.« Berndorf lächelte. »Sie werden das ja belegen können, ganz sicher können Sie das...«

»Hören Sie...«, Beyschlag – schon wieder ohne Brille – stützte den Kopf in einer Hand auf, so dass die Augen verborgen waren. »Dieser Ring...« Er hob den Kopf wieder und sah Berndorf fast bittend an, »dieser verdammte Ring war unverkäuflich, jedenfalls für den alten Trödler Vierneisel und für mich auch, weil da eine Judengeschichte reinspielt...«

Berndorf wartete.

»Und diese Fiona... ja, ich hab sie kennen gelernt, nun gucken Sie nicht so! Jung, verheult, ohne einen blassen Schimmer von dem, was abläuft – so saß sie in dem Besucherstuhl, in dem Sie jetzt auch sitzen, und beugte sich vor und ließ sehen, was in ihrem Ausschnitt war, und ich hab gleich gedacht, so ahnungslos kann sie nun auch wieder nicht sein. Angeblich war sie Kunsthistorikerin, aber der alte Intlekofer – von dem Sie laut sagen dürfen, dass er ein gottverfluchter Betrüger und Menschenschinder ist –, der Intlekofer also hatte ihr gar keinen richtigen Arbeitsvertrag gegeben und sie nur als Praktikantin gehalten. Und wenn sie überhaupt etwas Geld gesehen hat für den Bildungssermon, den sie vor Intlekofers pensionierten Schulmeistern und Studienrätinnen hat aufsagen dürfen, dann ist das als Anerkennungshonorar irgendwie nebenher gelaufen... Das dumme Huhn hatte auf null und nichts Anspruch. Was wollen Sie da noch tun?«

»Und was haben Sie getan?«, fragte Berndorf.

»Was wohl! Das war ja weiß Gott ein niedliches Ding, dieses Mädchen, und ich hab in meiner Gutmütigkeit einen Brief an die Bundesagentur für Arbeit aufgesetzt, dass sie eine Beschäftigte im Sinne des Sozialgesetzbuches blabla gewesen sei und folglich Anspruch auf Ausfallgeld habe, drei Monate zu sechshundert Euro, mehr war nach Aktenlage nicht drin ... Sie schien sogar ganz zufrieden, das heißt, zufrieden ist gar kein Ausdruck, wissen Sie, was mir durch den Kopf ging? Da hat eine zum ersten Mal in ihrem Leben einen getroffen, der weiß, was Sache ist, das ging mir durch den Kopf, und dann beugt sie sich wieder nach vorne, und ich sehe, dass sie noch nicht einmal einen BH trägt, und während ich das sehe und mir so meine Gedanken dazu mache, fängt sie plötzlich an, dass da noch eine Ägyptenreise geplant gewesen sei, die wäre sogar ausgebucht, und ob ich die nicht noch abwickeln oder vielleicht einen anderen Reiseveranstalter dafür interessieren könne...«

Berndorf sah sich um. Stahlrohrmöbel, die Fachliteratur in Bücherschränken aus schwarzem mattiertem Holz mit Kristallglasscheiben, seitlich eine Liege oder Ottomane aus schwarzem Leder im Design von spätem Bauhaus.

»Sie hat sich also eingebildet«, fuhr Beyschlag fort, »sie könnte von einem richtigen Reisebüro übernommen werden, und ich sollte ihr dazu verhelfen. Als ob nicht auf allen verdammten Ruinenfeldern dieser Welt Kunsthistorikerinnen im Dutzend herumtrippeln, die jeder Veranstalter vor Ort für ein paar Euro mieten kann.«

»Haben Sie ihr das gesagt?«

»Nein«, antwortete Beyschlag, »hab ich nicht, was denken Sie denn! Natürlich hatte ich versucht, jemanden zu finden, der Intlekofers Laden übernimmt, schon vorher hatte ich damit angefangen, das hatte gar nichts mit der Fiona zu tun, es ist mein Job, das zu versuchen, auch wenn es aussichtslos erscheint. Das war es dann aber auch, für Intlekofers Kundenkartei wollte kein Schwein auch nur einen Fünfer herüberschieben, was ich mir freilich gleich hätte denken können...«

»Was haben Sie sich stattdessen gedacht?«

»Dass dieser nette Käfer keinen BH anhat, das hab ich mir gedacht, und gesagt hab ich, dass ich ihr nichts versprechen kann, gar nichts, aber dass ich es versuchen werde, und dann bin ich aufgestanden und sie auch, und sie ist zu mir hergekommen und hat mir die Hand gegeben und geflüstert, sie wisse nicht, wie sie sich bedanken könne, und schiebt mir ihre Hüften gegen den Hosenstall, Menschenskind! Was hätte ich denn tun sollen? Außerdem war eh schon Mittagspause und die Sekretärin zu Tisch...«

»Auf dieser Liege da?«, fragte Berndorf und deutete auf das schwarzlederne Bauhaus-Möbel.

»Ja«, antwortete Beyschlag, fast schreiend. »Und wenn Sie schon so fragen: Es war einer der besten Ficks, die ich je gehabt habe...« Beyschlag schüttelte den Kopf, als könne er selbst gar nicht glauben, was er gerade erzählt hatte.

»Weiter.«

»Nichts weiter.« Für einen kurzen Moment klang in Beyschlags Stimme wieder die Lautstärke seiner üblichen barschen Geschwätzigkeit durch, doch dann dämpfte er sie. »Sie hat noch ein paar Mal angerufen, ich hab ihr gesagt, dass noch nichts entschieden sei, dann ist sie noch einmal in die Kanzlei gekommen, wieder in der Mittagspause – sie muss sich gemerkt haben, dass das günstig ist –, und hatte nicht nur keinen BH drunter, sondern auch keinen Slip. Wir haben kein Wort geredet, aber wie wir fertig waren, hab ich ihr gesagt, dass niemand den Laden übernehmen wird.«

»Weiter.«

»Das war es schon«, sagte Beyschlag. »Sie ist ganz blass geworden und hat gesagt, dass das nicht sein kann, und plötzlich ist ihr eingefallen, dass ich sie hereingelegt habe, das hat sie aber nicht geschrien, sondern sie hat es mit ganz leiser Stimme gesagt, so dass ich gewusst hab, die Sache läuft fürchterlich aus dem Ruder... Und so bin ich zu meinem Tresor gegangen und hab ihn aufgemacht und mir überlegt, gebe ich ihr jetzt einen Tausender? Aber in meinem Rücken höre ich schon wieder diese leise Stimme, und die sagt, du willst mich jetzt bezahlen, das ist lieb von dir, ich kenne aber meinen Tarif noch gar nicht, und in diesem Augenblick sehe ich diesen verfluchten Schmuck und denke, vielleicht nimmt sie den, und ich bin beide los, den Schmuck und diese Irre, und dreh mich um und halte ihr die Kette hin, und plötzlich grabscht sie danach und rennt aus dem Büro...« Beyschlag hielt inne. Plötzlich blickte er zu Berndorf auf. »So war's. Müssen Sie damit jetzt noch zum Staatsanwalt?«

»Müssen muss ich nicht«, kam die Antwort. »Aber tun werde ich es.«

Der Landgerichtspräsident war ein freundlicher weißhaariger, rotweingesichtiger Herr, ein Zivilrechtler, dessen einzige und besondere Begabung darin bestand, dass er selbst streitsüchtigste Parteien zu einem Vergleich bewegen konnte. Auf diese Weise hatte er in seinem Richterleben so viele Steine aus dem Weg geräumt, dass irgendwann die Berufung auf einen Chefposten unvermeidlich geworden war. An diesem Morgen freilich wirkte er ein wenig besorgt, die Mitteilung, dass das vor der Schwurgerichtskammer anhängige Verfahren Morny in immer heftigere Turbulenzen zu geraten drohte, missfiel ihm. Wenn er etwas hasste, so war es Unordnung, Aufgeregtheit, Streit.

»Habe ich das richtig verstanden – Sie rechnen mit politischen Implikationen?«

»Wenn die Informationen zutreffen, die mir vorliegen«, antwortete Veesendonk, »dann hat uns das Innenministerium einen wichtigen Zeugen vorenthalten. Und zwar den Mann, der mit dem Mordopfer zuletzt zusammen war.« Veesendonk hob die Hand, Finger und Daumen zu einem Kreis zusammengelegt, als wolle er den springenden Punkt markieren. »Sie haben im Innenministerium darüber entschieden, wen wir als Zeugen vorzuladen haben und wen nicht. Im Innenministerium!«

»Und dieser Zeuge wäre wichtig gewesen?«

Veesendonk antwortete nicht, sondern sah den Landgerichtspräsidenten nur an.

»Entschuldigung«, sagte der, »der Zeuge hatte das Mordopfer ja noch gesehen... so sagten Sie doch? Und Ihre Information ist absolut zuverlässig?«

»Welche Information ist das schon?«, fragte Veesendonk zurück. »Die Quelle ist zuverlässig.«

»Und wie werden Sie weiter verfahren?«

»Ich habe die Polizei bereits gebeten, diesen möglichen Zeugen zu überprüfen. Wenn sich meine Informationen bestätigen, werden wir diesen Mann – übrigens einen Landrat – als Zeugen laden müssen«, antwortete Veesendonk. »Was sich dann daraus ergibt, ob weitere Beweisanträge gestellt werden, ob wir den im Innenministerium verantwortlichen Polizeiführer laden müssen – das alles kann ich im Augenblick nicht abschätzen.«

Der Landgerichtspräsident sah Veesendonk sorgenvoll an. »Sie werden das, so darf ich doch hoffen, mit Ihrem gewohnten Augenmaß und vielleicht... wie soll ich sagen?... mit einer gewissen Delikatesse behandeln?«

»Nach der Maßgabe der Strafprozessordnung werde ich das tun.« Veesendonk wollte aufstehen.

»Ja, natürlich«, meinte der Präsident eilig. »Aber bleiben Sie doch noch einen Augenblick... Ich habe Ihnen eine vertrauliche Mitteilung zu machen.«

Veesendonk runzelte die Stirn, blieb aber sitzen.

»Ich weiß aus ebenfalls zuverlässiger, sogar sehr zuverlässiger Quelle«, begann der Präsident, »dass die Entscheidung über die vakante Stelle des Landgerichtspräsidenten in Tübingen unmittelbar bevorsteht.« Er senkte die Stimme. »Sie haben doch auch ein paar Semester in Tübingen studiert, nicht wahr? Es müsste Sie interessieren, dass Sie die erste, allererste Wahl für diese Berufung sind...«

»Danke«, sagte Veesendonk, »sehr freundlich. Aber... erlauben Sie, dass ich mich dazu erst äußere, wenn die Sache wirklich spruchreif ist.«

Diesmal stand er auf und verabschiedete sich. Tübingen!, dachte er und dachte es noch immer, als er die Wendeltreppe in den ersten Stock hinunterging, wo sein eigenes Richterbüro lag, Tübingen! *Bäume irdisch, und Licht / darin der Kahn steht, gerufen / die Ruderstange gegen das Ufer, die schöne / Neigung...*

An der Fensterfront im Flur vor seinem Büro stand ein Mann, sehr aufrecht, und starrte hinaus, dorthin, wo sich auf der anderen Seite des Frauengrabens die gelben Backsteinmauern der Untersuchungshaftanstalt erhoben.

»Überlegen Sie schon wieder, mein Lieber, wen Sie wie dorthin bringen können?«, fragte Veesendonk, als er bei dem Mann angelangt war.

»Sie irren«, antwortete Berndorf und sah noch immer hinaus. »Jemanden dorthin zu bringen, ist schon lange nicht mehr mein Job.«

Die beiden Männer tauschten einen Händedruck. Veesendonk schloss sein Büro auf. »Bitte einzutreten...«

Warum hat sie den Schmuck genommen?« Veesendonk hatte sich Notizen gemacht, während Berndorf berichtete, in einer sehr kleinen, sehr akkuraten Kurzschrift, und lehnte sich jetzt zurück.

»Weil es ihr Hurenlohn war«, antwortete Berndorf.

Veesendonk schüttelte den Kopf. »Warum reden Sie so? Das ist sonst nicht Ihre Art.«

»Nein?« Berndorf hob die Augenbrauen. »Bei den Akten muss sich doch eine Aufstellung über ihr Einkommen befinden. Ist Ihnen da nichts aufgefallen?«

»Die Morny hat gut verdient, aber auch nicht so, dass es mir auffällig gewesen wäre«, antwortete der Richter. »Nun habe ich mir diese Aufstellung vorhin noch einmal angesehen, und im Licht der jüngsten Entwicklung...« Er zuckte mit den Schultern. »Dass man mit Führungen zu Oberschwabens Kulturdenkmälern keine sechs- oder achttausend Euro Honorar im Monat einfahren kann, hätte mir etwas früher auffallen können, ja doch... dieser Landrat Kröttle war oder ist Aufsichtsrat der Neckarwerke, sagten Sie?«

Berndorf nickte.

»Das erklärt natürlich einiges.« Veesendonk drehte sich um und nahm einen Aktenordner, der aufgeschlagen auf einem Rolltisch neben ihm stand. »Hier.« Mit dem Zeigefinger fuhr er eine Zahlenkolonne entlang. »In unregelmäßigen Abständen, aber schätzungsweise zwei bis drei Mal im Monat sind Überweisungen der Neckarwerke eingegangen, jeweils zwischen achthundert und fünfzehnhundert Euro, jeweils plus neunzehn

Prozent Mehrwertsteuer, Verwendungszweck jeweils entweder ›Honorar Führung‹ oder ›Honorar Gutachten‹...«

»Über ihren Tarif war sie sich also doch sehr schnell im Klaren«, bemerkte Berndorf. »Beyschlag hätte sich gewundert.«

»Sie hat sich also aushalten lassen. Oder, wenn Sie darauf bestehen: Sie hat sich prostituiert. Das muss an dem Fall, so wie er sich uns darstellt, nichts ändern«, meinte der Richter. »Vielleicht hat der Hauptmann Morny von diesem Nebenerwerb der Ehefrau nichts gewusst, und sie hat es ihm zur falschen Zeit gesteckt... alles möglich. Die eigentliche Irritation geht für mich von diesem Schmuck aus. Noch einmal: Warum hat sie ihn überhaupt genommen?«

»Da gibt es mehrere Möglichkeiten«, antwortete Berndorf. »Sie nimmt ihn, weil sie sofort erkennt, dass er einen besonderen Wert darstellt oder sonst etwas Besonderes ist. Dass er ein Kunstwerk ist. Einer Kunsthistorikerin wird sich so etwas normalerweise sehr schnell erschließen... Andere Möglichkeit: Sie nimmt den Schmuck, weil sie noch kein Geld nehmen will. Noch nicht!... Drittens: Sie ist verzweifelt, gedemütigt, fühlt sich beschmutzt und vorgeführt und hereingelegt, und greift nach dem Schmuck, weil sie für irgendjemand, für die Welt draußen oder für sich selbst ein Beweisstück dafür braucht, wie übel dieser Kerl ihr mitgespielt hat.«

Veesendonk hatte die Arme aufgestützt und die Hände vor seinem Mund verschränkt. Er blickte zweifelnd. »Am ehesten leuchtet mir Erklärung drei ein«, meinte er schließlich. »Aber dass sie diese verfluchte Kette dann auch getragen hat! Da genügt doch ein Blick in den Spiegel, und die Erinnerung ist wieder da, die Erinnerung an eine beschämende, eine traumatisierende Erfahrung... Wollte sie das? Eine vorsätzliche seelische Selbstverletzung?«

»Vielleicht«, sagte Berndorf. »Aber sie hat den Schmuck sogar angelegt, als sie ihre Eltern besuchte.«

Veesendonk schien zu überlegen. »Sie ist aufgewachsen als wohlerzogenes, behütetes einziges Kind ihrer wohlerzogenen, respektablen, kultivierten Eltern«, sagte er schließlich, »sie hat ein Fach studiert, das sehr fern von den alltäglichen Niederungen angesiedelt ist, sie hat einen Herrn Offizier geheiratet, vermutlich war es eine Hochzeit ganz in Weiß... Viel zu spät hat sie begriffen, dass die Welt anders tickt. Warum hatten ihre Eltern sie darauf nicht vorbereitet?«

»Das ist von den Eltern ein wenig viel verlangt«, wandte Berndorf ein.

Der Richter blickte auf. »Sie kennen sich mit den Problemen überforderter Eltern aus?«

»Nein.« Berndorf schüttelte den Kopf. »Ich stelle sie mir nur vor.«

Veesendonk wiegte den Kopf, ein wenig skeptisch, wie es schien. »Die Wirklichkeit ist dann immer noch ein wenig anders. Aber zurück zu Fiona Morny! Ich glaube, sie wollte sich den Eltern so zeigen, wie sie sich selber sah. Deshalb der Schmuck. Dass die Eltern gar nicht verstanden, was sie da zu sehen bekamen, war nicht wichtig. Vielleicht war das sogar beabsichtigt: Sie sollten sehen und eben nicht verstehen...«

»Aber gut oder vielmehr schlecht.« Veesendonk tippte mit dem Bleistiftende auf die Notizen, die er sich gemacht hatte. »Wichtig erscheint mir jetzt vor allem, ob dieser Schmuck etwas mit Fionas Tod zu tun hat. Jedenfalls kann das Verfahren gegen Ekkehard Morny nicht weitergeführt werden, ohne diese Frage einzubeziehen... Was haben Sie?«

Berndorf hatte die Augenbrauen hochgezogen. »Nichts«, antwortete er. »Spät kommt Ihr, doch Ihr kommt.«

Der Richter warf ihm einen misstrauischen Blick zu. »Schon gut«, sagte er dann. Es klang ein wenig verlegen. »Aber was ist jetzt Ihre Rolle in dieser Geschichte?«

Berndorf runzelte die Stirn. »Bin ich Schauspieler? Vielleicht beschäftige ich mich zur Abwechslung einmal mit den Finanzbeamten. Was tun die eigentlich, wenn Krieg ist? Die schickt man doch nicht als Schütze Arsch an die Front, dafür sind sie als Fachleute viel zu wichtig. So ein Krieg muss finanziert werden, da wollen Steuern und Abgaben und Zuschläge veranlagt und eingetrieben sein, Heil Hitler schreien reicht nicht...«

»Sie wollen also dem Herrn Gaspard nachspüren«, stellte Veesendonk klar. »Ich fürchte nur, Sie werden – falls Sie bei der Finanzverwaltung Akteneinsicht beantragen sollten – gegen eine Wand laufen.«

»Sie hingegen könnten die Personalakte Gaspard von Gerichts wegen anfordern«, schlug Berndorf vor.

»Sicher kann ich das«, antwortete Veesendonk. »Nur wäre es hilfreich, wenn Sie zuvor bei der Finanzverwaltung keine Gäule scheu machen.«

»Einverstanden«, meinte Berndorf und stand auf.

»Einen Augenblick noch!«, bat der Richter. »Ich habe gestern ein bisschen im Internet herumgesucht und in Freiburg eine Buchhandlung entdeckt, die heißt Vrens Bücherstube. Ich müsste mich sehr täuschen, wenn ...« Er ließ den Satz unvollendet.

»Ich denke, der Fall Eisholm ist geklärt?«

»Sie enttäuschen mich«, sagte der Richter. »Aber so ist das mit den Leuten von der Polizei. Einmal Bulle, immer Bulle. Wenn ihr einen armen Teufel einmal festgenommen habt, dann glaubt ihr schon, der Fall sei geklärt... Ich dachte, Vren interessiere Sie?«

»Mal sehen«, meinte Berndorf und ging.

Staatsanwalt Desarts betrachtete die Vorhänge des Fensters, durch das sonst die Nachmittagssonne auf seinen Schreibtisch fiel. Aber der Nachmittag war grau, grau wie die Vorhänge, wann waren sie zum letzten Mal abgenommen und gewaschen worden?

»Aber zur Tat selbst kann dieser Landrat uns doch überhaupt nichts mitteilen«, wandte er ein, den Telefonhörer sorgsam so haltend, dass er gerade nicht die Ohrmuschel berührte. Er mochte es nicht, fremde Stimmen so nah an seinem Ohr zu hören.

»Es führt kein Weg daran vorbei, diesen Zeugen zu hören«, beharrte die Stimme am anderen Ende der Leitung. Sie gehörte dem Vorsitzenden Richter Michael Veesendonk, und sie klang bereits ziemlich ungehalten. »Dieser Mann muss schließlich wissen, wann die Morny ihn verlassen hat und in welcher Verfassung, ob sie beunruhigt war, aufgestört oder zornig, ob sie Angst vor jemandem gehabt hat... Und weil das alles samt und sonders Fragen sind, die in der Hauptverhandlung besprochen werden müssen, werden wir es auch dort tun.«

»Sie nehmen dabei aber in Kauf, dass eine Persönlichkeit des öffentlichen Lebens, ein Amtsträger, der Skandalpresse zum Fraß vorgeworfen wird...«

»Ist das so?«, fragte Veesendonk zurück. »Und wenn es so ist, haben das dann nicht die Herrschaften im Innenministerium zu verantworten, die uns diesen Zeugen so lange Zeit vorenthalten haben? Das macht doch die Sache erst zum Skandal.«

»Nun...«, Desarts wollte zu einem Einwand ansetzen, ließ es dann aber.

»Ich werde übrigens den verantwortlichen Polizeiführer, einen Herrn Steinbronner, ebenfalls vorladen«, fuhr der Richter fort. »Aber Sie wollten etwas sagen?«

»Nein«, antwortete Desarts, »was ich meine, ist... mein Gott, was treibt Sie eigentlich, dass Sie das Verfahren zu einem Tribunal über die bisherigen Ermittlungen umfunktionieren wollen?«

»Moment!« Die Stimme Veesendonks war argwöhnisch geworden. »Warum reden Sie von einem Tribunal? Muss ich davon ausgehen, dass die Polizeiführung es mit Ihnen abgesprochen hat, den Zeugen Kröttle außen vor zu lassen?«

»Nein«, kam es von Desarts, »keine Absprache, ich bitte Sie...!«

»Also doch«, sagte Veesendonk. »Dann richten Sie sich also darauf ein, dass ich Sie ebenfalls in den Zeugenstand bitten werde.«

Das Gespräch endete so abrupt, dass Desarts es zuerst nicht glauben wollte und zögerte, ehe auch er den Hörer zurücklegte. Aber schon schlug das Telefon wieder an, und das Sekretariat fragte nach, ob Desarts jetzt bereit sei, einen Besucher zu empfangen, einen Anwalt aus Konstanz.

Desarts hätte gerne eine Pause zum Nachdenken gehabt, aber da der Besucher vermutlich der Anwalt des mutmaßlichen Eisholm-Mörders Sawatzke war, wollte er ihn nicht warten lassen.

»Ja, schicken Sie ihn zu mir.«

Er erwartete den Besucher an der Tür. Durch den Korridor kam ein eher kleinwüchsiger Mensch mit unpassend lockigen Haaren auf ihn zu, der eine mächtige Aktenmappe mit sich schleppte. Er sei Staatsanwalt Desarts sehr zu Dank verpflichtet, sagte er, »dass Sie Zeit für mich und mein kleines Anliegen gefunden haben«.

Desarts schwante Unheil. Er bat den Besucher an den Besprechungstisch. Der nahm Platz, seine Aktenmappe neben dem Stuhl abstellend, und betrachtete mit hochgezogenen Augenbrauen die Bonbonniere.

»Das ist mein Hilfsmittel zur Entspannung von Gesprächssituationen, die sich festgefahren haben«, erklärte der Staatsanwalt und wollte schon zum Deckel der Bonbonniere greifen. Im letzten Augenblick fiel ihm ein, dass er diesem Besucher besser keine Bonbons anbot.

»Ich bin sicher«, sagte der Besucher, »unser Gespräch wird sich gewiss nicht festfahren.« Er beugte sich zu seiner Aktentasche, öffnete sie und holte eine Klarsichtmappe heraus. »Gewiss nicht. Ich vertrete Herrn Sawatzke, wie Sie sich bereits gedacht haben werden.« Er öffnete die Mappe und holte einige Papiere heraus, darunter seine anwaltliche Vollmacht, und schob sie Desarts zu. »Ferner finden Sie hier erstens ein ärztliches Attest über die schwerwiegenden Verletzungen, die sich mein Mandant bei der überfallartigen Festnahme durch hiesige Kriminalbeamte zugezogen hat, äußerst schwerwiegende Verletzungen, wie ich hinzufügen darf, und zweitens ein Fernschreiben der thurgauischen Kantonspolizei...«

Hauptmann Ekkehard Morny trug einen dieser Trainingsanzüge, die wie Kartoffelsäcke geschnitten waren und von denen Elaine Drautz sich nicht vorstellen konnte, dass heutzutage irgendein Laden sie noch ins Sortiment zu nehmen wagte. Merkwürdigerweise wirkte Morny darin nicht lächerlich. »Sie sehen fit aus«, begrüßte ihn die Anwältin. »Wie schaffen Sie das?«

»Fit?«, fragte er zurück. »Es gibt ein paar Übungen, die gehen überall. Als Soldat müssen Sie das draufhaben. Sie müssen wissen, wie Sie in Gefangenschaft überleben. Kann ja jedem passieren.« Er lächelte, ein wenig schief. »Sehen Sie ja an mir.«

»Schreiben gehört nicht zum Überleben?«

Morny sah sie erstaunt an. »Hab ich noch nie gehört.«

»Sie wollten mir doch aufschreiben, was Sie über Fiona wissen. Wie Ihr gemeinsames Leben aussah. Wann es schwierig wurde.«

Morny schüttelte den Kopf. »Hab ich nicht gemacht.«

»Und warum nicht?«

»Warum soll ich mir Gedanken machen?«, fragte Morny zurück. »Die Fiona wird davon nicht lebendig. Oder geht's mir danach vielleicht besser?« Er hob die Hand und zeigte mit dem Finger auf sie. »Sie und der Richter und dieser Staatsanwalt, Sie sind doch alles Leute, die nichts anderes gelernt haben, als einem das Wort im Mund umzudrehen. Den Teufel werde ich tun, Ihnen auch noch Aufsätze zu schreiben.«

»Wie Sie meinen.« Elaine zuckte mit den Schultern. »Sagt Ihnen der Name Franz Xaver Kröttle etwas?«

»Nein.«

»Das ist ein Landrat in Südbaden.« Sie zog einen Ausdruck von Kröttles Porträt aus ihrer Mappe und zeigte es ihm. Er warf einen flüchtigen Blick darauf.

»Was soll ich mit so jemandem zu schaffen haben?«

»Wissen Sie das wirklich nicht?«

Er sah sie misstrauisch an. »Sie wollen mir jetzt nicht erzählen, dass das der Kerl ist...« Er sprach den Satz nicht zu Ende.

»Doch«, sagte Elaine sanft.

»Lassen Sie mich noch einmal sehen.« Er griff nach dem Ausdruck und betrachtete ihn, scheinbar unbewegt. »Versteh ich nicht«, sagte er schließlich und gab das Porträt zurück. »Das ist doch ein wichtigtuerisches Arschgesicht. Ein Bürohengst.«

Er stieß die Luft durch die Nase, als sollte es ein Lachen sein. »Das ist ein Landrat, haben Sie gesagt? Ein Politiker also? Einer aus der Kaste, die uns in den Kosovo geschickt hat und die anderen nach Afghanistan, ist das so? Und wir reißen uns den Arsch auf, und die da, diese Sesselfurzer, machen sich über unsere Frauen her und lachen sich noch einen Ast dabei... trotzdem verstehe ich nicht...«

»Was verstehen Sie nicht?«

»Dass sich die Fiona von so einem hat nageln lassen.«

Elaine wartete, aber es kam kein weiterer Ausbruch mehr. »Haben Sie«, fragte sie mit leiser unbeteiligter Stimme, »mit Ihrer Frau eigentlich einmal ein grundsätzliches Gespräch über Ihre gemeinsame finanzielle Situation geführt?«

Er schüttelte den Kopf. »Ja doch. Das heißt... Was hätte es da zu reden gegeben? Dass es eng war, wussten wir beide.«

»Zum Beispiel hätten Sie darüber reden können, ob Sie sich nicht eine billigere Wohnung suchen sollten«, schlug die Anwältin vor. »Sie hätten doch sicher Anspruch auf eine Dienstwohnung gehabt?«

Er lachte. »Dienstwohnung! Sie kannten Fiona nicht. Tür an Tür mit der Frau Stabsfeldwebel? Die Treppe muss aber feucht aufgezogen werden... Nein danke, hätte sie gesagt. Aber so, dass Sie es nicht überhören.«

»Haben Sie je darüber gesprochen, ob Sie einmal Kinder haben würden?«

»Nein«, kam die Antwort. »Dann hätte das Geld ja erst recht nicht gereicht.«

»Haben Sie nun darüber gesprochen oder nicht.«

Morny: »Nie direkt...«

Elaine nickte. »Und wer hat verhütet?«

Hilfe suchend blickte Morny zum Fenster. Aber es war vergittert. »Ich glaube, sie hat die Pille genommen.«

»Sie glauben es? Gesprochen haben Sie auch darüber nicht?«

»Ich sagte es doch. Nein, wir haben nicht darüber gesprochen. Kann ich jetzt gehen?«

»Nein, das können Sie nicht«, sagte Elaine, noch immer mit

der gleichen leisen, unbeteiligten Stimme. »Wir sind erst am Anfang... Ihre Frau hatte ein eigenes Konto?«

»Ja doch.« Morny sah sie verwundert an. »Sie hat doch Führungen gemacht und manchmal auch ein Gutachten, für Antiquitätenhändler, wissen Sie... Und ihr Auto hat sie davon finanziert.«

»Sie wissen, dass das Konto mit über achttausend Euro im Plus war?«

»Nein«, kam die Antwort. »Das wusste ich nicht...« Sein Gesicht wurde plötzlich wachsam. »Wirklich nicht... Hören Sie, welche Teufelei wollen Sie mir jetzt anhängen?«

»Keine, Herr Morny. Nichts will ich Ihnen anhängen. Ich will nur, dass Sie verstehen.«

»Was soll ich verstehen?«

»Ich will, dass Sie endlich begreifen, welcher Art die Beziehung Ihrer Frau zu diesem Landrat gewesen ist.«

»Sie haben es mir doch gesagt. Sie ist mit ihm ins Bett.«

Elaine warf einen Blick zur Zimmerdecke. »Ist Ihnen klar, dass sie sich dafür hat bezahlen lassen?«

Morny sagte nichts. Er betrachtete seine Hände, und seine Trainingsjacke hing an ihm wie an einer Vogelscheuche.

Kuttler ging durch den Korridor zu seinem Zimmer, mit raschen, leisen Schritten, wie ein Fremder, der ein Gelände durchquert, in dem er nichts zu suchen hat. Plötzlich war er in diesem Dezernat zur Nichtperson geworden, dachte er und versuchte ein Lächeln, weil er Selbstmitleid sonst doch nicht leiden konnte, jedenfalls nicht bei anderen.

Aber auch das Lächeln gelang ihm nicht.

Sein PC war bereits eingeschaltet, und er rief seinen elektronischen Briefkasten auf. Noch vor Dorpats Pressekonferenz hatte er mit der Bundeswehr gesprochen, und bereits der vierte oder fünfte Mensch in der Wilhelmsburg, mit dem man ihn verbunden hatte, war tatsächlich zuständig gewesen. Mehr noch: Selbstverständlich sei eine Gästeliste vorhanden, hatte der Zuständige gemeint, denn Karten zum Silvesterball des Zweiten Korps würden nur gegen Voranmeldung ausgegeben, anders sei der Andrang gar nicht aufzufangen. Und nach Rücksprache beim KG und dessen Zustimmung vorausgesetzt werde er gerne die Liste per e-Mail schicken... Kuttler hatte sich gewundert. Dass ein KG vermutlich ein Kommandierender General ist, konnte er sich ausrechnen. Aber warum zum Teufel rissen sich Leute um die Einladung zu einem Neujahrsball mit Militärmusik?

Zu seiner Überraschung hatte der Zuständige bereits etwas geschickt, und es war auch keineswegs die Mitteilung, der KG müsse Kuttlers Bitte erst der Hardthöhe zur Entscheidung vorlegen, sondern es war prompt und ohne Abstriche die Gästeliste des Balls, zu dem das Zweite Korps zu Silvester des vorvorigen Jahres eingeladen hatte. Kuttler schüttelte den Kopf, weniger über die Bundeswehr als über seine eigenen Vorurteile, und ließ die Liste ausdrucken.

Das dauerte, es waren immerhin einige hundert Namen, und zu jedem Namen war entweder »Ehefrau« oder »Begleiterin« als Anhängsel vermerkt, anderes schien in dieser Welt nicht vorgesehen. Er sah sich die ersten Blätter an, die aus dem Drucker kamen, die Namen waren alphabetisch geordnet, mit Verwunderung registrierte er den Eintrag: »Dr. Desarts, Eduard, Erster Staatsanwalt, mit Begleiterin...« Mit Begleiterin? Dann fiel es ihm ein: Vermutlich handelte es sich um die Tochter, Desarts' Ehefrau war seit Jahren depressiv.

»Kommst du?« Im Türrahmen stand Wilma Rohm, das Gesicht etwas gerötet, Kuttler wusste nicht, ob das der Stolz war oder eine gewisse Verlegenheit.

Warum sollte er kommen?

»Dorpat muss etwas mitteilen... Wir haben eine neue Situation.« Kuttler war es zufrieden, dass sie von »Dorpat« und nicht von »Ivo« gesprochen hatte, und folgte ihr in Dorpats Büro. Die übrigen Kollegen hatten schon Platz genommen, Wilma gesellte sich zu ihnen, Kuttler lehnte sich neben die Tür an die Wand...

»Ja, Kollegen«, sagte Ivo Dorpat und ließ seinen Blick über

die in seinem Büro versammelte Mannschaft des Dezernats I streifen, »wenn einer schafft und tut und sich müht und am Ende glaubt, er hat seine Arbeit getan – so irrt sich der!«

Er senkte seinen Kopf und musterte noch einmal seine Notizen.

»Wir haben jetzt zwar die Baustelle Eisholm unter festem Dach«, fuhr er fort, »aber dafür kommt jetzt dieser Fall Morny ins Rutschen. Da hat sich ein Landrat aus dem Südbadischen gemeldet, der war mit der Morny am Abend vor ihrem Tod beisammen, und irgendwer hat ihn deshalb erpresst... Das geschieht zwar dem alten Bock ganz recht, aber jetzt sollen wir ihm den Erpresser aus der Hutschachtel zaubern...« Er schüttelte den Kopf.

»Kann der Erpresser etwas mit dem Tod der jungen Frau zu tun haben?«, fragte Wilma Rohm.

»Was weiß ich!«, antwortete Dorpat, »finden müssen wir ihn, dann können Sie ihn fragen, Kollegin, was Sie wollen.«

»Was wissen wir über die Beziehung zwischen diesem Landrat und der Toten?«, wollte der kleine Hummayer wissen. Kuttler feixte.

»Wissen! Was heißt das schon... aber heute Morgen, also da ist mir ein Vöglein zugeflogen, ein Vöglein aus... ach, irgendwo her, und hat mir gesungen, dass die Beziehung des Herrn Landrat Dingsbums zu dieser Fiona auf der solidesten Grundlage überhaupt beruht hat, die man sich denken kann, nämlich auf dem Prinzip Geld gegen Leistung. Zufrieden, Kollege?«

Wilma Rohm hob den Kopf. »Aber dann stellt sich der Fall doch auf einmal ganz anders dar...«

»Ja«, fiel ihr Dorpat ins Wort, »er stellt sich völlig anders dar, als er unter der Federführung des Kollegen Kuttler erarbeitet worden ist, und eben deshalb ist dem Kollegen jetzt auch das Feixen vergangen!« Er deutete auf Kuttler, der – noch immer an die Wand gelehnt – mit verschränkten Armen dastand. »Das ist schon ein Ruhmesblatt für uns, dass wir jetzt nachträglich herausfinden sollen, ob die Morny womöglich einen Zuhälter gehabt hat, toll wird sich das lesen, wenn einer dieser Zeitungsschmierer das herausfindet...« Plötzlich schüttelte er den Kopf. »Entschuldigung, Kollege! Das alles ist für mich auch nicht lustig... Aus den Akten geht übrigens hervor, dass die Morny ihr Honorar – oder wie ich das nennen soll – hauptsächlich von den Neckarwerken bezogen hat. Der Richter Veesendonk will jetzt, dass der zuständige Sachbearbeiter dort erklärt, wofür genau und auf Grund welcher Vereinbarung oder Anweisung gezahlt worden ist... Genau der Auftrag, um richtig Feuer aufs Dach zu bekommen. Aber brennen tut es dann nicht bei Richters, sondern bei uns...«

Ein Telefon klingelte, Dorpat sah ärgerlich um sich, aber es war sein Apparat, und so nahm er den Hörer ab und meldete sich. Der Anrufer war Staatsanwalt Desarts, und Dorpat hörte ihm schweigend zu, ohne Zwischenfragen zu stellen oder einen Protest anzumelden.

»Na gut«, sagte er schließlich, »dann geht eben alles von vorne los.« Er legte den Hörer auf, stützte den Kopf in beide Hände und blieb einen Augenblick so sitzen. Dann wandte er sich wieder seinen Mitarbeitern zu. »Wir werden demnächst ein Fernschreiben aus der Schweiz erhalten, von der Kantonspolizei Thurgau. Günter Sawatzke ist am Mittwoch, dem dreizehnten Februar, gegen neunzehn Uhr dreißig von Polizeibeamten in der Nähe eines Wohnhauses im schweizerischen Kreuzlingen überprüft worden.«

»Nein«, sagte Wilma Rohm.

»Doch.« Dorpat zuckte mit den Schultern. »Wie viele Kilometer sind es von hier bis zu diesem Kreuzlingen? Hundertfünfzig? Egal. Sawatzke kann den Anwalt Eisholm nicht vor den Zug gestoßen haben. Nicht in Ulm, nicht zur praktisch gleichen Zeit. Diese verdammte Pressekonferenz... das muss jetzt alles widerrufen werden, und morgen sind wir die Deppen...« Sein Blick fiel auf Kuttler. »Aber wer nichts tut, macht auch keine Fehler... Überprüfen Sie, Kollege, diese Honorarzahlungen der Neckarwerke? Bei Ihnen kommt es auf ein bisschen Ärger mehr oder weniger ja nicht mehr an.«

Es war die Stunde nach Büroschluss, Tonios Café war voll von Leuten, die redeten, als müssten sie sich den Frust, die Langeweile und die Sinnlosigkeit ihres Arbeitstages mit Geschwätz von der Seele duschen.

»Was sollen wir hier?«, fragte Dr. Elaine Drautz. »Dieser Lärm tut mir im Kopf weh.« Sie hatte Berndorf angerufen, um sich mit ihm zu treffen, aber stillschweigend war zwischen ihnen klar, dass sie das nicht im Hotel tun würden. So waren sie zu Tonio gegangen und saßen nun in der hintersten Ecke. Aber der Geräuschpegel überflutete sie auch hier.

»Ich bin mit Frenzel verabredet, einem Journalisten vom Tagblatt«, antwortete Berndorf. »Vielleicht hat er im Zeitungsarchiv etwas über den Menschen gefunden, von dem dieser Schmuck zu Fiona gekommen ist, wenn auch über zwei Ecken.«

»Wozu soll das gut sein?«

»Gut?«, fragte Berndorf. »Gut ist nichts daran. Ich will einfach nur wissen, wo dieses Zeug herkommt. Und, vielleicht, wem es gehört. Von Rechts wegen gehört.«

»Du bist ein Romantiker«, sagte die Anwältin. »Das ist übrigens kein Kompliment. Ich glaube sogar, dir ist allenfalls wichtig, warum dieses Huhn sich prostituiert hat. Dass sie umgebracht wurde, das hat für dich keine besondere Bedeutung mehr. Wenn eine einmal eine Hure ist, dann ist sie nicht mehr wichtig, dann hat sie keinen Wert mehr, nicht wahr?«

»Wie du meinst«, antwortete Berndorf. »Und sonst?«

»Sonst könntest du versuchen, dein Honorar zu verdienen«, kam die Antwort. »Du arbeitest für die Verteidigung, ist doch so? Dann finde doch bitte endlich heraus, wie diese Stromfritzen an Fiona geraten sind und ob sich irgendein Lude oder Möchtegern-Zuhälter an sie herangemacht hat... Nein? Ist dir zu gefährlich? Kein Problem, ich kann auch einen Profi beauftragen.«

»Tu das«, sagte Berndorf. »Mein Auftrag war es, Fionas Freier zu finden. Das ist geschehen. Also sind wir quitt.« Er nickte ihr zu, stand auf und begrüßte Frenzel, der sich an der Menschenmenge vor dem Tresen vorbei zu ihnen hindurchschob. Sie tauschten einen Händedruck.

»Diese Anwältin«, fragte Frenzel und sah Elaine nach, »was hat sie? Warum rennt sie davon?«

»Nehmen Sie Platz«, sagte Berndorf.

Lautlos öffnete sich die Tür. Kuttlers Schritte versanken im Teppichboden. Er sah sich um: Hinter den großen Fensterscheiben das Panorama eines weitläufigen Industriegebiets, Hafenanlagen, Kühltürme, die schlanken hohen Schornsteine von Verbrennungsanlagen. Vor dem Fenster: drei Männer. Anzüge, maßgeschneidert? Nein: Nobelmarke, aber Fabrikverkauf. Schweigend betrachteten sie den Eindringling, dann löste sich die Erstarrung – die es vielleicht auch nur in Kuttlers Vorstellung gegeben hatte –, und die drei Männer kamen auf ihn zu, angeführt von dem ältesten von ihnen, der auch der dickste war und ein Gesicht besaß, das von ferne an das einer alten feisten Eule erinnerte. Ein zweiter Mensch war blassgesichtig und hatte scharf abstehende Ohren, aber vom dritten wusste sich Kuttler nun gar nichts zu merken. Man begrüßte sich mit Handschlag, und Kuttler wurde an einen Besuchertisch gebeten.

»Selbstverständlich werden wir Ihnen jede Auskunft geben«, sagte das Eulengesicht, »und alle Informationen, die Sie benötigen. Aber es hat sich uns noch nicht ganz erschlossen, was Sie zu uns führt.«

Kuttler wiederholte, was er schon drei Mal am Telefon erklärt hatte. Fiona Morny, Tötungsdelikt, Neckarwerke, Zahlungen. »Wir hätten nun gerne den Grund für diese Zahlungen erfahren.«

»Und warum wollen Sie das wissen?«

»Entschuldigung.« Kuttler nickte und lächelte. »Der Fehler liegt bei mir. Ich hätte sagen sollen, dass der Herr Vorsitzende Richter Veesendonk die Anweisung gegeben hat, dies zu ermitteln. Herr Veesendonk hat keine Erklärung oder Begründung dazu gegeben. Er möchte es einfach wissen, verstehen Sie?« Er bückte sich zur Seite und holte aus seiner Tasche den Aktenordner mit den Kontoauszügen Fiona Mornys. »Hier sind die Überweisungen dokumentiert, samt Rechnungsnummern...«

Die Eule bat, sich einen der Auszüge ansehen zu dürfen, und Kuttler schob ihm den Ordner über den Besprechungstisch zu.

»Aber da ist doch der Zahlungsgrund angegeben«, sagte die Eule. »Hier: Führung, dazu ein Datum, und hier: Gutachten. Ich verstehe noch immer nicht...«

»Wer ist da wo geführt worden? Welches Gutachten ist zu welchem Zweck erstellt worden?«, fragte Kuttler zurück. »Wie ist die geschäftliche Verbindung zwischen Ihnen und Frau Morny geknüpft worden? Hat sie sich beworben? Von wem hat sie ihre Aufträge bekommen? Welche Dienstleistung beispielsweise ist für Ihr Aufsichtsratsmitglied Kröttle erbracht worden?«

Einen Augenblick herrschte Schweigen. »Diese Fragen kann Ihnen leider nur der zuständige Sachbearbeiter beantworten«, sagte die Eule schließlich, und seine Stimme klang auf einmal ein wenig gepresst. »Das ist der Herr Luschner. Die kulturelle und gesellschaftliche Betreuung wichtiger Kunden und Gesprächspartner unseres Hauses liegt ausschließlich in seinem Verantwortungsbereich.«

Kuttler nickte. »Dann würde ich gerne Herrn Luschner sprechen. Bitte.«

Die Eule schüttelte den Kopf. »Herr Luschner ist leider erkrankt.« Mit einer müden Bewegung hob er eine fleischige Hand und ließ sie wieder sinken. »Herzrhythmusstörungen. Das darf man nicht auf die leichte Schulter nehmen.«

Kuttler schwieg, den Kopf leicht zur Seite geneigt. »Ja«, sagte er schließlich, »da kann man natürlich nichts machen. Ich nehme an, der Herr Luschner hat auch entsprechende ärztliche Atteste vorgelegt...«

»Das hat er«, bestätigte die Eule.

»Ja dann!«, meinte Kuttler. »Aber Sie sind doch Herrn Luschners Vorgesetzter, nicht wahr? Dann hätte ich gerne Ihre Personalien und auch Ihre Anschrift, damit das Gericht Sie als Zeuge laden kann...«

Die Eule sah erst ihn an, dann blickte sie zu dem Mann, der

bisher überhaupt nichts gesagt hatte und von dem Kuttler noch immer nicht wusste, wie er ihn würde beschreiben sollen: sandfarben mit einer sandfarbenen Krawatte, das war das Einzige, was ihm einfiel.

»Wie waren noch einmal Ihre Fragen?«, sagte der Mann mit der sandfarbenen Krawatte. Seine Stimme klang unbeteiligt.

»Wofür haben Sie Frau Morny bezahlt?«

»Wir sagten Ihnen bereits«, der Sandfarbene blickte zur Eule, »dass Frau Morny Geschäftspartner und andere Persönlichkeiten, die für unser Unternehmen wichtig sind, begleitet und betreut hat. Lassen Sie mich diesen Personenkreis einfach unsere Gäste nennen.«

»Über Nacht?«

»Bitte?«

»Hat sie diese Gäste über Nacht betreut?«

»Das wurde von Fall zu Fall mit ihr vereinbart.«

»Wenn es über Nacht war, wurde es teurer?«

»Gutachten wurden von ihr mit eintausendfünfhundert Euro in Rechnung gestellt. Plus Mehrwertsteuer, versteht sich.«

»Und wenn es nicht über Nacht war, waren es Führungen?«

»Führungen wurden von ihr mit achthundert Euro in Rechnung gestellt.«

»Wer hat die Rechnungen geprüft und abgezeichnet?«

»Der Kollege Luschner.« Der Sandfarbene beugte sich etwas vor und suchte Kuttlers Blick. »Er hat mir noch am Krankenbett versichert, dass Frau Morny absolut zuverlässig gewesen sei.«

»Wie kamen die Aufträge für Frau Morny zustande?«

Der Sandfarbene stutzte einen Augenblick. »Kollege Luschner hat sich jeweils nach den Wünschen unserer Gäste erkundigt und dann entsprechende Begleiterinnen ausgesucht. Oder...« – ein kaum merkliches Lächeln huschte über sein Gesicht – »...Begleiter. Wie er mir außerdem sagte, haben mehrere unserer Gäste bei späteren Besuchen ausdrücklich darum gebeten, wieder von Frau Morny begleitet zu werden.«

»Sie hatte also einen festen Kundenstamm?«

»Ich würde es vorziehen, wenn Sie hier nicht von Kunden

sprechen wollten, zumal die Kosten ja von uns übernommen worden sind«, meinte der Sandfarbene. »Es gab einen festen Kreis von Persönlichkeiten, der ihre Gesellschaft nachgefragt hat, das kann man so sagen.«

»Die Neckarwerke waren, wenn ich es richtig verstanden habe, Auftraggeber für Frau Morny«, sagte Kuttler. »Wie ist es zu dieser Geschäftsbeziehung gekommen?«

»Diese Beziehung hat Herr Luschner hergestellt. Es entspricht nicht unserer Unternehmensphilosophie, auf sogenannte Escort-Dienste zurückzugreifen. Unsere Geschäftspartner und Gäste stellen einen sehr anspruchsvollen, sehr kultivierten Personenkreis dar. Herr Luschner hat sich bemüht, den individuellen Wünschen dieser Persönlichkeiten Rechnung zu tragen, und ist deshalb stets um... wie soll ich sagen?... um geeignete Begleiterinnen und Begleiter bemüht gewesen. Auf Frau Morny ist er von einer unserer bewährten Kräfte aufmerksam gemacht worden...«

»Von wem, bitte?«

Der Sandfarbene zögerte, dann zuckte er mit den Schultern. »Von einer Brigitte Sosta, die Frau Morny in einem Fitnesscenter kennen gelernt hatte. Frau Sosta gab dem Kollegen Luschner den Hinweis, dass Frau Morny möglicherweise geeignet sei.«

»Und Herr Luschner hat das nachgeprüft?«

»Herr Luschner hat das nachgeprüft und ist zu einem positiven Ergebnis gekommen.«

Kuttler hatte mitgeschrieben, steckte jetzt aber seinen Kugelschreiber wieder ein. »Herr Luschner hat offenbar einen sehr anstrengenden Aufgabenbereich«, sagte er.

»Das ist wohl so«, meinte der Sandfarbene.

»Und jetzt hat er Herzrhythmusstörungen«, stellte Kuttler fest. »Kein Wunder.«

»... *Otto Gaspard, 1908 in Weingarten als Sohn eines Polizeibeamten und drittes von sechs Kindern geboren, studierte in Tübingen und München Rechtswissenschaft und trat 1933 in die Finanzverwaltung ein. 1938 wurde er zum Regierungsrat befördert. Aus dem Krieg kehrte er schwer beschädigt zurück – er hatte ein Bein verloren – und wurde 1948 Leiter der Wiedergutmachungsstelle Ulm. Zum stellvertretenden Leiter des Finanzamtes Ulm wurde er 1957 berufen. Trotz seiner schweren Kriegsverletzung übernahm er zusätzlich zu seiner hohen dienstlichen Verantwortung wichtige Funktionen im politischen und gesellschaftlichen Leben. So gehörte er lange Jahre dem Gemeinderat an und war in leitender Funktion für den Schwäbischen Albverein tätig. Insbesondere machte er sich um die Kartierung und den Schutz von Naturdenkmälern verdient. Otto Gaspard starb nach kurzer schwerer Krankheit kurz vor Vollendung seines 80. Lebensjahres...«*

Berndorf ließ die Kopie des Nachrufs sinken und sah Frenzel an. »Ich habe Ihnen sehr zu danken«, sagte er. »Gewiss ein sehr schöner Nachruf. Leider steht genau das nicht drin, was ich eigentlich wissen will.«

»Niemand ist perfekt«, antwortete Frenzel und nahm einen Schluck von seinem gespritzten Weißen. »Was wollten Sie denn wissen?«

»Was genau, bitte, dieser Heimkehrer vorher getan hat, im Krieg nämlich.«

»Steht doch da«, antwortete Frenzel. »Er hat sein Bein verloren. Das ist nicht nichts. Sie sollten nicht so anspruchsvoll sein, und vor allem sollten Sie weiterlesen.«

»Schon gut«, murmelte Berndorf und nahm sich die nächste Kopie vor. Abgelichtet war ein Bericht aus dem Jahr 1965 über eine Feierstunde in freier Natur: Auf der Albhochfläche wurde eine große freistehende Buche nach Otto Gaspard benannt. Von der dem Artikel beigefügten Fotografie waren auf der Kopie nur die ungefähren Umrisse eines breit ausladenden Baumes und davor die Schemen dicklicher Männer in Kniebundhosen zu erkennen, dazwischen ein eher magerer Mann auf Krücken, das eine leere Hosenbein nach oben umgeschlagen. Der nächste Artikel stammte aus dem Jahr 1978, Gaspard war da die Bürgermedaille verliehen worden: Für herausragendes Wirken in Beruf und Ehrenamt, wie es in der Begründung hieß.

»Weiter«, sagte Frenzel.

Auf dem nächsten Blatt war die Todesanzeige für Otto Gaspard kopiert, und zwar mit dem gleichen Datumsvermerk wie bei dem Nachruf. Mit der Bitte, am Grab von Beileidsbezeugungen Abstand zu nehmen, wurden – »in stiller Trauer« – als Leidtragende aufgezählt: Marianne Gaspard sowie Wolfgang, Margarethe und Lukas Freundschuh. – Freundschuh? Berndorf runzelte die Stirn.

»Na?«, fragte Frenzel.

Berndorf blickte auf.

»Die Adresse«, sagte Frenzel. »Haben Sie die Adresse gesehen? Blaustein, In der Halde sieben... Klingelt es? Das ist das Haus, in dem die Morny zu Tode kam.«

Stuttgarter Westen, Reuchlinstraße, fünfstöckige Häuser, im Krieg zerbombt und in den fünfziger Jahren des vorigen Jahrhunderts eilig aus den Ruinen wieder hochgezogen, wenn einer den Kopf in den Nacken legt, sieht er ein kleines Stück vom grauen Himmel...

Kuttler hielt mit seinem Wagen in einer Einfahrt, auf der anderen Straßenseite, keine fünfzig Meter von der Hausnummer 26 entfernt. Im Autoradio spielte ein Pianist ein zirkusbuntes und hüpfendes Stück, den »Kleinen weißen Esel« von Ibert, das passte oder auch nicht, denn durch Kuttlers Gedanken hüpfte ein kleiner schwarzer Hund und hielt ihn zum Narren. Er hatte sich vorhin die Briefkästen angesehen, und dass auf einem davon – von Hand geschrieben, in Blockbuchstaben – der Name Morny stand, hatte ihn nicht weiter überrascht.

An »Fiona Morny, Stuttgart, Reuchlinstraße 26« hatte Landrat Kröttle zuletzt im Januar jene achthundert Euro geschickt, die sein Erpresser monatlich per SMS von ihm einforderte: So also hatte nicht einmal der Tod die feste Beziehung beenden können, welche von den Neckarwerken zwischen der schönen Fiona und dem Landrat aus dem Schwarzen Wald geknüpft worden war...

Die Adressen der angeblichen Fiona Morny hatten übrigens ständig gewechselt, wie aus der Strafanzeige von Kröttles Anwalt hervorging, es waren Anschriften aus dem Großraum Stuttgart, aber auch aus Mannheim, Stadtteile wie Plieningen, Heslach oder Waldhof waren aufgeführt, und inzwischen hatte Kuttler auch begriffen, was für Adressen das waren: Sie gehörten zu Häusern mit vielen Mietsparteien, ohne Hausmeister, mit mindestens einer Wohnung, die leer stand und auf deren Briefkasten man eine neue Anschrift kleben konnte, ohne dass es jemandem auffiel, weil sich niemand darum kümmerte, ob in der leeren Wohnung im fünften Stock jetzt doch wieder jemand eingezogen war oder nicht. Und dass man für einen Briefkasten auch einen Schlüssel braucht, ist kein Problem für einen, der sich an so vielen Gartenhäuschen hat schulen dürfen.

Aber riskant ist es doch. Wenn der Landrat zwar die achthundert Euro geschickt, aber zugleich zur Polizei gegangen wäre? Dann stünde die Bullerei schnell bereit und musste nur zugreifen, wenn der Erpresser erschien, seine Post zu holen.

Andererseits: Solche Häuser, wie sie der Erpresser brauchte, hatten ihr Quartier. Ihre Umgebung. Und in dieser Umgebung kann sich die Bullerei kostümieren, wie sie will, mit Zivilfahrzeugen und Jeansanzügen, selbst mit dem kühnen Outfit der Rauschgiftfahnder, immer drei Jahre hinter dem zurück, was gerade angesagt ist: Die geheimen Sensoren schlagen gleichwohl aus, in kreisförmigen Wellen wie nach einem Steinwurf ins Wasser – nur eben unsichtbar – würde sich die Nachricht verbreiten, selbst die fünfjährigen Buben liefen zu ihrer Mama, da sitzt ein komischer Onkel draußen in einem Auto und schaut komisch, gell, der ist von der Pozilei? Und wer gerade an einer Eckkneipe vorbeikommt, der tritt ein und lässt sich einen Magenbitter geben und sagt zum Stammtisch, dass das jetzt sein muss, denn da draußen drücken sich schon wieder diese verkleideten Tagediebe herum, so was muss einem ehrlichen Mann doch auf den Magen schlagen!

Was bedeutete das? Dass auch Kuttlers Anwesenheit vermutlich schon längst registriert worden war. Er würde also die ganze Woche hierbleiben können, und niemand käme, Fionas Post abzuholen, so war das eben mit Sendungen ins Jenseits.

Noch immer war das Autoradio auf den Klassiksender eingestellt, nur wurde dort jetzt gerade geplaudert, ein Musikwissenschaftler breitete anekdotenreich seine Schätze aus, das konnte niemand ertragen, der sich mit so banalen Fragen wie der Nutzung verwaister Briefkästen beschäftigte, und so schaltete Kuttler um und erwischte die Regionalnachrichten...

...ULM. Dramatische Wende im Prozess um den Mord an der Ehefrau eines Bundeswehrhauptmanns: Der bisher unbekannte Mann, der sich mit der 28jährigen Frau wenige Stunden vor ihrem Tod getroffen hat, ist inzwischen identifiziert worden. Es handelt sich um einen hochrangigen Kommunalpolitiker aus dem südlichen Schwarzwald, der inzwischen seine Dienstgeschäfte wegen einer Erkrankung ruhen lässt. Er hat aber bereits durch seinen Anwalt mitteilen lassen, dass er dem Ulmer Landgericht als Zeuge zur Verfügung stehen wird...

Kuttler fluchte und schaltete das Radio aus. Wenn der Pudelmann die Nachricht vom hochrangigen Kommunalpolitiker mitbekam, war er auf und davon, über die grüne Grenze ins krumme Elsass oder ans warme Mittelmeer, lieber ein Flic auf dem Dach als die Hand von einem deutschen Bullen auf der Schulter.

Sein Mobiltelefon schlug an, er schaltete die Freisprechanlage ein und meldete sich. Die Stimme am anderen Ende der Verbindung klang wie bei ihrem ersten Anruf etwas brüchig, aber sonst durchaus ruhig und keineswegs panisch:

»Sie stehen im Halteverbot, Meister.«

Nein«, sagte die hagere, bebrillte Frau, die vermutlich Margarethe Freundschuh war und noch immer neben der halb aufgezogenen Haustüre stand, als wolle sie den unangemeldeten Besucher auf keinen Fall hereinlassen, »Marianne Gaspard war nicht meine Mutter. Ich bin die Schwiegertochter.« Sie schwieg und warf einen Blick ins Hausinnere. »Wolfgang?« Niemand antwortete.

Sie zuckte die Achseln. »Seit mein Mann im Ruhestand ist, kriegt man ihn aus seinem Werkraum überhaupt nicht mehr heraus... Kommen Sie doch eben herein, ich hol ihn.«

Der Besucher – Berndorf – trat seine Schuhe ab und folgte der Einladung. Das Haus, in dem Wolfgang und Margarethe Freundschuh mit ihrem Sohn Lukas lebten, war in den achtziger Jahren des vorigen Jahrhunderts erbaut worden, verfügte – wie alle Häuser aus jener Zeit – über eine zusätzliche Einliegerwohnung und wirkte als werde darin nicht ein einziges Stäubchen geduldet. Durch das Panoramafenster des Wohnzimmers blickte man auf eine Rasenfläche mit einigen wenigen Obstbäumen, der Rasen schien – soweit man das um diese Jahreszeit beurteilen konnte – sorgfältig gepflegt.

Berndorf sah sich um. Zwei großformatige Landschaftsbilder, zum Glück ohne Hirsche, aber doch spätes und Wolken auftürmendes 19. Jahrhundert, Glasvitrinen, keine Bücher. Aber Puppen, genauer: aus Holz geschnitzte und bemalte Marionetten, Harlekine und Kolumbinen, so an den Wänden aufgehängt, als wollten sie sich sogleich in neues Liebesunglück stürzen, zart und melancholisch und mit großen traurigen Augen...

»Diese Marionetten sind wunderschön«, lobte Berndorf, um gut Wetter zu machen, »Sie sammeln sie? Oder machen sie selbst?«

Wieder lag er falsch. »Diese Sachen da macht mein Mann«, kam die Antwort, rasch und ruppig, »trinken Sie eine Tasse Kaffee? Oder ein Mineralwasser?«

Berndorf sagte, dass er sich über eine Tasse Kaffee sehr freuen würde. Margarethe Freundschuh verschwand, im Haus hörte man Schritte, jemand lief eine Treppe hinab und dann wieder hinauf, und schließlich öffnete sich die Wohnzimmertür, ein rundlicher Mann trat ein, auch er bebrillt, mit nach hinten gekämmtem, freilich schütterem Haar. Wolfgang Freundschuh reichte Berndorf eine überraschend kleine, aber wohl gestaltete Hand, der Händedruck war kräftig, wie sich der ganze Mann überhaupt mit einer gewissen Gewandtheit zu bewegen schien.

»Ich habe gerade Ihre Marionetten bewundert«, sagte Berndorf, »kann man sie auch auf einer Bühne erleben?«

»Was glauben Sie, was mir meine Frau erzählt«, antwortete Freundschuh, »wenn ich hier ein Puppentheater einrichten wollte!« Aber er arbeite gerade an einem Satz Figuren für einen Kameraden aus der Sportgemeinschaft, »der will auf unserer Weihnachtsfeier ein Stück von Goldoni damit aufführen, freilich in schwäbischer Mundart...« Seine Haltung straffte sich. »Aber deswegen sind Sie nicht gekommen.«

Er wies einladend auf die Sitzgruppe, und die beiden Männer setzten sich. Berndorf erklärte, dass er für den Verteidiger des angeklagten Hauptmanns Morny arbeite, und während er es sagte, fiel ihm ein, dass dies bereits schon wieder gelogen war. Aber darauf kam es jetzt nicht an. Freundschuh hörte mit einem Gesichtsausdruck zu, der keinen Zweifel daran ließ, dass er von seinem ehemaligen Mieter, eben dem Hauptmann Morny, am liebsten überhaupt nichts mehr hören würde.

»Ist es möglich«, fragte Berndorf unvermittelt, »dass ein bestimmter Schmuck, den Fiona Morny getragen hat, ursprünglich Ihrer Frau Mutter gehört hat?«

Freundschuh blickte entrüstet auf. »Sie wollen mir doch nicht sagen, dass es um diese Kette geht, die nicht mehr gefunden wurde? In der Zeitung habe ich davon gelesen... Aber wie, um alles in der Welt, kommen Sie darauf, dass meine verstorbene Mutter etwas damit zu tun hat?«

»Wann ist Ihre Mutter gestorben?«

»Im Frühjahr 2002...«

»Ich habe hier die Aussage eines Uhren- und Antiquitätenhändlers«, sagte Berndorf und griff nach seiner Mappe. »Er erinnert sich, Ihre Mutter habe ihm um das Jahr zweitausend eine

Goldkette mit einem solchen besonderen Ring zum Kauf angeboten, wie er auch auf den Aufnahmen vom Schmuck der Fiona Morny zu sehen ist...«

Freundschuh drehte sich um, seine Frau war ins Zimmer gekommen, ein Tablett in den Händen. »Hast du das gehört? Der Herr behauptet, die verschwundene Kette hätte meiner Mutter gehört...«

Margarethe Freundschuh stellte das Tablett ab und begann, den niedrigen Tisch zu decken. Offenbar sollte sich die Tasse Kaffee zu einer Kaffeetafel auswachsen, mit einem Porzellanservice in blauem Zwiebelmuster und Süßgebäck.

»Was deiner Mutter gehört hat und was nicht«, sagte sie, »das weiß ich doch nicht.« Sie verteilte Kaffeelöffel und Zuckerzange, dann wandte sie sich direkt an Berndorf. »Meine Schwiegermutter und ich, wir mochten uns nicht sehr.«

»Aber Marga!«, sagte ihr Mann.

»Doch«, beharrte sie. »Das ging schon damit los, dass ich nicht Gaspard heißen wollte.« Wieder wandte sie sich an Berndorf. »Oder würden Sie wollen, dass Ihre Kinder in der Schule ›Kasper!‹ gerufen werden?«

Er habe leider keine Kinder, sagte Berndorf. Die Mundwinkel der Gastgeberin zuckten, ein wenig mitleidig, wie es schien.

Berndorf holte aus seiner Mappe die Abzüge der Fotografien heraus, die er von Fiona Morny und dem Schmuck besaß, und zeigte sie dem Ehepaar.

Margarethe Freundschuh gab den Abzug mit dem Ausschnitt, der den Ring zeigte, sofort an ihren Mann weiter, behielt aber das Foto, das Fiona Morny zeigte, noch einen Augenblick in der Hand.

»Armes Ding«, sagte sie. »Jetzt, wo man weiß, was passiert ist – jetzt sieht man plötzlich, dass es nicht gut gehen konnte.« Sie sah zu Berndorf auf. »Ich war ja gleich dagegen, dass wir an die beiden vermieten. Es ist ja ein großes Haus, was wir da geerbt haben, da gehört jemand mit Kindern hinein!« Sie deutete mit dem Kopf auf ihren Mann. »Aber der wollte nicht... Wissen Sie, wenn ihm jemand schöne Augen macht, dann lässt er sich um den Finger wickeln. Das kommt davon, wenn die Mutter zu streng ist. Und lieblos.«

Wolfgang Freundschuh sagte nichts. Er betrachtete noch immer die Vergrößerung, die den Ring zeigte.

»Was hast du?«, fragte seine Frau.

»Nichts.« Er schüttelte den Kopf. Dann zeigte er auf die Vergrößerung. »Das da – es ist wahr, meine Mutter hat so etwas besessen... ich muss sieben oder acht gewesen sein und wollte ein eigenes Kasperltheater bauen. Die Mutter hat mir ein paar Stoffreste dazu gegeben, aber für den Vorhang brauchte ich Ringe, und ich wusste, dass sie eine Blechschachtel hatte, da waren solche Sachen drin. Also hab ich mir die Schachtel geholt, und da waren auch tatsächlich Gardinenringe drin, und darunter alte Geldscheine, die nicht mehr gültig waren, und unter den Scheinen war eine Kette mit einem Ring... Es war ein breiter Ring, so wie hier auf dem Foto, mit diesen zwei Menschen. Damals wusste ich nicht, dass damit der Sündenfall dargestellt wird, aber ich glaube, es ist mir aufgefallen, dass diese beiden Menschen nichts angezogen hatten...«

»Natürlich ist dir das sofort aufgefallen«, bemerkte seine Frau.

»Wie ging es weiter?«, fragte Berndorf.

»Meine Mutter kam hinzu, und plötzlich war sie wie von Sinnen... Ich glaube, sie hatte nichts anderes zur Hand, so hat sie einen Kleiderbügel genommen und auf mich eingeschlagen, ich hab mich auf dem Boden zusammengerollt und mit den Armen den Kopf geschützt, aber sie hat weitergeschlagen...«

»Das hast du mir nie erzählt«, sagte seine Frau.

»Es ist auch nicht schön zu erzählen«, antwortete er. »Irgendwann hat sie aufgehört und mich in mein Zimmer geschickt.« Er zuckte mit den Achseln. »Das Kasperltheater ist jedenfalls nie fertig geworden.«

»Was hat Ihr Vater zu dieser Geschichte gesagt?«

»Mein Vater?« Freundschuh blickte auf. »Nichts. Meine Mutter wird ihm nichts davon gesagt haben. Gott sei Dank nicht.«

»Hätte er Sie sonst auch geschlagen?«

Freundschuh schüttelte den Kopf. »Das brauchte der nicht. Mein Vater hatte andere Methoden.«

»Sie müssen einen netten Eindruck von unserer Familie bekommen«, meinte seine Frau und stand auf, den Kaffee zu holen.

Von den Erziehungs- und Bestrafungsritualen des Otto Gaspard wollte Berndorf lieber nichts wissen. »Hat Ihre Mutter den Schmuck jemals angelegt?«, fragte er.

»Nein.« Die Antwort kam prompt. »Ich kann mich nicht erinnern, dass sie je irgendeinen Schmuck getragen hätte. Und den schon gleich gar nicht.«

»Warum nicht?«

»Warum, weiß ich nicht. Aber sie hätte ihn nicht getragen.«

»Das klingt nicht so, als ob der Schmuck ein Geschenk Ihres Vaters gewesen wäre.«

»Kaum«, meinte Freundschuh. »Mein Vater war ein sehr sparsamer Mensch. Zu Weihnachten hat er meiner Mutter immer ein Flakon Eau de Cologne geschenkt, ein sehr kleines übrigens. Und dieser Schmuck...« Er beugte sich noch einmal über die Vergrößerung. »Das ist ja gar kein richtiger Schmuck, die Kette ist eher kunstlos gemacht und nur dazu da, den Ring zu halten ... Vermutlich hat man die Kette gebraucht, weil der Ring zu breit ist, um ihn an der Hand zu tragen. Wer diesen Schmuck trägt, tut es, weil ihm der Ring etwas bedeutet...«

Bingo, dachte Berndorf.

»Spielst du schon wieder den großen Detektiv«, sagte seine Frau, die gerade mit der Kaffeekanne ins Zimmer gekommen war und nun an den Tisch trat. »Wissen Sie«, sagte sie zu Berndorf und schenkte ihm ein, »wir können nie einen Krimi zusammen angucken, immer muss er reinquatschen und weiß es besser.«

Der Kaffee war zu trinken, aber Berndorf schaffte es nicht, das Gebäck dankend abzulehnen.

»Haben Sie nie versucht, etwas über die Herkunft dieser Kette und diesen Ringen herauszufinden?«, fragte er, ein Kokosplätzchen kauend.

»Versucht schon«, antwortete Freundschuh. »Aber ich denke, Sie muss es geerbt haben. Obwohl – meine Großeltern mütterlicherseits waren keine reichen Leute...«

»Die väterlicherseits auch nicht«, warf seine Frau ein.

»Nein«, bestätigte er, »die auch nicht... Aber was ich sagen wollte... Ein Urgroßvater von mir ist Bauer gewesen und hat eine dieser kleinen Landwirtschaften auf der Alb betrieben, mit sechs Kühen und ein paar Schweinen, meine Mutter hat mir manchmal davon erzählt, und einmal hab ich mir vorgestellt, der Ring stammt aus einem vergrabenen Schatz und der Urgroßvater hat ihn gefunden...«

»Mein Mann ist ein Träumer, schon immer gewesen«, sagte Margarethe Freundschuh. »Das müssen Sie sich einmal vorstellen: tagsüber hat er bei der Bundeswehr die Kasernen verwaltet und sich mit den Handwerkern herumgeärgert und die Stromrechnungen überprüft, jahrelang nichts anderes, und in all der Zeit hat er von vergrabenen Schätzen geträumt...«

»Als Kind habe ich das«, stellte ihr Mann richtig, in sanftem Ton, aber bestimmt.

»Sie haben sicher noch Fotos von Ihren Eltern«, sagte Berndorf. »Würde es Ihnen etwas ausmachen, sie mir zu zeigen?«

»Ich weiß nicht«, antwortete Wolfgang Freundschuh und blickte zu seiner Frau, als sei er unsicher und müsse sich bei ihr Rat holen.

»Du hast doch irgendwo noch Alben«, meinte sie. »Verstecken musst du deine Familie nun auch nicht.«

»Da hast du auch wieder recht.« Ihr Mann stand auf und ging, die Alben zu holen.

»Das ist nicht ganz einfach für ihn«, bemerkte Margarethe Freundschuh, als er die Tür hinter sich geschlossen hatte. »Er hatte es nicht leicht mit seinen Eltern, und geheiratet haben wir auch erst nach dem Tod seines Vaters. Und das war schon schwierig genug.«

»Der Mutter wegen?«

»Ich habe schon nicht mehr daran geglaubt«, sagte sie. »Ich dachte, der bleibt ewig in dem dunklen Haus an der Blau...«

Ihr Mann kehrte zurück, einen Stapel von Fotoalben tragend. Er setzte sich, schob seine Kaffeetasse zur Seite und schlug das erste Album auf. Es lag so, dass auch Berndorf die Fotografien betrachten konnte: kleinformatige Schwarzweißbilder mit gezackten weißen Rändern, wie sie bis in die fünfziger Jahre in Gebrauch waren. Es waren überwiegend Landschaftsaufnahmen, die karge Heide der Alb, Kalkfelsen, die unvermittelt aus einem Hang hervortraten, manche mit Höhlen, trollgesichtig anmutend, davor – wie zur Staffage – zuweilen ein Menschenpüppchen im weit schwingenden Rock, in weißer Bluse, Kniestrümpfe zu den Wanderschuhen, schwarzer Bubikopffrisur, schmales Gesicht, spitze Nase ...

»Meine Mutter«, sagte Wolfgang Freundschuh, räusperte sich und blätterte um. Auf der nächsten Seite sah Berndorf das Portrait der jungen Frau mit dem Bubikopf, diesmal in einem größeren Format und keine Amateuraufnahme. Die junge Frau hatte gar nicht erst versucht, in die Kamera zu lächeln, das ein wenig ungleichmäßige Gesicht mit der spitzen Nase war nachdenklich, fast abweisend.

Auf der Seite gegenüber fand sich die ebenfalls vergrößerte Aufnahme eines kräftigen Mannes in Kniebundhosen und Bergstiefeln, unter einem Gipfelkreuz rastend, den Rucksack neben sich. Der Mann war noch jung, trug aber eine Brille und hatte eine beginnende Stirnglatze.

»Ihr Vater?«

Wolfgang Freundschuh murmelte Zustimmung.

»Die Aufnahme muss vor dem Krieg entstanden sein.« Das war keine Frage, sondern eine Feststellung.

»Sie kannten ihn?«

»Nur dem Namen nach.«

Auf den nächsten Seiten wieder Landschaftsaufnahmen, selten ein Foto des jungen Paares, immer wieder Reiseziele, die Frau mit dem schwarzen Bubikopf und dem ernsten Gesicht an südlicher Küste, dann vor dem Florentiner Dom. Einige Stellen waren leer, man sah nur noch die Flecken von getrocknetem Klebstoff.

»Was war denn mit diesen Fotos da, dass man sie hat rausreißen müssen?«, fragte Margarethe Freundschuh.

Frag nicht, dachte Berndorf. Von den Fotos aus jener Zeit sind später so manche aus ihren Alben herausgerissen worden.

»Ich weiß nicht«, antwortete Wolfgang Freundschuh, nicht einmal unwillig, sondern eher abwesend. »Die Mutter hat viele Bilder von sich weggeworfen, sie mochte sie einfach nicht.«

Wieder eine Seite weiter sah man den Mann, auf einer Holzbank sitzend, die Krücken neben sich, das eine leere Hosenbein bis zum Gürtel hochgeschlagen und dort festgebunden.

»Wo ist Ihr Vater verwundet worden? An der Ostfront?«

Freundschuh schüttelte den Kopf.

»Der war gar kein Soldat«, sagte seine Frau. »Der doch nicht. Der war beim Finanzamt.«

»Er war damals in Berlin, bei der Reichshauptkasse dort«, stellte Freundschuh richtig. »Und der Auftrag, den er hatte, das war nichts für Drückeberger, das kannst du mir glauben. Das hat ja seinen Grund, warum die Bolschewisten diesen Anschlag auf ihn unternommen haben.«

»Ein Anschlag?«, fragte Berndorf. »Wissen Sie, wann das war und wo?«

»Mein Vater hat nie darüber gesprochen«, antwortete Freundschuh. »Aber aus den Unterlagen für seine Kriegsopferrente geht hervor, dass sich der Vorfall im November 1941 ereignet haben muss, in der Nähe von Minsk... Mein Vater saß in einem Lastwagen, unter dem eine Bombe gezündet wurde, und der Lastwagen ist umgestürzt. Dabei ist mein Vater eingeklemmt worden.«

»Sie sagen, der Anschlag richtete sich gegen ihn... Wissen Sie denn, was für ein Transport das war, den er begleitete?«, fragte Berndorf.

»Nein«, antwortete Freundschuh. »Das ging aus den Unterlagen nicht hervor. Aber er hatte einen dienstlichen Auftrag, das ist sicher, sonst hätte er ja keine Rente bekommen.«

Berndorf beschloss, das Thema zu wechseln. »Bekannt war Ihr Vater ja vor allem durch sein Wirken innerhalb des Albvereins. Ich glaube, es ist sogar eine Baumgruppe nach ihm benannt...«

»Keine Baumgruppe«, antwortete Wolfgang Freundschuh. »Eine Buche, eine allein stehende Buche... Aber ich verstehe, wonach Sie fragen wollen. Sie müssen wissen, dass er mit dem einen Bein und den beiden Krücken schneller zu Fuß war als viele, denen nichts fehlte. Der schwang sich nur so durch die Gegend... Manchmal habe ich es gehasst, wenn ich neben ihm herlaufen musste und fast nicht mehr mitkam. Nein, nicht nur manchmal... Als er älter wurde, ist es dann doch zu anstrengend für ihn geworden, und wenn er Führungen gemacht hat, etwa durchs Lonetal und zu den Höhlen dort, hat er sich den größeren Teil der Strecken mit einem Geländewagen fahren lassen...«

Er brach ab, und auch seine Frau horchte auf. Die Haustür hatte sich geöffnet und wieder geschlossen, rasche Schritte näherten sich, und im Wohnzimmer erschien der junge Mann, den Berndorf bei seinem Besuch in dem Haus in der Halde 7 kennen gelernt hatte: Lukas Freundschuh, eine Sporttasche über der Schulter, die Haare noch nass von der Dusche.

»Da bist du ja«, sagte seine Mutter, und zum ersten Mal klang ihre Stimme warm, fast herzlich. »Hol dir doch was zu trinken und setz dich her, wir haben Besuch, wie du siehst, das ist der Herr... wie war noch einmal Ihr Name?«

Lukas nickte und sah Berndorf an. »Wollen Sie das Haus jetzt doch mieten?«

Dann traf der Sohn der Familie ein, und das Gespräch wurde schwierig«, berichtete Berndorf. »Den Sohn hatte ich schon am Donnerstag getroffen, als ich mir das Haus in der Halde angesehen und behauptet habe, ich wolle es vielleicht mieten. Leider erinnerte er sich daran, und plötzlich sahen mich die Freundschuhs an wie einen, dem sie schon viel zu viel erzählt hatten.«

Veesendonk warf einen raschen Blick zu seinem Besucher,

als wollte er ihm sagen, die Freundschuhs teilten diese Empfindung wohl noch mit einigen anderen Leuten. »Das Haus in der Halde«, sagte er unvermittelt, »was hat dieser Ring damit zu schaffen, dass er dorthin zurückkehren muss? Aber wir sind nicht bei Tolkien, also bleiben wir bei den Fakten. Die Fakten heißen: Weißrussland. Heißen: Berlin. Heißen: Reichshauptkasse. Aus dem Netz habe ich mir dazu ein paar Informationen heruntergeladen.« Er wandte sich dem Computer zu, der auf seinem Schreibtisch stand, und gab einen Befehl ein.

Berndorf, der auf einem hohen schmalen Stuhl vor einem Lesetischchen Platz genommen hatte, nutzte die Wartezeit, um sich unbefangen in dem kleinen, von wandhohen Bücherregalen eingemauerten Arbeitszimmer umzusehen. Der Schreibtisch wirkte viel zu wuchtig, so dass das Fenster links davon noch kleiner aussah, fast wie das Fensterchen einer Zelle, zusätzlich verdunkelt durch das jetzt noch kahle Gebüsch, das sich in dem vernachlässigten Garten draußen breitmachte. Gegenüber vom Schreibtisch war ein Stehpult in die Bücherregale eingebaut, darüber hing eine gerahmte Fotografie, Berndorf tippte auf Gustav Radbruch, den sozialdemokratischen Justizminister und Justizreformer aus der Weimarer Republik. Ein System in der Anordnung der Bücherreihen konnte Berndorf nicht erkennen: Zwischen juristischer Fachliteratur waren Bücher und Broschüren zu aktuellen politischen Fragen gestapelt – oder zu solchen, die vor ein paar Jahren noch aktuell gewesen sein mochten –, dann wiederum fanden sich altehrwürdige Kommentare und Traktate, die den höchstrichterlichen Scharfsinn längst vermoderter Generationen noch für eine Weile aufbewahrten wie Pressblumen. Fast beruhigt entdeckte Berndorf schließlich ein Regal mit Schachliteratur.

»Die Personalakte von Gaspard werde ich wohl erst in den nächsten Tagen bekommen«, fuhr der Richter fort. »Aber zwei oder drei Dinge habe ich auch so herausgefunden...« Er lächelte knapp. »Der Leiter des Finanzamtes hier war so freundlich, mir ein paar Auskünfte zu geben. Sie decken sich mit dem, was die Freundschuhs Ihnen erzählt haben. Otto Gaspard war tatsächlich 1941 an die Reichshauptkasse nach Berlin abgeordnet oder befördert worden, und seine schwere Verwundung hat er sich im November 1941 während einer Dienstreise durch Weißrussland zugezogen.«

»Wusste Ihr Gewährsmann etwas über den Anlass dieser Dienstreise?«

»Können wir uns den nicht ausrechnen?«, fragte der Richter zurück und wandte sich wieder dem Computer zu. »Da haben wir es ja«, sagte er und winkte Berndorf. Der stand auf und stellte sich neben den Richter an den Schreibtisch. »Diese Dienstreise drängt mir die Vermutung auf, dass Otto Gaspard vermutlich nicht einfach nur für die Reichshauptkasse tätig war, sondern für die Reichshauptkasse Schrägstrich Beutestelle...«

»Beutestelle?«

»Ja, so hieß das, ganz offiziell«, sagte Veesendonk und deutete auf den Textausschnitt, den er aufgerufen hatte. »Und was bedeutet Beute? Hier haben wir, von einem britischen Historiker im Bundesarchiv Berlin-Lichterfelde aufgefunden, eine Aufstellung dessen, was eine einzige der insgesamt vier Einsatzgruppen, die im Nordabschnitt und im Baltikum operierende Einsatzgruppe A, in jenem Winter nach Berlin liefern ließ... eintausendachthundertzweiundzwanzig Dollar in bar, zweitausendachthundertfünfzig Teelöffel, fünfhundertsiebenundzwanzig silberne Serviettenringe, eintausendeinhunderteinundvierzig Kaffeelöffel, mehr als fünftausend Herrenuhren und fünfzehneinhalb Kilogramm goldene Eheringe.« Veesendonk sah zu Berndorf auf. »Sind wir nicht ein wenig naiv? Fünfzehneinhalb Kilogramm goldene Eheringe – und wir zwei Spätgeborene wollen bald siebzig Jahre danach herausfinden, wer sich da wo einen einzelnen jüdischen Hochzeitsring gegriffen hat?«

Berndorf schüttelte den Kopf. »Die wichtigste Zahl haben Sie vergessen.«

Veesendonk sah ihn fragend an. »Ach das! Hier: Nach den Unterlagen des Reichssicherheitshauptamtes sind im gleichen Zeitraum, also zwischen August und Ende Dezember 1941, allein von der Einsatzgruppe A mehr als zweihundertneunundvierzigtausend jüdische Frauen, Männer und Kinder liquidiert, nein: ermordet worden, nahezu eine Viertelmillion... Das sind jeden Tag hunderte, tausende Frauen, Männer, Kinder, in Gruppen vor die Exekutionskommandos getrieben, eine Schar Todgeweihter nach der anderen ins Feuer gestoßen, in einem Tempo, das kein Innehalten kennt, keinen Augenblick des Bedenkens, nicht einen einzigen... Ein Uhrwerk des Tötens, bis zum Anschlag aufgezogen und dann in Gang gesetzt, unaufhaltsam, als ob alles ganz von selbst geschehe, in betäubender Zwangsläufigkeit...«

»Einspruch!«, unterbrach ihn Berndorf. »Niemand tötet zwangsläufig, und von keinem dieser Menschen können wir wissen, ob er den Tod betäubt erlitten hat.«

Veesendonk hob die Hand, als müsse er den Einwand abwägen. »Vielleicht haben Sie recht«, sagte er mit veränderter Stimme. »Was das alles bedeutet hat, davon reden wir nur, ohne uns etwas vorzustellen, weil niemand sich so etwas vorstellen kann. Manchmal greift man nach einem Detail, um überhaupt eine Vorstellung zu haben... Wussten Sie, dass es bei den Erschießungen ein waffentechnisches Problem gab? Anfangs sind die Kommandos mit Wehrmachtskarabinern ausgestattet gewesen. Weil es nun im Ablauf der Exekutionen kein Stocken und keinen Aufenthalt geben durfte, mussten die Soldaten und SS-Leute und Polizisten ganz sichergehen, und das heißt: ganz nah an die zu Exekutierenden heran, an die Frau mit dem Kind auf dem Arm oder an den alten Mann... Aber wenn sie dann Feuer gaben, hatte der Karabiner eine solche Durchschlagskraft, dass es die Menschen nur so zerfetzte und das Blut und die Gehirnmasse um sich spritzte...« Er schüttelte den Kopf. »Was glauben Sie, wie die Soldaten aussahen, wenn sie in ihre Unterkunft zurückkehrten, mit all dem Blut und den Fetzen von Menschenfleisch und Gehirn auf der Uniform...! Später hat man den Leuten deshalb Maschinenpistolen gegeben, auf Einzelfeuer gestellt.«

Berndorf schüttelte den Kopf. »Im Gerichtssaal höre ich Sie lieber reden als gerade jetzt.«

Veesendonk horchte auf. »Tut mir leid«, sagte er dann. »Aber auf andere Weise weiß ich nicht darüber zu reden... Worüber man nicht reden kann, davon sollte man schweigen, ich weiß. Aber gerade hier hilft Schweigen nicht...«

»Wir sprachen von Gaspard«, erinnerte Berndorf.

»Ja, natürlich«, lenkte der Richter ein. »Eines der Probleme, von denen ich sprach, fiel in seine Zuständigkeit. Es war fiskalischer Natur. Gemessen an der Zahl der Ermordeten kam so viel an Wertsachen nämlich gar nicht zusammen. Der *cash flow* war lausig, würde man heute sagen. Fünfzehneinhalb Kilogramm goldene Eheringe hat die Einsatzgruppe A in ein paar Monaten zusammengebracht, das ist ja ganz nett, nur – schrecklich viel Krieg können Sie damit nicht führen, da wären Devisen sehr viel hilfreicher, aber mit ihrem ganzen Morden und Erschießen hat die Einsatzgruppe keine zweitausend Dollar aufgetrieben, das deckt ja noch nicht einmal die Kosten fürs Schießpulver! Und was, bitte, machen Sie mit fünfhundertsiebenundzwanzig silbernen Serviettenringen? An verdiente Ortsgruppenleiter und Ritterkreuzträger verschenken? Vorher müssen Sie die verdammten Ringe erst noch gravieren lassen... Oder das da!« Der Richter hatte eine neue Textstelle aufgerufen. »Der Bezirk Borissov, auch hier hat man alle Juden umgebracht, Frauen, Männer, Greise, Kinder, ausnahmslos alle, aber bei der Reichskreditkasse in Minsk werden am Ende gerade fünfundzwanzig Goldrubel eingezahlt, nennen Sie das vielleicht Beute!«

»Nie reicht die Beute«, warf Berndorf ein. »In keinem Krieg.«

»Gewiss doch«, meinte der Richter. »Aber in diesem Krieg war das Missverhältnis zwischen Auftrag und Ertrag besonders auffällig, finden Sie nicht? Das haben übrigens auch die Beteiligten bemerkt. Um die Habseligkeiten der Ermordeten – also um das, was nicht schon vor oder nach der Exekution gefleddert und gestohlen worden war, stritten sich Polizei und Wehrmacht und SD und Zivilverwaltung und eben auch die Reichshauptkasse wie die Bürstenbinder... das heißt: eben nicht wie die Bürstenbinder, sondern sie führten regelrechte Schreibtischkriege gegeneinander, das ist vielfach belegt, denn diese Leute waren ebenso sehr Bürokraten wie sie Mörder waren, oder vielleicht waren sie sogar in allererster Linie nur Bürokraten, und das Morden ergab sich eben so... Sehen Sie hier, ein Briefwechsel zwischen dem Befehlshaber der Sicherheitspolizei und dem Chef der Zivilverwaltung in Minsk, die Sicherheitspolizei will fünfundzwanzigtausend Reichsmark aus der Beute für sich behalten, weil sie das Geld braucht, um ›Genussmittel‹ für die Sondereinheiten zu kaufen, also Schnaps und Tabak für die Erschießungskommandos, haushaltsrechtlich lasse sich das sonst nirgends unterbringen, klagt einer der SS-Offiziere...«

»Worauf wollen Sie hinaus?«

»Dass es am Charakter der Dienstreise des Finanzbeamten Otto Gaspard überhaupt keinen Zweifel geben kann. Er hat das Unternehmen Holocaust einer Betriebsprüfung unterzogen.« Er griff nach einem Notizblock, auf dem er in seiner kleinen akkuraten Schrift eine Reihe von Daten notiert hatte. »Der telefonischen Auskunft des Versorgungsamtes zufolge ist der Lastwagen, in dem Gaspard mitfuhr, am Abend des neunten November 1941 auf eine Mine gefahren und danach einen Hang hinabgestürzt.« Er sah auf, als wolle er sich vergewissern, ob ihm Berndorf überhaupt zuhörte. »Ereignet hat sich der angebliche Anschlag auf einer Landstraße zwischen der weißrussischen Ortschaft Mir und der Bezirkshauptstadt Stolbzy«, fuhr er schließlich fort. »Ob dieser Ortsname Mir vollständig und korrekt ist, kann ich nicht beurteilen. Allerdings ist mir dieser Ortsname heute ein zweites Mal genannt worden, und zwar von der Zentralen Stelle in Ludwigsburg, und dies ebenfalls in Zusammenhang mit einem Ereignis vom neunten November 1941: An diesem Tag sind bei dieser Ortschaft rund eintausend jüdische Männer, Frauen und Kinder erschossen worden, übrigens nicht von SD- oder SS-Einheiten, sondern von Soldaten der achten Kompanie des Infanterieregiments siebenhundertsiebenundzwanzig.« Veesendonk blickte wieder auf. »Ich vermute jetzt einmal, dass Gaspard sich diese Exekution hat vorführen lassen, um einen Anhaltspunkt dafür zu bekommen, wie viel Wertgegenstände bei einer solchen Exekution noch zu erwarten sind. Eine ordnungsgemäße Finanzverwaltung ist auf Richtwerte angewiesen. Vielleicht auch hat der örtliche Kommandeur den Finanzbeamten Gaspard dazu eingeladen, damit sich dieser selbst ein Bild machen kann. Einen Lastwagen hat Gaspard wohl deshalb angefordert, weil er glaubte, er brauche einen für die Beute, die sich bei den Leichen von tausend misshandelten, halb verhungerten und zuvor schon ausgeplünderten Juden noch fleddern lässt.«

»Und der angebliche Anschlag?«

»Ach was, Anschlag!«, antwortete Veesendonk. »Es waren die Genussmittel. Genauer: der Schnaps, der ausgeschenkt werden musste, damit die Soldaten bei Laune blieben. Bis zum Abend wird auch der Fahrer betrunken gewesen sein. Als Unfallursache konnte das nicht angegeben werden. Die Morde waren geheime Reichssache...«

An der Zimmertür klopfte es, und ohne ein »Herein!« abzuwarten, öffnete sich die Tür, und Veesendonks Ehefrau Lena streckte ihren Kopf herein. Sie war eine große, hagere, grobknochige Frau mit strähnigem, grau durchwirktem schwarzem Haar. »Ich bitte die Störung zu entschuldigen – aber ich bin gerade dabei, den Tisch zu decken, und wüsste gerne, ob unser Besucher mit uns zu Abend isst.«

»Aber ich bitte sehr darum, dass er das tut«, sagte Veesendonk spontan, und so konnte Berndorf die Einladung nur schlecht abschlagen.

»Schön«, meinte Lena Veesendonk. »Ich hol dann noch eine Pizza aus der Tiefkühle... mit Thunfisch, ist das recht?«

Montags war Leistungsturnen, und so gab es zum Abendessen Pfannkuchen mit Apfelmus. Einer der Pfannkuchen war ein wenig angebrannt, weil Kuttler und Puck zu lange rumgeknutscht hatten, wie Janina das nannte, aber jetzt saßen alle am Tisch, und Kuttler versicherte, von den Pfannkuchen habe er die angebrannten schon immer ganz besonders gern gegessen. Janina glaubte ihm nicht, überhaupt hatte sie ihren misstrauischen Tag.

»Warst du bei dem Mann mit dem armen Hund?«

»Eh?«, fragte Kuttler kauend zurück. »Jein. Ich hab mit dem Mann gesprochen. Aber sein Hund ist kein armer Hund. Der hat fein zu fressen und ist ganz zufrieden mit seinem Herrn.«

»Sperrst du ihn ein?«

»Wen? Den Hund?«

»Blödmann!« Janina schluckte ein großes Stück Pfannkuchen hinunter. »Natürlich den Mann.«

»Selber Blödfrau«, warf Puck ein. Janina zog ein Gesicht, als wollte sie ihr gleich die Zunge zeigen, aber Puck hob drohend die Augenbrauen.

»Nein«, antwortete Kuttler. »Ich sperr nicht alle Leute ein, mit denen ich rede. Überhaupt tu ich niemanden einsperren. Das tut der Richter.«

Janina sah ihn verständnislos an. Wozu war Kuttler eigentlich gut, wenn er noch nicht einmal jemanden einsperren konnte? »Und was ist jetzt mit dem Mann von dem armen Hund?«

»Das ist kein... egal. Der Mann fährt jetzt in Urlaub. Nach Frankreich. In den Süden von Frankreich. Da ist es nicht so kalt wie hier.«

»Woher weißt du das? Hast du mit ihm geredet?«

»Am Telefon, ja.«

»Und du hast es ihm erlaubt?«

»Dass er nach Frankreich fährt?« Kuttler zögerte. »Doch, gewissermaßen hab ich ihm das erlaubt...«

»Das mein ich nicht. Dass er den Hund mitnimmt, hast du ihm das erlaubt?«

»Es ist sein Hund, nicht meiner.«

»Aber wenn der Hund jetzt nach Frankreich muss, dann hat er ja erst recht kein Zuhause. Wie soll es dem gut gehen?«

»Jetzt ist gut«, meinte Puck. »Viele Leute gehen gern nach Frankreich und ihre Hunde auch, Punkt. Nur die Janina, die geht jetzt ins Bett.«

Eine Dreiviertelstunde später – Kuttler hatte sich eine Flasche Bier aufgemacht und aus Pucks Beständen eine CD mit Chuck Berry aufgelegt, in gedämpfter Lautstärke freilich, zu gedämpft für Chuck Berry – war Janina glücklich eingeschlafen, und Puck kam wieder ins Wohnzimmer und setzte sich zu ihm. Es war halbdunkel im Zimmer, nur die Stehlampe war eingeschaltet, und Kuttler sah die Namenslisten durch, die ihm die Bundeswehr am Morgen geschickt hatte.

»Was hörst du da?«

»Hörst du doch.«

Durch das Halbdunkel sah Puck ihn an, als wollte sie etwas sagen. Aber dann schüttelte sie den Kopf, nur so für sich, als müsse sie eine Erinnerung verscheuchen.

»Und was liest du da?«

»Wer alles zum Silvesterball der Bundeswehr geht.« Er schüttelte den Kopf. »Lauter Leute, die es wichtig haben. Also muss auch der Silvesterball sehr wichtig sein. Es ist eine Welt, von der ich nichts weiß...«

»Müssen wir davon wissen?«, fragte Puck.

»Gute Frage... Aber guck mal, jemand wie Englin war da, Kriminaldirektor mit Ehefrau, ob die Fiona den beobachtet hat? Der hat doch so einen Tick mit dem linken Auge und muss immer zwinkern, vielleicht hat die Fiona das missverstanden, als Anbahnung von ich weiß nicht was...«

»Ich mag nicht, wenn du so von ihr redest«, sagte Puck.

»Entschuldige«, antwortete Kuttler, »es ist auch zu albern. Da sind Leute, von denen heißt es, sie seien einmal ganz links oder wenigstens friedensbewegt gewesen. Und jetzt sind die sich plötzlich nicht zu blöd und kostümieren sich mit einem Smoking und gehen zum Silvesterball vom Zweiten Korps... Hier: Vorsitzender Richter Michael Veesendonk mit Ehefrau, das ist sonst ein ganz ziviler Mensch, was tut der dort?«

Kuttler ließ den Stapel mit den Blättern sinken und starrte ins Dunkle.

»Was hast du?«, fragte Puck.

»Nichts«, antwortete er. Dann stand er auf. »Nur so ein blöder Einfall. Aber ich muss was nachschauen...« Er ging zum Arbeitstisch und schaltete den gemeinsamen PC ein.

»Diese Geschichte mit dem Pudelmann«, sagte Puck, »die hab

ich nicht ganz verstanden. Was hast du dem erlaubt? Dass er nach Frankreich fährt? Hast du einen Deal mit ihm gemacht?«

»Kluges Kind«, antwortete Kuttler und gab drei Suchbefehle ein. »Einen Deal, ganz richtig. Falls sich der Pudelmann daran hält.«

»Was ist dann?«

»Dann krieg ich morgen was. Mit der Post.« Auf dem Bildschirm baute sich die Liste mit den Ergebnissen auf, die die Suchmaschine zu den Suchbegriffen »Veesendonk«, »Führungen« und »Ulm« gefunden hatte. Die meisten Nennungen bezogen sich auf die Angebote des Ulmer Verkehrsamtes, weitere auf einen Kunstmaler Wolfgang Veesendonk aus Recklinghausen. Kuttler blätterte zur zweiten Bildschirmseite und fand dort einen Beitrag der Lokalredaktion des *Tagblatts* vermerkt, und zwar zum baden-württembergischen Richtertag, der vor anderthalb Jahren in Ulm stattgefunden hatte. Er rief den Beitrag auf:

»... ist das Hauptthema die bevorstehende baden-württembergische Justizreform mit der beabsichtigten und vom Richterbund heftig kritisierten Kappung des Instanzenweges. Daneben ist für die Teilnehmer ein reichhaltiges kulturelles Rahmenprogramm vorbereitet worden, wie der Ulmer Vorsitzende Richter Michael Veesendonk berichtet. So sind Führungen durch die Ulmer Museen, zum Kloster Wiblingen und zum KZ-Dokumentationszentrum Oberer Kuhberg vorgesehen...«

»Führungen...«, sagte Puck, die neben Kuttler stand und mitgelesen hatte. »Du meinst...?«

»Erst mal gar nichts«, sagte Kuttler. »Außerdem kann ich das Wort Führungen nicht mehr hören.«

Am runden Esstisch war Berndorf der Platz zwischen den Eheleuten Veesendonk angewiesen worden, so dass er dem Sohn Donatus Veesendonk gegenübersaß, einem großen jungen

Mann, der sich schlecht hielt, mit unfertigem Gesicht und Augen, die einen nicht ansehen wollten. Berndorf war es, als habe er ihn schon einmal gesehen, aber das mochte daran liegen, dass ihm viele junge Leute zunehmend gleichartig erschienen, in verwechselbarer Weise formlos, absichtsvoll formlos... Stopp, dachte er dann, der junge Mann bei Freundschuhs mochte das gleiche Alter haben wie dieser da, aber niemandem würde es einfallen, die beiden zu verwechseln. Vielleicht lag das an dem Sport, den der eine trieb und der andere offenkundig nicht.

»Also, die Pizzen bekommen wir von einem Tiefkühldienst ins Haus gebracht«, erklärte Lena Veesendonk, »das ist die Rettung für mich, müssen Sie wissen, heute Nachmittag hatten wir schon wieder eine von diesen furchtbaren Ausschusssitzungen, es ging um den Landschaftsplan für die Blau...«

Berndorf betrachtete seinen Teller und den schrumpeligen angekokelten Teig darauf, der mit teils weißlichen, teils rötlichen Teilchen unidentifizierbarer Substanz belegt war. »Es ist sehr schmackhaft«, lobte er, und Lena Veesendonk fuhr fort, von den Diskussionen über die Anlage eines Uferparks entlang der Blau zu berichten. Sie gehörte dem Gemeinderat an, und zwar für eine Wählergemeinschaft, die sich – soweit es Berndorf verstand – für eine ökologisch ausgerichtete Entwicklungsplanung, für den Bau neuer Ortsverbindungsstraßen sowie für niedrigere Kommunalsteuern einsetzte.

»Sie müssen wissen, da entsteht zu beiden Seiten der Blau ein richtiger Uferpark«, erklärte sie dem Gast, »nicht nur ein Naherholungsgebiet, sondern eine grüne Lunge für das ganze Tal...«

»Sehen das die Anlieger auch so?«, fragte ihr Mann.

»Welche Anlieger?«

»Die Leute, denen jetzt noch die Gärten gehören, aus denen unser Bürgermeister diesen Uferpark machen will.«

»Ich bitte dich! Das wertet doch deren Grundstücke auf, das müssen die einfach einsehen.«

»Da wollen wir hoffen, dass die Leute das Müssen auch einsehen«, sagte ihr Mann und nahm noch etwas von dem Feldsalat. Dann wandte er sich an seinen Sohn. »Wie ist es dir bei der Mathematik-Klausur ergangen? Die war doch für heute angesetzt.«

Als Antwort kam ein undeutliches Murmeln.

»Wie war das?«, setzte Veesendonk nach.

»Ihm war nicht gut«, schaltete sich Lena Veesendonk ein. »Er ist in der großen Pause gegangen. Diese Magenkrämpfe, weißt du... seit dem Ärger mit seinem Führerschein ist das wieder schlimmer geworden.«

»Dann bist du also mit ihm zum Arzt?«

»Nein, sind wir nicht«, kam die Antwort, bereits ein wenig gereizt. »Dieser Doktor kann auch nichts anderes als eine Magenspiegelung vorschlagen, und du weißt so gut wie ich, dass Donatus so etwas auf keinen Fall erträgt...«

»Diese Mathematik-Klausur«, sagte Veesendonk, »war doch ziemlich die letzte Chance, von der Fünf runterzukommen?«

»Das stimmt nicht«, widersprach seine Frau. »Es sind noch mindestens drei Klausuren, nicht wahr, Donatus?«

Wieder kam als Antwort ein undeutliches Murmeln, aber Lena Veesendonk war zufrieden. »Wie ich sagte, drei. Also ist gar nichts passiert.« Sie wandte sich an Berndorf. »Sie müssen entschuldigen, dass wir hier unsere häuslichen und schulischen Angelegenheiten vor Ihnen ausbreiten, aber das Abendessen ist für uns immer auch so etwas wie der Familienrat, ganz basisdemokratisch... Doch jetzt sollten Sie etwas von sich erzählen! Sie sind oder waren bei der Kriminalpolizei, sagte mein Mann...«

Offenbar war es eine Frage, und Berndorf erklärte, dass er vor einigen Jahren aus dem Dienst ausgeschieden sei.

»Aber Sie haben einen Auftrag, etwas zu ermitteln, etwas herauszufinden?« Lena Veesendonk schien fest entschlossen, ein neues Gesprächsthema zu etablieren.

»Nein«, antwortete Berndorf, »ich hatte einen Auftrag, aber der ist abgeschlossen.«

»Erzählen Sie uns etwas davon? Oder dürfen Sie das nicht?«

»Er hatte den Auftrag, einen Mann zu finden«, schaltete sich der Richter ein. »Und den hat er wohl gefunden. Aber damit scheint er nicht zufrieden zu sein. Sonst wäre er nicht hier.«

Das verstehe sie nicht, meinte seine Frau. »Sie arbeiten jetzt also auf eigene Rechnung?«

»So könnte man es nennen«, meinte Berndorf.

»Zum Beispiel will er herausfinden, wie eine goldene Kette mit einem Ring daran hierhergekommen ist«, erklärte der Richter. »Hierher heißt in diesem Fall: nach Blaustein, in ein anständiges ordentliches Haus, nur ein paar Kilometer von uns entfernt.«

»Und warum«, wollte seine Frau wissen, »sollte die Kette nicht in dieses Haus gekommen sein?«

»Weil sie nicht dorthin gehört.« Michael Veesendonk wandte sich seinem Sohn zu. »Das ist übrigens eine Geschichte, die dich interessieren könnte. Es ist eine Geschichte, in der die Wehrmacht vorkommt. Die richtige ruhmreiche deutsche Wehrmacht.«

Sein Sohn warf ihm einen halb abwehrenden, halb trotzigen Blick zu, sagte aber nichts.

»Ich glaube«, wandte Lena Veesendonk ein, »das ist jetzt nicht das richtige Thema...«

»Aber warum denn nicht?«, beharrte ihr Mann. »Donatus sammelt doch alles, was er zur Geschichte der Wehrmacht findet. Orden, Abzeichen, Fotos von Marschällen, Generälen und... jetzt hätte ich beinahe gesagt: und anderen Mördern... Aber zur Geschichte der Wehrmacht gehört auch diese Kette und vor allem der Ring. Der ist etwas Besonderes, musst du wissen, eine Antiquität, vielleicht sogar eine kleine Kostbarkeit. Ein Finanzbeamter, so vermuten wir, hat ihn von einer Dienstreise in die von der Wehrmacht besetzten Gebiete mitgebracht, aber es ist ein jüdischer Ring, mit hebräischer Inschrift. Interessiert es dich nicht, Donatus, wie der Finanzbeamte zu diesem Ring mit dieser Inschrift gekommen sein könnte?«

Veesendonks Sohn schwieg.

»Hast du etwas gesagt?«

»Michael, bitte!«, sagte Lena Veesendonk. »Du musst ihn jetzt nicht zusätzlich unter Druck setzen.« Sie wandte sich an Berndorf. »Ich habe Ihnen ja nicht dreinzureden, aber ich finde doch, dass mit diesen Geschichten allmählich Schluss sein sollte. Das tun auch nur wir Deutschen, so etwas noch einmal auszugraben...«

»Berndorf gräbt nichts aus«, unterbrach sie der Richter. »In diesem Fall ist es die Geschichte, die einfach nicht begraben sein will.«

»Ach du! Hör endlich mit deinen Wortspielereien auf«, fuhr ihn seine Frau an. »Und diese Sache da mit dem Ring... ich weiß ja nicht, was du da andeuten willst. Oder vielleicht weiß ich es doch. Aber das kann alles auch ganz anders gewesen sein. Der Ring ist in Blaustein aufgetaucht, ja und? Dort hat es, im Ortsteil Herrlingen, noch in den ersten Kriegsjahren ein jüdisches Altersheim gegeben, das weiß ich aus einem Geschichtsseminar der Kreisvolkshochschule, und die Leute dort haben halt auch gehamstert, das war im Krieg so, und deinen blöden Ring hat jemand eingetauscht, gegen ein paar Eier oder gegen ein Stück Fleisch...«

Sie hörte auf zu sprechen und sah triumphierend um sich. Ihr Blick traf auf den von Berndorf, und sie wandte sich wieder ihrem Teller zu.

»Herrlingen«, wiederholte Berndorf.

»Herrlingen, ja doch«, sagte der Richter. »Das Landschulheim der Anna Essinger, danach das jüdische Altersheim. Bis 1942, bis zur Deportation...« Er schüttelte den Kopf. »Man sieht das Nächstliegende nicht.« Er sah auf. Sein Sohn hatte sich geräuspert.

»Kann ich jetzt gehen?«, fragte Donatus.

Eine halbe Stunde später brachte Veesendonk seinen Besucher mit dem Wagen an den Bahnhof, zum letzten Zug, der an diesem Tag nach Ulm fuhr.

»Eigentlich hätte ich daran denken müssen«, sagte der Richter, als sie vor dem Bahnhof hielten.

Berndorf sagte nichts.

»Ich hätte daran denken müssen, dass der Finanzbeamte Gaspard seiner Frau wohl kaum einen Goldring mit eingravierten hebräischen Buchstaben mitgebracht haben wird«, fuhr der Richter fort. »Jeder hätte sofort gewusst, wo er den Ring herhat und wie er zu ihm gekommen ist... Nein, nein. Wenn sich ein Bürokrat wie Gaspard etwas zur Seite schafft, dann dreht er das so, dass ihm niemand Ärger machen kann... Was meinen Sie?«

»Nichts«, antwortete Berndorf.

»Und was werden Sie als Nächstes tun?«

»Ich weiß es nicht.«

»Ich fürchte, Ihr Besuch bei uns hat Sie missgestimmt«, sagte der Richter. »Ich kann es verstehen, und ich muss Sie um Nachsicht bitten. Unser Sohn ist, wie Sie bemerkt haben, in einer sehr schwierigen Phase. Das setzt auch meiner Frau zu. Sie hat nie wahrhaben wollen, wie schwierig es sein kann, ein Kind zu adoptieren.«

Berndorf sagte nichts. Es lag ihm auf der Zunge zu sagen, dass man keine Kinder adoptieren sollte, wenn man sich später darauf hinausredet, es seien ja doch nicht die eigenen. Aber was wusste er!

»Richten Sie Ihrer Frau meinen Dank für das Abendessen aus«, sagte er und stieg aus. »Und für Ihren Hinweis.«

Dienstag, 19. Februar

Im Mordprozess Morny scheint der Große Unbekannte, mit dem Fiona Morny Stunden vor ihrem gewaltsamen Tod zusammen war, nun doch noch enttarnt worden zu sein: Es soll sich um einen bisher unbescholtenen Kommunalpolitiker aus dem Südbadischen handeln, dessen Name der Polizei angeblich schon länger bekannt gewesen ist. Dr. Elaine Drautz, die neue und äußerst scharfzüngige Anwältin des angeklagten Bundeswehrhauptmanns Morny, knüpft an diesen Umstand schwerwiegende Vorwürfe und spricht von einem Polizeiskandal. Ein solches Wort ist schnell in die Welt gesetzt, zu schnell, wie wir meinen. Würde es das Ulmer Landgericht sich mit seinen Urteilen so leicht machen wie diese Münchner Juristin mit ihren Worten, so wäre der Stab über ihren Mandanten längst gebrochen...

Berndorf ließ die Zeitung sinken und sah zu Frenzel, der schuldbewusst an einem Glas Gespritztem nippte. »Da steht Frenzel drunter«, sagte er. »Ihr Name. Wie kommt das?«

»Ich werde es geschrieben haben«, antwortete der Gerichtsreporter. »Darum.«

»Sie? Das da?«

»Mein Gott!« Frenzel hob klagend beide Hände. »Der Chefredakteur hat mich gebeten, den Ball flach zu halten. Was heißt gebeten! Angewiesen hat er mich...«

»Die Augen des Herrn behüten die Erkenntnis, aber die Worte des Verächters bringt er zu Fall«, bemerkte Wendel Walleter und wandte sich von seinem Stehplatz am Tresen zu den beiden Männern am Tisch.

»Irgendetwas hat mir doch die ganze Zeit gefehlt«, sagte Berndorf. »Warum sind Sie beide eigentlich nicht bei Gericht?«

»Wir wollten«, antwortete Frenzel. »Angekündigt war eine kleine, ziemlich widerliche Notzucht. Aber den Knaben, der das angestellt hat, wollte man nicht in U-Haft nehmen.« Frenzel spitzte die Lippen. »Es hätte ihn traumatisiert.«

»Und jetzt?«

»Ist er weg. Vermutlich irgendwo in den Staaten. Ein paar Auslandssemester, irgendwo an einer feinen, teuren privaten Uni.«

»Sie werden darüber berichten?«

»Wir werden den Ball flach halten«, antwortete Frenzel. »Der Knabe stammt schließlich aus einer feinen, angesehenen, respektablen Familie.«

»Im Gegensatz zu dem Mädchen?«

»Im Gegensatz dazu. Ja.«

Berndorf spülte seinem Espresso mit einem Schluck Wasser nach, dann blickte er fragend zu Walleter.

»Wohin soll's denn gehen?«, fragte der.

»Ins Blautal«, antwortete Berndorf.

Der Richterbund, sagten Sie, hatte die Führungen in Auftrag gegeben?«, fragte die noch junge Frau, an die man Kuttler im Fremdenverkehrsamt verwiesen hatte und die offenbar die Abteilungsleiterin war.

Er nehme es an, antwortete Kuttler, und die Abteilungsleiterin suchte einen Aktenordner heraus, und während sie es tat, schaute Kuttler ihr zu und dachte lieber nichts, vor allem nicht an die Führungen, von denen gestern in Stuttgart die Rede gewesen war.

»Da haben wir es ja«, sagte die Frau, »Besichtigungen für die Teilnehmer des baden-württembergischen Richtertags, Auftraggeber ist aber nicht der Richterbund, sondern ein Herr Veesendonk, Olgastraße, ich nehme an, das ist das Justizgebäude?«

»Das Landgericht«, korrigierte Kuttler.

»Und Sie wollen jetzt wissen, wer die Gäste geführt hat...« Sie sah auf. »Aber warum eigentlich?«

Kuttler gab den Blick zurück, nicht allzu freundlich. »Ist mit einer dieser Führungen eine gewisse Fiona Morny beauftragt worden?«

»Ach so.« Erst jetzt begriff sie. »Natürlich. Moment...«

Wieder sah Kuttler ihr zu, als sie eine Liste durchging, und er bemühte sich, ein gleichgültiges Gesicht aufzusetzen. Warum auch nicht? Die Frage, die er gestellt hatte, war eine Frage ins Blaue hinein gewesen. Aber falls seine Vermutung wider Erwarten zutraf: Was wäre damit bewiesen? Nichts. Eine gewisse Übereinstimmung, ein gewisses zufälliges Zusammentreffen wären belegt, die aber für sich genommen nichts besagten, absolut nichts...

»Hier. Fiona hat eine Führung durch unser Museum übernommen, Abteilung Religiöse Kunst.« Sie zeigte ihm eine Liste, auf der vorbestellte Besichtigungen vermerkt waren, dazu der Zeitpunkt der Besichtigung, die voraussichtliche Teilnehmerzahl und die dazu bereitgestellten Betreuer. Kuttler sah sich die Liste an und bat um eine Kopie, und während die Abteilungsleiterin den Ordner öffnete, um das Blatt mit den Vorbestellungen zu entnehmen und zu kopieren, zwang er sich, weiterhin mit einer möglichst gleichgültigen Miene vor sich hin zu warten.

Wenig später verließ er das Stadthaus, draußen war es frisch, aber wenigstens regnete es nicht mehr, als er die wenigen Schritte hinüber zum Neuen Bau ging. Bei den Kollegen in der Wache war nichts für ihn abgegeben worden, auch nicht oben in der Poststelle...

»Worauf wartest du denn?«, hatte Schaufler gefragt, und er hatte geantwortet, dass es nur ein kleines Päckchen sei, es aber eigentlich mit Eilboten gebracht werden sollte. So sei es ausgemacht.

Er hatte es mit dem Pudelmann so ausgemacht, gestern in Stuttgart war das gewesen, das war schon richtig. Aber ob Rauth sich auch daran halten würde? Er ging weiter zu seinem Büro und traf auf dem Korridor Ivo Dorpat, der stehen blieb und überrascht tat und jovial...

»Ach, Kollege, wohlbehalten aus Stuttgart zurück? Der Innenminister hat Ihnen noch nicht höchstpersönlich den Kopf abgerissen?«

»Weiß nicht«, antwortete Kuttler und tastete nach seinem Hinterkopf, »kann ja noch kommen.«

»Und? Was sagen die Neckarwerke zu ihrer verblichenen Mitarbeiterin?«

»Zu Frau Morny? Die waren sehr zufrieden mit ihr«, meinte Kuttler zurückhaltend. »Die Kunden offenbar auch. Sie ist immer wieder angefordert worden. Nicht nur vom Landrat. Auch ausländische Herrschaften haben sich gerne Führungen und Gutachten von ihr erbeten.«

Dorpats Miene verfinsterte sich. »Was erzählen Sie da? Was für Führungen und Gutachten?«

»Es waren aber meist Führungen«, erklärte Kuttler. »Gutachten dann, wenn es länger gedauert hat.«

Nach 1968 war im Blautal aus einer Reihe bis dahin selbständiger Dörfer die Großgemeinde Blaustein entstanden, die sich dann als erstes Wahrzeichen ein neues Rathaus errichtet hatte, und zwar einen viereckigen Betonklotz von selbst für die damalige Zeit ungewöhnlicher Hässlichkeit. Aber es gab ein Archiv dort, und Berndorf konnte in die Einwohnerkarteien Einblick nehmen. Tatsächlich war das Ehepaar Otto und Marianne Gaspard 1941 in der damals selbständigen Gemeinde Herrlingen gemeldet gewesen, in einem Wohngebiet oberhalb der Kleinen Lauter. In die Halde 7 – in das Haus also, das an der Blau und auch sehr viel näher an Ulm lag – waren sie erst 1954 umgezogen. Aus der Kartei schrieb sich Berndorf die Namen der Nachbarn ab, die die Gaspards in Herrlingen gehabt hatten; zu einigen dieser Namen gab es Entsprechungen im aktuellen Telefonbuch, aber das mochten die Kinder oder die Enkel sein.

»Otto Gaspard?« Der Gemeindebeamte, der das Archiv verwaltete, war ein noch jüngerer Mann und hatte keine eigene Erinnerung, jedenfalls keine persönliche. »Aber ich weiß, dass der Herr Gaspard sehr angesehen war, ein leitender Beamter im

Finanzamt und ehrenamtlich im Albverein tätig. Irgendwo über dem Kleinen Lautertal ist auch ein Baum nach ihm benannt. Und das Haus in der Halde kenn ich natürlich, wobei das wohl erst in den fünfziger Jahren gebaut worden ist. Die Witwe muss sehr zurückgezogen gelebt haben...«

Berndorf nannte einige der Namen, die er sich aus dem Adressbuch notiert hatte: »Kugler, Weinhold, Anderbrück...«

Der Beamte schüttelte den Kopf. »Also das sind alles jüngere Leute, soweit ich weiß, aber vielleicht wissen die trotzdem etwas... Moment! Anderbrück... Wir haben, glaube ich, im Altersheim eine Frau Anderbrück, der ist vom Bürgermeister erst neulich zum Neunzigsten gratuliert worden.« Er zögerte kurz, dann griff er zum Telefon und holte eine Auskunft ein.

»Ja«, sagte er dann, »die Dame heißt Lisbeth Anderbrück, und sie sei noch sehr rege und interessiert, sagt meine Kollegin, aber ein bisschen boshaft. Also versuchen Sie es, aber ich hab Sie gewarnt...«

Berndorf dankte und wollte gehen, dann fiel es ihm doch ein, nach dem jüdischen Altersheim zu fragen, das in Herrlingen zwischen 1939 und 1942 bestanden hatte – so lange also, bis die letzten Bewohner nach Theresienstadt und weiter in die Vernichtungslager deportiert worden waren.

»Wir haben alle Daten hier«, sagte der Beamte, stand auf und holte einen weiteren Karteikasten. »Aber wenn es Sie interessiert – es gibt eine Dokumentation über das Altersheim, sie ist von unserer Gemeinde herausgegeben worden, und Sie finden darin auch die Kurzbiographien aller Bewohner, soweit die Daten noch ermittelt werden konnten...«

Eine halbe Stunde später verließ Berndorf das Gemeindearchiv, einen schmalen kartonierten Band unter dem Arm. Draußen warf er noch einen Blick zurück auf den Betonkasten, dem niemand je auch nur mit einem Anflug von architektonischem Gestaltungswillen zu nahe getreten war. Und? Wen kümmerte das, außer ein paar Schöngeister? Er war keiner.

Er fühlte sich benommen, fast ein wenig beschämt. Da war

er ausgezogen, die Vergangenheit aufzudecken – er, der Große Ermittler! Aber es gab gar nichts zu ermitteln. Er brauchte nur nachzulesen. Hunderteinundfünfzig Menschen hatten in dem jüdischen Altersheim gelebt, die Bediensteten eingeschlossen, viele von ihnen keineswegs im Greisenalter, sondern noch keine sechzig Jahre alt und nur deshalb ins Altersheim eingewiesen, damit man ihnen ihre Wohnung wegnehmen konnte. Nach drei Jahren wurde das Heim Zug um Zug wieder geräumt, die Bewohner kamen »nach Osten«, wie in der Einwohnerkartei unverblümt vermerkt wurde. Am 16. Juli 1942 verließen die letzten Bewohner Herrlingen, um sechs Wochen später nach Theresienstadt deportiert zu werden.

Einundzwanzig Bewohner waren noch vor der Deportation gestorben. Von den übrigen einhundertdreißig gelang vieren noch die Ausreise, zwei konnten untertauchen. Vier überlebten das Konzentrationslager.

Sonst war bei Kriegsende niemand mehr von ihnen am Leben.

Der Daimler, den Walleter vor dem Rathaus geparkt hatte, war verlassen. Berndorf sah sich um, aber dann schob sich der dicke Mann auch schon aus dem Haupteingang und bewegte sich die Treppe hinab auf seinen Wagen zu, und zwar nicht ohne eine gewisse Grazie oder Gewandtheit, wie sie manchmal bei dicken Leuten zu beobachten ist.

»Ich hab mal ein bisschen mit dem Hausmeister geredet«, sagte Walleter schnaufend, als er den Wagen erreicht hatte und aufschloss. »Nur so ein bisschen geplaudert.«

»Das kann nicht schaden.«

»Der Hausmeister hat eine Cousine, und er war so nett und hat sie angerufen.« Vorsichtig ließ er sich auf seinen Sitz gleiten. Auch Berndorf stieg ein.

»Ja«, meinte er, als er sich angurtete, »es sind nette Leute hier.«

»Die Cousine trägt nämlich das Tagblatt aus und andere Zeitungen, auch die Kirchenblätter.« Walleter startete den Wagen. »Die Marianne Gaspard sei eine ganz eine Herbe gewesen, sagt die Cousine. Aber an Weihnachten hat sie immer einen Umschlag für die Cousine mit einem Schein drin an den Briefkasten gehängt, das denkt man nicht bei einer, von der der Mann beim Finanzamt war.«

»So«, sagte Berndorf.

»Außerdem war sie evangelisch, jedenfalls dem Kirchenblatt nach«, fügte Walleter hinzu. »Der Pfarrer, der sie beerdigt haben muss, ist im Ruhestand, lebt aber noch in der Gemeinde.« Walleter machte eine Pause, als ob er eine Reaktion erwarte. »Falls Sie mit ihm reden wollen«, fügte er hinzu.

Ach, die Marianne!«, sagte die alte Frau und hielt mit ihrer linken knochigen Hand die zitternde rechte fest. Lisbeth Anderbrück trug eine weiße, mit einer Brosche hochgeschlossene Bluse, und das schüttere schneeweiße Haar war nach hinten gebunden. »Die ist nun auch schon tot, wie viele Jahre schon!«

»Sie ist vor vier Jahren gestorben«, sagte Berndorf. Er saß auf einem mit kognakfarbenem Stoff bezogenen Sesselchen, in einem hellen Zimmer, von dem aus man auf die südlichen Hänge über dem Blautal sah, und mit einem weiß bezogenen Bett darin. Es roch nach Medizin und Greisentum, von Lavendel übertönt.

»Vier Jahre, natürlich! Wie die Zeit vergeht...« Sie beugte sich vor und betrachtete Berndorf aus wässerigen hellblauen Augen. »Warum, sagten Sie, wollten Sie mich sprechen?«

Berndorf erklärte es noch einmal. Er versuche, Herkunft und Verbleib eines Schmuckes aufzuklären, der Marianne Gaspard gehört habe. »Waren Sie mit ihr befreundet?«

»Befreundet?« Sie schüttelte den Kopf. Das Wort schien ihr nichts mehr zu sagen. Vielleicht sind alte Menschen so, dachte Berndorf. Die anderen Menschen sind nett zu ihnen, oder sie sind es nicht. Sonst gibt es nichts.

»Sie war dumm«, sagte sie plötzlich. »Eine dumme Person.«

»Ja?«, fragte Berndorf. »Hat sie etwas Dummes getan? Oder gesagt?«

Lisbeth Anderbrück hob den Kopf, die Lippen fest zusammengepresst. »Jetzt ist sie ja tot. Da soll man nichts mehr sagen. Es gehört sich nicht.«

»Manchmal ist es besser, etwas zu erzählen«, meinte Berndorf. »Dann muss man es nicht mehr mit sich herumtragen.«

»Ihr Mann war ein Krüppel.« Wieder beugte sie sich nach vorn, diesmal so, als müsse sie eine kleine boshafte Vertraulichkeit weitersagen. »Dabei war er gar nicht im Krieg.«

»Ich habe gehört, er sei bei einem Anschlag verletzt worden, bei einem Attentat?«, fragte Berndorf.

»Ach, Lüge! Ein Unfall war es, mit einem betrunkenen Fahrer, die Marianne hat es mir selbst einmal erzählt.« Sie warf einen Blick auf das gerahmte, mit einem Trauerband versehene Foto, das an der Wand hing. Das Foto zeigte einen dunkelhaarigen jungen Mann in einer dunklen Uniform. »Für die Rente haben sie es dann so hingedreht, dass es die...« – sie suchte nach einem Wort und fand es nicht – »... eben die Russen waren. Alles gelogen! Nur wegen der Rente! Und für die anderen, denen der Mann im Krieg geblieben ist, bleiben gerade ein paar Mark.«

Berndorf deutete auf die Fotografie an der Wand. »Ihr Mann ist gefallen?«

»Klaus-Peter ist am zweiundzwanzigsten Januar abgeschossen worden«, antwortete Lisbeth Anderbrück. »Über Stalingrad. Er war Jagdflieger und hat ein Transportflugzeug... wie sagt man?«

»Eskortiert?«, schlug Berndorf vor.

»Ja, das war das Wort... Aber die Russen haben ihn abgeschossen, und er war tot.« Sie sah ihn an. »Das war doch traurig.«

Also 1943, dachte Berndorf.

»Erst haben sie gesagt, er sei vermisst. Aber ich hab es gleich gewusst, dass er tot ist. Eine Frau weiß das. Es hat keinen Sinn, sich etwas vorzulügen.« Ihre Gestalt straffte sich. »Das hab ich auch der Marianne gesagt. Die ist immer gekommen und hat trösten wollen.« Sie schüttelte den Kopf. »Das konnte ich nicht haben.«

»Das war dumm, was die Marianne da gesagt hat?«

»Ja, dumm. Und einmal, da hat sie schon einen dicken Bauch gehabt, da hat sie gesagt, von den Männern, die im Krieg sind, kommen nur die falschen zurück.« Wieder schüttelte sie den Kopf. »Als ob ich froh sein müsste.«

»War Marianne mit ihrem Mann unglücklich?«

»Glücklich, unglücklich, ich weiß nicht, was das sein soll.« Sie zuckte mit den Achseln. »Frauen haben in der Schwangerschaft manchmal solche Zustände. Da hilft frische Luft.«

Das mochte so sein oder auch nicht, dachte Berndorf und holte aus seiner Tasche das Foto mit der Vergrößerung von Fionas Schmuck. »Haben Sie diese Kette einmal an ihr gesehen?«

Lisbeth Anderbrück warf einen kurzen Blick auf die Vergrößerung. »Marianne trug keinen Schmuck.«

»Wo hätte man so etwas damals überhaupt kaufen können?«, fragte Berndorf. »Zum Beispiel in einem Ulmer Schmuckgeschäft?«

»Das hat mich nie interessiert.«

»Nun gab es in Herrlingen dieses Altersheim. Dieses jüdische Altersheim ...« Noch ehe er seine Frage formuliert hatte, sah er, dass er wohl kaum Antwort darauf bekommen würde. »Kann es sein, dass die Bewohner im Dorf Lebensmittel eingekauft haben, dass sie gehamstert haben, wie man es damals nannte?«

»Davon weiß ich nichts.«

»Hat Ihre Freundin Marianne vielleicht einen dieser Bewohner gekannt?«

»Die doch nicht.« Sie stieß ein heiseres, keuchendes Geräusch aus. Es dauerte eine Weile, bis Berndorf begriff, dass es ein Lachen sein sollte. »Der ihr Mann war doch ein Hundertfünfzigprozentiger. Wie alle, die keine Soldaten waren.« Das Lachen tat ihrer rechten Hand nicht gut, das Zittern geriet fast zu einem Trommeln, und sie musste sie mit der Linken geradezu auf das Tischchen drücken, das zwischen ihr und Berndorf stand.

»Und Sie haben auch nie einen der Bewohner des Heims gesehen? Vielleicht in Ihrer Straße? Die mussten doch damals den Judenstern tragen.«

»Ich weiß von diesem Heim nichts.« Ihre hellblauen Augen verschwammen in einem Meer des Nichtwissens. »Diese Juden – die haben mich nicht interessiert. Dann sind sie ja auch alle ausgewandert.«

»Ausgewandert?«

»Ja doch, nach Palästina.«

Bleib mir vom Leib mit deinem Handkantenschlag! Kollege, was glaubst du, was mich dieses Gerede nervt«, sagte Pollath und hob seine Pranken, als wolle er auf der Stelle alle Dummschwätzer erwürgen, die sich ohne jeden Anflug von Scham über Dinge ausließen, von denen sie absolut nichts verstanden. Hauptkommissar Klaus Pollath gehörte zwar zum Einbruchsdezernat, war aber nebenbei diplomierter Sportlehrer und Trainer in den Techniken der Selbstverteidigung.

»Jedes Bürschchen, das ein bisschen in der Luft herumfuchtelt, hält das schon für einen Handkantenschlag und sich selbst für eine Kampfmaschine. Das kommt mir so vor wie die Leute, die wissen, was ein Schäferzug ist, und deshalb meinen, sie seien die großen Schachspieler.« Er warf einen Blick auf Kuttler – einen Blick, der keinen Zweifel daran ließ, was er von dessen athletischen oder kämpferischen Fähigkeiten hielt. »Stell dir das doch mal vor, Kollege: Du gerätst an einen aus dem Milieu und versuchst einen Schlag mit der Handkante – weißt du, was passiert? Der Kerl wehrt den Schlag ab, was übrigens ziemlich einfach ist, und dann schlägt er dich halb oder ganz tot, und schuld bist allein du selbst, denn du hast angefangen.«

Kuttler nickte. Eigentlich hätte er sich das alles selber denken können. Eigentlich hatte er auch nur wissen wollen, in welchen Sportschulen oder Trainingscentern solche Schlagtechniken gelehrt oder geübt werden.

»Um einen körperlich überlegenen, trainierten Angreifer abzuwehren«, fuhr Pollath fort, »ist ein Handkantenschlag ein denkbar ungeeignetes Mittel, und gegen einen körperlich unterlegenen Gegner verbietet es sich von selbst. Also, wozu ist er gut? Zu gar nichts. Mit der Handkante töten irgendwelche Kommandos, wenn sie keine Schusswaffen einsetzen wollen, zu nichts anderem taugt diese Technik, und selbst für diese Art von Mord gibt es bessere Tricks.«

Ein pazifistischer Sportlehrer, dachte Kuttler, man lernt nicht aus. »Aber du«, fragte er ungerührt, »du könntest damit töten?«

»Ja, Kuttler, könnte ich. Aber ich tu's nicht. Und ich kann mir keine Situation vorstellen, in der ich einen solchen Schlag anwenden würde.«

»Der Hauptmann Morny hätte es auch gekonnt?«

»Was fragst du mich das?«, gab Pollath zurück. »Ich denke, ihr habt ihn überführt?«

»Hätte er es gekonnt?«

»Ja doch. Obwohl...« Pollath machte eine kurze Pause und betrachtete seine Hände, als sollten sie ihm seine Gedanken ordnen. »Natürlich kenne ich Morny, und deshalb habe ich diese ganze Geschichte nie verstanden. Um mit der Handkante zu töten, musst du den Schlag so genau setzen, wie du das betrunken gar nicht hinkriegst. Und wenn du nicht betrunken bist, wendest du diese Technik nicht an. Und Morny täte das auch nicht. Nicht gegen eine Frau. Absolut ausgeschlossen.«

»Na gut«, meinte Kuttler. »Aber wenn es jemand anderes war – wer hat dann dem diesen Schlag beigebracht?«

»Ich nicht«, antwortete Pollath. »Dabei arbeite ich nicht nur mit den Kollegen hier in der Direktion. Ich gebe ja auch sonst Kurse. Manchmal sogar für Frauen, aber das läuft ziemlich bescheuert, du kannst ihnen die Griffe gar nicht richtig zeigen, da ist eine Trainerin besser geeignet. Einmal hab ich einen Kurs gehalten für Richter und Staatsanwälte, weil die doch auch manchmal ziemlich aggressive Kundschaft haben, aber das war auch kein Zuckerschlecken: alles Talarträger, die vor zwanzig Jahren zum letzten Mal eine Liegestütze gemacht haben. Und in der Volkshochschule beginnt nächstes Trimester wieder ein Lehrgang in Selbstverteidigung, aber das ist fast schon wieder ein zu großes Wort. Ein bisschen die Angst wegnehmen, ein bisschen Fitness aufbauen. So was. Wie man einen Schlag abwehren kann. Aber ich käme nie auf den Gedanken, solchen Leuten Handkantenschläge beizubringen, da lachen ja die Hühner!«

»Wird das in den Sportschulen trainiert oder in irgendwelchen Clubs?«, setzte Kuttler nach. »Oder kann sich das einer womöglich selbst beibringen?«

Pollath hob die Schultern und senkte sie wieder, langsam. »Selber beibringen? Weiß nicht. Eher nicht. Und kein Trainer mit einem Funken Verantwortungsbewusstsein bildet in einer Technik aus, mit der einer nur in Teufels Küche kommt und nirgendwohin sonst. In irgendwelchen Klitschen mag das anders sein, ob die sich nun Club oder Sportschule nennen... In Neu-Ulm drüben gibt es so eine, in der Nähe vom Bahnhof, und draußen im Industriegebiet, und beide gehören schon halb oder ganz zum Milieu. Gut möglich, dass sie dort auch schon welche haben, die die richtig schmutzigen Tricks kennen. Aber...« – Pollath hob die breiten Schultern und ließ sie wieder sinken – »...was hätte Mornys Frau mit dem Milieu zu tun?«

Kuttler ging auf die Frage nicht ein. »Wie ist das bei der Bundeswehr? Wie viele Leute werden dort in diesen Techniken unterwiesen?«

»Frag den Morny, der war ja Ausbilder. Vielleicht hat er das alles lockerer gesehen, als ich es tue. Als Sport vielleicht. Wenn ihn einer gefragt hat, zeig mir, wie das geht und wie ich schlagen muss, dass der Schlag auch wirklich sitzt – vielleicht hat er es dann gezeigt. Weil er gar nicht daran gedacht hat, dass da einer vielleicht einmal wirklich töten will. Unsereins weiß, wie das nachts bei einem Einsatz zugeht. Wie es plötzlich ernst werden kann. Aber Morny – bis der in den Kosovo kam, hat er nur Manöver gekannt. Mag sein...«

Er sprach den Satz nicht zu Ende. Mag sein... was? Dass der Hauptmann Morny selbst jenen Kerl ausgebildet hat, der ihm die Frau totgeschlagen und ihn ins Gefängnis gebracht hat?

Plötzlich wusste Kuttler, dass er noch einmal mit Morny reden musste.

Er stand auf, dankte seinem Kollegen und verabschiedete sich, wobei er Pollath vorsichtshalber keine Hand reichte. Man muss seine Pfote nicht freiwillig in einen Schraubstock stecken.

Wem alles hatte Pollath Unterricht in Selbstverteidigung gegeben? Er versuchte sich Desarts vorzustellen oder den Landgerichtspräsidenten, beim Abwehren eines Überfalles: das musste ganz gewiss sehr komisch gewesen sein...

»Kuttler«, rief ihm eine Stimme über den Korridor nach, sie gehörte dem humpelnden Schaufler von der Poststelle, »da ist ein Päckchen für dich!«

Das Haus lag hoch über der Straße, die vom Blautal zu den Anhöhen der Alb hinaufführte, und mutete mit seinen dunklen Holzschindeln und dem Walmdach auf den ersten Blick an, als sei es vom Schwarzwald hierher verweht worden. Beim genaueren Hinsehen verschwand dieser Eindruck, das Gebäude wirkte nüchtern und sachlich, was auch an dem geometrischen Muster liegen mochte, mit dem sich die weißen Fensterrahmen auf den dunklen Schindeln abzeichneten.

»Vielleicht können wir eine der Wohnungen besichtigen«, meinte Sebald Thurner, während sie durch den Garten auf das Haus zugingen. »Wenn Ihnen daran gelegen ist...«

Berndorf zögerte. Thurner, ein knapp mittelgroßer, zierlicher Mann mit einem sorgsam getrimmten Kinnbart, war pensionierter evangelischer Pfarrer und hatte beide Eheleute Gaspard beerdigt. Seine Adresse hatte Berndorf im Pfarramt bekommen, und Thurner war auch durchaus bereit gewesen, ihm Auskunft zu geben. Nur konnte er über die Gaspards nicht viel sagen – »sie waren beide nicht sehr kirchlich, sie vielleicht noch weniger als er« – und schon gar nichts über eine mögliche Verbindung zwischen ihnen und dem einstigen jüdischen Altersheim. Aber er war gerne bereit, ihm das Gebäude zu zeigen.

»Sie müssen verstehen – als wir hier in der Gemeinde in den achtziger Jahren damit begonnen haben, die Geschichte des jüdischen Landschulheims Herrlingen und dann die des Altersheims aufzuarbeiten oder sie überhaupt wieder in Erinnerung zu rufen, da hat das manche Leute hier doch überfordert. Der Arbeitskreis, der sich damals gebildet hat, war aus der Friedensbewegung hervorgegangen, und schon das ist bei vielen auf Vorbehalte gestoßen. Sicher auch bei jemandem wie den Gaspards...«

Sie waren am Haus angekommen, Thurner öffnete die Tür, Berndorf und nach ihm Walleter traten in das Treppenhaus, das einmal zu dem berühmten Landschulheim der Reformpädagogen Anna Essinger und Hugo Rosenthal gehört hatte, vierzig Jahre vor den selbst gebastelten Kinderläden der antiautoritären Erziehung. Aber was heißt berühmt? Nicht mehr in diesem Land, nur weit darüber hinaus.

Selbst das Treppenhaus sei berühmt, sagte Thurner halblaut: Die Kinder hätten gar zu gerne auf dem Geländer gerutscht, aber das sei zu gefährlich gewesen, so habe man es ihnen verbieten müssen. Aber jedes Mal, wenn Anna Essinger einem Besucher das pädagogische Konzept des Heimes erläuterte – dass es nämlich keine Verbote kenne –, seien die zuhörenden Kinder in ein merkwürdiges Murmeln verfallen, aus dem die Besucher schließlich die Worte: »Treppenrutschen! Treppenrutschen...!« hätten heraushören können. Ein pädagogischer Zielkonflikt also, und wie wurde er gelöst?

Berndorf wartete.

»Das Treppenrutschen wurde schließlich doch erlaubt, und die Lehrer wurden zum Aufpassen abgestellt, damit nichts passiert...«

»Und nach einem Tag hat keines mehr rutschen wollen«, warf Walleter ein.

»Ich fürchte, es hat drei Tage gedauert«, antwortete Thurner.

»Wie lange bestand das Landschulheim?«, fragte Berndorf, der Anekdoten hasste.

»Anna Essinger hat 1933 sofort begriffen, was Hitlers Machtergreifung zur Folge haben wird«, berichtete Thurner eifrig, als sei ihm die Geschichte vom Treppenrutschen doch etwas zu belanglos geraten. »Noch im gleichen Jahr hat sie das Landschulheim nach Südengland verlegt, in die Grafschaft Kent, und von dort aus hat sie die Transporte jüdischer Kinder nach Großbritannien vorbereitet, solange die noch möglich waren. Das Heim hier ist dann von Hugo Rosenthal bis Ende 1938 weitergeführt worden, aber vor allem mit dem Ziel, die Schüler auf die Auswanderung nach Palästina vorzubereiten.«

Berndorf sah sich in dem Treppenhaus um: Plakate hingen dort und Kinderzeichnungen, die Plakate handelten von der Dritten Welt und der bedrohten Natur. Für einen Augenblick fühlte er sich in die späten achtziger Jahre zurückversetzt, in ein Treppenhaus im Frankfurter Westend, irgendwo musste eines der Poster hängen, das einen allein stehenden Baum zeigt, einen Baum im Wechsel der Jahreszeiten...

»Danke«, hörte er sich sagen, er wolle keine der Wohnungen besichtigen. Was sollte er den Bewohnern, die vermutlich freundliche, entgegenkommende Leute waren, über den Zweck seines Besuches auch sagen? Dass in einem ihrer Zimmer jemand gelebt, sich aufgehalten haben könne, dem – vielleicht! – ein bestimmter Schmuck gehört hatte? Das war alles zu vage, zu aussichtslos.

»Was weiß man über die Lebensbedingungen im Altersheim?«, fragte er. »Über hundert Bewohner in diesen zweieinhalb Stockwerken... Konnten sie sich frei bewegen?«

»Ohne Genehmigung durften sie die Gemeinde nicht verlassen«, antwortete Thurner. »Und weil sie den Judenstern tragen mussten, haben sie den Weg ins Dorf gescheut. Mit gutem Grund. Sie wurden dort angepöbelt, beschimpft, von den Dorfschülern mit Steinen beworfen. Eine der Frauen wurde im Gesicht getroffen und am Auge verletzt... Als der Rechtskonsulent der jüdischen Gemeinde sich deshalb an die Gestapo wandte und auch den Namen des Steinwerfers nannte, hat die zwar die Beschwerde an die Schulleitung weitergeleitet – aus außenpolitischen Gründen war gerade eben und zufällig eine ›korrekte‹ Behandlung der noch in Deutschland lebenden Juden angeordnet worden. Aber die Jüdin hatte den Namen des Steinwerfers nur so angeben können, wie er ihr genannt worden war, also nicht mit der exakten Schreibweise, und so erklärte die Schulleitung, einen solchen Schüler gebe es nicht... Schließlich hat sich dann sogar die Kreisleitung der NSDAP mit den Übergriffen beschäftigt und Anweisung an die Ortsgruppe gegeben...« – er hob die Stimme, als wolle er den schneidenden Ton eines Nazi-Funktionärs nachahmen –, »die Jugendlichen hätten ihre ablehnende Haltung den Juden gegenüber allein durch eisiges Schweigen und völlige Nichtbeachtung zum Ausdruck zu bringen...«

»Im Dorf selbst ist niemand eingeschritten?«

Thurner hob die Hände und ließ sie wieder sinken. »Das wissen wir nicht. Dokumentiert ist es nicht. Ich fürchte auch, es wäre zu viel verlangt gewesen. Sie müssen wissen, dass der Ortsgruppenleiter – ein Kaufmann Hirrle – damals eine regelrechte Kampagne gegen das Altersheim losgetreten hat. Und der Bürgermeister schrieb dem Landratsamt, das dürfe doch nicht sein, dass man an einem der schönsten Plätze weit und breit ausgerechnet alte Juden unterbringe, für die sei doch ein Barackenlager in der sumpfigsten Gegend gerade gut genug: Je schneller sie stürben, desto besser! Und diese Geisteshaltung ist ganz unvermeidlich auch an die Kinder und Jugendlichen weitergegeben worden...«

Noch immer standen sie im Treppenhaus, als habe sich am ehesten dort etwas von der Stimmung jener Jahre gehalten. Aber das einzige Bild, das sich in Berndorfs Vorstellung festsetzen wollte, war das der Kinder, die das Geländer hinunterrutschten. Das Andere: die Jahre des Altersheims, die Ausdünstung von Verzweiflung, Elend, Hunger, Verlassenheit – dieses Andere verweigerte sich der Vorstellung. Selbst die Begriffe, die Berndorf aufrief, verfielen – kaum, dass er sie dachte – ins Unangemessene, weil sie etwas zu benennen und zu beschreiben vorgaben, was sich nicht benennen und nicht beschreiben lässt.

»Wie wurden die Bewohner versorgt?«, fragte er, »konnten sie im Dorf einkaufen?«

Thurner schüttelte den Kopf. »Einkäufe im Ort waren ihnen verboten, ebenso der Bezug von Fleisch, Fisch, Eiern, Milch,

Gemüse oder Obst. Immerhin, ein Bäcker im Ort stellte seinen Backofen zur Verfügung, damit die Juden ungesäuertes Brot backen konnten... Der Bäcker galt deshalb als Judenknecht.«

Thurner hob die Stimme, plötzlich klang sie fast beschwörend. »Übrigens war er nicht der Einzige. Zum Beispiel hat es hier einen Buchhalter gegeben, der eine Wohnung in seinem Haus an eine Jüdin und ihre drei Kinder vermietet hatte. Man verlangte von ihm, er solle der Familie auf der Stelle kündigen, aber er weigerte sich. Verstehen Sie, bei dem Mann sind regelmäßig der Bürgermeister und dieser Ortsgruppenleiter und andere örtliche Nazis erschienen und haben ihn bedrängt, die Juden hinauszuwerfen, und dieser Mensch tat es einfach nicht...«

Ein oder zwei Gerechte also, dachte Berndorf. Oder ist das schon wieder zu hoch gegriffen? Wer ist denn schon ein Gerechter? Und warum so viel Aufhebens von einem Einzigen, der einfach nicht tat, was man ihm befahl? Eben deshalb: weil es ein Einzelner war... Berndorf zuckte die Schultern. Es war nicht seine Sache, darüber zu urteilen. Er wandte sich zur Haustür, die anderen folgten, etwas betroffen, als sei sein Missmut oder seine Einsilbigkeit auf sie übergesprungen.

Sie verließen das Haus wieder, Thurner schien ein wenig enttäuscht, dass Berndorf nicht mehr hatte sehen wollen, und so bat ihn dieser, ihm das Haus zu zeigen, in welchem der Religionsphilosoph Martin Buber noch 1934, im zweiten Jahr des Dritten Reiches, eine Tagung zur jüdischen Erwachsenenbildung geleitet hatte.

Das tue er gerne, sagte Thurner. »Man kann es sich auch fast nicht vorstellen. Da hatte sich – wie soll ich sagen? – mitten im Mahlstrom des Untergangs eine Insel aufgetan, für drei Tage nur, und auf dieser Insel hat sich eine Gruppe von Menschen zusammengefunden, um über den richtigen Weg zur Geistes- und Herzensbildung zu sprechen, fern vom Gebrüll des Hasses und der Volksempfänger...«

Sie fuhren wenige hundert Meter die abschüssige Straße hinunter, dann hielten sie vor einem Anwesen, einer spitzgiebligen Villa, die unter Bäumen verschwand.

»Das da ist die Rommel-Villa«, sagte Walleter, als er den Daimler am Straßenrand abstellte.

»Ja, die Familie Rommel hat hier gewohnt, von 1943 bis 1945, das Anwesen ist ihr zur Verfügung gestellt worden«, sagte Thurner. »Aber für uns ist es eben auch das Martin-Buber-Haus, und es gehörte einmal zum jüdischen Landschulheim. Ich weiß nicht...«

Er sprach den Satz nicht zu Ende, und Berndorf dachte, dass es zu diesem Satzanfang viele Fortsetzungen gebe. Eine davon wäre die Frage gewesen, was sich ein Generalfeldmarschall des Deutschen Reiches gedacht haben mochte, als man ihm als Wohnsitz ein Haus zuwies, das der Staat dem rechtmäßigen jüdischen Eigentümer gestohlen hatte? Nun ja, das Geschenk war ohnehin ein vergiftetes gewesen.

Thurner öffnete umstandslos das Tor der Villa und führte Berndorf zu einer alten hochragenden Linde, um die herum ein mit Steinplatten ausgelegter Platz angelegt war. Hier, so sagte Thurner, habe Martin Buber im Mai 1934 mit seinen Hörern diskutiert...

Aber es war eben nicht Mai, die Linde war noch kahl, und es fröstelte Berndorf. Er hatte das unangenehme Gefühl, Andacht empfinden zu sollen. Das lag ihm nicht, und so fragte er aufs Geratewohl, ob es einen Fußweg hinüber zu dem Wohngebiet gebe, das bereits im Tal der Kleinen Lauter liegt.

»Oberhalb der Villa ist ein Weg«, sagte Walleter. »Zu Fuß sind es keine zehn Minuten, als Kinder...« Er sprach nicht weiter.

Für einen Augenblick runzelte Berndorf die Stirn, dann blickte er fragend zu Thurner.

»Er hat recht«, sagte der, »es sind nur ein paar Minuten. Ich begleite Sie gerne, wenn es Sie nicht stört...« Dann wandte er sich an Walleter. »Jetzt muss ich aber doch noch einmal nach Ihrem Namen fragen – Walter, habe ich das richtig verstanden?«

»Nein«, antwortete Walleter grob. »Wall – eter. Aber das passiert uns immer wieder mal.«

»Uns?«, fragte Berndorf.

»Ja«, kam die Antwort. »Zum Beispiel auch meinem Bruder. Meinem älteren Bruder. Der Herr Pfarrer –« mit einer fast ärgerlichen Handbewegung wies er auf Thurner – »hat vorhin doch davon erzählt.«

Für das Päckchen war eine kleinformatige, mit Kunststoff gepolsterte Brieftasche verwendet worden, die vom Inhalt ein wenig ausgebeult war. Die Adresse war von Hand geschrieben, in einer gut lesbaren, unverstellten Schrift, als Absender war M. Rauth angegeben. Kuttler öffnete den Verschluss, ein handtellergroßes, silbrig schimmerndes Mobiltelefon rutschte heraus und fiel auf die Schreibtischplatte. Weiter enthielt die Brieftasche nichts.

Kuttler hätte jetzt die Spurensicherung anrufen müssen, gewiss doch. Tatsächlich zog er seine Schreibtischschublade auf, holte ein Paar Kunststoffhandschuhe heraus und zog sie an.

Gestern noch hatte er dem Pudelmann einen größeren Vortrag darüber gehalten, dass er – Kuttler – erstens jederzeit die ganz große Fahndung lostreten könne und dass das Handy zweitens nach der Enttarnung des Schwarzwälder Landrats zu nichts mehr gut sei als dazu, schleunigst der Polizei ausgehändigt zu werden, als strafmilderndes Zeichen des guten Willens für den Fall, dass es in Frankreich doch nicht so besonders lustig werde für Herr und Hund... Was man so redet, wenn einer nichts in der Hand hat und dumm in einem Auto sitzt und von irgendwoher beobachtet wird. Der Pudelmann hatte schließlich versprochen, das Handy zur Post zu geben, und im Gegenzug hatte Kuttler hoch und heilig geschworen, zu vergessen, wer der Pudelmann sei...

Aber hatte sich der Pudelmann wirklich daran gehalten? Kuttler versuchte, das Mobiltelefon einzuschalten. Tatsächlich reagierte das Gerät mit einem kurzen Vibrieren, dann leuchtete das Display auf. Kuttler konnte das Menu aufrufen, ohne eine Geheimzahl eingeben zu müssen; also war es ein Gerät, das mit Prepaid-Karten betrieben wurde. Es lag keine aktuelle Nachricht vor, und die Speicher für eingegangene und gesendete Mitteilungen waren leer, er verzog das Gesicht. Aber das war nicht anders zu erwarten gewesen. Falls dort Verfängliches gespeichert gewesen sein sollte, würde der Pudelmann es abgeschrieben und dann gelöscht haben: Alles würde er auf keinen Fall aus der Hand geben. Auch die Anrufliste wies nur noch eine einzige Nummer auf, und die kam ihm merkwürdig bekannt vor: Es war seine eigene.

Mit einem Anflug von Resignation rief Kuttler das Namensverzeichnis auf, das aber zu seiner Überraschung doch eine Reihe von Eintragungen enthielt, an Stelle der Namen aber meist nur Abkürzungen. So fand Kuttler unter »fk« zwei Eintragungen, eine Mobilfunk- und eine Festnetznummer, Letztere aus dem »076«-Bereich, aus Südbaden also. Unter »lu« war eine Stuttgarter Nummer eingetragen, offenbar die Durchwahl zum Anschluss des Herrn Luschner bei den Neckarwerken. Bei einigen anderen Eintragungen waren Vornamen ausgeschrieben, ein »Fayed« zum Beispiel, dessen Anschluss unter einer sehr exotisch anmutenden Vorwahl zu erreichen war. Ähnliches galt für einen »Igor«, während für einen »Egbert« ein Anschluss mit der Vorwahl 05341 angegeben war, das war nun wieder merkwürdig provinziell... Großraum Hannover? Wer hatte von dort warum mit Fiona zu tun gehabt?

Kuttler nahm sein privates Handy und gab auf Verdacht Egberts Nummer ein, die Verbindung kam zustande, aber es hob niemand ab. Kuttler wollte schon auflegen, aber dann wurde der Anruf automatisch weitergeleitet, und es meldete sich eine Stimme:

»Bundesamt für Strahlenschutz.«

»Danke«, sagte Kuttler, legte auf und fuhr sich über die Stirn. Neckarwerke, dachte er, das klingt doch niedlich. Vielleicht nicht mehr nach Mühlrad, aber doch nach Stauwehr und Turbine und heimatlichem Strom, blaue Wellen am Fuß der Weinberge, und wenn am Ufer ein romanisches Kirchlein ein neues Dach braucht oder das Altarbild renoviert werden muss: die Neckarwerke lassen sich gerne um einen Zuschuss bitten. Das eben ist Heimat. Aber der Strom – wo kam der Strom her? Anders gefragt: Wie viele Atommeiler liefen unter der Regie der Neckarwerke? Drei oder vier? Mindestens... Und über allen wacht wer?

Er würde einen Hunderter wetten, dass es Egbert war, der da wachte. Egbert vom Bundesamt für Strahlenschutz. Hatte der Pudelmann auch ihn abkassiert? Da wäre es lohnender gewesen, sich direkt an die Neckarwerke zu halten. Hatte Rauth das getan?

Nein, entschied Kuttler. Er hat die Tragweite nicht erkannt, oder die Neckarwerke waren ihm eine Nummer zu groß.

Und du? Dir sind sie keine Nummer zu groß? Kuttler schüttelte den Kopf. Später! Er ging die Liste der Eintragungen vollends durch. Ach ja! Fast am Ende des alphabetischen Registers war »ved« eingetragen, es überraschte ihn nicht weiter, er hatte es sogar erwartet, natürlich war unter »ved« eine Ulmer Nummer eingetragen, er erkannte sie auch sofort, es war eine Nummer der Ulmer Justizbehörden...

Kuttler griff sich das Behördenverzeichnis und fand, was unter »ved« nicht anders eingetragen sein konnte: die Nummer des Vorsitzenden Richters Michael Veesendonk.

Der Bauernhof mit dem ausladenden, Scheune, Stall und Wohngebäude überdeckenden braunroten Dach lag etwas von der Straße zurückgesetzt. Vor dem offenen Scheunentor stand ein Trecker, und die Haustür war flankiert von hölzernen Gnomen, aus Wurzelstöcken geschnitzt und bemalt, die ihre blutunterlaufenen Augen rollten und die Zähne fletschten, vielleicht sollten es Schutzgeister sein. Zwischen ihnen, auf der Schwelle der Haustüre, saß eine schwarzweiß gefleckte Katze und putzte sich, ein Hinterbein weit ausgestreckt. Als der Daimler auf den Hof einbog, hielt sie inne und starrte einen Augenblick wachsam und fluchtbereit auf das Auto, entschied dann aber, dass davon keine Gefahr ausgehe.

»Hier bin ich aufgewachsen«, sagte Walleter. »Sie werden es

nicht glauben, aber ich war's Nesthäkchen.« Er stellte den Motor ab und wuchtete sich aus dem Fahrersitz. Auch Berndorf stieg aus. Die Haustür öffnete sich, eine kräftige Frau in Jeans und Gummistiefeln erschien in der Türe, und die Katze – den aufgeplusterten Schwanz hochgereckt – drückte sich an die Gummistiefel.

»Tag, Wendel«, sagte die Frau und streifte Berndorf mit einem prüfenden Blick. »Willst du zum Ähne? Der ist in seiner Werkstatt.«

Walleter stellte Berndorf vor – ohne weiter zu erklären, wer dieser sei und warum er diesen Besucher mitgebracht habe – und fragte nach den Kindern, und die junge Frau sagte, dass die Große jetzt doch auf die Fachhochschule gehe, nur der Kleine plage sich halt arg, und Walleter meinte, da sehe man es, dass die Mädchen doch den besseren Kopf zum Lernen hätten. Dann wandte er sich nach links und führte Berndorf durch die leere und offenbar nicht mehr genutzte Scheune, in der aber noch immer der Geruch nach Heu und Getreidestaub hing. Von weiter hinten drangen Hammerschläge zu ihnen und klangen näher, als sie durch einen schmalen, mit Brettern verschalten Korridor gingen. Walleter stieß eine Tür auf und trat in eine niedrige Werkstatt mit Fenstern, deren verstaubte Scheiben das Tageslicht filterten. Vor einer Werkbank stand ein magerer, gebeugter, aber noch immer großer Mann, der mit einem Stemmeisen und einem Hammer einem Baumklotz zu Leibe rückte und ihm ein Geister- oder Riesengesicht zu meißeln versuchte. Es roch nach Sägemehl und nach Farbe, zischelnd und knisternd leuchtete eine Neonröhre.

»Tag, Niko«, sagte Walleter.

Der große Mann setzte einen weiteren Schlag, dann legte er bedächtig Hammer und Stemmeisen auf die Werkbank und drehte sich um. Er trug eine Drahtbrille mit kleinen Gläsern, und sein Gesicht wirkte fast ausgezehrt. Dennoch glaubte Berndorf eine Ähnlichkeit zwischen den beiden Brüdern zu erkennen. Lag es an den Augen? Bei beiden funkelte ein Widerschein darin, als sei ihnen die Welt nicht ganz geheuer.

»Tag, Wendel«, antwortete Nikodemus Walleter. »Wie geht's auch?« Dann richtete er seinen Blick auf Berndorf. Der stellte sich vor, sie begrüßten sich mit Handschlag, doch Walleters Händedruck fiel weich, fast schwammig aus – merkwürdig, fand Berndorf, bei einem so knochigen und zugleich fast besessen wirkenden Mann.

»Das ist der Herr Berndorf«, sagte Wendel Walleter. »War einmal der Chef der Mordkommission, drunten in Ulm.«

»Es ist mir eine Ehre«, meinte Niko Walleter. »Umgebracht hab ich aber noch keinen.«

Berndorf ging nicht darauf ein. »Was gibt das?«, fragte er und deutete auf das hölzerne Riesengesicht. »Einen Schutzgeist?«

»Namen!«, sagte Niko Walleter verächtlich, »Gesichter sind, was sie sind.«

»Wir haben hier einen Märchenwald«, erklärte der jüngere Bruder, »mit allerhand Kobolden und Hexen, und die hat alle er geschnitzt.«

»Gesichter sind, was sie sind«, wiederholte Berndorf. »Aber woher wissen Sie, wem welches Gesicht gehört?«

Niko Walleter hob die Hand und drehte sie ein wenig hin und her. »Das wächst aus dem Baum. Oder dem Wurzelstock. Ich muss nur helfen, dass es herausfindet.« Er ließ die Hand wieder sinken und sah Berndorf mit einem halb spöttischen, halb misstrauischen Blick an. »Wegen meiner Holzköpf werden Sie aber nicht hier heraufgekommen sein.«

»Nein«, bestätigte Berndorf. »Nicht deshalb. Sie sind in Herrlingen zur Schule gegangen?«

»Bin ich«, antwortete Niko Walleter. »Und zu Fuß. Gehen tut man zu Fuß. Vier Kilometer hin, vier Kilometer her. An ein Fahrrad...« – er schüttelte den Kopf – »...war nicht zu denken. Bei mir nicht.« Mit dem Kopf deutete er auf seinen Bruder. »Der Kleine, der hat dann eins gekriegt.«

»Kannten Sie das Ehepaar Gaspard?«

»Gaspard?«

»Der Mann war beim Finanzamt«, half sein Bruder nach. »Hat nur ein Bein gehabt.«

»Ach, der!« Er hob den Kopf, wie zu Bestätigung. »Dann weiß ich schon, wer das war. Aber gekannt hab ich ihn nicht.«

»Und Marianne Gaspard?«

»Marianne?« Er zog die Augenbrauen zusammen. »Eine Marianne hat unten im Zementwerk geschafft und war oft bei den Gretingers drüben, weil, von denen war die Hannelore Lehrling dort. Und wie der Krieg aus war, hat sie gedolmetscht... Gaspard hat die geheißen? Und war mit dem Einbeinigen verheiratet?« Er blickte vor sich hin, als überlege er, ob er denn dieser Marianne nicht auch noch einen Wurzelstock schuldig sei. »Aber wie die Amerikaner das Vieh requiriert haben, hat sie nur den Gretingers geholfen. Uns nicht.«

»Erinnern Sie sich an das jüdische Altersheim?«

Niko Walleter warf einen raschen ärgerlichen Blick zu seinem Bruder. »Worauf soll das jetzt hinaus?«

»Erzähl es ihm«, sagte sein Bruder.

»Was denn? Von diesem Altersheim weiß ich nichts!«

»Erzähl es ihm.«

Niko Walleter sah um sich, als suche er einen Fluchtweg aus der eigenen Werkstatt oder vielleicht auch nur einen Prügel. Dann merkte er, dass sein Bruder und dieser andere Mann ihn beobachteten, als warteten sie darauf, dass er genau so etwas tun werde: davonlaufen oder ausrasten.

»Ich war vielleicht zwölf damals«, sagte er, mit einer Stimme, die im ersten Beginnen beiläufig und dann gleich wieder aufgebracht klang, »was soll ich da noch wissen, bald siebzig Jahr ist das her, und dann diese Juden! Das geht mich doch nichts an, warum die dort waren, ich hab sie nicht eingeladen... Und dann hat es Streiche gegeben, Streiche von Kindern...« Er wandte sich Berndorf zu. »Ja, das war so, zu meiner Zeit haben Kinder noch Streiche gemacht, und dann hat man zum Vater müssen, und der hat den Lederriemen geholt, das war auch nicht lustig...«

»Du sollst es ihm erzählen«, beharrte sein Bruder.

Der Ältere sah ihn an, mit einem aus Hass und Erstaunen gemischten Ausdruck. »Da hat einmal ein Stein eine Frau getroffen, und sie hat geschrien und sich das Auge gehalten, und irgendwer hat gesagt, den Stein, den hätt ich geschmissen, aber wieso soll ich das gewesen sein? Da waren noch andere Kinder, und diese Frau, die ist doch gelaufen, die ist in den Stein hineingelaufen, sonst hätt sie der gar nicht getroffen.«

»Wer hat gesagt«, fragte Berndorf, »dass Sie das waren?«

Niko Walleter hob die Schultern und ließ sie wieder fallen. »Woher soll ich das noch wissen? Irgendwer hat das gesagt.«

»War Marianne Gaspard dabei? Hat sie das gesagt?«

»Weiß nicht.« Er nahm seine Brille ab und rieb sich die Augen. »Doch. Kann sein. Eine Frau kam mit dem Rad und ist abgestiegen und fast mit dem Rock in der Kette hängen geblieben dabei, und hat uns angeschrien, wir hätten der Frau das Auge eingeschlagen... Ich glaube, das war die Marianne, die uns angeschrien hat. Die hat immerzu den anderen geholfen.«

»Und was war dann?«

»Weiß ich nicht mehr.« Er setzte die Brille wieder auf. Seine Augen sahen jetzt wässerig aus und gerötet. »In der Schule hat es geheißen, ein Nikolaus Walter hätt das gemacht. Aber einen Walter gab es nicht an der Schule, und schon gleich gar keinen Nikolaus Walter, und der Schulleiter hat gesagt, da sehe man es wieder, dass man den Juden nichts glauben darf, und wenn wir einen treffen, dann soll der Luft für uns sein, und wir sollen nicht mit ihm reden und schon gar nicht grüßen und überhaupt nicht beachten... Aber der Vater hat's gehört, ich weiß nicht, von wem, vielleicht von den Gretingers, und hat gleich den Lederriemen geholt...«

»Warum?«, fragte Berndorf.

Niko Walleter sah ihn verständnislos an.

»Was hat Ihren Vater so erbost? Einen Stein auf eine alte Jüdin werfen – was war schon dabei, damals?«

»Ja gut, ich versteh schon, was Sie meinen.« Unvermittelt hatte sich eine ungesunde Röte über Walleters Gesicht gezogen. »Aber der Vater, der hätt mich auch geschlagen, wenn alle anderen Steine geschmissen hätten, nur ich nicht. Ich weiß noch, dass er mir gesagt hat, ich solle mir die Prügel merken, nur für den Fall, dass einer mal danach fragt.«

»Ihr Vater scheint ein weitsichtiger Mann gewesen zu sein«, meinte Berndorf. »Jedenfalls für seine Zeit.« Er sah sich um. In der Werkstatt waren weitere Baum- und Wurzelstöcke gelagert, einige von ihnen waren bereits als verzerrte, gespenstische Köpfe ausgehauen. Sollte er dem Holzschnitzer Walleter sagen, dass das seine eigenen Geister seien, nicht die der Bäume? Aber er musste einem 80jährigen nicht die Hölle erklären, die dieser sich eingerichtet hatte, und so fragte er nur nach jener Hannelore Gretinger, die Marianne Gaspards Lehrling gewesen sein sollte. Lebte sie noch?

»Unten im Dorf«, antwortete der ältere Bruder, »sie hat nie geheiratet. Aber warum müssen Sie...«

Berndorf schüttelte den Kopf. »Ich frag sie nicht nach Ihnen. Ihre Geschichte müssen Sie schon mit sich selbst austragen und mit Ihren Holzköpfen.«

Er nickte dem Holzschnitzer zu und ging. Wendel Walleter folgte ihm, schweigend, und schweigend stiegen beide in den Daimler.

»Hat Ihr Großes Buch nichts zur Bruderliebe parat?«, fragte Berndorf, als Walleter aus dem Hof zurückgestoßen war.

»Hätt ich sollen meines Bruders Hüter sein?«, antwortete Wendel Walleter unfromm. »Wie denn? Er ist zwölf Jahre älter als ich. Aber wenn Sie partout etwas hören wollen... Bitte: Wer da sagt, er sei im Licht, und hasst seinen Bruder, der ist noch in der Finsternis.«

»Wann hat Ihr Bruder mit dem Holzschnitzen angefangen?«

»Ich weiß es nicht«, antwortete Walleter. »Spät. Als der Hof schon übergeben war. Aber geschickte Hände hat er schon immer gehabt...« Er bremste ab, weil vor ihnen ein rotbuschiger Kater die Dorfstraße überquerte. »So einen Kater, den hätt er auf zwanzig Meter mit dem Stein getroffen...« Erschrocken hielt er inne. »Das hätt ich jetzt nicht sollen sagen.«

Verjährt, dachte Berndorf. »Als die Geschichte mit der jüdischen Frau passiert ist, da waren Sie ja noch nicht auf der Welt oder viel zu klein. Woher wussten Sie Bescheid? Hat man in der Familie darüber gesprochen?«

350

Walleter schüttelte den Kopf. »Darüber spricht man nicht. Nicht in der Familie.«

Er fuhr auf der Hauptstraße zurück, an der Kirche vorbei, und hielt kurz vor dem Ortsende vor einem kleinen, hellgrün gestrichenen Haus mit roten Fensterläden und vielen Blumenkästen, die aber noch leer waren.

»Im Dorf hat man darüber geredet«, fuhr er fort, als er den Motor abgestellt hatte. »Hinter unserem Rücken, wie die Leute halt so sind. Und erst hat es geheißen, der Niko hätt ihr das Auge eingeschlagen, und dann, dass sie daran gestorben wär...«

»Merkwürdig«, sagte Berndorf und sah zu Walleter hinüber. »Nach dem Krieg hat man eigentlich nirgends darüber geredet, was vorher so alles war.«

»Der Vater war schuld«, erklärte Walleter. »Er war ein genauer Mann. Und wenn er wo einen Streit gefunden hat, dann hat er ihn in die Hand genommen. Wie ich es weiß, ging es um die Jagdpacht. Die sei zu niedrig, hat mein Vater gesagt, und der Vorsteher der Jagdgenossenschaft dem Jäger ein zu lieber Freund... Da ist dann plötzlich das heimliche Reden und Tuscheln über den Niko aufgekommen...« Er hob ein wenig die Stimme. »Ein Dieb ist ein schändlich Ding, aber viel schändlicher ist ein Verleumder.«

Sie stiegen aus, Walleter klingelte an der Tür, eine grauhaarige Frau mit roten drallen Backen im runzeligen Gesicht öffnete ihnen...

»Das ist aber lieb von dir, Wendel, dass du dich mal wieder sehen lässt, gut siehst du aus, Hunger musst du – scheint's – keinen leiden!« Sie ließ sich Berndorf vorstellen, zeigte aber keinerlei Verwunderung über den mitgebrachten Gast aus der Stadt und fragte auch nicht nach dem Anlass für den Besuch, sondern führte die Besucher in die Küche, an einen Tisch mit einer rotweiß karierten Decke, Berndorf wurde auf die Eckbank genötigt, Walleter bekam einen Stuhl, man hätte für ihn sonst den Tisch weit von der Eckbank wegrücken müssen.

Inzwischen war es Nachmittag geworden, und so wollte sie einen Kaffee aufsetzen und begann, in ihrer Küche hin und her zu huschen, mit schnellen trippelnden, planlosen Schritten, dass Walleter erklärte, der Gast aus der Stadt habe nicht viel Zeit. Aber dann fand sie, dass die Besucher doch wenigstens einen Likör trinken mussten, und begann wieder zu huschen und zu suchen, schließlich fand sie winzige Likörgläschen und eine Karaffe mit einem dunklen Gebräu darin – sie hätte es aus den Beeren aus ihrem Garten angesetzt, sagte sie, und bisher hätten es alle gelobt. Berndorf nahm einen behutsamen Schluck und dachte, etwas weniger Zucker wäre mehr gewesen. Doch er nickte anerkennend, etwas ganz Feines sei das! Aber was er fragen wolle: Ob sich die Gastgeberin an Marianne Gaspard erinnere?

»Ach, die Marianne!«, rief sie und ihre Stimme geriet ein wenig ins Zittern und auch ins Jungmädchenhafte, »warum fragen Sie nach ihr? Das war so eine feine Frau, müssen Sie wissen, und hat einen nie im Stich gelassen... Aber jetzt ist sie ja auch schon ein paar Jahre tot.« Sie fuhr sich über das Auge.

Berndorf bat darum, dass sie etwas mehr erzählen solle. »Wann war das, als die Marianne Sie nicht im Stich gelassen hat?«

Hannelore Gretinger begann zu erzählen. Sie war 1941 – »oder war das jetzt 1940? Der Krieg hat schon angefangen gehabt« – von den Zementwerken als kaufmännischer Lehrling eingestellt und einige Monate später in die Personalverwaltung versetzt worden. »Die Marianne hat dort den Oberbuchhalter vertreten, wenn der krank war, und nicht nur das, sie hat den ganzen Laden in Schuss gehalten, dabei waren das keine leichten Zeiten, das dürfen Sie mir glauben! Aber die Marianne hat nie etwas auf mich kommen lassen, und einmal, als ich vergessen hab, dass man den Fremdarbeitern neue Essensrationen zuteilen muss... ach, das glauben Sie ja nicht, was das für ein Geschrei und Gezeter war! Den Schaden hätt ich zahlen sollen, hat der Oberbuchhalter geschrien, in einem fort, dabei hat er gar nicht richtig Luft gekriegt, weil, er hatte nur noch einen Lungenflügel, wollen Sie nicht noch ein Gläschen?« Zittrig griff sie nach der Karaffe, aber Berndorf lehnte ab, der Alkohol gehe ihm zu schnell ins Blut, das sei er nicht gewöhnt.

»Und was hat die Marianne dann gemacht?«

Sie blickte ihn an, als hätte sie die Orientierung verloren.

»Als der Oberbuchhalter wegen der Fremdarbeiter so geschrien hat – was hat die Marianne da gesagt?«

»Ach, das meinen Sie! Ja, das weiß ich noch gut, die hat sich hingestellt und ihm ins Gesicht gesagt, dass sie mich das so angewiesen hat, weil sie die Richtlinien auch anders versteht als der Oberbuchhalter, und hat ihn angeschaut mit ihrem kalten Blick, den sie hat haben können, und auf einmal hat er gar nichts mehr gesagt.« Sie schaute auf das Tischtuch, und Berndorf folgte ihrem Blick und sah, dass das Tischtuch ziemlich fleckig war.

»Ein andermal sollte ich für die Mutter Weckgläser besorgen, aber nirgendwo gab es welche, auch beim Hirrle nicht, und da hat die Marianne gesagt, da gehen wir jetzt noch einmal hin... Ich wollte nicht, weil mich der Hirrle beim ersten Mal schon so hat abfahren lassen, aber sie hat mich an der Hand genommen, und wir sind hin, und auf einmal hat der Hirrle doch noch sechs Stück gehabt, mehr sind in meinen Rucksack auch gar nicht hineingegangen...«

»Als die Amerikaner kamen«, warf Walleter ein, »hat sie doch für die Leute im Dorf gedolmetscht. Mein Bruder erzählt das.«

»Einmal«, antwortete sie. »Da wollten sie uns fast die letzte Kuh beschlagnahmen, und ich bin mit dem Rad zu ihr, ob sie uns nicht helfen kann, und sie ist mit mir zum Kommandanten gefahren und hat mit ihm geredet, auf englisch, aber sonst grad so wie sonst mit dem Oberbuchhalter, und hat ihn auch so angeschaut, und plötzlich hab ich gesehen, dass der nicht weiterstreiten will, und sie haben uns auch wirklich die Kuh gelassen.«

»Sie sind mit dem Rad zu ihr gefahren«, sagte Berndorf. »Marianne hat damals also nicht mehr bei den Zementwerken gearbeitet?«

»Nein, sie hat dann doch das Kind bekommen«, antwortete sie. »Und sie kam dann auch nicht mehr zu uns... Das muss man ja verstehen. Aber vorher...« – plötzlich lächelte sie, fast schamhaft – »vorher war sie oft bei uns, das war in der Zeit, als ihr

Mann weg war, meistens ist sie dann am Samstag mit dem Rad gekommen und ist bis zum Sonntag geblieben.« Sie sah Berndorf an. »Eine schönere Zeit hab ich nie gehabt.«

Kuttler saß ganz hinten, in der letzten Ecke von Tonios Café, und hob kurz die Hand, als Berndorf und Walleter hereinkamen. Vor zwanzig Minuten hatte er Berndorf auf dessen Mobiltelefon angerufen und sich mit ihm verabredet; nach dem Anlass hatte Berndorf nicht gefragt.

Walleter blieb vorne am Tresen stehen, und Berndorf ging weiter zu Kuttler. Es war früher Nachmittag, und im Café befanden sich kaum andere Gäste. Trotzdem schien sich Kuttler unbehaglich zu fühlen. Er stand auf.

»Könnten wir draußen ein paar Schritte gehen?«

Er hatte bereits bezahlt, Berndorf nickte Walleter zu, und ohne weiteren Aufenthalt verließen sie das Café. Draußen hatte es zu nieseln begonnen, und als sie aus der Platzgasse heraus kamen und am Landgericht entlanggingen, kam eine Bö und brachte einen Schwall Regen mit. Kuttler holte seine verknautschte Südstaatenmütze aus der Manteltasche, setzte sie auf und zog sie zurecht.

»Irgendwer«, sagte er und deutete nach oben, zum Obergeschoss des Landgerichts, »sollte heute noch Veesendonk aufsuchen. Es wäre gut, wenn er den Prozess gegen Morny abgeben würde. Solange er das noch selbst tun kann.«

»Ah ja?«, machte Berndorf.

»Ich finde, Sie sollten ihm das sagen. Von Ihnen kann er es eher annehmen als von mir.«

»Veesendonk war also auf dem Ball?«, fragte Berndorf. »Aber das allein kann es nicht sein. Sie haben also...?«

»Ich habe heute Fionas Handy bekommen«, erklärte Kuttler. »Wollen Sie nicht wissen, wessen Nummer unter vau-e-de gespeichert war?«

»Wenn Sie mich so fragen, werde ich es mir denken können«, sagte Berndorf. »Der Dienstanschluss?«

Kuttler nickte.

»Das Handy befindet sich jetzt bei der Spurensicherung?«

Kuttler murmelte, etwas verlegen, Zustimmung.

»Und warum wollen Sie nicht warten, bis die Sache ganz von selbst ins Rollen kommt?«

»Weil der Richter Veesendonk ein freundlicher Mensch ist«, brach es aus Kuttler heraus. »Weil er, als Eisholm mich vor Gericht hat vorführen wollen wie ein Jojo, ihm die Schnur durchgeschnitten hat. Darum.«

Sie waren am Ende der kleinen Anlage angekommen, die im Osten an das Landgericht anschließt. Berndorf blieb stehen, Kuttler folgte seinem Beispiel.

»Viel wird es ihm nicht helfen«, meinte Berndorf. »Dafür ist es zu spät. Aber ich will sowieso mit ihm reden.«

Kuttler blickte auf, fragend, die Augenbrauen hochgezogen.

Was will er?, fragte sich Berndorf. Er kann doch nicht erwarten... Dann fiel es ihm ein. Durchaus durfte Kuttler Auskunft erwarten. Das bisschen Herrschaftswissen über den Ring und über die Familie Gaspard/Freundschuh verdankte Berndorf wem? Puck verdankte er das.

»Der Ring«, sagte er bedächtig, »Fionas Ring war vor ihr im Besitz einer Marianne Gaspard. Im Besitz! Gehört hat er ihr nicht.«

»Gaspard?« Kuttler schüttelte den Kopf. Irgendwo war ihm der Name begegnet, vermutlich sogar in den Akten, aber im Augenblick sagte er ihm nichts.

»Sie war die Mutter des Herrn Freundschuh, und den müssten Sie kennen«, erklärte Berndorf. »Es ist der Mann, der das Haus in der Halde an die Mornys vermietet hat.«

Der Regen begann zu prasseln, und die beiden Männer gingen zurück, zum Osteingang des Landgerichts, und suchten Schutz in der kleinen dunklen Vorhalle dort. Kuttler zog seine Mütze ab und schüttelte das Regenwasser von ihr herunter.

»Ich habe das nicht verstanden«, sagte er dann. »Die Morny hat den Ring von wem? Von der Mutter ihres Vermieters?«

»Nein, das hat sie nicht.« Berndorf erklärte es ihm. »Übrigens hat mich Puck draufgebracht«, sagte er dann. »Ich bin ihr einen Blumenstrauß schuldig, oder was immer Sie erlauben.«

Kuttler ließ den Blumenstrauß auf sich beruhen. »Veesendonk weiß das schon?«, fragte er.

»Er weiß, wo der Ring herkommt. Er weiß aber noch nicht, wie dieser Ring zu der alten Gaspard gekommen ist. Vielleicht, sehr vielleicht habe ich eine Erklärung...«

Er brach ab, die Schwingtür zum Treppenhaus wurde aufgestoßen, und zwei Männer gingen an Kuttler und Berndorf – die zur Seite traten – vorbei nach draußen, beide schwere Aktentaschen tragend und schon damit als Anwälte ausgewiesen.

»Mir scheint, unser alter Veesendonk mutiert«, sagte der eine, dem anderen die Türe aufhaltend.

»Sie meinen«, sagte der andere, »er wird zum Richter Ungnädig?«

Der eine lachte, und dann fiel die Türe wieder zu.

»Sie haben eine Erklärung gefunden?« Kuttler wollte den Faden wieder aufnehmen.

Berndorf zögerte, dann gab er einen kurzen Überblick über seinen Vormittag. »Zu diesem Steinwurf auf die jüdische Frau hat es also einen Vorgang gegeben«, sagte er abschließend. »Vielleicht findet man ihren Namen in den Akten.«

»Sie meinen, der Ring hat ursprünglich ihr gehört?«.

Berndorf zuckte mit den Schultern. »Ich weiß es nicht. Vielleicht.«

»Aber warum hätte sie ihn dieser Gaspard geben sollen?«

»Viel wissen Sie nicht«, sagte Berndorf. »Sie wird ihn weggegeben haben, weil sie wusste, dass man sie deportieren wird. Weil sie den Ring gar nicht hätte haben dürfen. Weil sie ahnte, dass die Gestapo demnächst wieder eine Hausdurchsuchung machen würde, um zu stehlen, was noch nicht gestohlen war.« Er sah Kuttler grimmig an. »Gründe genug.«

»Entschuldigung«, sagte Kuttler. »Von diesem Heim hab ich nie etwas gehört... Aber dass dieser Ring mit diesem Haus... – wie soll ich das sagen? – mit diesem Haus verkettet ist... Ich frage mich...«

Berndorf sah ihn an. »Sie fragen sich, ob wir ihn am Ende nicht doch dort wiederfinden werden, nicht wahr?«

K omme ich ungelegen?«

Veesendonk stand an seinem Schreibtisch und sortierte Aktenbündel. Sein Gesicht war leicht gerötet, und die Haarmähne schien sich im Licht der Deckenlampe zu sträuben. Er sah zu dem Besucher auf. »Gelegen! Ungelegen! Sie werden einen Grund haben, mich aufzusuchen.« Er wies auf den Besucherstuhl und setzte sich, als Berndorf Platz genommen hatte.

»Und?«

»Die Große Strafkammer ist heute sehr ungnädig, heißt es auf den Fluren«, sagte Berndorf.

»So?« Veesendonk beugte sich vor. »Zwei Lumpen geben sich als Kriminalpolizisten aus und nehmen sich eine Neunundachtzigjährige vor, der eine beschuldigt sie des Ladendiebstahls, der andere verspricht zu helfen, man spielt also das Spiel Böser Bulle – Guter Bulle, und gemolken wird die alte Frau, bis das letzte Sparbuch geplündert ist. Und da ist man mit fünf Jahren nicht zufrieden? Da sind fünf Jahre zu viel? Da ist die Kammer ungnädig, wie Sie zu sagen belieben?«

»Zwei Lumpen, sagten Sie nicht so?«

»Ja. Zwei Lumpen. Ist dieser Ausdruck politisch nicht korrekt?« Veesendonk beugte sich über den Schreibtisch und sah Berndorf in die Augen. »Ich habe die politische Korrektheit satt. Ich habe dieses Lumpenpack satt. Einsperren nützt nichts und Nicht-Einsperren auch nicht... Ach, lassen wir das!« Er lehnte sich wieder zurück. »Sind Sie mit dem Ring weitergekommen?«

»Vielleicht«, sagte Berndorf, und berichtete von Walleters Bruder, dem, der mit dem Stein aus zwanzig Metern eine Katze trifft.

Veesendonk hörte zu, und sein Missmut schien einem beruflichen oder persönlichen Interesse zu weichen.

»Habe ich das richtig verstanden?«, fragte er schließlich, »dieser Steinwurf hat immerhin ein Nachspiel gehabt?«

»Den Versuch eines Nachspiels.«

»Das bedeutet aber, dass es einen Vorgang dazu gegeben hat, zumindest eine schriftliche Beschwerde. Unter Umständen finden Sie die Akten im Kreisarchiv.« Er überlegte kurz, dann schien er zu einem Entschluss gekommen zu sein. »Wenn Sie damit einverstanden sind, kann auch ich die Akten anfordern.«

»Danke«, sagte Berndorf.

Der Richter sah auf. »Kann ich sonst etwas für Sie tun?«

»Sie können etwas für sich tun.«

Veesendonk schwieg. Plötzlich sah er aus wie ein Schachspieler, der sich mit einem gegnerischen Zug konfrontiert sieht, den er nicht versteht, oder nicht auf den ersten Blick.

»Und was ist das, was ich für mich tun kann?«

»Ganz einfach. Sie setzen eine Erklärung auf, in der Sie Ihre Beziehung zu Fiona Morny offenlegen. Und falls diese Beziehung so war, dass Sie als Richter befangen sein könnten, dann sollten Sie das auch einräumen. Und sich selbst aus dem Verfahren zurückziehen. Sie sollten das noch heute tun.«

»Ach ja? Und warum heute?«, fragte Veesendonk.

»Fiona Morny hat zwei Mobiltelefone besessen«, erklärte Berndorf. »Das zweite, das sie für ihre ganz privaten Kontakte benutzt hat, wird im Augenblick noch kriminaltechnisch untersucht. Die Auswertung der gespeicherten Daten liegt morgen vor.«

Veesendonk hatte zugehört, ohne sich irgendeine Reaktion anmerken zu lassen. »Und warum kommen Sie damit zu mir?«

»Sie haben einen Fan, einen verborgenen. Der hat mich gebeten, Ihnen diesen Hinweis zukommen zu lassen.«

»Welches Interesse verknüpft er damit?«

»Ich sagte doch, er ist ein Fan von Ihnen.«

»Und Sie? Warum führen Sie diesen Auftrag aus?« Er hob die Hand und deutete auf sein Gegenüber. »Zum Dienstboten haben Sie meines Wissens noch nie getaugt.«

»Dann beginne ich eben jetzt damit«, sagte Berndorf, stand auf, nickte dem Richter zu und ging zur Tür.

»Wollten Sie jetzt nicht meine Beichte hören?«, fragte Veesendonk.

»Sie haben schon wieder vergessen, dass ich eben erst als Dienstbote anlerne«, antwortete Berndorf, der schon die Türklinke in der Hand hielt. »Beichtvater kommt später. Eins nach dem anderen.« Er zog die Türe hinter sich zu und ging.

Mittwoch, 20. Februar

Durch den Ulmer Frauengraben fegte eine Bö und verfing sich in den langen schwarzen Locken der Anwältin Dr. Elaine Drautz, so dass sie um ihren Kopf züngelten wie die Schlangen der Medusa. Die Anwältin war missmutig. Der Anblick der hohen gelben Backsteinmauern mit den vergitterten Fenstern konnte niemanden aufmuntern, der allein und schlecht geschlafen hatte. In ihrer Aktentasche hatte sie die aktuelle Ausgabe der Zeitung mit den großen Überschriften dabei. Unter der Überschrift: MORD NACH SCHÄFERSTÜNDCHEN MIT LIEBESTOLLEM LANDRAT bleckte das kantige Gesicht eines bebrillten Mannes von der Frontseite. War das hilfreich? Sie hatte ein ungutes Gefühl. Einen Zeugen, den schon die Presse in die Mangel genommen hat, kann man vor Gericht nicht noch einmal auseinandernehmen. Er ist verbraucht. Außerdem glaubte sie nicht, dass der Artikel ihren Mandanten besonders aufmuntern würde.

Vor dem Eingang zur Haftanstalt wartete der Kriminalbeamte, der sie gestern angerufen hatte, sie kannte ihn bereits, es war dieser unauffällige Mensch mit dem nichtssagenden Gesicht und dieser Freundlichkeit, die ihr schon deswegen auf die Nerven ging, weil sie durch nichts zu erschüttern war. Ich bin jemand völlig Unbedeutendes, schien diese Freundlichkeit zu sagen, und es ist deshalb furchtbar nett von Ihnen, dass Sie mich überhaupt beachten...

»Ich bewundere die Ulmer Polizei«, sagte sie zur Begrüßung, »woanders ermittelt man erst, und dann erhebt man Anklage. Hier macht man's umgekehrt. Respekt!«

»Ich kann verstehen, dass Sie das so sehen«, antwortete Kuttler. »Aber trotzdem darf ich Ihnen einen guten Morgen wünschen.«

»Ob das noch ein guter Morgen werden kann, liegt an Ihnen. Was genau wollen Sie eigentlich von meinem Mandanten wissen?«

»Ob er Kurse in Selbstverteidigung gegeben hat.« Kuttler meldete sich an der Sprechanlage. »Und ob er mit den Kursteilnehmern Handkantenschläge trainiert hat...« Die Tür wurde freigegeben, Kuttler hielt sie für die Anwältin auf, und Elaine Drautz trat kopfschüttelnd ein.

»Ich habe gerade richtig gehört?«, fragte sie. »Sie legen jetzt das große Schleppnetz aus? Aber meinen Mandanten lassen Sie gleichzeitig und ungerührt weiter in der U-Haft schmoren?«

»Man wird doch noch fragen dürfen«, meinte Kuttler friedlich. »Falls Sie Ihren Mandanten mit einem Haftprüfungstermin frei bekommen, müssen wir sowieso von vorne anfangen.«

Die Anwältin sagte nichts mehr und folgte Kuttler und dem Justizbeamten, der sie führte, in das Besuchszimmer, das noch immer oder schon wieder nach kaltem Zigarettenqualm roch. Morny wurde hereingebracht, wieder trug er seinen Trainingsanzug, aber an diesem Morgen war sein Gesicht grau und fast schwammig. Er gab der Anwältin die Hand, dann – nach einem kaum merklichen Zögern – auch Kuttler.

»Herr Kuttler hat um dieses Gespräch gebeten«, stellte die Anwältin klar, als sie alle drei Platz genommen hatten, »und da Herr Morny nichts zu verbergen hat, haben wir diesem Wunsch auch gerne entsprochen. Nur halte ich es nach unseren bisherigen Erfahrungen mit der Ulmer Polizei für besser, bei diesem Gespräch dabei zu sein.« Ein knappes Lächeln unterstrich, dass ihre Worte genau so unfreundlich gemeint waren, wie sie sich anhörten.

Kuttler erklärte, warum er gekommen war. »Ich habe mir sagen lassen, dass Handkantenschläge ein ziemlich untaugliches Mittel zur Selbstverteidigung sind.«

»So?«, fragte Morny gleichgültig. »Vorhin, als ich Ihnen die Hand gab, da hätte ich Sie genauso gut mit einem Schlag kampfunfähig machen können. Mit einem Schlag mit der Handkante. Ungeeignet, ja?« Plötzlich schien in seinen Augen ein Funke aufzuleuchten.

»Hauptmann Morny, bitte!«, intervenierte die Anwältin.

»Sie sollten von mir keinen körperlichen Angriff befürchten müssen«, meinte Kuttler verlegen. »Ich wollte auch nur wissen, ob Ihnen in den Kursen, die Sie gegeben haben, irgendjemand aufgefallen ist, der ein besonderes Interesse an dieser Schlagtechnik gehabt hat. So, dass Sie sich vielleicht gefragt haben, was will der eigentlich damit?«

Morny hatte mit gerunzelter Stirn zugehört. »Ich bin Nahkampfausbilder, das ist richtig. Handkantenschläge gehören hier, und nur hier, zum Repertoire. Nun habe ich auch schon Kurse in Selbstverteidigung gegeben, also zum Thema, wie wehre ich einen Angreifer ab, der mich nachts an der Straßenbahnhaltestelle oder in einer Unterführung anfällt. Das waren zumeist Kurse für Zivilisten, für Leute aus der Standortverwaltung, also da ist man froh, wenn man denen ein paar einfache Abwehrgriffe beibringen kann, da ist eigentlich keiner fit genug, um eine solche Technik wie den Handkantenschlag zu beherrschen...« Er brach ab, als sei ihm unvermutet etwas eingefallen.

»Und es ist nie vorgekommen, dass jemand danach gefragt hat, also wissen wollte, wie muss man einen solchen Schlag ansetzen und wie übt man den?«

Morny sah auf. »Sicher, immer wieder bin ich das gefragt worden«, sagte er. »Ich hab aber den Leuten gesagt, dass sie sich mit so etwas möglicherweise nur selbst in Gefahr bringen.« Er zuckte mit den Schultern. »Natürlich kann man sich hinstellen und gegen einen Punchingball hauen und glauben, da habe man jetzt den Handkantenschlag trainiert. Dass ein solcher Schlag nur sitzt, wenn die gesamte Körperspannung, die ganze gesammelte Konzentration, in ihn eingeht – das hab ich dann das eine oder andere Mal schon vorgeführt.«

»Und wem bitte«, schnappte die Anwältin, noch ehe Kuttler überhaupt den Mund aufbekam, »wem bitte haben Sie das vorgeführt?«

Morny blickte auf. »Das weiß ich nun wirklich nicht mehr, das war immer wieder mal. Dabei hab ich so sehr viele Kurse gar nicht gegeben.«

»Diese Kurse«, fragte Kuttler, »die haben Sie angeboten?«

»Das hat die SG gemacht«, sagte Morny, »die Sportgemeinschaft der Standortverwaltung. Wenn Sie da mehr wissen wollen, fragen Sie doch meinen Vermieter, den Herrn Freundschuh, der hat das organisiert und war auch immer selbst dabei.«

Am späten Vormittag hatte der Himmel aufgeklart und den Blick auf die blaue, in den Höhen noch schneebedeckte Bergkette des Schwarzwalds freigegeben. Durch die Straßen der Stadt wehte eine Brise, die eine ferne Ahnung des Frühlings mit sich brachte und von der sich Berndorf durchlüften ließ. Er hatte einen frühen Zug genommen, die lange Fahrt über dösend, die Zeitungen, die er sich am Kiosk gekauft hatte, unbeachtet auf dem Nebensitz. Irgendwo zwischen Karlsruhe und Freiburg hatte ihn sein Mobiltelefon aufgeschreckt...

»Ehret hier.«

»Ehret wer?« Eine verstörte, zittrige Altmännerstimme.

»Sie hatten mich doch gewarnt, es würden Journalisten kommen... erinnern Sie sich?«

Ehret, ja doch. Fionas Vater. *Sie müssen den Journalisten keine Auskunft geben.* Hatte er es ihm nicht gesagt?

»Was diese Menschen schreiben – wir können das nicht hinnehmen...«

Hatte er ihm nicht gesagt, dass er am besten für ein paar Tage verreisen solle, er und seine Frau?

»Meine Tochter...«, sagte die Stimme.

Deine Tochter ist tot. Nichts sonst hat eine Bedeutung.

»Wir können uns nirgendwo mehr sehen lassen...«, fuhr die Stimme fort.

Das stimmt nicht, mein Lieber. Du wirst es lernen. »Sie haben doch einen Anwalt?«, sagte Berndorf laut. »Er soll die Berichte überprüfen, sich gegebenenfalls an den Presserat wenden oder einen Experten zuziehen, in Hamburg gibt es eine Kanzlei, die sich darauf versteht...«

Tut man das? Einen verzweifelten Menschen an einen Anwalt

verweisen? »Ich bin gerade unterwegs und kann hier schlecht über diese Dinge sprechen... Ich rufe Sie heute Abend zurück, ist Ihnen das recht?«

Welches ist eigentlich der feigere Versuch, einem Gespräch zu entkommen – der Verweis auf einen Anwalt oder das Versprechen zurückzurufen?

Es dauerte eine Weile, bis er die Erinnerung an Ehrets Anruf von sich geschüttelt hatte, aber dann hielt der Zug auch schon, er war in Freiburg angekommen. Auf einem im Hauptbahnhof ausgehängten Stadtplan verschaffte er sich einen Überblick und ging dann bis zur Kaiser-Joseph-Straße und noch ein Stück weiter.

Vrens Bücherstube lag in einer der mit Kopfstein gepflasterten Gassen unweit des Freiburger Münsters, »Stube« war nicht tiefgestapelt: Fast hätte er das kleine Schaufenster übersehen, in dem einige schmale Gedichtbände ausgestellt waren, dazu als einzige Dekoration die Fotografien der Autoren, eine davon fiel Berndorf auf: das Portrait einer früh gealterten Frau, den Kopf mit dem ausgezehrten Gesicht in eine Kapuze gehüllt wie in ein Tuch, aus Unglück gewebt.

Die Ladentüre mit dem vergitterten Fensterchen hatte eine Klingel. Es schien des Altmodischen fast zu viel.

Der Laden selbst war dann doch größer, als es das Schaufensterchen hatte erwarten lassen, ein lang gestreckter, halbdunkler Schlauch, an dessen Ende sich eine hofseitige Fenstertür befand. Und das Sortiment – nun ja, es sah auch nicht viel anders aus als in jener Berliner Buchhandlung, in der er und Barbara Kunden waren, denn wer kann schon von Lyrik leben?

Berndorf sah sich um, hinten aus dem Laden kam eine Frau auf ihn zu, die zunächst nur in den Umrissen zu sehen war. Sie war größer, als er erwartet hatte, mit breiten Hüften, deren Bewegungen träg und geschmeidig zugleich wirkten. Über den Jeans trug sie einen grobmaschigen Pullover, das blonde Haar war straff nach hinten gebunden, das Gesicht voll, ungeschminkt, soviel Berndorf sah. Sie hatte große, saphirblau anmutende Augen und sagte irgendetwas, begrüßte ihn wohl oder fragte, was sie für ihn tun könne, doch Berndorf hörte gar nicht richtig zu. Konnte das überhaupt die wahre und richtige Vren sein? Er hatte sich, weiß der Himmel warum, eine schlanke, kühle nordische Fee vorgestellt, warum eigentlich? Feenhaft war diese nicht.

Im Zug hatte er sich vorgenommen, nach Literatur über die Beauvoir und ihre Beziehung zu Sartre zu fragen, angeblich hatten sich Vren und Eisholm über das berühmte Paar gestritten, Veesendonk hatte ihm so etwas erzählt. Wenn es so gewesen sein sollte, war es ein merkwürdiges Streitthema gewesen, eines, das einen darüber hätte nachdenken lassen müssen, worum es bei den beiden denn wohl wirklich gegangen sei...

Jetzt, beim Anblick dieser Frau mit den großen hellen Augen, fand er seinen geplanten Einstieg nur noch albern und wichtigtuerisch: Ätsch, ich weiß, worüber du mit wem vor dreißig Jahren gestritten hast! Er setzte zu einer Frage an und musste sich erst räuspern.

»Ich habe in Ihrem Schaufenster einen Gedichtband von Christine Lavant gesehen«, hörte er sich sagen. Er würde gerne einen Blick hineinwerfen...

Die Buchhändlerin nickte, vielleicht hatte sie dabei ein wenig die Augenbrauen hochgezogen, und holte das Buch, freilich nicht aus dem Schaufenster, sondern aus einem der Regale. Sie brachte ihm den Band, der eigentlich nur ein Bändchen war, und blieb neben ihm stehen, als er es aufschlug – unvermittelt spürte er körperliche Nähe, und zwar so stark, als hätte er einen Schlag in die Magengrube abbekommen.

Er zwang sich zu lesen...

Baum in der Sonne, ohne Nest und Blatt,
wozu dich schütteln? Schamhaft geht der Tod
und mit viel Sorgfalt unter dir vorüber.
Wo wohnt die Furcht? Auch sie wär noch lebendig
Und nicht so kalt. – Wir frieren ineinander,
ganz ohne Hoffnung...

Irgendetwas brachte ihn dazu, das Buch sinken zu lassen und aufzusehen, der Frau in die Augen. Sie gab den Blick zurück, und für einen Augenblick, von dem er nicht mitbekam, wie lange er wirklich gedauert haben mochte, standen sie sich so gegenüber, schweigend, dann schlug die Ladenklingel an, die Zeit setzte wieder ein, und ein Paar kam herein, das so aussah, als ob es einen Stadtführer für Freiburg suchte oder einen Ratgeber für Paarbeziehungen.

Er nehme diesen Band, sagte Berndorf, aber er wolle sich noch ein wenig im Laden umsehen, und die Buchhändlerin nickte und wandte sich dem Paar zu, das aber keinen Stadtführer, sondern einen Kriminalroman haben wollte, der in Freiburg spielte, und während die Buchhändlerin einen ganzen Stapel solcher Romane zusammensuchte, fand Berndorf noch einen zweiten Band mit Briefen und Texten der Christina Thonhauser, die ein früh auf einem Ohr ertaubtes, tuberkulöses Arme-Leute-Kind aus Groß-Edling im Lavanttal war, lebenslang elend. Und eine große Dichterin dazu, glaubte Berndorf zu wissen und verbot es sich gleich wieder. Solche Urteile standen ihm nicht zu, überhaupt hasste er das Urteilen, hatte es schon immer gehasst und immer schon einen schlechten Geschmack im Mund davon bekommen... Warum wollte er das da lesen? Es hatte ihn angesprungen, auch das.

Das Paar zog befriedigt mit einem halben Stapel Romane von dannen, und die Buchhändlerin wandte sich wieder Berndorf zu, aber ein zweites Mal wollte die Zeit nicht stehen bleiben. Berndorf legte die beiden Bücher auf den Ladentisch und fragte:

»Sie sind Vren?«

»Ja, das bin ich«, sagte sie, ohne aufzusehen, und tippte die Rechnung.

»Ich hätte gerne mit Ihnen gesprochen«, fuhr er fort und suchte das Geld für die beiden Bücher heraus und überlegte, ob ihm nicht doch noch etwas einfiele, den täppischen Einstieg zu kaschieren, irgendeine Überleitung von der sinnig ausgesuchten Dichterin aus dem Lavanttal zur Provence und zur Unheilskrähe Eisholm...

»Schade«, antwortete Vren und gab ihm das Wechselgeld. »Einen Augenblick lang habe ich geglaubt, Sie interessieren sich wirklich für Gedichte. Aber bitte! Übrigens frage ich mich schon die ganze Zeit, was ich denn wohl angestellt habe, dass mich die Polizei aufsucht...« Sie sah auf und lächelte, und in diesem Lächeln lag der Anflug einer spöttischen, vielleicht auch leicht wehmütigen Resignation.

»Ich dachte, der Geruch hätte sich gelegt«, antwortete Berndorf lahm, »Polizist war ich in einem früheren Leben, aber das ist lange her...«

»Es ist nicht der Geruch«, erklärte Vren, »es ist der Blick. Aber müssen Sie jetzt wirklich Bücher mit traurigen Gedichten kaufen, um einen Vorwand für Ihre Ermittlungen zu haben? Und wenn es zum Showdown kommt, zitieren Sie dann Verse? Ich glaube, das könnte mir gefallen...«

»Was Sie einen Showdown nennen«, antwortete Berndorf, »das vermeide ich meistens.«

»Ach? Das geht?« Sie verließ ihn und ging zur Ladentür, hängte ein Schild nach draußen und schloss ab. »Es ist gleich zwölf Uhr«, erklärte sie und blieb vor ihm stehen. »Also?«

»Zu viert in den Pyrenäen«, sagte Berndorf. »Rückfahrt durch die Provence. Camping am Ufer des Gard. Gabriele hat eine Fischvergiftung. Natürlich ist es Gabriele, der das passiert. Erinnern Sie sich?«

Vren sah ihn an, die hellen Augen wachsam, aber ohne erkennbare Anzeichen von Zorn oder Entrüstung. »Ungern.« Plötzlich runzelte sie die Stirn. »Aber ich hätte es mir denken können. Sie sind wegen Eisholm gekommen.«

Berndorf schwieg, wartete.

»In der Zeitung hab ich nur gelesen«, fuhr Vren nach einer kurzen Pause fort, »dass er vor einen Zug gefallen ist. Das las sich so, als hätte er sich umgebracht.«

»Haben Sie das geglaubt?«

»Aber sofort.«

»Warum?«

»Weil er ein kaputter Typ war. Schon damals.«

»War es seinetwegen, dass Sie allein zurückgefahren sind?«

»Wegen dem? Ganz gewiss nicht.« Ihre Stimme klang gleichgültig. »Aber sagen Sie – wird das hier jetzt ein Verhör? Und warum fragen Sie mich nicht gleich, ob vielleicht ich es war, der diesen Menschen vor den Zug gestoßen hat?«

»Hätten Sie es denn tun können?«

»Dreißig Jahre danach?« Sie schüttelte den Kopf. »Er wäre die Aufregung nicht wert gewesen. Außerdem ...« Sie brach ab und sah an ihm vorbei, irgendwohin, nach draußen, von ihm weg.

»Außerdem?«, hakte Berndorf nach.

»Ich mache Ihnen einen Vorschlag.« Sie warf ihm ein flüchtiges kühles Lächeln zu. »Sie erklären mir, wer Ihnen von dieser verfluchten Reise erzählt hat und was Sie warum von mir wissen wollen. Und danach werde ich Ihnen antworten, soweit ich dazu lustig bin. Einverstanden?«

Berndorf schwieg. Soweit sie dazu lustig ist ... Verdruss stieg in ihm hoch, und doch nickte er gehorsam, ergeben. »Ich habe – oder genauer: ich hatte einen Auftrag von Eisholm, in einem Mordfall zusätzliche Ermittlungen anzustellen. Dieser Mordfall, bei dem Eisholm die Verteidigung übernommen hatte, wird gerade vor dem Ulmer Landgericht verhandelt, aber was Eisholm im Einzelnen geklärt haben wollte, weiß ich nicht, denn er war schon tot, als ich in Ulm ankam.« Er blickte sie an, sie schien zu warten, als wisse sie, dass der entscheidende Punkt noch nicht angesprochen war. »Der Vorsitzende Richter in dem Ulmer Verfahren ist Veesendonk, Michael Veesendonk.« Er sah, dass ein Schatten von Unmut oder Zorn über ihr Gesicht zog.

»Mischa also«, sagte sie widerstrebend. »Verstehe ich richtig – Eisholm ist umgebracht worden, und zu mir sind Sie gekommen, weil Sie nach einem Motiv dafür suchen? Nach einem Motiv, das also nur Mischa gehabt haben kann?«

Berndorf hob die Hand und bewegte sie, als ob er ein Für und Wider abwägen wolle. »Veesendonk ist einer der Letzten, mit denen Eisholm vor seinem Tod noch gesprochen hat. Aber er steht nicht unter Verdacht. Er war in seinem Büro, als Eisholm vor den Zug gefallen ist oder gestoßen wurde ...«

Er schwieg. War das alles wirklich so sicher?

»Und trotzdem haben Sie ihn im Verdacht«, stellte Vren fest. »Sonst wären Sie nicht hier. Wieso glauben Sie eigentlich, dass ich Ihnen irgendetwas über Mischa erzählen würde? Außerdem haben Sie mir immer noch nicht gesagt, woher Sie von dieser Reise im Campingbus wissen.«

»Nach Eisholms Tod habe ich seine Witwe besucht, Gabriele Querheim.« Er machte eine kurze Pause. »Sie hat mir von dieser Reise erzählt, von ihrer Fischvergiftung vor allem und davon, dass Sie und Eisholm einen ganzen Tag unterwegs waren, um ein Medikament zu besorgen. Nach Ihrer Rückkehr hätten Sie die Gruppe sofort verlassen und seien nach Deutschland zurückgetrampt. Veesendonk schildert es ähnlich ...«

»Haben Sie ihn verhört?«

»Nein. Wir haben eine Partie Schach gespielt, ich habe verloren, und dann habe ich nach Ihnen gefragt.«

»Ich sehe, Sie sind vielseitig«, bemerkte Vren. »In der Buchhandlung erkundigen Sie sich nach Gedichten, und mit dem Schachspieler spielen Sie Schach. Wie befragen Sie einen Straßenkehrer?«

»Auf dem Bauhof oder in seiner Kneipe.«

»Nett.« Sie betrachtete ihn kühl. »Und was hat Michael über mich zu sagen gewusst, bevor er den nächsten Zug gemacht hat?« Offenbar hatte sie beschlossen, Veesendonk nicht mehr »Mischa« zu nennen.

»Er meinte, Sie seien seine große Liebe gewesen und er der Esel, der alles verdorben hat. So ungefähr.« Berndorf schnitt eine Grimasse. Von der großen Liebe anderer Leute zu reden, war fast so bescheuert, als hätte er gesagt, die oder jene ist eine große Dichterin.

»Genauer erinnern Sie sich nicht?«

»Es muss ihn sehr getroffen haben, dass Sie gegangen sind.« Das war ein bisschen schwach ausgedrückt, dachte er. »Dass er Sie verloren hat.«

»Ach!«, sagte sie, und es klang ärgerlich. »Dieser Mordprozess, für den Eisholm Sie engagiert hat: Ist das der Fall dieser jungen

Frau, die erschlagen wurde? Und deren letzter Liebhaber jetzt plötzlich aufgetaucht ist?«

»Ja, aber von selber ist er nicht aufgetaucht.«

»Waren Sie das, der ihn gefunden hat? In unserer Zeitung stand, es sei ein Landrat, hier aus Baden.«

Berndorf murmelte Zustimmung.

Wieder sah Vren ihn an. »Wissen Sie was? Lassen Sie uns zusammen essen gehen...«

Der Daimler war schräg zwischen dem Brunnen im Innenhof des Neuen Baus und dem Eingang zur Polizeidirektion abgestellt, so dass Kuttler gar nicht erst nach dem Nummernschild zu sehen brauchte. Wer so parkte, war sehr wichtig und hatte es sehr eilig und kam aus Stuttgart.

Er zuckte die Achseln und ging an der Wache vorbei nach oben, Wilma Rohm kam ihm entgegen, nein: sie kam nicht, sie huschte ihm entgegen... »Gut, dass du kommst, Steinbronner ist da und hat schon nach dir gefragt.«

Sein Büro hatte Kriminaldirektor Steinbronner vorübergehend im Konferenzzimmer aufgeschlagen, Kuttler klopfte und öffnete dann vorsichtig die Tür. Irgendwer hatte ihm erzählt, es gehöre zu Steinbronners Führungsprinzipien, grundsätzlich nicht »Herein!« zu sagen – damit nur der sich zu ihm wage, der absolut keine andere Möglichkeit mehr sehe.

Steinbronner saß am Konferenztisch und telefonierte, sah dann aber kurz auf und wies auf den Platz ihm gegenüber. Kuttler kam heran, Steinbronner telefonierte noch immer, winkte ihn aber nicht hinaus.

»Die Königin von Spanien hat keine Beine«, sagte er, »und die Huren der Neckarwerke sind kein Thema für den Ministerpräsidenten, zu keiner Zeit, niemals! Und den Neckarwerken und ihren Herren geschäftsführenden Vorständen dort kann ich nur raten, dass sie in die nächste Kirche gehen und eine Kerze anzünden und den lieben Gott darum bitten, dass er ihnen aus dieser Scheiße heraushilft.«

Er legte auf und richtete den Blick über die Halbgläser seiner Brille hinweg auf Kuttler. Für einen kurzen Moment kam sich der wieder vor wie ein Schüler, den man ins Rektorat zitiert hatte. So rief er sich selbst zur Ordnung: er saß vor keinem Schulrektor aus vergangenen Albträumen, sondern vor einem etwas zu feisten, stiernackigen, nahezu glatzköpfigen Karrierebullen mit Bluthochdruck und rot geäderten Augen.

»Sie sind Kuttler?« Eigentlich war es keine Frage, sondern eine Feststellung. Sie waren sich bereits begegnet, früher einmal, und es war nicht angenehm gewesen, nicht für Kuttler.

»Beim kriminaltechnischen Dienst haben Sie ein Mobiltelefon untersuchen lassen. Wie sind Sie an dieses Gerät gekommen?«

Es sei ihm zugeschickt worden, antwortete Kuttler.

»Reden Sie nicht so kariert. Wer hat Ihnen das zugeschickt und warum?«

»Das kann ich nur vermuten«, log Kuttler.

Steinbronner sah ihn an. Dann schüttelte er den Kopf, als müsse er eine Fliege vertreiben. »Wissen Sie was?«, fragte er in fast freundschaftlichem Ton, »Sie erzählen mir jetzt haarklein alles, was mit diesem Mobiltelefon zu tun hat, oder Sie fliegen aus dem Dienst.«

»Dann stellen Sie mir auch bitte Fragen, die ich beantworten kann«, antwortete Kuttler in einem Ton, von dem er inständig hoffte, dass er ruhig, würdig und entschieden klang. »Wer mir dieses Mobiltelefon geschickt hat, weiß ich nicht. Ich habe vermutet, dass die ermordete Fiona Morny noch ein zweites Handy besessen und dass ein Stadtstreicher es womöglich an sich genommen hat...«

»Sie haben im Fall Morny eigenmächtig weiterermittelt?«

»Eigenmächtig würde ich das nicht nennen.«

»Wie das zu benennen ist«, fuhr ihn Steinbronner an, »darüber entscheide ich. Warum ein Stadtstreicher?«

Kuttler entschied sich, nun doch besser freiwillig Auskunft zu geben, allerdings in sehr geraffter Form, und berichtete von der Kleingartenanlage, in der Fiona Mornys Leiche gefunden worden war und in deren einem Gartenhäuschen zuweilen Stadtstreicher übernachteten. Deshalb habe er gedacht, einer von diesen Leuten könne Fionas verschwundenen Schmuck an sich genommen haben. Oder – aber das sei ihm erst später eingefallen – das zweite Handy, falls die Morny ein solches besessen habe.

»Und wie haben Sie es dann gefunden?«

Er habe einen Mann ausfindig gemacht, einen gewissen Rauth, in der Szene als Pudelmann bekannt. »Er stritt alles ab, aber ich habe ihm gesagt...«

»Sie haben einen Deal mit ihm gemacht«, unterbrach ihn Steinbronner.

»Das stünde mir gar nicht zu«, wandte Kuttler ein.

»Nein, das stand Ihnen nicht zu, aber Sie haben es trotzdem gemacht«, sagte Steinbronner. »Wir werden noch darüber reden. Immerhin haben wir jetzt dieses verdammte Handy, wie immer sein Beweiswert ist. Was ist mit dem Schmuck?«

»Der Pudelmann behauptet, er habe keinen gesehen. Und wenn einer da gewesen wäre, hätte er ihn nicht angerührt. Keiner aus der Szene hätte das getan. Das sei viel zu gefährlich.«

»Unsinn«, sagte Steinbronner und sah seine Notizen durch. »Einen Hehler, der keine Fragen stellt, findet man überall.« Er blickte auf. »Dorpat sagte mir, dass Sie noch weitere Ermittlungen auf eigene Faust geführt haben. Warum?«

»Nach dem Tod des Anwalts Eisholm habe ich die Ermittlungen angestellt, die mir notwendig erschienen sind«, widersprach Kuttler. »Nichts davon geschah auf eigene Faust.«

»Sie haben zum Beispiel das Alibi dieses Richters Veesendonk überprüft. Warum?«

»Er war einer der Letzten, die mit Eisholm...«

»Unsinn«, unterbrach ihn Steinbronner. »Dann hätten Sie genauso gut die Alibis aller Zuhörer überprüfen können, die im Gerichtssaal gesessen haben.« Er beugte sich noch weiter vor.

Wie eine hässliche Bulldogge schiebt er sich über den Tisch, dachte Kuttler. »Warum kooperieren Sie nicht?«

Den Vorwurf verstehe er nicht, erklärte Kuttler.

»Es ist mit Händen zu greifen«, sagte Steinbronner, »dass Sie weder im Fall Morny noch im Fall Eisholm mit den bisherigen Ermittlungen einverstanden sind. Müssen Sie ja nicht. Es ist in Ordnung, wenn Sie Ihrer Überzeugung folgen. Aber erklären Sie mir jetzt bitte, wie Sie die beiden Fälle sehen oder ob es in Ihren Augen womöglich nur ein einzelner ist.« Er lehnte sich zurück. »Ich warte.«

Vren hatte ihn in eine Weinstube geführt, in der sie Stammgast war; eine Tischrunde hatte erwartungsvoll aufgesehen, als sie hereinkam. Aber sie hatte nur kurz gegrüßt und Berndorf an der Runde vorbei an einen kleinen Ecktisch bugsiert. Inzwischen hatten sie bestellt, und Berndorf fuhr fort, Vrens Fragen zu beantworten. Gewiss, Veesendonk sei verheiratet und habe einen Sohn. Ja doch, seine Karriere als Richter sei respektabel, aber nicht brillant. Ein strenger Richter? Gelegentlich. Habe er sich von Eisholm vorführen lassen? Nein, soviel er wisse...

»Ein junger Polizist hat mir erzählt, Eisholm habe in der Verhandlung mit ihm Jojo spielen wollen. Aber Veesendonk habe die Schnur durchgeschnitten.«

»Ach«, sagte Vren, »das hat er also inzwischen gelernt!«

Berndorf blickte fragend.

»Bei mir hat er es nämlich nicht getan«, erklärte sie. »Wobei Sie mich bitte nicht falsch verstehen wollen – ich komme ziemlich gut zurecht, und das war auch schon damals so.«

Die Bedienung kam und brachte die Getränke, einen gespritzten Roten für Vren, Mineralwasser für Berndorf. Sie nahm ihr Glas, mit scheinbar gelangweilter Miene, und trank einen Schluck. »Was glaubt Michael denn, warum ich damals gegangen bin?«, sagte sie, als sie das Glas wieder absetzte.

»Wenn ich ihn richtig verstanden habe, glaubt er, »dass Sie diese Pyrenäentour gewissermaßen als Testlauf genommen haben, ob Sie ihn und sein gesellschaftliches Umfeld überhaupt auf Dauer würden ertragen können. Und diesen Test habe er nicht bestanden.«

»Testlauf!«, sagte Vren. Er blickte auf, ihre Augen schimmerten grün. »Und solches Zeug erzählen sich ernsthafte Männer am Schachbrett!«, sagte sie verächtlich. »Aber war das alles, was er Ihnen dazu gesagt hat?«

»Er kam mir dabei sehr aufrichtig vor«, wandte Berndorf ein.

»Wollen Sie wissen, wie es wirklich war?« Ohne eine Antwort abzuwarten, fuhr sie fort. »Wir hatten vor, im Herbst zu heiraten, Michael und ich. Das heißt, für ihn stand das fest, er hatte das zweite Staatsexamen abgelegt, auch noch mit einer ziemlich guten Note, er würde also in den Staatsdienst übernommen werden, die Zukunft war gesichert. Damit war alles gesagt, und ich – ich hab gedacht, das kommt jetzt so und soll dann auch so sein. Und den Sommer wollten wir in Südfrankreich verbringen, eine vorgezogene Hochzeitsreise, irgendetwas in der Art. Nur kam dann plötzlich der Vorschlag, gemeinsam mit Michaels Studienfreund Eisholm und dessen Frau Gabriele zu fahren, Eisholm hatte einen Campingbus aufgetan... Ich war nicht besonders begeistert, mir wäre es lieber gewesen, wir wären mit dem Zug bis Avignon gefahren und hätten unsere Fahrräder mitgenommen, aber Michael war der Ansicht, wir dürften Eisholms Einladung nicht ausschlagen, die Kontakte und Beziehungen, die man eingegangen sei, die müsse man auch pflegen, und Gabriele tue der gemeinsame Urlaub sicher gut, sagte er, denn Eisholm sei ja nicht einfach...«

Plötzlich zuckte sie mit den Schultern und schwieg, als sei schon alles gesagt.

»Und so sind Sie also zu viert losgefahren«, warf Berndorf ein. »Wie hat sich die Gruppe organisiert? Wie waren die Aufgaben verteilt? Wer saß am Steuer?«

»Am Steuer dieses abscheulich qualmenden, rostigen und ständig Öl verlierenden Campingbusses wechselten Michael und ich uns ab, denn Eisholm besaß keinen Führerschein, und Gabriele konnte angeblich keinen Bus fahren, weil sie ihren Führerschein in einem VW-Käfer gemacht hatte, verstehen Sie? Am Anfang dachte ich, dass wir überhaupt nur deshalb eingeladen worden waren, wegen des Fahrens und dann auch, weil irgendjemand sich ums Kochen kümmern musste. Das war dann ich.«

»Sie waren also die Dienstboten?«

Vren wiegte den Kopf. »So kam ich mir am Anfang auch vor, doch. Und eine Weile habe ich gedacht, der blöde Sack hat es auf mich abgesehen. Aber so einfach ist – oder war – Eisholm nicht gestrickt. Später hab ich begriffen, es war ihm einfach langweilig. Die Pyrenäen sind hoch, und oben ist es kalt und neblig, in der Provence riecht es nach Thymian, und es hat schöne römische Ruinen, das guckt man an, und dann? Dann hat man's gesehen. Viel spannender ist es doch, die Puppen zum Tanzen zu bringen. Zum Beispiel den Michael Veesendonk, der so in sich ruht und so genau weiß, wie die Zukunft aussieht und welche Rolle er spielen wird: Da muss man doch einfach ein bisschen kratzen und pieksen, finden Sie nicht? Mal gucken, was zum Vorschein kommt, wenn der alle Wohlerzogenheit fahren lässt...«

»Und was hat er mit Ihnen vorgehabt?«

»Vordergründig ging es um mich. Um die kleine unbedarfte Buchhändlerin, die nicht einmal Abitur hatte und deren Französisch absolut grauenvoll war und die sich mit ihren Urteilen zu politischen, literarischen oder philosophischen Fragen bitte zurückhalten sollte, da es eine Ahnungslosigkeit gebe, die schlechterdings zu absolutem Maulhalten verpflichte... So ungefähr ging das, und zwar jeden Tag.«

Die Bedienung kam und brachte das Essen – ein vegetarisches Tellergericht für Vren, eine Forelle für Berndorf.

»Bevorzugt waren Themen, die Eisholm ins Anzügliche drehen konnte«, fuhr Vren fort, als die Bedienung gegangen war. »Einmal, vor einer kleinen romanischen Kapelle, sahen wir einen Fries, der Adam und Eva zeigte, und danach wollte er von mir wissen, warum eigentlich Eva dem Adam den Apfel reiche und nicht umgekehrt und was dieser Umstand über die sexuelle Interessenlage der beiden Geschlechter aussage. Genau erinnere ich mich natürlich nicht, aber irgendein solcher Dreck war es.«

»Und was haben Sie geantwortet?«, fragte Berndorf, während er dabei war, die Forelle zu entgräten.

»Das weiß ich nun wirklich nicht mehr«, kam es prompt. »Vermutlich werde ich ihm erklärt haben, dass das Adam-und-Eva-Motiv nichts weiter sei als ein weiteres Beispiel für die notorische Sexual- und Frauenfeindlichkeit der katholischen Kirche, worauf er in Hohngelächter ausgebrochen sein und erklärt haben wird, für das Alte Testament sei die Katholische Kirche leider nicht zuständig...« Sie stocherte in ihrem Teller herum und nahm mit ihrer Gabel einiges Wurzelgemüse auf. »Ganz sicher habe dann wiederum ich ihm sofort um die Ohren gehauen«, fuhr sie kauend fort, »dass die Frauenfeindlichkeit allen monotheistischen Religionen eigen sei, weil sie nämlich samt und sonders die göttliche Urmutter verleugnen müssten, und so weiter.« Sie schluckte den Bissen hinunter und trank einen Schluck von dem gespritzten Rotwein. »Ein andermal kamen wir – ich weiß wirklich nicht mehr, wie – auf die Beauvoir und ihre Beziehung zu Sartre zu sprechen, und Eisholm behauptete, keine der deutschen Frauen von heute hätte sich auf so etwas eingelassen, weil sie samt und sonders nur an ihre Altersversorgung dächten und sonst an lange nichts. Ich hab zuerst gelacht, bin dann aber wütend geworden...«

»Warum wütend?«, fragte Berndorf und hob die säuberlich freigelegten Gräten auf den zweiten Teller, der dafür bereitgestellt war.

»Weil mir erstens Eisholm und zweitens der Personenkult um Sartre und Beauvoir auf die Nerven gingen... Im Ernst – ich würde gerne mal wissen, wie eigentlich die jungen Frauen, die zwischen den beiden großen Philosophen hin und her gereicht wurden, die freie Liebe so erlebt und empfunden haben... Ich glaube, das habe ich auch gesagt, und Eisholm wird geantwortet haben, dass hier nur wieder die typischen Ressentiments einer halbgebildeten Hilfskraft sich Luft verschafft hätten.«

»Und Sie sind sicher, dass er in Wirklichkeit nicht doch mit Ihnen schlafen wollte?«

Sie schüttelte den Kopf. »Seinen Lustgewinn hat er sich auf andere Weise verschafft. Und zwar hat er nicht nur versucht, mit mir Jojo zu spielen, wie Ihr Polizistenfreund das genannt hat, sondern gleichzeitig hat er zu den beiden anderen geschielt:

Seht ihr, was wir da miteinander treiben? Aber vielleicht machen wir das nur, um euch Dummköpfe hereinzulegen, und in Wirklichkeit, wenn ihr nicht zuschaut, treiben wir noch ganz andere Dinge miteinander... Auf diese Weise hat er gleichzeitig mich vorführen können, seinen angeblichen Studienfreund Michael und auch noch die eigene Frau, die leider zu nichts anderem zu gebrauchen war, als sie stumm und leidend danebensitzen zu lassen. Und ich, die ich mir eingebildet habe, dass ich ihm nichts schuldig bleibe – ich bin genau auf eben das Spielchen eingegangen, das er mit mir treiben wollte.«

»Wann haben Sie das begriffen?«

»Irgendwann«, kam die Antwort. »Vermutlich ziemlich spät.«

»Auf dieser Fahrt, als Sie die Medikamente für Gabriele holen wollten?«

»Vorher.« Sie schob den halbleeren Teller zur Seite. »Auf der Fahrt nach Nimes hatte ich andere Sorgen, dieser Campingbus lief nicht mehr richtig, irgendetwas an der Zündung war nicht in Ordnung, und neben mir saß dieser Schwätzer, der im Ernstfall kein Rad hätte wechseln können, und beklagte sich, dass ich so muffig sei... einmal hat er mir dann doch die Hand aufs Knie gelegt, eine unangenehme schweißige Hand, und ich hab ausgeholt und ihm mit der rechten Hand ins Gesicht geschlagen... So!« Mit einer ausladenden Armbewegung schleuderte sie ihre rechte Hand nach hinten, dass die gerade vorbeikommende Bedienung mit einem leisen Aufschrei auswich.

Kuttler schwieg. Er hatte von Fionas Blick in den Spiegel berichtet, von der Gästeliste des Silvesterballs, von dem Rahmenprogramm für den von Veesendonk organisierten Richtertag, als Fiona Morny durch die Sammlungen religiöser Kunst im Ulmer Museum führte. Er hatte berichtet, dass Veesendonks Wagen erst am Nachmittag jenes Tages aus der Werkstatt geholt worden war, als Eisholm vor den Zug gestoßen wurde. Und er hatte – wenn auch etwas verlegen – von seinen Versuchen erzählt, den Elstern nachzuspüren oder etwas über Leute herauszufinden, die sich einen Handkantenschlag hatten beibringen lassen.

Steinbronner hatte zugehört, die Hände vor dem Bauch gefaltet. Ohne aufzublicken sagte er: »Wenn ich Sie jetzt frage, ob Sie sich die Adressenliste dieses Mobiltelefons angesehen haben, dann werden Sie mir vorlügen, dass Sie das nicht getan haben, nicht wahr?«

»Die Frage verstehe ich nicht.«

»Schon gut.« Diesmal sah Steinbronner ihn an. »Natürlich wissen Sie, dass auf dieser Liste – dieser offenkundig ganz privaten Liste – auch Veesendonks Nummer verzeichnet ist. Allmählich wird mir klar, wen Sie da ins Visier genommen haben.«

Ist das so?, fragte sich Kuttler, aber bevor er einen Einwand formulieren konnte, kam die nächste Frage.

»Haben Sie mit Berndorf Kontakt? Wissen Sie, woran er arbeitet?«

»Nein«, sagte Kuttler zögernd. Auf Dauer würde sich Berndorfs Teil der Geschichte allerdings vor Steinbronner nicht verheimlichen lassen. Wozu auch? »Ich denke, ihn interessiert vor allem dieser verschwundene Schmuck... Er glaubt herausgefunden zu haben, dass es sich bei diesem Ring, den die Morny an einer Kette trug, um einen sogenannten jüdischen Hochzeitsring handelt, eine Antiquität, und dass dieser Ring früher im Besitz einer gewissen Marianne Gaspard war. Dieser Frau Gaspard hat das Haus gehört, das später von ihrem Sohn an das Ehepaar Morny vermietet worden ist.«

Steinbronner hatte die Augenbrauen zusammengezogen. »Und Berndorf fährt jetzt auf diesen jüdischen Ring ab, das passt zu ihm.« Er stützte die Ellbogen auf und legte die Hände an den Fingerspitzen zusammen, das sah merkwürdig aus, denn er hatte dicke kurze Finger. »Aber warum auch nicht?«

Für Kuttler klang es wie ein Selbstgespräch.

»Ja, warum eigentlich nicht?«, fuhr Steinbronner fort und griff zum Telefonhörer und bat die Zentrale, ihn zuerst mit Richter Veesendonk und dann mit Staatsanwalt Desarts zu verbinden.

»Wir werden jetzt Nägel mit Köpfen machen«, erklärte er Kuttler, während er auf die Anrufe wartete. »Wenn dieser Judenring so an diesem Haus klebt, dann wollen wir mal sehen, ob wir ihn nicht auch dort finden können. Und welche Gesichter die Leute jeweils dazu machen.«

Das Telefon klingelte, Steinbronner nahm ab und meldete sich, nachdem er sein Gegenüber mit einer Handbewegung entlassen hatte, als scheuche er eine Fliege weg. Kuttler nickte und verließ das Konferenzzimmer. Vor seinem Büro saßen zwei Männer auf den Besucherstühlen und warteten auf ihn. Sie standen auf, als er näher kam.

»Herr Kuttler, gut, dass Sie kommen«, sagte Rechtsanwalt Kugelmann, »wir müssen mit Ihnen über die jüngste Entwicklung sprechen...«

Der zweite Mann trat auf Kuttler zu. Er war knapp mittelgroß, und sein Gesicht unter den nach vorn gekämmten weißen Haaren war eingefallen.

»Sie waren immer sehr verständnisvoll«, sagte Fionas Vater, »Sie müssen uns helfen...«

Scheiße, dachte Kuttler.

Auf der Rückfahrt, auf einer kleinen gottverlassenen Landstraße, irgendwo zwischen baumlosen graugrünen Hügeln, ist der Campingbus dann liegen geblieben«, fuhr Vren fort, als die Bedienung den Kaffee gebracht hatte. »Die Zündung oder der Zündverteiler waren hinüber, der Motor machte keinen Mucks mehr, es war schon gegen Abend, Geld hatten wir auch keines mehr oder so gut wie keines, das meiste war für die Medikamente draufgegangen... Ich glaube, ich war am Heulen, und Eisholm fiel über mich her, das sei doch typisch kleinbürgerliche Frau, jetzt durchzudrehen, und wieso ich den Campingbus nicht richtig fahren könne – als er ihn gekauft habe, sei der Motor einwandfrei gelaufen. Ich wollte ihm irgendetwas über den Kopf schlagen und hab mich umgesehen, was ich dafür am besten nehme, aber da war nichts als staubiges stacheliges

Gras, und so stehe ich da und weiß nicht, was ich tun soll in meiner Wut und Verzweiflung, als ich plötzlich von den Hügeln das Tuckern eines Traktors widerhallen höre, der Traktor kommt über die letzte Kuppe und fährt durch die Abenddämmerung auf uns zu und hält, ein junger dunkelhaariger Kerl in ölverschmierten Jeans und einem ölverschmierten ärmellosen Unterhemd springt herunter und fragt, ob er uns helfen könne. Er sieht sich den Motor an, probiert irgendetwas an der Zündung, schüttelt den Kopf und schlägt uns vor, dass er den Bus abschleppt...«

Sie trank einen Schluck Kaffee und winkte einigen Leuten zu, die bezahlt hatten und aufstanden und jetzt an ihren Arbeitsplatz zurückkehren würden.

»Was sollten wir tun? Wir werden also durch die Abenddämmerung geschleppt, finden uns zehn Minuten später in einem kleinen Nest wieder, geduckte Häuser, nichts als graues Mauerwerk, bis auf die paar Platanen auf dem Dorfplatz, es gibt eine Bar Tabac, und Eisholm geht einen Pastis trinken, auch gibt es eine Tankstelle samt Werkstatt, die Marius gehört, so heißt der junge Kerl, und dort fummelt er am Motor von unserem Bus herum und versucht ihn wieder in Gang zu kriegen und schüttelt dann wieder den Kopf und sagt, das könne er nicht reparieren, irgendein Teil müsse ausgetauscht werden, das gehe nur in einer Vertragswerkstatt, in Montpellier sei eine, und ich sage ihm, dass wir so gut wie kein Geld mehr hätten, vielleicht gerade genug fürs Benzin zum Heimfahren, und Marius schaut mich an, zündet sich eine maisgelbe Gauloise an und zieht die Augenbrauen hoch und sagt, ja, wenn das so ist!«

Wieder trank sie einen Schluck, Berndorf beobachtete sie, sie schien es nicht zu bemerken.

»Und so steckt er den Kopf wieder in den Motorraum und schraubt und baut aus und feilt und tut, ich stehe daneben und sehe ihm zu, er ist kleiner als ich, aber kompakt, mit einer fast olivenfarbenen Haut, die sich über kräftigen Muskeln spannt... Ich weiß nicht mehr, wie lange das ging, irgendwann kam Eisholm und stand herum und setzte sich schließlich draußen hin, und als ich denke, das wird ja wohl nichts mehr werden, steht Marius plötzlich auf, wieder eine halbgerauchte Gauloise im Mundwinkel, und sagt, ich soll mich ans Steuer setzen und versuchen zu starten, und ich setze mich in den Bus und drehe den Zündschlüssel, und der Motor springt an und schnurrt wie eine Katze...«

Sie schwieg.

Berndorf zögerte. »Sie sind noch am gleichen Abend zurückgekommen?«, fragte er schließlich.

Sie sah ihn an, und plötzlich lächelte sie. »Ja«, sagte sie. »Sehr spät, aber noch am gleichen Abend.«

»Eisholm war mit seinem Pastis zufrieden?«

»Ich hoffe doch.« Das Lächeln verschwand. »Er hat ja draußen vor der Werkstatt gewartet.« Eine leichte Röte zog sich über ihr Gesicht. »Eine ganze Weile sogar, nehme ich an.«

»Hat er sich beklagt?«

»Wer? Eisholm? Wir haben nicht mehr miteinander gesprochen.«

Die Straße, die »In der Halde« hieß, war zugeparkt von Fahrzeugen der Polizei und des Technischen Hilfswerks, so dass Dr. Elaine Drautz Mühe hatte, ihren Roadster zwischen einer Limousine mit Stuttgarter Kennzeichen und einem Streifenwagen abzustellen. Vor dem Haus Nummer 7 stand ein uniformierter Beamter, gewissermaßen als Sinnbild, dass hier der Staat waltete und nicht bloß der schiere Aktionismus. Die Anwältin griff nach ihrem Handy und wählte eine Nummer.

»Ja, bitte?« Die Stimme war klar, aber im Hintergrund glaubte sie Kneipenlärm zu hören.

»Bist du noch im Land?«

»Ja.«

»Hast du etwas Neues über diesen Ring herausgefunden?«

»Warum fragst du?«

»Dein Stuttgarter Freund ist hier und will das Haus der Mornys auf den Kopf stellen. Ich nehme an, er sucht den Schmuck.«

»Da hat er wenigstens was zu tun.« Damit brach das Gespräch ab.

Was für ein muffliger Mensch!, dachte Elaine und stieg aus. Der Uniformierte an der Tür machte tatsächlich Anstalten, ihr den Zutritt zum Haus zu verwehren. Sie fauchte ihn an, dass sie von Kriminaldirektor Steinbronner hierher gebeten worden sei, und schon gab er klein bei und ließ sie durch. Im Haus liefen jetzt überall Kriminalbeamte herum und klopften die Wände ab auf der Suche nach einem Hohlraum. Man sollte sie nicht Kieberer nennen, dachte sie, sondern Klopferer. Im leeren Wohnzimmer standen Dorpat und Kuttler mit den Plänen des Hauses, die sie auf einem Tapeziertisch ausgebreitet hatten; sie grüßte kurz und fragte nach Steinbronner. Der müsse draußen sein, antwortete Kuttler.

Tatsächlich fand sie den Kriminaldirektor auf der Veranda, vor einem leeren Campingtisch, neben ihm stand Staatsanwalt Desarts, man grüßte sich, dankbar registrierte Elaine, dass Steinbronner sie nicht auf Ruzkow ansprach. Etwas abseits der Gruppe und in sich gekehrt lehnte der Vorsitzende Richter Veesendonk an der Balustrade, ein paar Meter entfernt stand der unglückliche Mensch, der der Vater der unglücklichen Fiona war, und redete auf seinen Anwalt ein.

Im Garten selbst waren die Männer des Technischen Hilfswerks dabei, an den alten Obstbäumen Leitern aufzustellen und Scheinwerfer in Stellung zu bringen und Kabelleitungen durch den Rasen zu legen, immer wieder behindert von einem aufgeregten rundlichen Mann, der sich um Rasen und Obstbäume zu sorgen schien. Das muss der Herr Freundschuh sein, dachte sie und schlug den Mantel enger um sich, denn es war kalt geworden: jener Herr Freundschuh, der nicht nur Hauptmann Mornys Vermieter war, sondern was noch? Sie überlegte. Jedenfalls war er jemand mit einem großen Interesse an Mornys Künsten der Selbstverteidigung, so viel war klar.

Freundschuh zeigte auf einen der Bäume und rief Steinbronner zu, hier gebe es überhaupt kein Nest und ein Elsternnest schon gar nicht.

»Das hat nichts zu sagen«, antwortete Steinbronner, »wir schauen uns alle Bäume an und jedes Vogelnest und jedes Wurzelloch.«

Dorpat erschien auf der Veranda, einen ausgedienten, von Staub bedeckten Schuhkarton in der Hand, über die er einen Plastikhandschuh gezogen hatte. »Die Kollegen haben das da oben unterm Dach gefunden, zwischen zwei Sparren, in einem Hohlraum, der mit einem Brett abgedeckt war.«

Steinbronner zog die Augenbrauen hoch und warf einen grimmigen und ein klein wenig selbstzufriedenen Blick in die Runde. »Dann lassen Sie mal sehen.« Dorpat stellte die Schachtel auf den Campingtisch und deckte sie auf. Elaine war hinzugetreten, auch Veesendonk und der Anwalt Kugelmann hatten sich – zunächst zögernd – hinzugesellt.

Zunächst sagte niemand ein Wort.

Auf einem Bett von Ausschnitten aus Illustrierten lag eine unbekleidete blonde Barbiepuppe, vielleicht zwanzig Zentimeter groß, die Beine gespreizt, die Arme ausgestreckt.

Veesendonk fasste sich als Erster. »Herr Freundschuh«, rief er, »kommen Sie doch mal her!«

Wolfgang Freundschuh blickte hoch, dann ging er vorsichtig über den Rasen und stieg die Stufen zur Veranda hoch. Plötzlich blieb er stehen. »Was ist?«, fragte er und sah von einem zum anderen.

Die Schuhschachtel interessiert ihn gar nicht, dachte die Anwältin.

»Herr Freundschuh, schauen Sie mal«, sagte Veesendonk. »Diese Puppe da – sagt Ihnen die was?«

»Nein, die sagt mir nichts.« Freundschuh schüttelte den Kopf. »Was soll sie mir schon sagen? Wo kommt das überhaupt her?«

»Das ist hier gefunden worden«, sagte Veesendonk. »In Ihrem Haus. Unter Ihrem Dach. Sie sind doch hier aufgewachsen, nicht wahr?«

»Ich hab diese Puppe nie gesehen...«

»Haben in diesem Haus noch andere Kinder gelebt, Mädchen zum Beispiel?«

»Keine Mädchen«, antwortete Freundschuh.

»Diese Puppe hier«, warf die Anwältin ein, »ist etwa sieben oder acht Jahre alt. Ich weiß nicht, ob das den Kreis der Personen einengt, die mit ihr gespielt haben...«

»Woran sehen Sie das?«, wollte Steinbronner wissen.

»Frisur. Gesichtsschnitt.« Sie zuckte die Achseln. »Sie hat diese aufgepumpten Lippen. Inzwischen ist das schon wieder out.«

Steinbronner nickte. »Schauen wir uns mal die Ausschnitte an.« Dorpat nahm die Puppe aus der Schachtel und legte sie behutsam auf den Deckel, dann holte er – mit spitzen Fingern – die Illustriertenausschnitte heraus, pornographische Billigware zumeist, auf schlechtem Papier gedruckt, mehr schmuddelig als obszön. Auf einer ganzen Seite, die aus einem Magazin herausgerissen war, entdeckte Dorpat ein Datum: Es lag gut fünf Jahre zurück.

»Sie haben also keine Ahnung, wem diese Schachtel gehört?«, hakte Veesendonk nach.

»Wie sollte ich?«, fragte Freundschuh zurück.

»Sie gehört nicht zufälligerweise Ihrem Sohn?«, fragte Elaine Drautz sanft.

Wolfgang Freundschuh schien zu erschrecken. »Das kann ich mir nicht vorstellen«, antwortete er hastig. »Er war immer nur kurz hier, immer nur zu kurzen Besuchen oder über Nacht...«

»Eben«, meinte Elaine Drautz. Freundschuh schüttelte den Kopf, als verstehe er nicht.

»Wie alt ist denn Ihr Sohn?«, fragte Veesendonk.

»Im Mai wird er neunzehn«, antwortete Freundschuh, »aber hören Sie – ich verstehe nicht, was das soll, das da...« – er zeigte auf die Schachtel oder auf die blonde Puppe, so genau war es nicht zu erkennen – »das ist doch Kinderkram...«

»Das ist uns nicht verborgen geblieben.« Zum ersten Mal meldete sich Staatsanwalt Desarts zu Wort. »Aber meinen Sie nicht, es ist das Einfachste, wir fragen Ihren Herrn Sohn danach? Könnten Sie ihn herholen?«

Freundschuh sah auf seine Armbanduhr. »Er ist jetzt im Training«, sagte er, und noch immer klang seine Stimme verstört.

»Im Training«, wiederholte Elaine. »Welchen Sport betreibt Ihr Herr Sohn denn?«

»Taekwon-Do«, antwortete Freundschuh, »er trainiert gerade für die Süddeutschen Meisterschaften.« Plötzlich schrak er hoch und sah sich um, in eine Runde stummer Gesichter.

»Taekwon-Do«, wiederholte Veesendonk. »Selbstverteidigung mit Faust- und Fußstößen. Süddeutsche Meisterschaft. Nun gut.« Er sah sich um, sein Blick fiel auf Dorpat. »Lassen Sie sich doch bitte von Herrn Freundschuh sagen, wo sein Sohn trainiert. Und holen Sie ihn dann her, wenn möglich ohne größeres Aufsehen.«

Elaine hatte sich einige Schritte von der Gruppe entfernt und beobachtete die Männer, die um den Campingtisch herumstanden; die blonde Barbiepuppe begann, ihre Wirkung zu tun, da musste sie gar nicht nachhelfen. Nicht ganz klar war ihr, wer von den Männern inzwischen Regie führte oder genauer: die Rolle des Alphatiers übernommen hatte. Die Durchsuchung war von Steinbronner veranlasst worden, aber es war Veesendonk, der die Fragen stellte. Und Steinbronner stand daneben und sah dem Richter zu, fast kam es ihr so vor, als beobachtete er ihn, wieso eigentlich?

Ein Mann in einem Overall kam über den Rasen zur Veranda und sagte, die Leitern seien gesichert, ob er die Bäume absuchen lassen solle?

»Das machen schon unsere Leute«, antwortete Steinbronner und sah plötzlich auf, hinüber zu Elaine, als habe er wahrgenommen, dass sie ihn beobachtet hatte. Sie lächelte knapp, auf die Gefahr hin, dass er es falsch verstand.

Gut fühlte sich die Leiter an, das immerhin, sie schwankte nur ganz leicht, kaum merklich, aber jedenfalls schien sie fest verankert zu sein. Jedenfalls? Das Wort ist unpassend, dachte Kuttler und vermied einen Blick in die Tiefe, er hatte eine Fichte erwischt, einen alten, hohen, kratzigen Baum, so etwas pflanzt man doch nicht in einen Hausgarten, das weiß man doch, dass das kein richtiger Standort ist. Und dabei werden diese Fichten hoch, so hoch, dass einer gar nicht glaubt, wie tief es von oben nach unten gehen kann, da kann die Leiter, auf der man steht, noch so fest verankert sein.

Vier leere Nester hatte er bereits zusammengeklaubt, ein fünftes saß gerade etwas mehr als eine Armlänge von der Leiter entfernt. Er fluchte, dann entschied er sich, noch drei Stufen weiterzusteigen, um von oben einen Blick in das Nest zu werfen. Er war ganz oben auf der Leiter, die durchaus schwankte, wie er jetzt merkte, und dieses Nest war auch noch leer bis auf eine gelblich schimmernde Eierschale, oder was war das? Er konnte es nicht genau erkennen. Mit dem linken Fuß suchte er nah am Stamm einen Ast, auf den er das Gewicht verlagern konnte, wie viele Punkte hatte er jetzt wohl auf der Liste der lächerlichsten Polizeiaktionen? Neun, ganz bestimmt. Der Ast schien ihn zu tragen, mit ausgestrecktem Arm griff er nach dem Nest, das in eine Astgabel gebaut war und festsaß. Er ruckelte daran und streckte sich noch weiter aus, da rutschte ihm der Fuß vom Ast, er fiel, für einen endlosen Augenblick fiel er und hörte nicht auf zu fallen...

Zweige krachten, er griff nach irgendetwas, das Halt versprach, schmerzhaft schlug ihm etwas gegen den Schritt, und plötzlich saß er rittlings auf einem großen, dicken Ast, die Hände gegen den Stamm gestützt, die Hände? Nein, eine Hand, die andere – die rechte – war noch immer in das Nest gekrallt und presste es gegen die rissige, von grauem Moos überzogene Rinde des Stammes. Vorsichtig, damit er nicht das Gleichgewicht verlor, tastete er mit der linken Hand nach den wichtigeren Körperteilen, aber es schien nichts zerquetscht worden zu sein.

Als das geklärt war, betrachtete er das Nest. Was er zu sehen geglaubt hatte, war kein Rest einer Eierschale. Es war ein kleiner, schmaler, goldglänzender Ring mit einem kristallinen Splitter. Er schüttelte den Kopf, dann sah er sich um. Die Leiter war zu weit weg, er musste am Stamm hinunterklettern, das Vogelnest in der Hand. Mit einiger Mühe brachte er das Bein über den Ast, der seinen Sturz aufgehalten hatte, und machte sich an den

Abstieg. Die Äste waren in dieser Höhe kräftig und in ausreichendem Abstand, so dass er sich an ihnen herablassen konnte. Allerdings nicht bis ganz nach unten. Plötzlich hörten die Äste auf, zwei oder drei Meter über dem Erdboden, der freundliche Herr Freundschuh oder sein verdammter Gärtner hatte sie abgesägt, so blieb Kuttler nichts anderes übrig, als das Nest mit dem Ring nach unten zu werfen, sich mit beiden Händen am untersten Ast einzuhängen und dann fallen zu lassen...

Auf allen vieren fand er sich auf dem Boden wieder. Zehn Punkte, dachte er, und versuchte, Arme und Beine zu bewegen. Offenbar hatte er sich nichts gebrochen.

»Geht's gut?«, sagte eine Stimme. Vermutlich gehörte die Stimme zu den Schuhen, die er vor sich sah. Es waren schwarze Herrenschuhe, schon eine Weile nicht mehr geputzt, und auch die schwarzen Jeans, die auf den Schuhen aufsaßen, hatten schon länger keine Bürste mehr gesehen.

»Gut, ja doch, falls ich nicht auf dem Friedhof gelandet bin«, antwortete Kuttler, stand auf und begann, sich Staub und Moos und Fichtennadeln von den Hosenbeinen zu klopfen.

»Was haben Sie da gerade gesagt?«, fragte Berndorf, der Mann in den schwarzen Jeans.

»Falls ich nicht auf dem Friedhof... ach Quatsch! Hat Steinbronner Sie auch zu dieser Veranstaltung hier eingeladen?«

»Bin nicht eingeladen«, sagte Berndorf. »Ein Vöglein hat mir davon gesungen... apropos! Sie haben da ein Vogelnest verloren.« Er deutete zum Fuß des Stammes.

»Danke«, sagte Kuttler, ging zum Baum und hob das Nest auf. »Sie werden es nicht glauben, was da drin ist.« Er zeigte seinen Fund. »Ein Ring! Ich nehme an, Janina könnte mir sagen, ob er aus einem Kaugummi-Automaten stammt oder aus einem Überraschungs-Ei.«

»Ein guter Ruf ist köstlicher als großer Reichtum«, sagte Wendel Walleter, der neben Berndorf getreten war, »und anziehendes Wesen besser als Silber und Gold.«

Wir hätten vielleicht besser doch eine Hebebühne holen sollen«, sagte der Mann im Overall zu Steinbronner. Doch der winkte nur ab und sah zu, wie Kuttler sich die Kleidung ausklopfte... Dass dieser Mann kein Tarzan ist, kann jeder sehen, dachte Elaine; vermutlich hatte der Kriminaldirektor seinen Untergebenen nur deshalb auf diese Fichte klettern lassen, weil er ihn ein wenig demütigen wollte. Oder hatte Steinbronner gar nicht auf Kuttler geachtet, sondern auf die beiden Männer, die durch die untere Gartenpforte gekommen waren?

Berndorf kam mit Kuttler die Wiese herauf und auf die Veranda zu, und von der Seite her sah sie, dass Steinbronner schmale Augen bekam.

»Haben Sie sich verletzt?«, wollte Veesendonk von Kuttler wissen, gleichzeitig tauschte er einen Handschlag mit Berndorf. Kuttler sagte, er habe sich die Hände aufgeschürft, mehr sei nicht passiert. Berndorf nickte den anderen zu, auch ihr, auch Steinbronner.

»Warum kommst du über die Wiese?«, fragte der.

»Ihr habt die Straße zugeparkt«, antwortete Berndorf. »Deswegen haben wir den Uferweg genommen.«

»Und was willst du hier?«

»Geht dich das was an? Aber bitte. Ihr sucht diesen Schmuck. Und ich passe auf, dass du ihn nicht stiehlst.«

Steinbronner schüttelte den Kopf. »Wovon redest du?«

»Wenn ich Herrn Berndorf richtig verstehe«, schaltete sich Veesendonk ein, »dann will er uns daran erinnern, dass dieser Schmuck – wenn wir ihn denn finden – seinen rechtmäßigen Eigentümern zurückgegeben werden muss, deren Erben, genauer gesagt.«

»Gewiss doch«, antwortete Steinbronner. »Aber wieso redet er von Stehlen?«

»Weil der deutsche Staat das schon einmal versucht hat«, sagte Berndorf. »Er hat versucht, diesen Schmuck zu stehlen. Darum.«

Steinbronner zuckte die Achseln und drehte sich um, so dass er

Siegfried Ehret vor sich hatte, den unglücklichen Vater, der noch immer auf jemanden wartete, der seine Klagen anhören oder ihm einen Rat geben würde. Steinbronner nickte ihm aber nur zu und machte eine weitere Kehrtwendung, die Treppe hinab, und blieb abrupt stehen, als einer von Dorpats Beamten auf ihn zukam.

Der Mann hob grüßend die Hand und stellte sich vor. »Hummayer, Dezernat eins. Wir sollen diesen Komposthaufen auseinandernehmen. Aber da ist ein Problem.«

»Ein Problem?«, echote Steinbronner. »Macht man sich die Hände dabei schmutzig, oder wie?«

»Das ist es nicht«, sagte Hummayer würdig. »Unter dem Kompost liegt eine Ringelnatter, vermutlich noch im Winterschlaf...«

Steinbronner folgte Hummayer, der ihn an dichtem Gebüsch vorbei zu einer Stelle führte, wo auf blauen Plastikplanen verrottete Gartenabfälle und Rasenschnitt ausgebreitet waren. Um den Rest des fast völlig abgebauten Komposthaufens standen mehrere Männer, auf ihre Spaten gestützt. Zwischen verfaultem Laub lag zusammengerollt ein graublaues, kaum erkennbares Ding. Steinbronner hatte keine Lust, näher heranzugehen, er hatte Angst vor Schlangen, schon immer gehabt, eine tief sitzende, lähmende Angst.

»Wir haben sie im letzten Augenblick entdeckt«, sagte Hummayer. »Sie ist nicht verletzt, sondern wahrscheinlich noch in der Winterstarre... Was machen wir jetzt?«

»Und ein Säugling wird spielen am Loch der Otter, und ein entwöhntes Kind wird seine Hand stecken in die Höhle der Natter«, deklamierte eine Stimme. Sie gehörte dem dicken Menschen, der mit Berndorf in den Garten gekommen war und unversehens neben Steinbronner stand.

»Wer sind Sie?«, fragte der Kriminaldirektor, »was tun Sie hier und was ist das für ein blöder Spruch?«

»Jesaja elf, Vers acht«, kam die Antwort. »Übrigens: Walleter ist der Name, Wendel Walleter... die Ringelnatter steht unter Naturschutz, falls Sie es nicht wissen.«

»Das ist ja unser Problem«, meinte Hummayer.

»Wieso Problem?«, fragte Steinbronner zurück. »Rufen Sie beim Bund für Umwelt und Naturschutz an, da wird es einen Fachmann für Reptilien geben. Oder... Moment, muss eigentlich ich Sie daran erinnern, dass Sie hier in Ulm ein Terrarium haben? Wie heißt dieser Park? Die Au? Rufen Sie dort an und lassen Sie dieses Gewürm da abholen, und bis dahin decken Sie es meinetwegen wieder zu und sichern Sie diesen verdammten Komposthaufen...«

Grußlos wandte er sich ab und ging zum Haus zurück.

Niemand darf mit Fingern auf Sie zeigen«, sagte Veesendonk, »und wer es tut, der richtet sich selbst.«

Ehret, der die Gelegenheit genutzt hatte, den Richter in ein Gespräch zu ziehen, hörte ihm mit einer Miene zu, in der sich Trostlosigkeit und Enttäuschung mischten. Niemand konnte, niemand wollte ihm helfen, schien dieses Gesicht zu sagen.

»Aber die Zeitungen«, sagte er, »sie haben sogar unser Haus fotografiert und bei den Nachbarn nach Kinderfotos von Fiona gefragt.«

»Ich kann Ihnen nur raten«, sagte Veesendonk, »die Personalien dieser Leute festzustellen oder wenigstens die Nummernschilder zu notieren. Und dann reichen Sie Klage ein... Sonst können Sie nur warten, dass sich der Sturm legt.« Schöne Ratschläge gebe ich da, dachte Veesendonk. Diese Nachrichten- und Bilderjäger sind Freischaffende, und wenn es ernst wird, waschen die Verlage ihre Hände in geheuchelter Unschuld. Das Einzige, was hülfe, wäre ein Baseballschläger, um die Fotoapparate in Stücke zu schlagen und die Fressen dazu.

Was denke ich da!

Über den Rasen stapfte Steinbronner zur Veranda zurück. »Ringelnattern!«, sagte er grimmig, als er die Stufen hochstieg. »Warum geht hier nie etwas seinen geraden Weg?«

»Offenbar haben Sie noch nie eine Ringelnatter beobachtet«, sagte Veesendonk. »Die bewegen sich sehr zielgerichtet. Aber wieso beschäftigt Sie das?«

Steinbronner erklärte es ihm. Von draußen hörte man, dass ein Wagen hielt. Im leeren Haus hallten Schritte wider, dann öffnete sich die Tür zur Veranda, der Kriminalhauptkommissar Ivo Dorpat trat heraus und hielt die Tür für einen jungen athletischen Mann auf, der noch einen Trainingsanzug trug und dessen Gesicht gerötet war, vor Verlegenheit oder noch von der Anstrengung?

Er ist wirklich verlegen, dachte die Anwältin Elaine Drautz und unterdrückte ein Gefühl von Rührung oder was immer es war, was sie für die Dauer eines Augenblicks empfand.

»Sie sind Herr Lukas Freundschuh?«, fragte Veesendonk.

Der junge Mann nickte.

Veesendonk stellte zunächst sich vor, dann die übrigen Anwesenden, was die Anwältin dazu nützte, Lukas ein strahlendes Lächeln zu schenken, als habe sie ihm niemals vorgetäuscht, eine potentielle Mieterin zu sein. Der Richter bemühte sich, die Vorstellungsprozedur möglichst zwanglos abzuwickeln, doch die Anwältin sah, dass der junge Mann Qualen der Verlegenheit litt. Wusste er, ahnte er, wer zum Beispiel »der Herr Ehret« war und welches die Gründe seiner Anwesenheit waren?

»Wir danken Ihnen sehr«, fuhr Veesendonk dann fort, »dass Sie Herrn Dorpat hierher begleitet haben. Es geht um ein oder zwei Fragen, die Sie sicher sehr schnell beantworten können...«

»Vielleicht sollte ich besser...« Wolfgang Freundschuh, der Vater, hatte sich aus einer Ecke hervorgewagt, aber Veesendonk hob abwehrend die Hand, noch ehe Freundschuh mit seinem Satz zu Ende gekommen war.

»Von keiner dieser Fragen sollten Sie sich betroffen fühlen«, fuhr Veesendonk fort. »Wir sind hier alle erwachsen, und als Erwachsene wissen wir, dass Kinder und Jugendliche ihre eigene Welt schaffen und haben müssen, ihre eigenen großen und kleinen Geheimnisse, ihre Verstecke, und das manchmal ganz im wörtlichen Sinne.«

Der Richter deutete auf den Tisch, auf dem zwischen Stapeln von leeren Vogelnestern und solchen, die mit kleinen zerbrochenen Eierschalen verklebt waren, noch immer die Schuhschachtel mit den Illustrierten-Ausschnitten und der nackten Barbiepuppe lag. »Können Sie uns etwas zu dieser Schachtel sagen?«

Lukas Freundschuh starrte auf die Schachtel, das gerötete Gesicht wurde dunkelrot, er setzte zu einem Satz an und räusperte sich und brachte schließlich ein: »Nein, das hab ich noch nie gesehen« heraus. Als offenbar wenig geübter Lügner starrte er vor sich hin, die Anwältin registrierte – schon wieder fast gerührt –, dass selbst Lukas' Ohrmuscheln rot angelaufen waren.

»Schauen Sie es sich genau an«, fuhr Veesendonk fort. »Vielleicht sollte ich noch einmal hinzufügen, dass überhaupt nichts dabei ist, wenn ein Junge mit dreizehn oder vierzehn Jahren solche Ausschnitte sammelt.« Er zögerte etwas. »Es hat auch nichts zu sagen, wenn ein Junge in diesem Alter eine solche Puppe besitzt...«

Na, dachte Elaine, ich weiß nicht!

»Ich hab das nie gesehen«, sagte Lukas Freundschuh mit festerer Stimme. »Ich kann Ihnen nichts dazu sagen.«

Er wiederholt sich, dachte Elaine. *Er hat es nicht gesehen.* Das ist die Platte, die er aufgelegt hat, und etwas anderes werden wir von ihm nicht zu hören bekommen.

Auch Veesendonk schien eingesehen zu haben, dass er nicht weiterkam. »Gut«, sagte er. »Dann habe ich noch eine zweite Frage. Sie wird nicht unbedingt leicht zu beantworten sein, und Sie dürfen gerne einen Kalender oder andere Unterlagen zu Rate ziehen... Wie haben Sie den Nachmittag und vor allem den Abend vom zwölften Mai vergangenen Jahres verbracht? Das war ein Freitag.«

Lukas Freundschuh sah sich um, als suche er Hilfe, aber seinen Vater schien er dabei nicht zu sehen.

»Schluss jetzt«, sagte Wolfgang Freundschuh plötzlich, wie aus einer Erstarrung erwacht. »Sie können meinen Sohn nicht so überfallen, ich verlange, dass ein Anwalt eingeschaltet wird...«

»Wie Sie meinen«, sagte Veesendonk. »Aber Ihr Sohn ist volljährig, er kann selbst entscheiden. Nur würde ich jetzt doch vorschlagen« – er wandte sich an Dorpat –, »dass diese Angelegenheit im Neuen Bau weiterverfolgt wird. Dort kann gegebenenfalls ein Anwalt hinzugezogen werden, aber auf einer Aussage von Herrn Lukas Freundschuh muss ich bestehen. Sein Vater kann ihn selbstverständlich begleiten.«

Dorpat blickte fragend zu Steinbronner, der nickte, und Dorpat trat einen Schritt auf Lukas zu, die Hand erhoben, als wollte er sie dem jungen Mann auf den Arm legen. Vielleicht war der Schritt zu hastig, vielleicht mochte es der junge Mann nicht, dass man ihm die Hand auf den Arm legte, jedenfalls sprang er hoch, aus dem Stand, als hätte jemand eine enorme Stahlfeder losschnellen lassen, wirbelte durch die Luft, traf Dorpat mit dem Fuß unterhalb des Brustbeins, kam wieder auf den Füßen auf, rannte los, schlug einen Haken an Kuttler vorbei und gab ihm im Vorbeirennen noch einen Stoß, dass er gegen Steinbronner flog, und weg war er.

Das leere Wohnzimmer roch noch immer nach Farbe, eine einzelne Glühbirne warf ein unfreundliches Licht auf das frisch abgeschliffene Parkett. Steinbronner stand am Fenster und sah in die Dämmerung hinaus, Veesendonk und Desarts hatten sich von der Veranda zwei Campingstühle hereingeholt und saßen am Tapeziertisch. Sonst war niemand mehr im Raum. Die Leute vom Technischen Hilfswerk waren gegangen, ebenso die Anwälte, bald nach Lukas' Flucht, mit ihnen auch Siegfried Ehret, dieser mit einem merkwürdig scheuen Blick auf den anderen Vater: auf Wolfgang Freundschuh, der in einem der Streifenwagen mitgefahren war, vielleicht würde er helfen können, seinen Sohn wieder einzufangen oder zur Vernunft zu bringen, wie immer man das nennen wollte. Schließlich waren auch Berndorf und sein Begleiter Walleter gegangen, unaufgefordert, aber es war auch so zu merken gewesen, dass sie in die Gesellschaft der Amtspersonen nicht gehörten.

Niemand sprach.

Von Zeit zu Zeit holte Steinbronner sein Mobiltelefon heraus und warf einen Blick darauf, als sei längst eine SMS überfällig, die die Festnahme des jungen Freundschuh meldete. Aber vielleicht schaute er auch nur auf die Uhr.

»Tja«, sagte Desarts, »ich fürchte...« Er sprach den Satz nicht zu Ende, und niemand antwortete ihm.

Ein Wagen näherte sich und hielt. Steinbronner schniefte.

Ein Mann kam durch das Haus und betrat, ohne zu klopfen, das Wohnzimmer. Es war Kuttler.

»Haben Sie ihn?«, fragte Steinbronner.

»Nein.«

»Natürlich nicht«, sagte Steinbronner.

»Weiter unterhalb führt ein Steg über die Blau«, berichtete Kuttler, »den hat er genommen und ist bis zum Einkaufszentrum auf der anderen Seite gelaufen. Dort hat er einem Jungen das Rad abgenommen und ist weg.«

»Wieso weg?«, wollte Steinbronner wissen. »Sie waren mit drei Einsatzfahrzeugen hinter ihm her. Waren das vielleicht Kett-Cars?«

»Nein«, antwortete Kuttler. »Aber der Zug kam.«

»Bitte?«

»In Blaustein gibt es noch immer keine Bahnunterführung«, erklärte Veesendonk. »Nur zwei Übergänge mit Schranken. Die Wartezeiten können ganz erheblich sein.«

Kuttler nickte Veesendonk zu und stutzte. Wie immer hatte der Richter in freundlichem, sachlichem Ton gesprochen. Dennoch schwang in der Stimme ein Anflug von Zorn oder Unwillen mit, und in dem Licht der einen Glühbirne schienen sich die Haare des Richters wieder zu sträuben, im Gerichtssaal war Kuttler das schon einmal aufgefallen. Und auf einmal erinnerte ihn der Richter an jemand anderen, genauer: an ein Bild von jemand anderem...

Steinbronner hatte sich abgewandt, und Kuttler kam sich überflüssig vor. Er räusperte sich und sagte, er wolle jetzt das Gelände südlich der Bahnlinie abfahren und auch die Radwege und kleinen Pfade. »Nur wird die Sicht allmählich schlecht.«

»Fahren Sie mit Gott«, sagte Steinbronner, »aber fahren Sie!«

Kuttler ging, und Steinbronner packte einen der zusammengeklappten Campingstühle, die an der Wand lehnten, faltete ihn auseinander und setzte sich zu den beiden anderen Männern an den Tapeziertisch.

»Ich denke, wir werden den ganz großen Hammer herausholen«, sagte er und sah Veesendonk an. »Großfahndung, Hundestaffel. Morgen vielleicht auch noch Hubschrauber.«

»Sie vergeuden damit nur Steuergeld«, sagte Veesendonk. »Im schlimmsten Fall verbiestern Sie den jungen Mann noch mehr.«

»Ach!«, rief Steinbronner. »War das vielleicht ich, der den jungen Mann so zartfühlend einvernommen hat, dass er gleich davongelaufen ist?«

»Diese Reaktion war sicher nicht vorhersehbar«, mischte sich Desarts ein.

»Seien Sie doch still«, fuhr ihn Steinbronner an. »Dieses ganze Verfahren ist der Ulmer Staatsanwaltschaft doch entglitten wie ein Stück Seife!«

Desarts wollte sagen, dass er sich diesen Ton verbitte, aber Steinbronner sah ihn nur grimmig an, und so ließ er es bleiben.

»Durchaus möglich, dass ich überzogen habe«, sagte Veesendonk. »Ich hätte ihn nicht vor dieser versammelten Mannschaft befragen dürfen.«

»Nun ja«, meinte Steinbronner, beugte sich vor und sah den Richter aus blutunterlaufenen Augen an. »Auf der anderen Seite ist es doch gar nicht schlecht gelaufen. Nicht für Sie, meinen Sie nicht?«

Veesendonk gab den Blick zurück, mit einer – wie es schien – höflichen, interessierten Miene. »Sie erklären mir sicher, was Sie damit meinen?«

»Ja, was mein ich wohl damit!«, antwortete der Kriminaldirektor. »Da haben wir einen Kampfsportkünstler, der sitzt in U-Haft, und jetzt haben wir noch einen zweiten, der prügelt sich den Weg frei und ist auf und davon. Wer fragt da noch, wen die totgeschlagene Frau eigentlich alles in ihrem telefonischen Adressbuch geführt hat? Niemand fragt danach, ist es nicht so, Herr Vorsitzender Richter Veesendonk?«

Veesendonk hob die Augenbrauen. »Falls Sie darauf anspielen wollen...«, sagte er, aber bevor er weitersprechen konnte, klopfte es an die Tür und Steinbronners Fahrer kam herein.

»Entschuldigung«, sagte er und suchte Steinbronners Blick, »aber da ist ein Gespräch für Sie aufgelaufen, und das soll ich nicht auf Ihr Handy legen...«

Steinbronner stand auf. »Sie entschuldigen mich, ich komme gleich wieder.«

Als er an seinem Fahrer vorbeikam, der ihm die Tür aufhielt, fragte er mit gedämpfter Stimme: »Wer?«

»Staatskanzlei«, flüsterte der Fahrer.

Der Daimler war in einer Haltebucht abgestellt worden; Elaine parkte ihren Roadster dahinter, stieg aus und ging nach vorne, wo Berndorf und Walleter standen. Von ihrem Platz aus hatte sie einen Blick hinunter auf das Tal, durch das sich ein dunkles Band zog und links und rechts davon ein Netz von Lichtern. Straßenlärm drang herauf, das ferne, hohe Jaulen eines Martinshorns war zu hören, ein zuckendes Blaulicht bahnte sich seinen Weg, ein zweites folgte.

»Die fahren Richtung Süden, zum Hochsträß also«, sagte Walleter.

»Er muss sie am Bahnübergang abgeschüttelt haben«, meinte Berndorf.

»Warum dort?«

»Weil sie glauben, dass er auf dieser Seite der Bahnlinie ist.«

»Was bedeutet das für uns?«, fragte Elaine.

»Dass wir dort suchen, wo die da unten es nicht tun«, antwortete er. »Falls du mitkommen willst. Die Chance auf einen Treffer ist eins zu hundert.«

»Das ist besser als in der Klassenlotterie«, meinte Elaine. Sie kehrten zu ihren Fahrzeugen zurück, der Daimler wendete und fuhr zurück ins Tal, in die kleine Stadt, Elaine folgte.

Der Daimler blieb eine Weile auf der Hauptstraße, dann setzte er unerwartet Blinker und bog nach rechts ab, eine Anhöhe hinauf, fuhr weiter durch ein Wohngebiet und in ein von bewaldeten Anhöhen gesäumtes Seitental.

Berndorf vermutet den jungen Mann also hier, dachte Elaine, und das allein aus dem kühlen Grunde, weil die Blaulichter in die andere Richtung, nach Süden, ausgeschwärmt waren? Sehr kühne Schlussfolgerung!

Die Scheinwerfer der beiden Autos streiften über Wiesen mit einzelnen Baumgruppen, die zu einem kleinen mäandernden Fluss gehörten. Felsen tauchten auf und verschwanden, in einem Gehöft brannte ein einzelnes Licht, zwei oder drei andere Häuser kamen in Sicht, dazu eine Kirche mit viereckigem Turm, der Daimler zog um eine Kurve und hielt auf dem Parkplatz einer beleuchteten Gastwirtschaft. Gehorsam folgte Elaine und parkte neben dem Daimler ein. Bevor sie den Motor abstellte, warf sie einen Blick auf den Tacho. Sie waren fünf, vielleicht sechs Kilometer gefahren, nicht mehr.

»Ich möchte mich hier umsehen«, sagte Berndorf, als sie ausgestiegen war, »das kann aber dauern. Und Walleter muss etwas essen, sonst fällt er vom Fleisch...«

Elaine entschied, dass sie keinen Hunger hatte. »Wo sind wir hier und wohin führt diese Straße überhaupt?«, fragte sie.

»Wir sind in Lautern, und die Straße geht nirgendwohin, nur bis hierher«, antwortete Berndorf. Walleter kam heran und reichte Berndorf eine Stablampe. »Damit Sie nicht unter Leute geraten, die da verlassen die rechte Bahn und gehen finstere Wege«, sagte er.

Er werde sich Mühe geben, antwortete Berndorf. »In einer oder anderthalb Stunden sollten wir zurück sein.«

Sie trennten sich, Walleter ging zu dem Gasthof, Berndorf und Elaine nahmen den Fußweg, der unter Bäumen an dem kleinen Fluss vorbeiführte, von dem Berndorf sagte, dass es die Kleine Lauter sei. Ein Hund verbellte das Paar, dann schienen sie bereits wieder aus dem Dorf heraus zu sein, das Tal wurde enger und weitete sich noch einmal, dunkel lag ein lang gestrecktes Anwesen vor ihnen. Über einen von einzelnen Bäumen bestandenen Hof, der mit Kies aufgeschüttet war, führte Berndorf die Anwältin zu einer Steintreppe, sie stiegen hoch, vor ihnen ragte eine steile Felswand, Wasser rauschte, hoch über ihnen riss die Wolkendecke auf, und ein halber Mond spiegelte sich im Quelltopf, der unmittelbar zu Füßen der Felswand entsprungen schien. Berndorf ließ den Lichtkegel der Lampe über Gestein und Ufermauer wandern. Niemand schrak auf.

»Warum?«, flüsterte die Anwältin und hängte sich bei ihm ein.

»Es gibt viele Motive«, antwortete Berndorf und schaltete die Lampe aus. »Hier an der Blau und im Kleinen Lautertal. Hat Lukas gesagt.«

Sie verließen den Quelltopf und gingen über den gekiesten Hof zurück auf die Straße, folgten ihr ein Stück weit in den Wald und stiegen dann einen Weg hoch, der noch tiefer in die Dunkelheit zu führen schien. Elaine wollte sagen, dass am Gasthof von einer Nachtwanderung eigentlich nicht die Rede gewesen sei, aber sie merkte, dass Berndorf mit Vorsatz schwieg und nicht reden wollte. So sagte sie nichts.

Unvermittelt blieb Berndorf stehen. Der Weg war feucht und modrig geworden, er schaltete die Lampe ein, vor ihnen wurde ein Pfad sichtbar, der steil nach oben führte. Aber davor sah man im Erdreich tief eingeprägt den Abdruck eines Schuhes, Berndorf bückte sich und leuchtete ihn aus.

»Wir sind hier an der Ruine Lautern«, sagte er dann mit einer ganz normalen Stimme, die gleichwohl durch die Stille der Nacht brach, »der Burgherr hat von den drei oder vier Mühlen im Tal gelebt, und irgendwann war Paracelsus zu Gast. Steht auf einem Schild, das hier herumhängt.«

»Du willst mich aber bitte nicht hier hinaufschleppen«, antwortete sie, »Burgruinen finde ich überhaupt nicht romantisch, und immer riecht es dort nach Pipi.«

»Wie du meinst«, antwortete Berndorf. »Obwohl es hier nicht einmal ein Gemäuer hat, in dem es nach was auch immer riechen könnte. Da sind nur Mauerreste und Vorsprünge, und dann geht es auch schon runter.«

»Und man bricht sich den Hals«, meinte Elaine. »Reizend.«

»Nein«, meinte Berndorf, »so tief geht es nun auch wieder nicht hinunter, die Beine kann man sich vielleicht brechen oder sich eine Querschnittslähmung einhandeln, aber mehr ist da nicht. Hören Sie das, Lukas?« Plötzlich hatte er die Stimme erhoben und richtete das Licht der Taschenlampe erst auf sich, dann auf die Anwältin. »Sie kennen uns doch – ich bin der alte Mann mit der jungen Frau, sie haben uns vom Fotografieren erzählt und von den Seitentälern der Blau, erinnern Sie sich?«

Er schaltete die Lampe wieder aus und wartete, aber der Wald schwieg.

»Sie haben die Polizei abgehängt, die fährt im Hochsträß herum, und von uns haben Sie nichts zu befürchten. Sie müssen mir nicht einmal in den Bauch treten, so ungefährlich bin ich. Warum sollen wir nicht miteinander reden?«

Stille.

»Das wird so nichts«, sagte die Anwältin, nahm die Lampe und schaltete sie ein. »Ich komme jetzt zu Ihnen, Lukas, und wenn ich dabei ausrutsche und runterfalle und mir das Rückgrat breche, dann sind Sie schuld!« Der Lichtkegel beleuchtete den Pfad, den sie hochstieg oder hochzusteigen versuchte, aber der Pfad war nicht für Pumps geschaffen, einer davon blieb stecken und glitt von ihrem Fuß, sie trat barfuß auf und knickte mit einem leisen, kaum hörbaren »Autsch!« zur Seite und in das Gesträuch, das den Weg zu beiden Seiten überwucherte.

Berndorf fluchte und kletterte nach oben und rutschte selbst zwei Mal aus, ehe er auch nur den Schuh der Anwältin gefunden hatte. Die hockte neben dem Weg, vor ihr kniete ein junger Mann im Trainingsanzug und untersuchte im Schein der Stablampe Elaines Fuß.

»Sie sind in eine Brombeerranke getreten«, sagte Lukas Freundschuh, »aber warten Sie einen Augenblick...« Er sah zu Berndorf hoch. »Könnten Sie mal kurz die Lampe halten?«

Berndorf nickte und beleuchtete Elaines Fuß, während Lukas einen Dorn aus der Sohle zu ziehen versuchte. Aber seine Fingernägel waren zu kurz geschnitten, und so beugte er sich mit dem Kopf zur Fußsohle und begann, den Dorn herauszusaugen.

»Autsch!«, sagte die Anwältin und lag dabei halb im Unterholz, das Bein mit der verletzten Fußsohle etwas angehoben. Lukas richtete sich auf und spuckte etwas aus. Gemeinsam untersuchten er und Berndorf die Wunde, aber es schien nichts zurückgeblieben zu sein.

»Der Dorn müsste draußen sein... Wirklich, Sie sollten hier nicht barfuß herumlaufen.«

»Ich bin nicht barfuß herumgelaufen, Lukas, ich habe meinen Schuh verloren, aber sonst finde ich Sie sehr, sehr hilfsbereit, wirklich, und es tut auch fast nicht mehr weh...«

»Hier«, sagte Berndorf und reichte ihr den Schuh.

»Danke.« Sie zog ihn sich vorsichtig an, blieb aber sitzen und sah zu Lukas auf, in der Dunkelheit waren weder Blick noch Gesichtsausdruck zu erkennen. »Nachdem wir uns jetzt glücklich gefunden haben, könnten wir uns eigentlich ein bisschen unterhalten, oder müssen Sie jetzt gleich wieder davonlaufen?«

»Ich weiß nicht, was Sie von mir wollen«, antwortete der junge Mann abweisend.

»Als wir uns das erste Mal begegnet sind, wollten Sie eine Ringelnatter beobachten«, meinte Berndorf. »Jedenfalls sagten Sie so etwas. In Wirklichkeit, nicht wahr, haben Sie nach dem Schmuck gesucht?«

»Ich glaub nicht, dass ich das gesagt hab«, antwortete Lukas. »Aber Sie – Sie haben behauptet, Sie wollten das Haus mieten.«

»Das war gelogen«, sagte die Anwältin, »und wir bitten deshalb um Entschuldigung. Doch das mit der Ringelnatter habe ich auch so in Erinnerung.«

»Wissen Sie«, fuhr Berndorf fort, »wenn Sie nach dem Schmuck gesucht haben, dann bedeutet das, dass Sie es nicht waren, der ihn versteckt hat. Aber es bedeutet auch, dass Sie eine Idee hatten, wer den Schmuck wo versteckt haben könnte... das hätte dann jemand sein müssen, der sich in dem Haus und in dem Garten ebenso gut auskennt wie Sie oder vielleicht noch besser...«

»Hören Sie auf!«, sagte Lukas.

»Ist es so, wie er sagt?«, fragte Elaine. »Natürlich können Sie vor uns ebenso davonlaufen wie vor der Polizei, vor mir sogar besonders gut, wie ich fürchte. Aber diese Frage – die werden Sie nicht abhängen können.«

Lukas schwieg. Berndorf hockte sich rechts neben Elaine an den Wegrand, sie sah zu Lukas hoch und klopfte auffordernd auf die Stelle links neben sich. Der junge Mann schien es in der Dunkelheit nicht wahrzunehmen oder tat vielleicht auch nur so, denn plötzlich ließ er sich neben ihr nieder, wenn auch mit einigem Abstand. Sie griff nach seinem Arm und zog ihn zu sich her. »Überhaupt müssen Sie vor mir nicht davonlaufen, ich beiß nicht«, sagte sie, »wir sind auch nicht in einem Vampirfilm, obwohl manches so aussieht, und die paar dämlichen Illustriertenbilder – geschenkt! Wenn Sie wollen, besorg ich Ihnen da noch ganz andere Sachen...«

Dann hörte sie auf zu reden, auch sonst sagte niemand ein Wort, und über den Baumwipfeln raste der halbe Mond durchs Lautertal.

»Wie geht das noch mal?«, sagte die Anwältin nach einer Weile: »*Der Abend wiegte schon die Erde / und an den Bergen hing die Nacht / Schon stand im Nebelkleid die Eiche / Ein aufgetürmter Riese da / Wo Finsternis aus dem Gesträuche / Mit hundert schwarzen Augen sah...* Kennen Sie das, Lukas?«

Von der linken Seite kam zögernd ein undeutliches »Nein, weiß nicht...«

»Sollten Sie aber«, meinte die Anwältin. »Junge Männer sollten so etwas kennen. Es ist ein Liebesgedicht.«

»Kaum«, widersprach Berndorf. »In Wahrheit ist es ein Gedicht über einen jungen Mann, der ganz schnell wieder das Weite sucht.«

»Bist du denn jetzt gefragt?«, wollte Elaine wissen.

Berndorf antwortete nichts, und wieder breitete sich Schweigen aus. Doch dann fragte die Anwältin, wie lange sie noch in diesem Wald bleiben würden. »Allmählich wird mir kalt.«

»Es gibt zwei Möglichkeiten«, sagte Berndorf. »Wir warten, bis Lukas uns sagt, warum er nach dem Schmuck gesucht hat.

Oder wir warten nicht, sondern suchen dort, wo weder er noch sonst jemand es bisher versucht hat...«

»Wo soll das geschehen, und vor allem: wann?«, fragte Elaine.

»Wenn wir Lukas daran beteiligen wollen, müssen wir es noch heute Nacht tun«, antwortete Berndorf. »Morgen muss er entweder wieder vor der Polizei davonlaufen, oder er muss mit ihr reden. Zu etwas anderem wird er nicht kommen.«

»Mag sein. Und wo, bitte, sollen wir suchen?«

»Auf dem Friedhof.«

»Bitte?«

»Kuttler hat mich draufgebracht«, erklärte Berndorf. »Er sei hoffentlich nicht auf dem Friedhof gelandet, hat er gesagt. Das ist so ein Wort, und plötzlich verfängt man sich darin... Was suchen wir? Wir suchen diesen Schmuck. Und wir denken, dass er etwas mit dem Haus zu tun hat... Aber ist der Ring wirklich mit dem Haus verbunden oder doch nicht eher mit der Person von Marianne Gaspard? Also müssen wir wo suchen?«

»Meinst du nicht«, sagte die Anwältin, »dass wir uns alle inzwischen genug zum Narren gemacht haben? Da müssen wir uns jetzt nicht auch noch zur Geisterstunde auf dem Friedhof einstellen.«

»Ich hätte gerne«, antwortete Berndorf, »dass Lukas uns das Grab seiner Großmutter zeigt.« Er beugte sich vor und suchte den Blick des jungen Mannes. »Ich weiß, das klingt merkwürdig, aber wenn Sie es uns gezeigt haben, lassen wir Sie in Ruhe und bringen Sie, wohin Sie wollen – nach Hause oder zu einem Freund oder zu einer Freundin...«

»Meine Großmutter hat kein eigenes Grab«, antwortete Lukas. »Die ist verbrannt worden.«

»Und die Urne mit der Asche – wo befindet sich die?«

»Die ist im Grab von meinem Großvater.« Selbst in der Dunkelheit sah man, dass er die Achseln zuckte. »Das klingt vielleicht blöd, weil – dann hätte man sie ja genauso gut so dazulegen können. Aber sie hat nun einmal verbrannt werden wollen.«

Die Deckenlampen tauchten die schweren schwarzen Eichenmöbel in ein Licht, das auf die Augenlider drückte. Wieder, wie am Morgen, war Kuttler eingetreten, ohne anzuklopfen; Steinbronner saß schweigend da, wartend oder über seinen Notizen brütend, einen Bleistiftstummel in der Hand.

»Setzen Sie sich«, sagte er, ohne aufzublicken. »Dieses Bürschchen haben Sie noch immer nicht gefunden?«

»Nein«, sagte Kuttler. »Gefunden haben wir nur das Fahrrad. Er hat es gleich am nächsten Bahnübergang stehen gelassen...«

»Und ist auf der anderen Seite davongelaufen, dort, wo wir nicht gesucht haben«, fiel ihm Steinbronner ins Wort. »Er hat uns vorgeführt.« Er blickte auf. »Dazu gehören immer zwei. Einer, der es tut, und einer, der es mit sich machen lässt. Aber deswegen habe ich Sie nicht gerufen.« Er schien sich wieder in die Notizen zu vertiefen, die vor ihm lagen. »Heute Morgen habe ich Sie gefragt, ob Sie sich eigentlich die Anruf- und Adressenlisten dieses Mobiltelefons angesehen haben, bevor Sie's an die Kriminaltechnik zur Untersuchung weitergaben. Ich glaube, die Frage haben Sie mir immer noch nicht beantwortet.«

»So hatten Sie die Frage nicht formuliert«, wich Kuttler aus.

»Weichen Sie mir nicht aus«, sagte Steinbronner mit einer Stimme, die plötzlich ganz leise und bedrohlich geworden war. »Haben Sie oder haben Sie nicht?«

»Ich hab das Gerät eingeschaltet«, antwortete Kuttler, »nur um zu sehen, ob da überhaupt noch ein Chip drin ist.«

»Nur um zu sehen!«, wiederholte Steinbronner, »Herrgott noch mal! Und wenn jemand eine Bombe hineingepackt hätte, dann hätte es Ihnen den Kopf abgerissen wie nichts... nun ja, einen besonders wichtigen Körperteil hätten Sie nicht eingebüßt.«

»Ich hatte darauf gewartet, dass mir dieses Handy...«, versuchte Kuttler zu erklären, aber Steinbronner machte nur eine ärgerliche Handbewegung, und so schwieg er.

»Was ich wissen will«, sagte der Kriminaldirektor. »Was genau haben Sie sich angesehen? Anruflisten? Elektronisches Telefonbuch?«

»Kann sein, dass ich da einen Blick daraufgeworfen hab...«, antwortete Kuttler zaghaft.

»Einen Blick darauf geworfen! Menschenskind, wissen Sie, dass Sie sich um Kopf und Kragen reden?«

Kuttler schüttelte den Kopf. »Ich weiß nicht, was Sie meinen.«

Steinbronner sah ihn an, mit einem Blick, der fast mitleidig schien. »Sie haben doch neuerdings so Ihre ganz eigenen Fährten, Ihren ganz eigenen Verdacht?« Steinbronner lehnte sich zurück. »Wie kommt das?«

»Ich bin nur Fragen nachgegangen, die meiner Ansicht nach nicht ausreichend beantwortet sind«, antwortete Kuttler und versuchte, möglichst gerade auf seinem unbequemen Eichenstuhl zu sitzen, mit durchgedrücktem Rücken. »Das betrifft sowohl...«

»Sie haben sich die Nummern notiert?«

»Nein, hab ich nicht.«

»Auch keine Nummer mit dem Kürzel ›ved‹? Oder eine mit der Vorwahl von Salzgitter?«

Kuttler schüttelte den Kopf.

Steinbronner wartete, einen wachsamen Blick auf Kuttler gerichtet. Der gab den Blick zurück und versuchte, nicht an den Zettel in seiner Brieftasche zu denken, auf dem er zwei Telefonnummern vermerkt hatte. Die von »ved« mit dem Anschluss im Ulmer Justizgebäude. Und die von Egbert, dem Herrn vom Bundesamt für Strahlenschutz. Das musste sich wohl in Salzgitter befinden, wenn er Steinbronners Frage richtig deutete.

»Na gut«, sagte Steinbronner schließlich. »Was schieflaufen kann, läuft irgendwann auch schief. Übrigens sprechen wir immer noch von dem Handy, das Ihnen zugespielt wurde. Leider sind durch ein technisches Versehen die in dem elektronischen Verzeichnis gespeicherten Daten gelöscht worden. Ich bedauere das sehr, wirklich.« Wie zur Bekräftigung hieb er mit dem stumpfen Ende des Bleistiftstummels auf die Akten, die vor ihm lagen. »Und die Gespräche, die von diesem fraglichen Mobiltelefon aus geführt wurden, liegen zeitlich so weit zurück, dass die Verbindungsdaten nicht mehr rekonstruiert werden können. Sehr schade, wirklich.« Angewidert legte er den Stummel zur Seite und nahm wieder Kuttler ins Visier. »Sie wollen jetzt bitte eine dienstliche Erklärung abgeben, was Sie genau mit dem Ihnen zugesandten Mobiltelefon gemacht und welche Informationen Sie ihm entnommen haben. Das ist – nein, das ist nicht alles.«

Plötzlich wirkte er erschöpft. Er nahm seine Brille ab und fuhr sich mit der Hand über die Augen. »Ganz persönlich und unter vier Augen darf ich Ihnen noch einen Ratschlag geben, den Sie bei der Niederschrift Ihrer Erklärung berücksichtigen können oder auch nicht. Es liegt ganz bei Ihnen. Dieser Ratschlag lautet: Falls Sie Daten angeben, etwa über irgendwelche Gesprächspartner, die von diesem Mobiltelefon aus angerufen worden sein könnten, dann beachten Sie bitte, dass Sie diese Angaben auch belegen müssen. Ihre bloße Erinnerung, selbst handschriftliche Notizen, werden in diesem Fall nicht genügen.«

»Das verstehe ich nicht«, wandte Kuttler ein.

»Ich denke, Sie haben gar keine Aufzeichnungen gemacht?«, fragte Steinbronner zurück. »Aber egal. Stellen Sie sich einmal vor, Sie behaupten, irgendjemand oder noch besser: ein Herr Egbert Müllermeier aus... sagen wir mal: aus Salzgitter sei von diesem Ihnen zugesandten Mobiltelefon aus angerufen worden. Was geschieht, wenn dieser Herr Müllermeier das abstreitet und einen Nachweis sehen will? Dann können Sie sich nicht hinstellen und erklären, das Elektronische Telefonbuch dieses Handys sei zwar leider gelöscht worden, Sie jedoch hätten in weiser Voraussicht exakt diese eine Nummer daraus abgeschrieben. Das können Sie vielleicht behaupten, wenn der Herr Egbert Müllermeier ein Fliesenleger oder ein Handlungsreisender oder sonst ein kleiner, unbedeutender, furzender Steuerzahler ist: Dann allerdings kann es sein, dass Sie damit durchkommen. Aber wie sieht es aus, wenn der Herr Müllermeier oder vielmehr: wenn seine Freunde Ihnen plötzlich mit fünf hochbezahlten Anwälten auf den Leib rücken? Niemals kommen Sie damit durch, vor keinem Gericht in diesem Land, die fünf Anwälte zerreißen Sie in der Luft... diese eine Nummer haben Sie notiert, ja? Da waren keine anderen, wie? Diese eine war Ihnen eben aufgefallen, ach! Und dann haben Sie die Liste mit den übrigen Namen gelöscht, wie? Nein, das haben nicht Sie getan? Als Sie mit dem Gerät hantiert haben, dann nur, um eben diese eine Nummer in Erfahrung zu bringen, wirklich?... so ungefähr.«

Steinbronner schwieg und hatte den Kopf wieder über seine Aufzeichnungen gesenkt. Unter dem weißlichen Strahlenkranz seiner spärlichen, kurz geschnittenen Haare schimmerte rosig die Kopfhaut.

»Also...«, setzte Kuttler an und räusperte sich.

»Sind Sie noch immer da?«, fragte Steinbronner und machte eine Handbewegung, die zur Tür zeigte. Kuttler stand auf und ging, aber als er an der Tür war und schon die Klinke in der Hand hatte, holte ihn Steinbronners Stimme wieder ein.

»Da ist doch noch dieser Fall Eisholm...«

»Ja?«, fragte Kuttler und drehte sich um.

»Sehe ich das richtig – haben wir als Hinweis auf ein Fremdverschulden nur die Aussagen dieses Lokführers?«

»Ich kann jetzt nicht für die Kollegen sprechen«, antwortete Kuttler zögernd. »Immerhin gibt es dieses Phantombild...«

»Dieses Phantombild ist ein Witz«, unterbrach ihn Steinbronner. »Sonst hätten Sie schon längst in Schussenried nachfragen müssen, ob denen dort ein Dr. Frankenstein entsprungen ist... Was ist mit diesen Tabletten – die haben doch Sie in Eisholms Hotelzimmer gefunden?«

»Eisholm litt an Depressionen«, sagte Kuttler. »Dr. Drautz meinte aber, er habe das unter Kontrolle gehabt...«

»Elaine Drautz meint das!« Steinbronner packte den Bleistiftstummel, als wolle er ihn nach Kuttler werfen. Plötzlich sprach er weiter, mit einer fast sanften Stimme. »Nun gut. Wenn Frau Drautz das meint, ist ja alles paletti, dann glauben wir das und brauchen auch gar nicht mit Eisholms Seelenklempner zu reden... Aber zurück zu diesem Lokführer. Wie genau hat dieser Zeuge gesehen, was er da gesehen haben will?«

Erneut zögerte Kuttler. Wieder spürte er den Griff, mit dem Dorpat sein Handgelenk gepackt und ihn vorgeführt hatte. »Er sagte wohl, es habe nicht so ausgesehen, als sei der Mann – also Eisholm – freiwillig vor den Zug gesprungen...«

»Ah ja? Der Mann ist also Experte dafür, wie es aussieht, wenn einer freiwillig vor den Zug springt?«

»Er wollte sich nicht festlegen«, meinte Kuttler. »Er war nur sicher, dass er keinen zweiten Mann gesehen hat. Ein Kollege vom LKA hat daraus abgeleitet...«

»Abgeleitet hat er?«, fiel ihm Steinbronner ins Wort, »na wunderbar. Sagen Sie mal, Kollege – wundert es Sie eigentlich noch, dass Sie bisher keinen ernsthaft Tatverdächtigen gefunden haben?«

»Jetzt kann ich Ihnen nicht ganz folgen...«

»Menschenskind, Kuttler! Wenn der Lokführer sagt, er habe keinen zweiten Mann gesehen, dann könnten sogar Sie und Ihre Kollegen – die vom LKA eingeschlossen – doch irgendwann einmal auf den Gedanken kommen, dass es einen solchen zweiten Mann vielleicht gar nicht gegeben hat.« Steinbronner wandte sich wieder seinen Papieren zu. »Sie werden deshalb morgen diesen Lokführer noch einmal einvernehmen, und zwar so, dass im Protokoll das – und nur das! – steht, was der Mann auch wirklich gesehen hat. Und wenn Sie das protokolliert haben, dann reden Sie gefälligst mit dem Doktor, der dem Eisholm seine Psychopillen verschrieben hat... Und jetzt gehen Sie in drei Teufels Namen, aber gehen Sie!«

Wolken rissen auf, und der Mond warf sein kalkiges Licht auf eine niedrige Mauer, in die ein Tor mit einem schmiedeeisernen Gitter eingelassen war. Elaine hatte sich bei Berndorf eingehängt, noch immer tat ihr der eine Fuß weh, bei jedem Schritt spürte sie die verletzte Sohle, so sehr, dass sie – als sie von der Ruine herabgestiegen waren – Berndorf gebeten hatte, den Roadster zu fahren. Es war lange her, dass ein Mann oder überhaupt irgendjemand diese Ehre gehabt hatte...

Berndorf blieb stehen, auch Lukas, der ihnen gehorsam folgte, als sei er mittlerweile schon dankbar dafür, dass wenigstens irgendjemand zu wissen schien, was zu tun war. Walleter trat an ihnen vorbei auf das Tor zu, eine Werkzeugtasche in der Hand, schweigend, mit bedächtiger Würde, stellte die Tasche ab, holte einen Bund Dietriche heraus und begann, einen Dietrich nach dem anderen an dem Torschloss auszuprobieren.

»An der Seite muss noch ein anderer Eingang sein«, flüsterte Lukas. »Kann sein, dass der gar nicht abgeschlossen wird...«

Elaine nickte und lächelte ihm zu, vielleicht auch nur, um ihm zu zeigen, dass sie ihn sehr tapfer fand. Ganz bestimmt fror er in seinem nassgeschwitzten Trainingsanzug, denn bis zu seinem Versteck in der Ruine musste er mehrere Kilometer gerannt sein.

Mit leisem Klicken schloss Walleter das Tor auf und schob den einen Torflügel zurück. Berndorf und Elaine blickten auf Lukas, der nickte und ging voran, die anderen folgten, und Walleter schob das Tor wieder zu. Links von ihnen sah Elaine ein Bauwerk, das an einem anderen Ort eine Konzertmuschel hätte abgeben können, hier war es wohl die Aussegnungshalle. Rechts lagen die ersten Gräber, und das Mondlicht war so hell, dass die Grabsteine Schatten warfen.

Lukas schritt zügig aus, so dass Elaine Mühe hatte, an Berndorfs Arm mitzuhumpeln.

»Etwas langsamer«, bat sie.

Lukas verlangsamte den Schritt. »Wir sind gleich da«, sagte er und schlug einen gekiesten Seitenweg ein, der in den älteren Teil des Friedhofs führte. Vor ihnen erhob sich ein Findlingsstein, Lukas blieb stehen, schaltete die Stablampe ein und leuchtete die Inschrift an, sie waren am Grab von Otto und Marianne Gaspard angekommen.

»Nett«, sagte Elaine und sah sich um. Das Grab neben dem der Gaspards besaß eine solid gemauerte Einfriedung, so löste sie ihren Arm von dem Berndorfs und setzte sich darauf. Sie warf einen Blick zur Seite, auf einen Grabstein mit hochragendem steinernem Kreuz, und erbat sich von Lukas die Stablampe. Sie richtete den Lichtstrahl darauf, eine Carmen Ott ruhte hier, 1941 bis 1992, richtig alt bist du ja nicht geworden, dachte sie, aber sitzen darf ich doch bei dir, wir Mädchen tun uns nichts.

»Machst du bitte die Lampe wieder aus?«, bat Berndorf. »Vorerst muss es so gehen.«

Walleter holte aus seiner Werkzeugkiste eine Art Stab, der sich zu einer langen dünnen Stahlrute auseinanderziehen ließ, reichte ihn Berndorf und nickte ihm zu. »Ich schau mal, wo ich eine Schaufel find«, sagte er noch und ging den gekiesten Weg zurück, den Bund mit den Dietrichen in der Hand.

Berndorf wandte sich an Lukas und wollte wissen, wo ungefähr die Urne beigesetzt worden war. Lukas näherte sich – etwas widerstrebend, wie es schien – dem Grabstein. »Hier unten«, sagte er, fast flüsternd, und deutete auf die Kopfseite des Grabs.

Berndorf stellte sich neben den Grabstein, stocherte die Stahlrute ins Erdreich und drückte sie nach unten. Die Anwältin sah ihm zu, das Erdreich war offenbar locker, denn die Sonde ließ sich tief ins Grab versenken, so tief, dass Berndorf sich dabei niederkniete. Für einen Augenblick verstärkte sich die Dunkelheit, Elaine blickte nach oben, eine Wolke hatte sich über den halben Mond geschoben, plötzlich schien das Grabkreuz der Carmen Ott drohend über Elaine in den Himmel zu ragen. Altes Mädchen, du wirst doch nicht! Sie stand hastig auf, so hastig, dass sie fast wieder eingeknickt wäre.

»Nein«, sagte Berndorf, schüttelte den Kopf und zog die Sonde langsam wieder heraus, um dann plötzlich innezuhalten. Von jenseits der Friedhofsmauer kläffte ein Hund, das Kläffen brach ab, offenbar durch einen heftigen Ruck an der Leine abgewürgt. »Hallo?«, rief eine Menschenstimme, »ist da jemand?«

Berndorf ließ die Hand sinken, die die Sonde hielt, und blieb einfach stehen. Die Stimme draußen, nun schon wieder gedämpfter, sagte ein: »Nun komm schon!«, Schritte entfernten sich, Stille kehrte ein.

Berndorf setzte die Stahlrute einige Zentimeter weiter neu an und schob sie durch das Erdreich. Lukas sah ihm zu, die Arme um den Brustkorb gelegt. Er friert wirklich, dachte die Anwältin und unterdrückte das Bedürfnis, den jungen Mann in den Arm zu nehmen. Das wäre ja noch schöner, dachte sie: heute in den Arm nehmen und morgen womöglich in den Knast stecken lassen, nur damit der Hauptmann Morny herauskam...

»Vielleicht sollten Sie es doch ein paar Zentimeter weiter weg versuchen«, sagte Lukas, »weiter weg vom Grabstein, meine ich.« Berndorf nickte und zog die Sonde wieder heraus. Über den Kiesweg kam Walleter zurück, zwei Spaten in der Hand.

»Moment«, sagte Berndorf, halb über die Stahlrute gebeugt, mit der er tief im Erdreich etwas abzutasten schien. »Der Sarg ist es noch nicht... natürlich kann es auch ein Stein sein...«

»Wir versuchen es mal«, sagte Walleter und reichte Lukas ganz selbstverständlich den zweiten Spaten, offenbar hielt er Berndorf für zu alt oder zu ungeschickt, um ihm die schwerere Handarbeit anzuvertrauen. Der ließ es sich gefallen, stellte sich neben Elaine und sah zu, wie sich die beiden anderen Männer daranmachten, das Grab zu öffnen. Es ging zügig voran, Walleter und Lukas arbeiteten im Takt, abwechselnd stieß der eine Spaten ins Erdreich, dann wieder der andere.

»Du bist sicher«, fragte Elaine halblaut, »dass wir hier etwas finden werden?«

»Sicher sind sich nur Dummköpfe«, kam die Antwort.

Und habe mich vergewissert, ob bei diesem Gerät aktuelle Anrufe oder Mitteilungen eingegangen waren. Dies war nicht der Fall, und so habe ich keine weiteren Überprüfungen vorgenommen, sondern das fragliche Mobiltelefon an den kriminaltechnischen Dienst zur Untersuchung weitergegeben. Zu eventuell vorhandenen Anruf- oder Telefonlisten kann ich keine Angaben machen.«

Kuttler überflog den Text noch einmal, dann unterschrieb er ihn, ohne zu zögern, und während er das alles tat, wunderte er sich ein wenig über sich selbst. Er hatte soeben eine Erklärung unterzeichnet, von welcher zumindest der Auftraggeber – der

Leitende Kriminaldirektor Steinbronner – wissen musste, dass sie gelogen war. Warum?

Erstens mochte es für jemanden hilfreich sein, der bei ihm sowieso etwas guthatte. Zweitens hatte man es ihm nahegelegt. Steinbronner selbst hatte das getan. Er hatte ihm, Kuttler, mit den fünf bestbezahlten Anwälten gedroht. Wer aber ist es wohl, der so teure Anwälte löhnen kann?

Dreimal darfst du raten.

Und Steinbronner, der noch am Vormittag getönt hatte, die Chefs der Neckarwerke könnten jetzt nur noch beten: Bei wem sprachen die fünf bestbezahlten Anwälte wohl als Erstem vor?

Kuttler stand auf und ging ans Fenster, von dem aus man Sicht auf die Fenster des Konferenzraums hatte. Dort war es dunkel, Steinbronner hatte Feierabend gemacht,

Kuttler zog seinen Parka an, nahm seine schriftliche Erklärung und verließ, nachdem er das Licht ausgeschaltet hatte, sein Büro. Aus Dorpats Büro drang noch Licht, er klopfte und trat ein, der Kriminalhauptkommissar hockte trübsinnig vor seinem Telefon und stierte auf einen kleinen tragbaren Fernseher, einer der Sportkanäle berichtete über ein Sumoturnier, nur war der Bildschirm viel zu klein für die dicken Männer, die ihre mächtigen Bäuche mit Wucht aufeinanderprallen ließen.

»Sollten Sie nicht nach Hause?«, fragte Kuttler.

Dorpat schüttelte den Kopf. »Weshalb?«

»Sie haben doch da draußen einen ziemlich üblen Tritt erwischt«, meinte Kuttler.

»Ach das! Das ärgert mich nur«, erklärte Dorpat. »So etwas steckt man weg. Ich hätte ihm den Fuß umdrehen können, dass es die Bänder nur so auseinanderfetzt.« Er hob die Hand und ließ sie wieder fallen. »Aber das kannst du doch mit einem Halbwüchsigen nicht machen.«

Nein, dachte Kuttler, wenn einer auf dem Hintern sitzt und dumm glotzt und keine Luft mehr kriegt, dann dreht so einer niemandem den Fuß herum. »Ich wollte diese Erklärung abgeben«, sagte er und legte das Papier vor Dorpat auf den Schreibtisch. »Steinbronner will, dass sie zu den Akten genommen wird.«

Dorpat richtete sich auf, als genüge der Name Steinbronner, um ihn Haltung annehmen zu lassen, und las die Erklärung mit gerunzelter Stirn. »Versteh ich nicht«, sagte er dann.

Kuttler erklärte es ihm.

»Und was für Namen sind da gelöscht worden?«

»Weil sie gelöscht wurden, wissen wir es nicht«, erklärte Kuttler. »Und ich weiß sie nicht, weil ich sie mir nicht angeschaut habe. Steht doch drin.«

»Da wird doch was vertuscht!«, sagte Dorpat.

Kuttler legte den Finger vor den Mund und sah ihn strafend an. Das Telefon schlug an, Dorpat nahm ab, meldete sich und hörte zu. Dann sagte er: »Moment!«, legte die Hand über die Sprechmuschel und blickte Kuttler fragend an: »Da meldet ein Anwohner, dass auf dem Friedhof in Blaustein irgendetwas Merkwürdiges vorgehen soll. Vielleicht treiben es dort ein paar Perverse miteinander, vielleicht ist es dieses Früchtchen Freundschuh... Schauen Sie vorbei?«

Kuttler nickte.

Dorpat nahm die Hand von der Sprechmuschel. »Wir schicken einen Streifenwagen, aber Kollege Kuttler fährt mit.«

Auf dem Bildschirm stürmten zwei besonders Dicke aufeinander zu, der eine machte einen Schritt zur Seite und ließ den anderen ins Leere laufen. Noch ein Patsch mit der Hand, und der Angreifer flog bäuchlings aus dem Ring.

Der Haufen ausgehobener Erde war größer und größer geworden und die Grube inzwischen so tief, dass Lukas hinuntergestiegen war, um dort weiterzuarbeiten. Walleter stand oben, am Rand der Grube, und leuchtete ihm mit der Stablampe, denn am Himmel hatten sich immer mehr dunkle Wolken vor den Mond geschoben.

»Wirst du den armen Jungen die ganze Nacht schuften lassen?«, fragte Elaine, die sich wieder bei Berndorf eingehängt hatte. »Erst wird er von der Polizei gejagt, und dann das hier.«

»Was wäre ihm denn zugedacht, wenn es nach dir ginge?«

»Das hat doch damit nichts zu tun! Warum nimmst eigentlich nicht du diesen Spaten und steigst in dieses Loch und gräbst?«

»Der Jünglinge Ehre ist ihre Stärke«, bemerkte Walleter, der offenbar zugehört hatte, »und graues Haar ist der Alten Schmuck.«

»So kann man es auch sagen«, antwortete Elaine.

Berndorf ging nicht darauf ein. »Er müsste jetzt eigentlich gleich auf die Urne treffen, und dann ...«

»Was dann?«

»Dann werden wir eine Antwort mehr haben.«

»Du meinst, dann wissen wir, dass eine hirnrissige Idee eine hirnrissige Idee war? Das wird aber ein großer Schritt nach vorne sein.«

Berndorf antwortete nicht, sondern wandte sich an Walleter. »Vielleicht sollten wir es noch einmal mit der Sonde versuchen?«, schlug er vor.

Aus der Grube ertönte ein helles metallisches Klirren.

»Wer seinen Acker bebaut, wird Brot die Fülle haben«, sagte Walleter und kniete sich neben der Grube nieder, um die Lampe besser halten zu können, »wer aber nichtigen Dingen nachgeht, ist ein Tor.«

»Hier!«, sagte eine halblaute Stimme und hob ein schwarz schimmerndes Gefäß aus dem Grab. Walleter nahm es ihm ab.

Berndorf sah auf. Von der Hauptstraße her tasteten die Lichtkegel von Autoscheinwerfern über die Friedhofsbäume. Fahrgeräusch näherte sich.

»Das klingt nach einem Daimler«, sagte Walleter. Lukas schwang sich aus der Grube. »Ist das Polizei?«, fragte er.

»Vermutlich«, antwortete Berndorf. »Aber diesmal sind nicht Sie es, der davonläuft. Davonlaufen ist nicht mehr, haben Sie verstanden?« Er ließ sich von Walleter die Urne geben. »Wo war noch einmal der Seiteneingang, von dem Sie gesprochen haben?«

Lukas zeigte zu der südlichen Friedhofsmauer, dorthin, wo der Hund angeschlagen hatte.

»Danke«, sagte Berndorf, »gegenüber der Polizei sagen Sie am besten gar nichts, Lukas, nur Ihren Namen, sonst kein Wort, jedenfalls nicht heute Nacht!« Er verschwand in der Dunkelheit, die Urne unter dem Arm.

Der Daimler blieb, mit laufendem Motor, vor dem Haupteingang des Friedhofs stehen, Türen wurden geöffnet, jemand stieß den Torflügel auf, der Lichtstrahl von Taschenlampen wanderte über die Gräber, die den Hauptweg säumten.

»Ich weiß nicht«, meinte Lukas, »ob das so ein besonders faires Spiel ist.«

»Fair?«, fragte Elaine. »Das hier ist kein Spiel. Sie haben sich ins Leben verirrt, Lukas. Das Leben weiß nicht, was fair ist.«

Margarethe Freundschuh hatte eine Cousine, die war Anwaltsgehilfin, nur war deren Chef Scheidungsanwalt, und so spät am Abend – hatte die Cousine hinzugefügt – dürfe man ihn sowieso nicht anrufen. Aber Margarethe hatte es doch getan, und der Anwalt war gar nicht einmal besonders unfreundlich gewesen, sondern hatte ihr einen Kollegen genannt, der »solche Sachen« übernimmt... Solche Sachen? Beim Kollegen des Scheidungsanwalts meldete sich aber nur der Anrufbeantworter, so suchte Margarethe seine Privatnummer heraus und rief dort an, der Kollege für »solche Sachen« hörte sie auch ganz ruhig an und sagte schließlich, dass man jetzt erst einmal nur warten könne, aber wenn sich der Sohn melde, dann solle Margarethe ihn zu ihm schicken, er würde dann mit ihm reden...

Das war alles nichts oder vielleicht doch etwas, Margarethe wusste es nicht genau, aber für den Augenblick fühlte sie sich besser, als sie auflegte. Ihr Mann saß noch immer auf der Couch und starrte vor sich hin, das war noch nie anders gewesen. Wenn es schwierig wurde, kam von ihm nicht viel.

»Der kann auch nur raten, dass er zur Polizei gehen soll«, sagte Wolfgang Freundschuh mit dieser Stimme, die in Margarethes Ohren wehleidig klang und aggressiv in einem, weil sie alles hinunterzog, hinab in die eigene Depression.

»Nein«, antwortete Margarethe, »so ist das nicht. Lukas kann zu jeder Zeit zu ihm kommen, und er wird mit ihm reden, und wenn es vernünftig ist, das zu tun, wird er ihn zur Polizei begleiten...« Dann fiel ihr ein, dass Lukas nicht angerufen hatte und nicht anrufen würde, weil er kein Handy und überhaupt kein Geld hatte, und schon war das bisschen Zuversicht, das ihr zugeflogen war, wieder weg. Plötzlich fröstelte es sie. »Hoffentlich... er hat nur seinen Trainingsanzug an, hast du gesagt? Es wird doch kalt in der Nacht...«

»Kann ich es ändern?«, fragte ihr Mann. »Ist es meine Schuld, dass er davongerannt ist?«

Schuld?, dachte Margarethe. »Du bist danebengestanden«, sagte sie.

Wolfgang Freundschuh hob den Kopf, der plötzlich gerötet war. »Was hätte ich denn tun sollen, sag mir das!«

Margarethe schüttelte den Kopf. »Das ist nicht das Problem.« Das Problem ist, dachte sie, dass Lukas davonrannte, obwohl der eigene Vater danebenstand.

Die Türklingel schlug an, Wolfgang und Margarethe sahen sich an. »Vielleicht...«, sagte Margarethe, lief durch den Flur zur Haustür und öffnete sie.

Ein grauhaariger Mann mit einer Plastiktasche stand davor.

»Was wollen Sie?«, fragte Margarethe Freundschuh, »das ist keine Zeit für einen Besuch.« Dann fiel ihr ein, dass dies der Mann war, der Lukas vorgelogen hatte, er wolle das Haus in der Halde mieten. »Und Sie sollten sowieso wissen, dass Sie hier nicht willkommen sind.« Sie wollte die Türe zuschlagen, aber der Mann hatte seinen Fuß dazwischengestellt.

»Das weiß ich«, sagte der Mann. »Trotzdem muss ich mit Ihnen sprechen. Mit Ihnen und Ihrem Mann. Es geht um Ihren Sohn.«

»Wissen Sie, wo er ist?«, fragte sie hastig.

»Müssen wir das zwischen Tür und Angel verhandeln?«

»Wo ist er?«

»Im Neuen Bau«, sagte der Mann. »Bei der Polizei. Sie hätte Sie bereits verständigen müssen. Aber bevor Sie dort anrufen, reden Sie mit mir. Sie und Ihr Mann. Darüber, wie Sie Ihrem Sohn helfen können.«

Margarethe sah ihn zögernd an.

»Wer ist denn da?«, rief von hinten ihr Mann. Sie hörte, wie er aufstand und durch den Flur kam.

»Dann kommen Sie eben in Gottes Namen herein«, meinte Margarethe und gab die Türe frei.

»Sie schon wieder«, sagte Wolfgang Freundschuh, als er den Besucher erkannte.

»Er sagt, Lukas sei bei der Polizei«, erklärte seine Frau. »Angeblich will er Lukas helfen.«

»Helfen!«, echote Freundschuh. »Aber bitte ...« Er wies zum Wohnzimmer, Berndorf trat ein und setzte sich in den Sessel, der ihm zugewiesen worden war, und stellte die Plastiktüte neben sich. Das Ehepaar Freundschuh hatte auf der Couch ihm gegenüber Platz genommen.

»Hat Lukas sich gestellt?«, fragte Margarethe.

Berndorf wiegte den Kopf. »Das wird man so interpretieren können. Jedenfalls wusste er, dass die Polizei kommt, und ist nicht davongelaufen.«

»Und wo war das?«

»Auf dem Friedhof«, antwortete Berndorf.

»Bitte?« Das kam von beiden Eheleuten wie aus einem Mund.

»Auf dem Friedhof von Blaustein. Am Grab seiner Großeltern.«

»Um Gottes willen!«, entfuhr es Margarethe Freundschuh. »Was hat er da gesucht?«

»Können Sie sich das nicht denken?«, fragte Berndorf zurück. Sie schwieg, und Berndorf wandte sich an Wolfgang Freundschuh. »Ihr Mann auch nicht?«

Wolfgang Freundschuh schüttelte unwillig den Kopf. »Warum soll ausgerechnet ich mir das denken können?«

Berndorf wandte sich zur Seite, nahm die Plastiktüte und holte eine schwarz schimmernde Urne mit einem silbernen Bandmuster heraus. Behutsam stellte er sie auf den gläsernen Couchtisch, trotzdem fielen eine paar Reste angetrockneter Erde auf die Platte.

»Wo haben Sie das her?« Freundschuh war abrupt aufgestanden und beugte sich über die Urne, als wolle er sie überprüfen. Er berührte sie aber nicht.

»Es ist die Urne mit der Asche von Marianne Gaspard, Ihrer Mutter, das sehen Sie doch. Ihr Sohn hat geholfen, sie aus dem Familiengrab zu bergen«, erklärte Berndorf. »Er hat es getan, weil... aber setzen Sie sich doch wieder, ich mag nicht reden, wenn Sie so vor mir stehen.«

Einen Augenblick lang blieb Freundschuh unbewegt, mit gerötetem Gesicht, den Mund zornig geöffnet. Aber es schienen ihm keine Widerworte einzufallen, und so ließ er sich wieder auf der Couch nieder, diesmal etwas von seiner Frau abgerückt.

»Danke«, sagte Berndorf. »Ihr Sohn Lukas hat das getan, weil er sichergehen wollte, dass in der Urne nichts versteckt worden ist...«

»Was soll in einer Urne versteckt werden?«, unterbrach ihn Margarethe Freundschuh. »Das ist doch krank...«

»Ihr Sohn hat das nicht so gesehen«, antwortete Berndorf. »Und Ihr Sohn Lukas ist nicht krank ... Wollen Sie vielleicht selbst nachsehen?« Sein Blick ging von Margarethe Freundschuh zu ihrem Mann. »Lukas konnte es nicht mehr selbst, weil dann auch schon die Polizei eintraf. So hat er die Urne mir gegeben. Ich handle also auch in seinem Auftrag, wenn ich Sie bitte, sich zu vergewissern, dass in ihr nichts enthalten ist, was dort nicht hineingehört... Bitte!« Auffordernd schob er die Urne über den Tisch, zu Wolfgang Freundschuh hin.

»Hören Sie«, sagte Freundschuh, »ich weiß nicht, welches Spiel Sie spielen. Das da kann die Urne mit der Asche meiner Mutter sein, jedenfalls haben wir seinerzeit eine in dieser Art ausgesucht. Aber das ist auch alles. Ich glaube nicht, dass ich irgendetwas von dem tun werde, was Sie mir sagen.«

»Es ist Ihr Sohn, der Sie bittet, diese Urne zu überprüfen«, antwortete Berndorf. »Und wenn damit alles in Ordnung ist, also so, wie es sein soll, dann nehmen Sie eine schwere Last von ihm. Dann kann er, anders als bisher, alle Fragen der Polizei geradeheraus und offenherzig beantworten.«

»Das versteht jetzt erst recht niemand«, warf Margarethe Freundschuh ein. »Von welcher Last reden Sie? Warum kann er nicht mit der Polizei reden?«

Berndorf ging nicht darauf ein. »Öffnen Sie die Urne«, schlug er vor, »schauen Sie nach, ob dieser verfluchte Schmuck darin ist, dieser Schmuck, der einmal im Besitz von Marianne Gaspard war und der später zu Fiona Morny kam...« Er hob ein wenig die Stimme. »Dieser Schmuck, den Fiona auf dem Silvesterball des Zweiten Korps getragen hat, auf dem auch Sie waren und auf dem Sie ganz gewiss nicht an den Mornys, ihren Mietern, vorbeigegangen sind, ohne ein paar Worte mit ihnen zu wechseln, auf dem also dieser Schmuck Ihrem Mann aufgefallen sein muss, denn er kannte ihn, er selbst hat es mir erzählt, welche Prügel er einmal deshalb bekommen hat...«

Er hörte auf zu sprechen.

»Weiter«, sagte Wolfgang Freundschuh. »Reden Sie ruhig weiter.« Er machte eine Handbewegung, die auffordernd sein sollte.

»Wozu?«, fragte Berndorf. »Öffnen Sie die Urne! Ist der Schmuck noch drin? Sie haben ihn doch selbst dort versteckt. Entschuldigung – nicht versteckt, sondern Sie haben ihn Ihrer Mutter zurückgegeben. Das gehörte sich doch nicht, dass eine Hure den Schmuck Ihrer Mutter getragen hat, nicht wahr? Eine Hure, der Sie spätestens seit jenem Silvesterball nachgestellt haben. Als Vermieter hatten Sie einen Hausschlüssel, und einen Vorwand zum Nachstellen werden Sie unschwer gefunden haben... Und solange der Hauptmann Morny im Kosovo war, bestand für Sie kein Risiko, nicht wahr?«

Margarethe Freundschuh erhob sich und trat ein paar Schritte zur Seite, weg von der Couch. »Wolfgang«, sagte sie mit einer flachen, mädchenhaften Stimme, »sorge dafür, dass dieser Mann verschwindet und seine Lügen zurücknimmt, denn das sind doch Lügen, sag mir das!«

»Öffnen Sie die Urne«, befahl Berndorf.

Freundschuh schüttelte den Kopf. »So wie Sie reden – da weiß ich wirklich nicht, was da alles drin ist. Was für Zeug man dort hineingesteckt hat, dass man dann sagen kann, ich hätte sonst was getan.« Er suchte den Blick seiner Frau. »Dieser Mensch stellt mir eine Falle, merkst du das nicht?«

»Was war mit dieser Fiona?«, fragte seine Frau.

»Nichts, ich bitte dich!« Nun stand auch Freundschuh auf, es wirkte unsicher, als schwanke er, und sah um sich. Sein Blick machte sich an Berndorf fest. »Sie sollten jetzt gehen«, sagte er, »oder ich werde die Polizei rufen, dieses Spiel mit der Urne, das ist doch Störung der Totenruhe...«

»Ja«, sagte Berndorf, »rufen Sie die Polizei. Aber denken Sie vorher daran, dass sich Ihr Sohn dort befindet. Und dass ihm Fragen gestellt werden, die kein Ende nehmen. Denken Sie daran, dass ein einziges Wort von Ihnen genügt, diesen Fragen ein Ende zu bereiten. Ein einziges Wort, und Ihr Sohn ist frei, und zugleich befreit von einer Last, die er nicht tragen kann.«

Berndorf wandte sich Margarethe zu. »Sie müssen damit rechnen, dass noch in dieser Nacht eine Hausdurchsuchung bei Ihnen stattfindet. Ich nehme an, dass die Polizei dann auch die Fotos finden wird...«

»Von welchen Fotos reden Sie?«, fragte Wolfgang Freundschuh.

»Ihr Sohn treibt nicht nur Kampfsport«, antwortete Berndorf. »Er fotografiert auch. Natur, Landschaft, Tiere. Die Ringelnatter, die es im Garten an der Halde geben soll. Und irgendwann wird er auch das Auto fotografiert haben, dieses Auto, das immer wieder mal vor dem Haus stand und dessen bloße Anwesenheit ihn zwang, wieder wegzugehen.«

»Was reden Sie da?« Margarethe Freundschuh war aufgestanden.

»Seit Stunden schon quälen Sie sich mit der Frage, warum Ihr Sohn vor der Polizei davonlaufen muss«, antwortete Berndorf und sah zu ihr hoch. »Begreifen Sie es jetzt?«

Ivo Dorpat starrte auf seinen Schreibtisch. Er durfte nicht tief einatmen, das tat ihm weh. Morgen würde er sich röntgen lassen müssen, der Tritt von diesem Bürschchen hatte ihm vielleicht doch eine Rippe angebrochen oder zwei. Nun saß es da drüben, das Bürschchen, und erzählte den Kollegen, dass es Lukas Freundschuh heiße. Sonst kam kein Wort. Auf zwei von drei Fragen kam nichts und auf die jeweils dritte nur dieses eine: Mein Name ist Lukas Freundschuh. Punkt.

Ivo Dorpat hätte gern selbst sein Glück bei diesem Bürschchen versucht, aber die Kollegen waren der Ansicht, er – Dorpat! – sei das Opfer und könne nicht selbst die Vernehmung führen. Es klang merkwürdig, das Opfer zu sein, man durfte das Wort nicht zu oft wiederholen, aber das ging ihm mit allen Wörtern so.

Er sah auf und blickte dem Mann ins Gesicht, der auf dem Besucherstuhl vor seinem Schreibtisch saß, den Stuhl zurückgeschoben, die Hände vor dem Bauch gefaltet, so als ob er hierher gehöre und diesen Platz als den seinen betrachte.

»Sie sind Herr Walleter? Wendelin Walleter?«, fragte Dorpat, den Ausweis des Mannes in den Händen.

»Einfach nur Wendel«, antwortete der Mann. »Wendel Walleter. Achtundsechzig Jahre alt. Rentner.«

Rentner, dachte Dorpat. Auch Berndorf, mit dem er auf der Terrasse des Blausteiner Hauses einen Händedruck getauscht hatte, ein flüchtiges »Freut mich, Sie kennen zu lernen« murmelnd – auch Berndorf war Rentner, was hatten diese Leute sich einzumischen? Der Dicke war in Berndorfs Begleitung gewesen… »Welchen Beruf haben Sie früher ausgeübt?«

»Fernfahrer.«

Dorpat nickte; das sollte Wohlwollen zeigen. »Sie sind in den späten Abendstunden an einem geöffneten Grab im Blausteiner Friedhof angetroffen worden. Was haben Sie dort gesucht?«

»Und weiter sah ich Gottlose, die begraben wurden und zur Ruhe kamen«, antwortete Walleter, »aber die recht getan hatten, mussten hinweg von heiliger Stätte und wurden vergessen in der Stadt.«

»Bitte?«

»Prediger acht, Vers zehn.«

»Sie meinen, das war ein Bibelvers?«

»Die Bibel meint nicht«, wies ihn Walleter zurecht. »Sie sagt, was ist.«

»Na schön«, lenkte Dorpat ein. »Sie meinen... – Entschuldigung! In dem Grab lagen demnach Gottlose, und die wollten Sie deshalb ausgraben?«

»Nein.«

»Nein?«, wiederholte Dorpat. »Was also dann?«

»Schweigen hat seine Zeit, reden hat seine Zeit.«

»Sie wollen also keine Aussage machen? Ich muss Sie darauf aufmerksam machen, dass Sie mit einer Strafanzeige wegen Störung der Totenruhe rechnen müssen – darauf stehen bis zu drei Jahre Freiheitsstrafe. Es liegt deshalb in Ihrem eigenen Interesse, uns Angaben zu machen, die Sie in irgendeiner Weise entlasten könnten.«

»Böse Leute verstehen nichts vom Recht«, antwortete Walleter, »die aber nach dem HERRN fragen, verstehen alles.«

»Verstehe ich recht«, Dorpat beugte sich nach vorn, »Sie wollen mich beleidigen?«

»Sprüche achtundzwanzig, Vers fünf. Aber wenn Sie schon fragen: Muss ich Sie denn für einen guten Menschen ansehen? Und wäre es sonst eine Beleidigung?«

Dorpat wollte tief durchatmen und ließ es sogleich wieder bleiben, denn die angebrochene Rippe stach mörderisch. Das Telefon schlug an, er nahm den Hörer ab und meldete sich.

»Freundschuh hier«, meldete sich eine Stimme, »Wolfgang Freundschuh. Könnten Sie einen Streifenwagen schicken und mich abholen...«

»Und warum sollten wir das tun, jetzt, um diese Zeit?«

»Ich möchte eine Aussage machen«, sagte die Stimme. »Eine Aussage, betreffend den Tod meiner Mieterin...«

»Ihre Mieterin ist tot?«, fragte Dorpat. »Sie haben sie gefunden?«

»Nein«, sagte die Stimme und schien nach den richtigen Worten zu suchen. »Meine Mieterin ist oder war Frau Morny,

Frau Fiona Morny. Sie ist umgebracht worden, das wissen Sie doch?«

»Ja«, sagte Dorpat bedächtig. »Und weiter?«

»Nichts weiter«, antwortete die Stimme. »Es ist nur so – der sie umgebracht hat, das war ich.«

Die Tischlampe warf einen scharf umrissenen Lichtkreis auf die Schreibunterlage. Sonst war das Hotelzimmer dunkel. Berndorf hatte den Ring in die Hand genommen, so dass die Kette sich auf der Schreibunterlage ringelte. Im Licht der Tischlampe traten die Gestalten des Reliefs – so klein sie waren – in einer unbewussten und gleichwohl sinnlich anmutenden Körperlichkeit hervor; sie schämten sich nicht und waren zugleich nur einen Schritt davon entfernt, es doch zu tun...

Er schüttelte den Kopf, es führt zu nichts, eine solche Arbeit beschreiben zu wollen, das ist Sache der Kunstexperten. Seine Sache war, diesen Schmuck erst in Sicherheit und dann dorthin zu bringen, wohin er gehörte.

Wo immer das war.

Auf keinen Fall konnte er ihn länger bei sich haben. Er würde ihn morgen früh als Erstes – ja was? In ein Schließfach bringen? Nein, dann müsste er sich ausweisen. Also blieb nur die Post. Da war der Schmuck erst mal unterwegs.

Das Handy, das er auf dem Schreibtisch abgelegt hatte, begann zu schnurren und zu rütteln. Er nahm es, meldete sich und atmete tief durch, denn es war Barbara.

»Ich hatte nicht zu hoffen gewagt, dich noch zu erreichen«, sagte sie. »Müsstest du nicht längst im Bett sein?«

»Alte Männer brauchen nicht mehr so viel Schlaf. Aber zu deiner Beruhigung: Ich bin schon im Hotel, und morgen, so Gott will, werde ich diese Stadt verlassen. Unwiderruflich.«

»Das haben wir schon mal gehört«, bemerkte Barbara skeptisch.

»Jedenfalls ist mein Job getan«, antwortete er, »oder so gut wie.«

»Ah ja? Alle Übeltäter überführt und hinter Gittern?«

»Das war nicht mein Job«, widersprach er. »Ich sollte diesen Ring finden. Punkt.«

»Und – hast du?«

»Ja.« Er zögerte. »Er liegt hier vor mir. Ich hoffe nur, ich bin ihn bald wieder los.«

»Weißt du, wem er gehört hat?«

»Vielleicht bekomme ich morgen einen Hinweis darauf. Sonst...«

»Sonst könntest du eine Anzeige aufgeben«, ergänzte Barbara. »Vielleicht in der *Jerusalem Post*. Wird auch in der Diaspora gelesen.«

Dann sprachen sie davon, dass Barbara Mitte Juni nach Deutschland zurückkommen würde, und so unterhielten sie sich eine Weile über ihre nächsten Pläne und die Ferien, vielleicht wirklich ganz still im Schwarzwald, und irgendwann kam Berndorf doch noch in sein Bett und schlief, kaum dass er das Licht ausgeschaltet hatte.

Donnerstag, 21. Februar

Berndorf verließ die Hauptpost und erwischte mit der Hand eben noch seinen Hut, den ihm eine Regenbö vom Kopf reißen wollte. Ein Frühlingssturm? Nass und kalt war es, am liebsten wäre er zum Hauptbahnhof hinübergegangen und hätte den nächsten ICE nach Berlin genommen. Aber welche Aussicht bestand, dass es in Berlin weniger nass und kalt sein würde? Außerdem – das Päckchen, das er an seine Berliner Anschrift geschickt hatte, war nun auf dem Weg; die Hausbesorgerin würde es annehmen, also war es aufgeräumt und damit fast alles getan, was für ihn zu tun war.

Er wandte sich nach links, die Hand noch immer am Hut, denn die Böen zerrten daran und rissen und wollten ihr Opfer haben. Die wenigen Menschen, denen er begegnete, hatten es so eilig, wie man mit einem ständig aufklappenden Regenschirm noch eilig sein kann. Eine Fußgängerampel schaltete auf Grün, er überquerte die Straße, links vor ihm lag das Justizgebäude und ließ sich die wilhelminische Steinfassade vom Regen schrubben. Er ging weiter, in die Platzgasse hinein, steuerte raschen Schrittes Tonios Café an und schob den Vorhang, der dort an der Tür als Windfang diente, zur Seite.

»Nur herein«, rief der Gerichtsreporter Frenzel, »wenn's kein Sensenmann ist.«

»Den, mein Lieber, werden Sie ja noch abwarten können«, antwortete Berndorf und setzte sich zu den beiden Männern, die am Ecktisch Platz genommen hatten – Frenzel hatte einen gespritzten Weißen vor sich, Kuttler saß vor einem großen Milchkaffee und kaute an einem Sandwich, die Augen gerötet und verschwollen, als hätte er die Nacht hindurch getrunken oder sie sich sonstwie um die Ohren geschlagen.

»Jetzt sehen Sie also schon am helllichten Morgen Gespenster«, bemerkte Berndorf und bestellte bei Tonio einen doppelten Espresso. »Ich glaube, Sie sollten beide auf eine gesündere Lebensführung achten. Mehr Schlaf. Weniger gespritzten Weißen.«

»Für jemanden, der andere nachts die tiefen Gräber ausheben lässt, reden Sie sehr erbaulich«, warf Kuttler ein.

»Übrigens sehen nicht wir Gespenster«, ergänzte Frenzel, »sondern sprachen gerade von Leuten, die auf der Jagd nach solchen sind. Irgendwie ist in diesem Zusammenhang Ihr Name gefallen.«

»Schade, dass Walleter nicht da ist«, bemerkte Berndorf. »Zu dem, was die Leute so reden, hätte er sicher einen passenden Bibelvers parat.« Er wandte sich an Kuttler. »Erfährt man heute Neues von unseren diversen Kriminalfällen? Vielleicht ein nettes kleines Geständnis in Aussicht?«

»Darum wollte ich Sie gerade bitten«, antwortete Kuttler. »Um ein nettes kleines Geständnis.«

»Und was soll ich gestehen?«

»Ach, quer durchs Strafgesetzbuch, Störung der Totenruhe und was Ihnen sonst so einfällt«, meinte Kuttler. »Außerdem könnten Sie uns erzählen, was Sie über den Verbleib eines güldnen Kettleins wissen, das schon wieder nicht da ist, wo es sein sollte. Beweismaterial sei das, sagt Desarts und ist ganz wild darauf, mit Ihnen darüber zu reden.«

»Er soll sich nicht lächerlich machen«, antwortete Berndorf. »Seit wann hat Desarts Beweismaterial nötig, um eine Mordanklage zusammenzuschustern?«

Kuttler gähnte. »Das können Sie ihm selbst sagen. Er will mit Ihnen reden.«

»Wozu? Desarts hat doch jetzt ein Geständnis, da hat er genug Arbeit und braucht nicht auch noch eines von mir.«

»Seien Sie sich da nicht so sicher.« Kuttler wiegte den Kopf und blickte auf Frenzel. »Das nette kleine Geständnis wird noch ein wenig auf sich warten lassen.«

Berndorf legte den Kopf zur Seite. »Ja?«

»Unser Kunde war so weit«, berichtete Kuttler. »Er wollte auch, aber dann ist er kollabiert.«

»Kuttler!«, rief Berndorf so streng, dass Tonio, der ihm gerade einen doppelten Espresso bringen wollte, einen Augenblick erschrocken innehielt.

Kuttler hob beide Hände. »Ich bin absolut unschuldig. Wir haben ihn nicht einmal in die Nähe von einem Wasserhahn gebracht. Oder von einem Telefonbuch. Es war auch nicht nötig. Er hat alles erzählt oder jedenfalls seine Version.« Wieder blickte Kuttler zu Frenzel. »Ich erzähle jetzt eine Geschichte, die ich Ihnen natürlich nicht erzähle. Es ist die Geschichte von einem besorgten Vermieter, dem plötzlich abends einfällt, er sollte wieder einmal nach seinem Häuschen sehen. Dem Häuschen, das er an ein junges Paar vermietet hat. Der Ehemann ist nämlich auswärts, und da weiß der Vermieter nicht, ob die kleine Frau allein zurechtkommt, mit der Heizung und dem ganzen technischen Kram, kann man doch verstehen, dass er sich darum kümmert?«

Er trank einen Schluck von seinem Milchkaffee, wischte sich den Schaum vom Mund und fuhr fort. »Er fährt also zu dem Häuschen, aber die kleine Frau – die blond ist und sonst auch alles hat, was man sich wünscht –, die kleine Frau also ist gar nicht da, und der Vermieter sieht nach der Heizung und nach dem Garten, und es wird spät und später, dann ist die kleine Frau plötzlich doch da und ist wirklich sehr blond und hat ein kurzes Kleidchen an und kreischt, was tun Sie da? Und trägt auch noch diesen Schmuck, also da muss der Vermieter doch sehr schlucken, denn der Schmuck hat einmal seiner Mutter gehört...«

»Sie hat ihn gesiezt?«, fragte Berndorf.

»So behauptet er, aber das haben wir alles noch gar nicht abgeklopft.« Kuttler hob beide Hände und ließ sie wieder sinken. »Jedenfalls muss sie nach einer Weile mit dem Kreischen aufgehört haben, die beiden kommen ins Gespräch, der Vermieter sagt, dass er nach der Heizung geschaut hat, es sei doch schnell recht kühl im Haus, und die kleine blonde Frau meint, wenn er es denn schnell mal hitzig haben wolle, koste es fünfhundert, das sei sozusagen ein Schnäppchenpreis, weil diesen Abend nämlich wer anders schon vorgeheizt habe, und zieht das Kleidchen kurz mal hoch...

Aber wie sie das sagt und tut, fällt es ihm wie Schuppen von den Augen, und er erkennt, wie schlecht die Welt doch ist, und kann es auf einmal auch nicht länger ertragen, keine Sekunde, dass dieses Mensch da den Schmuck seiner lieben Mutter um den Hals hängen hat, und er schlägt die kleine blonde Frau tot und bringt sie außer Haus und nimmt ihr die Halskette ab... Und als er ein paar Tage später nach dem Familiengrab sieht, wie er das immer wieder mal macht, steckt er der Mutter die Kette in die Urne, die Kette gehört doch ihr und niemandem sonst: so ein treuer Sohn ist das.«

»Wenn Sie mich fragen«, sagte Frenzel, »dann hat der Gute es ganz einfach nicht gebracht, und da wird sie ihn ausgelacht haben...«

»Wir fragen Sie aber nicht«, knurrte Berndorf und wandte sich wieder an Kuttler. »Wieso ist er kollabiert, und wann?«

»Das war, als ich ihm sagen musste«, antwortete Kuttler, »dass seine Geschichte nicht stimmt. Jedenfalls nicht so, wie er sie erzählt hat.«

»Und warum nicht?«

»Weil in der Urne, die er uns mitgebracht hat – in der hat sich keine Kette befunden und auch sonst kein Schmuck. Nur verdammte Asche.« Kuttler sah Berndorf an. »Und wie ich ihm das gesagt hab, da hat er mich aus großen Augen angestarrt und ist totenbleich geworden und vom Stuhl gerutscht. Und das um halb vier Uhr morgens.«

»Der Mund unzüchtiger Frauen ist eine tiefe Grube«, bemerkte Wendel Walleter, der unbemerkt hereingekommen war, »wem der Herr zürnt, der fällt hinein.«

»Vorhin hatte ich Sie vermisst«, bemerkte Berndorf, »das war voreilig. Wo kommen Sie überhaupt her?«

»Von Staatsanwalt Desarts«, antwortete Walleter, griff sich einen Stuhl und setzte sich zu ihnen an den Tisch. »Ich dachte, wir reden ein wenig über Psalm zweiundachtzig, wo es heißt: ›Wie lange wollt ihr unrecht richten und die Gottlosen vorziehen?‹, aber er hat dann doch keine Zeit gehabt und gemeint, ich sollte besser mit dem Dr. Luginbühl reden...«

Kuttler und Berndorf wechselten einen kurzen Blick, Luginbühl war Rechtsmediziner und arbeitete als psychiatrischer Gutachter.

»Und worüber werden Sie mit Luginbühl reden?«

Walleter überlegte. »Vielleicht über Prediger zehn... Auch wenn der Tor auf der Straße geht, fehlt es ihm an Verstand, doch er hält jeden anderen für einen Toren.«

»Desarts verweist an Luginbühl?«, fragte Kuttler. »Also will er dieses Loch ganz schnell wieder zuschütten.«

»Welches Loch?«, wollte Berndorf wissen.

»Tun Sie nicht so«, antwortete Kuttler. »Das Loch, das Sie haben graben lassen, gestern Nacht. Aber bitte! Was aufgeräumt ist und zugeschüttet, stört nicht mehr.«

»Wovon reden Sie?«

»Von allem und nichts«, antwortete Kuttler. »Nach ein paar Tagen begräbt man die Toten, und wir begraben unsere Fälle.«

»Wen begrabt ihr?«, fragte Berndorf.

»Den Fall Eisholm, zum Beispiel. Wir müssen zwar noch mal den Lokführer vernehmen, ganz sachlich und ohne ihm etwas nahezulegen, aber dann wird herauskommen, dass es überhaupt keinen Hinweis auf ein Fremdverschulden gibt. Eisholm hat sich selbst vor den Zug gestoßen, Punkt.« Kuttler machte eine Pause. »Steinbronner weiß es.«

»Ah ja?«, machte Berndorf.

»Ja«, bestätigte Kuttler. »Wir sind doch alle Diener der Wahrheitsfindung, nicht wahr? Und was der Wahrheitsfindung nicht dient, das löschen wir, zack! Und der Schreibtisch ist wieder so leer und aufgeräumt wie die Dateien von Fiona Mornys Mobiltelefon...«

»Was sagen Sie da?«

Kuttler wollte es ihm erklären, aber der Vorhang an der Tür wurde zur Seite geschoben, mit zwei Krücken und einem bandagierten Fuß humpelte Dr. Elaine Drautz ins Café, gefolgt von einem hünenhaften Mann in einem etwas improvisiert wirkenden Zivil.

»Aha!«, sagte Frenzel und stand auf und verbeugte sich. »Ich darf zur sensationellen Wende im Fall Morny gratulieren! Aufrichtigen Glückwunsch, aber wie fühlt man sich an diesem Morgen als freier Mann?«

»Keine Interviews!«, sagte Dr. Drautz, die Hand energisch und abweisend ausgestreckt.

»Aber Gnädigste«, protestierte Frenzel, »man wird doch fragen dürfen, das wollen die Leute doch wissen, wie es einem geht, der so lange unschuldig eingekerkert...«

»Kommen Sie mir nicht so schmierig«, fuhr ihn Morny an, »glauben Sie, ich hätte im Knast Ihre bescheuerten Artikel nicht zu Gesicht bekommen? Wenn Sie nicht aufpassen, schlage ich Ihnen eine in die Fresse, dass Ihnen Ihre Unschuld aus den Ohren herausläuft...«

»Hauptmann Morny!«, rief Elaine Drautz streng.

»Scheiß auf Hauptmann«, antwortete Morny, »das war einmal, das sag ich Ihnen! Dieser Staat hier...« – unvermittelt packte er Frenzel am Revers von dessen Jacke und zog ihn zu sich her – »dieser Staat, der einen sonst wohin schickt, damit man sich dort den Arsch aufreißt, und während man das tut und aushält und erträgt, machen sie einem zu Hause die Frau zur Hure und bumsen sie und lassen sie zum Schluss totschlagen – dieser gottverdammte Scheiß-Staat soll sich ab sofort einen anderen Dummen suchen...«

»Das ist nicht zur Veröffentlichung bestimmt«, bemerkte Elaine Drautz.

»Doch«, widersprach Morny. »Durchaus ist es das. Die Zeitung mit den großen Buchstaben soll es bringen. SCHEISS-STAAT. In großen fetten Buchstaben möcht ich das noch mal lesen, überall, an jedem Kiosk. Im ganzen Land. Aber jetzt will ich ein Bier und einen doppelten Kognak.«

Veesendonk war nicht in seinem Büro, und so stellte sich Berndorf an das gegenüberliegende Fenster des Korridors und holte aus seiner Mappe eine der Zeitungen, die er sich eigentlich als Lektüre für seinen Kaffee bei Tonio gekauft hatte. In diesem Februar hatte eine Bank nach der anderen eingestehen müssen, mit zweitklassigen US-Hypotheken Milliarden und Abermilliarden verspielt zu haben; die Vorstände und Aufsichtsräte wollten nichts gewusst und nichts verstanden haben und vor allem für nichts verantwortlich sein... Damit es keine Katastrophe gebe, würde der Steuerzahler einspringen müssen, das war ganz natürlich, denn dafür hatte man ja die freie Wirtschaft. Berndorf musste an den Hauptmann Morny denken und an dessen hilfloses Gestammel, er zuckte mit den Achseln und blätterte weiter, das Blatt aus der Landeshauptstadt Stuttgart berichtete exklusiv über einen Machtkampf in der Landesregierung...

...Unerwartet deutliche Kritik hat Innenminister Schlauff gestern in einer Sitzung des Landesvorstands der Staatspartei einstecken müssen. Es gehe nicht an, dass die Polizei auch nur den Anschein erwecke, sie schotte prominente Persönlichkeiten gegen staatsanwaltliche Ermittlungen ab, erklärte der Ministerpräsident und Landesvorsitzende im Anschluss an die Vorstandssitzung.

Anlass der heftigen Rüge ist der Fall des südbadischen Landrats Kröttle, dessen sehr private Beziehung zu einem Mordopfer vor den Justizbehörden lange Zeit verborgen gehalten wurde. Der Fall wird derzeit vor dem Landgericht Ulm verhandelt; Kröttle wird dort als Zeuge aussagen, hat aber seine Parteiämter zurückgegeben und lässt seine Dienstgeschäfte krankheitshalber ruhen.

Die Stellungnahme des Landesvorstands wird von politischen Beobachtern als eine Niederlage des Innenministers in dem schon länger schwelenden Machtkampf zwischen ihm und dem Ministerpräsidenten gewertet. Hinter vorgehaltener Hand wird Schlauff angelastet, er habe den als treuen Anhänger des Ministerpräsidenten angesehenen Kröttle bewusst in eine Falle laufen lassen...

»Was lesen Sie da?«, fragte eine aufgeräumte Stimme neben Berndorf. »Die neueste Intrige am Stuttgarter Hof? Es muss Ihnen beim Warten sehr langweilig geworden sein...« Veesendonk schloss die Tür zu seinem Büro auf. »Treten Sie ein, ich habe für Sie ein paar Akten kopieren lassen, nehmen Sie das Zeug nur mit! So kann ich gleich damit beginnen, meinen Schreibtisch zu räumen...«

Berndorf blickte fragend.

»Ha!«, machte Veesendonk, während er sich setzte, und deutete mit dem Finger auf Berndorf. »Ich sehe es Ihnen an der Nasenspitze an, was Sie jetzt denken!«

»Ja?«

»Sie denken, ich müsste mein Domizil über die Straße verlagern, in die Untersuchungshaft! Dorthin wollten Sie mich doch bringen, in aller Freundschaft, geben Sie es nur zu!« Er lächelte. »Habe ich jetzt eigentlich Ihrer Ansicht nach Eisholm umgebracht oder die unglückliche Fiona? Vielleicht gar alle beide?«

Berndorf ging nicht darauf ein. »Sie haben mir Akten kopiert?«

»Ja«, antwortete Veesendonk, »hier.« Er schob einige Blätter über den Tisch, Kopien verblasster Schreiben, auf der Maschine getippt, einige mit dem Hakenkreuz gestempelt. »Die Schreiben beziehen sich auf den Steinwurf, von dem Sie mir erzählt haben. Ereignet hat er sich im Juli 1942, eine gewisse Sarah Franziska Kahn, fünfundsechzig Jahre alt, erlitt dabei Verletzungen am Auge, der Steinewerfer soll der Schüler Nikolaus Walter gewesen sein, weshalb die Gestapo Ulm den Herrlinger Rektor anwies, solche Vorfälle künftig zu unterbinden, da sie sonst von der feindlichen Propaganda ausgeschlachtet würden... Der Rektor schrieb zurück, es gebe einen solchen Schüler nicht, also habe es auch den Steinwurf nicht gegeben, Heil Hitler!« Er hob die Hände und breitete sie auseinander, als ob alles gesagt sei.

»Danke«, sagte Berndorf. »Sie sind sehr aufgeräumt.«

»Das muss ich auch sein. Das heißt, ich muss aufräumen.« Er setzte sich aufrecht hin und tat so, als ob er den Sitz seiner Krawatte überprüfe. »Der Landgerichtspräsident hat mir soeben mitgeteilt, dass ich als Präsident ans Landgericht Tübingen berufen worden bin, was soll man da sagen? Jedenfalls nicht nein... Sie blicken fragend?«

Berndorf schüttelte den Kopf.

»Ich sehe schon«, fuhr Veesendonk fort, »Sie sind nicht ganz einverstanden. Aber die Hemmnisse, an die Sie zu denken scheinen, die gibt es nicht. Ich habe heute Morgen ein äußerst ausführliches Telefonat mit Herrn Kriminaldirektor Steinbronner gehabt, in dem sich dieser förmlich für eine Bemerkung entschuldigte, die ihm gestern in der Erregung über die Flucht des jungen Freundschuh entfahren war...«

»Und? Haben Sie die Entschuldigung angenommen?«

»Kein Problem, ein Teil des Fehlers lag bei mir, ich hätte früher erkennen müssen, dass es eine Verbindung von Fiona Morny zu mir gibt – ich muss die junge Frau einmal für das Rahmenprogramm des von unserem Landgericht organisierten Richtertags engagiert haben, vermutlich auf Vermittlung des Fremdenverkehrsamtes. Kann sein, dass ich damals mit der jungen Frau persönlich gesprochen habe, kann sein, dass sie wegen allfälliger Rückfragen meine Durchwahl auf ihrem Mobiltelefon gespeichert hat – das kann und mag alles so gewesen sein, sage ich, nur kann man leider nichts mehr nachprüfen, selbst wenn es einen Bedarf dafür gäbe: Dieses elektronische Telefonbuch ist versehentlich gelöscht worden.« Wieder lächelte er, ein wenig schief. »Übrigens erlaubte sich Ihr Kollege Steinbronner bei dieser Gelegenheit ein kleines Wortspiel... Wenn die Polizei einen Einbrecher schnappt und bei dem die Daten von vierhundert Steuersündern findet, dann ist das ein *Beifang*. In meinem Fall hat man nichts gefangen, sagte er, sondern etwas verloren, meine Telefonnummer stellt demnach einen *Beiverlust* dar.«

»Nett, wenn die Steinbronners scherzen«, bemerkte Berndorf und steckte die Kopien ein.

»Moment«, sagte Veesendonk. »So leicht kommen Sie mir nicht davon... Der Fall Morny ist nun zwar geklärt, ich habe heute Morgen verfügt, den Angeklagten freizulassen, mit einer gewissen Erleichterung habe ich es getan, ich gebe es ja zu, der Fall hat mir längst schon Unbehagen bereitet. Und die Verhandlung gegen den wirklichen Täter, ich korrigiere mich: gegen den mutmaßlich wirklichen Täter – diese Verhandlung werde nicht mehr ich führen. Trotzdem... etwas wüsste ich doch gerne. Das erste Verfahren ist ja letztlich auch an der Frage gescheitert, wo eigentlich dieser Schmuck abgeblieben ist. Jetzt haben wir nicht nur einen neuen Angeklagten, sondern auch ein Geständnis – oder etwas, was einem solchen gleichkommt. Aber diese Kette und diesen Ring, die haben wir noch immer nicht.«

Berndorf schüttelte den Kopf. »Vergessen Sie es. Dieser Schmuck steht den deutschen Justizbehörden nicht zu.«

»Aber meine Hilfe haben Sie gerne in Anspruch genommen?«

»Ich danke Ihnen für die Kopien«, antwortete Berndorf. »Falls ich jedoch tatsächlich diesen Schmuck gefunden haben sollte und falls es mir weiter gelingen würde, die rechtmäßigen Besitzer oder ihre Erben ausfindig zu machen – falls dies alles so wäre, verehrter Herr Richter Veesendonk, so würde ich diese Erben keinesfalls der Zumutung aussetzen, ausgerechnet jene deutschen Beamten um Herausgabe bitten zu müssen, deren Vorgänger im Amt diesen Schmuck schon einmal zu stehlen versucht haben.«

»Da haben Sie gerade sehr schön die Trompete der moralischen Selbsterhöhung geblasen«, lobte Veesendonk. »Aber wie Sie meinen... Fahren Sie jetzt zurück nach Berlin?«

»Demnächst, ja... Eigentlich habe ich noch eine Frage, nur eine noch.«

»Und warum sollte ich Sie beantworten?«

Berndorf zuckte mit den Schultern. »Wann hat Ihnen Eisholm erzählt, was auf der Rückfahrt von Nimes wirklich passiert ist?«

»Ach?« Veesendonk hob die Augenbrauen. »Was wirklich passiert ist! Ich bin erstaunt, mein Lieber. Ein alter Fahrensmann wie Sie – und nimmt ein solches Wort in den Mund, als wäre das Vergangene ein wenig Kleingeld aus dem Portemonnaie des

Gedächtnisses und jederzeit abzählbar. Was wirklich passiert ist... Da es Ihnen Eisholm nicht mehr erzählt haben kann, werden Sie mit Vren gesprochen haben...« Er runzelte die Stirn. »Aber natürlich!«, fuhr er plötzlich fort. »Sie haben Vren besucht, weil Sie wissen wollten, ob sie am Ende der gleiche Phänotyp ist wie die unglückliche Fiona, ist es nicht so?«

»Eigentlich nicht«, meinte Berndorf. »Der Beweiswert wäre ein wenig dünn gewesen, finden Sie nicht?«

»Was wollten Sie denn beweisen?«

»Sie haben das Richter-Syndrom«, konstatierte Berndorf.

»Bitte?«

»Die Fragen stellen immer Sie. Nur bin ich kein Angeklagter.«

»Ich vielleicht? Aber sagen Sie – wie geht es Vren?«

»Das ist eine sehr sympathische, sehr gewinnende Frau«, antwortete Berndorf rücksichtslos, »jemand, dem man sich nicht so leicht entzieht.«

»Sie werden doch nicht...« Der Richter warf einen prüfenden Blick auf Berndorf. »Doch das geht mich nichts an... über mich sagte sie nichts?«

»Ach! Sie werden es vertragen – aber das Bild von Ihnen, das Sie gezeichnet hat, ist eher blass geblieben. Was sich ihr eingeprägt hat, ist diese letzte Fahrt mit dem Campingbus, genauer: die Rückfahrt von Nimes. Deswegen wollte ich wissen, wann Ihnen Eisholm davon erzählt hat.«

»Was sollte er mir denn erzählt haben?«

Berndorf blickte Hilfe suchend auf, aber an der Wand hinter dem Richter hing nur die vergrößerte und gerahmte Fotografie zweier Schachspieler, und die interessierten sich bis ans Ende der Zeiten für nichts anderes als ihre Partie. »Nun gut«, sagte er, »auf dieser Rückfahrt hat dieser Bus den Geist aufgegeben, und hätte nicht ein junger französischer Mechaniker seinen Ehrgeiz darein gesetzt und das Auto wieder in Gang gebracht, aus Freundlichkeit, aus Sportsgeist oder weil ihm die junge Deutsche gefallen hat – so hätten Sie alle vier nach Hause trampen müssen, was auch kein Unglück gewesen wäre. Aber das wissen wir alles, und es ist auch nicht weiter interessant, sondern interessant ist nur, wann genau Eisholm Ihnen erzählt hat, wie er an jenem Abend draußen vor der Garage stand und gewartet hat, dass die beiden drinnen zu einem Ende kommen, und ob er vielleicht herumgelaufen ist und durch ein verdrecktes Fenster gespäht hat, damit er ein Stück von dem Tier zu sehen bekommt, von dem Tier mit den zwei Rücken und der weißen und der olivfarbenen Haut...«

»Er hat sie gehört«, antwortete der Richter trocken, »Vren konnte sehr laut sein.«

»Na also«, sagte Berndorf. »Und wann hat er Ihnen das erzählt?«

»Am nächsten Tag. Als Vren weg war.« Veesendonks Gesichtsausdruck hatte sich verändert. Er sah abweisend aus und verschlossen. »Er sagte mir, ich solle mir keine Sorgen machen. Ohne uns käme sie sehr viel besser zurecht und hätte vermutlich auch noch Spaß daran.«

Berndorf sah den Richter an. Der gab den Blick zurück, ruhig und kalt.

»Ich glaube Ihnen nicht«, sagte Berndorf nach einer Weile. »Nein, ich glaube nicht, dass der brillante, der hoch bedeutende Eisholm, der kommende Staranwalt, der Ihre Freundin drei Wochen lang vergeblich mit seinen Anspielungen und Sticheleien betatscht hat – dass der Ihnen erzählt, wie er draußen um eine windschiefe Garage herumstreicht und zuhört, wie die drinnen es treiben... das hat er erst einmal schön für sich selbst behalten.«

»Und warum hat er es mir dann doch erzählt? Und wann genau, Ihrer Meinung nach?«

»Als der richtige Zeitpunkt gekommen war, am vergangenen Mittwoch«, antwortete Berndorf. »In der Verhandlung muss er wohl ein paar Mal bei Ihnen aufgelaufen sein. Bis er sich gedacht hat, dem zeige ich es jetzt. So ist er zu Ihnen...«

»Daraus habe ich nie ein Geheimnis gemacht«, unterbrach ihn Veesendonk.

»Sie haben aber nie gesagt, was er wirklich wollte«, gab Berndorf zurück. »Er wollte Sie aus dem Verfahren kegeln, und so drohte er Ihnen, Sie wegen Befangenheit abzulehnen...«

»Ach!«, sagte Veesendonk. »Und was wäre die Begründung gewesen?«

»Er würde vorgetragen haben, dass Sie gar nicht anders könnten, als den Hauptmann Morny für schuldig zu halten. Dieser sei durch seine Frau ebenso gedemütigt worden wie Sie durch Ihre damalige Verlobte Vren, denn beide Frauen hätten sich gleichermaßen prostituiert – ein für das gutbürgerliche Milieu, dem Sie sich verpflichtet fühlen, absolut unverzeihlicher Fehltritt... In Ihren Augen, Herr Vorsitzender Richter – so würde Eisholm fortgefahren haben –, in Ihren Augen müsse Hauptmann Morny schon deshalb genau jenes Verbrechen begangen haben, das eigentlich das Ihre hätte sein sollen. Mit anderen Worten: Sie seien im Begriff, in der Person des Angeklagten Morny die Erinnerung an eine Demütigung zu verfolgen, die Ihr eigenes Leben vergiftet... So ungefähr.«

Richter Veesendonk hatte aufmerksam zugehört, die Ellbogen auf den Tisch gestützt, die Hände vor dem Kinn gefaltet.

»Interessant«, meinte er. »Nur vergessen Sie, dass das Thema Prostitution im Verfahren bis dahin überhaupt keine Rolle gespielt hat.«

»Weil Sie es nicht zugelassen haben«, widersprach Berndorf. »Eisholm hätte das als weiteres Indiz dafür genommen, dass Sie in diesen Fall ganz persönlich involviert sind. Sie ertragen noch nicht einmal, dass dieses Thema angesprochen wird, hätte er gesagt.«

»Und deswegen habe ich ihn umgebracht?«

»Ich glaube, das Gespräch zwischen Ihnen hat ganz unverfänglich begonnen. Sie sind auch gar nicht interessiert gewesen, es zu vertiefen. Außerdem – so nehme ich an – wollten Sie an jenem Abend eigentlich mit dem Zug nach Hause fahren, und so sagten Sie Eisholm, Sie müssten jetzt zum Bahnhof. Er ließ sich aber nicht abschütteln, er begleitete sie, er kam auf frühere Zeiten zu sprechen, ganz beiläufig ließ er die Katze aus dem Sack und erzählte von jener Rückfahrt und davon, wie er vor der Werkstatt gewartet hat. Die Katze begann mit der Maus zu spielen...« Berndorf blickte auf. »Ich nehme an, Sie waren per Du? Das wusstest du doch alles, wird er gesagt haben, so naiv kann man doch gar nicht sein, aber wenn es so ist, dass du dies alles noch immer verdrängst, dass du dieses bestimmte eine Thema nicht erträgst – dann muss ich dich wegen Befangenheit ablehnen, denn du hast offenkundig diese Geschichte von damals bis heute nicht überwunden und lädst sie auf meinen Mandanten ab...«

»Und da habe ich ihn vor den Zug gestoßen?«

»Da erinnerte sich die Maus an einen Judogriff und packte die Katze und stieß sie vor den Zug, jawohl«, antwortete Berndorf.

»Nun«, sagte Veesendonk und stand auf, »wenn Sie das meinen, dann sollten Sie das der Polizei vortragen.« Er beugte sich über den Tisch und schob Berndorf das Telefon zu. »Die Durchwahl der Kripo kennen Sie ja.«

Berndorf schüttelte den Kopf. Dann erhob auch er sich. »Die Kripo hält Eisholms Tod für einen Selbstmord... Sie haben mir diese Kopien besorgt, damit sind wir quitt.«

Veesendonk lächelte. »Schon vorhin habe ich eine gewisse moralische Selbsterhöhung bei Ihnen bemerkt. Jetzt gehen Sie noch einen Schritt weiter und entscheiden, dass ein paar Kopien mehr wiegen als ein Mord, den ich begangen haben soll. Hüten Sie sich davor, sich für den Weltenrichter zu halten.«

»Ich werde es beherzigen«, antwortete Berndorf. »Oder es zumindest versuchen... Eine letzte Frage habe ich doch noch... Was haben Sie eigentlich in Fiona gesehen?«

Veesendonk hatte ihn zur Tür begleiten wollen, nun blieb er auf halbem Weg stehen.

»Erzählen Sie mir aber jetzt nicht noch einmal die Geschichte von dem zufälligen Engagement.«

Veesendonk schüttelte unwillig den Kopf. »Es war aber so. Ein zufälliges Engagement. Und zufällig habe ich die Gruppe begleitet, die von Fiona geführt wurde.« Er hob den Kopf und sah Berndorf mit einem Gesichtsausdruck an, der zwischen Verlegenheit und einem kleinen Anflug von Stolz changierte. »Ich war angetan, ja doch. Sehr angetan. Bezaubert, wenn Sie so wollen. Am Schluss habe ich Fiona gefragt, ob ich bei Gelegenheit noch an anderen Führungen von ihr teilnehmen könne...« – er hob beide Hände mit einer verlegenen, um Nachsicht bittenden Geste – »...ich weiß, das war ein höchst alberner, ein höchst beamtenhafter Versuch, mich auf die billige Tour anzubiedern... Sie hat mich dann um meine Telefonnummer gebeten, und ich hab sie ihr gegeben. Aber sie hat nie angerufen.«

Berndorf zog die Augenbrauen hoch.

»Wirklich nicht.«

»Sie haben sie doch noch einmal gesehen. Auf diesem Kostümfest der Bundeswehr.«

Veesendonk errötete leicht. »Ich weiß, worauf Sie anspielen. Aber ich erinnere mich nicht... Wissen Sie, ich war mit meiner Frau dort.«

Ja, dachte Berndorf. Die Ehefrau! Die Konvention! Wohin man sieht und wohin nicht! Und Fiona vergewissert sich im Spiegel, ob dieser verheiratete Mensch wirklich der gleiche ist, von dem sie einmal – immerhin – die Telefonnummer notiert hat. Silvesterball!

»Glücklich ist, wer vergisst, was doch nicht zu ändern ist«, murmelte Berndorf und ging durch die Tür, die der Richter ihm aufhielt.

Freitag, 27. Juni

Die KLM-Maschine aus Amsterdam landete pünktlich; wie immer dauerte es, bis der Strom der den Ausgang passierenden Fluggäste einsetzte. Schließlich kamen die ersten in Sicht und eilten vorbei, Berndorf hielt das Blatt Papier hoch, auf dem er in Blockbuchstaben den Namen geschrieben hatte: Mrs. Kahn-Ericson MD, als auch schon eine große schlanke Frau mit einer von grauen Strähnen durchsetzten schwarzen Mähne auf ihn zukam, ein Bordcase mit dem Riemen über der Schulter, und fragend seinen Namen nannte. Er nickte, sie tauschten einen flüchtigen Händedruck, nach dem Telefonat am Vorabend hatte er sie sich ein wenig jünger, ein wenig weniger scharfkantig vorgestellt, nie sind die Menschen so, wie ihre Telefonstimme einen glauben lässt... Aber wieso hatte er gedacht, sie sei jünger? Aus den Unterlagen, die sie ihm auf seine Anzeige in »Ha'aretz« hin zugeschickt hatte, ging hervor, dass sie 1948 in Tel Aviv geboren war.

Er machte sie mit Barbara Stein bekannt, die neben ihm gewartet hatte, die beiden Frauen lächelten sich kurz an und hatten sich auch schon taxiert – beide gehörten sie der akademischen Welt an, beide beherrschten sie den Code, der dazugehört und der ein englischsprachiger ist. Nun gut, dachte Berndorf, da bin ich nicht gefragt, und das ist gut so, er hatte keine Lust, sein kariöses Englisch vorzuführen, fast war es ihm schon zu viel, zu fragen, ob er ihr den Schmuck jetzt gleich zeigen solle, hier irgendwo oder in einer Cafeteria...

Nein, antwortete sie, nicht jetzt, nicht hier, nicht in einer Cafeteria, und blickte nicht zu ihm, sondern zu Barbara, als käme es nur darauf an, dass ihre Reaktion von dieser verstanden werde. Sie habe ihren Rückflug für den Abend gebucht, fügte sie hinzu, ob Professorin Stein sich in Stuttgart auskenne? Sie würde sich gerne das Haus ansehen, in welchem ihre Großmutter gelebt habe, sie hatte die Adresse in einem kleinen schwarzledernen Notizbuch vermerkt: Reinsburgstraße, Stuttgart-West...

Berndorf kannte Stuttgart, und so fuhren sie in dem gebrauchten Kombi, den er für seinen und Barbaras Schwarzwald-Urlaub gekauft hatte, von Echterdingen an Degerloch vorbei in den Talkessel hinunter in die Reinsburgstraße, wo Franziska Kahn, Witwe des Internisten Dr. med. Julius Kahn, noch bis 1940 gelebt hatte, bevor man sie zwang, ihre Wohnung zu räumen und in das überfüllte Altersheim Herrlingen umzuziehen.

Während der Fahrt unterhielten sich die beiden Frauen – beide hatten im Fond Platz genommen –, vielleicht war es auch kein Sich-Unterhalten, sondern ein weiteres Abschätzen und Einordnen, Judith Kahn-Ericson MD war Neurologin und forschte an der Universität Canberra; hauptsächlicher Anlass ihrer Reise nach Europa war ein Kongress über Hirnforschung gewesen, den die Universität Amsterdam ausgerichtet hatte.

Inzwischen hatte sich die zunächst eher unterkühlte Stimmung zwischen den beiden Frauen etwas aufgewärmt; Judith Kahn erzählte einiges von ihrer Familie, ihre Großmutter Franziska war Pianistin gewesen, was schon damals bedeutet hatte, dass sie sich als Klavierlehrerin durchschlagen musste, ehe sie – schon nicht mehr ganz jung – im Jahr 1909 den verwitweten Arzt und Internisten Julius Kahn geheiratet hatte. Ihr einziges Kind, Alexandra Kahn, Kosename Alex, hatte früh politisch Stellung bezogen – nämlich sehr links, und war bereits 1933 nach Großbritannien emigriert. In Deutschland war Alex nur noch einmal gewesen, 1945, Wochen nach dem Kriegsende, und hatte darüber für eine trotzkistische britische Wochenzeitung berichtet. Ein Jahr später war sie nach Palästina gegangen; dort war sie kurz vor der Jahrtausendwende gestorben.

Die Reinsburgstraße – dort, wo Dr. med. Julius Kahn seine Praxis gehabt hatte – war zugeparkt, und die Adresse, die Judith Kahn sich notiert hatte, befand sich in einem gesichtslosen grauweißen Nachkriegsneubau. Trotzdem wollte sie das Haus fotografieren, Berndorf stellte den Wagen in eine Einfahrt und blieb am Steuer sitzen, während die beiden Frauen ausstiegen und an den verhängten Fenstern des Hochparterres vorbeigingen. An ihrem Gang konnte man sehen, dass sie enttäuscht waren. An der Eingangstüre blieben sie kurz stehen und betrachteten die Namensschilder am Klingelbrett, dann ging Judith Kahn zum Rand des Gehsteigs und sah sich unschlüssig um, den Fotoapparat in der Hand, schließlich machte sie doch zwei oder drei Aufnahmen. Dann kamen die beiden Frauen zurück und stiegen wieder ein.

»Dieses Haus sagt ja nun leider gar nichts aus«, meinte Barbara, »ich habe deshalb vorgeschlagen, dass du uns in Herrlingen dieses ehemalige Altersheim zeigst, zeitlich müsste das möglich sein...«

Berndorf nickte, schaltete den Blinker ein und stieß aus der Einfahrt zurück.

An diesem Nachmittag gab es keinen Stau auf der A 8, auch nicht am Albaufstieg, Berndorf fuhr zügig, achtete auch nicht auf das Gespräch der beiden Frauen im Fond, irgendwann fiel ihm auf, dass sie von ihm sprechen mussten. Er sei ehemaliger Kriminalpolizist, hörte er Barbara sagen, übernehme aber noch immer einzelne Aufträge; ja, sie seien seit Jahren zusammen, eine lange Geschichte! Dann beugte sich Barbara nach vorne und fragte: »Sie will wissen, von wem du den Auftrag hast, den Ring zurückzubringen.«

»Sag ihr, dass auch das eine lange Geschichte ist«, antwortete er. »Außerdem soll sie ihn sich erst einmal anschauen. Am Ende ist es doch nicht der, den sie sucht.«

Judith Kahn las weder *Ha'aretz* noch die *Jerusalem Post*, erst eine entfernte Verwandte hatte sie auf die Anzeige aufmerksam gemacht, in der Erben der Arztwitwe Franziska Kahn gesucht wurden. Sie hatte sich dann bei Berndorf gemeldet und als Enkelin von Franziska Kahn ausgewiesen. Außerdem hatte sie ihm die Abzüge von zwei Fotografien geschickt. Auf dem einen Abzug war ein Ölgemälde wiedergegeben, das die Mutter der Franziska Kahn zeigte: eine sehr hochgeschlossene Dame mit weißem Teint und schwarzen Haaren und dunklen Augen, die an einer Halskette einen breiten Goldring trug; laut einer handschriftlichen Notiz war das Portrait im Jahr 1883 gemalt worden. Die zweite Fotografie zeigte Franziska Kahn selbst, also die Tochter der hochgeschlossenen Dame, und den Ring trug sie nicht um den Hals, sondern hielt ihn in der Hand, und zwar so, als solle nicht sie, sondern der Ring und die reliefartige Abbildung darauf fotografiert werden. Gut zu erkennen waren die beiden nackten Gestalten, die sich gegenüberstanden, werbend die eine, zögernd die andere.

Soweit Berndorf es beurteilen konnte, zeigte die Fotografie eben den Ring, den er aus der Urne mit der Asche der Marianne Gaspard herausgenommen hatte. Soweit er es beurteilen konnte! Auf der Rückseite der Fotografie war mit Bleistift in sehr akkuratem Sütterlin vermerkt:

Stuttgart 1924, Franziska mit dem Ring ihrer Großmutter Ännchen Nördlinger

Er hörte, dass Judith Kahn-Ericson nicht zufrieden war. Wer hat die Annonce bezahlt?, hakte sie nach.

»Expense account«, sagte er unwillig und hoffte, dass das auch wirklich Spesenkonto bedeutete. Welches Spesenkonto? Egal. Weiter vorne kam ein Parkplatz in Sicht, er steuerte ihn an und stellte den Wagen ab. Aus dem Handschuhfach holte er einen Umschlag und reichte ihn nach hinten. »Machen Sie den Umschlag auf, schauen Sie sich an, was darin ist, und entscheiden Sie dann.« Plötzlich war er schlechter Laune und hatte keine Lust, es zu verbergen.

Eine Hand nahm den Umschlag. Berndorf stieg aus und bat, ihn einen Augenblick zu entschuldigen, dann ging er zu der Toilette des Parkplatzes und schlug sein Wasser ab. Ein einziges Wort noch, dachte er ...

Die beiden Frauen unterhielten sich leise, als er zurückkam,

Thema war der Schmuck oder vor allem der Ring, den die Kahn-Ericson in der offenen Hand hielt.

»Sie fragt, ob du denn wirklich sicher bist, dass das der Ring ihrer Großmutter ist?«, sagte Barbara.

»Nein«, sagte Berndorf, »ich bin mir nicht sicher.« Plötzlich überkam ihn die Versuchung, sich umzudrehen und zu sagen: Wenn der Ring Ihnen nicht gehört, bringt er Ihnen auch kein Glück... Im letzten Augenblick fiel ihm Franziska Kahn ein und was er von ihrem Leben wusste, oder von den letzten Wochen ihres Lebens, soweit er die Akten dazu hatte einsehen können:

Mitte Juni 1942 hatten die Behörden auf Betreiben der Stadtverwaltung Ulm damit begonnen, das Herrlinger Heim zu räumen; am 2. Juli war Franziska Kahn deshalb in das vierzig Kilometer entfernte Oberstotzingen gebracht worden, in ein heruntergekommenes Schloss ohne Sanitäranlagen, dann am 20. August nach Stuttgart, in eine Halle auf dem Killesberg, von wo sie zwei Tage später mit fast elfhundert anderen alten jüdischen Frauen und Männern nach Theresienstadt deportiert worden war. Der letzte Vermerk über Franziska Kahn stammt vom 26. September 1942: An diesem Tag wurde sie, damals 66 Jahre alt, zu einem Transport nach Treblinka abgeholt. Danach? Nichts mehr. Vermutlich war sie unmittelbar nach ihrer Ankunft in der Gaskammer oder von einem Erschießungskommando ermordet worden, vielleicht auch hatte ein deutscher oder ukrainischer SS-Mann sie mit dem Gewehrkolben totgeschlagen...

Nun drehte er sich doch um. Judith Kahn hielt den Schmuck noch immer in der offenen Hand und betrachtete ihn mit einem Blick, den er nicht deuten konnte.

»Hören Sie – ich will Ihnen nichts aufdrängen«, sagte er. »Wenn Sie selbst nicht überzeugt sind, schicken wir ihn an die Jüdische Gemeinde oder – wenn Ihnen das lieber ist – an das Jüdische Museum in Berlin.«

Doch sie schüttelte den Kopf und fuhr ihn plötzlich in akzentfreiem Deutsch an: »Das ist keine Lösung. Es ist nicht meine

Sache, zu entscheiden, ob mir dieser Ring gehört, und Ihre ist es auch nicht, verstehen Sie das?« Sie griff in ihr Bordcase und holte ein zusammengefaltetes Blatt Papier heraus. »Das ist eine Abschrift des letzten Briefes, den meine Großmutter über die Adresse einer Schweizer Verwandten an meine Mutter schicken konnte, datiert vom fünfzehnten August 1942...« Sie faltete das Blatt auseinander und las vor:

»*Liebe Alex, auf den Telefondrähten haben sich schon die Schwalben versammelt und machen sich wohl bald auf den Flug nach Süden, kein Krieg und nichts kann sie schrecken. Wir haben heute die Mitteilung bekommen, dass auch wir in den nächsten Tagen wieder aufbrechen werden, unser Ziel wird Theresienstadt sein, nicht weit von der Mündung der Eger in die Elbe, du hast den Namen sicher schon gehört. Wir sind hier bereits dabei, unsere Sachen zu packen, aber wir werden das Gepäck nicht selber tragen müssen. Es wird abgeholt. Du siehst, wir müssen uns um nichts mehr Sorgen machen, es ist an alles gedacht. Und was nicht verloren gehen soll, das wird seinen Weg finden. Vorläufig freilich werden wir uns nicht mehr schreiben können, das ist wohl schmerzlich, aber in Gedanken bin ich immer bei dir...*«

Judith Kahn faltete das Blatt wieder zusammen und legte es zurück. »Ich nehme an«, fragte sie mit kühler unbeteiligter Stimme, »das Gepäck, das die Deportierten nicht selber tragen mussten, ist anschließend unter den Familien von NSDAP-Mitgliedern verteilt worden?«

»Es ist versteigert worden«, antwortete Berndorf.

»Und der Erlös?«

»Der ging an den Fiskus. An das Finanzamt.«

»Eben«, sagte Judith Kahn. »Es hat sich also um eine von Staats wegen erfolgte Ausplünderung gehandelt, nicht wahr? Folglich ist es allein Sache der Bundesrepublik Deutschland, die rechtmäßigen Eigentümer der Kette und dieses Ringes ausfindig zu machen und den Schmuck ihnen oder deren Erben zu übergeben. Dass es sich dabei um jüdischen Schmuck handelt und bei der rechtmäßigen Eigentümerin vermutlich um eine Jüdin, nämlich um mich, hat nur insofern eine Bedeutung, als der Schmuck gerade deshalb von Amts wegen zurückzugeben ist und nicht in einer Nacht-und-Nebelaktion. Sie haben mir folgen können?«

»Ja«, antwortete Berndorf und drehte sich wieder zum Steuer, »ich habe Ihnen folgen können. Nur glaube ich, Ihre Großmutter hätte gewünscht, dass der Ring sobald als möglich ihrer Tochter oder Ihnen zugestellt wird.«

»Wir befinden uns nicht in der Situation des Jahres 1942«, antwortete Judith Kahn.

Barbara fügte mit leiser Stimme hinzu: »Sie hat Recht.«

Schweigend drehte Berndorf den Zündschlüssel herum und stieß aus dem Parkplatz zurück.

Eine halbe Stunde später nahm er die Ausfahrt Ulm-West und fuhr, um die Bahnübergänge in Blaustein zu vermeiden, über den Westring; ohne dass er es beabsichtigt hätte, kam er so am Haus in der Halde 7 vorbei, und weil er nun einmal da war, hielt er auch an.

»Hier hat die Frau gewohnt, der der Ring anvertraut wurde«, erklärte er, und weil das dann doch nicht genügte, musste er erzählen, was er von dem Steinwurf wusste. Und dass er vermute, jene Marianne Gaspard sei aus welchen Gründen auch immer dazwischengegangen und habe sich – vielleicht – der verletzten Jüdin sogar angenommen.

»Warum soll sie das getan haben?«

»Weiß ich nicht«, antwortete Berndorf. »Vielleicht hat sie nicht auf das Abzeichen geachtet.«

Ihre Mutter Alexandra, wandte Judith Kahn ein, habe nach dem Krieg Stuttgart und Herrlingen besucht und gefragt, ob sich jemand an ihre Mutter erinnere. Niemand habe sich erinnert, niemand habe etwas gesehen, niemand habe mit irgendetwas zu tun gehabt...

Berndorf nickte. So war das damals. Nicht nur damals.

»Wenn es so war, wie Sie sagen«, fuhr Judith Kahn fort und

beugte sich nach vorne, »warum hat sich diese Frau nicht gemeldet? Sie hätte doch nichts zu verbergen gehabt – es sei denn, sie wollte den Schmuck behalten.«

»Vielleicht wollte sie das«, antwortete Berndorf.

»Glauben Sie das?«

»Nein. Sie hat den Schmuck nie getragen, und sie hat ihn immer versteckt. Sie wollte nichts damit zu tun haben. Zum Schluss hat sie ihn für ein paar Mark verkauft. Nicht, weil sie das Geld gebraucht hätte. Sie wollte den Ring aus dem Haus haben.«

»Das klingt alles sehr widersprüchlich«, meinte Judith Kahn.

»Vielleicht hat sie auch ganz einfach Scham empfunden«, schlug Berndorf vor.

»Sagten Sie Scham?«

Berndorf zögerte mit einer Antwort. Ja, wollte er sagen: Scham. Diese Margarethe Gaspard hatte gewusst, was mit dieser Frau geschehen würde. So, wie es alle gewusst hatten. Hätte sie ihr helfen können, helfen müssen? Mit dem einbeinigen Nazi-Beamten als Ehemann in der Wohnung? ... Aber was weißt du schon! Vielleicht hat sie sich danach, als es zu spät war, Vorwürfe gemacht. Hat nachts die Gedanken gewälzt, wie sie ihrem Mann hätte erzählen können, da sei eine Tante aus Stuttgart zu Besuch gekommen und werde ein paar Tage bleiben?

»Dann eben nicht Scham«, antwortete er. »Vielleicht Erstarrung. Trotz. Angst vor dem Ehemann. Vielleicht konnte sie auch nur nicht zugeben, dass sie ganz genau gewusst hat, welches Schicksal auf die alte Frau wartet.«

»Es tut mir leid«, sagte Judith Kahn, »ich verstehe es noch immer nicht.« Sie stieg aus und fotografierte das Haus, Berndorf sah es, und es ging ihm auf die Nerven. Aber wer hatte ihm gesagt, er solle hier halten?

»Die Jalousien sind alle heruntergelassen«, sagte Judith Kahn, als sie zurückkam und sich wieder in den Wagen setzte. Das sei doch ein schönes Haus, warum stehe es leer?

»Eine junge Frau ist dort ermordet worden«, antwortete er abweisend. »Übrigens war sie es, die den Schmuck Ihrer Großmutter zuletzt getragen hat.«

»Reizend, dass Sie mir das jetzt erzählen«, kam die Antwort. »Wann gedenken Sie, endlich mit der ganzen Geschichte herauszurücken?«

Berndorf, die Hände auf dem Lenkrad, legte den Kopf zurück und schloss für einen Moment die Augen. »Sie irren«, sagte er dann. »Ich bin in Ihren Augen nicht dazu befugt, Ihnen den Ring zurückzugeben. Also – welche Bedeutung kann das noch haben, was ich Ihnen erzählen könnte? Keine.«

»Werden Sie nicht melodramatisch«, rügte Judith Kahn. »Erklären Sie mir lieber, warum Sie diesen Schmuck nicht den Ermittlungsbehörden übergeben haben. Womöglich handelt es sich um ein Beweismittel.«

»Freilich tut es das«, antwortete Berndorf, »und darum wird der Schmuck – wenn wir so verfahren, wie Sie es wünschen – erst einmal in der Asservatenkammer der Staatsanwaltschaft verschwinden. Mag sein, dass die Fotos, die Sie vorlegen, als Beweis anerkannt werden und man Ihnen deshalb den Schmuck aushändigt – irgendwann, wenn das Verfahren um den Mord an der jungen Frau abgeschlossen und das Urteil rechtskräftig ist. Es mag so sein, muss aber nicht ...« Noch einmal drehte er sich um und lächelte sie an, das Lächeln fiel ein wenig schief aus. »Man ist nicht mehr unbedingt böswillig in diesem Land, man hat seine Lektion gelernt. Nur – Beamte sind Beamte. Sie ahnen zwar, dass sie nicht mehr der liebe Gott sind. Aber ihre Mühlen mahlen trotzdem langsam, entsetzlich langsam, und wenn es sich um Korn handelt, das sie nicht kennen, dann rührt sich gar nichts.«

Judith Kahn zog die Stirne kraus. »Wie lange kann es dauern, bis der Schmuck herausgegeben wird?«

»Oh!«, sagte Berndorf, »ein Jahr, zwei Jahre, ich weiß es nicht ... Da sind so viele Dinge zu klären, es kann immer nur eins nach dem andern gemacht werden, was glauben Sie, wie hoch die Aktenstapel in den Büros der Staatsanwaltschaft sind, vielleicht müssen auch Gutachten eingeholt werden, aber auch die Gutachter sind überlastet, alle sind überlastet in diesem Land, Sie werden es schon noch merken ...«

»Okay«, sagte Judith Kahn. »Regeln wir es eben unter uns. Aber Sie müssen mir aufschreiben, welchen Weg dieser Ring genommen hat. Wie er zu Ihnen gekommen ist. Das ist meine Bedingung.«

Das Haus oben an der Straße, die jetzt die Rommelsteige hieß, erhob sich aus einem Garten voller Blumen und strahlte noch immer eine nüchterne Fröhlichkeit aus, die ganz von ferne an den Geist ihrer Erbauerin erinnern mochte. Berndorf hatte den Wagen unten an der Straße geparkt und ging mit den beiden Frauen zum Haus; beide kannten dessen Geschichte, Barbara freilich nur deshalb, weil sie im Internet nachgesehen hatte.

Berndorf klingelte an einer der Türen, eine noch junge Frau öffnete und war auch nicht weiter überrascht, sondern ließ die Besucher einen Blick in die Zimmer werfen, die hell waren und ein wenig alternativ möbliert. Sie sagte, dass nicht gerade häufig, aber immer wieder einmal Besucher kämen, die meisten wohl eher wegen der Erinnerung an Anna Essingers Landschulheim. Judith Kahn machte ein paar Aufnahmen, dann kehrten sie zum Wagen zurück.

»Zurück zum Flughafen?«, fragte Berndorf, als sie einstiegen.

Judith Kahn zögerte.

»Wenn Sie wollen, zeige ich Ihnen den Steinewerfer.«

»Wen bitte?«

Eine dünne Rauchsäule stieg zum weiten Himmel über der Albhochfläche und verlor sich darin, davor sah man das ausladende, braunrote, vielfach geflickte Dach des Walleter-Hofs. Auf der Einfahrt des Hofs war ein altmodischer, schwarz glänzender Benz abgestellt, Berndorf parkte daneben und stieg aus. Die Wurzelstock-Gnomen mit den aufgerissenen blutunterlaufenen Augen waren verschwunden, fast war er enttäuscht, denn er hatte Barbara davon erzählt.

Auch die beiden Frauen waren ausgestiegen und sahen sich um, ein wenig ratlos, wie es Berndorf schien. Die Haustür öffnete sich, und ein Mann in einem blauen Overall kam heraus, etwas gebückt, um nicht mit dem Kopf am Türbalken anzustoßen.

»Der Herr lässt die Seele des Gerechten nicht Hunger leiden«, sagte er und tauschte mit Berndorf einen Händedruck. »Darf man die Herrschaften zu einem Kaffee einladen?« Ein neugieriger Blick streifte die beiden Frauen, und Berndorf stellte ihn vor: »Wendel Walleter, ein Freund.«

»Ist das ...?«, wollte Judith Kahn fragen, aber da war ihre Hand schon in der Walleters verschwunden.

»Nein, ist er nicht«, beruhigte Berndorf. Er wandte sich wieder zu Walleter und zeigte zu der Rauchsäule: »Aber ein Kalb wollen Sie hoffentlich nicht schlachten.«

»Kein Kalb.« Walleter schüttelte den Kopf. »Der Tod und sein Reich wurden geworfen in den feurigen Pfuhl ...« Mit einer ausholenden Handbewegung wies er auf den Hauseingang. »Es ist alles weg. Vor ein paar Tagen hat Niko damit angefangen, und niemand hat ihn aufhalten können. Erst ist er mit der Motorsäge auf die Wurzelstöcke los, bis alles Kleinholz war, und das hat er dann ins Feuer geworfen.«

»Warum?«

»Wir wissen es nicht«, antwortete Walleter. »Der Anfang seiner Worte ist Narrheit, und das Ende ist schädliche Torheit, heißt es in der Schrift. – Wollen Sie versuchen, mit ihm zu reden?«

Berndorf nickte, und Walleter ging ihm voran, erst zur leeren Scheune und dann über die leere Tenne weiter zur rückwärtigen Hofseite. Judith Kahn und Barbara Stein folgten, nachdem sie sich mit einem Blick verständigt hatten.

Das Feuer war bis zur Glut heruntergebrannt, nur am schwärzlichen Rest eines einzelnen Wurzelstocks züngelten noch bläuliche Flammen. Ein hagerer Mann hockte davor und stocherte mit einem Stecken in dem Feuer, um es noch einmal aufflammen zu lassen. Es sah ungeschickt aus, vielleicht weil er den Stecken in der linken Hand hielt.

»Niko«, sagte Walleter, »da ist Besuch für dich.«

Der Mann reagierte nicht, und Walleter berührte ihn mit der

Hand an der Schulter. Jetzt erst blickte Niko Walleter hoch und versuchte – als er Berndorf und die beiden Frauen sah – aufzustehen, dabei schwankte er, dass Wendel ihm unter den Arm greifen und ihn hochziehen musste.

»Schönes Feuer«, sagte Niko Walleter. Er sprach undeutlich, und sein Blick irrte über die beiden Frauen und blieb an Berndorf hängen. »Verbrennen. Alles muss verbrennen. Wenn nichts mehr... dann ist gut.« Er stand krumm, zur Seite geneigt, als würde er von seinem rechten Arm nach unten gezogen.

»Herr Walleter«, sagte Berndorf. »Ich will Sie mit jemand bekannt machen, verstehen Sie das? Jemand, dessen Großmutter Sie...« – er zögerte – »dessen Großmutter Sie gekannt haben.«

Niko Walleter machte eine Bewegung, die aussah, als wollte er den Kopf schütteln.

»Sehen Sie denn nicht, was hier los ist?«, sagte Judith Kahn und trat an Berndorf vorbei auf Niko Walleter zu und hob prüfend dessen rechten Arm hoch. Dann wandte sie sich um und suchte Berndorfs Blick. »Rufen Sie einen Notarzt. Sofort«, sagte sie befehlend. »Sagen Sie ihm nur: akuter Hirninfarkt.«

Spät am Abend, nachdem sie Judith Kahn-Ericson an den Flughafen Echterdingen gebracht hatten, erreichten Berndorf und Barbara das kleine Dorf im Hochschwarzwald, wo Berndorf ein Ferienhaus gebucht hatte; der Vermieter hatte für diesen Abend gar nicht mehr mit ihnen gerechnet, und im einzigen Wirtshaus war die Küche schon geschlossen. Aber die Betten waren bezogen, der Vermieter half mit Brot, Speck und Eiern aus, und am anderen Morgen erblickten sie über dem bewaldeten Hügelkamm fern im Süden die Gipfelkette des Berner Oberlandes, die Sonne schien, und eine Kuhherde zog grasend am Ferienhäuschen vorbei, dass Berndorf dachte, es sei doch fast schon wieder zuviel.

Nach dem Frühstück kauften sie im nächsten größeren Ort für das Wochenende ein, in einem Souvenirladen gab es auch Zeitungen, Barbara fand einen Blumenladen und besorgte einen Strauß für das kleine Wohnzimmer mit dem Kachelofen.

»Moment«, sagte Berndorf, »ich brauch auch einen. Falls man den von hier aus schicken kann.«

»Ach!«, meinte Barbara. »Du musst jemandem einen Blumenstrauß schicken? Einer Jemandin?«

»Sie heißt Puck«, erklärte Berndorf.

Wieder eine Stunde später lag er im Liegestuhl auf der Terrasse, sah die Zeitungen durch und überlegte, ob er eine in der Münchner Zeitung abgedruckte Schachpartie nachspielen solle, gähnte und blickte auf, denn Barbara kam und stellte einen Laptop auf den Terrassentisch und klappte den Sonnenschirm auf.

»Musst du arbeiten?«

»Ich doch nicht«, kam die Antwort. »Du musst es. Diese Geschichte, die du Mrs. Kahn versprochen hast... Sie hätte sonst den Ring nicht genommen.«

»Vergiss es«, antwortete er. »Sie hat alle Fakten. Fast alle. Und was sich zwischen Franziska Kahn und Marianne Gaspard damals abgespielt hat, das wissen wir nicht und können es nur vermuten.«

»Fast alle Fakten? Welche hast du ihr denn nicht erzählt?«

»Da gibt es ein, zwei Dinge«, murmelte Berndorf, »die sind... privat sind die.«

»Sind das Dinge, von denen auch ich nichts weiß?«

»Ich fürchte«, sagte Berndorf und griff nach der Tübinger Ausgabe des *Tagblatts*, »sie würden dir nicht gefallen.«

Barbara hob die Augenbrauen. »Dann sollten sie erst recht zur Sprache kommen, findest du nicht?«

»Nein«, sagte er, »das finde ich nicht. Es muss nicht alles zur Sprache kommen. Nimm doch nur die Geschichte dieses Rings – der ist seine dreihundert Jahre alt oder noch älter, was weißt du vom Leben der Frauen, die ihn getragen haben?... Geh nur hundert Jahre zurück, und diese Schicksale gleichen einem Wurzelgeflecht, das du kaum mehr überschauen kannst. Gehe drei Jahrhunderte zurück, und das Geflecht verzweigt sich ins Unendliche, versinkt in einem Ozean von Hoffnung Enttäuschung Glück Liebe Unglück Leid Entbehrung Hunger Frömmigkeit Überlebenskampf, und alles ist vergangen und vorbei und würde doch erzählt werden wollen... Wer will das zuwege bringen?«

»Du weichst mir aus«, sagte Barbara. »Du willst dich um einen Bericht drücken, weil du mit deiner eigenen Rolle nicht zufrieden bist.«

»Ach ja?«, fragte Berndorf, ein wenig mechanisch. Auf der Titelseite des *Tagblatts* war auf einen Artikel im Landesüberblick verwiesen worden, und er war dabei, die Seite aufzuschlagen.

»Du hast zugelassen, dass Steinbronner diese ganze Geschichte vertuschen kann.«

»Hab ich das?«

»Der Mord an Eisholm ist vertuscht worden, und dir ist das offenbar ganz egal. Aber dass die Neckarwerke mit einem blauen Auge davonkommen, dass sie gerade einmal einen ihrer Aufsichtsräte und Tantiemenverzehrer durch einen anderen ersetzen müssen und im Übrigen ihr Netzwerk von Abhängigkeit und Korruption ungestört weiterspinnen können, bis irgendwann einer dieser Atommeiler doch noch durchbrennt, das darf dir nicht egal sein... Hörst du mir eigentlich zu?«

»Gewiss höre ich dir zu«, antwortete Berndorf und faltete die Zeitung zusammen, die er hatte aufschlagen wollen. Über den bewaldeten Hügeln blaute der Himmel, nur im Südwesten stieg eine merkwürdig weiße Wolkensäule hoch. »Und ganz gewiss brennt einmal einer dieser Meiler durch, das ist nur eine Frage der Zeit... aber was rede ich da! Es gibt ja noch den alten abgehalfterten Bullen, der hat zwar nichts in der Hand, keine Legitimation, keinen Beweis, gar nichts außer der läppischen Information, dass ein hübsches Mädchen gegen Geld zu einem behördlichen Nichtsseher nett gewesen ist – aber irgendwie wird der Alte es schon richten, wird das Land Baden-Württemberg aufmischen und die ganze Atomwirtschaft dazu, auf dass die Republik weiterhin unbesorgt strahlen kann im Glanz ihrer Festbeleuchtung, des Tags und in der Nacht...«

»Versuch nicht, zynisch zu werden«, sagte Barbara. »Das steht dir nicht.«

»Aber den Märchenhelden spielen, den Zorro, der mit der

Korruption in der Republik aufräumt und mit der Schludrigkeit der Behörden und den Kungeleien der politischen Klasse: das freilich würde mir stehen? Meinst du das wirklich? Da lachen nicht einmal mehr die Hühner, mein Schatz, denn die Märchenstunde ist vorbei, und was diese Republik braucht, ist kein Zorro, kein zorniger alter Mann, sondern ein wenig Verstand und Einsicht. Einsicht zum Beispiel in die schlichte Wahrheit, dass alles, was geschehen kann, irgendwann auch tatsächlich geschehen wird...« Und wie zur Bestätigung schlug er mit der zusammengefalteten Zeitung auf den Terrassentisch.

»Ich dachte«, wandte Barbara ein, »du wolltest dieses Blatt noch lesen?«

»Wenn man mich lässt«, kam die Antwort. Berndorf faltete die Zeitung wieder auseinander, bis er die Seite mit dem Landesüberblick gefunden hatte. Der Artikel, den er gesucht hatte, war ein kurzer Zweispalter:

Trauer um designierten Landgerichtspräsidenten

Ulm/Tübingen. Wenige Tage vor seiner Amtseinführung als neuer Landgerichtspräsident in Tübingen ist der Ulmer Richter Michael Veesendonk bei einem Unfall tödlich verletzt worden. Veesendonk hatte gegen 14 Uhr das Gebäude des Ulmer Landgerichts verlassen und wollte – anscheinend ohne auf den Verkehr zu achten – die stark befahrene Straße vor dem Justizgebäude überqueren. Der Fahrer eines Sattelschleppers versuchte noch abzubremsen, doch die Zugmaschine erfasste den Juristen und überrollte ihn. Nach Angaben der Polizei ist Veesendonk sofort tot gewesen...

Berndorf legte das *Tagblatt* zur Seite. »Ich wollte doch in den nächsten Tagen nach Tübingen«, sagte er zu dem Tisch neben ihm, »zur Amtseinführung von Veesendonk...« Erst jetzt bemerkte er, dass niemand am Tisch saß.

»Und warum wolltest du dorthin?«, fragte eine Stimme hinter

ihm. Barbara musste im Haus gewesen sein, nun kehrte sie auf die Terrasse zurück, unterm Arm einen Stapel von Papieren und Nachschlagewerken, die sie aus Berlin mitgebracht hatte.

Berndorf drehte den Kopf und sah ihr zu, wie sie Bücher und Papiere auf dem Tisch deponierte. »Nur, um ihm zuzusehen«, antwortete er, »und um ihm zuzuhören. Was sagt so jemand zum Thema von Schuld und Sühne in dieser Welt?... Aber das hat sich jetzt erledigt.«

»Fein«, meinte sie abwesend. »Aber sag mal...« Sie blätterte in den Kopien, die Berndorf mitgebracht hatte. »Diese Geschichte beginnt doch mit einem Steinwurf, am vierundzwanzigsten Juni 1942...«

»In den Akten der Gestapo ist das so vermerkt«, meinte Berndorf.

»Also Juni 1942...« Sie nahm einen dicken Wälzer zur Hand, eine Geschichte des Zweiten Weltkriegs, und schlug ein oder zwei Stichworte nach. Schließlich begann sie zu schreiben, probierte einen ersten Satz, verwarf ihn und nahm einen zweiten Anlauf. »Geht es vielleicht so?«

Berndorf schwang die Beine vom Liegestuhl, stand auf und trat neben sie und las:

»Tobruk war gefallen und Kaufmann Hirrle hatte den Laden beflaggt, aber Weckgläser gab es keine...«

Die Angaben, die in diesem Buch über die Geschichte des jüdischen Altersheimes Herrlingen und die Schicksale seiner Bewohner enthalten sind, stützen sich auf die Arbeit von Ulrich Seemüller. »Das jüdische Altersheim Herrlingen«, herausgegeben von der Gemeinde Blaustein und auch über sie zu beziehen. – Zur Rolle deutscher Finanzbeamter bei der Ausplünderung der jüdischen Mordopfer können nähere Angaben dem von Katharina Stengel herausgegebenen Band »Vor der Vernichtung – Die staatliche Enteignung der Juden im Nationalsozialismus« entnommen werden (Wissenschaftliche Reihe des Fritz Bauer Instituts, Band 15, Campus Verlag, Frankfurt/New York). Die in meinem Buch enthaltenen Angaben über die von den Einsatzgruppen abgelieferte Beute stützen sich insbesondere auf die in dem genannten Sammelband enthaltene Arbeit von Martin Dean »Geplündert, verwaltet und verkauft: Die Enteignung der Juden in der besetzten Sowjetunion«.

Ulrich Ritzel